대표님의 아이

vol.1

vol.1

대표님의 아이

최연 장편소설

로맨티카

목차

1. 씨 없는 수박 · 8

2. 임신 · 27

3. 제정신이면 그럴 수 없지 · 52

4. 야단맞는 남자 · 91

5. 핏줄 · 115

6. 이건 살인이나 다름없다고 · 148

7. 왜 하필 동화야? · 180

8. 정액 검사 · 211

9. 우리 엄마예요! · 242

10. 그 애가 보고 싶다! · 275

11. 죄가 많아서 그래 · 306

12. 결혼하고 싶어 · 344

13. 당신 이제 안 만날 거예요 · 382

14. 친자 확인 검사 · 415

15. 이 결과가 진실이야? · 447

16. 원수의 아들 · 478

1부

1. 씨 없는 수박

지나치게 예쁘다.

이 예쁜 가슴을 어떤 놈이 빨았을까 생각하니 괜히 심술이 나 저도 모르게 덥석 물어버렸다.

이런 여자가 어쩌다가 나한테 왔을까? 심장의 펌프질이 거세서 갈무리되지 못한 숨이 입 밖으로 밀려 나왔다.

이렇게까지 흥분한 적이 언제였던가? 저도 모르게 터져 나오는 숨이 공간의 온도를 더 뜨겁게 달궈놓고 있다. 여자를 앞에 두고 이렇게 몸이 달아오르다니. 어이가 없어서 참.

도대체 이런 건 뭐라고 설명해야 할까? 이 여자가 그렇게 달라?

뭐 그렇게 특별히 다른 거 같지 않은데 몸이 요동했다. 어쩌면 조금 전 마셨던 술이 문제인지도 모른다.

어찌 됐든 중요한 건 몸이 들썩거리고 요동을 쳐서 견딜 수가 없다는 거다.

도무지 답을 내릴 수가 없을 정도로 여자와 저는 잘 맞아떨어졌다. 입 안에 굴러다니는 유두를 느끼자마자 아랫도리가 찌르르 터질 듯이 전율했다.

뭐라고 단정 지을 수 없는 여자였다. 당장 안에 좆을 박아 넣고 허리를 흔들고 싶은 마음이 가득하지만, 이 달고 예쁜 몸을 머리부터 발끝까지 하나하나 다 빨아먹고 싶은 마음도 강렬했다.

두서없는 마음을 정리하며 팬티를 끌어 내렸다. 빛이 나는 뽀얀 허벅지와 매끈한 배 사이에 검게 드러난 삼각지가 음심을 제대로 자극했다.

은밀한 속살은 어떤 맛일지 회가 동해 침이 꿀꺽 넘어갔다.

강현은 더 이상 여유를 부릴 수 없어 매끈한 허벅지를 잡은 채 양쪽으로 활짝 벌렸다.

"아아."

긴장한 여자의 입에서 술 내음과 함께 신음이 터져 나왔다.

"뭐가 이렇게……."

말을 채 마치지도 못하고 젖어 있는 아래로 손을 가져다 댔다. 언제 이렇게 젖은 건지, 귀엽게도 두 손으로 얼굴까지 가리며 부끄러워한다. 그 모습은 왜 또 집어먹고 싶을 만큼 이렇게 예쁜 건지.

아무래도 묘한 조화였다. 부드러운 크림처럼 촉촉하면서 쫀쫀하게 손가락을 감겨드는 속살이 그야말로 사람을 돌게 한다.

강현은 빠르게 팬티까지 한 번에 벗어 내렸다. 공중으로 드러난 페니스가 시원하게 느껴질 만큼 아래는 열기로 부풀어 있었다. 버섯 삿갓처럼 팽팽한 귀두를 질구에 가져다 대자 여자가 질겁했다.

"콘돔!"

"그런 거 신경 안 써도 돼."

"당신을 뭘 믿고!"

엉덩이를 요리조리 빼며 부끄러워했던 여자가 콘돔을 외치며 버둥거린다.

하긴 못 믿는 것도 당연하지.

"이봐요. 나더러 호빠족이라며. 그런 놈들이 여기저기 씨 싸질러서 뭐에 다 쓰게. 제대로 묶어놨으니까 걱정 안 해도 된다고."

분명 조금 전 바에서 친구라는 여자가 한 이야기를 떠올리며 강현이 받아쳤다.

"그러니까, 당신…… 씨 없는 수박이야?"

혀가 꼬부라져서 말이 샜지만, 의사 전달은 확실했다.

"하, 참. 그렇게 말하니 또 듣기 좋지는 않네. 뭐 어찌 됐든 그냥 해도 괜찮다고. 없는 콘돔을 어쩌라고."

일찌감치 정관 수술을 해버려서 콘돔 같은 건 써본 적도 없다. 없는 콘돔을 갑자기 어디서 찾아내라고. 몸은 동해 죽겠는데 콘돔 아니면 절대로 안 하겠다는 여자를 앞에 두고 지글지글 속이 타고 있었다. 그때 여자가 옆에 있던 클러치 백 속에서 콘돔을 꺼냈다.

전혀 그렇게 보이지 않는 여자가 클러치백에서 콘돔을 꺼내는 건 반전이었다.

"이거 어이가 없네."

하지만 지금 이것저것 가릴 상황이 아니었다. 여자가 내민 콘돔을 쭉 찢어 끼워 그대로 밀어 넣으려고 했다. 그런데 이게 마음대로 되지 않는다.

젠장, 젠장, 젠장,

속에서 터져 나오는 불만을 겨우 씹어 삼키고 다시 예쁜 질구에 무식하게 큰 성기를 가져다 댔다.

"이제 됐잖아? 그러니까 긴장 풀어."

바짝 달아오른 몸 때문에 말도 뾰족하게 나온다.

"저기……."

뭐가 이렇게 숙맥 같은지. 그런데 그게 또 사람을 휘어잡고 흔든다. 페니스를 밀어 넣으면서 느끼는 따뜻하고 짜릿한 전율이 척추를 타고 뇌수를 흔들었다.

"하아."

"……진짜."

제대로 피스톤 운동을 하기도 전에 극단의 전율에 몸이 다 떨렸다. 나긋나긋한 몸 안은 지독히도 뜨거웠다. 속살이 페니스를 쥐어짜는 데 입술이 다 바짝 말랐다. 가만히 있어도 이대로 사정까지 갈 것 같았다.

평소와 달리 이상해도 한참 이상했다.

당장 박아 넣고 싶어 죽을 거 같았는데 막상 안에 넣고 나니 이 상태로도 너무 황홀해서 꼼짝도 하고 싶지 않았다.

그동안 섹스를 너무 오랫동안 안 했나?

머릿속이 난장판이 되어버렸다. 깊게 박아 넣은 채로 아래를 보자 얼굴이 잔뜩 찡그려진 여자가 이마에 송골송골 땀이 맺혀 숨도 제대로 쉬지 못하고 있었다.

예쁘다.

오랜만에 섹스를 하는 건 혼자만이 아닌 듯 여자는 분명 아파하는 것 같았다.

"아파요?"

여자의 가슴을 혀로 살살 핥아주며 손으로 결합된 부위 바로 위에 도드라진 살덩이를 비볐다.

축축하게 젖어든 살이 손끝에서 비벼질 때마다 여자가 허리를 흔들며 신음을 터트렸다.

음핵을 건드릴 때마다 바짝 조여드는 속살에, 내벽의 주름까지 세세히 느껴질 정도였다. 조금 전 마신 술은 이미 확 깨버렸는데도 왜 이렇게 황홀하고 단지…….

탁탁탁, 허리를 쳐올릴 때마다 젖은 살과 부딪히는 쾌감에 입에 침이 다 고였다.

이렇게 멋진 여자가 어디 숨어 있다가 이제 나타난 거야?

몸 안에 있는 모든 세포가 열렬하게 몸부림치며 강현은 새로운 세상을 경험했다. 조금 전까지 짜증 났던 것들은 완전히 날아가 버렸고 마치 처음 섹스를 하는 기분이었다.

그 어떤 섹스와도 비교할 수 없는 황홀경을 맛보았다.

"당신 뭐야? 뭐가 이렇게······."

헛웃음이 터져 나오는데 여자는 신음뿐이었다.

"진짜······ 그만 조이고 힘 좀 풀어봐요."

그러나 단 한마디 대꾸도 없이 도리질만 치며 더욱 잡아먹겠다는 듯이 페니스를 흡입하는데 한마디로 돌 것 같았다. 굵직한 성기가 보들보들한 속살을 넓히며 파고들 때마다 앵두 같은 입술이 벌어지며 신음이 터져 나온다.

한 번으로 끝내고 싶지 않았다. 또 만나고 싶다는 생각이 강렬하게 피어오르자 머릿속 자아가 실소했다.

돌았구나.

자신에게 달라붙는 여자들이 귀찮아서 눈도 돌리지 않았고 그게 싫어서 아무하고나 섹스하지 않았는데 어쩌자고 또 만나겠다고.

"이름. 말해봐. 이름이 뭐야?"

여자는 못 들은 척, 아니, 정말 못 들었는지 정신없이 허리를 뒤로 휘며 신음을 터트릴 뿐이었다. 허리를 한 번 쳐올릴 때마다 뜨거운 열기가 타올랐다. 높은 전율과 함께 정액이 터져 나왔다. 한 번의 사정만으로도 여자는 가쁜 숨을 내쉬었지만 한 번으로 해결될 리 만무했다.

그녀를 또 만나고 싶다는 확신이 점점 들어 재차 이름을 물었으나 정말 못 들은 건지 못 들은 척하는 건지 네 번째 사정을 끝냈을 때 여자는 그대로 잠들어 버렸다.

잠결에 뭐가 공처럼 동글동글 말려 품으로 파고든다. 좋은 향기와 따뜻하고 부드러운 몸.

순간 번쩍하는 번개와 함께 귓가에 벼락 치는 소리가 들려왔다. 품 안의 여자가 그에게 더 바짝 밀려들었다.

"뭐야…… 벼락 무서워요?"

잠결에 눈도 뜨지 못하고 하는 말에 가슴팍에 닿은 여자의 머리가 끄덕끄덕한다.

"괜찮아요. 자."

저도 모르게 여자를 꼭 끌어안았다. 오늘은 하는 짓마다 다 평소 같지가 않다. 섹스만 끝나면 뒤돌아서서 나오거나 등 돌리고 잤던 것 같은데 무서워하는 여자를 끌어안고 있는 게 또 기분이 꽤 괜찮다.

잠에 취한 강현은 몇 마디 하지 못한 채 여자를 끌어안고 잠이 들었다.

징징, 징징.

"뭐야. 무슨 소리가 이렇게……."

눈을 뜨고 고개를 돌렸는데 침대 옆이 허전했다. 사이드 테이블 위에 진동하는 휴대폰을 꺼버리고 벌떡 일어났다.

이름을 물어보지 못했는데!

"무섭다고 달려들 땐 언제고 사람을 버리고 가?"

벌떡 일어나 현관을 보니 그녀가 신고 왔던 신발이 없다. 정말 가버렸다.

혹시 뭐라도 남기지 않았을까?

침실 안으로 다시 들어가 보니 사이드 테이블 위에 금팔찌 하나와 메모가 놓여 있었다.

즐거웠어요. 현금이 없어서…….

"이게 뭐야?"

남자 손목에는 찰 수 없는 여자용 금팔찌였다.

이걸 지금 뭐라고 남겨놓은 거지? 현금이 없어서……?

순간 기가 찼다. 설마 이게 화대야?

그러다가 어제 들었던 말들이 선명하게 기억났다.

이런 호빠족들이 뒤가 더 안심된다고 했던가?

모든 퍼즐이 하나의 그림으로 맞춰진다. 호빠족.

설마 진짜 날 그렇게 본 거야?

* * *

어젯밤.

"야, 저 남자 어때?"

강현은 저를 보고 말하는 소리에 고개를 돌렸다. 고급 자재로 마감된 실내 인테리어와 최고급 술을 진열해 놓은 바는 꽤 점잖게 느껴지지만 그래 봤자 이런 눈길들이 오가며 서로를 훑어보는 일은 예사로 벌어지는 곳이다.

강현은 저렇게 노골적으로 자신을 보고 어떠냐고 하는 말에 눈살을 찌푸렸다.

"여기가 남자들 물 좋기로 소문난 데야. 내가 보기에는 저 남자가 제일 낫네."

역시 저를 가리키며 하는 말이었다.

어이없는 소리지만 그렇다고 그런 말을 하는 여자들이 발랑 까진 것 같아 보이지는 않았다. 오히려 지금 이 바의 분위기에는 겉돈다고나 할까?

특히 저 긴 머리에 웨이브를 한 여자. 그녀는 입고 있는 옷이 어색하고 불편한지 자꾸 치마 밑단을 만지작거리며 내리고 있었다. 가슴이 파여서 볼록하게 드러난 하얀 가슴골이 시선을 잡아끌었다.

그녀는 짧은 치마를 계속 잡아 내리면서 앞에 있는 친구의 말에 연신 고개를 끄덕이고 있었다.

내가 이렇게 여자들에게 눈길 주는 놈은 절대 아닌데.

기차 화통이라도 삶아 먹었는지 하도 목소리가 커서 다 들린다. 더 재밌는 건 낮춘다고 낮춘 목소리가 비밀스러운 분위기를 풍기며 더 선명하게 들렸다. 더군다나 강현을 향해 눈길을 주며 대놓고 저 남자 어떠냐고 묻는데 신경이 안 쓰일 수가 없었다.

웨이브 진 긴 머리의 여자가 슬쩍 고개를 들어 강현을 쳐다보았다. 그와 눈이 마주치자 휙 앞으로 돌아가며 테이블 위에 있는 칵테일을 물처럼 들이마셨다.

꽤 도수가 있는 술인데 알고나 마시는 건지.

강현은 헛웃음을 치며 앞에 있는 스트레이트 잔을 들이켰다. 기분이 별로 좋지 않았다. 역시 영감탱이가 잘 봐주라고 하는 것치고 제대로 된 것들이 없다. 조폭 출신 회장답게 과거에 인연이 있던 사람들이라곤 하나같이 다 삼류 양아치들이다.

백화점이랍시고 거래를 하는데도 뭐 그렇게 구구절절 변명이 많은지, 깔끔하게 납품 잘하고 매상 올려주면 나가라고 할 일도 없을 텐데 장사는 제대로 하지도 못하면서 봐달라는 소리는 길게도 한다.

할아버지 유 회장의 청탁에 어쩔 수 없이 한 번 더 만난 업체 사장은 독한 술에 헐벗은 여자들만 주르륵 불러놓고 사업 얘기는 아랑곳도 없이 여자 허벅지만 주무르고 있었다.

인내심이 한계를 넘어선 탓에 결국 자리를 박차고 나와 혼자 한잔하러 온 바였다.

그런데 이번에는 이질적인 분위기의 여자 둘이 앉아서 대놓고 저를 호스트로 생각하며 떠들고 있다. 더 가관인 건 나름 이 바닥에 빠삭하기라도 한 듯이 아는 척하면서 이야기하는 커트 머리 여자의 말이었다.

"저 남자 진짜 괜찮지 않냐? 어깨 떡 벌어진 거 봐. 허벅지는 또 어떻고. 저런 남자가 진짜 힘이 장난이 아니라고. 생각해 봐. 저 체격으로 밤새……. 야, 그러니까 너 잘해봐."

하지만 여자는 별말도 없이 고개만 끄덕였다.

진짜 저 꼴을 하고 나한테 대시라도 하겠다는 건가?

강현은 위스키를 한 잔 더 들이켰다.

보다 보니 어째 호기심도 나고. 저렇게 고개를 끄덕이는 거 보면 당장 저에게 와서 뭐라고 말을 걸 것 같았다.

그런데 화장은 꽤 요란하게 한 것 같은데도 물기가 많은 커다란 눈동자가 차분한 것이 영 숫기가 없어 보인다. 이런 데서 아무 남자나 붙잡고 말을 걸 용기 같은 건 없을 것 같다.

술 때문인지 시선이 자꾸 기차 화통을 삶아 먹은 여자 앞에서 조용히 고개만 끄덕이는 여자에게 가고 있었다.

"너한테 남자라곤 동화뿐이잖아. 그런데 동화도 이제 가고 없으니 오늘은 딴생각 말라고. 어차피 연애 같은 건 할 생각도 없잖아. 그러면 딱 이런 데서 저런 남자 하나 물고 진짜 찐하게 하룻밤을 보내는 거란 말이지."

웨이브 긴 머리는 대답도 하지 않고 앞에 있는 칵테일을 한 잔 더 마셨다.

"알았어. 내가 잘할게. 그러니까 넌 가."

얼씨구? 전혀 그럴 것 같지 않은데. 결국, 친구를 보내고 나에게 오겠다는 건가?

강현은 잠시 갈등했다. 어디를 가나 환장하고 덤벼드는 여자들 탓에 여자들이야 차고 넘쳤지만, 저런 여자가 다가온다고 하면 굳이 싫다고 밀어낼 필요는 없을 것 같았다.

"정말이야? 너 할 수 있겠어?"

커트 머리 여자가 한 번 더 묻자 긴 머리 여자는 강현에게 시선조차 주지 않은 채 고개만 끄덕이며 술을 한 잔 더 했다.

"알았어. 그럼 내가 자리 피해줄 테니까 제대로 도전해 봐."

어깨까지 두드리며 커트 머리 여자가 일어나 나가다 한 번 더 돌아본다. 강현은 왠지 웃음이 났다. 거나하게 술이 올라오고 있어서 이제 저 여자가 내게 다가오면 어떻게 해줄까 하는 생각에 입꼬리가 자꾸 늘어졌다.

좋아, 저 정도면, 뭐. 받아줄 만하지. 조용하고 뜨겁게 원나잇이라. 아무리 봐도 실루엣이 딱 여성스럽다. 가는 허리며 길게 뻗은 다리며 여러모로 취향이었다.

그래, 이제 어떻게 나오려나?

웨이브 머리가 다가오기를 기다렸다.

그런데 이 여자는 어떻게 된 게 제게는 눈길도 주지 않고 앉은자리에서 연거푸 칵테일을 마시더니 그대로 테이블 위로 쓰러졌다.

칵테일이라도 저렇게 마셔댔으니 당연한 일이지. 기다리다가 조바심까지 날 쯤 갑자기 여자가 상체를 일으키더니 그대로 일어났다. 강현은 여자가 어떻게 다가오나 보려고 일부러 시선을 슬쩍 돌린 채 기다렸다.

결국 오기는 오네.

저도 모르게 목을 돌우며 침을 꿀꺽 삼켰다. 여자의 부드러운 곡선이 눈에 들어올 만큼 여자가 테이블 가까이 왔을 때였다.

당연히 테이블 앞에서 멈춰야 할 여자가 강현의 옆을 지나쳐 비틀거리면서 그냥 나간다. 여자가 지나간 자리에 남아 있는 은은한 향이 그의 후각을 건드렸다.

당장 도전할 것처럼 사람 기대하게 해놓고 그냥 가는 게 어딨어?

강현은 일어나 그녀의 뒤를 따라나섰다. 아래로 자꾸 피가 몰리고 있었다. 재킷으로 가리지 않는다면 사람들이 발정 난 놈으로 알 거다.

친구까지 먼저 보내더니 결국 술 몇 잔 하고 나갈 정도밖에 안 되는 숙맥이 원나잇을 하겠다고 그랬단 말이지?

그런데 몹시도 그 원나잇의 상대가 되고 싶은 게 문제였다.

도대체 뭐에 꽂혔을까?

세련되지도 않고 그렇다고 딱 봐도 대단히 경험이 많을 것 같지도 않은 그런 여자였는데.

밖으로 나가자 차가운 공기가 비강으로 몰려들었다. 이 정도 추위라면 여자는 꽤 추울 거다.

야하게 입느라 짧은 스커트에 깊게 팬 옷을 입고 있었으니 말이다. 그런 생각을 하고 두리번거리자 찾던 실루엣이 눈에 들어왔다.

여자는 코트를 걸친 채 비틀거리며 가로수를 잡고 있었다.

"많이 취했어요?"

갑작스러운 목소리에 놀란 눈이 그를 향했다. 강현은 거침없이 다가갔다.

"네?"

"아까는 알았다고 해서 기다렸는데. 나한테 도전하겠다면서요."

갑자기 여자의 얼굴이 빨개진다. 잘 익은 홍시처럼 빨개진 얼굴을 보자 심장이 빠르게 뛰기 시작했다.

"다 들으셨어요?"

"그렇게 큰 목소리로 말하는데 누가 안 들었겠어요? 안에서 그쪽이 나한테 도전할 거라는 거 모르는 사람 없었을 것 같은데. 왜 안 왔어요? 나 별로예요?"

"그런 게 아니라……."

다가가 어깨를 잡자 보기보다 더 가늘고 여린 어깨가 흠칫 떨린다. 놀란 초식 동물 같은 연약한 떨림이 보호해 주고 싶은 마음과 안고 싶은 충동을 동시에 불러일으켰다.

"오늘 밤은 자신 있다면서요. 하나밖에 없는 남자도 가고 없고."

들은 대로 대충 지껄이자 여자가 더 놀란 눈을 하고 되묻는다.

"대체, 어디서부터 들은 거예요?"

"전부 다."

"……."

여자는 별말 없이 까만 눈동자를 들어 시선을 부딪쳐왔다. 밤의 추위가 다 날아가 버릴 것 같은 눈동자에 뭔가 빨려 들어가는 것 같은 착각이 들었다.

대체 뭐가 이렇게 사람을 홀려?

"그래서…… 나 싫어요?"

강현이 직선적인 질문을 던졌다.

"뭐가요."

"오늘 원나잇 상대로 말이에요."

패인 블라우스 사이로 가슴이 슬쩍 보였다. 그것이 도화선이 되어 온몸의 피가 뜨거워졌다. 마치 불이라도 붙은 것처럼 말이다.

"내가 아무한테나 손 내미는 남자는 아닌데 말이지…… 같이 갈래요?"

빤히 쳐다보던 여자가 강현이 내민 손을 쉬이 잡지 않자 강현은 한 번 더 손을 내밀었다.

여자가 물끄러미 바라보다 손을 내밀었다. 작은 손이었지만, 제법 야무지고 뼈대가 단단하다.

차갑게 언 손끝을 잡고 있으니 온몸이 뜨거워지고 아랫도리로 피가 몰린다. 그저 평범하게 생긴 여자인데 미치도록 박고 싶다.

이쪽 사정은 전혀 모르는지 여자는 무구한 얼굴로 말했다.

"못 들은 걸로 해도 되는데요?"

"그러고 싶지 않은데요? 들은 걸 어떻게 못 들은 걸로 해요?"

못 들은 걸로 지나가다니. 전혀 그럴 생각이 없다. 강현은 바로 입술을 겹쳤다. 차가운 겨울밤 공기가 무색할 정도로 키스만으로도 온몸이 뜨거워졌다. 키스와 함께 젤리 같은 입술을 빨며 반사적으로 여자의 가슴을 손으로 움켜쥐었다.

딱 알맞은 크기의 가슴이 손안에 착 감기는 느낌에 아래는 더 세게 발기하고 여자의 입술을 빠는 힘은 더 세졌다.

으응. 작은 신음이 귓가를 올리자 더 이상 참을 수가 없었다.

"이거 무슨 맛 립스틱이에요?"

"네?"

립스틱에 맛이 있기는 했던가?

둘 다 적당히 술이 올라 있었다. 호텔로 갈까 하다가 집으로 향했다. 더 조용하고 사적인 공간이 나을 것 같다는 생각이 든 건 여자의 깊고 검은 눈망울 때문이었는지도 모른다.

집으로 들어설 때까지 아무 말 없이 따라왔다는 건 이 여자도 내게 마음이 있다는 거지.

생각이 거기에 미치자 조급한 마음은 바로 행동으로 이어졌다. 집 안에 들어선 여자를 보자 하룻밤의 유혹은 더 강렬하게 그를 홀리고 있었다.

강현은 여자의 하얀 목덜미에 입술을 묻었다. 얇은 살갗 아래 팔딱이는 맥박이 사람을 미치게 한다.

빠르게 옷을 벗겨 내고 몸을 보고 싶다. 다 벗은 그 몸이 어떨지 상상하는 것만으로도 심장이 뻐근하게 펄떡거린다. 여자를 침대로 데리고 가면서 블라우스를 벗기고 스커트 지퍼를 내려 아래로 떨어뜨렸다.

속옷만 입은 모습만으로도 심장은 무섭게 뛰고 있었다. 뒤로 밀리던 여자가 풀썩 침대에 앉기 무섭게 그 위로 덮치듯 넘어졌다.

"이제 와서 빼겠다고?"

귓가에 대고 낮게 묻자 고개를 젓는다. 주저하며 빼는 여자라면 평소 같으면 마음에 들지 않을 텐데 이 여자는 이러는 것도 예뻐 보인다. 말도 안 되게 뭐든 다 괜찮고 예뻐 보인다는 건 술이 꽤 취했다는 거다.

이렇게 여자가 예뻐 보일 정도로 취한 적이 있었던가?

보기만 해도 흡족하고 예쁘지만 그렇다고 마냥 느긋하게 기다려 줄 수는 없었다. 마음이 돌변해서 밖으로 뛰쳐나간다면 잡을 명목은 없었다. 강제로 취하는 원나잇 같은 건 전혀 제 취향이 아니었다.

강현은 다시 입술을 겹치며 가슴을 움켜쥐었다. 손바닥에 착 감기는 살덩이는 푸딩처럼 탱글탱글하고 사람 미치게 부드러웠다.

그렇게 몇 번이고 아래서 흐트러지며 뜨거운 밤을 보냈는데. 금팔찌 하나 남기고 사라지다니!

'내가 함부로 만날 수 있는 남자가 아니거든.'

설마 나를 호빠 에이스쯤으로 받아들인 거야?

어이가 없었다.

강현은 벌거벗은 채 침대에 앉아 이마를 짚었다.

* * *

정오의 햇살이 전면 유리창을 통해 들어와 노란 해바라기를 눈부시게 비추고 있었다. 그 옆에는 장미와 리시안셔스가 탐스럽게 피어 있었다.

"뭐? 화대로 금팔찌를 남겨놓고 왔다고?!"

바쁘게 오픈 준비를 하는 매장 쪽으로 눈을 크게 뜬 주아가 소리쳤다.

"조용히 안 해?"

저도 모르게 반사적으로 다혜는 주아의 입을 손으로 막았다.

"너는 아무 데서나…… 화대가 아니라…… 그냥."

"화대 맞지! 호빠 오빠한테 남겨주고 왔으면 그게 화대지. 아니, 금팔찌가 다 웬 말이야."

목소리를 줄여도 목청이 커서 전혀 작아진 것 같지 않았다. 다혜는 고개를 갸웃했다.

"아무래도 잘못한 거 같아. 현금이 없어서……."

"도대체 몇 돈 자린데?"

"닷 돈."

"뭐? 100만 원이 넘네? 와…… 그래. 그놈은 완전히 운이 텄구나."

"신용 카드를 줄 수도 없잖아."

"현금을 준비했어야지."

"네가 다짜고짜 끌고 갔잖아."

"그래서. 밤은 어땠는데?"

"웬만했어."

"웬만하긴?"

목에 두른 스카프를 재빠르게 빼내자 목덜미에 얼룩덜룩하게 묻어 있는 키스 마크에 주아가 웃으며 다시 스카프를 둘러줬다.

"하여간 엄청 뜨거웠나 보네. 눈도 쏙 들어간 게."

"그만해."

"그래도 김준오 씨 소식에 속상했던 건 하나도 생각나지 않잖아. 역시 남자는 남자로 잊어야 하는 거야."

"그런 거로 속상한 적 없어."

"차라리 귀신을 속여. 내가 네 마음 다 아는데."

"아니라니까."

다혜는 빨개진 얼굴을 하고 리본들을 정리하기 시작했다. 옆에서 선명한 색상을 자랑하는 장미 한 송이를 들어 향기를 맡던 주아가 피식 얼굴에 웃음을 걸었다.

"그런데 넌 타고나긴 했어. 꽃들도 다 같은 게 아닌데 어쩜 이렇게 생생하고 좋은 걸로 골라 올 수가 있니?"

"다 농장 덕분이지, 뭐."

"그래. 벌써 거래한 지가 얼마냐. 진짜 꽃 좋다."

"꽃을 잘 키우니까."

"그래, 사람도 참 괜찮아 보이더라."

그녀가 거래하고 있는 농장에선 장미와 카네이션 등을 가저오는데 특히 다혜가 거래를 튼 농장은 꽃이 싱싱하고 탐스러웠다.

"그래도 꽃꽂이에는 너를 당할 사람이 없지, 우리 엄마는 네 덕에 진짜 장사 잘해."

"무슨 소리야. 네 덕이지. 요즘 네 매듭이 내 꽃꽂이에서 얼마나 중요한지 알아?"

"그래. 좋다, 좋아. 그런데 우리끼리 칭찬하면 뭐하겠니. 모든 건 매출이 말해주는 거야. 그런데 너 말이야……."

다혜는 주아의 다음 말을 들으려고 고개를 들었다. 그때 전화벨이 울리기 시작했다. 화분들 사이에 있는 테이블 위에서 빛을 반짝이며 핸드폰 액정에 동화의 얼굴이 올라왔다.

"야, 동화다."

동화라는 말만 들어도 다혜의 얼굴에 웃음이 가득했다.

"아이고. 아들이 그렇게 좋니?"

"그럼. 처음 가는 체험 학습인데 어쩌려나 몰라. 엄마 보고 싶다고 울진 않았으려나."

휴대폰을 집어 드는데 옆에서 주아가 키득거렸다.

"네가 동화 보고 싶어서 안달이지. 동화가 엄마 보고 싶다고 울고 그럴 애야? 다섯 살치고 그렇게 능구렁이 같을 수가 없어."

주화의 말을 귓가로 흘리며 다혜는 바로 핸드폰을 귓가에 대고 웃음 섞인 소리를 냈다.

"여보세요, 동화야."

-엄마.

"엄마 안 보고 싶었어?"

-뭘 그런 걸 묻고 그래.

하여간 딱 동화답게 말한다.

목소리를 들으니 가슴이 뿌듯해지고 배부른 듯 포만감이 느껴진다.

-나 잘 지내고 있어 엄마. 체험 학습도 괜찮네.

"내일까지 잘 지내다 올 수 있어?"

-못 지낼 건 또 뭐야.

도대체 이 아이의 입심은 누구를 닮았는지.

-엄마는 나 보고 싶다고 울었어? 아니면 주아 이모 말 듣고 남자 친구 만났어?

갑자기 어젯밤의 그 뜨거운 정사가 떠올라 얼굴이 다 화끈거렸다. 이 애는 가끔 사람을 이렇게 깜짝 놀라게 한다.

"응. 나가서 친구도 만나고."

-음. 잘했어. 엄마 잘 지내고 있어. 내가 내일 갈게.

"동화야."

-옹?

24

"달리 할 말 없어?"

-아, 그거어? 엄마 사랑해.

말과 함께 '쪽' 하고 전화기에 대고 뽀뽀하는 소리가 나더니 뚝 하고 전화가 끊겼다.

남자 친구라니. 주아가 애 있는 데서 아무렇지도 않게 한 말을 동화는 잘도 기억하고 있다. 역시 어젯밤은 너무 파격이었다.

다혜는 두 손으로 화끈거리는 얼굴을 감쌌다.

* * *

강현은 내내 찬물을 뒤집어쓴 느낌이었다. 하긴, 그녀에게 호빠족들이라는 게 원래 피임은 더 철저한 거라며 마치 진짜 호빠에서 노는 놈처럼 굴었던 건 저였다.

"아무리 그래도 그렇지."

그녀는 끝내 이름을 말해주지 않았다. 나이는 대충 어림짐작으로 서른은 넘지 않은 것 같았다.

그녀가 누웠던 침대 시트에 코를 박자 그녀의 은은한 향기가 여전히 남아 있었다. 꽃향기 같기도 하지만 그보다는 조금 더 간질간질하고 자꾸 그녀를 갈구하게 하는 그런 향기였다.

"지금 뭐 하는 거지? 원나잇 한 여자의 냄새나 맡고 앉았고. 이제 갈 데까지 다 갔구나."

진동으로 울리던 전화가 다시 울리기 시작했다. 역시 영감탱이다.

"네, 회장님."

-회장님은. 회장님이 이 아침에 전화를 왜 하겠어. 할아버지로 전화한 거지.

"할아버지로 전화했어도 일 얘기 하실 거 아니에요. 그럼 무조건 회장님 맞죠. 바지 회장님."

-이놈이? 내 바지 사장이란 소리는 들어봤어도 바지 회장이라는 소리 처음 듣는다.

"바지 회장님 맞죠. 일은 제가 전부 다 하는데. 결정도 제가 하고. 사인도 제가 하라는 대로 하시니까 바지 회장님이지요."

-당연하지. 그럼 늙은 내가 일을 해? 어제 김 사장네 잘 좀 봐주라고 했더니 중간에 자리 박차고 나갔다고?

할아버지의 말에 갑자기 불쾌했던 접대 자리가 다시 떠올랐다.

"그러게 잘 봐주고 싶어도 사업상 잘 봐줘야지. 여자 엉덩이를 잘 봐줄 순 없잖아요?"

-뭐라고 하는 거야?

"그러니까 말입니다, 할아버지. 뭐라고 하는 건지…… 사업 얘기하겠다고 나와서는 왜 자꾸 여자 엉덩이만 들이미는 건지 알 수가 있어야죠."

-그래서. 그래서 나갔다고? 네놈이 여자가 싫어서?

"여자는 괜찮았죠. 사업하고 뒤죽박죽되는 게 싫을 뿐입니다."

작은 한숨이 전화기를 통해 나왔다. 할아버지도 이쯤 되면 더는 잘 봐주라고는 할 수 없을 거다.

2. 임신

일에 있어서만은 손자를 절대적으로 신뢰하는 할아버지였다. 사채업을 제2금융권에 편입시킨 뒤로 사업은 무서운 속도로 커지고 있었다.

-이놈아, 저축은행 하나 끼고 앉아 승승장구한다고 콧대 너무 높게 세우지 마.

"아니지요. 당연히 콧대 세워야지요. 그러게 그냥 저축은행 대표로 앉아 있고 싶은 걸 왜 백화점에 끌어다 놓으셨어요. 할아버지 능력이면 다른 사람들 많을 텐데."

-네놈만 해? 어찌 됐든 그 백화점 지분의 반은 내 거야. 잘 경영해야 해.

"걱정하지 마세요. 그런데 할아버지 돌아가시고 나면 그 지분 또 반은 저한테 오는 거 아닌가요?"

-예끼, 이놈아. 할아버지가 빨리 죽길 바라냐?

"그럴 리가 있겠어요. 돈도 많으신데 사업에 신경 쓰지 마시고 노세요. 어차피 요즘 신경통 때문에 머리도 많이 못 쓰시잖아요."

할아버지는 주먹 세계에서 이름을 알렸었고 그렇게 검은돈으로 나이트클럽이며 주점을 하다가 사채업 하나를 인수하셨다. 아버지는 그 과정에서 사라진 희생양이라고 할 수 있었다.

강현은 아버지가 죽고 난 뒤로 어떤 오점도 만들지 않으려고 했다. 약점을 만드는 즉시 잡아먹히게 되는 세계라는 걸 알았기 때문이다. 강현이 일을 하면서 제일 먼저 정리한 게 나이트클럽과 주점이었다. 합법적인 사업체로 탈바꿈하며 주먹 세계의 검은돈과는 손을 끊으려고 애를 써왔지만 참 섭지 않았다.

할아버지가 목숨의 위협을 받았을 뿐 아니라 강현에게까지 위협이 다가오는 순간들이 많았다. 강현이 정관 시술을 한 것도 약점을 만들지 않겠다는 결심 때문이었다.

이 검은돈의 아성으로 쌓아 올린 사업체라면 자기 대에서 끝내고 나머지는 어떻게 되든 알 바 아니라는 게 강현의 생각이었다.

"저 전화 끊습니다. 나가봐야 해요."

-그래? 알았다.

두말하지 않고 끊으시는 건 사업에 방해가 되면 안 된다는 생각 때문일 거다. 주먹 세계에서 잔뼈가 굵었다고 하면서도 손주에게는 마냥 넘어가 주시는 할아버지를 오래오래 건강하게 살 수 있도록 지켜 드리고 싶었다.

전화를 끊고 보니 여전히 알몸이다. 그녀 때문에 달아올랐던 성기는 할아버지와 전화하는 동안 이미 축 처져 있었다.

손에 들고 있는 팔찌를 내려다보았다. 이 상황이 어이없고 찬물을 뒤집어쓴 것 같다. 도대체 이 팔찌는 어떻게 하라고?

아무리 호빠족이라고 생각했어도 금팔찌를 두고 가다니.

순간 한 남자의 이름이 떠올랐다.

'유일한 남자도 갔으니……'

'동화 곧 올 거야.'

어이없게 그 여자의 유일한 남자라는 '동화'라는 놈만 기억난다.

그놈은 어떻게 그 여자의 마음을 사로잡은 걸까?

　　　　　＊　＊　＊

　동화의 사랑한다는 말에 입꼬리가 귀까지 늘어지는 걸 본 주아가 어이
없이 웃었다.

　"그렇게 아들한테 사랑한단 소리가 듣고 싶어? 넌 애정 결핍이 틀림
없어."

　"무슨……."

　"그런데 동화는 도대체 누구 닮았을까?"

　얽혀 있는 소재 다발을 꺼내 한쪽에 두며 주아가 중얼거렸다.

　"나 닮았지 뭘."

　"아이고. 행여 너 닮았겠다. 그 입심을 봐. 누구를 닮았는지 몰라도 정말
말 한번 되게 잘한다. 사람 할 말 없게 하잖아. 다섯 살짜리가…… 언어 천
재 아니야?"

　"언어만 천재겠니? 난 정말 우리 동화 재능이 감당이 안 될 때가 많아."

　다섯 살밖에 되지 않은 애가 너무 재능이 많아서 엄마가 부담스럽고 걱
정스러울 정도라는 말이 그냥 나오는 말이 아니었다.

　"그런데 너. 정말 동화 아빠가 누군지 알아보고 싶은 생각은 없어?"

　주아의 말에 포장용 리본을 정리하던 다혜의 손길이 멈췄다. 심장이 존
재감을 알리며 묵직하게 빠르게 뛴다.

　"왜 또 그런 말을 하고 그래."

　"하긴. 너한테 유일한 가족인데. 괜히 아빠 찾다가 애라도 뺏기면……."

　리본이 바닥으로 툭 떨어졌다. 불길한 말을 듣기라도 한 것처럼 다혜가
인상을 썼다.

　"제발 그 말 좀 그만. 내 애야. 동화는 내 아이라고. 누가 뺏어가."

　"아이참, 내가 주책이다. 네 아들인데 동화가 어딜 가. 걱정하지 마. 애가

하도 재능이 많아서 저런 천재하고 같이 있는 게 영광이라서 나도 모르게 나온 말이야."

그러나 주아의 말은 그녀를 전혀 안심시키지 못했다. 마음 한쪽에 5년 전 그때가 늘 자리 잡고 있다.

5년 전

"어, 언니. 오늘 늦게 와?"

다혜는 중환자실에 있는 엄마를 면회하고 나오며 언니 다미의 전화를 받고 있었다.

-아니야. 오늘 갈 때 네가 좋아하는 군고구마 사 갈게.

"어. 군고구마 좋아. 그런데 언니도 힘든데 병원에는 나 혼자 있어도 되는데."

-너 며칠째 혼자 있잖아. 그렇게 계속 혼자 다 하면 너무 힘들어. 같이 교대하면 되지.

"알았어."

엄마가 뇌졸중으로 쓰러져서 중환자실과 일반 병실을 드나든 지 6개월이 넘어섰다.

처음 뇌졸중으로 쓰러졌을 때는 마비는 있었어도 회복할 수 있다고 했다. 후유증으로 반신 마비가 와서 물리 치료를 하며 부단히 회복을 위해 노력했다.

다행히 조금씩 상황이 좋아지고 있었다. 그런데 그날은 잠깐 편의점에 갔던 게 문제였다. 많이 좋아졌다고 생각한 엄마가 침대에서 내려 몇 걸음을 걷다 그대로 병실 바닥에 쓰러지면서 뇌진탕을 일으켰다. 고관절 뼈가 부러지고 뇌에도 손상이 왔다.

엄마는 다시 중환자실로 들어갔다가 일반 병실로 옮겼다. 그러나 이런 상황이 반복하는 동안에 그렇지 않아도 어려웠던 집안은 엄마 병원비에 폭삭 주저앉게 생겼다.

다미와 다혜에게는 엄마뿐이었다. 다행히 다미는 저축은행에 취업해서 안정적인 수익이 있었고 다혜도 작년에 대학을 졸업하고 꽃집에서 일하고 있었다.

하지만 병원비는 워낙 비쌌고 엄마가 언제 깨어날지 기약이 없었다. 그래도 엄마가 숨만 쉬고 있어도 의지가 되고 엄마랑 어쩌다 눈이라도 마주치면 그게 그렇게 감사할 수가 없었다.

그날은 언니가 조금 늦게 온다고 해서 기다리고 있었다.

갑자기 엄마의 상태가 나빠졌다. 레지던트의 설명을 듣고 있는데 괜히 눈물이 났다. 언니한테 전화할까 하다 어차피 올 텐데 미리 말한다고 달라지는 것도 없지 싶어서 겨우 울음을 삼키고 화장실로 갔다.

손을 씻는데 갑자기 차고 있던 구슬 팔찌가 끊어지면서 와르르 쏟아져 내렸다.

"어……?"

언니가 캐츠아이로 만들어준 팔찌였다. 고양이 눈처럼 영롱하게 빛을 뿜어 특별히 좋아하는 팔찌였는데 연보랏빛 캐츠아이 구슬이 세면대 위로 쏟아지자 괜히 섬뜩하게 무서웠다.

불길한 감정이 떠올랐으나 그보다는 떨어진 팔찌 알을 줍는 게 더 급했다.

끊어져서 뒹구는 구슬을 겨우 주워들고 대기실로 돌아왔다.

보호자 대기실에는 위독한 환자의 보호자나 임종을 기다리는 가족들도 있어 공기 흐름 자체가 우울할 수밖에 없었다.

"언니는 왜 이렇게 안 오는 거야……."

많이 늦지는 않을 거라고 했는데. 이렇게까지 늦을 리는 없었다. 시계가

11시를 향해 가고 있었다.

깜빡 잠들었던 거 같은데 손에 들고 있던 휴대폰이 울리기 시작했다. 언니의 번호였다.

"여보세요?"

그런데 전혀 다른 목소리가 들려왔다.

-여보세요? 여기 국립병원 응급실이에요. 연다미 씨 아세요?

"우리 언니예요."

-지금 연다미 씨가 교통사고로 급히 수술해야 해서요. 빨리 오시겠어요?

심장이 미친 듯이 요동치기 시작했다. 심장에 대고 드럼을 친다고 해도 이렇게까지 쿵쾅거릴 수는 없을 거였다. 엄마도 중환자실에서 사경을 헤매고 있는데 언니가 응급 수술을 해야 한다니.

병원은 이곳에서 멀찌감치 떨어져 있었지만 지금은 달리 생각할 수가 없다. 다혜는 간호사실에 가서 급하게 나갈 일이 있다고 이야기를 하고 언니가 입원해 있는 병원으로 갔다.

응급실 한쪽에 누워 있는 언니는 위중한 상태였다. 보호자 사인을 하기가 무섭게 수술실로 들어가 제대로 얼굴도 보지 못했다. 응급 수술에 필요한 수납을 하라고 준 명세서를 보자 기가 막혔다.

가지고 있는 돈을 생각하면 가슴이 철렁했지만 지금은 그런 걸 따질 때가 아니었다. 언니의 생명이 걸린 수술이 먼저였다.

일단 카드로 수납을 하고 초조하게 수술이 끝나기를 기다렸다.

수술에 들어간 지 몇 시간이 지나도 수술실 문은 열리지 않았다. 그러다 수술실 앞 의자에서 쓰러져 잠깐 잠이 들었던 것 같은데 눈을 떴을 때는 새벽이었다. 여전히 수술 중이라는 불만 들어와 있었다.

아침이 다 되어서야 나온 의사는 다혜를 보고 몹시 피곤한 눈으로 말했다.

"수술은 최선을 다했습니다. 그런데 상태가 워낙에 안 좋아서요. 환자가 깨어나고 난 후에 이야기해야 할 것 같습니다."

어떻게 이런 일이 있을 수가 있나. 하늘이 무너져도 한 번만 무너져야지 두 번 세 번 이렇게 무너져도 되는 걸까?

누구와 말이라도 하고 싶었으나 찾을 수 있는 사람이라고 아무도 없었다. 환자가 회복실에서 중환자실로 옮기고 난 후에야 다혜는 언니를 면회할 수 있었다.

"언니……."

다행히 마취가 깨고 눈을 뜬 다미는 다혜의 손을 꽉 잡았다. 힘이라곤 하나도 느껴지지 않았지만, 그래도 다혜의 손가락을 잡은 채 다미가 말했다.

"내 핸드백…… 내 휴대폰."

"응, 언니."

"인공 수정…… 네가 해. 내 대신해 줘."

무슨 말인지 전혀 알아들을 수가 없었다. 인공 수정? 그런 말이 지금 왜 나오는 건지…….

언니가 너무 아파서 헛소리를 한다고 생각했다.

"언니, 알았어. 알았으니까 이제 좀 쉬어. 말 많이 하는 것도 힘들어."

"……꼭 부탁…… 제발."

언니의 손을 잡고 알았다고 고개를 끄덕이자 언니는 다시 눈을 감았다. 반나절이 지나서야 다시 깨어났다.

까만 눈동자와 마주하자 안도감이 들었다. 저를 알아보고 이름을 불러주자 그제야 살았다 싶었다.

"다혜야……."

"언니."

"꼭 부탁해. 미안해. 내가 하려고 했는데…… 내 핸드폰에 자세히 적어놨어. 알지. 내 비번……. 인공 수정…….*"

다시 깨어났는데도 언니는 인공 수정 이야기를 하고 있었다. 다른 말은 다 꿈이라고 해도 핸드폰 이야기를 하는 걸 들으니 언니의 핸드폰을 한번 열어봐야겠다는 생각이 들었다.

"언니. 알았으니까 걱정하지 말고 어서 낫기나 해. 언니가 하라고 하는 거 내가 다 할게."

손을 잡고 말하자 그제야 안심이 되는지 언니가 다시 말을 이어 갔다.

"병원으로 가기만 하면 돼. 그러면……. 다혜야."

힘에 겨워 말과 말 사이에 공백이 이어지고 있었다. 겨우 말을 하는 언니 옆으로 간호사가 왔다.

"환자가 말 많이 하면 안 돼요. 보호자분 이제 그만 나가주세요."

너무나 짧은 면회였다. 그러나 다른 생각을 할 수도 없었다. 다혜는 나 오자마자 응급실에서 간호사가 주었던 언니의 핸드백을 열어 휴대폰을 꺼냈다.

메인 화면에는 엄마와 언니 다혜가 함께 있는 사진이 있었다. 엄마 생일에 함께 케이크를 앞에 두고 찍은 사진인데 사진 꾸미기 어플을 이용해서 고양이 가족처럼 귀도 세우고 수염도 그려 넣었다.

겨우 7개월 전 일인데 행복했던 때가 언제인지 싶었다. 사진을 보고만 있어도 코끝이 찡했다. 어서 언니도 엄마도 회복하여 이렇게 케이크를 앞에 두고 노래도 부르고 사진도 찍을 수 있으면 좋겠다는 생각뿐이다.

언니의 비밀번호는 엄마의 생일이다. 비밀번호를 누르고 언니가 자주 쓰는 스케줄러를 열었다.

오늘 날짜를 기준으로 스케줄을 확인하는데 이틀 후 동그라미가 쳐져 있었다.

인공 수정.

무슨 말일까?

언니가 아파서 헛소리를 한다고 생각했는데 정말 스케줄에 인공 수정이라는 단어가 적혀 있다. 결혼도 하지 않은 언니가 인공 수정을 할 생각이었다고?

그건 말이 되지 않는다. 혹시 친구의 인공 수정을 말하는 게 아닐까?

그리고 언니가 남긴 메모를 보았다.

아이를 낳아 주기로 했다. 계약금으로 천만 원. 한번 수정할 때마다 삼천만 원. 인공 수정이 되면 그때는 1억. 5개월 안정기에 들어가면 2억. 출산하고 나면 2억이다.

이게 다 무슨 말인지…….

벌써 한 달 전에 쓴 메모였다. 그 후로도 인공 수정에 관한 고민과 갈등이 곳곳에 적혀 있었다.

어쩔 수 없다. 엄마 병원비도 그렇고, 그리고 내가 할 수 있는 일이니까. 아이를 낳아서 주면 잘 키울 수 있는 집안이라고 했다. 돈이 많으니까 이렇게 큰돈을 주면서 아이를 낳아달라고 하는 거겠지? 난 괜찮다. 다행히 건강하고 대학도 잘 나와서 이런 기회도 있는 거니까.

충격적이었다. 진짜 언니는 인공 수정을 대가로 돈을 받으려고 했던 걸까?

어떤 사람의 아이를 인공 수정한다고 쓰여 있지 않았다. 언니의 고민에는 다혜에 대한 이야기도 있었다.

아이를 낳아서 돈을 다 받으면 작은 집도 사고 다혜도 안정적으로 하고 싶은 일을 할 수도 있고. 그렇게 되면 얼마나 좋을까?

언니는 엄마 병원비 때문에 그리고 나 때문에 이런 일을 하겠다고 생각한 거다. 대체 이런 일을 제의한 사람들이 누구인가 싶다.

이틀 후 인공 수정을 하기로 예약한 병원과 시간까지 다 나와 있었다.

그런데 이걸 나보고 하라고?

싫어. 내가 왜 알지도 못하는 남자의 아이를 가져? 그것도 낳아서 준다고?

결혼도 안 했는데 누군지도 모르는 남자의 아이를 낳는다고?

별생각이 다 들었다. 언니의 도덕성에 실망도 하고 비난의 소리가 마음속에 메아리쳤다.

누가 그런 돈 받겠대?

누가 언니더러 그렇게 돈 벌어 오래?

보지 말아야 할 걸 봤다. 차라리 모르는 게 나았다. 다시 핸드폰을 언니의 백 안으로 넣으려는데 뭔가 툭 바닥으로 떨어졌다.

영수증이었다. 언제나 언니가 계산했던 엄마의 병원비 영수증.

한 달 병원비로 계산한 것이 사백만 원. 언니의 한 달 월급을 다 쏟아부어도 모자를 돈이었다. 한숨이 나왔다.

다음 달에는 엄마의 병원비에 언니의 병원비까지 나오게 된다. 언니 병원비를 오늘 무작정 카드로 결제한 걸 생각하니 정신이 번쩍 들었다. 다혜는 바쁘게 수납 창구로 뛰어갔다.

"저기요. 교통사고를 당했으면 가해자가 있을 텐데요. 가해자 쪽에서 무슨 연락 오지 않았나요?"

"오토바이 뺑소니 사고라고 들었는데요. 경찰에서 조사 중이라고 했습니다."

다혜는 그 자리에 털썩 주저앉고 말았다. 범인을 잡지 못한다면 어떤 보상도 받을 수 없다. 엄마의 병원비 때문에 조금씩 붓던 언니의 보험도 모두 해약했다.

돈이 나올 곳은 한 군데도 없다는 말이었다.

아아! 누구라도…… 누구라도 옆에 있어 주었으면. 어떻게 해!

그때 주아에게 전화가 걸려왔다.

"주아야."

말과 함께 다혜의 입에서 억눌린 울음이 터져 나왔다. 아무 말도 할 수가 없어서 전화통을 붙잡고 끅끅거렸다. 너무 기가 막히면 아무 말도 할 수가 없다. 주아는 말없이 기다려 주었고 다혜가 한참 울고 나서야 주아가 급하게 물었다.

-너 지금 어딘데?

"국립병원이야."

-뭐? 어머니는 강남 병원에 있는데 갑자기 국립병원엔 왜 갔어?

"언니가…… 언니가 다쳤어."

-세상에. 기다려. 너 거기 있어.

잠시 후에 달려온 주아의 손을 잡고 또 그렇게 울었다.

"어떻게 이럴 수가 있어. 어떻게…… 왜."

왜 이런 일이 우리 집안에만 이렇게 닥치는 거야.

그날 처음으로 다혜는 병원에서 도망가고 싶었다.

엄마도 언니도 모두 모르는 척 도망가면 둘 다 어떻게 될까? 살아나지 못할 수도 있는데 내가 왜 언니 대신 인공 수정까지 해야 해?

나는 이렇게까지 비겁하고 책임감 없고 겁이 많은 여자였나. 밤새 울었다.

그러나 아무리 생각해도 방법은 인공 수정뿐이었다. 언니인 척하고 산부인과에 가서 인공 수정을 한다면 언니의 통장으로 돈이 입금될 거다.

하지만 마음먹기가 쉽지 않았다. 이제 사귀기 시작한 준오 오빠도 떠올랐다. 오래 짝사랑하다가 겨우 서로의 마음을 확인했는데 이런 일을 한다는 건 있을 수도 없는 일이다.

엄마의 중환자 보호자 대기실에서 반나절 그리고 언니의 보호자 대기실에서 반나절을 오가며 이틀을 지옥 같은 갈등 속에서 보냈다.

그리고 이틀 뒤 결국 다혜는 다미가 인공 수정을 예약한 산부인과를 찾아갔다. 대기실에서 기다리고 있자 "연다미 씨" 하고 간호사가 불렀다.

"네."

다혜는 긴장으로 침을 꿀꺽 삼키고는 언니 다미인 척 진료실 안으로 들어갔다.

지옥의 문을 여는 것도 이것보다 무서울 것 같지는 않았다. 다혜는 눈을 질끈 감았다.

엄마를 위해 언니를 위해. 아니, 나 자신을 위한 것이었다.

엄마도 언니도 살아나지 못한다면 혼자 살 수 없을 거다. 이 세상에 유일한 혈육인 두 사람이 지금 중환자실에 있다. 병원비를 계속 감당하지 못한다면 언니와 엄마는 죽을지도 모른다.

진료실 문을 열고 안으로 들어가는 찰나의 순간이 억겁의 시간처럼 길게 느껴졌다.

* * *

1시간 정도 후에 병원 밖으로 나와 얼마나 울었는지 모른다. 카페에 들어가 아메리카노를 마시고 아주 단 허니 브레드를 입에 넣으며 눈물을 홀렸다.

기분이 정말 이상했다. 지금 배 속에 알지도 못하는 누군가의 정자가 꿈틀거리는 것 같아 정신을 찾을 수가 없었다.

그때 들고 있던 언니의 휴대폰으로 알람이 울렸다.

[연다미 씨 계좌로 삼천만 원을 입금했습니다.]

사람은 보지도 않았는데 인공 수정을 한 걸 어떻게 알고 그새 돈을 입금한 건지 모르겠다. 하지만 다행이었다.

"그래. 잘한 거야. 이제 병원비 걱정은 당분간 하지 않아도 되잖아."

급한 불은 껐으니까. 그냥 이대로 언니가 깨어나고 그 돈 나중에 갚겠다고 하면 안 될까?

인공 수정이 임신이 될 확률은 30%밖에 되지 않는다고 했다. 수정이 된다고 해도 수정된 아이가 세상 밖으로 나올 확률도 그리 높지는 않다고 들었다.

아니, 아니. 그런저런 것들은 모두 통계일 뿐이다. 아무것도 더는 생각하고 싶지가 않았다.

그렇게 하루 이틀이 지났다. 멍하니 한 번씩 배를 만져보다 산부인과에서 일어난 일을 생각했다. 가만히 있어도 해머로 심장을 세게 내리치기라도 한 것처럼 계속 두근거렸다.

하지만 하루하루 시간이 지나가면서 놀란 가슴도 진정되었고 아무 일도 없을 거라고 머릿속으로 되뇌었다.

이제 언니와 엄마가 회복되기만 하면 되는 거다.

"그래. 그냥 꿈을 꿨다고 생각하자."

통장에 든 삼천만 원. 그것만 생각하자. 언니가 깨어나기만을 바라고 바랄 뿐이었다.

그때 중환자실로 향하는 다급한 발소리가 들려왔다. 또 누군가 위독한 상황에 이른 모양이었다. 한 번씩 이런 일이 생기면 중환자 보호자들은 모두가 긴장했다.

이번에는 또 누구일까?

보호자들이 서로를 둘러보고 있을 때 간호사가 와서 다혜를 불렀다.

"연다미 씨 보호자 분!"

"네!"

비명 같은 대답을 하고 중환자실로 뛰어 들어갔으나 언니는 결국 세상을 뜨고 말았다.

"언니!"

"연다미 씨 오후 3시 40분 사망하셨습니다."

의사의 사망 선고는 간단했다.

"나한테 어떻게 이래…… 어떻게 이럴 수가 있어! 언니! 일어나!"

다혜는 미친 듯이 소리쳤다. 간호사들이 다가와 제지하고 언니의 시신이 침상에 실려 나가는 걸 보면서도 다혜는 계속 소리쳤다.

"아니야! 나한테 왜 이래? 어서 일어나라고. 아니야. 언니!"

엄마는 중환자실에서 있는데 언니가 죽었다. 제대로 격식을 갖춘 장례 치를 생각도 하지 못한 채 언니의 회사로 부고를 알렸다.

가장 작은 장례식장에서 주아와 함께 빈소를 지켰다. 찾아오는 사람도 많지 않아 빈소는 그야말로 쓸쓸했다.

장례식장에 우두커니 주아와 함께 삼 일을 보내고 언니를 화장했다. 주아는 장례 기간 내내 옆에 있어 주었다.

"언니……."

장례를 치르고 남은 약간의 돈을 보고 있으니 허탈했다. 인공 수정으로 입금된 돈과 언니의 통장에 있던 돈을 떠올리며 다혜는 중얼거렸다.

"이제 병원비 걱정 안 해도 되는데……."

그런데 언니가 없다. 허탈하고 허망해서 바람에 날리는 검불처럼 몸이 가볍게 느껴진다.

"다혜야, 이거라도 좀 마셔."

"……"

"너 이러다가 죽어. 어머니도 아직 병원에 계시는데 이러면 어쩌려고 그래?"

"엄마! 엄마라도 살려야 해. 엄마라도 꼭 살아야 돼."

다혜는 상복을 벗어 던지고 주아와 함께 설렁탕집으로 갔다. 당장 죽을 거 같던 다혜가 엄마의 병원 앞 설렁탕집으로 들어가자 주아는 다행이다 싶었다. 눈에 초점도 없이 설렁탕을 먹는데 주아가 깍두기를 숟가락 위에 올려주었다.

"천천히 먹어."

"응. 많이 먹고 힘내서 엄마 살릴 거야."

엄마가 입원해 있는 중환자실 앞에서 매일 간절한 마음으로 엄마가 깨어나기를 바라고 또 바랐다. 죽은 언니는 떠올리지도 않으려고 애썼다. 한 번 무너지면 어디까지 무너질 줄 모르는 일이었다.

힘을 차리려고 더 잘 먹었다. 매끼 병원 식당에서 밥을 먹고 밤이면 보호자 대기실에서 쪽잠을 잤다.

"언니, 언니가 도와줘. 엄마 살려줘."

마음속으로 언니를 찾으며 정신을 바짝 차렸다. 언니가 죽고 3주가 지났다. 간신히 목숨 줄을 이어 가는 엄마의 상황은 호전되지 않았다.

그리고 언니가 죽은 지 한 달이 채 못 되어 엄마마저 돌아가시고 말았다.

세상이 온통 다혜를 밀어내고 있었다. 의지할 곳 없는 세상에 혼자가 된 연다혜.

"차라리 나도 데려가지……. 나는 왜 여기서 살아야 하는 건데. 나도, 나도 데려가 언니. 나도 데려가 엄마."

엄마의 장례도 언니의 장례처럼 그렇게 쓸쓸했다. 주아가 장례가 끝나고 난 뒤에도 집에 가지 않고 다혜와 함께 있어 주었다.

"나, 괜찮아. 주아야. 이제 집에 가도 돼."

"정말 괜찮아? 우리 엄마가 너 걱정 많이 해. 가게에 천천히 나와도 되니까 어디 여행이라도 가라고 하셨어."

다혜가 다니는 커피 앤 플라워는 주아 어머니의 가게였다. 딸 친구를 걱정한 어머님의 배려가 고마웠지만 여행 같은 건 가고 싶지도 않았다.

언니가 있을 때는 언제나 여행을 가고 싶다고 노래를 했는데 그것도 어리광이었다. 혼자인 지금은 여행이라는 말이 덧없이 들렸다.

"응. 천천히 하지, 뭐. 주아 넌 이제 집에 가. 나도 이제 괜찮아."

그렇게 주아를 집에 보내고 혼자 밖으로 나왔다. 비가 부슬부슬 오는 한강다리를 천천히 걸었다.

"나도 데려가. 나도. 이런 배신은 참을 수가 없다고. 엄마도 언니도 왜 나만 두고 간 거야. 배신자들. 둘 다 배신자들이야."

한강다리 한가운데 선 채 흘러가는 검은 강물을 바라보았다. 이대로 뛰어든다고 해도 아무도 모를 것이다.

다리 난간을 손으로 짚었다. 가는 빗줄기가 손등에 힘없이 흘러내렸다. 그대로 손목에 힘을 주고 몸을 올리려고 하는데 깊은 속에서부터 참을 수 없는 구역질이 올라왔다.

"욱! 우욱!"

입덧이었다.

* * *

5년이 지난 지금 생각하면 그때는 언니와 엄마를 살려야 한다는 생각 외에 다른 생각은 할 수가 없었다. 인공 수정을 하겠다고 산부인과를 찾아갔을 때도 그게 정말 임신이 될 거라는 생각도 하지 못했다.

임신 확률은 30%를 넘지 않는다고 했고 그저 한 번의 인공 수정으로 받은 돈으로도 병원비는 충분해서 그것에 감사했다.

하지만 그것이 유일한 가족인 동화를 만드는 일이 될 줄은 몰랐다. 이제는 인생의 모든 것이 된 아들 동화. 엄마와 언니의 장례를 다 치르고 난 후에 엄마를 따라가겠다고 찾은 한강 다리 위에서 임신이 된 것을 알았다.

물론 인공 수정을 했던 그 산부인과를 찾아가면 바로 1억이 들어올 거라는 것도 알았다. 어쩌면 달라고 하면 더 큰돈을 받을 수도 있었을 거다.

홀로 남겨진 이 세상에 살 수 없어서 죽으려고 했을 때 유일한 핏줄이 배 속에 자라고 있다는 걸 알게 되었는데 어떻게 혈육을 팔 수 있을까?

계약한 언니가 교통사고로 죽었으니 그쪽에서도 그렇게 알고 있을 거다. 입덧을 할 때마다 오히려 기뻤고 어쩌다가 배가 아프면 눈물범벅이 되어 배를 잡고 울며 말했다.

"아가야. 제발 잘 커서 내 품에 나와. 넌 이 세상에 하나뿐인 내 핏줄이야."

다른 사람의 이목은 중요하지 않았다.

매일 아이에게 좋다는 음식을 먹고 태교에 좋다는 것을 하며 커피 앤 플라워에서 일하며 지냈다. 그렇게 임신 기간을 지나 세상에 나온 동화는 조산으로 제왕절개를 하고 태어났다.

세상에 나올 때는 작게 나왔으나 그 어떤 아이보다 더 지혜롭고 영리했으며 잔병치레도 없이 쑥쑥 자라줘서 이제는 다섯 살의 든든한 남자가 되었다.

연다혜의 유일한 남자 연동화.

지금 어린이집에서 체험 학습에 가 있지만 이 세상 누구보다 든든하고 의지할 수 있는 가족이었다.

다음 주는 드림백화점 1층에 커피 앤 플라워 지점을 개장하기로 되어 있었다. 주아가 차에 시동을 걸며 다혜를 재촉했다.

"어서 타! 가자."

"응. 알았어. 트렁크 한 번만 더 확인하고."

다혜는 매장에 가지고 갈 물품들을 한 번 더 확인하고 조수석에 탔다. 청담동에 있는 커피 앤 플라워는 다혜의 블로그와 꾸준히 올린 동영상 덕분에 유명해졌다.

드림백화점 기획팀에서 연락을 해온 건 3개월 전이었고 주아의 어머니가 다혜에게 전권을 맡기면서 빠르게 진행되었다. 다음 주는 그 결실이 맺히는 날이다.

백화점 쪽으로 가는 도로는 언제나 그렇듯이 막혔다.

"이래서 언제 가니?"

"아! 오늘 준비 제대로 해 놔야 내일 동화 올 때 같이 있어 줄 수 있는데. 이러다 내일 동화 얼굴 볼 시간도 없겠다."

내일은 동화가 체험 학습에서 돌아오는 날이어서 냉장고에 동화가 좋아하는 함박스테이크도 해놓고 홍시도 사다 놓았다.

"야, 전화 온다."

동화의 전화였다. 조금 전까지 차가 막힌다고 인상을 쓰던 얼굴이 환하게 펴졌다.

"하여간 동화라면 끔뻑 죽지."

옆에서 하는 말이 들리지도 않았다. 다혜는 전화기만 붙잡고 동화의 목소리에 귀를 기울였다.

"동화야, 나오는 음식 다 먹었어? 편식하면 안 되는데."

-엄마, 그런 건 어린애들한테나 말하는 거지. 나는 인제 무지개반 형아라고.

네 살부터 다니는 어린이집에서 다섯 살은 무지개반이다. 그리고 무지개반은 동생이 있는 형아들 반이다. 그러니 동아의 말이 맞다.

"맞아, 동화야. 우리 동화는 형아지. 엄마가 가끔씩 잊을 때가 있어."

-네, 다 이해해요.

다섯 살짜리치고는 언어적으로 너무 발달해 있어서 영재 검사를 받아보라고 원장 선생님이 권하고 있었다. 기쁘고 좋으면서도 혹시 정말 너무 천재적인 아이여서 내 품을 일찍 떠나야 하거나 사람들에게 치이며 힘든 삶을 살게 되지는 않을까 오히려 그게 더 걱정되었다.

"내일 언제 출발하는데?"

-내일 점심 먹고 간다고 했어요.

"알았어. 동화야. 잘 자고 엄마 꿈꿔."

-네. 엄마도 내 꿈꿔.

내일은 주아 어머니가 동화를 데리고 집에 가 있기로 했다. 처음 동화의 임신을 안 후로 다혜는 주아의 집 가까이 이사를 했다. 주아 어머니가 기꺼이 동화 할머니 역할을 자처하셨다.

웃으며 인사를 하고 전화를 끊는데 옆에서 주아가 한마디 했다.

"넌 뭘 먹었는데 그렇게 똑똑한 애를 낳은 거야? 아주 말 붙이기가 무서워. 전에 동화한테 너 코가 왜 그렇게 못생겼냐고 했더니 나 이모 똑 닮았는데, 그러는 거 있지?"

하여간 사람 할 말 없게 만드는 데는 동화를 따라갈 자가 없다.

"그런데, 또 다르게 보면 동화가 널 좀 닮은 것 같기도 해."

"어머. 얘 좀 봐. 개하고 나하고 핏줄이 섞이기를 했어, 뭘 했어? 너 혹시 우리 오빠나 사촌이나 뭐…… 나도 모르는 방계 혈족 정자로 수정한 거 아닐까?"

"그만 안 해? 동화 아빠에 대해서는 말하지 말랬지."

동화 아빠가 누군가 찾아보라고 여러 번 말했지만 다혜는 단 한 번도 그 말에 귀를 기울인 적이 없었다. 그렇게 큰돈을 주면서 인공 수정을 하려고 했던 집안이라면, 대단한 집안일 텐데 동화가 있다는 걸 알기만 하면 데려가려고 할 것이다.

다혜의 삶에 다른 어떤 남자도 필요 없었다.

오직 동화만 있으면 됐다. 여태껏 그렇게 살아왔고 앞으로도 그렇게 살거……

뭐가 이렇게 달아? 또 볼래요? 이름이 뭐야?

갑자기 어젯밤 뜨겁게 저를 안아주었던 남자가 떠올랐다. 벼락이 치던 순간에 등을 다독여주며 뭐가 무섭냐고 자라며 따뜻하게 안아준 순간 말할 수 없이 안도감을 느끼며 그 사람에게 저도 모르게 파고들었다.

"하여간 연다혜가 웬일로 원나잇을 다하고."

"네가 하라고 그러면서 끌고 갔잖아."

"그 남자 진짜 괜찮더라. 어땠어?"

"뭘 어때. 그냥 하룻밤이었지. 그런데 정말 그 사람…… 호빠에 있는 남자야?"

"그렇다니까? 딱 봐도 재벌 3세쯤 되는 분위기를 풍기고 다녀야 정말 괜찮은 여자들이 돈 써가면서 하룻밤을 자지."

다혜는 그런 남자가 업소 남자라면 여자들이 왜 그런 곳을 그렇게 다니는지 이해할 것도 같다. 하지만 저에게는 어림도 없는 일이다.

동화와 함께 살기도 바쁜데 어디 그런 남자를 또 찾을까?

오늘은 카라가 유독 싱싱하고 좋은 것이 들어왔다. 적당한 길이로 카라를 다듬고 있는데 날렵한 카라의 단정한 선이 꼭 슈트를 입고 있던 그 남자처럼 느껴진다.

잠시 멍하게 있는데 주아가 혀끝을 찼다.

"그런데 넌 그렇게 괜찮은 남자하고 그러고는 어떻게 연락처도 안 받아 왔어."

"원나잇은 원나잇이라며."

"그런 남자 다시 만나기 힘들 거 같은데…… 그냥 가끔씩 만나면서 연애 기분이라도 내는 건 어때."

"됐어. 네가 그랬잖아. 그런 사람들은 딱 하룻밤 보내기가 좋은 사람이라고. 난 다 잊었어."

"그래…… 야. 그런데 너 맨날 하고 다니던 금팔찌 없으니까 내가 다 허전한데 우리 나가서 쇼핑할까? "

"됐어. 팔찌 굳이 하고 싶지 않아. 차라리 조금 더 쉬지, 뭐."

동화가 없는 허전함을 그냥 집에서 뒹굴며 멍하니 있고 싶다. 온몸이 나른한 건 어제 뜨거운 섹스의 후유증일 거다. 종일 젖가슴이 팽팽하게 뭉쳐 있는 것 같고 아릿하다.

남자가 다리를 벌리고 얼굴을 묻던 장면이 떠오를 때마다 유두가 단단히 뭉쳐서 발딱 서기를 반복하고 있었다. 눈꺼풀에 인처럼 박힌 섹스 장면과 온몸을 감돌던 전율 하나하나가 잊기는커녕 몸에 은은히 남아 있는 둔통 때문에 자꾸 되새김질하게 된다.

동화가 없는 날이라 집에서 뒹굴겠다는 야무진 포부는 일찌감치 물 건너갔다. 백화점 매장에서 시간이 생각보다 많이 걸렸다.

"다혜야, 너 혼자 괜찮겠어? 난 농장에 가봐야 할 거 같은데."

"걱정하지 마. 농장 가는 것도 중요한 일인데 어서 가봐."

디스플레이 작업은 백화점 문을 닫은 늦은 시각에 하기로 되어 있었다.

웬만한 매장은 모두 다 퇴근하고 난 후에 1층 한쪽에서 준비하다 보면 무섭지 않겠느냐는 말이었다.

* * *

육중한 남자의 몸이 매트에 떨어지는 소리가 요란하다. 드림백화점 문화센터 한쪽에 있는 스포츠실은 저녁에는 대련실로 사용한다.

대표인 강현이 그의 보디가드이자 비서인 구순호와 매일 유도를 하는 시간이다. 육중한 몸으로 떨어진 구순호는 무거운 몸을 옆으로 돌려 일어나며 한숨을 길게 내쉬었다.

"도대체 무슨 불만입니까, 형님?"

"……또 그놈의 형님 소리. 대표님으로 바꾸라고 했지."

"알겠습니다, 대표님. 그런데 정말 무슨 일이 있으십니까? 왜 이렇게 독이 올라서 메치는 겁니까?"

"독이 오르긴, 무슨 독이 올라."

"어디서 억울한 일이라도 당하셨습니까?"

"억울한 일?"

그러고 보면 억울하긴 억울하다. 분명 합의한 원나잇이었는데 왜 이렇게 자꾸 억울한 생각이 드는 건지.

"그리고 그 팔찌. 그거 영 보기 흉한데."

그의 손목에는 꽉 끼는 팔찌 하나가 어울리지 않게 손목을 차지하고 있었다. 꽉 물려 있는 게 역시 보기엔 꽝이지만, 볼 때마다 그날 밤을 기억나게 한다.

하긴, 내가 미친놈이지. 이걸 왜 꿰차고 있는 건지.

"혹시 그 분한 일이 그 팔찌하고 연관된 일입니까?"

"알 거 없어."

그러면서 순간 그 밤이 떠올랐다. 활짝 벌어진 붉은 속살이 성기 모양대로 벌어진 것과 그 연한 살과 크림처럼 부드러웠던 몸까지. 그런 생각이 떠오를수록 알 수 없이 억울하고 분하다. 어차피 잊힐 여자였다. 단지 하루가 지나도 너무 선명해서 제 손목에 찬 팔찌만 봐도 발기하는 변태 같은 놈이 돼버렸다는 게 문제다.

"오늘은 백화점에 별다른 일 없지? 야간 작업 있나?"

"한 군데 있습니다."

"뭔데?"

"다음 주에 오픈하는 온리유 커피 앤 플라워 숍입니다."

"온리유? 너무 촌스러운 거 아니야? 그래도 나름 SNS에서 유명하다고 해서 콜했다고 들은 거 같은데. 맞아?"

"네, 맞습니다. 기획실장이 몇 번 찾아가서 설득했다고 들었습니다."

"그래? 알았어. 오늘은 여기까지 하자."

"네."

"몸은 괜찮아?"

"하루 이틀도 아닌데요."

벽이라도 뚫을 것 같은 주먹을 가지고 있는 순호를 그의 보디가드로 붙인 건 할아버지 유 회장이었다.

할아버지는 조폭 출신이어서 늘 주변에 어깨 짱짱한 놈들로 보디가드를 붙이고 다니셨다. 하나 있는 아들이 죽었으니 손주에게 죽기 살기로 보디가드를 붙여주셨다.

순호는 이름은 순둥이 같은데 190센티나 되는 거구에 주먹에는 아무도 당할 자가 없었다.

그렇게 주먹이 센 것에 비해서는 또 성정은 순했기에 강현은 그와 함께 다니고 있었다. 제법 머리도 있었고 웬만한 실무도 잘해서 비서로 호흡을 맞추기에도 그리 나쁘진 않았다. 둘 다 간단히 샤워하고 나오자 순호가 물었다.

"바로 집으로 가십니까?"

"먼저 내려가 있어. 사무실에서 메일 하나 확인하고 갈게."

"네. 1층에 차 대기하고 있겠습니다."

1층으로 내려오자 개업을 준비하고 있는 매장의 불빛이 눈에 들어온다.

꽃집이 들어와서 그런지 왠지 꽃향기가 나는 것 같다. 엊그제 그녀와 밤을 지내고 난 뒤부터 후각이 더 예민해진 것 같았다.

"빌어먹을."

그녀가 있던 자리에서 나던 은은한 향기가 묘하게 사람을 미치게 한다. 하루 사이에 꽃향기만 맡아도 발정하는 놈이 돼버렸다.

"사람을 이렇게 만들어 놓고 연락처 하나 안 남기고 가다니."

어찌 됐든 머릿속에서 지워야 할 여자였다.

마지막에 1층 매장을 한번 둘러보고 가는 건 강현의 습관이기도 했다.

엘리베이터에서 내려 몇 걸음 걸었을 때 새로 들어설 매장 입구 쪽에서 누군가 나왔다. 사람이 없는 실내에 빛을 밝힌 것처럼 선명하게 눈에 들어오는 여자.

그 여자였다. 금팔찌 주인.

"이게 지금……."

환각이야?

멍하니 뚫어지게 바라보자 그녀가 엘리베이터 쪽으로 다가오다 말고 우뚝 섰다. 그녀 역시 강현을 만난 게 놀라운 듯 눈을 크게 뜬다. 얼굴만 마주해도 달려들어 일단 끌어안고 싶은 충동을 겨우 누르느라 발바닥에 힘을 꾹 주고 바닥을 눌렀다.

"뭐예요?"

"그러는 그쪽은 뭡니까?"

"왜 여기 계세요? 설마 날 찾아서……."

"거울 안 봐요? 그쪽이 내가 그렇게 환장하고 쫓아다닐 정도로 예쁘다고 생각하는 건 아니겠죠?"

여자는 긴장했는지 혀로 입술에 침을 바르고 있었다.

"그게 아니라……."

"연락처도 안 남기고 도망가더니 뭐 찔리는 게 있어요?"

"네?"

역시 그것 때문이야. 화대를 금팔찌로 줘서……. 그것 때문에 나를 찾은 게 분명해. 현금으로 달라는 거겠지. 하긴 금팔찌를 가지고 가서 돈으로 바꾸면 손해긴 하지만 그렇다고 여기까지 찾아오다니…….

"제가요. 지금 현금이 없거든요? 꼭 현금으로 원하신다면 계좌 번호나 연락처를 주시면……."

처음에는 여자가 하는 말을 못 알아들었다. 그러나 그녀의 시선이 팔찌에 가는 걸 보고 알았다. 지금 이 여자가 나를 계속 호빠 삐끼로 알고 있다 이 말이지.

"아하. 화대?"

화대라는 단어가 거북했는지 그녀가 주위를 둘러본다.

"지금 화대 얘기하는 거 맞죠?"

"그게 좀…… 목소리를 낮추시면……."

"아니, 화대를 화대라고 하는데…… 뭐 문제 있습니까? 화대!"

목소리가 쩌렁쩌렁 실내를 울렸다.

3. 제정신이면 그럴 수 없지

다혜는 얼굴이 빨개져서 핸드백을 쥔 손에 힘을 주었다.

"그러니까…… 계좌 번호나 연락처를…… 주시면."

"계좌 번호는 됐고. 휴대폰 줘요."

"네?"

"휴대폰 달라고. 또 도망갈까 봐."

"네?"

"번호 찍어주려고. 아니면 화대를……."

그가 뒷말을 더 하기도 전에 다혜가 휴대폰을 내놓았다. 그가 번호를 찍어 통화 버튼을 누르자 강현의 핸드폰에 진동음이 울렸다.

"이렇게 하고 또 도망가면 안 됩니다."

"도망은 무슨…… 비켜주세요."

"잠깐. 그런데 진짜 궁금해서 그러는데, 저기서 왜 나오는 겁니까?"

"알 거 없잖아요."

다혜는 혹시라도 직장이라는 걸 알면 계속 불편하게 굴지는 않을까 싶어서 뒷말을 아꼈다.

"내가 연락하면 받아요. 화대는 깨끗하게 정리해야 하는 거 알죠?"

"그렇죠. 죄송해요."

여러 번 생각해도 미안하긴 하다. 화대를 금팔찌로 남기고 왔으니……. 그래도 적당히 팔 줄 알았는데. 이제 보니 그의 손목에 어울리지도 않는 여자 팔찌가 끼워져 있다.

"그럼 그건 이리 주시겠어요? 돈으로 입금해 드릴 테니까."

"아니지. 거래는 깨끗해야 하지 않겠어요? 다음에 만나서 제대로 정리하는 거 어때요."

"알겠어요. 그럼."

그녀는 빠르게 엘리베이터 쪽으로 갔다. 강현은 천천히 돌아서 그녀가 누른 엘리베이터 쪽으로 가 나란히 섰다.

가까이 다가가기만 해도 그녀의 향기가 코를 자극하고 온몸의 세포를 깨웠다. 반사적으로 좆이 서는 건 옵션이 아니라 자동 반사였다. 거울에 비치는 강현의 얼굴이 다혜 쪽으로 기울어지자 그녀가 반 발짝을 옆으로 옮겼다.

"왜 자꾸 이러세요?"

뭔가 겁을 집어먹은 듯이 하는 말에 강현이 어깨를 으쓱했다. 바지 속 좆사정이야 드러내놓고 표를 낼 일이 아니었다. 몸의 기세로 봐서는 그대로 여자의 치마를 들치고 다리 사이에 얼굴이라도 박고 싶지만 제정신 가진 놈이 할 일이 아니라고 강한 이성이 잡아 말리고 있었다.

"지금 엘리베이터 타려는 거 아니에요? 저도 내려가야 해서요."

그녀는 고개도 돌리지 않았다. 어쩌다가 이렇게 꼬였는지 속으로 한탄하고 있다는 게 얼굴에 다 보인다. 여기서 이렇게 만난 게 몹시 곤란한 듯하다.

"백화점 문 다 닫았는데 손님은 이 시간에 있으면 안 되는 거 압니까?"

"손님 아니에요."

"아하. 손님이 아니면…… 그러면 직원인가? 내가 모르는 직원이 있나?"

대체 백화점을 얼마나 다니면 모르는 직원이 없다는 거야?

다혜는 어색한 공간 안에서 느껴지는 그의 존재감에 숨을 들이켰다. 단 하룻밤일 뿐이었는데 너무도 강렬하게 느껴진다.

긴장한 다혜에 비해 강현은 느긋했다.

손님이 아닌 직원이라면 내 손바닥 안에 있다는 이야기다.

내일 출근하자마자, 아니, 당장 집에 가서 컴퓨터로 직원 정보를 샅샅이 살펴보면 이 얼굴이 나올 수도 있다는 거지. 자꾸 기분이 좋아졌다.

엘리베이터가 지하 3층에 섰다. 문이 열리기 무섭게 다혜가 빠져나갔다. 강현은 그녀가 경차를 타고 나가는 걸 보고 난 후에야 다시 1층으로 올라와 밖으로 나왔다.

멍하니 그녀의 차가 지나갔을 방향을 바라보고 있는데 순호가 차에서 내려 다가왔다.

"왜 차 안 타십니까?"

"어. 뭐 좀 보려고."

"기분이 좋아 보이십니다, 대표님."

"기분 좋은 일이 생겼어. 정말 생각도 못했는데. 원래 사람이 간절히 바라면 뭔가가 이루어지는 거지?"

"그렇게 간절히 바란 게 있습니까?"

"그런 게 있어."

"억울한 일이 해결된 겁니까?"

"맞아. 억울한 것도 해결되고 기분 좋은 일도 생겼으니 가자고."

강현은 집에 돌아오자마자 직원 명단을 살피고 또 살폈다. 아무리 살펴 봐도 그녀는 없다. 이름도 가르쳐주지 않으니 어쩔 수 없이 휴대폰에 금 팔찌로 저장할 수밖에.

"금팔찌! 어차피 휴대폰으로 번호 조회하면 신원 조회는 금방이니까."

다음 날 출근하기 무섭게 강현은 비서실장에게 물었다.

"도대체 내가 모르는 직원이 있을 수가 있어?"

"불가능합니다."

"그러면 따로 입점한 회사의 직원 같은 경우엔 모를 수도 있나?"

"네. 그럴 수 있습니다. 직접 파견된 직원 같은 경우에는 저희 직원 명단에는 없으니까요."

"그렇다 이 말이지. 참, 그럼 새로 입점하는 온리유 커피 앤 플라워. 거기는 누가 와서 일을 하나?"

"아. 거기는 지금 공사가 거의 끝났고 지점장이 와서 직접 둘러본다고 합니다. 온리유 실장이라고 하는데 상당히 미인이에요."

잡았다. 온리유 실장이라는 말이지.

"온리유에 대한 모든 자료 가져와 봐."

"네. 바로 메일로 보내 드리겠습니다."

사진도 없이 담당자에 연다혜란 이름만 있었다. 그녀가 연다혜일까? 아니면 그 밑에 있는 직원? 연다혜, 성도 예쁘고 이름도 예쁘다. 하여튼 예쁜 사람들은 예쁜 게 문제다. 사람을 홀려놓는다니까.

계속 호빠 삐끼로 알게 둘까, 아니면 사장실로 불러올까. 어떻게 잡아먹는다?

어떻게 해도 좋을 것 같지만, 중요한 건 빨리 보고 싶다는 거였다. 휴대폰 저장 이름을 찾아 금팔찌 옆에 연다혜라고 적어놓고는 통화 버튼을 눌렀다.

-여보세요?

"연다혜 씨?"

상대방이 깜짝 놀란다.

-제 이름은 어떻게 아셨어요?

"뭐. 어떻게 알았는지가 중요한 건 아니지요."

-저한테는 중요해요. 어떻게 이름을 알 수가 있죠? 전화번호로 사람 이름을 알 수 없을 텐데요.

"중요한 건 그게 아니죠."

-알았어요. 중요한 건 돈이지요. 내일 만날 장소 말해요. 금팔찌하고 바꾸기로 했잖아요.

"금팔찌, 꽤 의미는 있는 건가? 그렇게 의미 있는 걸 나한테 남겨주고 간 겁니까?"

-아니요. 지금이라도 금팔찌로 퉁 치자고 하면 서로 연락할 일 없는 거 잖아요.

"아니지. 그건 아니지요. 요즘 통용되는 화폐는 따로 있잖아요. 만날 장소는 어제 만났던 그 백화점 어때요."

-안 돼요!

직장은 알려주고 싶지 않다 이거지? 그럴수록 더 꼭 거기서 보고 싶다.

"제가 그 백화점에 갈 일이 있는데, 그냥 거기서 보죠."

사람 마음이 그렇다. 저렇게 뒤로 빼면 왠지 더 쫓아가고 싶은 마음이 든다. 전화기를 통해 귓가에 울리는 소리마저 잡고 싶다. 하긴, 이러는 것도 다른 여자 같았으면 절대 그럴 리가 없었을 거다. 이 여자니까 이런 거다.

도대체 그 향기가 뭐길래. 물어볼까? 무슨 향수를 쓰냐고? 노골적이지 않으면서 은근하게 사람 더 홀리는 그 향기는 뭐냐고.

"백화점 12층에 있는 커피숍 어떻습니까?"

-좋아요. 오래 볼일도 없으니까요.

다혜는 12층에 커피숍이 있는지도 몰랐다. 어차피 개장 준비 때문에 백화점은 자주 가야 한다. 다혜는 빨리 만나서 돈을 주고 그 사람과의 인연을 끊고 싶었다. 어차피 하룻밤, 누군지도 모르고 지난 일인데 그게 계속 불거져서 좋은 일은 없었다.

"분명 그런 남자들일수록 하룻밤 이상 매달리는 거 더 싫다고 했는데. 하긴, 화대 때문에 그래. 현금으로 줬으면 이런 일 없었을 텐데."

그가 특별히 저에게 관심 있다고 생각하진 않았다. 단지 어떻게 이름을 알았는지, 그게 말할 수 없이 신경이 거슬리고 찝찝했다.

* * *

오늘은 동화가 체험 학습을 마치고 돌아오는 날이다. 동화를 보기 전에 완전히 화대를 정산하고 끝내야겠다는 생각이었다. 다혜가 12층에 도착할 때쯤 문자가 왔다.

'커피숍에서 유강현 만나러 왔다고 해요. 그럼 안내해줄 테니까.'

이건 또 무슨 소린지, 유강현? 어디서 들어본 이름 같다.

다혜가 12층에 올라갔을 때 거기에는 커피숍이라고 할 만한 데는 없었다. 데스크에 담당 직원이 둘 있을 뿐이었다.

"여기 혹시 커피숍 없나요?"

"아, VVIP 커피숍입니다."

"VVIP요?"

호빠에서 일해서 돈 많이 벌었나 보네, 이 남자.

"여기서 누굴 만나기로 했는데……."

"VVIP 카드가 없이는 입장이 곤란합니다."

VIP든 VVIP든 이런 곳엔 근처에도 가본 적이 없다. 늘 커피 앤 플라워 숍을 오가고 아이 키우느라 바빠 변변히 다른 곳에 다닐 수도 없었다.

"저…… 유강현 씨를 만나기로 했는데……."

"아, 그러세요?"

갑자기 대우가 확 달라지더니 단정하게 유니폼을 입은 직원이 안내를 했다.

"이쪽으로 모시겠습니다."

뭐야, 이 남자. 진짜 여기서 쇼핑 많이 하나 보네. 밤새 그 짓을 해서 모은 돈으로 이런 데 와서 쇼핑하는구나.

그날 입고 있던 옷도 머리끝부터 발끝까지 다 명품이라고 주아가 말했었다. 남자가 걸치고 있던 것들이 명품이든 아니든 상관도 없었고 술까지 취해서 그런 건 볼 틈도 없었다. 하지만 여기 직원이 이름만 대도 알 정도인 거 보면 주아 말대로 모두 다 진짜 명품이거나 겉모습 꾸미는 데 돈을 많이 쓰는 남자인가 보다.

그렇게 많이 벌면서 금팔찌 하나 정도 그냥 넘어가면 안 되나?

안내받아 들어간 곳은 마치 개인 서재를 꾸며놓은 곳 같았다. 마치 집 안의 최고급 서재를 옮겨다 놓은 것 같은 마호가니 책꽂이에 양장본 책이 꽂혀 있었고 옆에 푹신한 소파와 테이블이 있었다. 앉자마자 미니 케이크가 담긴 접시와 그윽한 향이 도는 차를 내왔다. 모두가 평소 접하기 힘든 비싼 것들이었다.

다혜는 마음이 불편했다.

"어서 돈을 주고 금팔찌를 받아가든가 해야지. 원나잇 뒤끝이 이렇게 길게 이어질 줄은 몰랐다."

가만히 찻잔을 입에 대고 내려놓는데 눈앞에 광택 있는 슈트가 보였다. 마치 남성복 모델처럼 서 있는 이 남자의 손목에 금팔찌가 빛나고 있다.

여전히 업소에서 일하는 남자처럼 보이지 않는 그는 낮에 보니 더 멋있어 보인다. 순간 가슴이 철렁했다. 야한 기억 속의 남자가 마음을 흔들어 놓지만 다혜는 인정하지 않았다.

"안녕하셨어요."

강현이 인사하고 자리에 앉기 무섭게 다혜가 봉투를 꺼냈다.

"금팔찌 주세요."

"뭐가 그렇게 급해요? 커피 한잔 마시지요."

"아니요, 됐습니다. 저는 그냥…… 화대만 드리고 가려고요."

누가 들을까 무서워 화대라는 단어를 말할 때 갑자기 목소리를 조그맣게 낮춰서 말을 하자 강현이 웃음을 터트렸다.

화대라는 말을 그렇게 창피해하면서도 굳이 말하면서 봉투를 내미는 게 배가 아플 정도로 웃겼다.

"빨리 주세요, 금팔찌!"

상대가 여유 없고 안달이 날수록 여유를 부리게 되는 게 인지상정이지.

"아, 이 팔찌. 생각해보니 마음에 들어서요."

"아니, 그럼 팔찌도 갖고 화대도 따로 받겠다고요? 둘 다 받겠다고요?"

"그러면 안 됩니까? 내가 보통 남자하고는 다른데. 그렇게 느끼지 않아요?"

"그래도 그건 너무한 거 아니에요?"

"왜요."

"……알았어요. 팔지도 갖고 이것도 가지세요. 다시는 연락하지 말고."

"싫은데요."

"네?"

"어차피 계속 봐야 할 거 같은데?"

"전 볼일 없어요."

"저하고 보낸 밤이 그렇게 별로였습니까? 다시 보고 싶지 않을 정도로?"

"그런 말이 아니잖아요."

"그럼 좋기는 좋은데 계속 보면 나한테 너무 빠져들 것 같아서, 그래서 싫다는 겁니까? 감당할 수 없을 것 같아서?"

다혜는 얼굴이 빨갛게 달아올랐다.

"정말 왜 이러시는 거예요? 받을 거 받고 다시 보지 않으면……."

"싫다고요."

"그럼 뭘 어쩌자고요."

다혜는 난감했다. 이 남자가 뭘 원하는 거지 알 수가 없었다. 돈을 더 달라는 것 같지도 않고 표정도 알 수 없는 얼굴을 하고 종잡을 수 없는 이야기만 하고 있다.

"앞으로 계속 만나자는 얘기하려고 연락했는데."

"안 돼요."

이건 전혀 생각해보지 못한 이야기였다. 다시 만나자니. 반사적으로 거절의 말이 나가자 강현이 바로 되받아쳤다.

"왜요?"

"안 돼요. 우린 다시 볼 일 없다니까요."

"사람 일은 알 수가 없는데 왜 그렇게 장담을 하고 그래요?"

대체 얼마나 많은 여자를 상대하면 이런 데 와서 VIP 대접을 받으며 버젓이 또 만나자고 하는 걸까?

"전 돈이 그렇게 많은 사람은 아니에요."

"돈 많은 사람이 아니다? 도대체 그쪽은 날 뭐로 보는 겁니까? 내가 정말 밤새 허리 돌려가면서 여자나 후려서 먹고 사는 놈으로 보여요?"

다혜가 아무 말 안 하고 그를 빤히 보다가 고개를 끄덕였다.

강현은 확신에 차서 고개를 끄덕이는 그녀를 보자 하, 하고 기가 차서 입이 떡 벌어졌다. 그는 손을 들어 직원을 불렀다. 그러자 바로 달려온 직원이 허리를 굽혀 인사를 했다.

"네, 대표님."

"여기 물 좀 더 가지고 와요."

"알겠습니다, 대표님."

다혜는 백화점 직원이 깍듯이 인사하는 그를 보며 속으로 혀를 찼다.

아, 이런 직업도 회사가 따로 있구나. 호빠들도 직함이 있구나. 요즘 세상이 그렇게까지 됐나?

정말 몰랐다. 그냥 바에 개인적으로 왔다 갔다 하거나 포주가 있다고는 생각했지만, 대표씩이나 되다니.

직원이 물을 가져오자 강현은 단숨에 벌컥벌컥 마셨다.

"이제 제가 누군지 알겠습니까? 사람을 뭐로 보고 말이야."

하고 중얼거리는데 그녀는 고개를 마구 끄덕이더니 가방 속에서 있는 현금을 꺼내 앞에 내놓았다.

"네, 알겠어요. 그런 업종의 대표씩이나 되시는 분하고 하룻밤을 지냈으니 이것도 약소할 수도 있겠네요. 금팔찌랑 돈이랑…… 다 가져가세요."

"뭐요?"

겁에 질린 얼굴하며 손까지 떨며 있는 돈을 다 꺼내 놓는 걸 보니 기가 찼다.

"아니, 도대체 나를 무슨 대표로 보고. 일어나요."

"네?"

"일어나라고요."

그가 일어나더니 그녀의 손목을 잡고 다짜고짜 밖으로 나갔다. 밖으로 나오자 순호가 허리를 90도로 굽히며 인사를 했다.

"형님, 나오셨습니까."

짧게 깎은 머리, 거대한 체구. 그리고 형님!

순호를 보는 순간 다혜는 확신했다.

호스트바 대표에 조폭까지 만나게 되다니! 역시 원나잇은 아무나 하는 게 아니었어.

이제 어떡해야 하나. 이 백화점에서 근무한다는 걸 알게 되면 가만있지 않을 텐데.

그런데 이 남자는 조폭보다 더 센 사람인가 보다. 인상을 쓰며 덩치가 산만 한 남자를 한 마디로 제압하고 있었다.

"너 형님이라고 부르지 말랬지."

"네. 대표님."

험악하게 생긴 순호가 허리를 다시 90도로 굽히며 잘못을 빌자 다혜는 이제 그 자리에서 도망가고 싶었다. 그러나 그가 손목을 잡은 채 옆 매장 앞으로 가자 매장 지점장이 나와서 허리를 굽히며 인사를 했다.

"안녕하십니까, 대표님."

호빠 대표가 백화점을 얼마나 많이 다녔으면 모르는 사람이 없을까?

그가 가는 데마다 대표님이라고 하는데 그녀의 얼굴은 하얗게 사색이 되었다.

"날 봐요. 이제 내가 누군지 알겠죠?"

"네. 정말 잘못했어요. 죄송합니다."

"뭐가 죄송한데요?"

"그런 분이신 줄 모르고 너무 약소하게 드려서 죄송해요."

뉘앙스가 조금 이상했다. 강현은 고개를 갸웃했다.

백화점 대표쯤 되면 이 정도 화대를 받을 사람은 아니라는 얘기인가? 분명 그건 아닌 것 같다. 그렇다면 이 여자는 아직도 저를 업소 대표쯤으로 안다는 말이었다.

"전 이제 가볼게요."

"가긴 어딜 가요. 대표실에 들어가서 차 한잔 마시고 가요."

"차는 금방 마셨잖아요. 됐습니다."

이제 호스트바 소굴까지 데리고 가겠다는 건가?

질색하려는데 바로 같은 층의 카페를 지나 반대편으로 들어서자 자동문이 열리면서 새로운 세계가 열렸다.

계약 때문에 딱 한 번 와봤던 사무실이었다.

각 파트별 사무실이 쭉 이어져 있는 안쪽으로 더 들어가자 대표실이 있었다.

"어?"

강현이 그녀의 손을 잡고 대표실 문을 벌컥 열고 거침없이 안으로 들어가자 다혜는 그제야 뭐가 이상하다고 생각했다.

아무리 돈이 많은 VIP라도 백화점 대표실을 이렇게 문 열고 들어갈 수 있는 건가?

그리고 비서들이 일어나서 인사를 하자 그야말로 사색이 되었다.

"오셨습니까. 대표님, 안에 주소영 씨가 기다리고 계십니다."

"뭐?"

강현이 숨기지 않고 인상을 썼다. 하필이면 이때 주소영이 기다리고 있다는 게 번거롭고 기분이 나빴다. 그와 동시에 다혜는 이 사람이 백화점 대표라는 걸 알게 됐다.

"말도 안 돼."

어떻게 이런 일이 있을 수가 있을까? 그럼 내가 멀쩡한 기업체 대표한테 화대를 주고…….

그러나 정신을 차릴 겨를도 없이 그의 손에 밀려 안으로 들어가게 됐다.

"오빠!"

예쁘장한 여자가 벌떡 일어나더니 다혜를 보고 인상을 썼다.

"아니, 그 여자는 뭐야? 내가 여기서 오빠를 한 시간이나 기다렸단 말이야. 직원 같아 보이지도 않는데."

"시끄러워. 거래처 실장님이셔."

"이 여자 진짜 거래처 사람이야?"

위에서 아래로 훑어보는 눈초리가 따가웠다. 다혜는 꼿꼿이 선 채 고개를 숙여 인사를 했다.

"안녕하세요. 연다혜라고 합니다."

"그래요? 주소영이에요."

표독스럽게 하는 말에 다혜는 몸을 돌려 강현을 바라보았다. 빠져나갈 수 있는 기회였다.

"대표님, 실례가 많았습니다. 손님도 계시니 전 이만 가보겠습니다."

"무슨 말씀을요. 사업 이야기는 이제부터 시작인데요. 소영이 너 얼른 나가."

"오빠! 알았어. 나가서 기다릴 테니까……."

하여간 찰거머리다.

강현은 주소영을 보며 인상을 썼다. 웬만큼 말해서는 떨어져 나가지 않는다. 이게 다 어머니가 뒤를 받쳐주는 탓이다.

"기다릴 필요 없어. 연다혜 씨하고 이야기 끝낸 다음엔 또 스케줄이 있으니까."

"……."

탕 소리가 나게 주소영이 문을 닫고 나갔다. 작게 한숨을 쉬고 서 있는 다혜를 보며 강현이 물었다.

"이 팔찌는 내가 그냥 가지고 있겠습니다. 애써 준 건데 기념으로 갖고 있으려고요."

"……죄송합니다."

심장이 쪼그라드는 느낌이었다. 이 남자는 처음 보았을 때부터 매번 사람을 놀라게 한다. 하필이면 입점할 백화점 대표였다니.

"뭐가 그렇게 갑자기 죄송해지시나. 같이 밤새 잘 즐겨 놓고. 아, 아침에 일찍 간 거? 그건 잘못했지. 난 그런 거 진짜 싫거든요."

거짓말이었다. 섹스 끝나고 여자 옆에서 잔 적도 없었을뿐더러 여자가 있었다면 자기가 먼저 나왔을 거다. 그런데도 이 여자에게는 왜 이런 말이 나오는지. 실제로 아침에 비어 있는 침대를 보는 게 참 허탈하고 싫었다.

"천둥은 왜 그렇게 무서워해요?"

"네?"

"그날 밤, 천둥이 무섭다고 나한테 마구 파고들면서 안아달라고 했잖아요. 놀란 토끼처럼."

다혜는 입을 꾹 다물었다.

"뭘 그런 것까지 기억하시고……."

침묵이 이어졌다. 다혜는 잠시 서 있다가 정신을 퍼뜩 차린 듯 그를 바라보고 말했다.

"이제 어떻게 하실 건가요?"

"뭘 말입니까?"

"그날의 일은 해프닝이었고 어찌 됐든 죄송하게 됐어요. 이런 분인 줄은 몰랐으니까요."

"뭐…… 업소 남자로 알았든 어쨌든 둘이 눈 맞아서 하룻밤 함께 보낸 건데 미안할 건 없죠. 단지 앞으로 어떻게 되느냐 그게 문제지."

앞으로? 다혜는 사업을 떠올리고는 제대로 자기소개를 했다.

"백화점에 다음 주에 개점하는 온리유 커피 앤 플라워, 실장 연다혜입니다."

"알고 있습니다."

그가 한 발짝 성큼 다가섰다. 엄청난 체격 차이에 저도 모르게 뒤로 물러섰는데 그건 단순히 그의 압도적인 체격 때문만은 아니었다. 그가 가까이

오자 결코 잊을 수 없는 향기가 그녀를 흔들어댔다.

머리가 어질했다. 엊그제 그가 했던 말들이 귓가에 윙윙 울려댔다.

'가슴 예쁘단 소리 많이 안 들었어요? 너무 예쁘네. 왜 이렇게 달아?'

그의 입 안으로 빨려 들어갔던 유두가 지금도 그를 향해 뾰족하게 서는 걸 선명하게 느낀다. 긴 스커트를 입고 있지만, 팬티가 젖어들 만큼 알 수 없는 긴장감과 성적 흥분을 느끼고 있었다.

그가 알까 두려워 방어적으로 뒤로 한 걸음 물러선 거였다. 그가 팔을 내밀어 허리를 감쌌다.

"사람이라는 게 말입니다. 처음 어떻게 만났느냐가 너무 중요한 거 같지 않아요? 우리는 배부터 맞춰서 그런지 만나자마자 그러고 싶지 않느냐는 말이죠."

느린 말투, 까만 눈동자. 허리에 닿은 그의 손은 매우 뜨거웠다. 다혜는 그에게 끌리는 걸 부정할 수 없었다.

"이 손 놔요. 난 아니에요."

"정말 아닌지, 왜 이렇게 궁금하지?"

그의 손이 그녀의 스커트를 위로 밀어 올렸다.

"잠깐. 지금은 우리가…… 아니, 여기는 사무실이고…….'

"우리가 일 때문에 만난 건 아니잖아요? 밤새 뒹군 남녀가 정산할 거 있다고 만났는데, 내가 정산할 거라고는 돈이 아니라 이런 거란 말이지."

그의 손이 레이스 팬티를 감싸고 있는 엉덩이를 어루만지며 다리 사이로 파고들었다. 젖은 팬티가 민망해 들킬까 봐 다혜가 뒤로 물러서며 그를 확 밀어내자 그가 순순히 물러나 주었다.

그가 조금 전까지 팬티 안에서 그녀의 젖어든 속살을 만지던 손가락을 입에 넣고 빨았다. 길게 혀까지 내밀어 손가락을 핥는 그의 모습에 다혜는 얼굴이 새빨개져서 입술을 질끈 깨물었다.

지독하게 섹시한 남자였다. 그의 아래서 몸부림치던 감각이 고스란히 살아나 숨이 막혀왔다. 그가 그녀를 빤히 쳐다보며 말했다.

"난 원래 이런 놈이지만. 그렇다고 누구한테나 그러는 놈은 아닙니다."

"지금 딱 그렇게 보이네요. 누구에게나 그럴 거 같아 보인다고 생각 안 해요?"

"뭐. 그거야 우리 둘의 첫 만남이 워낙 인상적이다 보니 그렇게 착각하는 겁니다."

"……."

아랫도리가 팽팽하게 부풀어 있었다. 그렇지 않아도 그녀만 떠올려도 발기하던 좆이 보드라운 살을 한번 쓸자 미친 듯이 그녀의 안으로 파고들겠다고 고개를 빳빳이 들고 있다.

하지만 이대로 덮칠 수는 없다. 합의가 아니라면 절대 안 한다. 하지만 그렇다고 그냥 놔줄 수도 없었다.

"왜 싫은지 말해 봐요."

"뭐가요. 그날은 그냥 원나잇이었으니까……."

"그날은 그랬다 치고, 지금은 다시 만났으니까 오늘 밤은 어때요? 난 같이 있고 싶은데."

그가 다시 그녀의 얼굴을 잡고 입술을 겹쳐오자 뒤로 물러날 틈도 없이 혀가 밀려들었다. 뜨거운 혀가 입 안을 휘젓는 느낌에 다혜는 눈을 스르륵 감았다. 그날 밤 무섭다고 할 때 등을 쓰다듬어 주었던 그 감촉 때문인지 이 남자와의 키스가 싫지 않았다.

"싫지 않잖아요, 나. 맞잖아요?"

"하아. 싫었으면 따라가지 않았겠죠."

입술이 스치며 대화가 이어지고 있었다. 도톰한 입술이 서로의 타액이 섞여 번들거렸다.

"그런데 왜 그 뒤엔 변한 거지?"

"하룻밤만 염두에 두고 만난 거랑 이렇게 다시 만나게 되는 거랑은 다르 니까요."

그의 손이 그녀의 허리 라인을 따라 엉덩이를 어루만졌다.

"같은 말 되풀이하고 싶진 않아요. 나한테 이렇게 젖어드는 거 못 느 껴요?"

"거짓말 안 할게요. 그래요. 당신한테 젖어들었나 봐요. 내가 인식하기도 전에, 그런데 그렇다고 해서 무조건 당신한테 안겨야 하나요? 난…… 하아, 응……."

다시 이어진 키스는 조금 더 농밀했고 단단하게 발기한 그의 페니스가 정확하게 그녀의 치골을 누르며 비벼졌다.

다혜는 눈을 감았다. 이대로라면 그의 단단한 가슴에 머리를 기댈 것만 같다.

"위계로 당신을 어떻게 하겠다는 마음은 없어요. 하지만 난 지금 당신을 원하지. 아주 강렬하게."

그가 그녀를 소파로 부드럽게 밀었다. 소파 등받이에 몸을 대고 그를 빤 히 쳐다보는 그녀의 얼굴이 한없이 말갛다.

이상하게 마음을 흔드는 얼굴이었다. 이해할 수 없는 상황은 마음에 들 지 않지만 이 여자라면 뭐든 다 봐줄 수 있을 거 같다.

다혜는 최대한 사무적으로 말했다.

"앞으로 볼일 없겠다는 말은 취소예요."

"당연하지. 백화점 대표를 안 보고 장사 잘할 자신 있어요?"

"불이익 주지 마세요."

"불이익이라. 난 그런 사람은 아니에요."

"설마 이런 일을 대가로 뭔가를 요구하지는 않겠죠? 성 상납이나……."

"사람을 어디다 가져다 붙여요. 그런 거 질색이에요."

그가 피식 웃었다.

"그냥 우리 둘의 관계…… 서로 원할 때마다…… 어때요? 서로 귀찮게 굴 일도 없고."

다혜는 잠시 생각하다가 허리를 뒤로 휘며 그의 얼굴과 거리를 조금 두고 야무진 음성으로 말했다.

"좋아요. 대신 서로의 사생활이나 일에는 관여하지 않기로 해요."

원하던 대답이었다. 강현은 입꼬리를 늘이며 조금 더 그녀의 가까이 다가갔다.

"당신의 사생활에 대해서는 알고 싶은 마음도 없으니 걱정하지 말아요. 그럼 우리 앞으로 그날 밤처럼……."

강현이 그렇게 말하며 다혜의 허리를 감아 당기며 다시 키스하려고 할 때 그녀가 고개를 옆으로 돌렸다.

방금까지 관계를 유지할 것처럼 말하더니 왜 이러는 걸까? 하여간. 예쁜 사람들은 꼭 인물값을 한다. 그런데 이 여자는 단순히 예쁜 게 아니라 사람 쥐고 흔드는 묘한 향기와 매력까지 있다.

"또 무슨 조건을 걸려고 그럽니까?"

"특별한 건 없어요. 당신이 말한 거 가능은 한데…… 내가 하고 싶을 때만요."

"뭐라고요?"

"지금은 아니라는 얘기예요. 나중에 그런 마음 들면 연락할게요. 대표님."

대표님이라는 호칭이 조금 전까지 그녀가 생각했던 그런 업소 대표를 말하는 것처럼 들린다. '생각나면 연락할게요.'라니. 당돌하다. 정말 버릇이 없어도 한참 없지만, 아쉬운 건 이쪽이니 뭐라 할 수도 없다.

"하."

하룻밤 같이 보냈다고 천하의 유강현이 이렇게 꼬리까지 흔들며 매달리는 꼴이 될 줄 누가 알았을까?

"그 시간이 그렇게 길어지지 않기를 바랍니다."

마지막 자존심까지 구길 수는 없어 최대한 예의 바르게 이야기했다.

"네, 안녕히 계세요. 대표님."

다혜가 밖으로 나오자 비서실 한쪽에 앉아 있던 주소영이 일어나 다혜를 뚫어지라 쳐다보았다. 다혜는 그 눈길에 반응하지 않고 그대로 비서실을 나갔다.

주소영은 바로 대표실 문을 열고 안으로 들어갔다. 잘록한 허리에 타이트한 스커트를 입은 다혜의 모습에 기분이 나빠졌다.

"오빠!"

"너…… 왜 또 들어와? 가라고 했지. 곧 회의 있어."

"저 여자 정말 사업상 만나는 거 맞아?"

"그걸 왜 너한테 보고해야 하는데? 당연히 사업에 관련된 사람이지. 그럼 내가 대낮에 여자 끼고 섹스라도 했을 거 같아?"

적나라하게 하는 말에 주소영은 약간 머뭇거렸다.

"뭐…… 꼭 그렇다는 말은 아니고."

"너는 왜 온 건데? 일 때문에 온 거 아니면 가."

"나 자체가 오빠한테 일하고 관련된 거 아니야? 우리 집안이…….."

"그만 안 할래? 너희 집안이, 뭐. 거래처일 뿐이야."

"단순한 거래처하고는 다르지."

"뭐가 다른데? 은행에 계신 너희 아버지하고는 돈 가지고 거래하는 거야. 그냥 돈을 물건처럼 거래하는 게 은행인 거고. 아니야?"

"오빠."

"그리고 네가 은행에 근무하는 사람이야? 그런 것도 아닌데 네가 무슨일 하고 상관이 있다고 와서 행패야. 가서 그림이나 팔아."

말문이 딱 막혔다. 하지만 이렇게 물러서기엔 너무 억울했다.

"나도 일이 있어서 온 거야. 어머님이 백화점에 걸어둘 그림 하나 견적내라고 해서 가지고 온 거야. 그리고 어떻게든 오빠하고 약혼 날짜라도 잡으라고 했단 말이야."

"약혼? 내가 왜 너하고 약혼 날짜를 잡아. 시끄러우니까 빨리 나가."

강현은 긴말하지 않고 인터폰을 눌렀다.

"오늘 중역 회의 한다고 연락했어요?"

"네. 그렇지 않아도 바로 연락드리고 왔습니다."

얼마 되지 않아서 이사가 들어오자 주소영은 더 이상 버티지 못하고 밖으로 나왔다. 무시당하고 모욕당한 기분을 이루 말할 수가 없었다. 하지만제 눈에 제일 좋은 남자가 유강현인데 어떻게 해야 할까?

세상 어디에도 저런 남자는 없었다. 물론 선대에 조폭하고 연관이 있었다고는 하지만, 그러면 좀 어떤가. 지금은 드림백화점 대표이자 드림저축은행 대표다. 그뿐만 아니라 주류 유통망을 꽉 쥐고 있는 알짜배기 기업의 오너가 아닌가.

무엇보다 강현의 훤칠한 키와 조각 같은 얼굴이며, 마치 슈트를 입기 위해 태어난 남자처럼 완벽한 긴 다리까지. 모든 게 주소영의 이상형과 딱 맞아떨어졌다.

게다가 유강현의 어머니가 적극적으로 저를 밀어주고 있지 않은가. 이렇게 허무하게 놓칠 수는 없었다.

주소영은 밖으로 나와서 전화를 했다.

"어머니 저 소영이에."

강현의 어머니 소은은 전화를 받기가 무섭게 밝은 목소리를 냈다.

-어머, 소영아. 어떻게 됐니? 강현이하고 얘기 잘해 봤니?

그러자 바로 소영이 훌쩍이는 소리를 냈다.

"아무래도 안 될 거 같아요. 오빠가 저를 너무 미워하는 거 같아요. 어머님, 제가 그렇게 미운 여자인가요?"

눈물까지 훌쩍이는 소리에 소은이 바로 위로했다.

-강현이 걔가 원래 그래. 나한테는 뭐 그렇게 살가운 줄 아니? 모든 여자에게 다 그런 사람이야.

"어머니. 그런데 원래 대표가 입점하는 점주들하고 회의도 하나요? 웬 젊은 여자랑 들어와서 질투 났어요."

-내가 걔 일은 잘 모르지. 하지만 백화점 입점하는 점주들하고 회의야 긴밀하게 다 하지 않겠니. 특별한 일이 있겠지.

"여자가 육감이라는 게 있잖아요."

다시 떠올려도 소영은 다혜의 그 청순한 얼굴 자체가 기분이 나빴다.

그런 여자는 강현의 근처에는 얼씬도 안 했으면 좋겠다.

-육감 같은 건 틀릴 때가 많아. 기분에 따라서도 다르고. 소영아 우리 집에 들를래? 내가 새로 그릇을 좀 샀는데 구경도 하고 차도 마실까?

"네! 금방 갈게요, 어머니."

소영은 전화를 끊기 무섭게 강현의 본가를 향해 차를 몰았다.

* * *

다혜는 대표실에서 나온 뒤로 어깨가 무거웠다.

맙소사. 그 사람이 백화점 대표라니. 주아 말을 믿은 게 잘못이지.

그렇다고 이제 와서 주아한테 뭐라고 할 수도 없는 일이었다. 그 남자가 마음에 들어서 같이 따라간 것도 저였고 밤새도록 그의 품에 안겼던 것도 저였다.

괜히 준오 선배 얘기를 들어 가지고…….

5년 전 그때 산부인과에 갈 때까지만 해도 김준오를 떠올리긴 했지만, 그 당시엔 어쩔 수 없었다. 애인과 동화, 둘 중 한 명을 선택하라면 물론 동화였다. 그런데 왜 김준오가 다시 귀국했다는 말을 들은 날 그렇게 일탈을 했을까?

그날 그런 말을 듣지 않았다면 유강현과 그렇게 하룻밤을 보내지는 않았을 거라고 생각하면서도 김준오의 이름보다 유강현이라는 이름이 더 강렬하게 자리 잡고 있었다.

원나잇으로 끝날 줄 알았던 남자가 매일 출근해야 할 백화점 대표라는 건 갑자기 휘몰아친 파도에 따귀를 맞은 것만큼이나 기막힌 일이었다.

* * *

"아유, 예뻐라. 누구 닮아서 이렇게 예쁜지. 이런 아들 하나만 얻는다면 뭐든 못할까."

혜순은 체험 학습 다녀온 동화를 깨끗이 목욕시켜서 간식을 주고 먹는 걸 바라보고 있었다. 딸 친구 아들이라지만 벌써 몇 년째 가까이 살면서 친손자처럼 동화를 봐주고 있었다.

다혜는 딸 주아와 어릴 때부터 친구이기도 했지만, 워낙 눈썰미도 있고 솜씨도 좋아서 함께 커피 앤 플라워 숍을 운영하고 있다.

어느 날 갑자기 아빠가 누군지도 모르는 아이를 가졌다고 했을 때만 해도 낳지 말라고 했지만, 지금은 동화가 없는 일상은 상상할 수도 없다.

동화가 다혜의 유일한 가족이며 살아가는 의미라는 걸 누구보다 잘 알고 있는 혜순이었다. 아이가 똑똑한 건 이루 말할 수도 없을뿐더러 어릴 때부터 잔병치레 하나 없이 건강하게 잘 자라주고 있었다.

"우리 동화 체험 학습 가서 엄마 보고 싶다고 울지는 않았어?"

"그런 건 아기들이나 그러는 거죠. 저는 형아예요."

혜순은 동화의 커다란 눈동자를 보며 다시 물었다.

"할머니는 안 보고 싶었어?"

"보고 싶었어요. 그래도 울지는 않아요."

"엄마 백화점에 가서 일하고 오느라고 좀 늦어. 엄마 백화점에도 가게 내는 거 알지? 이 할머니랑 다음에 한번 같이 가보자."

"네에."

"동화 그거 먹고 뭐 할래? TV 틀어줄까?"

"아니요. 게임할래요."

동화가 게임을 시작한 지 얼마 되지 않아 다혜가 들어왔다.

"엄마!"

게임기를 집어 던지고 달려드는 동화를 끌어안으니 살 거 같다. 다혜는 강현이 대표 이사라는 걸 알고 난 후에 머리가 멍해서 집으로 왔다.

동화가 체험 학습에서 돌아왔으니 얼굴부터 봐야 했다. 동화가 없는 이틀 동안 엄청난 일들이 일어나서 지금은 다른 생각은 못 하겠다.

"생각보다 일찍 왔네?"

"네. 엄마."

다혜는 동화를 안은 채 혜순에게 인사를 했다. 웃고 있어도 지친 기색이 역력한 다혜를 보며 혜순은 걱정했다.

"힘들어 보인다."

"네. 몸이 좀 피곤해요."

"그럴 만도 하지. 네가 백화점 매장 개업한다고 양쪽으로 뛰어다녔지. 그런데 주아 이 계집애는 어디 간 거야? 좀 힘들면 도와달라고 하지."

"주아도 일하고 있어요."

"그래? 그러면 다행이고. 동화 옷은 세탁기 돌리고 있으니까 다음에 가져가."

"네. 감사해요."

"감사하긴. 매일 보는 데도 인사치레야. 그런 거 없어도 돼. 그렇게 따지면 나도 매일 감사하다고 해야 해?"

다혜는 따뜻한 혜순의 웃음에 미소 지으며 동화를 내려놓았다. 내려놓기 무섭게 동화는 다시 게임기를 들었다.

"동화야, 엄마랑 같이 집에 갈까?"

"아니. 게임 시작한 지 얼마 안 됐어요."

"그래?"

"다혜야, 쌍화탕이라도 하나 먹고 좀 쉬어."

혜순은 따뜻하게 쌍화탕을 데워 다혜에게 주었다. 다혜는 물끄러미 쌍화탕을 보다 단숨에 마시고 주방으로 갔다.

"뭘 또 하려고 그래. 힘들다며."

"설거지만 하려고요."

"됐어. 내가 하면 되지. 그나저나 너 아주 들어온 거야?"

"아니요. 밤에 다시 백화점 매장에 가봐야 해요."

"아유. 왜 그렇게 일을 다 밤에만 하라고 하는지 모르겠네. 사람 피곤하게."

"낮에는 아무래도 손님들이 있으니까 소리 나는 것도 그렇고 여러모로 밤에 해야죠. 원래 인테리어는 다 밤에 해요."

"꽃도 이제 갖다 놓기 시작했잖아."

"네."

"커피 머신이랑 전부 다 세팅됐니?"

"거의 다 돼 가요. 이제 며칠 후면 오픈인데요, 뭐."

"그런데 넌 오늘 얼굴이 꼭 놀란 사람 같다."

놀라지 않을 수가 있나. 원나잇 한 남자가 백화점 대표라는데.

"그냥 힘들어서 그래요."

"그래. 그러면 주아 방에 가서 좀 자."

다혜는 주아 방으로 들어와서 침대에 누웠다. 아들이 이틀 만에 집에 왔는데 포옹 한번 해주고 게임에 몰두하고 있는 걸 보니 크긴 많이 컸다. 다섯 살짜리가 저러면 크면 더 하려나?

동화는 조금만 커도 너 필요 없어. 너야말로 남자라도 좀 만나.

귀에 딱지가 앉도록 듣던 주아의 말을 한 번도 귀 기울여 들은 적 없는데 유강현이라는 남자가 머릿속을 마구 헤집어 놓는다.

침대에 이렇게 누워 있어도 마음은 미친 듯이 널뛴다. 지금 동화보다 더 강렬하게 저를 흔든 건 분명히 유강현이다.

"이제 앞으로 어떡하나……."

뭘 어떡해. 일은 일이고 원나잇은 원나잇이지. 하지만 계속 관계를 지속하고 싶다고 했던 그의 말이 머릿속에서 떠나질 않는다.

"계속 그러면 어떻게 되는 걸까?"

대충 얼버무리고 말았지만, 계속 얼굴을 보게 된다면 그건 또 힘들 것 같다. 그때 휴대폰에 못 보던 전화번호가 떴다. 저장하지 않은 그 번호가 누구의 번호인지 바로 알았다. 다혜는 전화를 뒤집어놓았다.

얼굴 본 지 얼마나 됐다고 또 전화한 건지. 전화를 받지 않자 잠시 후 바로 문자가 왔다.

[백화점 대표 전화를 이렇게 피해도 됩니까? 전화할 테니까 받아요.]

지이잉.

다시 전화가 왔다. 백화점 대표로서 전화한 건가? 그럼 안 받을 수도 없었다. 백화점 관련한 모든 일은 다혜가 맡아서 하고 있었으니 백화점에서 오는 전화는 아주 중요한 업무 전화라고 할 수 있다.

하지만 지금까지는 기획실장하고 통화했었는데 갑자기 대표가 실무를 볼 리도 없다. 그래도 역시 전화를 무시할 수는 없었다.

"여보세요?"

-전화 한 통 하려고 해도 백화점 대표 명함을 써야 하는 겁니까?

"대표님. 저는 그동안 모든 일을 강 실장님하고 했었거든요. 기획실장님하고 통화하는 게 더 편합니다."

-강 실장이 나보다 더 편하다고? 지금 강 실장이 취향이라고 말하는 겁니까?

아니. 왜 얘기가 그렇게 튀는 거지?

"네. 제 취향 맞습니다."

-뭐요? 어디가 그렇게 취향인데요. 내가 어디가 강 실장만 못하냐는 말입니다.

전화기를 통해 들리는 목소리 톤이 한층 높아졌다. 자존심이 상했나?

"여러 면에서요. 전 강 실장님 같은 타입하고 일하는 게 편합니다. 제가 일하는 스타일하고 잘 맞거든요."

이 여자가 여러모로 사람을 쥐었다 놨다 한다. 그렇게 말하면 나하고 더 잘 맞는 거지. 몸이 잘 맞는데 나머지는 말해서 뭐할까?

'내 앞에서 다른 남자가 더 낫다고 말하는 여자는 네가 처음이야.'라는 진부한 멘트가 입술까지 차오르는 걸 꾹 집어 누르며 강현은 전화기에 대고 길게 거친 호흡을 내놓았다. 귓가에 울리는 남자의 숨결은 다혜의 신경을 잡고 놓지 않았다.

-내일 뭐 합니까?

"그걸 왜 궁금해하세요? 개인적인 일이든 사업상의 일이든 여러 가지로 바빠요."

새침한 것까지 예뻐 보이는 걸 보면 정신 나간 건 맞는데 이 여자라면 정신 나가도 괜찮을 거 같은 건 또 뭔지.

-바쁜 건 알겠고. 내가 궁금한 건 내일 백화점에 올 수 있냐는 겁니다. 내일 백화점에 옵니까?

"아니요. 내일은 백화점 못 가요."

-며칠 후면 개업인데 총책임자가 백화점에 안 오면 일이 어떻게 돌아갑니까. 왜 안 와요. 나 때문입니까?

"그럴 리가요. 그쪽이 하룻밤에 그 정도로 저에게 비중 있는 사람이 되었다고 생각하셨다면 착각이에요."

참, 꼭 집어서 사람 무안하게 만든다. 물론 무안해하지도 않지만.

강현은 헛웃음을 치며 말했다.

-말하지 않아도 내가 그쪽한테 그렇게까지 비중 없는 남자인 거, 대충은 알고 있습니다. 그런데 왜 못 오는 겁니까?

"웨딩 꽃꽂이가 있어요."

-그런 것도 합니까?

"주된 업무예요. 결혼식이나 호텔 연회 꽃꽂이요."

다혜는 꽃집에서 그럼 뭘 하겠느냐는 듯이 말했지만 그는 그녀의 말에 진지하게 고개를 끄덕였다.

-그렇군. 그럼 우리 백화점 꽃꽂이도 하면 되겠네요.

"돈만 많이 주시면 고려해 보겠습니다."

-그럼 그걸 의논하기 위해서 만나는 건 어떨까요? 주된 업무에 관한 사업인데.

"그 정도라면 기획실장님을 통해서 하면 될 것 같습니다."

-내가 지금 그 강 실장 얘기를 몇 번을 더 들어야 하는 건지 모르겠네.

그럼 모레는 여기 옵니까?

"네."

-그럼 모레 봅시다.

모레 보자는 그의 말끝에서 다혜는 저도 모르게 섹스를 떠올렸다. 낮게 울리는 목소리가 전신의 신경을 애무하는 듯이 건드리고 자극했다. 듣는 것만으로도 그의 입가가 떠올랐다.

-지금 통화하면서 내가 뭘 할 거 같아요?

"글쎄요."

-손가락을 빨고 있다고 하면 변태라고 할 건가요?

그의 손가락이 제 다리 사이 깊은 곳을 들락거렸던 것이 생각나서 질구가 움찔거렸다.

사무실에서 저도 모르게 시선이 그의 바지 중심으로 향했을 때 그의 발기한 페니스의 윤곽이 선명했다. 다혜는 열기로 볼이 달아오르는 것을 느끼며 말을 더듬었다.

"변태 맞네요. 다 큰 남자가 손가락은 왜 빨아요? 그리고 저기, 저…… 저는 제안하신 거 허락하지 않았어요."

그가 제안했던 건 분명 다혜가 하고 싶을 때였다. 그러니 다음에 보게 되어도 섹스는 하지 않겠다는 의미였다.

-사람을 어떻게 보고. 나만 보면 섹스밖에 생각나지 않습니까? 나 그런 의미로 한 말 아닌데. 나 그렇게 까진 남자 아니에요. 순진한 남자를 매사에 그렇게 엉큼한 눈으로 보고 있었다는 겁니까?

"그게 아니라 먼저……."

-내가 먼저 뭐요. 난 그냥 모레 보자고 그랬을 뿐인데, 나만 보면 막 덤비고 싶고 하고 싶고 그런가요? 하긴. 나도 그런 면이 있기는 하지만. 그러면 오늘 밤…….

뚝,

말을 다 하기도 전에 전화가 끊어졌다. 강현은 끊어진 휴대폰을 바라보다 한숨을 쉬었다. 어떻게 된 게…… 뭐라고 말하면서 접근해야 할지 모르겠다. 여자하고 밤을 보낸 적은 있지만, 제대로 말을 해본 적은 없는 것 같았다.

일 얘기라면 괜찮겠는데 이건 일하자는 얘기가 아니라 한마디로 만나서 섹스하자는 얘기잖아.

저가 여자에게 매달려본 적은 없으니 이렇게 지랄 맞은 상황으로 절 밀어 넣어버린 여자가 얄미울 정도다.

"호텔 꽃꽂이라."

그녀에게 나는 향기는 꽃향기가 몸에 배서 나는 향인 걸까? 그런데 꽃향기가 거기서도 나나?

여자의 다리 사이에서 맡았던 달짝지근하면서도 야한 향기. 꽃향기 같으면서도 남성의 성감을 한도 끝도 없이 자극하는 그런 향이었다.

그 여자의 체취는 잊을 수도 없고, 무시할 수도 없다. 새초롬하게 거절하면서도 꼬리를 흔드는 여자였다.

그런데 같은 백화점에서 근무하게 됐단 말이지?

아래가 다시 세차게 솟구쳤다. 시도 때도 없으니 이걸 어떻게 할 수도 없어 바로 헬스장으로 가서 땀을 흘리기 시작했다. 무엇을 해도 가라앉지 않아 샤워하며 억세게 쥐고 흔들어서 겨우 정액을 분출하니 가라앉는다. 이게 다 연다혜의 후유증이다.

"참, 독한 여자네."

* * *

아침 일찍부터 다혜의 집은 바빴다. 동화는 아기치고는 아침잠이 없지만, 그래도 다섯 살은 자기 혼자 어린이집 가는 것을 모두 다 준비하기에는 어린 나이다.

"이거 먹고 가야지."

"싫어."

"왜 오늘은 싫다고 그러는 거야."

"엄마나 먹어. 나는 이만큼이나 먹었잖아."

동화가 다 먹은 자기 그릇을 보여주고는 다혜의 그릇에 우유를 따라주며 말했다.

"엄마도 먹어."

"엄마는 됐는데?"

"그렇게 안 먹으면 쓰러진다고 이모가 그랬어요."

"주아 이건 애 앞에서 못하는 말이 없어."

숟가락으로 시리얼을 퍼 입에 넣자 바삭바삭 입 안에서 부서지는 소리가 난다. 몇 입 먹고 일어나려고 하자 동화가 고개를 저었다.

"한 숟가락만 더 먹어."

"이거 뭔가 역할이 바뀐 거 같지 않니, 동화야? 이 말은 어른이 아이들한테 하는 말이야."

"그러니까. 엄마는 아이들이 보기에도 너무 조금 먹잖아. 그래서 아프면 안 돼. 엄마 아프면 난 어떡해?"

초롱초롱한 눈을 하고 다혜를 보며 하는 말에 갑자기 가슴이 쓰르르 울렸다.

다혜는 동화가 어떻게 될까 봐 마음 졸이면서도 동화에게 자신이 그런 존재라는 건 생각 못했다.

"우리 동화 벌써 이렇게 커서 엄마 생각도 하고."

"엄마 왜 울어?"

어느 틈에 눈물이 흘렀는지 다혜는 손으로 쓱쓱 눈물을 닦고 힘차게 시리얼을 다 먹어치웠다.

"우리 엄마 착하다."

활짝 웃는 커다란 눈망울을 보며 다혜가 활짝 웃었다.

"그렇지, 동화야? 엄마가 우리 동화한테 정말 착한 엄마야. 오늘은 엄마 백화점에 개업 준비하러 가거든? 늦게 올 수도 있어."

"걱정하지 마. 난 이모하고 같이 있으면 돼."

동화의 머리를 쓰다듬어 주고 밖으로 나오니 주아가 기다리고 있었다.

"넌 바로 백화점으로 갈 거지? 내가 동화 태워다 주고 갈게."

"알았어."

다혜는 바로 백화점으로 향했고 동화는 주아의 차를 타고 어린이집에서 내렸다.

"이모, 이따가 이모가 데리러 올 거야?"

"응. 동화야, 이모하고 같이 백화점 가자? 우리가 내일모레 개점할 백화점이야."

"엄마가 일하는 데?"

"응. 맞아."

손을 흔들고 어린이집으로 들어가는 동화의 모습이 아침 햇살에 눈부시게 반짝였다.

* * *

외부 회의가 길어진 탓에 소변을 너무 오래 참았던 강현은 백화점에 들어서자마자 1층 화장실로 갔다. 막 시원하게 소변을 보려고 하는데 갑자기

문이 열리더니 닫혔다.

사람의 얼굴이 보이지 않아 뭔가 하고 아래를 보자 아주 작은 꼬맹이가 보호자도 없이 혼자 화장실에 들어오더니 버젓이 강현의 옆에서 조그만 고추를 내놓고 소변을 보기 시작했다.

둘이 나란히 소변을 보고 있는데 꼬마가 고개를 돌려 강현의 성기를 빤히 쳐다본다.

"크다."

"뭐?"

한참 억세게 나오는 소변 줄기를 막을 수도 없어 소변을 보는데 꼬맹이가 한마디를 더했다.

"크다!"

강현은 당돌한 말에 웃었다.

"너도 나중에 이렇게 크게 된다면 행운이라고 생각해야 해."

"어른이 되면 다 그만큼 커지나요?"

"무슨 소리. 내가 말했잖아. 네 고추가 만일 이만해진다면 그건 행운이라고."

"난 그거보다 더 커질 거예요. 우리 엄마가 난 아주, 아주 많이 클 거라고 했거든요. 키가 많이 크면 고추도 크잖아요."

"아니. 키가 크다고 다 큰 게 아니라니까?"

어느 틈에 아이하고 이렇게 성기 이야기를 하면서 소변을 보게 됐는지, 너무 당돌해서 웃기기도 하고 생긴 건 또 왜 이렇게 예쁘게 생겼는지.

"자식, 다 봤어? 흘리지 마라."

"그런 건 아기들이나 흘리는 거예요. 전 무지개반이에요."

"무지개반?"

"다섯 살 형아들 반이요."

주눅 한번 들지 않고 똑바로 보며 말하다가 소변을 다 봤는지 두어 번 털어서 팬티를 올린다. 강현은 저하고 꼬맹이하고 똑같이 두 번 털고 팬티를 올리는 걸 자각하고 웃었다.

"너 맨날 이러냐?"

"뭐가요?"

"두 번 털고 팬티 올리는 거 말이야."

"아저씨도요? 나하고 똑같네요."

강현은 웃음을 터트렸다. 꼬맹이를 볼 일도 없었는데 작아도 사람이 맞기는 한가 보다. 이런 아가하고 같은 습관을 갖고 있다는 게 왜 이렇게 웃긴지.

"너 엄마 어딨어? 이렇게 혼자 다니는 거 알면 엄마 걱정하실 텐데."

"이모하고 같이 왔어요. 엄마는 다른 일 보고 계세요."

"안 무서워? 길 잃으면 어떡하려고."

"밖에 나가면 이모 있어요."

"그래?"

데려다주고 싶은 마음이 든 건 아이가 너무 작아서였다. 이렇게 작은 아이를 어떻게 혼자 화장실을 보낼 수가 있는 거지?

"너 같은 꼬마는 엄마 따라서 화장실 들어가야 하는 거 아니야?"

"오. 노노."

세면대 앞에서 저도 모르게 아이 손을 닦아주면서 묻자 아이가 손가락을 옆으로 저으며 말했다.

"남자는 남자 화장실을 가야 하는 거예요. 여자 화장실 막 가는 거 아니에요."

"다섯 살짜리가 잘도 말한다."

"다섯 살도 알 건 다 알아요."

말은 혀 짧은 소리인데 전해지는 의미는 정확하다. 놀랍도록 똑똑하고 영리한 아이다.

"나가자."

밖으로 나오자 전화벨이 울렸다. 전화를 받는 데 집중하는 사이에 아이가 바로 옆 모퉁이를 돌아섰다.

"야! 죄송합니다. 잠깐 후에 전화하겠습니다."

바로 전화를 끊고 아이를 부르려고 했으나 아이는 보이질 않았다.

"이모를 찾아갔나? 당돌해라. 어디 번데기 같은 고추를 한 놈이 나보다 커지겠다고. 요즘 애들은 진짜 무서워."

아이라…….

결혼하고 아이를 낳았다면 저 정도의 자식도 있을 만한 나이기는 하다. 하지만 아이 같은 건 결코 낳을 일이 없을 거다. 아버지가 그렇게 돌아가신 건 모두 자식 때문이었다. 그러니 가족이라는 굴레 안에서 서로가 보호받지 못하는 일은 만들지 말아야 한다.

지금도 순호를 옆에 데리고 다니는 게 할아버지 걱정 때문이라는 걸 너무나 잘 안다.

"형님."

"또. 대표님 소리가 그렇게 입에 안 붙어?"

"대표님."

"여기 꼬맹이 지나가는 거 못 봤나?"

"꼬맹이요?"

"뭐…… 되게 작은 것 같은데, 다섯 살이래. 말은 엄청 잘하는데."

"못 봤습니다."

"하긴. 네 눈높이에서는 보지 못할 수도 있지. 순호 너는 결혼 생각 없나?"

순호는 강현보다 두 살이 많다. 이제 삼십 대 중반을 넘어서고 있지만 독신이어서 묻는 말이었다. 그런 말을 많이 들었을 법도 한데도 낯선 질문을 받은 얼굴이다.

"저요?"

"여자는 사귀어 보긴 했고?"

"그게…… 여자들이 저를 좀 무서워합니다."

"남자도 무서워해. 나도 무서워, 나도."

그 말에 순호가 상처받은 얼굴을 했다.

"그러면 안 되죠. 형님이 절 무서워하시면……."

"형님이라고 부르지 말라고. 네가 형님이라고 부를 때마다 주변에 있는 사람들이 나를 어떻게 보겠어?"

갑자기 무슨 깡패라도 보는 듯이 허옇게 질려서 저와 순호를 바라보던 다혜의 얼굴이 떠올랐다. 맹랑한 여자가 머릿속에 왔다 갔다 하는 것도 마땅치 않다.

전화나 해볼까?

연거푸 두 번이나 했지만, 전화를 받지 않는다. 이건 바빠서 못 받는 게 아니라 작정하고 안 받는 게 분명한데 왜 자꾸 전화가 하고 싶은 걸까? 별로 반기지도 않는데.

지금이라도 부르면 달려올 여자들이 수두룩하다. 그중에 첫 번째로 달려올 사람은 주소영이겠지. 아무리 여자가 없어도 주소영은 안 만난다.

제 마음을 알기라도 하듯이 휴대폰이 진동한다. 휴대폰 액정 위에 뜨는 주소영이라는 이름을 보며 강현은 휴대폰을 주머니 속에 처박아 버렸다.

"저, 대표님. 회장님께서 전화하셨는데 김철주가 곧 외출을 나온답니다."

그 말에 강현은 멈칫하고 멈췄다. 아버지를 죽인 살인자. 칠정파 마지막 보스의 아들.

그놈이 외출을 나온다는 건 어쩌면 또다시 피바람이 몰아칠지도 모른다는 얘기다.

김철주는 아버지를 죽인 원수였다. 아버지는 할아버지 대의 조폭과의 연결 고리를 끊으려고 애쓰셨다. 무엇보다도 불법적인 일들과 거리를 두려고 했고 그것 때문에 함께 동업해왔던 칠정파와 거리를 뒀다.

자신의 이익이 줄어든 것에 대한 보복으로 칠정파가 드림저축은행이 소속되어 있던 용성파를 치고 들어갔다. 그야말로 조직 폭력 사이의 무지막지한 싸움이었다.

그 당시만 해도 할아버지는 전설적인 주먹이었기 때문에 할아버지 주변에 있는 주먹들을 당해내지 못한 칠정파가 패하며 해체되었다. 그러나 칠정파 보스의 아들이었던 김철주는 당시 십 대였던 유강현을 납치해 그의 아버지를 협박했다.

아버지 유동수는 실제 성품도 가정적이었다. 그는 반듯한 가정을 꾸미려고 애썼다. 그러니 하나뿐인 제 아들 강현이 납치됐다는데 움직이지 않을 수가 없었다. 그리고 그날 아버지가 살해되었다.

눈앞에서 아버지가 죽는 걸 보았던 강현에게 김철주는 같은 하늘 아래 살아갈 수 없는 원수이기도 했다.

김철주는 그때 체포되어 25년 징역을 선고받았으나 모범수로 감형이 되었다. 이번에 나오는 것은 어머니가 위독하기 때문이라고 했다. 이 외출이 조용히 지나갈지 아니면 다른 어떤 사건을 일으킬지는 아무도 알 수 없는 일이었다. 이름만 들어도 머리털이 곤두서는 김철주. 옆에 든든하게 버티고 서 있던 구순호가 묵직한 목소리를 냈다.

"걱정하지 마십시오. 그래 봐야 범죄자 아닙니까. 제가 대표님 옆에서 꼼짝 안 하고 지킬 겁니다."

"널 메다꽂는 건 나거든? 누가 누굴 지킨다고. 내가 지켜줄게, 내가."

가볍게 말하는 강현의 말에 구순호가 덩치에 어울리지 않는 수줍은 표
정을 지으며 웃었다.

"다음 일정 어디지?"

"네. 오늘 L백화점 사장님 아드님 결혼식이 L호텔에서 있습니다."

"그래? 호텔 결혼식이라."

웬만하면 결혼식에 잘 참석하지 않았다. 하지만 호텔 결혼식장에 꽃꽂이
하러 간다는 다혜의 말을 들어서인지 한번 가서 보면 괜찮겠다 싶은 생각
이 들었다.

"몇 신데?"

"결혼식은 저녁 7시입니다."

그녀의 스케줄도 이런 저녁 웨딩이었을까?

그쪽 세계에 대해선 전혀 알지 못하지만 연다혜가 꽃꽂이를 한다는 걸
알고 난 뒤부턴 지나가는 꽃들도 다르게 보였다.

이러다 머리에 꽃 꽂게 생겼네, 진짜.

세상에 결혼식같이 쓸데없는 게 또 있을까?

강현은 결혼식에 돈을 많이 들인다는 건 낭비 중의 낭비라고 생각했다.
결혼이라는 게 결혼식이 중요한 게 아니라 그다음부터 살아가는 게 중요한
거니 말이다.

강현은 퇴근 무렵에 결혼식장으로 향했다.

L호텔은 국내 최고의 호텔로 연예인들과 재벌들이 결혼식을 하는 것으
로 유명했다. 들어가는 입구부터 시작해서 꽃향기가 확 풍겼다.

"냄새 어떠냐?"

"무슨 냄새 말입니까?"

순호가 냄새 맡는 시늉을 하더니 목소리를 낮췄다.

"어디, 안 좋은 냄새라도 납니까? 혹시 칼 든 놈들이라도……."

"시끄러워. 결혼식에 누가 칼 들고 나타난다고. 그게 아니라 꽃 냄새가 어떠냐고."

"꽃이요?"

눈을 크게 뜬 구순호가 옆에 있는 커다란 백합 근처에 가더니 고개를 끄덕였다.

"좋습니다."

"그래. 맨날 피 냄새만 맡고 다니지 말고 꽃향기도 맡고 꽃도 보고 그러고 살아."

"그러고 보니 여기는 꽃이 많습니다."

"그래. 결혼식장이니까. 근데 이 꽃, 결혼식 끝나고 나면 다 어디다 쓰나? 가져다 다시 팔 수 없을 것 같은데."

"그렇죠?"

상당한 크기의 꽃바구니들이 여기저기 놓여 있고 테이블 위에도 작은 꽃병에 꽃들이 놓여 있다. 이 정도로 많은 꽃을 작업하려면 잠도 제대로 못 잤을 텐데.

버진로드를 따라 쭉 놓여 있는 부케 모양의 꽃다발들을 보고 있는데 한쪽에서 소곤거리는 소리가 들렸다.

"연 실장님한테 신부 아버지, 어머니 코르사주는 어떻게 됐나 물어봐. 여유분 있는지도 물어보고. 신랑 어머니께서 떨어뜨려서 다른 거 원하신대."

"네, 알겠습니다."

연 실장?

왜 이렇게 세상에 연 씨가 많은 걸까? 연 실장이라는 말만 들어도 연다혜가 떠오르고, 꽃만 봐도 연다혜가 떠오르고.

뭐가 잘못돼도 분명히 잘못됐다. 요즘 상태가 안 좋은가. 생전 이런 생각은 해보지 않았는데…… 정신과 감정이라도 한번 받아 봐야 할 정도다.

하룻밤으로 완전히 다른 사람이 되었다. 그렇게 생각하고 있을 때 저쪽에서 정말 연다혜가 나타났다.

검은색 투피스를 입은 연다혜가 꽃을 들고 입구에 있는 신랑 신부 부모님 쪽으로 다가가는 게 보였다. 날씬한 허리와 풍만한 골반, 그 아래 쭉 뻗은 다리가 한눈에도 그날 밤 그를 휘어 감았던 그 다리인 것을 알 수 있었다.

운명도 이런 운명이 없군. 머릿속에서 떠나지 않는 것도 모자라서 내가 가는 곳마다 꽃꽂이를 해놓고 기다리고 있어?

그것참 맹랑하네.

오늘 연다혜가 한다는 웨딩 꽃꽂이가 그가 초대받은 결혼식일 줄 누가 알았을까?

그가 한쪽에 선 채 구순호에게 말했다.

"먼저 결혼식장에 들어가 있어."

"그럴 수는 없습니다."

"왜."

"이렇게 사람이 많은 곳일수록 엉뚱한 놈들이 대표님을 노릴 수도 있으니 제가 지켜야 합니다."

"됐어. 너보다 내가 한 수 위라는 건 너도 인정하잖아. 여기서 한 번 메다꽂아줘?"

진짜 유도라도 한판 할 것처럼 하는 말에 구순호는 멈칫하며 몸을 더 바짝 세웠다.

"아닙니다."

"들어가 자리 잡고 있어. 나도 곧 들어갈 테니까."

그의 눈은 여전히 다혜를 향하고 있었다. 연다혜가 작은 꽃을 들고 저에게 걸어오고 있었다. 얼굴에 미소까지 띠고.

새침은 혼자 떨더니 역시 이런 곳에서 날 보니 반갑기는 한 거야!

4. 야단맞는 남자

그녀는 곧장 강현의 코앞까지 다가왔다. 그리고 그를 지나쳐서 어색해하는 신랑 아버지 앞으로 가더니 그의 가슴에 코르사주를 잘 꽂아주고 활짝 웃으며 인사를 한다.

그에게는 보여준 적 없는 미소였다. 붉은 입술이 벌어지면 눈이 부실만큼 하얀 치열이 고르게 드러났다. 입가의 귀엽게 팬 볼우물이 그의 마음까지 쏙 빨아들였다.

선명한 그녀의 웃음을 보다 보니 기분이 상했다.

날 못 본 척 지나쳐?

바로 코앞에서 지나쳤으면서 못 봤다는 건 말이 안 된다.

그녀의 목소리가 귓가에 깃털처럼 간지럽게 울렸다.

"새신랑보다 아버님께서 더 멋있으세요."

"내가 오늘 영 떨리네……."

"사모님도 정말 예쁘세요. 걱정하지 마세요."

옆에 있는 신랑 어머니의 매무새까지 만져주고 다시 활짝 웃는다.

정말 사람 홀리는 여우가 따로 없네.

다혜가 코르사주를 여유 있게 만들어오기를 잘했다고 생각하며 식장 밖으로 나가려는데 그녀의 앞을 누군가 가로막았다. 다혜는 자신의 앞을 가로막고 있는 장신의 남자를 올려다보았다.

이 남자는 왜 또 여기에 있는 걸까?

"왜 그렇게 얼굴이 하얗게 질렸어요. 못 볼 사람이라도 봤어요? 내가 그렇게 보기만 하면 하얗게 질릴 만큼 공포감 조장하는 얼굴은 아닌데."

강현은 여자의 얼굴을 보며 속에서부터 알 수 없는 만족감에 입꼬리가 절로 올라가는 자신을 느꼈다. 이렇게 우연히 만나게 되는 거 보면 이것도 인연이라고 할 수 있겠지? 저를 보면 하얗게 질리는 얼굴이 왜 이렇게 반가운 건지.

"여기는 웬일이세요? 설마 저 미행하세요?"

"무슨 그런 말을…… 내가 아직도 여자들이나 후리는 호빠 삐끼로 보이는 건 아닐 테고. 이제 내가 누군지도 아니까 얼마나 바쁜 사람인지 알 텐데, 미행이라니. 말이 된다고 생각해요?"

"네. 지금 같은 상황에서는 말 된다고 보입니다. 여기는 어떻게 알고 오셨어요?"

맑고 커다란 눈동자가 올려다보는데 왜 심장이 쿵쿵 혼자 날뛰느냐고. 이런 얼굴을 하고 쳐다보면 남자 애간장이 어떻게 안 녹아.

"거울 안 봐요? 저번에도 말했듯이 내가 그렇게 쫓아다닐 만큼 본인이 예쁘게 생겼다고 생각하나? 나도 여기 하객으로 온 거라고."

"알겠습니다. 대표님. 그러면 일 보세요. 저도 이만 가겠습니다."

단정하게 인사를 하는 모습도 자극적으로만 느껴지니 이건 눈에 뭐가 단단히 씐 모양이다.

인사하고 지나가려는 그녀를 저도 모르게 한 번 더 가로막았다.

"결혼식 시작됐으면 일 다 끝난 거 아닌가요?"

"네. 그래도 마무리까지 해야 해서요."

"나도 대충 볼일은 끝났어요. 일 끝나고 갈 때 같이 가요."

"제가 왜요?"

"왜는, 짐도 많을 텐데 태워다 줄게요."

"저도 차 있어요."

"그래요? 그래도 내 차가 더 넓을 텐데. 어찌 됐든 난 같이 가고 싶은데."

눈초리가 곱지 않게 돌아가고 있는 걸 보는데 그대로 눈두덩에 입이라도 맞추고 싶다.

"전 아니거든요."

남 애타서 하는 말을 비웃으며 그녀가 인사를 하고 한쪽으로 사라졌다. 혼자 남겨진 로비가 완전히 흑백으로 변해 버렸다. 알 수 없이 신기한 경험을 하게 하는 여자다. 다른 때 같으면 그냥 갔을 테지만 강현은 인내심을 가지고 끝까지 있었다.

결혼식은 성황리에 마쳤다. 신랑 신부도 전체적인 결혼식 분위기도 모든 게 완벽했다. 이게 다 연다혜가 꽃장식을 잘해서다.

강현은 식장 안을 가득 채운 꽃들을 보며 빙긋 웃었다. 그러다 옆에 있는 순호의 팔을 쿡 찔렀다.

"여기 꽃꽂이팀 언제 철수하는지 알아보고 와. 호텔 쪽에 물어봐도 되고."

"네."

사람들이 혼잡한 틈에 순호가 잠시 자리를 비웠다. 그의 눈은 꽃장식이나 결혼식 진행을 위해 뛰어다니는 여자들을 하나하나 쫓고 있었다.

이건 뭐…… 무슨 여자가 이렇게 콧대가 높은 건지. 하긴, 쫓아다니는 내가 더 문제지.

강현은 이상하게 자꾸 뒤를 쫓게 만드는 연다혜의 매력이 뭘까 생각해 봤다. 하지만 굳이 깊게 생각할 것도 없었다.

이런 건 모두 그날 밤의 섹스 때문에 일어나는 후유증 같은 거다. 말간 얼굴에 그렇게 뜨거운 속살이 있을 줄 누가 알았을까?

빡빡하게 조여대며 페니스를 빨아들이던 그녀의 속살이 머리를 돌게 만든 게 분명했다. 저는 그 밤을 잊지 못하는 거다. 아니면 다른 어떤 걸로도 이 현상을 설명할 수가 없었다.

그러자 쉽게 결론에 도달했다. 그 여자와 다시 섹스하고 싶은 거다. 결국 저도 섹스에 목줄이 잡힌 수컷에 불과하다.

연다혜와 하고 싶은 만큼 원 없이 섹스한다면 쉽게 이전으로 돌아갈 수 있을 거다. 일단 결론을 내렸다면 나머지는 쉽다.

잠시 후 순호가 왔다.

"지금 철수한다고 하는데요."

"뭐?"

강현은 빠르게 일어났다. 연다혜 때문에 결혼식이 끝나도록 기다렸는데 여기서 놓칠 수는 없는 일이다.

"어딘지 앞장서."

장대처럼 큰 남자 둘이 빠르게 걸음을 옮겨 겨우 직원용 엘리베이터 앞에서 연다혜를 잡을 수 있었다. 연다혜는 직원 한 명과 함께 짐을 잔뜩 실은 캐리어를 들고 있었다.

"지금 가요?"

결혼식이 끝나서 한숨 돌린 얼굴인데 예식 전보다 조금 흐트러져 있어서 한번 안아주고 싶다.

"대표님께서 왜 이쪽으로 오세요? 여기는 직원용 엘리베이턴데."

"뭐. 그럴 만해서요. 너무 나를 의식하지 말아요. 물론 내가 의식 안 한다고 안 할 수 있는 그런 사람은 아니지만."

그녀 옆에 있는 여직원이 피식 웃었지만 그녀는 오히려 얼굴이 새초롬하게 굳어졌다.

엘리베이터 문이 열리자 다혜가 안으로 들어서고 강현이 올라섰다. 그리고 다혜의 직원이 올라타려고 하는데 순호가 막더니 엘리베이터 문을 닫아 버렸다.

"아니, 공간이 있는데…… 지우 씨 타려는 걸 왜 못 타게 하는 거예요?"

"엘리베이터는 또 오잖아요. 둘이 얘기해야 할 게 있을 거 같아서."

단둘만 있으면 알 수 없는 긴장감에 어깨를 움츠리는 다혜를 보자 그대로 안아 버리고 싶은 충동이 또 들었다. 단순히 섹스하고 싶다는 것과는 또 다른 마음이었다.

이렇게 되면 복잡해진다. 원하는 게 단순히 섹스여야 되는 건데. 역시 이런 마음도 원 없이 섹스한다면 나아지는 건가?

"어디 좀 봐요."

"네?"

그가 다짜고짜 그녀의 목덜미에 손을 얹었다. 가는 목이 커다란 손으로 감싸자 반도 더 가려지는 것 같다. 불과 며칠 전에 이 목에 입술을 대고 깊게 빨아들였다.

가는 목의 부드러운 표피가 한없이 물어뜯고 싶은 음심을 자극했다.

입술에 닿는 얇은 살갗의 끝없는 유혹. 지금이라도 다시 입에 물고 싶은 충동을 강한 의지로 누르며 그녀의 목덜미를 눈으로만 훑었다.

"목에 자국 다 없어졌네. 또 남겨주고 싶게."

그녀는 그의 손을 쳐내려고 했다. 하지만 그렇게 두려고 했다면 처음부터 손도 대지 않았을 거다. 쳐내려 하는 순간 오히려 손아귀의 힘이 더 세졌을 뿐이다.

강현은 꿈쩍도 하지 않은 채 흐릿하게 남은 키스 마크를 보며 말했다.

"데려다줄게요."

"저도 차 있다고 했잖아요. 데려다주시면 그 차 가지러 다시 와야 해요."

"그러면 날 좀 태워 줘요."

"네? 차도 있고 기사도 있으시잖아요."

그가 말없이 휴대폰을 꺼냈다.

"순호야. 직원 좀 태워다 드려. 나중에 연락할게."

그는 전화 한 통으로 간단하게 제 차를 없애 버렸다.

"자, 이제 난 기사도 차도 없어졌으니 좀 태워줘요."

전화를 끊고 뻔뻔하게 이야기하자 연다혜가 말없이 째려본다. 이렇게 째려보는 얼굴이 왜 더 예뻐 보일까?

뭔가 쓰여도 단단히 쓰였는데. 이게 섹스 몇 번으로 해결이 될 일일까? 어찌 됐든 갈 데까지 가보자. 한 번 더 섹스해 본다면 이 이상한 증상의 원인을 알 수 있을지도 모른다.

"저 바빠요. 대표님 못 데려다드려요. 곧장 청담동 커피 앤 플라워로 갈 거예요."

"상관없어요."

강현은 그녀가 들고 있던 캐리어를 낚아채 트렁크에 실어주었다. 꽤 묵직한 걸 여자 혼자 들고 다녔을 걸 생각하니 안됐다는 생각이 들었다.

"힘세네. 연다혜 씨. 이런 거 들고 다니는 거 보면."

"그 정도는 아무것도 아니에요. 꽃장식 하려면 더한 것도 해야지요. 세상에 쉬운 게 어디 있어요?"

맞는 말이다. 하지만 이렇게 약해 보이는 여자 입에서 나오는 말이어서 그게 좀 안됐다고 해야 할까?

언제부터 다른 사람 인생까지 신경 썼다고. 제 아버지 죽을 때도 할 수 있는 일이 없던 놈이. 여자가 자꾸 깊은 곳의 기억까지 뒤흔들고 자극한다.

"어서 타요. 바쁘다면서요."

멍하니 저를 보는 다혜에게 말하며 그가 조수석 문을 열고 먼저 탔다. 작은 차에 몸을 싣고 그녀가 운전하는 걸 옆에서 빤히 바라보고 있으니 기분이 묘하다.

강현은 그녀가 운전하는 손을 보았다. 자기가 차고 있던 금팔찌는 아마 저 가는 손목에 채워져 있었을 거다.

"그런데 내가 차고 있는 이 금팔찌 무슨 사연이 있는 거 아니에요?"

"그런 거 없어요. 급할 때 쓰려고 그냥 끼고 다는 거예요. 현금 대신."

"급한 일이라는 게 도대체 무슨 일인데 금팔찌를 돈 대신 사용할 일이 있나?"

"그날 같은 날이요."

"아하. 업소 남자 주려고 차고 다니는 금팔찌라고?"

역시 하얗게 돌아간 눈이 그를 찌르듯 향했다. 발끈하는 성깔이 있다는 건 나쁘지 않다. 자꾸 피를 뜨겁게 하면서 웃게 만든다.

"그만 안 해요? 왜 그러게 돈을 주겠다는데 굳이 금팔찌를 끼고 있겠다고 해요? 어울리지도 않는 여자 팔찌를."

"그러게. 요즘 내가 맛이 좀 간 거 같기는 하네요."

그녀는 더 이상 말을 섞기 싫은지 음악을 틀었다. 음악 취향도 참 고상도 하시지. 아이네 클라이네 나흐트 뮤직.

"모차르트 음악 좋아해요?"

"그냥 자주 들어요. 꽃들도 음악 틀어주면 좋아하거든요. 기왕이면 클래식으로 안정감 있게 들려줘요."

"그럼 뽕짝을 틀어주면 꽃도 야릇해지나? 아니면 어떤 음악을 들으면 연다혜 씨처럼 남자 정신 못 차리게 야해지나?"

그녀가 운전하다 말고 옆을 획 돌아보았다. 그가 반사적으로 그녀의 입술에 쪽 소리가 나게 키스를 했다. 버드키스였지만, 그 효과 때문인지 그녀가 잠시 핸들을 놓친 것 같아 그가 바로 잡아 주었다.

적절한 조명이 주는 다감하고 환상적인 분위기에 그윽한 커피향. 그리고 단정하게 앉은 여자는 현실감이 없을 만큼 조용히 마음을 흔들고 있다.

"저는요, 생각하신 것만큼 그렇게 여유가 있는 여자가 아니에요. 하루하루 사는 게 치열하거든요."

어라? 잘나가다 왜 이야기가 곁길로 빠져?

강현은 그녀의 말에 대꾸하지 않고 그녀를 응시했다.

"그날 밤은, 그렇게 됐어요. 대표님하고 그 밤 후회하지 않아요. 민망하긴 하지만…… 하지만 앞으로도 계속 그런 관계는 저는 못할 것 같아요. 저한테는 어울리지 않는 생활이거든요."

자신은 동화의 엄마다. 동화의 엄마로서만 살아야겠다는 생각을 해왔다. 가슴 설레고 죽을 때까지 잊을 수 없을 것 같은 강렬한 밤을 보내기는 했지만, 그가 말하는 것처럼 그렇게 섹스 파트너를 가지고 지내는 삶은 할 수 있을 거 같지가 않다.

"사람이 왜 앞 다르고 뒤 다릅니까? 하룻밤 실컷 갖고 놀고 이제 나는 미련 없으니 떨어져라. 지금 그 말입니까?"

"그게 아니라……."

"그리고 분명 좋다고 했잖아요. 서로 합의하에."

"네. 그렇게 말한 건 맞아요. 그런데 전 그런 생활을 할 자신이 없어서 그래요. 그래 보지 않아서……."

뒤에 말은 목소리가 잦아들어서 겨우 들을 수 있었다.

"그러니까 한번 해보라고요. 그게 뭐가 나빠? 서로 필요할 때 함께하는 것뿐인데. 누구나 욕구라는 게 있잖아. 배고프면 먹고 싶고, 졸리면 자고 싶고. 성욕은 너무나 자연스러운 인간 욕구 중에 하난데 서로 잘 맞는 사람끼리 그 욕구를 해결한다는 게, 그렇게 나쁜 일입니까?"

다혜는 가만히 그를 보며 고개를 저었다.

"나쁘다고 생각하진 않아요. 그런데 나한테 맞는 것 같지 않아서."

"그러니까 해보자고."

"시간을 주세요."

"도대체 무슨 시간을……."

하루하루 시간이 가는 게 아깝다. 그런데 이 여자는 사람을 홀려놓고는 책임질 생각은 요만큼도 없는 거 같다. 대체 얼마나 더 사람을 진창으로 만들어 놓아야 직성이 풀린다는 건지.

차 안에서 아이처럼 야단까지 맞고도 입 다물고 여기까지 왔는데!

"하고 싶을 때 할게요. 끌려가듯 그러고 싶진 않아요. 어차피 그게…… 섹스 같은 건 즐기자고 하는 거잖아요. 그런 시간도 줄 수 없다면 차라리 그냥 원나잇으로 끝내요."

역시 급한 사람이 우물을 파는 게 맞고 아쉬운 사람이 매달릴 수밖에 없다. 아무리 모양 빠져도 속이 타도 말이다.

"좋습니다, 좋아요. 그러니까 아예 여지가 없는 건 아니라는 거죠?"

다혜는 고개를 끄덕였다. 그게 가장 솔직한 마음이다. 선뜻 섹스 파트너라는 걸 가지고 있기에는 그동안 자신의 삶이나 생각이 너무 고루하다. 이 사람이 말하는 것처럼 한번 해볼 수도 있다고, 그렇게 당돌하게 생각하면서도 또 주춤거리게 되는 게 그 증거였다.

"그리고 저 특혜 주지 마세요."

특혜를 달라고 해도 모자랄 판에 특혜를 주지 마라?

"저한테 업무상으로는 어떤 관심도 주지 마세요."

강현은 대꾸하지 않았다.

"그런 걸로 어떤 대가를 받고 싶지는 않아요."

"나한테는 화대를 주고 본인은 받고 싶지 않다?"

그녀는 고개를 끄덕였다.

"좋아요. 관심 꺼달라는 거지? 특혜 절대 바라지 마세요. 아무것도 해주지 않을 테니까."

"불이익도 주지 마세요."

강현이 그녀를 보며 입꼬리를 올렸다.

"설마 이런 걸로 치졸하게 보복하는 놈이라고 생각한 겁니까? 위계로 누르는 짓 따위 절대 하지 않아요."

"아니요. 그런 분이라는 게 아니라 어떤 면에서도 불이익을 받고 싶지도 않아서 그래요. 열심히 일해서 성과대로 평가받고 싶어요."

하여간 야무지게 똑똑하네. 순둥이처럼 생겨가지고는.

하아!

지금 강현은 다혜를 보며 그녀가 느끼는 두려움을 보고 있었다. 그녀는 감당할 자신이 없는 거다. 그런 사람을 마구잡이로 끌어당겨서 어떻게 한다는 건 마치 어린아이의 팔을 비트는 것 같아서 하고 싶지 않았다.

적어도 함께 섹스한다면 서로의 합의와…… 젠장, 머릿속에 오가는 많은 말이 다 마음에 들지 않았지만, 결론은 그녀의 말을 존중해주어야 하는 거다.

"시간이 필요하다는 거, 조금 변명같이 들리지만 기다려 줄게요. 긍정의 여지가 있다는 거 하나로 기다려 볼게요."

"감사합니다."

감사하다는 말이 이렇게 엿같이 들리는 건 처음인 것 같았다. 다혜는 별 말을 하지 않았고 강현은 그대로 문을 열고 나갔다. 그가 자리를 비운 테이블 위에는 아직 김이 올라오는 커피잔만 남아 있었다. 그가 나가고 나자 이상하게 말할 수 없이 허전하다. 나 좋다고 쫓아오는 남자를 그렇게 거리를 두고 밀어 내놓고 왜 마음이 이런 건지 도무지 알 수가 없어서 더 고단한 밤이었다.

* * *

개업을 하고 2주가 지났다. 개업할 때 백화점에서 사은 행사와 이벤트, 인터넷 홈페이지에 광고까지 계획한 대로 차곡차곡 진행되었고 이벤트 기간 동안 엄청난 사람들이 다녀갔다.

꽃 매출도 커피만큼이나 늘었다. 다혜가 특히 심혈을 기울인 건 저렴한 가격으로 살 수 있는 소포장 꽃다발이었다. 1인 가구의 작은 집에 가져다 놓을 수 있는 아담한 화분도 여러 개 준비해 놓았다. 반응은 아주 좋았다.

코트를 입은 키가 큰 남자들이 불쑥 매장으로 들어서면 혹시라도 유강현이 아닌가 해서 괜히 가슴이 철렁했다.

그날 카페에서 그렇게 나간 뒤로 강현의 얼굴을 보지 못했다. 갑자기 불쑥 매장에 들어오면 어쩌나 하는 생각을 했지만, 그는 한 번도 오지 않았다.

기획실과의 연락은 오수민 대리와 강창구 실장을 통해서 이루어졌고 유강현은 2주 동안 매장 근처는 얼씬도 하지 않아서 오히려 서운할 정도였다.

"하긴 백화점 대표가 입점했다고 직접 찾아오는 것도 말이 안 되지."

매장을 열고 3주째 접어들면서 매출은 안정적으로 이어졌다. 다혜는 청담동 '온리 유' 본점에는 신경도 쓰지 못한 채 백화점에 매달려 있었다.

"어머, 당신 겨우 커피집 사장이었어?"

명품으로 빼입은 여자가 매장에 들어서 하는 말에 고개를 들어보니 낯익은 여자가 있었다. 처음엔 바로 누군지 떠올리지 못했다.

워낙 많은 손님이 많이 오고 갔고 하루에 마주하는 사람들이 많다 보니 특별한 경우가 아니면 기억하기는 쉽지 않았다.

"안녕하세요."

누구냐는 표정으로 바라보자 상대방이 콧방귀를 끼듯이 말했다.

"나 기억 못 하는 거 보니 기억력이 별로 좋지 않은가 봐요? 강현 오빠 사무실에서 봤는데."

"아아."

유강현의 사무실에서 봤던 그 여자. 유강현에게 오빠라고 부르던 여자다. 이름이 주소영이라고 했다.

"안녕하세요, 커피 드릴까요?"

"아니, 됐어요. 꽃이나 하나 줘요. 강현 오빠가 좋아할 만한 걸로."

"대표님 취향이 어떻게 되시는지는 잘 모르겠는데 요즘 제일 잘나가는 꽃은 이겁니다."

다혜는 가장 잘나가는 작은 바구니를 가리켰다.

"좀 더 크고 화려한 거 없어요?"

다혜는 적당한 바구니를 찾으려고 계산대 쪽에서 나와 꽃바구니 쪽으로 다가갔다. 그때였다. 웬 여자가 들어오더니 다짜고짜 목소리를 키웠다.

"연다혜가 누구야?"

다혜는 뭔가 불길한 느낌이 들어 옆을 보며 인사했다.

"제가 연다혜 실장인데……."

말이 채 끝나기도 전에 여자가 뺨을 올려붙였다.

"네가 연다혜야?"

"무슨 일이십니까?"

다혜는 한 걸음 물러서며 정색했다. 주변의 시선이 다혜에게 쏠렸다.

"소란 피우시면 경비를 부르겠습니다."

"불러, 부르라고!"

목소리가 컸다.

"네가 연다혜 맞지? 어디 할 짓이 없어서 유부남하고 붙어먹어?"

너무 놀라서 말도 나오지 않았다.

"무슨 말씀을 그렇게 하세요? 누구신데요? 대체 누구세요?"

"누구긴, 강창구 실장 부인이다. 이래도 네가 발뺌을 해? 상간녀 주제에
고상한 척은."

무슨 말인지 정확히는 몰라도 강창구 실장과 저가 불륜을 저질렀다는
뜻이라는 건 바로 알겠다. 다혜는 눈에 힘을 주고 목소리를 낮게 말했다.

"강 실장님 부인이 왜 찾아오신 거죠? 영업에 방해되니 나가주세요."

"영업에 방해? 너는 내 가정생활을 방해했잖아!"

다시 손을 올려치려고 드는 여자를 다혜가 잡았다. 마음대로 되지 않자
손을 비틀었지만 다혜가 힘껏 밀자 여자가 뒤로 밀리며 의자가 넘어지는
소리가 울렸다.

백화점에서 쉽게 접할 수 없는 파열음이었다. 주변이 소란스러워졌다.
항상 대기 중이던 안전 요원이 와서 여자를 겨우 끌고 나가는데도 여자가
소리를 쳤다.

"연다혜. 네가 내 남편하고 붙어먹었잖아! 이 불륜녀야!"

꽃을 사려고 서 있던 주소영이 이 광경을 보더니 다혜를 보며 피식 웃
었다.

"진짜 별거도 아니네. 생각보다 너무 수준 이하여서 할 말이 없네."

매장을 나가는 주소영의 옆에서 다혜는 맞은 뺨을 어루만지며 옆에 있
는 사람들을 둘러보았다. 매장 사람들이 다혜를 쳐다보다 눈이 마주치자
다시 자기 매장으로 들어간다.

이게 도대체 무슨 일인지 정신을 차릴 수가 없었다. 무엇을 먼저 해야 할
지도 몰라 다혜는 바로 주아에게 전화를 했다.

"주아야. 매장에 좀 와줘."

-무슨 일인데?

"그럴 일이 있는데……."

목소리가 자꾸 잠겨 억지로 큰 소리를 내려고 했지만 주아는 바로 눈치 챈 것 같았다.

-알았어. 바로 갈게.

주아가 왔을 때는 맞은 볼이 한참 부어 있었다.

"무슨 일인데, 다혜야. 너 왜 이래? 응?"

"주아야……."

* * *

강현은 뻐근한 목을 손으로 두드리다 벌떡 일어났다. 생각할 시간을 주 겠다고 하고 매장에 얼씬도 하지 않았지만 매일같이 연다혜를 보고 있었 다. 매장 CCTV를 연결해서 연다혜가 일하는 걸 매일같이 지켜보았다.

아무리 봐도 눈에 띨 만큼 대단한 미인은 아니다.

하지만 하얀 얼굴과 밝게 웃어도 슬퍼 보이는 눈망울 그리고 그녀에게 서 나는 꽃향기까지. 다른 건 몰라도 제 눈길을 끄는 데는 이 여자만 한 사 람은 없을 거다.

그런데 그녀는 유강현에게 조금의 관심도 없는 것 같다. 매일같이 그녀 의 얼굴을 보고 있는 저만 미친놈인 거다.

그렇게 다혜를 지켜보던 강현이 제자리에서 벌떡 일어났다. 다혜가 다짜 고짜 누군가에게 뺨 맞는 걸 보고 바로 뛰어나가려다 멈췄다.

자초지종을 제대로 알고 해결하는 게 옳을 거 같다. 자세히 보니 안전 요 원이 데리고 가는 것 같아 바로 비서실에 연락을 했다.

"안전팀에 오늘 '온리 유' 매장에서 난동 부린 사람 돌려보내지 말고 잡고 있으라고 해."

-네. 대표님.

그때 노크 소리와 함께 벌컥 문이 열리더니 주소영이 들어왔다. 강현은 인상을 썼다.

"노크하면 들어오라고 할 때까지 기다려야지."

웬만하면 주눅이 들 만도 한데 주소영은 끄떡하지 않았다.

"오빠 있는 거 알고 왔는데, 뭐. 그런데 오빠 그 여자 그렇게 형편없는 여잔지 알고 있었어?"

"무슨 얘기야."

"전에 뭐 대단한 거래처 실장님이라고 하더니 겨우 커피집에서 일하는 여자더라?"

그렇지 않아도 당장 폭발할 것 같은 불편한 심사에 불을 당기는 말이었다.

"연다혜 씨를 말하는 거야? 관심 꺼. 남의 백화점에서 일어나는 일에 웬 참견이야. 그리고 난 남 험담하는 여자 질색이야."

"오빠. 그게 아니라. 진짜 험담이 아니야. 지금 난리가 났던데? 그 여자가 강 실장하고 붙어먹었다나?"

"뭐?"

말을 듣는 순간 피가 거꾸로 솟는 것 같았다.

40대 초반의 머리까지 벗겨진 남자가 그 여자 취향이었어?

적어도 누구하고 붙어먹을 주제나 되는 여자여야 곧이곧대로 듣지.

"넌 어디서 들었는데?"

"내가 직접 목격했다고. 강창구 실장 와이프가 와서 뺨까지 올려쳤는데?"

그 말을 듣자 그대로 있을 수가 없었다.

"바로 회의 있어. 나가 봐."

"오빠, 그렇게 말할 일이 아닐걸? 1층 로비에 걸 그림 가지고 올 거라는 말하려고 했는데. 우리 아버지가 사주셨거든. 그 그림 어머님도 보시고 좋다고 하셨어."

이런 상황 판단이 안 되는 머리 빈 여자를 어머니는 뭐가 좋다고 자꾸 들이미는 걸까?

화가 난 목소리가 더 낮게 가라앉고 주소영을 쏘아보는 눈길이 면도날처럼 예리해졌다.

"그림 네 마음대로 걸라고 한 적 없어."

"어머님이……."

뭔가 구실을 대려던 주소영도 그 눈빛에 뒷말을 잇지 못했다.

"백화점 대표는 나야. 미관상 좋지 않은 그림 같은 거 걸 생각 없다고."

"오빠! 미관상 좋지 않다고? 누구 그림인지는 알고 말해? 청보리로 유명한 작가님 그림이야. 자그마치 그 값이……."

"지금 그림 얘기할 생각 없으니까 그만 가 봐."

"오빠는 나 보면 매일 가라 소리밖에 못 해?"

"가라 소리 들으면서 계속 오고 싶어?"

강현은 주소영의 말을 무시하고 인터폰을 눌렀다.

"기획실장 불러요."

-네.

"나가 봐."

구순호에게 직접 알아오라고 했더니 그야말로 강창구의 모든 일상을 싹 쓸어왔다.

"강 실장 그 자식 부서마다 예쁘장한 여직원은 다 따먹은 놈입니다."

"계속해."

"지금은 오수민 대리하고 밤낮없이 붙어 다니고 얼마 전에 오수민 대리가 아예 강창구 집 근처로 이사까지 했습니다."

강창구 실장 밑에 있는 오수민 대리가 바로 현재 문제가 되는 그 내연녀라는 말이다. 강창구 실장을 불러 그의 휴대폰을 대조해보니 모든 것이 명백하게 드러났다.

문제가 된 건 오수민 대리의 이름을 '연다혜*'로 저장을 해서 강실장 부인이 그 통화 내역까지 녹취를 했다는 거다.

저장된 이름이 연다혜니 별표 하나 있든 없든 가장 많이 통화한 것이 연다혜라 다짜고짜 찾아와 뺨부터 날린 거다.

"이걸 어떻게 밟아준다? 찢어 죽이고 말려 죽여도 분이 안 풀리겠는데……."

강현이 턱을 괴고 생각에 잠겼다. 이제 제대로 나서볼 생각이다.

* * *

다혜는 주아 옆에서 안절부절못하고 있었다. 손님들은 계속 오는데 일을 하면서도 마음이 쉽게 진정되지 않는다. 주아가 자초지종을 듣고 씩씩거리는데 비서실에서 연락이 왔다.

-대표님이 올라오시라고 합니다.

벌써 이야기가 거기까지 들어간 걸까?

여러 가지로 골치가 아프다. 그렇게 거리를 두자고 해놓고 기껏 마음잡고 일에 몰두하려고 했더니 하필이면 이런 말도 안 되는 가십거리 주인공이 되어 다시 얼굴을 마주하게 되다니.

다혜는 머리를 짚었다. 다시 강현의 얼굴을 마주 대하는 것도 심장 두근거리는 일인데, 하필이면 이렇게 불미스러운 일로 다시 보게 되었다.

무엇보다도 신경 쓰였던 건 주소영이었다.

오만한 눈으로 내려다보며 형편없는 여자 취급을 했던 눈길이며 표정 말투까지 모두가 억울하고 분했다.

경계하는 눈초리나 표독스러운 말투가 그때도 별로 좋은 인상으로 남지 않았는데 하필이면 오늘 그 시간에 나타나다니.

'내가 생각한 것보다 훨씬 더 형편없는 여자네.'

사람 앞에서 그렇게 아무렇지도 않게 무시하는 말을 하는 거 보면 꽤나 있는 집에서 버릇없이 자란 여자인 거 같았다.

어머니와 언니가 그렇게 죽기 전까지 가난했지만 서로 도우며 살았다. 지금도 뭐 하나 가진 거 제대로 없지만, 돈 좀 가지고 있다고 사람 무시하는 사람들을 가장 경멸하는 다혜였다.

"올라오란다고 못 올라갈 것도 없어. 내가 뭘 잘못한 게 있다고. 차라리 이 김에 제대로 사과하지 않으면 정식으로 공식 SNS에 올려 어떻게든 사과를 받아낼 거야."

그렇게 굳게 마음을 먹고 엘리베이터 쪽으로 걸어갔다.

"그래. 내가 잘못한 거 하나도 없어."

하지만 엘리베이터 층수가 올라갈 때마다 걱정이 어깨를 내리눌렀다.

혹시 이러다 잘못 보여서 문제 생기는 거 아닐까?

입점한 지 얼마 되지도 않았는데 미운털 박혀서 점포 빼라고 하지는 않겠지?

이러다가 동화라도 알게 되면…….

다섯 살치고는 조숙해서 동화 앞에서 무슨 말을 못 했다. 동화 생각이 떠오르자 그래도 배에 힘이 들어가기는 했다.

"그래. 난 엄마라고. 아들 위해서는 못하는 게 없는 엄마. 동화 생각하면 까짓거 다 덤비라 그래!"

한쪽으로 한숨을 내쉬다 또 한쪽으로는 온 세상을 향해 전투라도 벌일 듯 비장한 각오로 12층에 내렸다.

꼿꼿하게 서서 대표실로 걸어가는데 다리가 후들후들했다.

사실 마음 같아서는 땅굴이라도 파고 들어가고 싶은 마음이었다.

하지만 나에겐 동화가 있어. 내 뒤에는 동화가 있다고.

동화만 생각하면 세상 무서울 것도, 못 이길 것도 없었다.

대표실에 노크하고 들어가자 비서실 직원이 일어나 인사를 했다.

"대표님께서 오시면 모시라고 했습니다."

비서가 똑똑 문을 두드리고 안으로 들어섰다.

"연다혜 실장님 오셨습니다."

강현은 테이블 앞에서 모니터를 보다가 고개를 들었다. 모니터에는 엘리베이터와 복도 CCTV 화면이 가득 차 있었다.

"거기 앉아요. 연 실장님. 사고 제대로 치셨네요."

강현은 소파가 있는 곳까지 다혜에게서 눈을 떼지 않고 걸어갔다. 다혜의 심장이 쿵쿵 요동쳤다. 한동안 안 봐서 그런지 거리감이 느껴지면서 그가 더 높고 더 멀리 있는, 손댈 수 없는 남자처럼 보였다.

정말 이런 남자가 나한테 만나자고 매달렸던 남자가 맞을까?

완벽한 핏을 자랑하며 다가오는 남자는 드림백화점 대표였고 저는 불미한 일로 불려온 점주일 뿐이었다. 단 한마디 말이 없어도 움츠러드는 마음은 아무리 기를 펴려고 해도 잘 되지가 않는다.

강현은 조금 전까지도 CCTV를 통해 다혜를 보고 있었다. 주먹을 불끈 쥐었다가 어깨를 축 늘어뜨리는 모습으로 그녀의 속이 얼마나 시끄러운지 알 수 있었다.

하지만 연다혜가 어떤 얼굴을 하고 있어도 제 눈에는 예뻐 보였다. 강현이 소파에 앉으며 한마디 했다.

"예쁜 사람들은 이래서 문제예요."

그 한마디에 다혜는 주먹을 꼭 쥐고 발끈했다.

"무슨 말씀이신지 모르겠습니다. 예쁜 사람에 제가 들어가는지도 모르겠지만, 문제라는 건 제 쪽에서 정말 무슨 문제가 있는 것처럼 말씀하시는 것 같네요."

한쪽 볼이 부어 있었다. 강현이 다짜고짜 다혜의 턱을 손으로 잡았다.

"어디 봐요."

"왜 이러세요."

"잠깐 있어요. 어디 보자고."

고개를 돌리자 부어 있는 한쪽 뺨의 열기가 아직까지 느껴진다. 대체 아무리 여자라도 자기 몸 하나는 보호할 수 있어야 하는 거 아닌지.

맞아 부은 볼을 보는데 속이 뒤집히는 것만 같다.

"맞았네요?"

"이 손 치우세요."

"때린 사람한테 소리치지 왜 나한테 소리쳐요. 제대로 맞았네. 그냥 뒀어요? 머리라도 잡아 뜯지."

다혜가 손을 들어 강현의 손을 억지로 떼어냈다.

"이거 확인하려고 부르셨어요?"

"맞아요. 소란이 있다고 해서 얘기하려고 불렀는데 맞기까지 했으니 그냥 잊지 말아야겠네요."

"오해예요. 저 억울해요."

"알아요."

"네?"

"안다고요. 나하고도 못하는 섹스를 강 실장하고 했겠어요? 세상이 개벽해도 그럴 리는 없지. 진짜 그랬으면 내가 목을 매달아야지. 아니에요? 어떻게 나를 두고 강 실장하고 내연 관계라는 걸 믿어요?"

일단 오해라는 걸 믿어준다는 건 다행이지만 듣고 있자니 어이없는 자기자랑이다. 그래도 이런 일이 있으면 색안경부터 끼고 보는 게 사람들이다.

그런데 한마디도 하기 전에 알았다고 하는 그의 말은 든든하고 위안이 되었다. 물론 자기도취 부분은 어쩔 수 없지만.

"그러게 왜 그렇게 사람 보는 눈이 없어요?"

"강 실장님 말씀인가요?"

"취향이라면서요. 강 실장이랑 일하는 스타일이 맞는다고 하지 않았어요, 나한테?"

"그거야 일하는 면에서……."

강 실장은 굉장히 자상한 스타일이었다. 꼼꼼하게 챙겨주며 모든 면에서 일하기 편하게 해주었던 건 사실이었으니까.

"일할 때 섬세하고 정확하셔서……."

"그것도 잘못 본 거지. 일 때문에 잘 해주는지 흑심 있어서 잘 해주는지 그것도 모르면서 그렇게 말하는 거 아니지요. 내가 볼 때는 그쪽이 내연녀 대기 순번 타고 있었던 거 같던데."

"네?"

누구 마음대로 내연녀 반열에 올리는 건지. 게다가 대기 순번이라는 말에 눈썹을 모았다.

잔뜩 화가 난 다혜의 얼굴을 보는 강현이 사무적인 어조로 말했다.

"강 실장이 외모와 달리 사내에 여자가 좀 많았더라고. 그런데 이번에는 직속 부하 직원이었어요. 혹시 오수민 대리 알아요?"

"네. 알고 있습니다. 오수민 대리와 전화할 때도 많았어요. 매장 입점하고 난 다음에도 오수민 대리가 웬만한 일은 다 처리 주셨습니다."

"그 둘이 내연 관계입니다."

"정말이요?"

갑자기 안도의 한숨이 터지며 저도 모르게 눈물이 주르르 흘렀다. 이 남자 앞에서 강 실장과 내연 관계라고 오해받는 건 죽기보다 더 싫었다. 억울하게 뺨 맞은 것보다 사실 대표실에 올라오는 게 더 힘들었으니까.

"왜 울어요. 분하고 억울할 때보다 오해가 풀리니까 더 슬픈 겁니까?"

"제가 언제 울었어요?"

뺨에 주르륵 흐르는 눈물을 그제야 눈치채고 손등으로 대충 닦자 그가 손수건을 꺼내 앞으로 내밀었다.

"닦아주고 싶지만, 자꾸 건드린다고 그러니까. 그렇지 않아도 남자관계로 오해받았는데 다른 남자가 건드리는 거 싫을 거 아니에요."

다혜는 그가 내민 손수건을 들어 눈가를 닦았다. 이럴 때는 이 남자 꽤 괜찮은 것 같다.

"대표님, 정말 너무 억울해요. 사실도 아닌데 주변의 오해를 샀으니까요. 옆 매장에 직원들도 있고 손님도 있었는데 어떻게 주워 담나요?"

"그러니까. 나 역시 대충 넘어갈 생각 없습니다. 공개적으로 망신당하고 조용히 넘어가는 거 너무 억울하잖아요."

대충 넘어갈 수 없다는 말에 희망 섞인 눈이 커지고 억울하지 않느냐는 말에 고개를 끄덕이는 것도. 이 여자의 행동 하나하나에 심장이 벌렁대고 페니스가 곤두선다.

아무래도 제대로 꼴린다는 건데 앞에 두고도 손수건밖에 줄 수 없는 상황을 탓할 수밖에.

"그럼 오해받은 것도 풀고 사과도 받을 수 있게 해주시겠어요?"

"물론입니다. 내 백화점에서 일어난 일이고 내 직원이 잘못한 건데, 대표로서도 사과합니다. 정중하게."

그가 그녀를 보며 윙크를 했다. 정중하게 사과한다고 해놓고 가볍게 하는 윙크가 왜 이렇게 마음을 풀어주는지. 종잡을 수 없는 남자지만 적어도 지금 현재는 고마웠다.

작게 볼우물이 패도록 입꼬리를 올리는 여자를 보니 한결 마음이 가라앉는다. 팬티 속사정과는 별개로 이 여자의 마음이 조금 나아진 게 저에게도 영향을 미친 거다.

그런데 강 실장은 머리까지 벗겨져서는 무슨 능력으로 그렇게 여직원들하고 놀아난 걸까?

그것만으로도 죽어 마땅한 놈이 그것도 모자라 다른 사람도 아니고 연다혜를 넘봐? 그랬으니까 그렇게 연다혜에게 잘해줬겠지. 속도 모르는 순진한 여자는 그냥 일하는 스타일이 잘 맞는다고 생각했겠지. 생각할수록 어이없어서 화가 났다.

"오수민 대리에 대해서 잘 알아요?"

"네. 오수민 대리가 거의 일을 처리했어요. 오수민 대리하고 사적인 이야기를 즐겨 할 정도는 아니었지만, 어느 정도 친분은 있었어요. 오수민 대리는 애인이 있는 걸로 아는데……."

"재미있네. 애인이 있는지는 어떻게 알죠?"

"목걸이…… 목걸이가 예쁘다고 칭찬했더니 애인이 선물해 줬다고 말했어요."

"그 애인이 강 실장이라고는 생각 못했겠지요. 연다혜 씨 휴대폰 통화 내역 좀 보여줄 수 있어요?"

조심스럽게 물었으나 이 순진한 여자는 바로 고개를 끄덕이며 휴대폰을 꺼낸다. 억울함을 해소할 수만 있다면 뭐든지 할 기세다. 물론 강현은 이 기회에 그 동화라는 놈이랑 통화를 자주 하는지도 볼 수 있는 절호의 기회라고 생각했다.

휴대폰의 통화 목록을 죽 보자 그 어디에도 동화라는 이름은 없었다. 그리고 강 실장과도 개업할 때를 빼놓고는 별로 연락하지 않은 것 같았다. 오히려 오수민 대리와 자주 통화를 하였다.

"이거 스크린샷 해서 내 폰으로 보내도 되죠?"

"네. 물론이에요. 전 억울해요. 정말 죄가 없어요."

사자 앞에 와서 바들바들 떨며 억울함을 호소하는 사슴처럼 보였다.

통화 내역을 보면서 기분이 좋아지는 건 동화라는 놈이 보이지 않았기 때문이다. 이 여자에게는 남자가 없다.

"내려가서 기다려요. 원하는 대로 해결하게 칼자루 쥐어줄 테니까."

"네. 감사합니다."

연다혜가 인사를 하고 내려가는 걸 보면서도 손을 뻗지 못했다. 마음 같아서는 저 여리고 가는 손목을 잡아끌어 한번 안아주고 싶었다.

물론 할 수만 있다면 하얀 허벅지 사이 새카만 치모에 코를 박고 속살을 빨고 싶었지만.

내가 있으니 아무 걱정하지 말라고 큰소리 쳐주고 싶었지만, 지금은 저 여자가 스스로 설 수 있게 옆에서 버팀목이 돼 주는 정도가 가장 좋을 것 같았다.

그나저나 이 여자가 뺨까지 맞았던 거 생각하면 갈아 먹어도 시원찮을 텐데 이걸 어떻게 복수를 한다?

여자가 놓고 간 손수건을 잡아 냄새를 맡아보았다. 역시 연다혜를 스치기만 해도 이런 향기가 난다. 손끝에서, 얼굴에서 그리고 온몸에서 이런 향기가 난다는 걸 알기에 저도 모르게 손수건을 얼굴에 덮고 있었다.

손수건 덕에 희뿌옇게 가려진 세상에는 오직 연다혜의 향기만 존재하는 것 같다.

잠깐이라도 이렇게 연다혜의 향기에 빠져 있으니 살 거 같네!

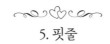

5. 핏줄

다혜가 매장에 들어서자마자 주아가 손을 끌고 매대 뒤쪽으로 갔다. 주아는 성격이 워낙 괄괄해서 억울한 일 당하는 꼴을 못 본다.

"뭐래? 너 억울하다는 말 제대로 했어? 대표가 괜히 남의 말만 듣고 너 불이익을 주겠다거나 그러면 내가 가만 안 둬. 지금이라도 내가 대표실에 올라가서 네가 못한 말 해줄까?"

"주아야."

"왜?"

"그런 거 아니야."

다혜는 잠시 뜸을 들이다가 주아를 보며 고개를 저었다. 주아에게 유강현 대표가 그날 밤 네가 찍어준 호빠라는 말을 하지 못했다.

아직 내 마음도 잘 모르겠는데 괜히 말 나는 게 싫었고, 당장 올라가서 유강현을 본다면 둘 다 어떤 반응이 나올지 모르겠다.

"주아야. 나 괜찮아."

"아니긴 뭐가 아니야. 눈물까지 흘렸구먼!"

"억울해서 운 거 아니야. 다행이다 싶어서 긴장이 풀려서 그래."

"뭐가 다행인데?"

"오해가 있었나 봐. 대표님이 조금 있으면 오해 다 풀어주겠대."

"오해를 무슨 수로 풀어? 여기 주변 좀 봐라, 다들 이상하게 쳐다보고 있지."

'온리 유' 매장을 보는 사람들의 눈초리가 일이 있기 전과는 확실히 다르다.

* * *

강현의 사무실에는 강창구와 오수민이 나란히 앉아 고개를 숙이고 있었다. 불륜의 결말을 보고 있는 거 같아 그리 유쾌하지 않은 광경이었다.

어차피 남의 일이라 별 관심도 없을 일이었다. 피해자가 연다혜가 아니라면 말이다. 하지만 이미 연다혜가 엄청난 피해를 입었고 그건 곧 저를 향해 방아쇠를 당긴 것과 같다.

다른 것도 아닌 섹스 스캔들이라니!

나도 못해서 주변만 빙빙 돌며 있는데 소문이라도 감히 강 실장 네놈이!

강현은 심장이라도 뚫을 듯이 강 실장을 노려보고 있었고 강 실장은 어쩔 줄 몰라 손을 벌벌 떨고 있었다.

아마도 할아버지라면 어디 끌고 가서 거기를 잘라 버렸을지도 모른다. 하지만 저야 집안에서 폭력과 불법을 몰아내려고 작정한 사람이니 그럴 수도 없고.

강현은 인터폰을 들었다.

"보안실에 계시는 분 모시고 와."

-네, 대표님.

잠시 후 보안 요원과 함께 씩씩거리며 한 여자가 들어왔다.

대표실이라 그런지 조금은 긴장한 듯이 보이는 여자는 이미 이렇게까지 된 마당에 남편의 회사고 뭐고 이혼을 결정한 게 분명했다. 그렇지 않다면 이렇게 마구잡이로 회사로 쳐들어올 수는 없을 테니까.

조금이라도 남자와 살 마음이 있다면 직장까지 와서 이렇게까지 소란을 피울 수는 없는 일이다.

"앉으시죠. 강 실장님 부인 되십니까?"

"네. 맞아요. 아직까지는 말이지요."

그녀는 앉자마자 앞에 있는 강창구를 쏘아보고는 다시 입을 열었다.

"강창구 이 남자를 이 회사에 취직시킨 게 우리 아버지예요. 친정아버지가 회장님과 친분이 있으십니다. 누구 덕에 회사를 다니는 줄이나 알고 바람을 피워야지."

또 할아버지다. 할아버지 주위에는 왜 이런 사람만 있는 거야?

강현은 눈썹을 산처럼 위로 올렸다가 내렸다. 이미 이 회사의 대표가 유택천의 손자라는 것까지 알고 있는 여자는 마치 자기가 월급이라도 주는 것처럼 득의양양했다.

"그러십니까. 저희 할아버지께서 댁의 아버지와 친분이 있다고 해도 이 회사 대표는 접니다."

"……네, 압니다."

여자는 약간 수그러들었다. 앞에 있는 강창구를 노려보는 시선이 보통이 아니지만, 오히려 옆에 있는 오수민은 누군가 하는 얼굴이었다.

"연다혜 씨가 강창구 씨와 내연 관계에 있다고 확신하십니까?"

"네, 맞아요. 이거 보세요."

그녀는 자신의 휴대폰을 꺼내서 내밀었다. 연다혜*와 주고받은 톡 내용이 가히 볼만하다.

연다혜 이름에 별표 하나 찍어 놓고 둘이 온갖 음란한 대화를 주고받은 걸 보고 있자니 속이 뒤틀린다.

이것들을 그냥······.

하지만 지금은 이 성난 황소 같은 여자를 진정시키고 이 여자에게서 제대로 사과를 받아야 한다.

"여기 있는 오수민 대리 아십니까?"

"아니요, 몰라요."

"이거 보십시오. 오수민 대리의 휴대폰입니다."

강현은 오수민의 휴대폰을 강창구의 아내에게 보여주었다. 그가 보여준 오수민 대리 휴대폰에 강창구와 주고받은 대화 내용이 고스란히 있다.

여자는 놀란 얼굴을 했다.

"어떻게 이런 일이······."

"실수하신 겁니다. 개점한 지 한 달도 안 된 매장에 가서 그런 행패를 부렸으니 연다혜 실장님께 제대로 사과하셔야 할 겁니다."

여자는 당황해하는 게 분명했다. 하지만 그런 상황에서도 자기 실수보다는 자기가 그럴 수밖에 없었던 것에 대한 변명이 먼저였다. 남의 사정은 뒷전인 성격인 게 분명하다.

"제가 어떻게 오해하지 않을 수가 있겠어요? 그리고 그 연다혜라는 분도 분명 우리 남편하고 통화 내역이 있던데. 이거 보세요. 별표 찍고 안 찍고의 차이지만······."

"통화 내역이 있다고 하지만 굉장히 드물죠. 전부 다 별표가 찍힌 연다혜 아닙니까."

"네······."

"두 분 다, 아니, 여기 있는 세 사람 모두 각오하셔야 할 것 같습니다."

강현은 묵직한 목소리로 사형 선고라도 내리듯이 말했다. 강현의 말에 강창구의 아내가 펄쩍 뛰었다.

"저는 잘못이 없는데 무슨······ 한 마디로 저년이 우리 남편의 내연녀라는 거잖아요! 상간녀!"

"그러니까 그건 알아서 소송하시란 말입니다. 상간녀 소송해서 위자료를 받든 말든 그건 알아서 하세요. 그런데 우리 회사로서는 세 사람 때문에 받은 피해가 워낙 커서 말이지요. 일단 강창구 실장과 오수민 대리는 해직 처리할 겁니다."

"대표님!"

둘이 동시에 있을 수 없다는 표정으로 쳐다본다.

"사내에서 불륜 저지를 때 이런 각오 안 하셨습니까? 해직은 아무것도 아닙니다. 거기서 끝나지 않을 겁니다. 특히 강창구 실장은 아내와의 문제 때문에 회사에 엄청난 손해를 끼쳤으니 손해배상 청구할 겁니다."

강창구의 얼굴이 사색이 되었고 기세등등하던 아내도 입술을 질끈 물었다.

"제가 한다고 하면 하는 사람이어서요. 법인팀 총동원해서 손해배상 청구소송 들어갈 겁니다. 그렇게 되면 이혼해도 위자료도 재산분할도 어려울지도 모릅니다."

"아니…… 어떻게 그럴 수가……."

강창구 아내가 뭔가 말하려 했지만 강현은 틈도 주지 않고 말을 이었다.

"이번 일로 우리 회사 이미지 손상 입은 거 고스란히 청구할 겁니다. 강 실장님은 잘 알 텐데? 우리 회사가 이미지 쇄신을 위해서 광고료로 얼마를 내는지. 그런데 그 광고료 몇 배는 손해 볼 만큼 엄청난 일을 저질렀으니 당연히 배상을 생각해야 할 겁니다."

그제야 강창구 부인의 얼굴이 사색이 되었다. 재산분할도 안 될 정도로 손해배상을 청구한다니. 지금부터 이혼하려고 해도 몇 달은 걸릴 텐데 백화점 법인팀이 당장 손해배상을 청구한다면 둘의 재산을 축내는 것밖에 안 된다.

"대표님, 그건 너무하시지 않나요?"

"뭐가 너무합니까? 남의 영업장에 와서 마구잡이로 행패를 부려놓고 그런 말이 나옵니까?"

"제가 사과할게요. 그분과는……."

"사과 한 번으로 될 것 같습니까?"

"그게……."

"일단 지금 세 사람 다 내려가서 사과하십시오. 그리고 아주머니."

강 실장의 아내를 보며 강현은 똑바로 말했다.

"아주머니는 매일 와서 사과하셔야 할 거 같은데…… 딱 그 시간대에 말입니다. 연다혜 실장이 용서해 준다고 말한다면 그때는 다시 생각해보겠습니다. 다 나가세요."

강현은 세 사람 있는 데서 인터폰을 눌러 말했다.

"법인팀 윤 변호사 들어오라고 해."

-네, 알겠습니다.

세 사람 모두 머리카락이 쭈뼛 설 수밖에 없었다. 그리고 대표실을 나오기 무섭게 강 실장의 아내는 오수민의 뺨을 후려쳤다.

"나쁜 년!"

* * *

대표실에서 내려온 지 두 시간이나 지났지만, 아무 변화가 없었다. 이렇게 흐지부지 끝나는 일이 어디 한두 번일까? 다혜는 아이스 아메리카노를 벌써 두 잔째 마시고 있었다. 주아가 컵을 빼앗았다.

"이리 내. 그렇게 커피 많이 마시고 밤에 잠 못 자려고."

"어…… 자꾸 속이 타서."

"그럼 이거 마셔."

차가운 주스 한 잔을 내려주며 주아가 중얼거렸다.

"하여튼 믿을 게 하나도 없는 세상이라니까. 회사에서는 이런 일 무조건 쉬쉬하면서 넘어가려고 한다니까? 너 정신 바짝 차려!"

분명히 내려가 있으면 해결해 준다고 했는데 왜 아무 소식이 없는 걸까?

다혜는 속이 타서 화분을 들었다 났다 하며 향수 매장 직원이 흘낏거리는 눈초리에 한숨을 길게 내쉬었다.

6시가 넘어가면서 백화점에 점점 손님들이 많아졌다. 특히 지하 식품부에서 반찬이나 떡 등을 마감 세일 하는 시간이어서 이 시간대에 장을 보러오는 사람들이 많았다.

손님들이 많다 보면 당연히 테이크아웃 커피나 꽃을 찾는 손님들도 늘어난다. 다혜는 손님들을 받으면서도 한 번씩 바위로 내리누르듯 가슴이 답답해지는 걸 느꼈다.

이런 일은 빨리 수습이 되지 않고 시간이 흐르면 진짜 억울하게 소문만 퍼질 수가 있는데 아직 어떤 반응도 없으니 속이 더 탔다.

그때였다. 손님들 틈에 풀이 죽은 강 실장의 아내가 매장 안으로 들어섰다.

"저기요……."

몇 시간 전에 그 기세등등하던 얼굴은 오간 데 없고 눈치를 보며 들어왔으나 다혜는 그녀를 보자마자 긴장했다. 또 무슨 짓을 하려고 하나 싶어 옆에 있는 주아의 팔을 당겼다.

"주아야. 저 여자야."

"뭐? 저 여자가 너 뺨 친 여자야?"

목소리를 크게 하는 주아의 앞에서 강 실장의 아내는 기어들어 가는 목소리로 말했다.

"제가 정말 잘못했습니다. 아까는…… 오해를 했어요. 이름이 똑같아서……."

아무도 들을 수 없는 작은 소리로 하는 말에 주아가 큰소리를 쳤다.

"뭐라고요? 그러니까 한마디로 댁의 남편이 딴 여자하고 바람피웠는데 우리 다혜한테 와서 뺨을 올려쳤다는 거잖아요, 맞아요?"

주아의 목소리가 얼마나 큰지 또다시 온리유 커피 앤 플라워 숍으로 시선이 집중됐다. 그 여자는 더 기어들어 가는 목소리로 말했다.

"죄송합니다……."

"아니, 무슨 이런 경우가 있어? 다짜고짜 와서 뺨을 치고 상간녀라고 소리칠 때는 고래고래 소리를 지르더니 잘못했다는 말은 이렇게 기어들어 가게 해요?"

다혜는 주아의 말에 가만히 있었다. 주아가 이렇게 소리쳐주니 속이 시원했다. 주아가 아니었다면 자기가 이렇게 소리칠 생각이었다. 물론 남편이 바람을 피웠으니 속이 어땠을까 싶은 마음도 있지만 그래도 잘못은 분명 잘못이었다.

"죄송합니다."

조금 더 목소리를 키운 강 실장 아내의 대답에 주아가 더 크게 말했다.

"더 크게 말해요. 죄송하다고. 우리 남편이 당신하고 바람피우지 않았는데 잘못 알고 상간녀라고 말해서 죄송합니다, 하고 소리라도 질러요!"

그렇지 않아도 큰 목청으로 작정하고 크게 말하니 주변의 사람들 시선이 모여드는 것은 물론이고 매장 주위로 사람들이 몰려들었다.

강 실장 아내는 사람들이 모여들자 고개를 푹 숙였다.

"지금 사과하자고 온 거 맞아요? 혹시 속 뒤집어놓으려고 왔어요?"

주아가 말하자 그녀가 조금 더 목소리를 크게 내서 말했다.

"죄송해요, 제가 어떻게 할까요?"

"이 근처에 있는 매장 다 돌면서 해명하세요. 연다혜 씨가 우리 남편하고 바람피운 거 아니라고."

주아가 소리치자 이번엔 다혜가 나섰다.

"이제 그만 가세요. 이렇게 와서 소란 피우는 것도 민폐예요. 주변에 있는 매장 다니면서 해명은 꼭 해주세요. 소란 피웠던 거 죄송하다는 말도 하시고요."

그때쯤 강 실장도 매장 안으로 들어섰다.

"연 실장님. 죄송합니다."

이건 뭐 상대하고 싶지도 않은 사람들이다. 부부가 서로 째려보며 이를 갈다가 다혜를 보고는 또 머리를 숙인다.

그때 사내 메신저로 공지가 날아들었다.

오늘 사내 매장에서 불미스러운 일이 벌어졌습니다. 원인 제공자인 강창구 기획 실장과 오수민 대리는 해직 처리합니다. 강창구 실장 부인은 1층 온리유 매장에서 엉뚱한 피해자를 만들었으므로 해당 매장에 가서 용서받을 때까지 직접 사과하도록 조치하였습니다. 오해 없기 바라며 불필요한 이야기는 자제하시기 바랍니다.

완벽한 확인 사살이었다. 강창구는 해직보다 더 무서운 손해배상 소송을 생각만 해도 겁이 났다. 아무리 생각해도 어디서부터 잘못된 건지 모르겠다.

'연다혜'라는 이름을 좀 빌려 썼다는 게 이렇게나 무서운 범죄가 되는 일이었던가?

전 직원에게 전달된 공지로 이제 다혜에게 향하던 모든 의혹은 깨끗하게 사라졌다. 단지 부작용이 있다면 백화점 매장 중에 가장 유명해졌다는 거다.

다음 날 3시에 강창구의 부인은 다혜의 매장을 찾았다. 차라리 뺨을 맞겠다고 사정하는 강창구의 부인을 외면했다. 자기 좋을 대로 폭언에 폭행을 하고는 제가 오해였다면서 바로 사과하는 사람.

내가 기분 풀렸으니 상대방도 저처럼 당연히 용서해 줘야 한다고 자기중심적으로 생각하는 사람을 혐오한다. 다혜가 볼 때 강창구나 강창구의 아내는 그런 부류의 사람이었다.

* * *

며칠 전 강현의 대표실에서 쫓겨나다시피 한 주소영은 강현의 어머니 소은이 운영하는 쇼룸으로 갔다. 소은은 수입한 고가의 도자기나 소품들을 판매하는 쇼룸을 운영하고 있었다.

원래는 커다란 와인 바를 경영했는데 강현이 크고 난 후에는 품위 있는 소품들을 취급하는 쇼룸으로 사업을 전환했다.

새로 들어온 그리스산 붉은 도자기를 한쪽에 놓고 이리저리 살펴보던 소은은 소영이 들어오자 반색했다.

"어서 와 소영아, 이거 좀 봐봐. 그리스에서 들어온 도자긴데 빛깔이 참 예쁘지 않아?"

"좋아요, 어머니. 어머니 안목이야 뭐…… 뭐든지 다 좋죠."

"이리 앉아. 꽃차 한 잔 줄까?"

"네."

소영은 속으로 마음을 다잡고 있었다. 이 기회에 집안에서 자신을 강현에게 강하게 어필해 주었으면 하는 마음에서였다.

"어머니, 백화점에 좀 소란스러운 일이 있는 것 같아요."

"소란? 무슨 일인데? 웬만한 일이야 백화점에서 알아서 하겠지."

"그게 입점했던 점주가 바람피운 거 같더라고요."

"뭐? 아니, 그런 걸 어떻게 알아?"

"그게 다른 사람도 아닌 기획실의 강 실장하고 바람이 났다나 봐요. 상대는 온리유라고 한 달 전쯤 개업한 커피 앤 플라워 숍 점주예요."

"나 거기 지나가다 봤는데 매장도 깔끔하고 거기 일하는 아가씨도 단정해 보이던데?"

"그 아가씨가 실장인가 뭔가 한다는데 글쎄 강 실장하고 바람피웠다고 강 실장 와이프가 와서 뺨을 올려치는 걸 봤어요."

"뭐? 아니, 그런 일이…… 그걸 그냥 둔단 말이야?"

"뭐, 백화점에서 알아서 하겠죠. 하지만 또 모르죠. 얼굴이 그렇게 반반해서 강 실장을 홀렸는데 강현 오빠라고 홀리지 말라는 법이 있는 것도 아니고."

강현이 다혜를 데리고 대표실에 들어온 날부터 주소영은 다혜가 싫었다. 사업상으로도 그런 여자는 강현의 주위에 있지 않았으면 했다.

그 말이 소은을 꾹 찔렀다. 제 아들이야 정관 수술까지 했으니 아무 여자하고나 아이를 낳아 오지는 않겠지만 그렇다고 해서 달라붙는 여자들이 무슨 짓을 할지 어떻게 아는가.

"어머니. 저 붉은 도자기 정말 괜찮네요?"

"그래? 아유. 백화점에 걸어놓을 그림도 선물해 줬는데 그럼 이거 선물할 테니까 집에 가져가서 현관 쪽으로 놓으면 어때? 내가 듣기로는 현관 입구에 이렇게 큰 도자기가 있으면 복이 나가지 않는대."

"네. 그런 얘기 저도 들었어요. 그나저나 백화점이 좀 걱정되네요? 할아버지 말씀이라면 좀 듣지 않을까요?"

"할아버지? 아, 아버님. 그러잖아도 오늘 백화점 쪽으로 가신다고 했던 거 같은데."

소은은 소영이 있는 앞에서 전화했다.

"아버님."

-그래. 웬일이냐.

"혹시 오늘 백화점 가신다고 하지 않으셨어요?"

-지금 가고 있는 길인데, 왜?

"그게, 백화점에서 좀 소란이 있나 봐요. 1층에 있는 매장 직원이 강 실장하고 내연 관계에 있어서 발칵 뒤집혔다고 하더라고요. 강현이가 제대로 잘 처리하는지 한번 알아봐 주세요."

-쯔쯔. 하여간 꼭 그렇게 사고를 치는 놈들이 있어. 직원은 해고했겠지만 점주는 어떻게 했는지 모르겠구나.

물론 유 회장도 젊었을 때 여자를 꽤 안았다. 하지만 이런 식으로 관리가 잘 안 되는 건 문제다.

-알았다. 내가 들러보마.

유 회장은 그런 일에 큰 신경을 쓰는 사람은 아니었다. 하지만 백화점이 소란스러워지는 건 싫었다. 손주가 알아서 잘하고 있지만, 그래도 그런 일이 났다는 것은 못마땅할 수밖에 없었다.

백화점에 도착한 유 회장은 부러 1층에서 내렸다. 다른 때는 바로 대표실로 갈 때가 더 많았지만, 이번은 아니었다.

백화점 온 김에 1층부터 15층까지 다 돌아볼 생각으로 정문 쪽으로 갈 때였다.

"할머니, 이쪽이에요. 내가 와봤다니까요."

"나도 알아. 그런데 내 새끼 한 번 와보고 다 알아?"

"그럼. 할머니 나 천재라니까. 친구들이 다 천재래."

발음도 앳된 아기가 빠른 걸음으로 걸으며 말했다. 그 소리에 고개를 든 순간 유 회장은 그대로 얼어붙었다.

시간이 거꾸로 가는 것 같다. 어린 강현이 "할아버지" 하고 달려오던 모습이 환시처럼 겹쳐져 보였다.

"윽!"

갑자기 놀란 심장이 무섭게 뛰기 시작하며 가슴에 압박감이 들었다. 몸에 이상을 느끼면서도 유 회장의 눈은 저만치 떨어져 있는 어린아이에게 향했다.

또렷한 눈매와 오뚝한 콧날, 다부진 입매까지 강현의 어릴 적 모습을 그대로 보고 있는 것 같은 착각에 다시 한번 심장이 덜컹 떨어졌다.

"나이가 드니 이제 헛것이 다 보이는구나! 하아……."

유 회장이 손으로 가슴을 잡으며 몸을 구부렸다.

몸을 웅크리는 유 회장의 귓가에 다급한 부름이 들려왔다.

"회장님, 괜찮으십니까!"

기사가 달려와 팔을 잡았다. 유 회장은 숨을 가쁘게 내쉬다 기사의 부축을 받고 몸을 일으켰다. 나이가 드니 이제 이런 일들도 흔하게 일어난다.

갑자기 왜 강현의 어릴 때 모습이 보였던 건지. 정말 헛것을 보았는지 주위를 둘러봐도 어린아이는 보이지 않는다. 얼굴 윤곽이며 튀어나온 동그란 뒤통수까지 딱 우리 유씨 집안 핏줄인데…….

"내가 지금 헛것을 본 거 같아. 이제는 치매 검사도 해봐야 하나 봐."

"무슨 말씀을요. 회장님, 이렇게 정정하신데요."

"팔십이 넘은 지가 언제야? 당연히 검사해 봐야지. 이제 언제 죽는다고 해도 이상할 거 하나 없는 나인데."

"많이 힘드시면 그냥 돌아가시겠습니까, 회장님?"

"아니야. 여기까지 왔는데 왜 그냥 가나. 심호흡 몇 번 하면 나아질 텐데."

유 회장은 천천히 1층 매장 가운데 통로를 따라 걸었다. 한쪽 끝에 예쁜 꽃들이 늘어서 있고 '온리유 커피 앤 플라워'라고 쓰여 있었다.

"여기가 그 문제 있다는 커피집인가?"

중얼거리며 매장 안에 들어서자 맑은 눈동자를 한 여자가 인사를 한다. 그런데 또 한쪽에 꿔다 놓은 보릿자루같이 서 있던 여자가 사정하는 게 보인다.

"정말 죄송합니다. 제 잘못입니다. 용서해주세요."

"이제 그만 오셔도 돼요."

다혜는 매일 오는 강창구 아내에게 조용한 음성으로 말했다.

"그럼 용서해주시는 거예요?"

"무슨 말씀이신지는 알겠는데, 저는 더는 댁을 보고 싶지 않으니 이제 그만 오세요."

"제가 한 오해 때문에 피해를 보셨으니 용서하실 때까지 와야지요."

"저는 더는 말하고 싶지도 보고 싶지도 않아요."

다혜는 단호하게 말했다.

"용서해주시면 앞으로는 절대 나타나지도 않을 거예요. 기왕이면 대표님께 해명 좀 해주시면 정말 감사하겠습니다."

"제가요?"

"네. 용서했다고 제발 한마디만 해주세요."

"왜 제가 그런 말까지 해야 합니까? 분명 그쪽에서 사람 오해해서 매장까지 와서 행패를 부리신 건데 대표님과 처리해야 할 문제가 있다면 그쪽에서 하시는 게 맞을 것 같습니다."

그러자 강창구 아내가 풀이 죽은 얼굴로 가만히 서 있었다. 그러자 잠시 매장의 손님을 의식한 다혜가 말했다.

"벌써 닷새 동안 매일 오셔서 사과하셨으니까 용서해 드릴게요. 다시는 매장 근처에 오지 말아 주셨으면 좋겠어요."

"감사합니다, 감사합니다!"

허리를 굽히며 인사하는 여자에게 다혜가 작은 꽃 화분 하나를 가져다주었다.

"잠깐만요. 이거요."

"이게 뭔가요?"

"저한테 행패 부리셨던 건 이제 지나간 일이고요. 남편이 외도해서 마음 많이 상하셨잖아요. 매장에 매일 와서 같은 얘기 곱씹는 것도 힘드셨을 것 같아요. 위로의 꽃이라고 생각하세요."

화분을 받아든 강창구 아내의 눈에서 눈물이 주르륵 흘렀다.

"감사합니다."

사실 남편에게 제대로 된 사과도 받지 못했다. 그저 재산이 다 날아갈 수도 있다는 말 때문에 허겁지겁 매장에 와서 매일 사과했을 뿐이다.

"감사합니다."

강창구의 아내가 울먹이며 나가자 유 회장이 다가왔다.

"아가씨, 나 커피 한 잔 줘."

"네."

다혜가 커피 머신 앞으로 다가가자 유 회장이 말을 걸었다.

"그런데 저기 저 사람, 남편이 외도했어?"

"아. 네, 뭐……. 그런 일이 있었어요. 사람을 잘못 보고 저희 매장에 와서 소란을 피우셨는데 매일 와서 용서해달라고 해서 용서해 드렸어요."

유 회장이 고개를 끄덕였다. 딱 봐도 그런 거 같았다.

"젊은 사람이 참 생각보다 똑 부러지면서도 마음이 깊네. 꽃도 다 주고."

유 회장의 말에 다혜가 고른 이를 드러내며 작게 웃었다.

"잘못한 거야 밉지만, 남편 바람피웠다는데 속상하지 않을 여자가 어디 있겠어요."

"그러는 그쪽은 결혼은 했나?"

다혜는 말없이 웃으며 커피를 내려서 유 회장에게 주었다. 유 회장이 커피잔을 받아들고 옆에 있는 꽃들을 보며 말했다.

"그 참 예쁘네. 이거 다 직접 한 거야?"

"네. 직접 작업했어요. 난도 심고 꽃바구니도 만들고요."

"그럼 나도 하나 좋은 걸로 주지."

"꽃 좋아하세요?"

"물 많이 주지 않아도 되는 걸로 하나 줘봐."

"직접 키우실 건가요? 그러면 꽃도 있으면서 물 많이 안 줘도 되는 걸로 골라 드릴게요."

유 회장은 이곳에서 소란이 있었던 것이 오해였다는 걸 바로 알 수 있었다.

"그럴 수도 있지. 거참. 꽃 보는 안목도 괜찮고 인상도 좋네."

유 회장은 한 손에는 작은 화분이 든 플라스틱 백을 들고 한 손에는 커피를 든 채 대표실까지 올라갔다.

강현은 양손에 뭘 들고 나타난 할아버지를 보며 고개를 갸웃했다.

"아니, 할아버지 여기 오시면 커피 안 줄까 봐 커피를 사셨어요?"

"아래 커피 냄새가 좋아서 샀다. 꽃은 네게 아니라 날 위해서 산 내 거고."

"바라지도 않습니다. 그런데 웬 꽃이에요?"

선명한 온리유 커피 앤 플라워 로고를 보며 강현이 다혜를 떠올리고는 빙긋 웃었다.

어쩐지 할아버지가 기분이 좋아 보이신다. 생전 사지 않던 꽃을 다 사고.

* * *

손님들이 조금 뜸한 시간이었다. 다혜는 바로 혜순에게 전화를 했다.

"어머니 동화하고 백화점 문화센터 들른다고 하셨잖아요. 오셨어요?"

―응. 너한테 가려다가 조금 지나면 문화센터 문 닫을 시간이어서 바로 올라왔어. 지금 손님 많지 않으면 내려갈까, 잠깐?

"아뇨. 제가 올라갈게요."

다혜는 파트타임 직원에게 매장을 맡기고 문화센터가 있는 11층으로 올라갔다. 한쪽에서 장난감을 가지고 놀던 동화가 다혜를 보고 두 팔을 벌리며 안겼다.

"동화야, 여기 재밌어?"

"응. 재밌는 거 많이 있어."

고개를 끄덕이는 동화를 보며 다혜가 빙긋 웃었다.

"어머니, 동화가 들을 만한 괜찮은 강의가 좀 있나요?"

"그래. 많다. 다음 주에 동화 적성에 맞는 게 뭔지 테스트를 해보기로 했어. 지능이랑 성격에 맞게 해보고 싶은 걸 배우라고 하더라."

어린이집에서 아이가 너무 머리가 좋은 것 같다면서 추천했다. 드림백화점 문화센터에서 아이들 적성과 지능을 함께 상담해 준다고 말이다. 혜순이 데리고 와서 예약을 하고 동화가 익숙해지도록 좀 놀기로 했다.

"나 내일 동화 데리고 친구 숙경이하고 같이 경기도 콘도에서 이틀 놀다 온다."

"동화 데려가도 괜찮으시겠어요?"

"숙경이도 손자 데리고 온다고 했어. 우리 둘 다 손자 있는 할머니들이니까 같이 놀 거야."

"너무 감사해요. 어머니."

"감사하긴 뭘. 동화하고 있으면 입 딱 벌어지는 소리를 얼마나 하는지 내가 동화한테 배운다, 배워."

몇 마디 나누고 동화와 혜순이 가고 난 후에 다혜는 조금 머뭇거리다 휴대폰을 들었다. 이제 강창구 아내가 오는 것도 싫었다. 용서한다고 하고 꽃까지 보냈으니까 끝이다.

그런데 대체 왜 그렇게 대표님한테 한마디만 해달라고 하는지. 알아서하라고 매몰차게 말하기는 했지만, 더 이상 강창구의 아내를 보는 것이 싫기도 하고 또 이렇게까지 일을 처리해 준 강현이 고맙기도 했다.

번호를 보고 망설이다 버튼을 눌렀다. 전화가 한 번도 올리기 전에 바로그가 받았다.

'왔다. 드디어 왔네.'

일이 있고 닷새가 지난 후에야 전화가 왔다. 진짜 매일같이 먼저 찾아가볼까 전화를 할까 했지만, 오히려 뚝심을 가지고 기다리는 게 나을 것 같아기다렸다.

"여보세요."

-저기…… 감사해서요.

"얼굴 보고 말합시다."

-네? 그냥 전화로 해도 되는데요.

뚝!

뒷말을 하기도 전에 전화가 끊겼다. 다혜는 전화기를 바라보고는 매장문닫을 준비를 시작했다. 그런데 갑자기 그녀의 앞에 조금 전 통화했던 남자가 우뚝 서 있다. 전화를 끊고 바로 내려왔나 보다.

"아이스 아메리카노. 얼음 꾹꾹 넣어서 줘요."

"……"

"속에서 열이 나서 지금 얼음이 필요합니다. 대체 왜 그래요?"

"뭘 말이에요?"

그가 작심을 한 얼굴을 하고는 다혜의 곁에 서더니 나직하게 말했다.

"정말 나 안 만날 겁니까? 내가 매일 여기서 죽치는 거 보고 싶어요?"

"……"

"내일 뭐 합니까? 우리 만나면 안 되는 날입니까?"

혹하고 치고 들어오는 질문에 흔들렸다. 내일은 동화가 없는 날이다. 시간을 내려면 낼 수 있는 날이기도 했다.

"시간 괜찮습니다."

그의 얼굴에 열기가 번졌다.

"그럼 내일 전에 봤던 그 바에서 퇴근 후에 봅시다."

"네."

망설여졌지만 마음을 굳게 먹었다.

약속 당일에 다혜는 퇴근 후 강현을 만날 생각에 종일 긴장했다. 만나면 또 어떻게 될까? 아무래도 그냥 얼굴만 보지는 않을 거 같다.

퇴근 후 바에 갔을 때는 그가 먼저 와 있었다. 조명 때문인지 유독 그가 로맨틱하게 느껴졌다. 가슴이 뛰는 것도 그 때문인 거 같다.

"연다혜 씨. 여기서 보니 좋네. 우리 원나잇이 여기서 시작됐는데."

"더 이상 강창구 씨 와이프가 저희 매장에 오지 않았으면 해요."

"그사이 용서해 줬어요? 나 같으면 한 달 내내 와서 빌라고 했을 텐데."

"그쪽도 속이 말이 아닐 텐데요, 뭐."

"남의 속사정까지 봐줄 만큼 여유 있었나 보죠? 그런데 강 실장 이야기 하려고 만난 거 아니니까 그 얘기는 그만하죠."

"그래요. 그럼."

그가 위스키를 스트레이트로 두 잔, 다혜는 칵테일 두 잔을 마셨을 때였다.

"오늘은 어때요."

다혜가 눈썹을 위로 올렸다. 그가 말한 뜻을 잘 알고 있다. 그와의 원나잇 이후 다혜 역시 그날 밤에서 벗어나지 못하고 있었다. 결국, 그와의 밤을 그녀 역시 원했다. 그녀가 아무 반응을 보이지 않자 그가 말했다.

"나 꽤 괜찮은 섹스 파트너 아닌가? 그동안 귀찮게 하지도 않고 일 생기면 해결해주고. 그리고 생색도 내지 않았는데."

"지금 생색내고 있는 거 아닌가요?"

"아니지. 지금은 생색내는 게 아니라 애원하는 거죠."

새카맣게 빛을 발하는 남자의 눈동자를 응시하던 다혜가 고개를 끄덕였다. 그의 질문에 가장 확실한 대답이었다. 그의 눈빛이 열망으로 번득였다.

강현은 이번에도 호텔로 향하지 않고 그의 집으로 향했다. 이 여자는 호텔보다는 집이 더 어울린다. 침대를 그녀의 향로 흠뻑 적셔두고 싶다.

둘은 엘리베이터에서 어색하게 떨어져 있었지만 문이 열리자 그가 그녀의 손을 잡으며 빠른 걸음을 옮겼다. 현관까지 이르는 그 짧은 기간에 그는 거침없이 키스하기 시작했다.

현관 버튼이 한 번에 열리지 않아 다급하게 눌러댔다. 그리고 겨우 문을 열고 들어서자마자 현관에서부터 그녀의 코트를 벗겼다.

침실로 걸어가는 내내 애가 닳아 그녀의 옷을 한 꺼풀씩 벗기며 목덜미에 입술을 박았다. 폐부 깊숙하게 들어오는 향기는 여지없이 그녀의 것이었다. 머릿속에 정확하게 각인된 향기에 온몸이 충동적으로 반응하고 있었다.

"잠깐만……."

"안 돼. 아래가 터질 거 같아."

욕망에 푹 전 목소리가 더할 수 없이 색정적이었다. 그가 다혜의 가슴을 입에 물자 다혜의 허리가 뒤로 휘었다. 그의 손이 거침없이 다혜의 아래를 더듬었다.

"이것 봐. 나 볼 때마다 이렇게 젖었던 거 맞지?"

그가 그녀의 다리 사이 젖어든 곳을 손가락으로 비비며 말했다. 물이라도 부어놓은 것같이 흠뻑 젖어 있는 아래는 그녀 역시 얼마나 달아올라 있는지 여실히 보여주고 있었다.

부끄럽기도 하면서 그의 앞에서 다리를 벌리는 것이 싫지 않았다.

"얼마나 남자 애간장을 녹여야 직성이 풀리는데?"

"하아!"

그의 입술이 음핵을 빨아들이자 다혜의 입에서 신음이 터졌다.

꿀꺽!

다혜의 체액을 삼키는 소리가 크게 울렸다. 견딜 수가 없을 만큼 그녀의 모든 것이 달았다. 향기도 달고 몸도 달다. 코밑에 이 향기를 달고 다니면 좋겠다.

강현이 번쩍 몸을 일으켜 그녀의 가는 허리를 바짝 잡아당기며 키스했다. 그는 아직도 제 옷은 다 벗지도 못한 상태였으나 빠르게 와이셔츠를 벗어 집어 던져졌다.

운동으로 다져진 탄탄한 몸, 유도로 발달한 어깨 근육…… 완벽하게 조화를 이루는 몸이었지만, 그의 몸을 자세히 들여다볼 틈도 없이 그의 몸이 그대로 그녀를 덮쳤다.

"아아."

말할 수 없이 뜨거운 불덩이가 그녀를 삼키는 것 같았다. 커다랗고 뜨거운 구렁이가 몸을 칭칭 감는 것처럼 그의 뜨거운 허벅지가 그녀의 허벅지에 닿았고, 팽팽한 복근이 그녀의 보드랍고 여린 배에 닿았다.

그의 묵직한 무게에 몸이 눌려 숨을 쉬기 빠듯했다. 갈비뼈가 눌리며 폐부가 쪼그라든 것 같았다. 갑자기 폭풍처럼 몰아닥치는 열기에 숨을 쉬려고 입을 벌리는 순간 그가 깊숙하게 혀를 밀어 넣었다.

힘없이 뒤로 꺾이는 가는 목에 그가 단단한 손을 받치고 더 거세게 입 안으로 파고들었다. 놀라서 도망치려는 작은 혀를 쭉 빨아 당기는 힘이 너무 강해서 혀가 뽑힐 것만 같다.

말로 설명할 수 없는 뜨거운 욕망 그 자체였다. 감당할 수 없는 힘에 다혜가 그의 어깨를 주먹으로 치며 목을 옆으로 겨우 비틀었다.

숨 쉴 공간을 확보한 다혜가 가쁜 숨과 함께 항의성 짙은 단어를 내뱉었다.

"이건 너무……."

"이건 너무 뭐?"

단단하게 발기한 페니스가 그녀의 다리 사이에 자리하고 있었다. 아직 뚫고 들어오지도 않았지만, 아래를 압박하는 힘이 장난이 아니었다.

이건 정말 너무하다는 말을 하려고 하는 찰나에 눈이 마주쳤는데 차마 그 말을 할 수가 없었다.

이 남자는 자신을 최대한 억누르며 조심하고 있는 거였다. 그걸 느끼며 그의 아래를 보자 더 경악했다.

굵은 핏줄이 툭툭 불거진 팽팽한 성기나 온몸으로 부딪혀 오는 에너지가 과연 이 남자를 오늘 밤 감당할 수 있을까 싶어 커다란 눈이 떨렸다.

그런 마음도 모르고 그가 말을 이었다.

"이건 정말, 너무 좋지?"

대답도 못 하고 있는데 그가 연이어 말했다.

"흥분돼서 미치겠지? 나도 그래."

그녀의 대답이 자신과 같을 거라 이해해버린 그가 그녀의 입 안으로 다시 혀를 집어넣었다. 조금 전보다 더하면 더했지 결코 수그러들 기색이 보이지 않았다. 연이은 깊은 키스에 그녀가 다시 그의 어깨를 주먹으로 때리며 숨을 가쁘게 내쉬었다.

"아니라고, 아니라고요!"

"설마 흥분이 안 된다고? 그럼 안 되지, 거짓말하면 못 써."

그는 그렇게 말하며 그녀의 음부를 손바닥으로 크게 쥐고 비비기 시작했다. 반사적으로 나오는 신음과 뒤틀린 허리. 그가 손바닥으로 음부를 비빌 때마다 저도 모르게 허리를 휘며 내는 숨소리까지 흥분하지 않았다고 말할 수는 없었다.

도저히 감출 수 없는 상태였다. 손바닥으로 음부를 비비더니 이제 손가락 하나가 구멍 안으로 파고들었다.

"읏."

다혜는 물 밖으로 던져진 물고기처럼 파닥파닥 몸을 뒤흔들어 댔다. 찔 꺽거리는 소리와 함께 구멍이 그의 손가락을 쪽 빨아들여 삼켰다.

손가락에 느껴지는 부드러운 질구 내벽과 오물오물 움직이며 보드랍게 빨아 대는 속살. 지금 당장 쑤셔 박고 싶은 마음이 굴뚝같았지만, 그보다는 그녀를 천천히 음미해보고 싶었다.

그렇게도 원하고 원하던 시간이 아닌가. 최상의 와인을 음미하는 것처럼 이 여자를 알고 싶었다.

"너무 딱딱해. 아파."

그녀의 말에 주위를 둘러보니 둘은 여태 거실 바닥에 있었다. 너무 급해서 침대까지 가지도 못하고 거실 중간에서 그녀를 붙잡고 이렇게 뒹굴고 있었으니 맨바닥에 닿은 살이 아플 만했다.

"그러면 안 되지."

그가 그녀를 번쩍 안아들고 침실로 향했다. 침실까지 가는 그 짧은 순간

마저도 시간이 아까워 그녀의 목덜미를 핥고 빨기를 계속했다.

침대에 내려놓고 보니 그야말로 웬만한 예술 작품도 이렇게 아름다울 수는 없을 것 같았다. 넓은 침대 위에 흐트러진 채 누워 있는 여자의 나신은 가슴이 아릴 정도로 예뻤다.

불룩하게 솟아 있는 거대한 성기와 빵빵하게 총알을 장전하고 부풀어 있는 음낭이 쿠퍼액을 흘리고 있었다.

"이것 봐. 지금 상태가 어떤지."

이렇게 된 건 다 너 때문이라는 듯이 그가 하는 말에 다혜는 커다란 눈을 지끈 감아 버렸다.

저렇게 흠뻑 젖은 주제에 못 볼 것 본 사람처럼 눈을 질끈 감고 얼굴을 돌린다. 내숭 떨며 저렇게 빼고 있다니, 앙큼하게. 그런데 저러고 있는 것도 왜 이렇게 예뻐 보이는 건지.

"예뻐!"

앙큼 떠는 것도 예쁘고, 흥분해서 젖어 있는 붉은 속살도 환장하게 예뻤다. 강현이 그대로 다혜를 덮쳤다.

그래, 나 미친놈 맞아. 너한테 미친놈.

"나 똑바로 바라보고 다리 벌려요."

"네?"

여자가 의문이 담긴 커다란 눈동자로 그를 바라보고 있었다. 그가 그녀의 다리를 쫙 벌린 채 시선을 다리 사이 붉은 구멍에 고정했다.

그녀가 다리를 오므리려 하자 그가 한쪽 손으로 제지했다. 그리고 나머지 한 손으로 귀두를 만지작거리며 뿜어져 나오는 쿠퍼액을 바르고 있었다.

강현이 커다란 손으로 귀두 끝을 주물럭거리자 단단한 기둥이 더 커졌다. 손이 오갈 때마다 주름진 표피가 모였다 펴지기를 반복하고 귀두 끝이

138

붉게 성을 내며 끈적끈적한 액체를 연신 쏟아내고 있었다.

"지금 뭐 하는 거예요?"

"미치겠다고 했잖아. 이대로는 집어넣기도 전에 싸게 생겼다고. 한 번 뽑아내고 하게 다리 좀 벌려 봐. 보고 싶어."

"변태!"

"변태라니? 이게 다 그쪽을 위해서 이러는 거야. 안 그러면 밤새 고생한다니까? 조금이라도 힘 빼고 시작하는 게 나을 거라고."

그가 손을 위아래로 크게 움직이자 얼마 가지 않아 배꼽까지 탄탄하게 올라붙은 성기에서 걸쭉한 액이 쏟아져 나왔다. 뜨거운 숨을 내쉬며 사정하는 남자의 모습은 처음 보았지만 깊숙한 곳에 숨겨져 있는 성욕을 무섭게 자극했다.

정말이지 야만적이고 음탕한 모습이었다. 그런데도 눈 하나 깜짝하지 않고 그 남자가 사정하는 것까지 그대로 보고 말았다. 그가 미끈거리는 액체를 제 기둥에 다 펴 바르며 그녀에게 시선을 맞췄다.

그가 싸놓은 정액에서 밤꽃 향기가 진하게 풍겼다. 적나라한 수컷의 냄새였다. 그리고 그가 사정하고 난 후에 '후' 하고 숨을 내뱉으며 그녀를 내려다보았다.

시선이 마주치는 순간 다혜는 웃어버렸다.

정말, 어른 같지 않고 덜 자란 한 마리 수컷 같다. 그런 그가 어쩐지 귀엽게 느껴져 저도 모르게 웃음이 나왔다.

그게 그렇게 참기가 힘들어서 이런 상황에서 일단 사정부터 해?

흐트러진 그의 모습이 백화점을 오가던 그의 모습과 전혀 다른 별개의 인격체처럼 보였다.

"지금 웃음이 나와요?"

"그럼 웃기지 않아요? 십 대도 아니고."

안다. 모양 빠지는 것도 알고, 주체를 못 해서 품어대는 게 좆 같다는 것
도 안다. 그래도 어쩌겠어. 안 그러면 널 다치게 할 거 같은데.

그가 그녀의 다리를 쫙 벌린 채 벌어진 구멍을 뚫어져라 바라보았다.

"이제 그만 좀 봐요. 그리고 그대로 집어넣으면 피임은 어떻게 해요?
콘돔!"

"저번에 말했을 텐데? 아니, 그쪽에서 말했지, 나한테. 씨 없는 수박이
라고."

"그럼 그게 정말이에요? 정관 수술을……."

"맞아. 나 씨 없는 수박 맞아. 그러니까 그놈의 콘돔 타령은 좀 그만
하고."

말이 끝나기 무섭게 곤두선 굵직한 성기가 그녀의 질 입구에 쿡 박혔다.
훅 숨을 들이쉬는 순간 주먹만 한 귀두가 구멍을 파고들었다. 받아들이기
에는 너무나 버거운 크기였다.

욕정이 끓어 넘치는 남자를 눈앞에서 보면서도 다혜는 믿어지지 않았다.

금방 사정해놓고 바로 서는 게 가능해?

그러나 지금 자기 안으로 파고든 건 조금 전보다 더 크면 컸지 결코 수
그러들 기색이라고 없는 빳빳하고 단단한 흉기였다.

"으으."

희열에 겨운 굵직한 신음이 제 입에서 터져 나오는 것에 강현은 기가 막
혔다.

그저 그녀를 보기만 했는데도 어찌나 흥분되는지. 섹스 한번 해보지 못
한 애송이도 이러지는 않을 것 같았다.

그냥 연다혜 자체가 그를 흥분하게 했다. 더할 수 없이 후진 놈처럼 건드
리기만 해도 발기하고, 닿기만 해도 쌀 것 같은 마음에 그가 더 깊게 허리
를 쑥 밀어 넣었다.

그녀가 다리를 그의 허리에 감자 한껏 벌어진 질구가 있는 힘을 다해 그를 받아들였다. 그 모습이 어찌나 예쁜지. 여태껏 봤던 그 어떤 모습보다 야하고 예뻤다.

이렇게 혼자서 미쳐 날뛰니!

이 여자가 저에게 사정하면서 더 해달라는 소리를 듣는 날이 오기는 할까?

애초에 글러 먹었다. 그런데 그러면 또 어떤가?

섹스에서 누가 이기느냐가 뭐가 그렇게 중요할까? 지금 당장 이 여자의 안으로 파고든다는 것만으로도 세상을 다 가진 것같이 환장하게 좋아 죽겠는데.

강현의 거대한 몸에 비해 턱없이 작은 그녀의 몸이 그의 몸에 완전히 가려졌다. 그는 발끝부터 머리끝까지 그야말로 한입에 집어삼킬 듯이 그녀를 잠식해 갔다.

다시 눈을 질끈 감는 그녀의 턱을 제게로 고정하고 그가 말했다.

"눈떠요. 날 봐."

그리고 시선이 마주치는 순간 가장 깊은 안쪽으로 그의 성기가 못처럼 푹 박혀 들었다. 파드득거리는 그녀의 여린 몸을 확 끌어안고 그가 다시 입술을 겹쳤다.

뜨거운 입술이 겹쳐지며 그의 두툼한 혀가 그녀의 입 안을 점령하고 파고들었다. 입 안 가득 들어찬 그의 혀에 정신이 하나도 없고 아래는 완전히 그것에 꿰뚫린 채 허덕이며 그의 목에 팔을 감았다.

"이렇게 좋을 줄 알았다고. 미친…… 진짜."

그냥 넣기만 했는데도 이렇게 좋아도 되는 거야? 저도 모르게 욕이 나왔다.

"씨발."

"지금 나한테 욕하는 거예요?"

"아니. 나한테 하는 거예요. 더럽게 좋아서, 진저리나게 떨려서 나한테 욕하는 거라고. 얼간이 같은 나한테 하는 욕이지. 아니, 당신한테 보내는 찬사라고 해야지."

그가 다시 입술을 겹쳤다. 그가 집요하리만치 시선을 그녀의 눈에 고정한 채 아래를 맞물리고 움직이기 시작했다. 마주친 시선이 버거워 조금이라도 고개를 돌리면 다시 고개를 돌려 눈을 마주한다. 그녀의 깊은 속으로 파고든 그의 몸짓이 그녀가 감당하기 어려울 만큼 거셌다.

얼굴이 발개져서 헉헉 숨을 내쉬는 그녀의 모습을 보며 그는 더할 수 없이 만족했다. 아니, 너무 좋아 죽을 것 같았다.

사람이 이렇게 예뻐 보여도 되는 걸까?

간질간질 착착 감기는 속살이 그의 성기를 붙잡은 채 휘감겨 들었다. 그냥 몸만 휘감은 게 아니라 그의 마음속 깊은 곳까지 완전히 포박하듯 휘어 감기는 탓에 그는 희열에 들떠 그녀의 눈은 빤히 들여다보았다.

이렇게 눈을 쳐다보고 있으면 그 속이 좀 보이려나? 이 여자에게 나는 도대체 어떤 놈일까.

촉촉한 입술 사이로 혀를 집어넣어 한없이 맛봐도 갈증은 끝이 나질 않았다.

어떻게 이렇게 좋을 수가 있나.

CCTV로 얼굴만 봐도 입이 헤벌쭉하게 벌어졌다. 목소리만 들어도 웃고 있는 제 자신을 발견하기도 했다. 도대체 누가 저를 이렇게 허벌렁한 놈으로 만들 수가 있단 말인가.

눈만 마주쳐도 온몸이 저릿저릿하고 아랫도리에 힘이 들어가는 것을 주체할 수가 없다.

지금 이렇게 환장하게 좋아하는 여자의 몸 안에 깊이 몸을 박고 있다는 것만으로도 이 세상 무엇도 더 원할 것 없이 황홀하다. 지금까지 살아온 자기 자신을 비교하면 신기할 정도로 이해가 안 되는 일이었다.

왜 저를 이렇게 애태우는 건지 말이다. 지금 이 순간도 다혜의 머리카락부터 발끝까지 모든 게 저를 그렇게 만들고 있다.

반대로 말하면 이 여자가 아니라, 이 여자라면 환장하는 제가 더 문제인거다.

원나잇, 그 하룻밤을 못 잊어서 벌써 한 달이 다 되도록 이렇게 환장하고 혼자 꼬리를 흔들고 있다. 남들이 알면 유강현이 맞느냐고 할 일이다.

지금 다시 몸을 맞추는데 그게 또 그날보다 더 저릿저릿하게 좋다. 아련한 눈망울이 욕망에 푹 절어 뿌옇게 보인다. 눈물이라도 흘릴 듯이 절정의 끝에서 숨을 헐떡이는 그녀를 보고 있는데 가슴속이 다 내려앉는다.

그러잖아도 예쁜 여자가 제 밑에서 희열에 허덕이는 모습을 보고 있으니 가슴 벅차고 행복감이 차올랐다.

얼마 만에 안는 여잔데 밤새 놓아줄 수 없을 것 같다.

수도 없이 키스하며 끝없이 몸을 겹쳤다. 몇 번인가 축축 늘어졌던 여자를 옆으로 누이고 뒤에서 파고들자 여자의 입에서 앓는 소리가 났다.

"정말 자고 싶어요. 너무 졸려."

섹스를 시작하기 전까지만 해도 잠은 꼭 집에 가서 자겠다고 하던 여자가 연거푸 이어진 절정에 완전히 늘어져 이제는 재워달라고 한다.

"자고 싶으면 자요."

"그럼 좀 빼 봐요."

"내가 알아서 할게. 당신은 자요."

어이없는 말에 반쯤 감겼던 다혜의 눈이 번쩍 떠졌다. 고개를 옆으로 돌리자 바로 그의 입술이 따라붙었다. 퉁퉁 부은 입술을 다시 빨아들이자 웅얼웅얼 뭐라고 말을 한다.

"이제 그만하고 좀……."

"그냥 있어요. 내가 알아서 할게."

"그만……."

"거칠게 안지 않을게요. 그럼 되잖아."

그녀의 뒤에서 살살 한다고 움직였지만, 그게 어떻게 마음대로 될 일인가?

쿵 하고 깊게 처박자 그녀의 허리가 뒤로 휘었다. 덕분에 봉긋한 가슴이 앞으로 솟는 모습 역시 말할 수 없이 아름다웠다.

그의 손이 그녀의 가슴을 움켜쥐며 유두를 비틀었다. 비틀린 유두가 주는 저릿한 자극에 그녀의 속살이 그를 더 꽉 물었다. 절정이 한 번 더 휘몰아치며 그녀의 안 깊숙이 욕망을 걸쭉하게 토해냈다.

그러고도 모자라 얕은 허리 놀림으로 그녀의 질구 주위를 느릿하게 비벼대자 그녀가 무거운 눈꺼풀을 내리감았다.

섹스 중에 그냥 자겠다고? 그게 말이 돼?

"한 번만 더."

"아응……."

잠이 든 여자를 품에 안고 얼굴에 연거푸 키스하고 아직도 힘이 남은 성기로 여리고 흠뻑 젖은 질구를 비벼댔다.

통통한 엉덩이를 찹쌀떡 주무르듯 주무르고 가슴을 빨고. 뭘 어떻게 해도 전혀 싫증이 나지 않는 예쁜 여자다.

아무리 그래도 그렇지 내 품에서 잔다고?

진짜 말도 안 되지만, 내 품에서 자는 게 너무 예뻐서 봐준다.

* * *

눈을 떴을 때는 벌써 출근 준비를 해야 할 시간이었다. 결국, 집에 가지 못하고 이 남자 품에서 잠들었다. 남자가 깨지 않게 조심스럽게 침대에서 나와 샤워기를 틀었다.

온몸이 얼룩덜룩해서 거울을 보기가 민망할 정도였다. 따뜻한 물줄기 아래 몸을 씻다가 음모 안으로 손을 넣었다. 살이 통통하게 부풀어 있었다. 도대체 몇 번을 한 건지 생각도 나지 않는다.

샤워를 마치고 화장기 없는 얼굴로 나서려는데 언제 일어났는지 그의 목소리가 그녀를 잡았다.

"또 버리고 가네."

졸음 가득한 눈으로 바라보는 남자의 입가에 미소가 걸려 있다. 그 미소가 주는 다정함에 다혜의 어색함이 수그러들었다.

"잘 잤어요?"

정말 푹 잘 잤다. 품 안에 솜사탕을 끌어안고 자면 이런 느낌일까?

"어디 가요. 이렇게 일찍."

"집에 들러서 옷 갈아입고 가려고요."

"아. 흐트러진 꼴은 못 보인다 이거지? 데려다줄게요."

"아니요. 괜찮아요. 대표님도 출근 준비하셔야죠."

"섹스한 다음 날 대표님 소리 들으니까 우리가 밤새 비즈니스라도 한 거 같네. 난 아직 시간 여유 있으니까 잠깐만 기다려요."

"괜찮은데……."

그러나 그는 그녀가 도망갈까 걱정돼서 제대로 씻지도 못하고 옷부터 대충 걸치고는 밖으로 나섰다.

"제가 기다릴게요. 그 상태로 나갔다 와서 출근 준비하려면 늦을 거 아니에요."

"뭘 잊고 있는 것 같은데, 내 밑에 있는 직원들 괜히 월급 주는 거 아닙니다."

대충 걸친 무스탕에 모자를 뒤집어쓰고 그는 능숙하게 운전해서 그녀의 집 앞에 내려주었다.

"기다렸다가 회사까지 태워줘요?"

지금 그 회사가 자기가 대표로 있는 백화점이라는 걸 알고 하는 말인지 의심스럽다. 다혜는 정색했다.

"그럼 다시는 안 볼 거예요."

"그래서 하는 말인데 우리 다음에 언제 봅니까?"

"네?"

"다음에 언제 보냐고."

"왜 우리가 다음에 또 봐야 해요?"

이 여자는 이렇게 뒤통수를 제대로 때린다.

"그럼 설마 어젯밤도 그냥 원나잇이었다고?"

강현이 황당한 얼굴로 내려다보며 물었다.

"나 지금 까이는 거예요?"

"그런 거 아니에요. 단지 이 관계를 계속 지속해야 할지 생각해 본 적 없어요."

"허. 어제 내 밑에서 그렇게 좋다고 울부짖어놓고는. 날 더 잡고 싶은 생각이 안 들어요?"

"네."

"혹시 너무 솔직해서 낭패 본 적 없어요?"

"아직까지는 없어요. 이 관계에 대해서는 지금부터 생각해볼게요."

"생각. 꼭 해요!"

그녀는 대답하지도 않고 아파트 현관으로 사라졌다. 그녀의 뒤통수를 바라보면서 강현은 저도 모르게 입꼬리가 죽 늘어나는 제 모습에 기가 찼다.

나 지금 까이는 주제에 웃고 있는 거야?

아무리 생각해도 그렇게 여러 번 절정에 오르며 저에게 매달렸던 여자가 하루 사이에 태도가 바뀐 게 이해가 가지 않는다.

더 만나고 싶다고 매달려야 하는 게 정상 아니야? 나, 드림백화점 대표 유강현이잖아.

문제는 그런데도 예쁘다는 거다. 뭐가 씌워도 단단히 씌웠다. 아무리 생각해도 이성적으로 이해할 수 없는, 그냥 뭘 해도 예뻐 보이는 여자.

강현은 한참을 그녀가 들어간 아파트 현관을 바라보다 다시 차를 몰았다.

* * *

[오늘 저녁은 뭐합니까. 저녁 식사 같이할까요?]

[어제 힘들었으니까 고기 어때요]

[회도 괜찮은데. 일식 양식 한식? 뭐든 골라요.]

연달아 오고 있는 메시지에 다혜는 한 마디도 답하지 않았다. 강현에게 말했던 그대로 이 관계를 어떻게 해야 할지 생각해보지 않았기 때문이다. 처음 원나잇은 완전히 취한 상태에서 충동적으로 일어난 일이었고 어젯밤은 원해서 일어난 거긴 했지만 오늘도 또 본다고?

이러다 동화가 없는 날이면 그 남자의 품으로 달려가게 되지는 않을까 겁이 난다.

답장이 없자 계속 오던 문자가 끊겼다. 몰리던 손님이 뜸해져서 한숨 돌리려는데 갑자기 익숙한 목소리가 울렸다.

"얼음 잔뜩 넣어서 아이스 아메리카노 줘요."

이전과 똑같이 그는 얼음을 잔뜩 넣어 달라고 한다. 어젯밤 그렇게 열기를 뿜어냈으면 오늘은 뜨거운 커피를 마셔야 정상 아닐까?

6. 이건 살인이나 다름없다고

웃음이 담긴 강현의 진한 눈동자와 마주하자 저도 모르게 얼굴이 화끈거렸다. 다혜는 누가 들을까 무서워 목소리를 낮게 깔고 말했다.

"어젯밤 참았던 열기는 다 분출한 걸로 아는데 왜 또 아이스 아메리카노예요?"

"무슨 말을? 그쪽이 잠드는 바람에 오히려 열기가 더 쌓였다고. 얼음 꽉꽉 넣어줘요."

대표실에 아이스 아메리카노가 없을 리 없다. 저를 보겠다고 단숨에 내려온 남자의 마음이 다혜를 흔들었다. 그게 섹스 파트너 제안이더라도 그녀를 향한 열정인 것만은 틀림없다.

"오늘 저녁에 정말 고기 안 먹을 거예요?"

"저 고기 별로 안 좋아해요."

"그럼 회는 어때요? 아니면 뷔페?"

다혜는 아이스 아메리카노를 앞으로 내밀며 지나가는 직원과 눈인사를 하고 얼굴을 돌렸다. 누가 볼까 봐 주위를 둘러보며 작은 목소리로 말했다.

"진짜 왜 이래요?"

"뭘 왜 이래. 밥 먹자는 게 잘못됐나?"

"당신이 이 백화점 대표인 건 사람들이 다 아는데 이렇게 여기 서 있으면 소문날 거 같지 않아요?"

"그거야 연다혜 씨한테 달린 거 아니겠어요? 대표가 매장 둘러보고 아이스 아메리카노 먹었다고 뭐가 잘못되겠어요?"

어깨까지 으쓱하며 여유를 부리는 남자 앞에서 다혜는 잠시 생각하다 물었다.

"대체 나하고 뭘 어쩌고 싶은데요. 뭐 하고 싶어요, 나하고?"

밤낮없이 섹스를 하자는 건지 아니면 연애라도 하자는 건지 알 수가 없었다. 다혜의 말에 남자의 눈이 이채를 띠며 반짝였다.

"그러니까 그걸 알고 싶다고. 자꾸 만나봐야 내가 진짜 뭘 하고 싶은 건지 알 거 아닙니까."

"내가 답을 말해줄 수 있어요. 당신이 나하고 하고 싶은 건 어젯밤 했던 그거고, 그렇게 많이 했으면 이제 나에 대해서 알 만큼 알고 이제 싫증 나지 않았어요? 원래 여자들 그렇게 쉽게 만나주는 사람 아니라고 말했던 거 같은데요."

강현은 그 말을 들으며 인상을 썼다. 혀를 깨물고 싶다. 자신이 한 말은 맞지만 그걸 이 여자 입을 통해서 듣자니 기분이 썩 좋지 않다.

"맞아요. 내가 아무 여자나 만나주지 않는 남자는 맞는데 그쪽 한정으로 맞추겠다고. 연다혜 씨가 만나고 싶을 때 맞춰서 만나겠다고요. 그러니까 오늘 같이 밥 먹을 수 있어요, 없어요?"

다혜는 말똥말똥한 눈으로 그를 바라보다가 정확하게 말했다.

"해산물 파스타로 먹을 거예요."

"좋아요. 최고의 해산물 파스타 먹게 해줄게요."

내일이면 동화가 돌아온다. 일하는 중간에 잠깐 들어가서 밥을 챙겨주기는 했지만, 아무래도 커피숍은 늦게까지 있어야 해서 동화는 저와 주아 그리고 혜순 세 사람이 번갈아 가면서 돌봤다.

그러니 저녁을 먹을 시간도 오늘이 아니면 언제 또 올지 모른다. 나름 무거운 생각을 하는데 남자의 긍정적인 목소리가 울렸다.

"그럼 우리 오늘이 1일이네."

"네? 무슨 말이에요?"

"밥 먹는 게 데이트잖아요. 그러니까 오늘이 1일이지."

"전 밥 먹겠다고 했지 사귄다고 하지 않았는데요? 우린 그런 관계 아니잖아요."

참, 이 여자 사람 기분 뭣같이 만드는 데도 재주가 많다. 물론 그런 관계는 아니다. 이쪽에서도 사귀자고 덥석 덤벼들 마음은 없다.

왜 이 여자에게 환장하고 있는지 아직은 모르겠으니까. 그런데 이렇게 사귀지 않겠다고 선을 그으면 자꾸 사귀고 싶잖아.

"꼭 사귀지 않아도 그냥 밥 같이 먹은 날로 1일 칠 수 있잖아요."

"앞으로 같이 밥 먹게 될 일이 뭐 그렇게 있다고 날짜를 세면서 살아요?"

오늘 밥 먹고 끝이라는 말인 걸까?

"내 마음이지. 나는 모두 셉니다. 나는 누구하고 밥 먹어도 날짜를 세면서 사는데 왜, 안 됩니까?"

"네네. 그러세요, 그러면."

"문 닫고 전화해요. 데리러 올 테니까."

"설마 대표님이 날 데리러 오겠다고요?"

다른 사람 눈이 그렇게 무서운 걸까? 하여간 성가신 여자다.

"그럼 정문에서 기다릴게요."

"그러지 말고 후문에서 기다려요."

"뭐? 허참. 내가 정문이 아니고서는 다니지 않는 사람이에요. 전용 엘리베이터가 아니면 타질 않듯이."

"그럼 말고요."

"후문에서 기다릴게요."

이렇게까지 이 여자에게 고분고분 말 잘 듣는 강아지가 될 줄은 결단코 몰랐다. 그런데 이 여자하고 왜 이렇게 밥을 먹고 싶은 건지, 그 해산물 파스타 얼마나 잘 먹는지 꼭 보고 싶다.

매장 정리가 끝날 때쯤 다혜는 혜순에게 전화를 했다. 오늘 할머니 두 분이 손자들을 데리고 놀이동산까지 운전하고 다녀왔다고 한다. 옆에서 신이 난 동화의 목소리도 들려왔다.

"어머니, 운전 조심하세요."

-나 아직 60도 안 됐어. 할머니라고 그래도 젊어. 게다가 요즘은 원래 자기 나이에서 17살은 빼야 한다는데. 그럼 나 아직 40대 초반이야.

하긴 누가 누굴 걱정할까. 사업 수완도 있어서 지금 이렇게 다혜에게 일자리도 주고 있는데.

-잘 놀다 올 테니까 너희나 일 잘해. 맡기고 다닌다고 대충 하지 말고.

"걱정하지 마세요. 그럼 내일 봬요."

그사이 혜순이 동화를 바꿔주었다.

-엄마, 나 보고 싶어도 참아. 내일 갈게.

"응. 동화야, 내일 보자."

아이의 목소리를 들으니 오히려 마음이 차분해진다.

난 동화 엄마야.

* * *

다혜는 해산물 파스타를 도르르 말아서 입에 넣었다. 최고급 레스토랑답게 싱싱한 해물의 탱글탱글한 새우살이 입에 넣자마자 풍미를 더한다. 그

앞에서 삐딱한 시선으로 다혜가 파스타 먹는 것을 보던 강현이 툭 하고 한 마디를 던졌다.

"그런 것만 먹으니까 그렇게 힘을 못 쓰지."

"내가 무슨 힘을 못 쓴다고⋯⋯ 나 힘세요."

거기까지 말하던 다혜가 뒷말을 잇지 못하고 얼굴이 빨개졌다. 어젯밤 마지막에 이렇게 힘을 못 쓰면 어떻게 하냐며 강현이 삽입을 했을 때, 다혜는 정말 기진맥진 녹초가 되어 있었다.

그런데도 흥분해서 그의 성기를 조물거렸던 자신의 속살이 떠올라 말을 안 하자 그가 피식 웃었다. 입꼬리를 죽 늘이며 그가 하는 말은 뻔뻔하게 얼굴을 들고 듣기에는 너무 민망한 말이었다.

"왜요. 갑자기 어젯밤에 제대로 힘쓰지 못했던 거 적나라하게 기억나나? 하긴 수도 없이 가긴 했지. 섹스한 건은 그보다 적은 것 같은데 한 번 하면서 두 번씩도 가더라고."

"도대체⋯⋯ 조용히 안 해요? 가긴 어딜 간다고. 자꾸."

"뭘 어딜 가겠어. 오르가슴 말하는 거잖아요. 오르가슴."

다혜는 옆에 있던 찬물을 벌컥벌컥 들이켰다.

"언어 좀 순화해주면 안 될까요?"

"한참 순화한 건데?"

"그럼 고맙다고 말해야 할까요?"

"고맙다고 말해주면 나야 좋죠. 당연히 고맙다고 말할 만하지 않은가? 어저께 그렇게 수도 없이 가게 해줬는데."

"저 그냥 일어날까요?"

"아니요. 들어요. 나도 먹을 테니까."

그는 큼직하게 스테이크를 썰어서 입에 넣었다. 저 큰 스테이크를 다 먹 겠다고?

저렇게 많이 먹으니까 그렇게 밤에 수도 없이 하는 거지.

왜 자꾸 뜨거웠던 섹스 장면만 떠오르는 건지 그런 생각을 하면서도 자꾸 민망했다.

"밥 먹고 오늘은 다혜 씨 집으로 갈까요?"

"안 돼요."

"그럼 우리 집."

"안 돼요."

그가 들고 있던 포크를 내려놓았다. 굳은 얼굴은 심술이라도 난 것처럼 보였다.

"그럼 도대체 뭐가 되는데요? 드라이브 좋아요?"

"차라리 그게 낫겠어요."

하여간 이 여자는 참 순진하다. 밤중에 남녀가 드라이브만 할까? 차가 안전하다고 생각하는 것 같은 저 순진무구한 얼굴을 보고 있자니 왠지 더 몸이 동한다.

그러면서도 한편으로 이 여자가 좋아할 만한 야경 좋은 드라이브 코스를 머릿속으로 더듬는 걸 보면 단순히 여자 몸만 원하는 게 아닌 것 같다.

왜 조금이라도 더 같이 있고 싶은, 이런 해괴한 마음이 계속 드는 걸까.

* * *

다음 날 날씨가 좋았다. 실내는 날씨에 큰 영향을 받지 않는데도 백화점 내부도 훨씬 더 환하게 느껴졌다. 작은 벤저민을 한쪽으로 밀어 놓고 있는데 아주 세련된 중년의 여성이 들어섰다.

마침 파트타임 직원도 식사를 하러 가서 혼자 있었다. 다혜는 미소를 띠며 손님을 맞았다.

"안녕하세요."

"네."

그런데 손님은 메뉴판이나 꽃보다는 다혜를 더 찬찬히 훑어보고 있었다.

그 시선을 받고 있자니 신고 있는 하이힐 속의 발가락 끝에 힘이 들어갔다.

어딘지 낯이 익은 여성이었다.

"혹시 뭐 필요한 거 있으세요?"

"아, 네. 나 화분 좀 보려고 하는데…… 추천해줄 만한 거 있나요?"

"아, 네. 이쪽에서 보시면 좋을 것 같아요. 여기에서 사이즈나 분위기에 맞는 걸로 하면 되실 거 같아요."

"뭐, 오늘 특별히 생생한 걸로 추천해주세요. 그런데 여기 혹시 필요한 꽃이나 화분들 견적 내서 영업소에 전체적으로 공급해줄 수도 있나요?"

안정적인 매출처가 될 수도 있는 손님이라는 생각에 다혜가 더 열정적으로 대답했다.

"네, 물론입니다. 어떤 영업을 하고 계세요? 분위기에 어울리게 다 가능합니다."

"잘됐네. 나 여기 대표 엄마예요. 유강현 대표 엄마."

"네?"

갑자기 심장이 철렁 떨어졌다. 도둑이 제 발 저린 것처럼 강현과 그렇게 뜨거운 밤을 보내고 난 이후여서인지 앞에 강현의 어머니라고 나타난 사람이 예사롭게 느껴지지 않는다.

왜 낯이 익다고 생각했는지 알 것 같았다. 눈매 언저리가 강현과 닮았다. 특히 짙은 눈썹과 얼굴 윤곽은 강현을 연상시키고 있었다. 전체적으로 우아하고 세련된 느낌의 여자였다.

다혜를 보는 소은의 눈은 예리하고도 날카로웠다. 소은은 어젯밤 유 회장이 했던 말을 떠올리며 다혜를 빤히 바라보았다.

* * *

강현의 한남동 본가는 안채와 별채가 따로 이어져 있다. 본채에는 유 회장이 기거하고 있었고 그 옆 별채에는 강현의 어머니 소은이 살고 있었다. 모든 식사는 본채에서 같이했고 소은은 평생 아버님의 식사에 공을 들였다.

"아버님, 삼겹살 너무 좋아하시면 안 좋대요. 이제 예전보다 음식 더 많이 조심하셔야 해요."

"뭐 얼마나 오래 살겠다고 먹고 싶은 것도 못 먹냐. 그래도 나는 삼겹살에 소주가 최고다."

노릇노릇하게 구워진 삼겹살을 상추에 싸며 유 회장이 쌈장을 듬뿍 찍었다. 한창때는 주먹을 쓰고 돈이 들어오면 삼겹살에 소주를 먹었다. 이제 함께했던 동료들은 모두 이 세상에 없다. 그래서 더 이런 음식들이 그립다.

"짠 것도 몸에 안 좋다는데…… 참 아버님 백화점 갔다 온 건 어떠셨어요?"

"뭐, 별일 없이 잘하고 있더라. 네 아들이 워낙 출중하잖냐."

"그럼 1층에 그 플라워 숍도 별문제 없는 건가요?"

주소영에게 들었던 말이 있어서 호기심에 물었으나 유 회장은 전혀 다른 말을 했다.

"거 아가씨가 아주 괜찮더라. 조용조용하면서 남 속사정까지 잘 살펴보더라."

"네? 아니…… 소영이가 하는 말로는 소문이 안 좋다고 하던데요."

"그거 벌써 다 강현이가 해결했더라. 오해더라고. 그 바람피운 남자 아내가 와서 사과하고 있더라."

"정말이에요?"

"그래. 그것도 며칠째 와서 매일 사과하는 거 같더라고. 그러니까 그 아가씨가 꽃 화분 하나를 주면서 이제 그만 해도 된다고, 남편이 바람피워서 마음 상하셨을 텐데 가보라고 하더라."

"그랬어요? 전혀 몰랐네요."

생각지 못한 이야기에 소은이 고개를 끄덕이자 유 회장이 의외의 말을 했다.

"그런데 그 아가씨 안목이 보통이 아니더라. 진열해놓은 꽃바구니며 화분들도 그렇고. 네 쇼룸에 꽃 좀 갖다 놓으면 좋겠더라."

"아, 그 정도예요?"

유 회장은 크게 한 쌈 싸서 꿀꺽 삼키고는 며느리를 보며 말했다.

"네가 한번 가서 아가씨도 보고, 쇼룸에 맞는 꽃들로 견적 내달라고 해. 그럼 분위기도 달라지고 괜찮을 거 같은데."

"그렇게 할게요, 아버님."

언뜻 지나가다 본 적은 있지만 주소영의 말과 유 회장의 말이 너무 달라서 궁금했다.

지금 소은은 눈앞에 있는 다혜를 보며 유 회장이 왜 그렇게 말했는지 알 것 같다. 남자들의 눈에 딱 예뻐 보일 만한 여자다. 맑은 눈과 깨끗한 피부며 보기 좋은 미소까지.

말도 없이 빤히 쳐다보는 소은을 보는 다혜의 마음은 무척이나 불편했지만 큰 동요를 하지 않고 인사했다.

"처음 뵙겠습니다, 사모님."

"난 처음 아니에요. 전에 지나가면서 언뜻 본 것 같은데……."

"아. 그러셨어요?"

"여기 커피도 맛있다고 소문이 좋고 특히 꽃 보는 감각이 보통이 아니라고 하던데, 정말 그러네요. 이 보라색 꽃은 뭐예요?"

"예. 그건 스위트피라고 해요. 향기가 좋아서 겨울꽃으로는 참 좋아요. 향 한번 맡아보세요."

꽃 한 송이를 뽑아 소은의 앞에 가져가자 소은이 향기를 맡았다. 달콤하면서도 은은한 향기가 신선하다.

"오. 정말 그러네. 이 스위트피 좀 멋지게 해서 매장 가운데 둘 수 있도록 해줄 수 있어요?"

"네. 물론입니다."

"그리고 이건 내 명함이에요. 전화하고 한번 찾아와요. 아버님께서 매장에 꽃을 좀 갖다 놓으라고 하는데 사실 황량하긴 하거든요. 그래서 나무 같은 것도 화분으로 좀 어울리게 해놓으면 좋을 것 같은데……."

"아, 그러세요? 걱정하지 마세요. 관목 중에 실내에서 키우기 좋은 것들이 많이 있습니다. 제가 카탈로그 준비해서 찾아뵙도록 할게요."

"오늘은 이걸로 가져갈래요. 스위트피."

"아. 잠시만 기다리세요."

다혜는 스위트피 꽃바구니를 플라스틱 백에 넣어 바로 커피 머신 앞으로 갔다.

"서비스로 커피 한잔 드릴게요. 저희 커피 정말 맛있거든요."

"꽃만 잘하는 게 아니라 커피도 경력이 좀 됐나 봐요?"

그녀의 목소리에 다혜는 고개를 끄덕이며 차분하게 답했다.

"네. 하다 보니까 좀 됐어요. 스물두 살 때부터 해서요. 벌써 8년째네요."

"그럼 나이가 스물아홉쯤 된 거네요? 젊은 아가씨가 아주 야무지네."

"감사합니다."

고소한 커피 향이 실내를 감돌았다. 다혜는 로스팅할 때 조금 더 진한 향을 내기 위해 보통 시간보다 조금 더 볶는다. 그렇게 되면 고소한 향이 더 진해지면서 지나가는 사람들의 후각을 자극하기에 딱 좋았다.

일부러 매장 한쪽에서 로스팅하기도 하는데, 그건 어디까지나 마케팅 전략의 일환이었다. 그런 로스팅 기법 때문에 사람들이 더 많이 찾는 것도 맞았고 일단 사람이 많아지면 꽃도 함께 매출이 올라가기 때문에 아주 좋은 전략이라고 생각하고 있었다.

* * *

그 시각 강현은 턱을 괴고 어젯밤 데이트를 곱씹고 있었다. 어제 다혜를 옆에 앉히고 서울 야경이 가장 예쁜 길을 따라 올라갔다. 북한산 쪽으로 이어진 길을 올라가 한쪽 기슭에 차를 대자 서울의 전경이 펼쳐졌다.

금가루를 뿌린 것처럼 검은 하늘을 배경으로 촘촘하게 빛나는 별을 보니 내가 살고 있던 서울이 맞나 싶을 만큼 몽환적으로 느껴진다.

"이런 게 데이트하는 기분 맞죠?"

그의 말에 다혜는 대답하지 않았다.

"데이트 한 번도 안 해봤어요?"

그녀는 과거의 데이트를 떠올리는 것처럼 보였다. 잠깐이지만 그런 느낌에 질투의 감정을 느꼈다. 아니나 다를까, 그녀는 순순히 인정했다.

"이렇게 호사스러운 데이트 같은 건 안 해봤어도 열심히 걸으면서 아이스크림 같은 건 먹어봤죠."

이렇게 괜찮은 여자가 지금까지 한 번도 만난 남자가 없다면 그게 더 이상하지. 그런데도 괜히 심사가 뒤틀렸다.

"아이스크림 사줘요?"

"배불러서 못 먹어요, 지금."

"지금 기분이 어때요?"

"좋아요. 예쁘고. 서울 야경은 처음 보는 것 같아요."

반짝반짝 빛나는 달빛을 받으며 제 앞에서 웃고 있는 여자를 보니 왜 이렇게 황홀한지. 저도 모르게 팔을 뻗어 그녀의 어깨를 감싸 안았다. 차가운 겨울바람 속에 느껴지는 여자의 온기가 따뜻했다.

"좋아하니까 나도 좋네요. 앞으로 만나 봐요, 우리."

그녀는 선뜻 대답하지 않았다.

"저번에 말했던 것처럼 서로의 사생활 간섭하지 않고 만나요. 원할 때 합의하에 섹스하자고. 데이트도 하고."

침묵하고 있는 그녀가 어쩐지 긍정의 대답을 하는 것같이 느껴지는 건 제 착각일까?

지금 다시 생각해도 분명 긍정의 느낌이었다. 아니라면 싫다고 말하고 밀어냈을 텐데 아무 말 없었다.

강현은 다혜의 얼굴을 떠올리다가 습관적으로 모니터를 켰다. 다혜가 지금쯤 무엇을 하나 싶어 보았더니 웬걸 어머니가 와 계신다.

"엄마가 왜 온 거야?"

강현은 벌떡 일어섰다.

어머니가 원래 다른 사람들에게 무례한 사람은 아니지만, 주소영이 옆에서 뭐라고 지껄였을지 모른다.

전에 한번 대표실에 왔다가 다혜를 보고 도끼눈을 하던 소영을 선명하게 기억한다. 강현이 재킷도 입지 않고 밖으로 나가자 비서실에서는 갑자기 무슨 일이 났나 싶어 어리둥절하며 모두 일어섰다.

"잠깐 나갔다 올게."

엘리베이터 앞에서 버튼을 두 번씩 눌러댔지만, 일 층에 있는 엘리베이터가 갑자기 위로 솟을 일은 없었다.

갑자기 왜 오신 거지?

그렇지 않아도 밥 한번 먹기도 하늘의 별 따기인 여자를 찾아가서 아예 말도 못 붙이게 되는 거 아니야?

알 수 없는 불안감에 초조하게 서서 왔다 갔다 하는데 전용 엘리베이터가 바로 섰다. 1층으로 내려가는 그 시간이 왜 이렇게 긴지 마치 사슴을 잡아먹는 표범이라도 와 있는 것 같았다.

"어머니한테 이런 기분이 들 줄은 정말 몰랐네."

혹시라도 주소영의 말만 믿고 다혜에게 무슨 말을 하지는 않을까 싶어 안달복달하고 있는 건 사실이었다. 씩씩거리며 온리유 커피 앤 플라워 안으로 들어가는데 막 나오려던 어머니와 마주쳤다.

"어머, 네가 1층에는 웬일이니?"

옆에 있던 다혜가 인사를 했다.

"안녕하세요, 대표님."

전체적인 분위기로 봐서는 큰 이상은 없는 것 같은데…… 그래도 알 수는 없다.

"제가 들어드릴게요."

"아니, 뭐 이까짓 걸 들어주겠다고."

그러나 강현은 어머니 손에 들려 있는 작은 화분을 그대로 손에 쥐고 엄마의 팔목을 잡았다.

"지금 돌아가실 거죠? 제가 주차장까지 모셔다드릴게요."

"이건 뭐, 빨리 가라고 떠미는 것보다 더하다. 아니, 온 김에 쇼핑이라도 하고……."

"나중에 하세요, 나중에."

강현이 소은을 끌다시피 하여 밖으로 나왔다. 다혜는 급하게 나간 소은의 핸드폰이 테이블 위에 있는 것을 발견하고 가지고 나갔다.

"거긴 왜 가셨어요?"

"뭐?"

"그곳에 왜 가셨냐고요. 주소영이 뭐라고 해요?"

"너도 알고 있었구나? 그래, 소영이가 말하더라. 무슨 바람핀……."

딱 거기까지 말하려고 하자 강현이 벌컥 화를 냈다.

"다시는 주소영하고 상종도 하지 마세요. 남의 회사에 와서 잘못된 정보나 퍼트리고 있잖아요."

"아니, 나도 알아. 아버님이 오셔서……."

"할아버지는 와서 뭐 하고 가셨는데요? 도대체 거긴 왜 자꾸 가시는데요."

그 순간 얼마 전 꽃 화분을 들고 올라왔던 할아버지가 떠올랐다. 그냥 꽃만 사서 오는 줄 알았더니 그게 아니었나 보다. 설마 주소영 때문에 무슨 얘기가 어떻게 번진 건가 싶었다. 하지만 그날 분명히 할아버지는 별다른 말을 하지 않았었다.

"왜 사람 말도 못 하게 해? 그게 오해라는 건 알아."

강현은 그 말을 듣고 나서 시선을 내렸다. 한겨울 바람에도 은은한 향기가 퍼지는 보랏빛 꽃을 내려다보다 강현은 한숨을 쉬었다.

"오해인 거 알았으면 됐지 매장에는 왜 오셨어요?"

"대체 왜 그렇게 예민하게 굴어?"

"그거야 소문이 잘못 났으니까 백화점 대표로서 점주가 불이익을 당할까 봐 그러죠."

"너 지금 그걸 말이라고 하니? 내가 네 백화점 점주한테 무슨 해코지라도 할 것 같아?"

"그런 거 아니에요. 이제 그만 가세요."

"참내. 아들 백화점 와서 문전박대를 이렇게 당하네……. 가지 말라고 해도 갈 거야. 그런데 너 혹시 그 커피집 아가씨한테 관심 있어?"

"관심은 무슨 관심이 있겠어요. 그래 봐야 얼마나 간다고. 나, 아시잖아요. 여자한테 진심인 적 없는 거."

큰소리치며 말하는데 바로 앞에 다혜가 서 있었다. 소은의 핸드폰을 가지고 따라 나오는 길이었다.

이 망할 놈의 타이밍!

지금까지 살아오면서 모든 타이밍은 제 편이었다. 아버지가 돌아가신 이후로 허점을 드러낸 적도 없었고 듣는 사람과 무관하게 제가 하고 싶은 말은 다 했다.

그런데 왜 하필 이 순간에 시간이 저를 배반한 건지 모르겠다. 그것보다 더 이상한 일은 뱉은 말을 왜 다시 집어삼키고 싶은 건지. 아니, 지금 막 그런 말을 뱉어낸 입을 왜 씹고 있는 건지.

강현은 정신을 바짝 차리고 빠히 다혜의 얼굴을 보며 바로 말을 바꿨다.

"네. 진심으로. 진심으로 관심 있습니다."

"뭐야? 진짜야?"

"내가 진심 빼면 남는 거 없는 남자인 거 엄마도 알잖아요? 그러니까…… 내 진심은……."

"사모님, 이거 놓고 가셨어요."

강현이 뒷말을 하기도 전에 다혜가 강현을 쏘아보고 앞쪽으로 나와 들고 있던 핸드폰을 소은의 앞으로 내밀었다.

"어머, 고마워요. 이걸 두고 나왔나 보네. 나 진짜 나이 들었나 봐."

"맞아요. 엄마 나이 든 거. 그러니까 밖에 다니지 말고 그냥 쇼룸이랑 집만 왔다 갔다 하세요. 백화점 같은 데는 다시 오지도 말고."

"얘가 진짜 왜 이래? 아주 고려장 하겠다. 내가 오고 싶으면 오고 가고 싶으면 갈 거야."

"엄마 우리 백화점 말고 다른 데서 쇼핑하는 거 더 좋아하잖아요."

모자지간에 말이 길어지는 것 같아 다혜는 머리를 숙여 인사했다.

"연락 주시면 쇼룸으로 방문하겠습니다. 관엽 식물이나 꽃들도 다양하게 고를 수 있게 카탈로그를 가지고 가겠습니다."

"그래요."

다혜가 들어가자 강현은 눈을 질끈 감았다가 뜨고 다혜의 뒷모습을 바라보았다.

"너, 진심이야?"

"들어가세요. 저도 들어가 볼게요."

강현이 인사를 하고 돌아섰다. 소은은 아들이 여자에게 관심이 있다고 농담으로도 말한 적이 없다는 걸 알고 있다.

어차피 결혼 자체를 하지 않겠다고 선언했고 아이도 갖지 않겠다고 정관 수술까지 한 마당이니 관심이 있다고 해봐야 뭐하겠나.

"그러지 말고 소영이하고 좀 잘 만나봐."

돌아선 강현의 뒤통수에 대고 한 말에 강현이 바로 뒤돌았다.

"세상에 주소영 혼자 남아도 주소영은 아닙니다. 그러니까 주소영이 밀어줄 생각하지 마요."

"도대체 넌 왜 그러니? 아버지 돌아가신 지가 언제야. 아버지 돌아가신 건 너 때문이 아니야."

"그 말 그만하세요."

강현이 눈에 힘을 주었다. 듣고 싶지 않은 무른 영역이었다. 누가 찔러도 아픈, 건드리지 말아야 할 말이 아버지의 죽음이었다.

"어찌 됐든 제가 비혼주의자인 건 어제오늘 일이 아니고 치마 두른 여자면 누구라도 붙여놓고 싶어 하는 엄마 마음은 알겠지만……."

"됐다. 차라리 그냥 가는 게 낫지. 내가 너하고 무슨 말을 하겠니?"

바로 기사가 대기하자 소은이 차를 타고 떠났다. 강현은 다시 1층으로 돌아와 매장으로 씩씩하게 걸어갔으나 다혜는 없었다. 파트타임 직원이 혼자 있는 걸 보고 그냥 지나쳐 엘리베이터를 탔다.

"어딜 간 거야?"

[어디 있어요?]

메시지를 보냈지만, 답이 없다.

[우리 어머니가 혹시 불쾌하게 했습니까?]

그러나 여전히 답이 없다.

"설마……."

[또 자르는 겁니까?]

[도대체 사람을 몇 번 까야 직성이 풀리는 건데…… 내 참, 내가 같은 여자한테 이렇게 여러 번 까이는 남자가 아닌데]

[아까 들은 말은…… 그러니까 그 진심이라는 건…….]

잠시 후에 답이 왔다.

[화장실이에요.]

강현은 한숨을 내쉬며 머리를 쓸어 넘겼다.

왜 자꾸 이 여자하고 엮이면 모양 빠지는 일을 이렇게 하는지. 문자 같은 거 잘하지도 않을뿐더러 오는 문자에 답하는 것도 싫어했었는데 언제부터 손가락이 먼저 이렇게 휴대폰으로 가 붙는지 모르겠다.

저녁때 다시 매장으로 내려왔으나 다혜는 보이지 않았다. 일찍 퇴근했다는 직원의 말에 다시 사무실로 올라가서 다혜에게 전화를 했으나 받지 않는다.

"진짜 비싸게 굴지……. 통화 한번 하기도 힘들고. 문자에 답이라도 좀 잘 주면 어디 덧나나?"

왜 이 여자의 마음이 이렇게 신경 쓰이는 건지 다시 생각해본다.

언제 여자의 마음 같은 걸 신경 쓰면서 살았다고.

더구나 사생활에 관심도 갖지 말고 쿨하게 원나잇 파트너로 만나자고
해놓고 왜 이렇게 그 여자의 마음을 신경 쓰고 있는 건지 모르겠다.

"아직 섹스가 부족해서 그런가? 더 해보고 나면 다시 정상이 될 수도 있
지 않을까?"

* * *

욕조에 달콤한 허니 레몬향 거품이 가득 올라와 있었다. 볼과 코에도 거
품을 묻힌 동화가 노란 오리를 거품 위에 띄워 놓고 웃었다. 다혜는 동화를
목욕시키고 있었다.

세면대 위에 놓인 핸드폰이 계속 진동음을 올려대고 있었다. 하도 울려
대서 흘깃 본 마지막 단어는 '진심' 어쩌고 하는 말이었다.

"진심은 무슨. 그런 거 없는 놈이라고 말한 주제에."

"응? 엄마 뭐라고?"

작게 중얼거리는 소리를 들었는지 동화가 다혜를 보며 물었다. 거품에
파묻혀 행복해하는 얼굴을 보고 있으니 아무 생각도 들지 않는다. 천사가
목욕하면 딱 이런 모습일 거 같다.

"우리 동화 할머니하고 노는 거 재미있었어?"

벌써 눈썰매를 개장했는지 눈썰매까지 타고 왔다고 자랑이 여간 아니다.

"엄마."

"응?"

"아빠 하나 구해볼까?"

"뭐?"

너무 놀라서 입이 떡 벌어졌다. 다섯 살짜리가 한 말치고는 어이가 없
었다.

"그게 무슨 말이야? 아빠가 꼭 있었으면 좋겠어?"

"괜찮은 아빠라면 구해보는 것도 나쁘지 않을 거 같아서. 요즘 못 구하는 게 어디 있어?"

씩 웃는 얼굴이 너무 천진해서 헛웃음이 나고 말았다. 가끔씩 사람 까무러칠 만한 말들을 아무렇지도 않게 한다.

"엄마는 그런 생각 없는데? 동화랑 둘이만 살고 싶은데."

"그럼 생각해 봐. 나쁠 거 같진 않잖아? 커다란 아빠로 구해보자."

"그러게……."

순간 강현이 떠올랐다. 하지만 그 남자는 섹스 파트너라면 몰라도 아이의 아빠라든가 한집안의 가장으로서는 전혀 어울릴 것 같지도 않았다. 본인 스스로도 그렇게 말했고. 얼마나 아이가 갖고 싶지 않으면 결혼도 하지 않은 남자가 정관 수술까지 했을까?

씨 없는 수박이라고 대놓고 떠들어대는 걸 보면 아마 아이 같은 건 쳐다보지도 않을 사람인 것도 분명했다.

다혜는 갑자기 고개를 저었다.

지금 무슨 생각을 하는 거야? 호스트인줄 알았던 남자를…… 그가 아무리 드림백화점 사장이라고 해도…… 아니, 그래서 더 쳐다볼 수도 없는 사람이다.

높아도 너무 높고 멀어도 너무 멀었다. 가끔 만나는 정도가 딱 맞았다.

비밀 연애? 어쩌면 그게 제 인생에 허락된 최대치인지도 모른다. 동화를 키우면서 허전할 때 남자가 필요하다면 그때 만나는 정도.

"동화야. 다음 주부터 문화센터 다니기로 한 거 정말 괜찮겠어? 어린이집 끝나고 졸릴 텐데."

"꼭 갈 거야. 블록 쌓기 너무 재밌어. 그리고 나 피아노랑 바이올린도 할래!"

욕심이 어쩌면 이렇게 많은지. 지난번에 문화센터에서 피아노와 바이올린까지 다 테스트를 했던 것 같다. 그 결과가 내일쯤 나온다고 했는데, 사실 너무 좋게 나올까 싶어서 그것도 걱정이다.

바이올린도 좋은 거 살려면 꽤 비싸다고 들었는데…….

내 아이가 뛰어났으면 하는 생각을 하면서도 감당할 수 없을 만큼 그렇게 뛰어날까 봐 고민하는 한심한 엄마인 것 같아 자괴감도 들었다.

* * *

강 회장은 겨울이 내려앉은 정원을 천천히 걷다가 그날 백화점에서 언뜻 보았던 어린아이를 떠올렸다. 갑자기 강현의 어린 시절 사진이 보고 싶어 안으로 들어와 옛날 사진첩을 꺼냈다.

개구쟁이 모습이 눈에 들어올 때마다 백화점 앞에서 보았던 사내아이의 모습이 더 또렷하게 떠오른다.

"이놈이 어릴 때는 꽤나 예뻤었는데……."

그때 그 아이가 강현과 똑같아 보였던 건 유씨 집안의 핏줄을 잇고 싶은 자신의 바람 때문일 거다.

이제는 기회가 없는 걸까?

며느리가 요즘 들어 부쩍 같은 말을 많이 하고 있었다.

"아버님 7년 안에는 정관 이어 붙일 수 있다고 했어요. 그렇게 되면 복원도 된다고 했으니까 소영이하고 결혼해서 아이도 낳고 살 수 있게 아버님이 좀 도와주세요."

"그럴 수만 있다면야 바랄 게 없지. 그런데 그놈이 소영이를 마음에 들어 해?"

"어차피 여자한테 관심 없으니 우리가 밀어주면 되겠지요."

유 회장은 며느리 말을 떠올리며 강현의 어린 시절 사진을 보며 혀를 찼다.

"이렇게 예쁜 놈이…… 어쩌자고 그런 일을 보게 되어서. 하긴 상처를 받을 만도 했지. 제 눈앞에서 아비가 죽었으니."

* * *

[잠깐 사무실로 올라와요.]

문자를 보냈으나 답이 없다. 이 여자가 또 삐친 게 분명했다. 아니면 늘 하던 대로 개무시하는 거다.

맑은 눈동자로 저를 올려다보던 얼굴과 동시에 어제 핸드폰을 쥐고 쏘아보던 얼굴이 겹쳐 떠오른다. 계속 답이 없자 강현이 다시 문자를 보냈다.

[그럼 내가 내려가요? 내가 내려가면 곤란할 수도 있는데.]

그러자 바로 답이 왔다.

[곧 올라갈게요.]

이렇게 빨리 답이 올 줄은 몰랐다. 사실 계속 문자를 씹는다면 1층으로 내려갈 생각이었다. 그런데 올라온다는 말에 사무실 내부를 한 번 더 돌아보게 된다.

거슬리는 건 없는지 샅샅이 훑어본 뒤 인터폰 버튼을 눌렀다.

"연다혜 씨 올라오면 안내하고 아무도 들이지 마."

-네, 알겠습니다. 대표님.

"음료수도 필요 없고, 전화도 연결하지 마."

-네, 대표님.

강현은 일정표를 보고는 1층에서 대기하고 있을 구순호에게 전화했다

"인천 물류창고 들르는 거 오늘 안 되겠으니 일정 바꿔."

그러자 잠시 틈을 두고 곤란한 목소리가 들려왔다.

-그게, 모두들 준비하고 기다리고 있을 텐데요."

"연락해. 급한 일 생겨서 오늘 일정 취소됐다고. 다음으로 일정 잡아봐. 내일모레쯤 어때?"

-네, 비서실과 상의해서 다시 일정은 조율하겠습니다. 하지만 내일모레 는 곤란할 거 같습니다.

"왜?"

-김철주가 교도소에서 외출 나오게 되면 회장님께서 무조건 대표님부터 감금하실 거 같은데요.

"내가 애야? 김철주 무서워서 갇혀 있게? 그건 내가 알아서 할 테니까 일 단 일정이나 미뤄."

-네. 알겠습니다.

"지금부터 내가 다시 연락할 때까지 나한테 연락하지 마."

-네, 대표님 뭐 급한 회의가 생겼나 봅니다.

"어. 아주 중요하고 급한 일이야."

전화를 끊고 거울을 보며 스킨을 한 번 더 발랐다.

"이 향이 괜찮다고 했던 거 같은데."

거울을 보며 날렵한 턱선에 손가락을 댔다. 아무래도 이 정도면 괜찮아 도 너무 괜찮은 거 아니야? 이런 남자를 대체 몇 번을 까는 거야.

그러다 잠시 입을 다물고 창밖을 응시했다.

종일 연다혜 생각뿐이었다. 어머니 앞에서 한 말 때문에 그녀가 기분이 많이 나빴을 거 같았다.

연다혜가 저의 진심에 대해서 어떻게 생각할지 걱정하면서도 어이없는 건 사실 자신의 진심을 저도 모른다는 거다. 그게 제일 안절부절못하는 이 유였다.

매번 이번 한 번만 얼굴을 보고 이야기를 좀 해보면 뭔가 결론이 날 거라고 생각했다. 아니면 몸을 한 번만 더 맞춰보고 질리도록 섹스를 해본다면 답이 나올 것 같았다. 하지만 전혀 그렇지가 않았다.

그러니 오늘은 답을 좀 얻어볼 생각이다.

"이 여자하고 이야기라는 걸 제대로 해본다든가."

그때 인터폰이 울렸다.

-연다혜 씨 오셨습니다.

노크 소리와 함께 그녀가 들어섰다. 들어서는 그녀를 보는 순간 조금 전까지 했던 생각이 다 날아가 버렸다. 안으로 들어선 그녀가 소파가 있는 쪽으로 걸어오자 강현은 벌떡 일어나 그녀 앞으로 갔다.

"왜 부르셨어요?"

다가선 그의 눈동자가 까만 밤하늘처럼 짙어졌다. 먹물처럼 진한 눈동자에 어린 열기에 다혜가 주춤거리며 순간 몸이 뒤로 물릴 때 강현의 목소리가 울렸다.

"키스해도 돼요?"

"아⋯⋯흡."

대답도 하기 전에 그녀의 입술을 집어삼켰다. 놀라 벌어진 입 안으로 그의 두툼한 혀가 밀려 들어왔다. 그의 혀를 받아 든 그녀가 반사적으로 혀를 놀렸다. 얽혀든 혀가 타액과 뒤섞이며 질척이는 소리를 내었고 맞닿은 둘의 몸이 순식간에 달아올랐다.

다혜는 뒤로 넘어지지 않기 위해 저도 모르게 그의 목에 팔을 감았다. 강현은 그녀를 번쩍 안은 채 그대로 소파 등받이에 앉혔다. 뜨거운 그의 숨결이 한 겹 블라우스를 사이에 두고 고스란히 느껴졌다. 절로 심장이 뛰면서 가슴이 부풀었다.

그가 그녀의 여린 목덜미에 입술을 맞추며 옷 안으로 손을 넣었다.

육아와 일에만 매달려 살다 알아버린 욕망은 거세게 그녀를 집어삼켰다. 달라붙은 몸은 연거푸 이어지는 키스에 어느 사이엔가 다리와 다리가 얽혀 들었다. 겨우 입술이 떨어지는 순간 다혜가 쏘아붙였다.

"물어봐 놓고 왜 대답도 안 기다려요?"

"답은 이미 한 거 아닌가? 그래도 다시 물을게요. 키스해도 돼요?"

다혜가 고개를 끄덕임과 동시에 강현의 입술이 다시 다혜의 입술을 집어삼켰다. 그의 손은 너무나 자연스럽게 블라우스 속으로 파고들어 그녀의 유두를 희롱했다. 강현은 너무나 황홀한 나머지 머릿속이 하얗게 되고 말았다. 그녀의 달콤한 향기와 크림 같은 살결에 바보가 되어버린 것 같다.

"대표님, 잠깐만⋯⋯."

"안 돼. 잠깐 같은 건⋯⋯ 절대 안 돼."

다시 입술이 겹쳐졌다. 강현은 그녀의 말을 삼키듯이 입술을 물고 혀를 빨아들였다.

지금은 다른 어떤 것도 생각할 수가 없다. 강현의 손이 그녀의 스커트 속으로 파고들어 팬티를 밑으로 밀어 내렸다. 스타킹과 함께 팬티가 말려 내려가자 그대로 그의 손이 여린 살 틈으로 밀려들었다.

키스하는 동안 젖어든 아래가 미끌미끌한 액체로 가득했고 강현의 손가락이 그 안으로 파고들자 동시에 신음을 터뜨렸다.

다혜는 대표실로 올라올 때까지만 해도 진심 같은 건 없다는 남자가 뭐하겠다고 자꾸 사람 건드리느냐고 따지려고 했다. 하지만 그가 만일 진심이라고 한다면 저는 또 어떻게 할 것인가 하는 생각을 떠올리자 할 말이 없어졌다.

어차피 둘 다 처음부터 원나잇으로 만났다. 원나잇 한 사람들의 진심이 무엇이겠는가? 그저 원나잇을 이어 갈 뿐이다. 그럼 내가 원하는 것은?

다혜는 그와의 섹스가 싫지 않다는 걸 인정한다. 아니, 저는 그를 원하고 있다. 두려운 것은 몸을 섞으면서 절대 마음은 주지 않을 자신이 없다는 거다.

동화를 키우면서 더는 흔들리고 싶지 않았다. 그래서 다시는 이런 식으로 연락하지 말라고 하려고 했다.

그러나 막상 그가 다가오고 키스가 이어지자 그런 생각은 머릿속에서 재가 되어 날아가 버렸다. 이미 그와의 섹스에 길들었다. 두 번의 원나잇이었지만 몇 번이나 그의 품에서 흐트러져 신음했다.

유두가 그의 입 속으로 빨려 들어갔다. 어찌나 세게 빨아대는지 가슴이 아릿하면서 아랫배 안쪽이 간질간질하며 몸이 달아올랐다. 아래로 왈칵 액체가 쏟아지는 게 느껴졌다.

그녀의 몸의 변화를 모를 리 없는 그다. 다혜는 얼굴이 화끈거렸지만 그렇다고 그를 밀어내지는 않았다. 오히려 그런 그를 똑바로 쳐다보며 말했다.

"이러려고 불렀어요?"

그녀의 눈을 똑바로 바라보던 그가 고개를 저었다.

"아니, 뭐 하려고 불렀는지 기억도 나지 않아. 미치겠어."

목소리가 타들어 가는 게 그대로 느껴졌다. 그가 다시 입술을 겹쳤다. 다시 이어지는 키스에 다혜의 속눈썹이 굳게 내리감겼다가 들렸다.

"여기서는 섹스할 생각 없어요."

"설마 이대로 멈추라고? 이건 완전히 살인이나 다름없다고."

"그럼 죽어요."

"너무 매몰찬 거 아니야?"

"……."

"짧게 딱 한 번만."

"……."

"제발!"

젠장, 이런 말까지 하게 되다니!

천하에 유강현이 섹스 한 번 때문에 제발이라는 단어까지 사용하게 되다니. 다시 생각해도 미친 게 분명했다. 그것도 벌건 대낮에 사무실에서 말이다.

이미 그녀의 팬티는 발목에 걸려 있었다. 그녀의 다리를 벌린 채 다리 사이에 얼굴을 묻자 더 이상 참을 수 없는지 그녀의 허리가 뒤틀렸다. 다리 사이의 여린 속살을 젖히고 구멍에 혀를 밀어 넣고 깊게 핥으며 사정하듯 음핵을 빨아들였다.

그녀가 그의 머리를 밀어내지 않고 오히려 음부를 더 그의 입 쪽으로 들썩이는 걸 보는 순간 확신했다.

이 여자도 지금 이 순간 저를 원하는 거다.

강현은 그대로 버클을 풀고 빠르게 페니스를 꺼냈다. 그런데 페니스를 꺼내느라 손을 뗀 순간에 그녀가 몸을 비틀어 빠져나갔다.

"왜? 지금 뭐 하는 거야!"

당황한 강현이 손으로 머리를 쓸어 넘겼다. 다혜가 숨을 헐떡이며 팬티스타킹과 팬티를 동시에 위로 올렸다. 여전히 스커트는 허리에 뭉쳐진 채 그 아래로 팬티와 팬티스타킹을 보고 있자니 발기한 성기 끝에서 쿠퍼액이 쏟아져 내렸다.

뚝 하고 그 액체가 소파 위에 떨어지자 다혜가 그를 보며 스커트를 내렸다.

"여기서는 안 해요. 갑자기 이런 식은 곤란해요."

"돌겠네. 지금 그걸 말이라고 해요? 분명히 그쪽도 완전히 흥분해 있었잖아."

"맞아요, 나 흥분한 거."

다혜가 숨을 내쉬며 옆에 있는 티슈를 가지고 그에게 가까이 가서 바닥에 떨어진 액체를 닦았다.

"뭐하는 거냐고, 정말."

다혜가 손을 내밀어 그의 성기를 손에 쥐었다. 굵게 팽창한 성기는 뜨끈뜨끈 열을 내고 있었다. 한 손으로는 쥐지도 못해 두 손으로 귀두 끝까지 꽉 움켜쥐고 그녀가 말했다.

"당신은 몰라도 나는 여기서 섹스하고 내려가서 다시 매장에서 일할 자신이 없어요. 그러니까 지금은 이렇게라도 풀어 봐요."

그녀의 보드라운 손이 닿기가 무섭게 그의 입에서 신음이 터졌다.

씨발, 진짜…….

그녀가 두 손으로 그의 성기를 움켜잡은 채 부드럽게 움직이자마자 그가 제 성기를 움켜쥐고 있는 그녀의 두 손을 꽉 쥐고 다시 입술을 겹쳤다.

입술을 겹친 채 좆을 잡은 그녀의 손을 겹쳐 잡고 허리 짓을 시작했다. 몇 번 하지도 않아서 그녀의 손안이 사정액으로 흠뻑 젖었다.

그는 입술을 떼지 않은 채 헐떡이며 그녀의 손안에 완전히 사정했다. 손안에서 성기가 꿀렁꿀렁 정액을 토해내자 손가락 사이로 백탁액이 넘쳐흘렀다. 그 모양을 보며 다혜도 한껏 고조되어 숨을 들이켰다.

예전 같으면 상상도 할 수 없는 일이고 변태 소리가 절로 나왔을 텐데 그렇지가 않았다. 그의 행위도 그의 성기도 전혀 거부감이 들지 않았다. 벌써 그에게 이렇게까지 빠져든 거다.

한참 키스를 이어 가던 그가 입술을 뗐다.

그가 한숨을 돌리고는 티슈를 뽑아 다혜의 손가락 사이로 흘러나오는 진득한 액체를 꼼꼼하게 닦아 주었다.

"화장실은 저기."

대표실 한쪽에 있는 화장실을 턱으로 가리키자 다혜가 일어나 화장실 안으로 사라졌다.

강현은 팬티를 올리곤 다시 옷매무새를 가다듬었다. 묵직한 버클이 허리에 채워졌으나 한번 사정한 성기는 여전히 줄어들지 않았다. 강현이 앞에 있는 생수병을 벌컥벌컥 들이켜고 있는데 다혜가 단정하게 매무새를 고치고 화장실에서 나왔다. 그 단정한 모습이 묘하게 배반감을 불러일으켰다.

"잠깐만 기다려요. 나도 씻고 나올 테니까. 설마 또 도망가지는 않겠지."

"그러지 않아요."

다혜가 단단한 음성으로 말했다. 이런 식으로 도망가서 해결될 문제가 아니라는 건 이제 분명히 알았다. 그도 저도 더 이상은 아무것도 아닌 척 덮거나 그냥 잘라버린다고 될 문제가 아니었다.

다혜가 단정하게 소파에 앉는 걸 보고 강현이 화장실에 들어갔다.

나름대로 머리를 정리해보려고 했지만 쉽게 정리가 되지는 않는다. 그도 그럴 것이 사무실에 들어오자마자 키스하며 달아올랐던 건 분명한 사실이었다. 그가 시작했다고 해서 아닌 척하고 싶은 생각도 없다.

강현은 향긋한 향을 풍기며 다가왔다. 그는 조금 전 흐트러졌던 모습은 전혀 없고 완벽한 슈트핏을 자랑하며 상큼한 스킨향을 풍기고 있었다. 옆에 앉으려는 강현을 보며 다혜가 고개를 저었다.

거부하는 표시에 잠시 머뭇머뭇한 강현이 테이블을 사이에 두고 다혜의 앞쪽에 앉았다. 그리고 내내 마음에 걸렸던 말을 먼저 꺼냈다.

"내가 어머니한테 했던 말은, 그러니까…… 그 말 때문에 마음이 상했다면……."

"아니요. 하나도 마음 상하지 않았어요."

의외의 말이었다.

"기분 상할 게 뭐 있어요. 우리 사이에 진심 같은 게 뭐가 필요해요? 진심이 있다 한들 조금 전처럼 그렇게 뒤엉키는 거, 그거 하나밖에 없을 거 아니에요."

이 여자는 정확하고 예리하다. 안 그런 것 같으면서 바늘처럼 날카로운 말로 사람 속을 깊이 찔러 뒤집어놓는다.

"그게 무슨 말이지?"

"아니에요? 당신 진심은 나하고 섹스하고 싶은 거고 나도 그거 말고 다른 어떤 것도 원하는 거 없어요. 아닌 척해봐야 소용없잖아요. 조금 전에 당신도 알았을 테니까요."

흥분하고 젖어든 몸을 너무나 잘 알고 있다. 앙큼하게 잡아떼는 여자들보다는 확실히 신선하지만 거리를 두고 선을 긋는 말에 마음에 균열이 생겼다.

"당신과 나 사이의 진심이라는 건 그거 외에 다른 거 없으니까 상처받을 것도 없단 말이에요."

그녀가 상처받지 않기를 진심으로 바랐다. 하지만 전혀 상처받지 않았다고 하는 그녀의 말에 지금 상처받고 있는 건 저였다.

"그게 정말 당신 진심이에요?"

"뭘 더 바라요? 여자에게 진심 같은 거 없는 남자가 여자한테는 진심을 바라요?"

말문이 막혔다. 하지만 뭔가 억울하고 분했다. 제 마음속 어딘가가 아니라고 항변하고 있었다. 왜 내 마음을 알아주지 못하냐고 외치는 것 같아 그게 더 기분이 상했다.

"차라리 화를 내요. 그따위로밖에 말하지 못하느냐고! 나한테 야단을 치라고."

"내가 왜요? 나도 당신한테 아무 기대도 없고 아무 진심도 없는데 왜 당신한테 원망하듯 말을 해요. 그런 거 없어요."

"그럼 조금 전 그렇게 달아오른 건 뭔데? 그냥 몸만 통한 거야? 마음 같은 건 없이?"

"같은 말 되풀이하지 말죠. 좋아요, 나도 인정해요. 나도 당신 몸 원해요. 하지만 이런 식으로 일방적이고 아무 때나 아무 장소에서나 할 생각은 없어요. 나도 개인 사정이라는 게 있고 사생활도 있으니까요."

다 맞는 말이다. 이 여자가 하는 말이 하나도 틀린 말이 아닌데 왜 이렇게 화가 나는지 모르겠다. 이 여자의 사생활이라는 거, 개인 사정이라는 거 왜 죄다 알고 싶은 건지.

하나부터 열까지 이 여자에 대해 다 알고 싶은 건 도대체 뭐지?

"그래서, 개인 사정이나 사생활 같은 건 서로 공유하지 말자는 말로 들리는데……."

"대표님 쪽이 더 원하는 거 아닌가요? 본인 입으로 말했었잖아요. 일관되게 말해주시면 안 되겠어요?"

강현은 작은 생수병 하나를 땄다. 말문이 막히고 속이 타는데 뭔가 식혀줄 것이 필요했다. 그가 단숨에 생수를 비우는 동안 여자는 시선을 사십오 도 각도로 내리깔고 있었다.

숱 많은 속눈썹이 작게 떨리는 걸 보는 순간 다시 방아쇠라도 당긴 듯이 속에 불길이 일었다.

안고 싶다.

그런 그를 직시하며 그녀가 물었다.

"그럼 이제 말해봐요. 대표님, 앞으로 뭘 어떻게 하고 싶은지."

"연다혜 씨가 부르니까 대표님이라는 이름의 강아지가 된 기분이에요."

"본인이 그렇게 느낀다면 그런 건가 보죠."

"하아!"

대놓고 개라고 하는데도 이 여자가 싫지 않다.

"연다혜 씨가 물었으니 내가 하고 싶은 것만 말할게요. 자주 보고 싶고 자주 섹스하고 싶어요."

강현의 말에 다혜는 알았다는 듯이 고개를 끄덕였다. 그건 저도 마찬가지다. 종일 그의 생각을 하다가 문득문득 동화에게 미안했다.

이전에는 동화 생각밖에 없었는데 어느 순간 다른 남자가 비집고 들어왔다. 머릿속 동화의 공간을 남자에게 빼앗긴 것 같아 동화에게 미안했다. 하지만 보고 싶은 것도, 그와 섹스하고 싶은 것도 사실이었다.

스물아홉의 몸은 남자를 원하고 있었다. 아니. 자신은 유강현을 원하고 있는 거다.

"그럼 우리 앞으로는 시간을 정해요. 그리고 미리 연락하고, 사무실에선 하지 마요."

그가 순순히 고개를 끄덕였다.

"키스해주면 안 돼요?"

강현의 애원에 그녀가 고개를 들고 그의 턱에 쪽 하고 버드 키스를 날리자 그가 피식 웃었다.

"장난하는 겁니까?"

그의 웃는 소리에 다혜도 웃었다. 그의 볼에 한 번 더 키스했다. 그러자 그가 그녀의 고개를 돌리고 천천히 입술을 겹쳤다. 부드러운 키스였다.

그가 입술만 진득하니 빨다가 겨우 얼굴을 떼며 말했다.

"키스 한 번만 더 하면 또 짐승될 거 같아서. 그러면 아예 상종도 안 해줄 거 같아서 멈추는 거예요."

"고마워요. 이제 내려가 볼게요."

그가 고개를 끄덕이며 한마디 더 했다.

"문자 하면 답장 줘요. 전화하면 받아주고."

"그럴 거예요. 피한다고 될 일도 아니고…… 일단 우리 한번 가봐요, 어떤 길인지 모르겠지만, 그때그때 상황에 맞춰서 잘 해봐요."

"물론이죠. 내가 누군데."

"대표님이시죠. 그럼 가보겠습니다."

마지막에 대표님이라고 하는 말은 참 차갑고 딱딱했다. 아무래도 자신은 단순한 섹스만 원하는 것 같지가 않다. 이렇게 하나하나 속속들이 다 알고 싶은 거 보면 말이다.

이러다가 제 원칙까지 흔들려버릴 것 같다. 약점을 두지 않기 위해 가정도 아이도 갖지 않겠다는 원칙.

제정신 차리기에 제일 좋은 건 육체를 단련하는 거다. 강현은 11층 문화센터 옆 개인 연습장으로 내려갔다.

순호를 불러올리자 급한 일은 어떻게 되었느냐는 얼굴을 하고 쳐다본다.

"급한 불은 껐으니 대련이나 한번 하자고. 제대로 정신 차리게."

"알겠습니다. 대표님."

쿵쿵!

큰 덩치의 남자 둘이 몸을 이리 메치고 저리 메치는 소리가 울려 퍼지는 사이에 유도실 문이 빼꼼히 열렸다.

바닥에 드러누운 순호가 고개를 돌렸고 선 채로 순호를 내려다보던 강현도 문 쪽을 바라보았다.

눈망울이 커다랗고 예쁘게 생긴 꼬마가 열린 문에 서서 쳐다보고 있었다. 아이는 두 남자를 번갈아 보다가 말했다.

"어? 화장실 그 아저씨네! 큰 아저씨!"

7. 왜 하필 동화야?

매트 쪽으로 걸어오는 아이의 모습을 보며 강현은 지구상에 이렇게 귀여운 생물이 있나 싶어 눈이 떨어지질 않았다. 둘의 앞으로 걸어오고 있는 동화는 날개만 안 달렸지 천사처럼 보였다.

"아저씨."

또랑또랑한 목소리로 자신을 부르자 강현이 뚫어지게 바라보며 물었다.

"너, 여기 어떻게 들어왔어?"

"나 문화센터에 왔어요. 앞으로는 문화센터에 다니는 사람이에요."

"아. 그래도 이쪽은 꼬맹이들이 오는 데가 아닌데."

"쿵쿵 소리가 나서 와봤더니 아저씨가 있네?"

씩 웃는 얼굴이 사람을 가히 홀릴 만하다. 동화는 걸어오다 갑자기 매트 위에 쿵 하고 등을 대고 누웠다.

"하나도 안 아프네? 아저씨가 쿵쿵 떨어져서 되게 많이 아픈 줄 알았는데!"

누우면서 입고 있는 셔츠가 위로 올라가 말랑말랑한 배가 보이는데 너무 귀여워서 강현이 헛웃음을 터트렸다.

"좋으냐?"

"네. 좋아요."

조그만 몸으로 매트 위에 팡팡 뛰다가 뒤로 벌렁벌렁 눕기를 반복했다.

"너 이리 와봐. 그러다 몸살 난다."

강현이 아이의 겨드랑이에 손을 넣어 번쩍 들었다. 아이가 생각했던 것보다 너무 가벼워서 당황스러웠다.

"신난다! 높다! 되게 높아요, 아저씨!"

아이가 좋아하자 저도 모르게 아이를 위로 번쩍번쩍 들어 올리기를 반복했다. 그때마다 까르르 웃으며 세상에 이렇게 재밌는 게 없는 것처럼 좋아하는 아이를 보니 이상하게 가슴이 뿌듯했다.

별것도 아닌 것에 이렇게 행복해하다니. 아이의 머리는 땀으로 흠뻑 젖어 있었다.

"구순호. 거기 수건 좀 가져와."

"네. 대표님."

구순호가 수건을 가져오자 강현은 아이를 매트 위에 앉혀놓고 수건으로 이마를 닦아주었다. 누굴 닮았는지, 이마도 톡 튀어나온 게 보통 잘생긴 놈이 아니다.

아무래도 크면 나 정도는 될 것 같네.

"너 오늘도 이모랑 왔어?"

"네. 이모랑 왔어요."

"엄마는 어디 가고 맨날 이모랑 다녀."

"엄마는 일해요, 일."

"그래?"

아이의 시선이 테이블 위에 있는 딸기 주스로 갔다.

"너 저거 먹고 싶어?"

아이가 침을 꿀떡 삼킨다. 강현은 단것을 별로 좋아하진 않는데 유일하게 좋아하는 게 딸기였다. 그래서 유도를 실컷 하고 난 후에는 시원한 딸기 주스를 쭉 들이켜곤 했다.

지금도 강현과 구순호, 두 사람의 딸기 주스가 테이블 위에 놓여 있었다.

"이거 마셔."

구순호가 커다란 컵을 내밀자 동화가 고개를 저었다.

"이거 다 마시면 배탈 나요. 엄마한테 혼나요. 나는 저 쪼그만 컵에 주세요."

옆에 있는 종이컵을 보며 하는 말에 구순호가 활짝 웃었다.

"그럼그럼. 배탈 나지. 내가 따라줄게."

구순호가 종이컵에 딸기 주스를 가득 따라 주었다. 동화가 맛있게 마시자 강현도 따라서 딸기 주스를 들이켰다. 둘이 나란히 앉아서 딸기 주스를 먹는데 기분이 묘했다.

나도 자식이 있으면 이러고 있었으려나?

"너 딸기 좋아해?"

"네. 나 딸기 좋아해요! 제일 좋아하는 과일이에요."

"나하고 똑같네."

둘 다 딸기 주스를 말끔히 비워냈다. 아이의 입가에 딸기 주스가 묻어 있었다.

아기들은 원래 이렇게 귀여운가?

그러고 보니 이런 아기들은 본 적이 별로 없다. 작은 이 생명체가 뭐라고 말할 수 없이 귀엽고 예쁘다.

"너 문화센터에서 뭐 배우기로 했어?"

"바이올린, 피아노, 블록 쌓기 세 가지요!"

"그럼 앞으로 문화센터 자주 오겠네?"

"네."

"너 문화센터 오면 아저씨한테 놀러 올래?"

"여기로 오면 돼요?"

"어. 여기로 오면 돼."

담당 직원에게 꼬맹이가 오면 대표실로 데려오라고 하면 된다.

"이모가 찾겠다."

"괜찮아요."

하지만 밖에서 주아는 사색이 돼서 동화를 찾고 있었다. 블록 쌓기 수업이 끝날 때쯤 데리러 왔는데 아이가 없다.

주아는 머리가 하얗게 되는 것 같아 꼼짝도 못 하고 서 있었다. 워낙에 똑똑해서 걱정도 안 했는데, 백화점을 아무리 뒤져봐도 동화가 보이질 않았다.

다혜한테는 전화도 못 하겠다. 애가 없어졌다고 하면 당장 죽어 나갈 것처럼 놀랄 게 뻔한데…….

아니야, 찾을 수 있어. 절대로 잃어버릴 애가 아니라고.

그러나 몇 바퀴를 돌아도 동화를 찾지 못하자 주아는 백화점에 미아 신고라도 해야 하나 고민하고 있었다.

* * *

다혜는 청담동 본점에 들렀다 백화점 매장으로 돌아왔다. 매장에 들어서자 파트타임 직원 유진이 메모를 건넸다.

"'비긴'이라는 데서 전화가 왔어요."

'비긴'이라면 강현의 어머니 소은이 하는 가구점이다.

"아, 뭐라고 그래?"

"일단 전화 달라고 하셨어요."

다혜는 목을 한번 가다듬고 통화 버튼을 눌렀다.

"안녕하세요, 사모님."

-아. 다혜 씨군요. 자리 비웠더라고요.

"네. 잠시 일이 있어서."

-우리 강현이 사무실도 삭막한데 혹시 가봤어요?

물론 가봤지요. 머릿속에 돌아가는 영상들은 결코 입 밖으로 내지 못할 것들이었다.

-나 오늘 한가한데 혹시 괜찮으면 카탈로그 가지고 올래요?

"네, 저도 오늘 괜찮습니다. 잠시 후에 찾아뵙겠습니다."

전화를 끊고 다혜는 작은 꽃다발과 쿠키를 챙겼다.

"그럼 실장님은 지금 바로 쇼룸으로 가시는 거예요?"

"응. 가서 견적도 좀 뽑아보려고. 잘하면 규칙적으로 꽃을 납품할 수 있을 것 같아."

"그러게요. 잘 잡으면 매출이 안정적으로 늘어날 것 같아요."

"그렇지?"

하지만 두 가지 의미에서 마음이 무거웠다. 비긴이 유강현 어머니의 매장이라는 것과 아주 큰 거래처가 될 수 있다는 것. 두 번째 이유도 어쩌면 유강현의 어머니라는 것하고 일맥상통할 수 있다.

게다가 비긴에서 좋은 성과를 낸다면 드림백화점의 꽃 납품도 다혜가 맡을 수 있다. 온리유가 드림백화점에 입점하기는 했지만 현재 드림백화점의 조경 담당 회사는 따로 있었다.

물론 다혜가 노리는 건 드림백화점의 조경 역시 온리유에서 하는 거였다. 그러니 지금 '비긴'에 가고 있는 다혜의 어깨는 상당히 무거웠다. 회사의 사활을 걸고 돌격이라도 하는 기분이었다.

쇼룸 비긴은 생각보다 한적한 곳에 있었다.

문을 열고 들어가자 맑은 종소리와 함께 검은색 정장을 한 직원이 나와 인사를 했다.

"어서 오십시오. 뭘 찾으시는지 말씀해주시면 안내해 드리겠습니다."

"네. 여기 이소은 대표님과 약속이 되어 있어서요."

"혹시 온리유에서 오셨나요?"

"네. 맞습니다."

다혜는 명함을 꺼내 직원에게 내밀었다.

"아. 그러면 이쪽으로 오시겠어요? 대표님이 손님하고 얘기 중이시긴 한데 여쭈어보겠습니다."

입구에서 오른쪽으로 나 있는 긴 소파에 자리를 안내하고 직원이 어디론가 사라졌다.

실크 소파는 딱 봐도 미국 상류층 고객을 대상으로 디자인한 것이 틀림없었다.

"오시랍니다. 다 아는 분이라고."

"아, 네."

다혜가 갔을 때 소은은 주소영과 함께 있었다.

"어서 와요. 이쪽도 꽃에 관심이 많아서…… 나이는 소영이가 조금 더 어리긴 하지만."

눈앞에 있는 주소영을 보고 다혜는 바짝 긴장했다. 아니나 다를까 주소영이 다혜를 보며 눈썹을 올렸다.

"어? 이 여자."

"내가 말했잖아. 소영아, 네가 그때 오해한 거라고. 할아버지께서 가 보셨더니 그 남자 쪽 아내가 다시 와서 그렇게 사과를 했대."

"아, 그랬어요? 오해라 다행이네."

위에서 아래로 훑어보는 눈길이 여간 깐깐하지가 않았다. 여기서 잘 넘어갈 수 있으려나.

다혜는 긴장하여 주먹을 꼭 쥐었다.

"강 실장이랑 바람피운 거 아니었어요?"

주소영이 직설적으로 물었다. 다혜는 어금니를 꽉 깨물며 겉으로는 여유
있게 말했다.

"아닙니다. 저는 강 실장님과 따로 만난 적도 없는걸요. 개점 준비하면서
기획실장님과 잠깐 통화한 정도뿐이고…… 그나마 그것도 오수민 대리님
과 거의 다 일을 했어요. 그런데 오수민 대리하고 강 실장님하고 문제가 있
었던 것 같아요."

"어머, 정말이요?"

눈을 크게 뜨면서 궁금해하는 얼굴에 다혜는 선을 그었다.

"오수민 대리님 전화번호를 제 이름으로 저장하고 통화했던 것 같아요.
사모님께서 통화 내역을 보고 찾아오셨던 거고요."

옆에서 소은이 다혜의 앞쪽으로 차를 밀어주었다.

"이 차 한번 들어봐요. 유럽에서 나는 아주 희귀한 찬데 정말 향이 좋
아요."

그윽한 향이며 아름다운 찻잔이 선뜻 손을 대기가 아까울 만큼 고급스
럽다.

"찻잔이 참 예쁘네요."

"그렇죠? 내가 참 좋아하는 잔이에요. 여기 우리 소영이가 선물한 건데."

소은의 말에 소영이 우쭐해서 답했다.

"덴마크 갔다 오면서 사온 거예요."

"네."

"안목이 이 정도는 돼야 강현 오빠한테 대시할 수 있지 않겠어요? 안 그
래요, 어머니?"

"그래, 그렇지. 머리끝부터 발끝까지 우리 소영이 안목이야 누가 따라갈 수나 있나."

아무래도 돈은 많지만 소은은 주소영에게 은근히 문화적으로 열등감을 느끼고 있었다. 시아버지와 남편이 조폭 출신이었다. 젊은 시절에 돈은 있었어도 얼마나 가슴 졸이며 살았는지 모른다.

지금도 경호원이 늘 대기하고 있었다. 칠정파 잔당이 언제라도 해코지를 할 수 있다는 게 아버님의 말씀이었다. 이놈의 팔자는 어떻게 된 게 폭력과 위협에서 완전히 벗어날 수가 없다.

"그런데 소영아, 그 가방 예쁘다. 이거 백화점에서도 못 본 거 같은데."

"그럼요, 어머니! 이거요, 한정판으로 나온 건데 어머니 마음에 드시면 드릴까요?"

"아니. 그렇게 비싼 걸 내가 어떻게 그냥 받아. 그럴 수는 없지."

"왜요. 어차피 한 식구 될 건데 제가 어머니 드리고, 들고 싶을 때 빌려 쓰면 되지."

"애는, 말도 참 예쁘게도 한다. 그러면 아예 내가 빌려 쓸게. 나중에."

완전히 고부간에 하는 이야기 같았다. 다혜는 어느 시기에 말을 끼어들 어야 할지 몰라 찻잔을 들었다 놨다 반복했다. 두 사람은 앞에 앉아 있는 다혜를 완전히 무시하고 있었다.

두 사람의 대화를 듣고 있자니 괜히 자신의 백을 슬그머니 뒤로 감추고 싶었지만 그래 봤자 시선만 더 끌 뿐이었다.

그때 소은이 다혜의 쇼핑백을 보며 물었다.

"그 쇼핑백 뭐예요?"

"네. 테이블 위에 놓기 좋은 꽃으로 꽃꽂이 좀 해 왔어요. 마음에 드실까 모르겠어요."

테이블 위에 작은 꽃바구니를 놓자 분위기가 화사해졌다. 노란색과 주황색을 모티브로 해서 카네이션과 프리지어 그리고 소재로는 설유화를 사이사이에 꽂아두었다.

"이건 이름이 뭐예요?"

"설유화예요. 아무래도 겨울에는 좀 비싸기는 하지만 소재로는 예쁘죠."

"처음 듣네."

소은은 꽃 이름 같은 건 잘 알지 못했지만 이 꽃은 마음에 들었다.

"어머니, 조화를 꽂아도 좋을 거 같은데."

"그래?"

"그럼요. 조화는 한 번 꽂으면 오래 두고 볼 수 있잖아요."

옆에서 주소영이 딴지를 건다. 기껏 실내 조경을 하러 온 사람을 앞에 두고 조화라니. 다혜는 바로 응수했다.

"네. 조화도 원하시면 해드릴 수 있지만, 아무래도 생명감이 있는 식물이 주는 분위기는 좀 다르죠. 습도 조절도 잘 되고요."

"어머, 습도 조절이야 습도기가 있는데, 뭐."

주소영이 또 딴지를 걸어왔는데 다혜는 더 이상 말하지 않았다. 판단은 오너가 하는 거다.

"카탈로그 가지고 온 거 있어요?"

"네. 여기 보세요."

카탈로그는 외국의 유명 가든 플래너가 제작한 거였다.

"남의 걸 가지고 왔네. 직접 한 건 없어요?"

주소영의 말에 다혜가 주먹을 꽉 쥐었다. 그래도 비즈니스 미소를 지으며 자연스럽게 대답했다.

"네. 전 세계에서 나무와 꽃을 가장 자연스럽고 세련되게 다루시는 분이에요. 아무래도 가장 잘하시는 분의 카탈로그를 보시는 게 사모님 안목에는 맞을 것 같아서요. 저는 얼마든지 원하시는 대로 해드릴 수 있거든요."

소은의 안목을 전 세계에서 가장 최고로 만들어준 덕에 소은은 입이 귀에 걸렸다. 그때 마침 소영에게 전화가 왔다.

"신상 나왔다고? 그럼. 가야지."

전화를 끊고 소영이 소은에게 말했다.

"어머니. 저는 이만 가볼게요. 한정판으로 예약해 놓은 물건이 나온다고 해서요. 가서 보고 좋으면 어머니한테 선물해 드릴게요."

"어머. 이렇게 볼 때마다 선물해 준다고 그래서 어떡해. 어서 가봐."

얄미운 주소영이 나가자 절로 한숨이 나왔다. 다행히 소은은 꽃을 보는 눈이 다혜와 비슷했다. 주로 노란색 계열의 꽃을 선호했다.

"묵직한 계열의 가구가 많으니까 이런 환한 꽃들이 있으면 분위기가 훨씬 살 거예요."

"그렇지? 아무래도 명품 가구다 보니까 색상이 그렇게 밝게만 나오지는 않는 것 같아."

"네. 마호가니가 주된 소재다 보니 조금 무겁게 느껴질 수는 있죠. 하지만 도자기들은 정말 훌륭하네요. 특히 저기 저 도자기요."

"아! 저거 그리스에서 사온 거예요."

"네. 정말 사장님 안목이 대단하세요."

"뭐 그렇게까지…… 그럼 다음에 언제 올래요?"

"오늘은 일단 어떤 화분을 두면 좋을지 이야기하면 좋겠어요."

한참을 소은과 상담을 하고 나오자 혈당이 다 떨어지는 것 같았다. 다혜는 운전석에 앉아 길게 한숨을 내뱉고는 옆에 있는 생수를 벌컥벌컥 들이켰다.

"와, 진짜. 돈 있는 사람들이 더 무서워. 그래도 꼭 고객으로 잡아야지."

일단 다음 주에 준비한 화분과 꽃을 가지고 오기로 했으니 다행이었다. 그렇게 생각을 마무리하며 주아에게 전화를 했다.

"동화 수업 다 끝났어?"

-어? 어어.

"동화 좀 바꿔봐."

-아, 동화 화장실 갔어.

"그럼 넌 화장실 밖이야?"

-어, 밖에서 기다리지. 걘 죽어도 남자 화장실 가잖아.

"그렇지. 형아잖아. 그러니 여자 화장실 갈 수 있겠어?"

-다섯 살짜리가 뭐 그렇게 형아라고. 그냥 나 따라 여자 화장실 가도 되는데.

"무슨 소리야. 지킬 건 지켜야지. 나 지금 일 끝나고 다시 백화점으로 가고 있거든. 그럼 우리 매장으로 올래?"

-어어. 봐서.

"그래, 그럼 이따 전화하자."

주아는 그때까지도 동화를 찾지 못하고 있었다.

다른 애들보다 빨리 블록 쌓기를 끝내고 나갔다는데, 나간 지 벌써 30분이 지났는데 나타나지 않고 있었다. 망했다. 어떻게 해야 하나.

＊　＊　＊

유도 매트 위에서 놀던 동화가 일어서더니 강현을 보며 말했다.

"나 이제 가야 해요. 이모가 찾을 시간이에요."

"구순호, 데려다줘."

"알겠습니다."

아이가 두 팔을 벌린다. 아이가 안아달라고 두 팔을 벌리는데 어떻게 안 안아줄 수가 있나. 이렇게 저를 따르는 꼬맹이는 처음 봤다.

동화의 겨드랑이에 손을 넣고 한 다섯 번쯤 올렸다 내렸다 하니 어질어질한지 매트 위에 주저앉는다. 그게 너무 귀여워서 웃음이 터졌다.

"좋다고 그러더니 어지러워?"

"너무 좋아서 그래요."

"뭐?"

"너무 좋은 건 이렇게 꼭꼭 붙잡고 있어야 한다고 했어요."

"누가?"

"우리 엄마가요. 그래서 우리 엄마는 나를 꼭 붙잡고 안아줘요."

말만 들어도 사랑스러워 저도 모르게 아이를 꼭 안았다.

"너 이름이 뭐야?"

"동화요."

"뭐?"

어디서 들은 이름이다. 그러고 보니 연다혜의 유일한 남자가 동화라고 했다. 괜히 속이 뒤틀렸다.

이렇게 잘생기고 귀여운 놈이 왜 하필 이름이 동화야!

"얼른 데려다줘라."

"네, 대표님. 가자."

구순호가 안아주겠다고 하자 고개를 저으며 앞장을 섰다.

"혼자 갈 수 있어요. 블록 쌓기 교실로 가면 돼요."

구순호가 아이를 데리고 블록 쌓기 교실 쪽으로 갈 때 주아는 비명처럼 소리를 질렀다.

"동화야!"

웬 남자에게 납치된 줄 알았다. 덩치가 산만 한 남자 옆에 있는 동화를 보는 순간 머리끝까지 피가 몰렸다. 애를 반짝 들어 안고 덤비려는 듯이 주아가 소리쳤다.

"누구세요?!"

덩치가 산만 한 구순호가 고개를 푹 숙였다.

"아이 데려다주러 왔습니다."

"뭐예요?!"

"어! 큰 아저씨 만나고 왔어."

"큰 아저씨?"

구순호를 위아래로 살펴본 주아가 고개를 끄덕였다.

"데려다주셔서 감사해요."

"그럼 이만 가보겠습니다."

큰 덩치에 어울리지 않게 순하게 말하고 돌아선 구순호의 뒤에서 주아가 동화에게 말했다.

"저 아저씨가 너 끌고 갔어?"

"아니야. 큰 아저씨 만나고 왔다니까."

"너 다시 한번 이러면 이모 진짜 너희 엄마한테 죽어!"

* * *

다혜는 동화를 씻기고 침대로 데리고 갔다. 욕조에서 거품을 가지고 한참을 놀았더니 볼이 달아올라 하얀 얼굴에 볼만 발갛다. 보고만 있어도 이가 박박 갈리게 귀여워서 볼을 앙 깨물고 뽀뽀를 하고 물었다.

"아직 잠자기에는 이른데 동화 너 뭐 하고 싶어?"

"엄마 휴대폰 가지고 놀래."

"동화야, 자꾸 휴대폰 가지고 놀면 안 된다고 했지. 다른 거 할래? 블록 쌓기나 레고."

"집에 있는 거 다 시시해."

"뭐?"

사준 지 얼마 안 된 거 같은데 어느 틈에 레고를 이미 다 맞춰 놓았다. 다혜는 마침 주아한테 동화가 문화센터에서 없어져서 놀랐다는 말을 기억해 내고 휴대폰을 주기보다는 따끔하게 야단을 칠 생각을 했다.

"너 엄마가 주아 이모 속 썩이지 말랬지. 어디 가면 간다고 말을 했어야지."

"엄마, 주아 이모는 내가 문화센터 수업하는 동안에는 딴 데 갔다가 오잖아. 나도 그거 다 생각해서 수업 끝날 때까지만 놀다 온 거라고."

"너 문화센터에 다니고 싶다고 해서 보내준 건데 왜 수업 시간에 딴 데 갔어?"

"다 해놓고 간 거야. 시시해."

"뭐?"

상담사가 아이의 능력이 워낙 출중하여 중급반 수업도 아이에게는 시시할 수 있다고 들었다. 그렇기는 하지만 수업 시간에 말도 안 하고 나간 건 너무 위험하다.

"동화야. 그랬다가 너 엄마 잃어버리면 어떡해."

"내가 엄마를 왜 잃어버려? 엄마는 1층에서 꽃집 하잖아."

"그래도 너 너무 예쁘게 생겨서 누가 번쩍 들고 가면 어떡하니."

"하지만 큰 아저씨 만나고 왔단 말이야."

"뭐? 큰 아저씨? 그게 도대체 누군데?"

"아주 아주 큰 아저씨. 키도 크고 고추도 큰 아저씨."

"뭐?"

그 말을 듣자 갑자기 겁이 덜컥 났다. 요즘 변태들이 많은데 혹시 동화를 데려다가 무슨 짓이라도 하지 않았나?

"동화 너 이리 와봐. 너 아저씨가 어디 아프게 하지 않았어?"

그리고 아이 옷을 벗겨 여기저기 살펴보았다. 혹시라도 변태 성욕자한테 잘못 걸렸던 건 아닌가 해서 가슴이 다 뛰었다. 다행히 아무 이상은 없다. 한숨을 내쉬며 다혜가 인상을 썼다.

"어떻게 봤어? 그 아저씨가 네 앞에서 팬티를 내리고 고추를 꺼내고 그래?"

"아니. 화장실에서 봤어."

이 아이는 정말 사람 간 떨어지게 할 때가 있다. 다혜는 동화를 꽉 끌어안았다.

"동화야. 우리 동화 똑똑한 건 아는데 아직 아가야. 다섯 살이잖아."

"아니야. 난 형아야."

"그래. 형아라도 어린이집에서만 형아고 밖에 나오면 너보다 힘도 세고 나쁜 사람도 많잖아. 그러니까 아무나 만나면 안 돼."

"큰 아저씨는 나처럼 딸기도 좋아하고 딸기 주스도 줬는데?"

커다란 눈동자를 크게 뜨고 절대 나쁜 사람이 아니라는 얼굴을 한다.

"너 다른 사람이 주는 거 아무거나 먹으면 안 된다고 했잖아. 정말 이러면 엄마 울 거야."

그러자 동화가 아주 슬픈 얼굴로 엄마를 바라봤다.

"엄마, 울지 마. 내가 이모 놀라게 안 할게."

"그래. 알았지? 엄마하고 약속해."

하지만 동화의 약속은 그다음 날도 지켜지지 않았다.

다음 날은 피아노 수업이 있었다.

동화가 수업 시작한 지 얼마 안 돼서 밖으로 나와 유도실 쪽으로 가는데 구순호가 보였다.

"어, 꼬맹이."

"나 또 놀러 가도 돼요?"

"그래. 그런데 오늘은 유도실 말고 다른 데 가자."

한 층을 올라간 대표실에 꼬마 손님이 왔다. 아이를 데리고 비서실에 들어가자 비서들이 다 난리가 났다.

"누구예요? 구 대리님 아이 있었어요?"

"애가 내 애 같아요?"

그러자 모두 고개를 저었다.

"아니요. 구 대리님한테 이렇게 예쁜 아기가 나올 수가 있겠어요?"

"아니, 무슨 말을 그렇게 해요?"

너무 예쁜 아기에 비서들이 예쁘다고 다가왔지만 동화는 어찌나 콧대가 높은지 손을 대려고 하자 손을 들며 말했다.

"함부로 만지지 마세요."

그러자 옆에 있는 비서들이 더 비명을 질렀다.

"어쩌면 이렇게 예쁠까."

그리고 대표실에 들어갔을 때 동화가 두 팔을 벌리며 강현에게 달려들었다.

"아저씨!"

강현은 얼떨결에 저에게 달려드는 동화를 번쩍 들어 안았다. 동화는 신이 나서 까르르 웃으며 좋아했다. 아이가 너무 예뻐 저도 모르게 한 번 안았는데 가슴이 두근두근한다.

요즘 왜 이렇게 나답지 않게 행동하는지 모르겠네. 여자한테 홀린 것도 모자라 이제 쪼끄만 꼬맹이한테까지 홀리고 앉았으니.

"너 오늘도 문화센터 왔어? 오늘도 블록 쌓기?"

"아니요? 오늘은 피아노요."

"그런데 왜 수업은 안 하고 나온 건데? 이모는?"

"나 수업 끝나면 이모가 데리러 올 거예요. 그때까지만 가면 돼요."

야무지게 말하는 얼굴을 보고 있으니 괜히 기분이 좋아진다.

"그럼 너 땡땡이치는 거야?"

"땡땡이 아니에요."

"너 땡땡이가 뭔지 알아?"

"인터넷에서 봤어요."

고개를 끄덕이며 하는 말에 강현이 고개를 갸웃했다.

"너 한글도 알아?"

"네. 그리고 나 영어도 알아요! 잇츠 나이스 데이. 아이 러브 스트로우
베리."

"그리고 또 뭐 아는데."

"일본어도 알아요. 아나타와 칸코쿠진데스카?"

간단한 일본어를 하는 걸 보자 기가 막혔다.

"너 난놈이구나?"

동화가 고개를 끄덕끄덕했다.

"내려가서 딸기 주스 좀 사와."

"네."

구순호가 나가고 난 뒤에 동화가 강현의 품에서 소파를 가리켰다.

"저기 앉을 거야?"

고개를 끄덕이는 동화를 강현이 소파 위에 내려앉았다. 그러고는 테이블
위에 있는 태블릿PC를 보며 눈을 빛낸다.

"이거 조금만 가지고 놀아도 돼요?"

강현이 고개를 끄덕이기가 무섭게 아이가 능숙하게 태블릿PC를 움직였
다. 그리고 게임을 시작하는데 레벨이 엄청 높다.

"너 이게 네 레벨이야?"

"네. 주아 이모 휴대폰으로 해서 쌓아놓은 레벨이에요. 부럽죠? 난 불도

저도 있어요."

오목하게 손가락 관절마다 살이 팬 작은 손을 가지고 게임을 한다. 그것도 빠르게.

강현이 고개를 절레절레 젓고 있는데 잠시 후에 비서가 딸기 주스를 가지고 왔다. 하나는 큰 거 하나는 작은 거.

비서가 동화를 보며 머리를 쓰다듬으려고 손을 내밀었다. 그러자 동화가 손으로 딱 막으며 말했다.

"남자 머리 함부로 만지는 거 아니에요."

"뭐?"

당돌한 말에 비서도 옆에 있던 강현도 웃음을 터트리고 말았다.

"대표님, 어디서 이렇게 예쁜 꼬마 손님이 왔어요?"

"우리 문화센터 고객이셔."

"네. 알겠습니다."

인사를 하고 비서가 나가자 딸기 주스를 보고 있던 동화가 주머니에서 뭔가를 꺼냈다. 동화의 손에 있는 건 딸기 캐러멜 두 개였다. 동화가 작은 손을 앞으로 내밀었다.

"아저씨."

"이거 지금 나 주는 거야?"

동화가 고개를 끄덕였다.

"우리 엄마가 오는 게 있으면 가는 것도 있어야 한다고 했어요."

"그래서 나한테 딸기 주스 얻어먹어서 이 캐러멜 주는 거야?"

동화가 또 고개를 끄덕였다.

"그리고 또 하나 있어요."

"뭔데?"

"아저씨 멋있어요."

"뭐?"

"아저씬 다 크잖아요."

"그래, 인심 쓴다. 너 나중에 나만큼 키도 크고 고추도 나만큼 커져라."

동화가 까르르 웃었다.

"너 이거 먹고 어서 문화센터로 가 또 이모가 찾으면 어떡해."

"그럴 거예요. 감사합니다."

인사까지 하고 작은 두 손으로 주스 잔을 들고 빨대를 쪽쪽 빨아먹는데 참 가슴이 간질간질하다.

아기가 이렇게 귀여운 거였나?

한 번도 생각해보지 않던 일들을 자꾸 생각하게 된다.

만일 연다혜와의 사이에서 아이를 낳는다면…….

하! 미친…… 아기 낳고 싶지 않다고 정관 수술까지 한 지가 언젠데. 그런데 연다혜를 떠올리면 어쩐지 이렇게 예쁜 아이도 갖게 되지 않을까, 그런 한심한 생각을 해본다.

* * *

[오후 3시, 로열호텔 1701호에서 봐요.]

다혜는 강현의 메시지를 받고 한숨을 쉬었다. 자신이 제안한 거였다. 어차피 퇴근 후에는 동화하고 저녁 시간을 보내야 하니까 강현에게 만날 수 없다고 했다.

그럼 언제 만나냐고 길길이 뛰는 강현에게 제안한 것이 오후 3시에 만나자는 거였다. 물론 약속 장소를 정한 건 강현이었다.

백화점에서 얼마 떨어지지 않는 곳에 있는 로열호텔이었다. 룸 넘버까지 적어 보낸 메시지에 다혜가 외출 준비를 했다.

"좀 나갔다 올게."

"네. 실장님 좀 쉬다 오세요. 너무 피곤해 보이세요."

"그럴 생각이야. 고마워."

그런데 과연 쉴 수 있을까?

그의 열기 어린 눈을 떠올렸다. 대표실에서 폭풍 같은 흥분에 겨워 엄청난 기세로 자신을 몰아치던 그의 모습이 떠올랐다.

묘한 것은 그런 모습을 떠올리자 가슴이 쿵쾅거리고 입이 마른다는 거다. 긴장과 흥분 사이 그 어딘가에서 마음이 떨고 있었다.

대낮에 엘리베이터를 타고 객실이 있는 층에 내리려니 어색했다. 꽃장식을 하느라 자주 왔던 호텔인데도 목적이 다르니 생전 처음 오는 것처럼 부자연스럽다.

1701호 안으로 들어서자 이미 강현이 와있었다.

"잘 찾아왔네요. 그 키 계속 가지고 다녀요."

"체크아웃 할 때 반납해야 하는 거 아닌가요?"

"여기 한 달간 예약해 놨어요."

"네?"

"아무 때나 와서 쉬려면 키는 가지고 다니는 게 좋지 않겠어요?"

부자인 건 알았지만 그래도 몇 시간 만나자고 한 달을 예약했다니.

다혜가 소파에 앉았다. 맞은편에 앉아 그녀를 물끄러미 바라보던 강현이 벌떡 일어서 그녀의 옆으로 다가왔다. 그가 다가오자 절로 숨을 들이켜게 된다.

그의 존재감이 주는 가슴 벅찬 긴장감에는 성적인 유혹이 숨어 있었다.

"우리한테 허락된 시간은 얼마나 돼요?"

"길어야 1시간 반 정도……."

"정말 인색하네. 그러니까 시간 낭비는 조금도 하지 말아야 하겠어요."

이 여자 다부진 척 쳐다보고 있어도 긴장하고 있다.

그녀의 도톰한 입술에 바로 입술을 겹쳤다. 혀를 밀어 넣고 입천장까지 꾹꾹 눌러가며 그녀를 맛보자 숨이 찬 그녀가 목을 뒤틀었다. 강현은 단맛을 느끼며 또 한편으로 갈증에 침을 다셨다. 입술을 내려 바로 가느다란 여자의 목선을 따라 핥아 내렸다.

얇은 피부 아래 팔딱이는 맥동, 사람 미치게 하는 향기까지.

이러니 내가 어떻게 안 미쳐.

강현이 그녀의 쇄골에 혀를 묻고 움직이자 다혜가 어깨를 움츠렸다.

"잠깐!"

"그놈의 잠깐 소리…… 습관이죠? 나 미치는 거 보는 재미에 붙은 습관."

강현이 그녀가 입고 있는 니트를 벗기고 빠르게 브래지어를 풀어냈다. 드러난 뽀얀 가슴이 너무 벅차 그대로 빨아들였다. 하얀 둔덕에 붉은 자국이 생기고 놀라 단단해진 유두가 입으로 빨려 들어갔다.

"아웃."

"도대체 얼마나 비싸게 굴어야 속이 시원합니까? 온리유 실장이면 월급 받는 직업 아닌가? 내가 그보다 더 많이 줄 테니까 차라리 그만두면……."

"더 이상 내 직업 모욕하면 오늘이 우리 끝나는 날인지 알아요. 다시는 안 볼 테니까."

"미안. 그럴 생각은 아니었어요. 단지 나한테 너무 인색하게 굴지 말란 말입니다. 시간 좀 더 내달라고."

그녀의 스커트를 위로 밀어 올렸다. 언제 봐도 이 모습은 황홀하다. 팬티 스타킹 속에 감추어진 은은한 핑크빛 팬티. 그곳에 그대로 얼굴을 내렸다.

진하게 나는 향기는 그가 미치도록 그리워한 향기였다. 이대로 보고 있는 것만으로도 시각적으로 만족하지만 그러기엔 자신의 성기가 요동을 치고 있었다.

강현이 그녀의 스타킹과 팬티를 그대로 벗겼다.

"나한테 시간 좀 넉넉히 주면 안 돼요? 같이 여행이라도 갔으면……."

"욕심이 너무 과하네요. 우리 이렇게 만나기로 한 첫날이거든요."

"그렇지. 그러니까 더……."

두 다리를 활짝 벌리고 손가락을 밀어 넣었다. 그러곤 도드라진 살덩이를 쪽 소리가 나도록 빨아 당기자 다혜의 입에서 신음이 터졌다.

그녀가 오르가슴에 떨기를 반복할 때까지 진하게 애무하고 나서야 귀두를 질구에 문지르기 시작했다.

"수동적인 성 취향이죠? 이렇게 해주는 거 좋아하고."

그가 그녀의 허리를 잡은 채 자신의 것을 깊게 밀어 넣었다. 그녀가 몸을 뒤틀며 신음하다가 그의 어깨를 잡고 상체를 일으켰다.

"아니요. 나 그렇게 수동적인 편 아니에요. 나도 내가 할 수 있는 게 어떤 건지 알아보고 싶어요."

그러자 그가 그녀의 엉덩이를 잡은 채 상체를 완전히 일으켜 제 위에 앉혔다. 그가 그녀의 입술에 길게 키스하며 입술을 댄 채 말했다.

"그럼 해봐요. 기회 줄 테니까."

그가 다혜를 안은 채 빤히 쳐다보자 그녀가 그의 몸을 뒤로 밀었다. 그리고 올라탄 채 그에게 시선을 맞추고 허리를 움직였다.

"윽."

그녀가 조금만 움직여도 바로 반응이 왔다. 그녀가 제 위에서 능동적으로 움직인다는 것 자체에 희열을 느껴서 어쩔 줄 모르겠다.

그러니까 지금 내가 연다혜 밑에 깔렸다는 거지?

하지만 힘의 차이는 너무나 현격했다. 그녀가 움직인다고 해도 그가 움직이는 것에는 한참 못 미쳤다.

감질나는 움직임에 강현이 그녀의 골반을 잡은 채 아래서 위로 허리를 처올렸다. 다혜가 그렇게 움직여도 깊은 속 안이 닿지 않아 안타까웠는데 그가 한번 허리를 올리자 그녀의 절대적인 감각이 있는 곳에 쿵 하고 닿았다.

자지러지며 몸을 뒤틀자 그가 연달아 허리를 아래서 위로 올려쳤다.

신음으로 뒤틀어지며 그녀의 몸이 땀으로 푹 젖어들어 갔다. 강현의 입꼬리가 만족스럽게 올라가며 한 번 더 세차게 몸을 뒤틀자 그녀의 속살이 자지러지듯 그의 성기를 물어뜯었다.

"으윽."

신음을 내면서도 그녀의 가슴을 두 손으로 꽉 쥐었다.

"당신은 여길 좋아하지."

그녀가 가슴에 예민하다는 걸 강현은 잘 알고 있었다. 그녀가 땀에 젖은 얼굴을 하고 고개를 끄덕였다. 이것저것 다른 것을 생각할 필요 없이 오직 섹스에만 충실한 사이. 그래서 둘 다 성적으로 솔직할 수 있었다.

다혜의 반응에 만족한 그가 그녀의 골반을 잡은 채 끝도 없이 허리를 올려쳤다. 더 이상 견딜 수 없는 감각이 그녀의 스팟을 계속 찔러대자 다혜가 절정에 몸부림쳤다. 그리고 그녀의 속살이 그를 쥐어뜯으며 강현 또한 그 안에서 만족스러운 사정을 했다.

숨을 헐떡이는 그녀를 제 품에 안고 잠시 숨을 골랐다. 일어나려는 그녀의 어깨를 꽉 잡은 채 강현이 말했다.

"한 번 가지곤 어림도 없어. 마음대로 만날 수도 없잖아요."

"시간이……."

"시간 아직 남았습니다."

그가 그녀를 소파에 엎드리게 했다. 그러곤 그대로 뒤에서 한 번의 사정으로 더 독이 오른 성기를 밀어 넣었다. 쿠션을 가슴에 댄 채 엎드려 뒤에서 오는 그를 받아내며 다혜가 희열에 들떠 소리쳤다.

날렵한 그녀의 허리와 골반선이 저절로 손으로 쓸어볼 만큼 아름답다. 맞닿은 성기 모양까지 적나라하게 볼 수 있는 이 자세가 말할 수 없이 흡족하다.

무엇보다 연다혜가 저를 받아주고 있다는 게 좋아 그대로 뒤에서 가슴을 움켜쥔 채 허리를 밀어 넣었다. 정신없이 서로에게 매달렸고 원 없이 느끼는 동안 어느새 2시간이 흘렀다.

강현의 다리가 그녀의 허벅지를 완전히 감싸 안고 있었다.

"가야 해요."

"알아요."

"그럼 이것 좀 놔줘요."

"알겠어요."

그러곤 강현이 그녀를 번쩍 들어 샤워실로 들어갔다.

"나도 시간 없으니까 같이 합시다."

그가 거품 많은 샤워 젤을 그녀의 온몸에 바르며 어루만졌다. 거품 때문에 더 매끄러워진 피부가 맞닿으며 또다시 흥분하고 있었다.

"안 돼요. 정말. 가야 하는데……."

"압니다."

그렇게 안 된다고 하면서도 그녀의 다리 사이로 그의 성기가 다시 밀고 들어왔다.

* * *

다음 날 다혜는 직접 문화센터로 올라갔다. 동화의 피아노 수업 때문이었다. 어제 피아노 수업을 얼마 받지도 않고 나가서 수업 끝날 때 돌아온 동화 때문에 피아노 선생님에게서 연락이 왔다.

"주아야. 너는 왜 그걸 몰랐어?"

"내가 어떻게 알아? 수업받는 내내 밖에 있을 수는 없잖아. 그러니까 동화 수업받는 동안에 내 일 보고 왔을 때는 동화가 있었단 말이야. 그런데 동화 걘 배우고 싶다고 해서 등록해놨더니 왜 죄다 사라지는 거야?"

"오늘 피아노 선생님하고 예약 잡아 놨으니까 이야기해보면 알겠지."

애가 집중력이 떨어지면 아무리 똑똑해도 사회생활 하는 데 문제가 있을 수 있다.

걱정을 하면서 문화센터로 걸어가고 있을 때였다. 그녀를 다급하게 부르는 소리가 났다.

"연다혜. 너 연다혜 맞지?"

고개를 돌리는 순간 다혜는 그대로 얼음처럼 굳어버렸다. 김준오 선배. 그때 아이가 생기고 난 뒤로는 두 번 다시 김준오를 보지 않았다.

그냥 지나치려고 하는데 준오가 그녀의 팔을 잡았다.

그때 유도를 하러 내려왔던 강현이 문화센터 입구에 서 있는 다혜와 김준오를 보았다. 온몸의 피가 다 식는 느낌이었다.

누구지? 분명 남자는 없다고 했는데. 저놈이 유일한 남자라는 동화인가?

* * *

다혜는 준오를 바로 볼 수가 없었다. 5년 전 그를 버렸다. 수없이 걸려오던 전화를 무시했고 여러 루트를 통해 연락 한 번 해달라는 그의 말에 귀를 막았다.

전화로 헤어지자고 한 이후로 단 한 번도 보지 않았으니 이 남자는 깊이 상처를 받았을 거다. 저 역시 오래도록 이 사람을 생각했던 것도 사실이었다. 하지만 모두 지난 일이다. 동화가 생기기 전과 후는 완전히 다른 세상이었다.

"안녕하세요, 선배님."

그의 얼굴은 완전히 굳어 있었다. 벌써 5년 전 이야기인데도 그는 어제 버림받은 충격에 정신 못 차리는 사람처럼 질려 있었다.

"잘 지내셨어요?"

"지금 그걸 말이라고 해? 내가 어떻게 잘 지낼 수 있었겠어? 다른 건 몰라도 다혜 네가 나한테 잘 지내냐고 물을 수는 없지."

"그런가요? 죄송합니다. 그만 가볼게요."

"다혜야."

다혜는 준오가 여전히 잡고 있는 자신의 팔로 시선을 옮겼다. 어서 놓으라는 듯이.

준오가 천천히 팔을 놓았다.

강현은 움직이지 않고 다혜와 준오를 보고 있었다.

하나뿐인 남자? 동화라고 하는 놈이 다시 온 건가?

당장 나서고 싶었지만, 나설 수 있는 상황이 아니었다. 연다혜와 백화점 안에서 사적으로 아는 체하지 않기로 약속하지 않았나.

그런데 지금 그런 게 문젠가?

일단 다혜에게 다가가려고 발걸음을 내딛는데 연다혜가 남자의 팔을 뿌리치는 게 보인다. 그녀가 간단한 한마디를 하고는 남자를 지나쳐 가버린다.

강현은 그 모습을 보고 발걸음을 멈췄다.

그렇지? 그런 사이는 아니겠지. 그런데 어떤 놈이 감히 연다혜 팔을 잡고 난리야?

뚫어지게 바라보며 움직일 생각을 안 하자 구순호가 옆에서 말했다.

"뭐 보십니까?"

"어, 잠깐. 너 먼저 연습실에 들어가 있어."

약간 사선으로 빗겨 선 채 강현은 다혜와 준오 사이를 뚫어져라 바라보고 있었다. 남자가 다혜를 쫓아가 다시 이야기를 하고 있었다.

다혜는 다시 쫓아온 준오를 보고 갑자기 머리를 숙여 사과했다.

"준오 선배. 미안해요. 다 지난 일이고 헤어질 때 진심으로 사과했어요. 5년이나 지나서 다시 책임 추궁받고 싶지는 않아요. 남자 여자 만나다 헤어질 수도 있잖아요."

준오가 주먹을 쥐었다 펴는 게 보였다. 입술을 깨물었다 하는 말은 억눌린 감정 때문에 심연처럼 낮았다.

"그렇지. 남녀가 만나다 헤어질 수는 있는데 너는 나한테 좀 심했지. 너 아이 있다고 하더라."

"네. 있어요."

이렇게 담담하게 김준오에게 아이가 있다는 말을 하게 될 줄은 몰랐다. 5년 전이었다면 상상도 할 수 없었던 일이다.

하지만 지금은 한 아이의 엄마다. 엄마는 강하고 못할 것도 없고 부끄러운 것도 없다. 김준오는 이미 알고 있었다는 듯이 고개를 끄덕였다.

"그런데 너 남자는 없다며. 다들 한 번도 못 봤다고 하더라."

이건 의외였다. 이런 걸 알고 말을 할 줄은 몰랐다.

"네. 미혼모예요. 그게 뭐 어때서요?"

다혜의 그런 반응에 김준오가 주춤하며 조심스럽게 물었다.

"사실 난 네가 아이가 생겨서 날 버렸다고 생각했어. 그런데 남자도 없이 아이만 있다는 건. 너 혹시 무슨 사고가 있었던 거야? 단 한 번으로 잘못된 거라면……."

"그런 말 하지 마세요. 나 잘 살았고 앞으로도 잘 살 거예요. 눈에 넣어도 아프지 않을 만큼 귀여운 아들도 있어요."

준오는 그녀의 말을 믿지 않는 얼굴로 물었다.

"그런데 왜 남자는 없어?"

"여기서 그런 말 하고 싶지 않아요. 아이 때문에 문화센터 온 거예요. 그러는 선배는 여기 쇼핑 왔어요?"

"아니, 나도 일 때문에 왔어. 이곳에서 강의 자문받은 게 있어서."

그럼 또다시 부딪힐 수 있다는 말이다. 마음이 무겁다. 하지만 세상일이라는 게 마음대로 되지 않으니 어쩔 수 없다. 피할 수 없다면 견뎌내고 이겨내야 한다.

"그럼 일 보고 가세요. 전 학부모여서요. 상담 시간이 됐네요. 다시 보지 않았으면 좋겠어요."

다혜는 곧장 상담실로 들어갔다. 준오는 멍하니 상담실 앞에 서 있었다.

* * *

상담 선생님은 40대의 상담 경험 많은 여성이었다.

"동화 어머니, 동화 아버지는 어떤 분이신가요?"

"네? 왜 그러시나요? 동화는 아버지가 없습니다. 제가 키워요."

다혜의 말에 상담 교사는 고개를 끄덕이며 자연스럽게 말했다.

"동화는 일반적인 아이들하고 많이 다릅니다. 공간지각능력도 뛰어나서 미술적으로도 재능이 있고 음악적으로도 뛰어납니다. 동화는 여기서 레슨을 받고 싶어 할 것 같지가 않아요."

다 시시하다고 했던 동화의 말이 생각났다. 지금 상담사의 말은 그 말이다.

"어머니가 볼 때 동화의 다른 수업은 어땠나요?"

"블록 쌓기랑 레고는 너무 일찍 끝나서 나가서 놀다 왔다고 들었습니다."

"역시 그렇군요. 음악 수업도 마찬가지입니다. 다른 애들은 건반을 익히고 악보를 외우는 것조차 힘든 나인데 이 아이는 거침이 없어요. 아니, 그냥 듣고 막 쳐도 절대음감이어서 그 음을 그대로 쳐냅니다."

집에는 피아노도 없다. 그런데 그게 가능한 일일까?

"동화는 굳이 악보도 필요 없는 아이예요. 음악을 들으면 이미 그 음이 어떤 건반을 누를 때 나오는지 알기 때문에 입문반 정도의 음악은 그냥 다 듣기만 하고 쳐내는 거지요. 그러니 심심해서 가만있을 수가 없는 겁니다."

모든 엄마는 내 아이가 천재는 아닐까 하는 생각을 한다. 하지만 막상 선생님께 진짜 천재라는 말을 듣는 아이는 거의 없다. 다혜는 상담사의 말을 들으며 걱정이 앞섰다.

특별한 아이는 대체 어떻게 키워야 하는 걸까?

"그럼 어떻게 해야 할까요?"

"전문적인 선생님을 붙여서 음악가로 키우든가, 아니면 전문적인 미술 지도를 받는 것도 괜찮고요. 이 아이가 하고 싶은 것에 달렸죠. 일단은 다른 것들도 시켜보고요, 상담을 다시 받아보시는 게 좋을 것 같습니다."

아이가 천재라는데 왜 이렇게 겁이 나는지. 이렇게 뛰어난 아이를 제대로 키워내지 못할까 봐 그게 너무 걱정됐다. 지금 평범한 아이들이 다니는 어린이집에 다니고 오후에 문화센터에서 3일 레슨을 받는 게 전부다.

이제 바이올린 레슨 하나 남았는데 그건 또 어떻게 될지 걱정이 앞섰다.

* * *

"지금 절 죽일 작정이십니까?"

연거푸 매트 바닥에 내리쳐진 구순호가 누운 채 일어나지도 못하고 강현을 올려다보며 말했다.

덩치 큰 걸로 보자면 당연히 구순호가 강현을 이겨 먹고도 남아야 할 텐데 그가 작정하고 달려들면 도저히 이길 수가 없었다. 그럴 수밖에 없는 게 그는 어릴 때부터 할아버지에게 혹독한 훈련을 받으며 자랐다. 초등학교 입학하기도 전부터 태권도며 유도를 배우고 할아버지와 함께 단련하며 컸다.

강현은 다혜와 그 동화일지도 모르는 놈 때문에 머리가 터질 것 같았다. 달려들어 물어본다면 다시는 안 보겠다고 할 것 같아 그러지도 못했다.

다음에는 진짜 물어봐야겠다. 아니, 지금 당장 내려가야 이 답답함이 가실 것 같았다.

강현은 그대로 온리유 커피숍이 있는 1층으로 향했다.

다혜는 매장으로 돌아와 손님을 맞느라 바빴다.

옆에 있던 유진이 걱정스러운 얼굴을 하고 말했다.

"실장님, 꽃이 거의 다 떨어져 가요. 특히 요번에 가져오신 선인장 너무 예뻐서 커피 사는 사람마다 다 들고 가네요. 가격도 저렴한 데다가 색깔이 워낙 예뻐서 그런 거 같아요."

"다행이네. 창고에 재고 없어?"

"얼마 없어요. 지금같이 팔리면 2시간 뒤면 다 떨어질 거 같아요."

"그래? 그럼 청담동에 다녀와야 하려나. 내가 지금 다녀올게."

그녀가 청담동 본점에 꽃을 가지러 가겠다고 하는 소리를 듣고 강현은 지하로 내려갔다.

다혜는 지하 주차장에 서 있는 강현을 보고 눈을 크게 떴다.

"여긴 왜 계세요?"

"나 지금 쉬는 시간이에요."

"지하에서 쉬시게요?"

이런 곳에서 쉬고 있다는 건 진짜 말이 되지 않는다. 그런데도 강현은 어께를 으쓱했다.

"연다혜 옆에서 쉬려고요."

"저 지금 바빠요."

"청담동 본점 간다면서요. 내 차로 갈래요, 그쪽 차로 갈래요?"

"대표님 차 타고 가서 소문 쫙 퍼지게요? 본점에 제 친구도 있어요."

"그럼 이 차를 타고 갑시다."

강현이 어서 차 문을 열라고 톡톡 문을 두드렸다. 다혜가 들고 있던 키를 누르자 그가 가볍게 조수석에 탔다.

"대표님은 내가 운전한다고 하면 싫어할 거 아니에요."

"내가 그랬나?"

"나 운전 못 한다고 했잖아요. 내가 운전하는 것 너무 올곧다고, 직진밖에 못 한다면서요. 지금 갈 때도 그럴 거예요. 나 차선 잘 안 바꿔요."

"괜찮아요. 나도 이제 올곧은 삶을 살기로 했으니까. 쭉 직진으로 갑시다."

아예 조수석에서 눈을 감아버린 강현을 보다가 다혜는 한숨을 쉬며 운전석에 탔다.

이 남자, 밀어낼 수 없는 구석이 있다.

8. 정액 검사

차가 출발하고 한동안 눈을 감고 있던 강현이 갑자기 고개를 들며 말했다.

"지금 좌측 차선!"

그러나 다혜는 들은 척도 하지 않고 직진했다. 그러자 강현이 작게 숨을 내뱉고 다혜 쪽으로 고개를 돌렸다.

"진짜 올곧네."

"네. 그런 편이에요."

"좋아요. 그럼 대답해 봐요. 왜 나한테 전화 안 해요?"

"전화해야 해요? 그쪽에서 전화할 때 받고 문자 메시지에도 꼬박꼬박 답했는데요. 나한테 전화해 달라고는 말하지 않았잖아요."

강현이 핸드폰을 열어 다혜의 앞쪽으로 내밀며 따지듯 말했다.

"지금 그걸 대답이라고 해요? 이걸 봐요, 이걸."

강현이 길게 쓴 메시지 아래에 '네', '아니요' 하는 다혜의 단답이 달려 있다.

"고객 응대도 이렇게는 안 해요. 이게 지금 사람을 대하는 예의예요?"

"……."

다혜는 대꾸 없이 크게 커브를 틀었다. 사거리에서 우회전해서 직진. 그런데 이 남자는 말을 멈추지 않는다.

"이걸 보면 남들이 뭐라 하겠어요? 나 혼자 미쳤다고 할 거 아니에요. 이렇게 성의 없이 답장하는 여자한테 혼자 미친 느낌이 어떻겠어요?"

"아니에요. 그럼? 맞잖아요. 원래 현실은 잔인한 거지만 받아들여야지요."

다혜의 말에 강현은 입을 딱 벌렸다.

"와. 내 밑에서 몇 번을 갔더라? 내 좆을 죄며 더 해달라고 달려들었던 거 기억 안 나요?"

"그만하세요. 그러는 그쪽은 계속 정액 뿜어댔던 거 기억 안 나요?"

"나한테 올라탔던 것도 기억 안 나요? 그런데 나 혼자 미쳤다니."

"그럼 같이 미쳤다고 해줘요? 난 멀쩡해요. 섹스할 때는 잘 느끼는 게 좋은 거 아닌가?"

말을 해놓고도 얼굴이 빨개지는 건 부끄러워서다. 그 붉은 볼이 사과처럼 보인다. 다혜의 말대로 섹스할 때는 잘 느끼는 게 최고다. 강현이 다시 눈을 감았다가 뜨더니 그의 핸드폰을 터치했다. 귀에 익은 음악이 흘러나오고 있었다. 분명히 전에 탔을 때 다혜가 틀었던 음악이었다.

"이런 음악 원래 좋아해요?"

"좋아해 보려고요. 한동안 내 취향은 아니었지만."

"그럼 원래 취향이었다는 거네요. 한동안은 무슨 이유에서든 안 들었다는 건데요?"

예리하다. 정확하게 20년 가까이 일부러 접어놓은 것들이었다.

"음악 같은 거 잘 안 들었어요. 그런데 음악에 소질이 없지는 않았고요."

"정말이요? 그런데 왜 음악을 안 들어요?"

"그럴 만한 일이 있었어요. 이유 같은 거 듣고 싶어요? 말해줄게요. 대신

다혜 씨도 내가 궁금한 거 말해 줘요."

"아니요. 안 들을래요."

"하여간. 비밀 많은 여자 같아."

아버지가 돌아가시는 날 바이올린 연주를 듣고 있었다. 그 뒤로 음악은 가까이도 하지 않았다. 그런데 연다혜 옆에서 듣는 음악은 또 달랐다.

뭐라고 할까, 영혼의 위로가 된다고나 할까? 연다혜의 향기가 함께 어우러져 지나간 모든 과거까지 다 감싸주는 것 같은 착각이 들었다.

그러는 사이 청담동 본점에 주차했다.

"내리지 마세요. 내리면 내 친구도 볼 텐데. 내 친구는 아직 당신이 업소 남자인 줄 알고 있어요."

"와. 그러니까 내가 더 내려야 하는 거 아닌가? 그 친구 그때 그 바에서 콘돔 챙겨준 친구 맞아요? 나 내릴래."

강현이 안전벨트를 풀려 하자 다혜가 말렸다.

"꼭 그러고 싶어요? 난 친구한테 섹스 파트너가 있다는 말 하고 싶지 않아요."

"그런 거 내숭 맞지요? 그리고 기왕이면 섹스 파트너라고 하지 말고 사귀는 남자, 뭐 이런 식으로 말하면 안 되나?"

강현이 항의하듯 말하자 다혜가 어깨를 으쓱했다. 그러지 않기로 합의한 관계였다. 강현도 제가 말해 놓고 뒷말은 얼버무리고 말았다. 이 여자가 선을 긋는데 서운할 지경이다.

"잠깐만 기다려요. 바로 나올 테니까요."

다혜가 커다란 박스를 들고 낑낑거리며 차 가까이 올 때까지도 강현은 차 밖으로 나오지 않았다.

꼼짝 말고 그대로 있으라 했으니까 혼자 알아서 하겠지.

다혜가 뒷좌석 문을 열고 박스를 넣다가 강현을 째려보았다.

"좀 도와주면 안 돼요?"

"나오지 말라면서요. 업소 남자 꽁꽁 숨겨두고 다니겠다며."

"남자가 그런 걸로 삐쳐요?"

"그럼 여자만 삐칩니까?"

강현의 말에 다혜가 어이없어 웃고 말았다. 운전석으로 가려는데 강현이 내리더니 운전석으로 돌아가서 앉았다.

"갈 때는 내가 운전할게요. 조수석에서 잠깐이라도 눈 붙여요."

고단했는지 조수석에 타고 얼마 되지 않아 여자가 잠들었다.

"내 눈에 아주 콩깍지를 씌워놨지. 이 콩깍지 대체 어떻게 벗어내나?"

그렇게 중얼거리면서도 웃음이 났다. 여자의 짙은 속눈썹이 햇살을 받아 그림자를 드리우고 있는 게 예쁘다.

강현이 빠르게 운전해 둘은 금방 백화점 지하 주차장에 도착했다. 다혜가 눈을 뜬 것도 딱 그때쯤이었다. 다혜의 경차를 주차하고 내리는데 구순호가 떡하니 버티고 있었다.

구순호의 옆에는 다른 경호원들이 여섯 명이나 늘어 있었다.

"정말 왜 이러십니까? 저 회장님한테 맞아 죽을 뻔했습니다."

유 회장은 아직도 성질이 나면 주먹이 먼저 나간다. 구순호의 얼굴 한쪽이 시퍼렇게 멍이 든 걸 보고 강현은 의아해서 물었다.

"무슨 일인데?"

"김철주가 내일모레 나온다고 하지 않았습니까. 오늘 내일은 경호원을 더 늘렸습니다. 내일모레는 아마 한남동에서 나오지 못하실 것 같습니다."

"말이 되는 소리를 해!"

"이렇게 연락 없이 나가시면 회장님께서 내일이라도 가두실 수 있습니다."

"연락은 했잖아!"

214

"행선지를 알지 못해 혼났습니다."

구순호의 말에 강현은 입맛이 썼다. 할아버지가 잔뜩 경계하고 있다는 이야기다. 기분이 상했다. 집안을 노리는 폭력은 언제나 한 자락 깔려있는 두려움이었고 그것 때문에 여자도 아이도 갖고 싶지도 않고 가질 수도 없게 된 거다.

다혜는 시커먼 정장을 한 남자들이 우르르 강현을 에워싸자 겁이 났다. 자세히는 모르겠지만 조금 떨어져서 하는 이야기를 들어봐도 뭔가 위험한 일이 생긴 것 같았다.

다혜가 한 발짝 떨어져 주춤거리며 다음 행동을 정하지 못하고 있자 강현이 돌아보며 말했다.

"먼저 올라가요. 구순호, 뒷좌석에 있는 박스 좀 들어다 드려."

"괜찮아요, 제가…….'

"괜찮긴 뭐가 괜찮아요. 무거워서 낑낑거리는 거 다 봤습니다."

다른 사람들이 있어서인지 조금 더 사무적인 말투였다. 그리고 그 말투가 어쩐지 다혜를 더 존중해주는 것같이 느껴졌다. 다혜는 걱정스러운 눈으로 한 번 더 강현을 보았다.

주변에 있는 시커먼 정장을 한 사람들은 경호원 같기는 했지만 예사롭게 느껴지진 않았다. 그도 그럴 것이 경호원이라고는 하지만 예전부터 할아버지 밑에 있던 조직 폭력 출신의 사람들이어서 일반 경호원들과는 좀 분위기가 달랐다.

아무리 손을 씻고 십여 년이 흘렀다고 해도 사람의 인상이나 분위기가 바뀌기는 쉽지 않으니까. 그리고 그들 내부에서는 철저하게 조직적으로 움직이고 있었으니 다른 사람들이 볼 때는 위화감을 느낄 만도 했다.

"예, 알겠습니다. 대표님."

구순호가 성큼성큼 걸어 뒷좌석에 있는 커다란 박스를 꺼냈다.

"가시지요."

성큼성큼 걸어가는 구순호의 뒤에서 다혜는 조금 망설이다 구순호를 따라갔다. 강현은 저를 둘러싸고 있는 경호원들을 보고 바로 휴대폰을 꺼냈다.

-뭐냐.

들리는 목소리가 위압적이었다. 신경이 편치 않다는 이야기였다. 그러나 마음이 안 좋은 걸로 따지자면 지금 강현도 못지않았다.

"할아버지."

-그래. 말해라.

"경호원 돌려보내겠습니다."

-까분다.

"구순호 하나면 됩니다."

-그 물렁 순두부 같은 놈은 데려다 뭐에 쓰게?

"할아버지. 하지만 이건 아니죠. 지금 여기 있는 사람들 할아버지 특별 경호원들 아닙니까. 손 씻었다고 해도 표 나요."

-표가 나긴 뭐가 나? 내가 볼 때 순한 양이 다 됐구먼. 옛날에 얼마나 무시무시했는지 알아? 사시미칼 들고 다닐 때 말이야!

"그 사시미칼 얘기 그만하시고요. 그럼 일식집을 하나씩 내주든가 하지 왜 경호팀으로 만들어서 저에게 보내나요?"

-잔말 말아. 오늘 한남동 들어와서 이틀간 꼼짝도 할 생각하지 마.

"저 한남동 안 갑니다."

-잡아다 놓을 거야!

"그냥 집에 있을게요. 한남동은 싫어요."

-내 얼굴이 그렇게 보기 싫으냐, 이놈아?

"네. 저 할아버지 얼굴 보기 싫다고요. 옛날얘기도 듣고 싶지 않고요."

할아버지가 싫어서가 아니었다. 위험을 앞두고 할아버지가 한남동에 강현을 감금해 놓았던 건 한두 번이 아니었다. 칠정파가 완전히 소탕되었다고는 하지만 잔챙이들이 어디 숨어 있을지 몰랐다.

또 김철주가 외출을 나와서 무슨 짓이라도 하게 된다면 어떤 일이 생길지도 알 수 없었다. 평생 아슬아슬하고 위험한 삶을 살아왔던 유 회장에게는 촉각을 곤두세울 수 있는 그런 일이었다.

살아남아야 하는 것.

오직 살아남기 위해 노심초사하며 평생 살았다. 그렇게 조심했는데도 아들을 잃었다. 하나 있는 손주마저 잃을 수는 없었다.

"저 한남동 안 가요."

강현이 왜 그렇게 한남동을 오기 싫어하는지 알고 있다. 좋은 일로 들를 때야 아무 상관없지만, 이렇게 경호원들을 밖에 죽 세워놓고 감금하다시피 했을 때는 유 회장의 얼굴을 마주하려고도 하지 않았다.

강현이 워낙 강하게 말하자 이번만은 유 회장도 마음을 꺾었다.

-그래. 네가 한남동에 오기 정 싫다면 꼼짝 말고 네놈 집에 있어. 밖에 애들 세워 놓을 테니까.

"알겠습니다."

일종의 타협이었다. 계속 뻗댄다면 여기 있는 이 사람들은 정말 강현을 강제로 들고라도 한남동으로 갈 것이다. 그런 힘 빼는 짓은 하고 싶지 않았다.

"지금 당장 갈 수는 없습니다. 대표실에 갔다가…….."

그러자 앞에 있던 경호원 하나가 고개를 숙였다.

"회장님께서 어두워지기 전에 들어가시랍니다. 아무래도 어두워지면 혹시 모를 공격에 대비하기가 힘듭니다."

"여기가 무슨 전쟁터입니까? 테러 집단을 상대하고 있는 것도 아니고."

"칠정파는 테러 집단보다 더 기동력 있고 위험합니다."

"그래요. 갑시다, 가요."

강현이 차에 타자 경호원 차가 우르르 그 차를 에워싸며 백화점 밖으로 빠져나갔다.

* * *

"엄마! 나 딸기 캐러멜!"

"안 돼. 이 썩어."

다혜는 동화가 캐러멜을 또 먹겠다고 그러는 걸 매몰차게 안 된다고 잘라버렸다. 동화가 좋아하는 딸기 음식들은 온 집안에 가득했다. 딸기 주스, 딸기 캐러멜, 냉동 딸기와 싱싱한 딸기.

이제 딸기 향이 몸에 배서 동화에게는 우유 냄새와 딸기 냄새가 어우러져 달콤한 딸기 우유 향기가 난다.

다혜는 동화에게 대체로 관대하지만 하루에 먹는 딸기 캐러멜은 정확하게 먹는 개수를 세었다.

"이 썩으면 아야 한다니까?"

"딱 한 개만요. 한 개만 먹고 치카치카 할게요!"

손가락 하나를 빼들고 몸까지 배배 꼬는데 아무리 엄마라도 마음이 약해지지 않을 수가 없다.

"그럼 반 개."

"그거 잘 안 잘리는데!"

"반 개도 싫으면 말고."

"반 개만 주세요!"

웃으며 딸기 캐러멜을 칼로 반을 잘라주자 냉큼 입에 넣고 침을 뚝뚝 흘린다.

"동화야. 넌 뭐가 제일 재밌어?"

"게임!"

아. 천재적이라는 소리를 들었는데 제일 하고 싶은 게 게임이라니. 그러면 앤 커서 뭐가 되려나.

"너 주아 이모 거로 맨날 게임하지."

동화가 고개를 끄덕였다.

"전에 보니까 레벨 굉장히 높던데."

"오늘 드디어 1위 했어, 엄마."

재능이 많은데 하필이면 하고 싶은 게 게임이란 말이지?

이렇게 재능이 많은데 게임을 하겠다는 아들을 도대체 어떻게 해야할까?

"엄마."

"왜?"

"나 되고 싶은 게 있긴 해."

"뭔데?"

"큰 사무실에서 일하는 큰 아저씨!"

"뭐?"

"내가 아는 큰 아저씨 아주아주 큰 사무실에 있는데 아주 멋있어."

"동화도 그 아저씨처럼 되고 싶어? 그러면 뭐가 돼야 할까?"

"대표님!"

"뭐라고?"

"대표님은 큰 사무실에서 일해. 난 대표님 될 거야!"

갑자기 그렇게 말하며 소파 위에서 펄쩍펄쩍 뛴다. 무슨 말을 하는 건지 모르겠다. 주아 어머니도 대표다.

"너 할머니처럼 되고 싶어?"

"그런 거 아니라니까?"

* * *

아악!

아침 일찍 드림백화점 대표실에서 요란한 비명이 울렸다. 비서실 문을 열던 비서 한 명이 비명을 지르며 쓰러지고 말았다. 잔인하게 죽은 쥐 시체가 대표실에 있었다.

일상에서 특히 백화점 사무실에서 접할 수 있는 일이 아니었다.

너무나도 충격적인 일이어서 바로 경호팀에서 달려왔고 그 이야기는 그대로 강현과 강현의 할아버지인 유 회장에게 전달되었다.

"김철주 이놈…… 이놈을."

차라리 공격이 쉽지 방어는 훨씬 더 어렵다. 오죽하면 열 명이 도둑 하나 지키기가 어렵다고 했을까?

유 회장이 강현의 집은 괜찮은지 연락을 하려고 하는 그때 강현에게서 전화가 왔다.

-할아버지.

"왜."

-침착하신 척해도 소용없어요. 저도 다 보고받았으니까. 다른 방법으로 보복할 생각 하지 마십시오.

"뭐야?"

-괜히 복수하겠다고 김철주 똘마니들 찾아서 묻어버리는 일 같은 건 하시지 말란 말입니다. 불법적인 일 용납 못합니다. 저한테 각서 쓰셨던 거 생각하십시오.

유 회장은 대답하지 않았다. 아버지가 죽고 난 뒤에 강현은 할아버지한 테 각서를 써달라고 했다. 폭력적인 일이 집안에서 더 이상 일어나지 않게 무슨 일이 있어도 합법적으로 처리하겠다는 각서였다.

아들을 잃은 슬픔과 이 모든 것이 자신의 업보라고 생각했던 할아버지 는 강현이 말한 대로 순순히 각서를 썼다.

그때가 강현이 17살 때였다.

"하지만 마음 같아서는 그 쥐새끼 같은 놈들 다 찾아서 바다에 던지고 싶은 마음이다."

-저는 안 그런 줄 아십니까? 그래도 그러지 마세요.

"괘씸한 놈들. 분명 아직도 너를 노리고 있는 거야. 아니지, 나를 노리는 거지. 아들을 잃어버린 것도 분한 일인데. 손주까지…… 너 정말 장가 안 갈 거냐?"

꼭 이야기 마지막은 이렇게 된다. 자손을 많이 낳으라는 말이다.

-왜요. 죽더라도 씨라도 남기라고요? 제가 종마예요? 그런 일은 절대로 안 합니다.

"그걸 말이라고 하냐 이놈아? 사내로 태어났으면 사내구실을 해야지! 씨 없는 수박이 뭐야, 씨 없는 수박이!"

또 저 씨 없는 수박 타령. 정관 수술을 하고 난 후 매일 들어오던 말이다.

-네. 저 씨 없는 수박입니다. 그러니까 씨도 없는 놈한테 후손 바라지 말 란 말입니다.

이야기가 이렇게까지 나오면 그 뒷말은 또 훤했다.

"괘씸한 놈아! 네놈이 그렇게 망쳐놓지만 않았어도 내가 지금 네 자식 열 명은 만들었어!"

이 말은 할아버지가 강현과 막장까지 다다랐을 때 나오는 말이었다. 이 미 10대 후반에 자신은 절대로 결혼 같은 건 하지 않겠다고 선언을 했었다.

다른 사람들은 어려서 하는 말이니 커서 좋아하는 여자가 생기고 연애를 하면 그러고도 다 장가간다고 말했으나 유 회장은 그 말을 허투루 듣지 않았다.

그도 그럴 것이 손자 놈은 한번 말한 건 무조건 지켜냈다. 게다가 머리도 비상했다. 어릴 때부터 음악에도 소질이 있어서 바이올린을 출중하게 잘 켰다. 집안에서 음악가를 키우고 싶은 생각은 없어서 취미로 하라고 했으나 이미 14살에 콘서트를 열 만큼 바이올린 실력이 출중했다. 그런데 그 바이올린을 아버지의 죽음과 함께 끊어버렸다.

그렇게 좋아하던 바이올린을 독하게 끊어버릴 수가 있을까?

한마디로 떡잎부터 다른 놈이었다. 그랬기에 유 회장은 강현을 살살 달래서 건강 검진을 하게 한 적이 있었다. 그때가 20살 때였다.

스무 살짜리가 무슨 건강 검진을 하느냐고 했지만, 할아버지가 웬일로 강현의 손까지 잡으며 말했다.

"네놈이 할아비 마음을 어떻게 알아. 이제 우리 유씨 집안의 유일한 핏줄이 너야. 그러니까 네가 건강하다는 걸 병원에서 검사를 받아봐야 내가 마음을 놓겠단 말이다."

그때 받은 검사 중에는 정액 검사도 있었다.

정액 검사를 한다는 말에 강현은 간호사에게 물었다.

"이런 것도 건강 검진에 있나요?"

"네. 회장님께서 특별히 신청하셨습니다."

순진한 스무 살짜리는 청년은 건강 검진에 그런 것도 있는 줄 알았다.

그런데 이것이 문제가 된 것은 9년이나 지난 뒤였다.

26살부터 매일 선보라는 소리 때문에 집안이 조용할 날이 없었다. 할아버지의 성화에 어머니와도 사이가 틀어졌다.

"제 인생입니다. 결혼 안 합니다. 우리 유씨 집안은 그냥 이렇게 저까지 잘 살면 됩니다."

"뭐야? 이 괘씸한 놈!"

"저 독립합니다. 회사 일이라도 하게 두실 거면 말리지 마십시오."

그렇게 독립을 했다. 그런데 거기서 끝이 아니었다.

다가오는 여자들이 다 이상했다. 하나같이 피임 필요 없다며 달려들었다.

그 당시 강현은 콘돔에 신경을 많이 썼었다. 콘돔 없는 관계는 생각할 수도 없을 만큼 말이다.

그런데 어느 날 함께 호텔에 들어섰던 여자가 핸드백에서 콘돔을 꺼내더니 끼워주겠다며 다가왔다.

왠지 기분이 이상했다. 그녀의 손에 든 콘돔을 뺏어 들고 스탠드에 비춰 보았더니 콘돔에 구멍이 숭숭 뚫려 있었다.

순간 술이 다 깼다. 화가 난 강현이 여자의 목을 쥐었다.

놀란 여자가 숨을 들이켰다.

"너, 누구야. 누가 시켰어?"

"유…… 유 회장님……."

"당장 꺼져."

어떻게든 핏줄을 잇겠다고 이런 짓까지 하신다고 생각하니 이대로는 안 되겠다 싶었다. 이제 더 이상은 결혼하라는 소리도 듣기 싫어 정관 수술하고 진단서를 보여준 게 29살, 5년 전이었다.

"천하에 불효막심한 놈!"

앓아누운 할아버지를 한 번 찾아뵙지도 않았지만 어머니가 하도 달래서 한남동으로 갔을 때였다.

할아버지 방에서 은밀한 소리가 들려왔다. 그 대화에서 예전에 냉동해 놓은 강현의 정자가 있다는 걸 알게 되었다.

"이거 위법인 거 아시지요? 전 원래 법대로 하는 거 좋아하는 놈인 거 아시지요?"

강현은 철저하게 조사해 9년간 저장해 놓았던 냉동 정자까지 완전히 없애버렸다. 이제 이 세상에 강현의 씨 같은 건 존재하지 않는다.

할아버지는 그때 이후로 나쁜 놈이 정관 수술한 것도 모자라서 냉동 정자까지 없애버렸다며 세상에 불효막심한 놈 소리를 연달아서 하셨다. 하지만 장성한 손주는 이제 무엇으로도 이길 수가 없다.

머리가 비상해서 사업도 귀신같이 잘하고 불법적인 모든 것에서 깨끗하게 손을 털고 합법적인 기업을 만들어 승승장구했다.

덕분에 아무것도 모르면서 백화점 회장직에 올랐다. 그렇게 할아버지를 회장으로 만들어 놓고는 매일 놀린다는 소리가 바지 회장님이다.

지난 세월에 담긴 이런 사연이 있어서 유 회장은 마지막에 나쁜 놈, 괘씸한 놈이 연거푸 나왔다.

"저 그렇게 불효막심한 놈 아니에요. 지금도 할아버지 말 듣고 회사 안 가고 여기 이러고 있지 않습니까. 그러니까 너무 괘씸하게 생각하지 마세요. 적어도 제가 할아버지보다는 오래 살 테니까. 할아버지가 살아생전에는 자손 있는 거 보고 가시는 거 아닙니까."

-에라이, 이 괘씸한 놈아!

할아버지가 전화를 끊어 버렸다. 강현도 기분이 엉망이었다. 다른 때는 집 안에 있어도 일들이 많았지만 어쩐지 아무것도 하고 싶지가 않았다.

테이블 위에 있는 태블릿PC를 보는데 갑자기 꼬물꼬물 작은 손으로 게임을 하던 동화가 생각이 났다.

왜 하필 이름이 동화야?

하지만 그놈은 평범한 애가 아니다. 뭐가 되어도 될 놈이지.

그리고 생각해 보니 동화의 얼굴이 참 낯익다는 생각이 들었다.

"왜 애완견을 키우는지 알겠네. 그런 강아지 있으면 나도 데려다 키우겠다."

그런 생각을 하고 욕실로 들어갔다. 칫솔질하려고 거울을 보는데 그 어린 동화라는 놈이 어쩐지 자기와 닮은 것 같다는 생각이 문득 들었다.

아이가 웃었던 것처럼 거울을 보고 씩 웃자 입매 끝이며 어딘가 그놈이 날 닮은 것 같다.

사람들이 좋아하는 건 다 자기 닮았다고 한다더니 괜히 그러는 게 아니네. 다음에 보면 태블릿PC 하나 사줘야지.

"그 엄마 누군지 몰라도 횡재했다."

* * *

다혜는 출근해서 매장 정리를 하면서도 계속 휴대폰을 바라보았다. 어제 그렇게 강현이 돌아가고 난 후 계속 신경이 쓰였으나 그는 밤에 따로 연락하지 않았다. 틈만 나면 한 번씩 문자라도 했었는데 은근히 신경이 쓰인다.

"전화라도 하지."

언제부터 이런 마음이 들기 시작했나? 서로 되도록 연락하지 말고 지내자고 했던 게 저였고 틈만 나면 문자며 전화를 했던 게 그 사람이었다. 그런데 막상 그가 아무 연락이 없자 자꾸 휴대폰을 보게 된다.

"실장님, 어디서 연락 올 데 있어요?"

유진의 말에 다혜는 자신의 행동을 자각하고 고개를 저었다.

"어? 아니야."

"꼭 연애하는 사람 같아요."

"뭐?"

"자꾸 휴대폰 보는 거 연애하는 사람들 특징이거든요."

가슴이 철렁했다. 그렇게 표가 났나?

"유진 씨, 무슨 소리야. 애기 엄마 특징이기도 해. 아이한테 혹시 무슨 연락은 안 오나. 동화 때문에 자꾸 휴대폰 보는 거야."

"그런가요? 하긴 아들 사랑도 연애하고 비슷한가 봐요."

"그래. 그러니까 유진 씨도 부지런히 연애도 하고 나중에 아기 낳아서 아기하고 연애도 해보고 그래."

말은 그렇게 했지만 내심 또 한 번 그에게 연락이 없나 휴대폰을 보게 된다.

그런데 그런 마음에 파문을 던진 건 비서실 직원들이었다.

비서실 직원 둘이 와서 이야기하는 소리가 들렸다. 아마도 한 사람은 이사실 직원이고 다른 한 사람은 대표실 비서였던 것 같다.

"오늘 대표님 출근 안 하셨다며?"

"응."

"그렇게 일이라면 환장을 하던 사람이 무슨 일이래? 사실 우리 대표님 워커홀릭 아니니?"

"뭐, 그렇다고 할 수 있지. 남아도는 게 힘이니까 사업에 다 쓰나 봐."

"그런데 사실 그런 사람 별로 없잖아. 그 정도 재력 있는 독신이라면 놀것도 많고 여자도 많고…… 그런데 대표님은 유독 일에 매달려 살잖아."

"덕분에 직원 복지도 좋고 매출도 계속 늘어나니까 우리야 좋지."

"그런데 왜 안 나왔대? 아픈가?"

"글쎄 무슨 일이 있는 건지…… 뭐 중병이 들었다고 해도 쉬쉬하지 않겠니?"

그 말을 듣자 다혜는 섬뜩한 느낌이 들었다.

어딘가 아파서 갑자기 그렇게 많은 경호원에게 끌려가다시피 간 걸까?

먼저 전화를 걸까도 싶었지만, 그게 영 망설여진다.

그냥 잊자. 설마 그 남자가 죽기야 하겠어? 나하고 무슨 상관이 있다고.

순간 뜨겁게 몸을 섞고 서로의 눈동자를 바라보며 달아올랐던 그 시간이 확 떠올랐다.

아름답다, 예쁘다 말해주며 더듬어주던 그 손길. 완벽하게 하나로 맞물린 성기와 얽혀들었던 혀. 이런 것들이 머릿속에 각인이라도 된 듯 문득문득 선명하게 떠올라 일을 하다 말고도 손을 내려놓을 때가 많았다.

다혜는 머리를 흔들었다.

"정신 차려야지, 정신."

요즘은 매장 일뿐 아니라 쇼룸 '비긴'의 조경을 맡아 무척이나 바빴다.

'비긴'은 100평 가까이 되는 엄청나게 넓은 매장이었다. 다혜는 65% 정도는 화분을 이용하고 나머지 35%는 다육식물과 꽃꽂이를 반반씩 섞어놓기로 했다.

"일단 우리 꼬마 천재에 대해서 엄마가 제대로 알아야 하겠지?"

다혜는 어린이집에서 돌아온 동화와 함께 문화센터로 올라갔다. 문화센터가 있는 11층에서 12층으로 올라가는 에스컬레이터를 바라보다 강현의 생각이 났다.

오늘 출근 안 했단 말이지? 치, 맨날 전화할 때는 언제고 연락 한번이 없어.

그렇게 동화를 데리고 문화센터 문을 열려는데 문자가 왔다. 그 남자다.

[뭐해요?]

[대표님 아프세요?]

[뭐, 그런 셈이죠.]

쪽팔리게 누가 해코지할까 봐 할아버지한테 붙잡혀 감금당해 있다는 말은 할 수가 없었다.

[저 지금 상담해야 해서요. 나중에 연락드릴게요.]

하여간 이 여자는 콧대가 세다. 진짜 상담하는 거 맞아? 그런데 무슨 상담을 한다는 거지?

어디가 아픈가? 갑자기 뭔 상담을 한다는 거지?

하루에도 몇 번씩 연다혜가 머릿속에서 튀어나와 자신을 유혹한다. 갑자기 머릿속을 점령한 연다혜 때문에 그렇지 않아도 저가 한심스러운데 가끔 그 예쁜 꼬맹이가 '아저씨' 하고 부르며 두 팔을 벌리고 안아달라는 장면까지 겹칠 때가 있다.

"진짜 사람 우스워지는 거 순간이네. 유강현. 너 진짜 연다혜한테 원하는 게 뭐야?"

나도 동화 그 자식처럼 사람 홀리는 재주라도 있으면 좋겠네.

"나도 꽤 홀리는 편인데."

강현은 그렇게 말하며 혼자서 고개를 갸웃했다.

* * *

다혜는 지금 눈앞에서 바이올린 음을 맞추고 있는 게 제 아들이라는 걸 믿을 수가 없었다. 바이올린 선생님이 기본음을 들려주자 동화가 따라서 음을 잡고 있었다.

바이올린은 손가락으로 건드리는 곳마다 정확한 소리를 내고 있었다.

"절대음감이네요. 어머님께서 음악 전공하셨나요?"

"아니에요. 저는 원예과 졸업해서 플로리스트로 활동하고 있어요."

"그러시군요. 이미 동화에 대해서 다른 선생님들께 이야기 많이 들었습니다. 지금 우리 문화센터에서 가장 유명한 아이가 동화예요."

"네? 어떻게…… 동화가 말썽을 부리기라도 했나요?"

"그게 아니고요. 모든 수업마다 두각을 나타내고 있어서 제가 볼 때 아버

228

지 쪽이 음악에 재능이 있지 않을까 싶어요. 이런 부분은 유전적인 이유가 크거든요."

"아, 그렇군요."

"재능이 있으니 원하는 걸 시키면 될 거 같아요."

선생님이 동화를 보고 싱긋 웃었다.

"동화야, 내가 지금 연주하는 거 듣고 한번 따라해 봐."

어려운 음악은 아니었지만 연주하는 걸 듣고 그 자리에서 똑같이 연주할 수 있다고는 생각할 수 없었다. 그러나 동화가 씩 웃었다.

"네!"

선생님이 연주를 하는 동안 아이의 집중력은 대단했다. 그 음악에 빠져 들어 가듯 꼼짝도 않고 듣더니 바로 그 음을 연주해냈다.

"와, 우리 동화 대단하다. 너 바이올린 좋아?"

선생님의 물음에 동화가 한쪽 입꼬리만 씩 올리고 웃더니 고개를 한 번 끄떡하고 말했다.

"조금 시시하지만…… 좋아요!"

"동화야, 네 마음대로 피아노 한번 쳐볼래?"

"네!"

피아노 앞에 앉은 동화는 피아노에 비해 너무나 작았다. 그런데 이 아이가 지금 막 들었던 음악을 치더니 그다음에는 난생처음 듣는 곡을 연주하기 시작했다.

"동화야, 너 이거 지금 네가 생각나는 대로 친 거야?"

그러자 동화가 고개를 끄덕였다.

"그러면 네가 지금 친 거 한 번만 더 쳐볼래?"

"잘할 수 있어요."

동화는 신이 나서 조금 전 쳤던 멜로디를 다시 쳤다. 똑같은 음이 다시

나온다. 옆에 있던 바이올린 선생님이 박수를 쳤다.

"와, 우리 동화 대단하네. 어머님 보셨죠? 저 아이는 지금 제대로 된 음악을 작곡한 거예요. 아직 음표를 그리는 법을 알지 못하기 때문에 적어놓지만 않았을 뿐이지 음표까지 배워서 악보에 적어놓기만 하면 작곡가가 되는 거죠. 지금도 이미 자기가 연주한 곡을 정확하게 기억하고 있습니다."

"그럼 이제 어떻게 해야 하나요?"

"동화가 제일 잘하는 거, 제일 하고 싶어 하는 걸 시키면 됩니다."

"그런데 우리 동화는 게임이 제일 재미있대요."

그러자 선생이 웃음을 터트렸다.

"천재성이 있어도 아직 아기잖아요. 아직 어리니까 천천히 접근하는 게 좋을 것 같습니다."

"그럼 레슨은 중급반으로 가야 할까요?"

"글쎄요, 중급반이라…… 사실 중급반에 있는 애들은 동화보다 훨씬 나이가 많아서 같이 수업하는 게 꼭 좋다고 볼 수는 없어요."

"네. 알겠습니다. 감사합니다."

동화를 데리고 나오는데 동화가 손을 잡아끌었다. 12층으로 올라가는 에스컬레이터 앞에서 자꾸 올라가자고 한다. 나름 힘을 쓰며 다혜의 손을 잡아당기는데 다혜가 동화를 꽉 끌어안았다.

"동화야, 왜 그래?"

"엄마, 저 위에 올라가자."

"저 위에는 우리가 올라가는 데 아니야."

"저기는 대표님이 있는 데잖아. 큰 아저씨!"

"뭐?"

"큰 아저씨가 대표님이잖아!"

설마 동화가 말하는 대표님이 강현을 말할 거라고는 생각하지 못했다.

"그래, 알았어. 그런데 저기에 함부로 올라가면 안 되니까 지금은 엄마하고 내려가자. 엄마 조금 이따 청담동으로 갈 거거든?"

동화를 겨우 달래서 청담 매장에 도착하자 동화는 신이 났다. 아이는 건물 뒤쪽에 있는 작은 정원에서 노는 걸 좋아해서 부르지 않으면 시간 가는 줄 모르고 보낸다.

"요즘 꽃 많이 팔았더라? 지난달에 백화점 매출이 엄청 늘었어."

혜순의 말에 다혜가 고개를 끄덕였다.

"확실히 백화점 매출은 무시할 수가 없어요. 수수료로 가져가는 게 많긴 하지만."

"그래도 전체적으로 이익은 더 많이 남으니 잘됐지. 오늘 나 우리 동화 데리고 가서 친구랑 하룻밤 놀다 올게."

혜순이 동화를 데리고 친구를 만나는 일은 자주 있는 일이었다. 동화 또래 손자가 있는 친구여서 동화도 좋아했다. 단지 걱정이 되는 게 있다면 고스톱이었다.

"그런데 어머니 혹시 또 친구분이랑 고스톱 치는 거 아니에요?"

"아이고, 고스톱 칠 수도 있지."

"자꾸 우리 동화 고스톱 같은 거 가르치면 안 되는데……."

할머니와 노느라고 5살 꼬맹이가 청단, 홍단, 피박 모르는 게 없다. 다혜로서는 걱정이 되는 부분이었다.

"얘 좀 봐. 누가 누굴 가르쳐? 동화가 날 가르치지. 동화가 옆에 있으면 내가 무조건 이긴다니까? 하여튼 저렇게 조그만 놈이 짝 맞추는 것도 귀신 같고 내가 질 거 같으면 손가락으로 가리키면서 그걸 내라는 거야. 그래서 내가 저번에 쓰리고에 피박에…… 엄청 먹었다니까?"

혜순의 말을 들으며 다혜는 울상이 되었다.

"어머님…… 그렇게 말씀하시면 정말 속상해요. 우리 동화 데리고 고스톱 하시려고."

"얘가 무슨 말을…… 내가 무슨 도박단이니? 동화야말로 진짜 타짜라니까! 걱정하지 마. 동화도 숙경이 손주하고 친하잖아. 오랜만에 숙경이네 집에 모여서 논다는데 데리고 갔다 오면 좋지, 뭐. 너도 힘든데 혼자 좀 푹 쉬어."

"……알겠어요. 어머니 몇 시에 가세요?"

"어. 저녁 먹기 전에 가려고."

"잠깐만 기다리세요."

다혜는 바로 옆 가게로 가서 딸기 케이크를 사왔다. 전국에서 딸기 케이크를 제일 잘 만드는 집이라고 소문난 곳이었다.

"노시면서 같이 드세요. 동화도 좋아하고."

"알았다."

청담동 매장은 백화점에 비하면 정말 느긋했다. 매장 문을 조금 일찍 닫고 나오는데 눈발이 하나둘 날리고 있었다. 서둘러 발걸음을 옮기는데 옆 매장의 딸기 케이크가 다시 눈에 들어온다.

"아프다고 했던가?"

강현이 떠올랐다. 마침 문화센터에 들어갈 때 연락이 온 뒤로 다혜가 연락하겠다고 하고 하지 못했다. 그사이 강현에게는 아무 연락이 없었다. 잠시 전시된 케이크를 바라보던 다혜는 케이크 집 문을 열고 들어가 딸기 케이크를 하나 더 포장했다.

이거 오버지? 겨우 섹스 파트너 주제에 아프다고 찾아가는 거, 오버지?

아프다잖아. 그냥 안면만 있어도 아픈 사람 문병 갈 수 있지.

고민하다가 강현의 아파트 앞에 다다랐으나 초고층 아파트 입구에서부터 망설이게 된다.

다혜는 강현에게 전화를 했다.

"많이 아프세요?"

-이게 웬일이야. 연다혜 씨가 전화를 다하고. 연다혜 씨 맞아요? 내가 전화 받는 사람.

"맞아요. 많이 편찮으시다고 해서 왔는데……."

-와요? 어디를. 설마…… 여기를?

강현이 벌떡 일어나 앉았다.

-지금 어딘데요?

"주차장 입구로 들어가기 전에 전화 드렸어요. 혹시 댁에 안 계실 수도 있고 찾아가는 게 실례가 될 수도 있을 것 같아서."

-무슨 소리. 내가 지금 나갈게요.

"아니에요. 주차하고 올라갈게요."

어차피 나갈 수도 없었다. 현관문을 열자 입구에 죽 서 있는 경호원들이 보인다.

"계속 이렇게 서 있을 겁니까? 그냥 가세요, 상관없으니까."

강현은 눈에 힘을 주고 사시미칼 경호팀을 노려보았다.

연다혜가 온다니까. 당장들 꺼지라고!

"안 됩니다."

가란다고 갈 사람들이었으면 저가 이렇게 갇혀 있을 필요도 없을 거다.

"왜 나오셨습니까?"

"내 손님이 올 건데 이러고 있으면 곤란해요. 여. 자. 손. 님. 그러니까 잠시 사라져 있기라도 해요."

여자 손님이라는 말에 잠시 분위기가 멈칫했다. 그러나 그중에 머리를 올백으로 넘겨 묶은 남자가 앞으로 나오며 묵직한 소리를 냈다. 이 사시미칼 경호팀 팀장이다.

나이도 지긋한 이 남자는 오랫동안 할아버지 옆에 있어 강현도 아는 사람이었다.

"도련님, 신분이 확실하지 않으신 분이라면 곤란합니다. 회장님께서 걱정하고 계십니다."

"또 그 도련님 소리. 요즘이 어떤 시대인데 그런 말을 써요? 손님은 신분 확실합니다. 우리 백화점 점주예요."

"네."

누가 봐도 말이 안 됐다. 이 밤에 백화점에서 일하는 사람이 대표의 집으로 찾아 올 일 같은 건 있을 수도 없다. 하지만 아무도 그런 말은 하지 않았다.

이들에게 강현은 보스의 손자였고 보스와 동격이었다. 보스의 사생활은 아무도 입에 담지 않는다.

"나 여기 서서 기다릴 겁니다."

"곤란합니다. 안전에 주의하셔야죠. 갑자기 습격이라도 한다면……."

"그 손님 안전이 걱정돼서 나 문 못 닫는다고. 당신들 보면 놀라서 그냥 갈 거라고. 그 여자가."

강현은 신경질적으로 대답하고 문을 연 채 초조하게 엘리베이터 쪽을 바라보았다. 땡 하는 엘리베이터 소리가 나자 모두가 강현이 보이지 않게 앞을 막았다. 몸 바쳐 총알이라도 막아내듯이 말이다.

앞이 가로막힌 강현이 까치발을 디디고 손을 흔들었다. 엘리베이터에서 내린 여자가 한 무리의 남자들을 보고 눈이 커진다. 진짜 모양 빠지지만 어쩔 수 없는 일이었다.

"여기예요."

우르르 몰려있는 정장 복장을 한 남자들 뒤에서 베이지색 스웨터를 입은 그가 손을 흔들고 있었다.

"괜찮으니까 이리 와요."

덩치들이 문 앞을 지키고 있으니 다혜가 오다가 도망갈 것 같아서 조바심이 났다. 아니나 다를까 다혜는 엘리베이터에서 두어 걸음 떨어진 채 현관문 쪽으로는 오지도 못하고 서 있었다.

"비켜. 비키라고."

강현이 경호원들을 밀치고 나가 그녀의 손목을 잡았다. 홍해가 갈라지듯 강현의 현관문을 사이에 두고 늘어선 검은 정장의 경호원들 사이로 걸어가는 다혜의 얼굴을 보며 강현이 설명했다.

"아, 우리 집에 왔다가 지금 가는 사람들입니다. 다 잘들 가세요. 우리는 어서 들어가요, 이리 와요."

강현이 다혜의 손을 잡고 안으로 들어가기 무섭게 문을 닫았다. 시야에서 검은 정장의 무리가 보이지 않게 되자 다혜는 겨우 긴장을 풀었다. 집에 다녀가는 사람들 분위기가 심상치 않다.

험악한 손님들이 저렇게 많이 다녀간 집치고는 먼지 한 톨 없이 깨끗하다. 다혜는 물컵 하나 나와 있지 않은 집 안을 돌아보며 물었다.

"혼자 계세요? 많이 편찮으세요?"

"뭐 좀…… 그러고 보니 아픈 것 같기도 하고……."

"어디가요?"

다혜가 케이크를 테이블 위에 놓고 묻자 그가 제 입술을 가리켰다.

"여기요."

다혜는 그의 입술을 빤히 올려다보았다. 그린 듯한 입술선이 선명하게 호선을 그리고 있었다. 보통 입술이 아프면 구순포진이나 입병 같은 건가?

"크게 포진 같은 게 난 것 같지는 않은데……."

망설이는 동안 그가 답삭 허리를 끌어안더니 입술을 겹쳤다.

"키스하고 싶어서 입술에 병났다고요."

가슴이 마구 뛰었다. 부드러운 키스를 하며 그의 입술이 목에 달라붙었을 때쯤 그녀가 그의 어깨를 다독이듯 건드렸다.

"나 병문안 온 거예요."

"잘 왔어요. 생각지 못한 선물이어서 좋아 죽겠네."

다혜가 천천히 몸을 떼어냈다. 이러다가 여기 온 목적이 흐려질 것 같다.

"혹시 케이크 좋아하세요?"

"케이크?"

일부러 케이크를 사 먹는 적이 있었던가?

"잘 모르겠는데."

"한번 드셔 보실래요? 어떤 거 좋아하는지 몰라서 그냥 사 왔는데……
우리…….."

우리 동화가 좋아하는 거라는 말을 하려다 말았다. 그에게 아이가 있다
는 말을 아직 하지 않았다는 게 갑자기 떠올랐다.

이런 만남이 좀 더 길어진다면 그런 말도 해야 할까?

하지만 동화에게 조금이라도 영향을 주게 된다면 하고 싶지 않다. 그런
말을 하게 된다는 건 이 관계가 어떤 모양으로든지 달라진다는 걸 의미할
거다. 그녀가 케이크를 꺼내는데 뜬금없는 말이 떨어졌다.

"혹시, 나 말고 다른 남자 있어요?"

"네?"

딸기로 화려하게 장식된 하얀 케이크가 모습을 드러냈지만 강현의 눈은
다혜에게 고정되어 있었다.

"지나간 남자라든가…… 만일 그런 남자 있으면 잘라버려요. 나 만나는
동안은 한눈팔면 안 돼요."

"왜 갑자기 그런 걸 물어요? 나 바빠서 대표님 만날 시간도 거의 없잖
아요."

긴장감 담긴 말을 하던 그의 얼굴이 다혜의 대답에 바로 밝아졌다.

"그러니까. 나는 연다혜 씨가 양다리 걸칠 사람이라고는 생각하지 않았어요."

"그냥 갈까요? 이 케이크 들고?"

"무슨 그런 섭섭한 소리를…… 나 케이크 좋아해요. 사 왔으니까 내가 먹는 건 봐야지."

다혜가 케이크 포장을 벗겨내는데 강현이 뒤에서 감싸 안았다. 단단한 가슴과 커다란 어깨가 몸을 감싸는 느낌에 몸이 떨렸다.

"나 만날 때는 나한테만 집중한다고 약속해요."

"알겠어요. 저는 양다리씩이나 걸칠 만큼 힘도 없고 시간도 없어요."

대답이 마음에 드는지 그가 입을 활짝 벌리며 웃었다.

"케이크 맛있어 보이네. 나도 딸기 좋아해요. 기왕이면 샴페인도 꺼낼까?"

그가 바로 옆에 있는 와이너리에서 샴페인을 꺼내자 다혜가 고개를 저었다.

"아프신 분이 술 먹어도 돼요?"

"뭐든 먹어도 되는 병이에요."

그가 샴페인을 따랐으나 다혜는 운전을 해야 해서 건배만 하고 마시지 않았다.

"그냥 마셔요. 마시고 자고 가면 되지."

동화가 없기는 하지만 그건 안 될 거 같았다. 아니, 자꾸 그래서는 안 될 거 같았다.

"아니요. 저 늦어도 갈 거예요."

강현이 빤히 그녀를 보더니 긴 팔을 뻗어 그녀의 뺨을 손으로 감쌌다. 뜨거운 손길이 볼에 닿자 체온이 높아지는 것만 같다.

"나 밀어내고 진짜 그냥 갈 거예요?"

다혜가 고개를 끄덕였다. 하지만 그건 쉬운 일이 아니었다. 어느 틈에 침대 위에서 흐트러져 그를 받아들이고 있었다.

나쁜 엄마가 되어가는 것 같았다. 동화가 없을 때면 이 남자와 이렇게 몸을 섞고 있으니 말이다.

"오늘 이런 행운이 있을 줄은 몰랐는데."

그가 그녀의 목덜미를 혀로 핥아 올리며 귓불을 물고 말했다. 귓가에 질척이는 소리와 함께 울리는 남자의 낮은 음성이 다혜의 몸을 뒤흔들었다. 목소리가 귓가에 울리는 것만으로도 입에 침이 마르고 신음이 터졌다.

"원래 이렇게 민감해요? 아니면 나한테만 이래? 나 미치는 꼴 보려고?"

그가 그녀의 젖가슴을 손으로 꽉 움켜쥐었다. 손안에 알맞게 들어오는 풍만한 가슴. 손댈 때마다 하얗고 동그란 가슴이 움켜쥐는 모양대로 일그러지는 게 만족스럽다.

그가 단단하게 뭉친 젖꼭지 끝을 이로 깨물었다. 허리가 튕기듯 올라오자 혀로 다시 부드럽게 핥아 올렸다.

"나하고 같이 지내면 안 돼요?"

"하아…… 무슨 말이에요?"

"동거하자고. 회사에서 아는 척 안 할 테니까 여기 들어와서 살자고. 난 아무래도 끝을 봐야 할 거 같아. 그 끝이 뭐든지. 이대로는 너무 아쉬워서 안 되겠어요."

다혜는 목을 뒤로 꺾으며 거친 호흡으로 말했다.

"당신 질리는 시간이 길어질 것 같아서 단축하자는 거면 그러지 않아도 되는데. 나 얼마든지 끝낼 수 있어요."

"내가 못 끝내겠어서 그래요. 내가. 누구 마음대로 끝내."

그가 그녀의 다리를 활짝 벌리고 부드러운 살을 손가락으로 비볐다. 온몸에 바짝바짝 전율이 일어 몸을 뒤틀며 그녀가 말했다.

"늘 자기 마음이 끝나야 끝나는 건가요? 그전에는 안 되는 거예요? 만일 내가 지금 끝내자고 하면 어떻게 할 건데요?"

"예전 같았으면 뒤도 돌아보지 않았겠지만…… 연다혜 씨는 달라. 그냥 못 놔줄 것 같아."

가슴이 요동했다. 이 남자에게서 이런 말을 들을 줄은 몰랐다. 다시 입술이 겹쳐지자 생크림과 딸기, 샴페인 맛이 한데 어우러지며 몽롱한 달콤함이 입 안에 퍼졌다.

이 여자는 사람을 참 들끓게 한다. 바로 삽입하고 끝장을 보고 싶게 하면서도 또 예쁜 몸을 조금씩 핥아 먹고 싶게 하는 그런 욕망을 일으킨다.

아름다운 몸은 매끄러운 피부와 손에 닿을 때마다 흔들리는 유려한 곡선까지 모든 것이 다 완벽했다.

그의 손이 다리 사이 젖어든 살을 건드리며 파고들었다.

"오래는 못 참을 거 같아."

"빨리해요."

다혜 역시 긴 애무보다 어서 삽입해 주었으면 했다. 그만큼 몸이 달아올랐다. 하지만 그는 고개를 저었다.

"그런 식으로 말하면 사람 더 미친다고. 빨리해 달라고 하면 더 애태우고 싶거든? 당신도 나만큼 좀 애 타보라고."

그의 입술이 그대로 치모를 가르고 음핵을 빨아들였다. 질구가 꽉 조여드는 짜릿함에 어쩔 줄 몰라 할 때 손가락이 파고들었다. 한 개의 손가락이 깊은 곳을 휘젓다가 어느덧 손가락이 늘었다.

"손가락만으로도 이렇게 좋아하나? 내 거 먹을 땐 어때요."

"어떨 거 같아요?"

"미칠 거 같겠지, 나처럼."

그가 손가락을 빼고는 단단한 성기를 그녀의 질구에 비비며 천천히 밀어 넣었다. 아주 천천히 밀어 넣는 그의 행동은 다른 때보다 훨씬 더 자극적이었다. 질구의 주름 하나하나가 펴지며 그의 성기를 받아들이는 느낌에 척추를 타고 올라오는 짜릿함이 배가된다.

"아흑."

완벽하게 맞물린 성기가 깊은 속에 있는 그녀의 성감대를 꾹 찔렀다. 이곳이 닿을 때마다 그녀는 미칠 듯이 몸부림쳤고 강현은 집요함으로 그곳을 놓치지 않고 찔러댔다.

연거푸 다혜의 신음이 퍼지고 그와 동시에 그의 입에서도 신음이 터져 나왔다. 이 상태로 조금만 더 진행된다면 완벽한 절정에 이를 게 분명했다. 그러나 그는 서두르지 않고 갑자기 몸을 확 뒤로 빼버렸다. 커다란 성기를 물고 있던 질구가 허전함에 벌름거렸다.

그가 입술을 내렸다. 혀를 깊게 밀어 넣고 휘저으며 빨아들이고 손가락으로 음핵을 비비자 무서운 전율과 함께 절정이 찾아왔다. 왈칵하고 쏟아져 나오는 뜨거운 액체를 그가 다 들이켜 마시며 그녀의 애널을 손가락으로 건드리기 시작했다.

절정의 끝에서 새로운 자극에 몸부림치는 그녀의 안으로 그가 다시 성기를 밀어 넣었다.

"하아아……."

그녀의 비명이 울려 퍼졌다. 완벽한 절정의 극치. 둘은 절정의 극치에서 서로를 꽉 끌어안았다. 넘치도록 사정한 정액이 결합한 사이로 흘러넘쳤다.

서로의 시선이 서로를 올무처럼 잡아매 둘 다 시선을 돌리지 못하고 있었다. 그대로 상대방의 절정을 보며 서로의 눈동자에 비친 제 절정을 황홀하게 바라보았다.

끌어안은 몸이 다 땀으로 젖어 있었다.

강현이 코를 맞대고 물었다.

"왜 이렇게 예뻐? 대체 언제부터 이렇게 예뻤어요? 왜 이제 나타났어요?"

다혜는 대답 대신 피식 웃었다. 예쁘다는 말을 여러 번 듣기는 했지만, 이 남자가 예쁘다고 할 때는 또 다른 설렘이 있다.

어쩌면 이 남자에게만은 더 예쁘게 보였으면 하는 마음이 있는 걸까?

다혜는 담담하게 그의 머리카락을 손으로 넘겨주며 말했다.

"당신도 예뻐요."

"이거 좋은 말인가? 남자한테 예쁘다고 하는 거."

그녀의 눈에 유강현은 정말 예뻤다. 잘생긴 남자. 예쁘다는 표현은 다혜가 잘 쓰는 표현이었다. 동화에게도 늘 예쁘다고 그러다 보니 습관이 된 것 같다.

그때 다혜가 올려놓은 휴대폰이 사이드 테이블에서 진동했다. 발신자는 [어머니, 전혜순], 동화의 전화일 게 분명했다. 혜순과 함께 갔으니 할머니 휴대폰으로 전화를 했을 거다.

다혜가 손을 뻗어 전화를 받으려 하자 강현이 그녀의 손목을 잡았다.

"설마 지금 이러고 있으면서 전화를 받겠다고? 누구 전화인지도 모르면서."

"어머니 전화예요. 사장님이요."

"그러면 더더군다나 안 되지. 내가 지금 일에 밀릴 것 같습니까? 단 1초도 어림없는 소리야."

그가 다시 그녀에게 입술을 겹치며 두 손을 잡은 채 손목을 위로 올렸다. 좁아진 가슴이 더욱 볼록하게 위로 솟아 아름다움이 절정을 이룬다. 적당히 땀에 젖어 흐트러진 그녀의 몸은 그의 성욕을 한 번 더 자극했다. 그가 다시 성기를 밀어 넣었다. 혀를 내밀어 유륜을 핥아 올리며 천천히 허리를 흔들자 다혜는 눈을 감았다.

9. 우리 엄마예요!

"할머니, 엄마 전화 안 돼."

동화가 혜순의 전화기를 내려놓더니 문자를 시작했다.

-엄마, 나 잘 있어. 할머니 고스톱 땄어. 이제 잘 거야.

동화가 문자를 하는 걸 보고 혜순의 친구 숙경이 입을 딱 벌렸다.

"아니, 쟤 진짜. 문자도 하네. 대체 한글을 언제 뗐대?"

"내가 알아? 쟤 천재라니까. 아마 태어나면서 한글 떼고 나왔을 거야. 야! 숙경아. 홍단 났다."

"아니. 이게 어떻게 된 거야? 어?"

"났다. 났네. 나 스톱. 스톱이야!"

혜순의 말에 갑자기 숙경이 웃으며 말했다.

"그런데 어쩌냐? 짝이 안 맞네. 남은 패가 짝이 안 맞아. 이거 나가리다."

"뭐? 아이. 다 이겼는데 나가리가 뭐야?"

그때였다. 동화가 갑자기 일어나더니 숙경의 앞으로 다갔다. 그러고는 화투판으로 깔아놓은 담요를 들췄다. 그 안에서 청단 하나가 나왔다.

활짝 웃는 동화를 보고 두 할머니의 반응이 완전히 달라졌다.

"아이고, 내 새끼. 그건 또 언제 봤대? 숙경이 너 진짜 이렇게 수 쓰고 그럴 거야?"

숙경이 입을 딱 벌렸다.

"그래. 아주 천재 맞네. 꼬맹이가 인물만 좋은 게 아니라 아주 눈썰미가 귀신이야. 귀신."

속상해하는 숙경에게 동화가 옆에 있는 귤을 하나 들어 가져다주었다. 예쁘게 생긴 꼬맹이가 할머니 먹으라고 고사리 같은 손으로 주황색 귤을 집어주니 났던 화가 다 풀린다.

숙경도 웃고 혜순은 동화를 끌어안고 볼에 입을 맞추었다. 어쩌면 이런 아이가 있을까?

옆에 있으면 모두가 행복해지는 그런 아이였다.

"동화 할머니가 딸기 캐러멜 줄게. 대신 엄마한테 내가 줬다고 하면 안 돼. 알지?"

"네. 할머니 최고. 절대 비밀이에요."

동화가 딸기 캐러멜을 들고는 바로 주머니에 넣었다. 아끼고 아껴서 먹어야 하는 캐러멜이다.

* * *

어제 대표 비서실에 쥐의 사체가 나동그라져 있었다는 건 극비였다. 강현은 모든 CCTV를 확보하여 범인을 알아보려고 했으나 이미 그 부분이 삭제되어 있었다.

정확히 말하면 CCTV를 가리고 행동한 거였다. 분명히 누군가 이른 새벽에 대표실까지 온 거였다. 그 이후에는 어디에도 흔적이 남아 있지 않았다.

강현은 순호의 보고를 받으며 다혜가 남기고 간 딸기 케이크를 먹고 있었다. 아이처럼 딸기 케이크를 먹고 있는 강현을 순호가 자꾸 쳐다보았다. 저런 걸 먹고 있는 대표는 영 익숙하지가 않다.

"김철주가 오늘 들어가고 나면 내일부터는 출근하셔도 된다고 회장님께서 말씀하셨습니다."

"김철주가 뭐라고 내가 이렇게까지 피해야 하는데?"

"회장님 명령이시라……."

강현은 포크를 내려놓고 전화기를 들었다.

"할아버지, 저 할아버지 말씀 들으려고 노력했습니다. 하지만 계속 이렇게는 못 살아요. 김철주가 사형을 선고받은 것도 아니고 언젠가는 나올 건데, 그리고 그 어머니가 돌아가시고 나면 또 외출 나오겠죠. 위독하다면서요. 그때도 저를 이렇게 가둬두실 겁니까? 장례 끝날 때까지 몇 날 며칠이고 말입니다."

-강현아. 네가 지금 내 마음을 몰라서 이렇게 말하는 거냐?

"전 출근하겠습니다."

-안 된다.

"오늘은 나가야 해요."

-회사가 중요한 게 아니야. 나한텐 네가 더 중요하다. 부탁이다.

이렇게 나오는 건 반칙이었다. 힘이 다 빠진 노인처럼 손주 목숨에 목매는 할아버지의 말은 매몰차게 잘라낼 수가 없다. 오후쯤에는 나가볼 생각이었다. 어차피 김철주가 점심때 다시 들어간다고 하니깐.

하지만 마음을 바꿨다.

"알겠습니다."

김철주의 외출 때문에 어머니는 어머니대로 저는 저대로 꼼짝없이 집에서 이러고 있는 거다. 강현이 신경질적으로 혀를 찼다.

"대체 그놈이 뭐라고. 우리가 피해자인데 왜 그놈을 피해야 하는 거야?"

강현이 하얀 생크림이 묻은 달콤한 딸기를 입에 넣는데 다혜가 떠올랐다. 어서 대표실에 다시 출근하고 싶다.

* * *

"엄마."

동화가 두 손을 벌리고 다혜게 달려왔다. 다혜가 동화를 꽉 끌어안고 들어 올렸다가 내리며 손을 잡았다.

"오늘 뭐 먹을래?"

"수업 잘하면 엄마가 딸기 아이스크림 사준다고 했는데."

"수업 잘했어?"

또랑또랑한 눈으로 동화가 고개를 끄덕였다. 보고만 있어도 절로 웃음이 나오는 귀여운 얼굴에 또 볼을 비볐다.

"오늘은 안 시시했어?"

"오늘은 재밌었어, 엄마."

피아노 선생님이 따로 붙어서 훨씬 더 난도 있는 곡을 치게 하니까 그제야 심심하지 않다고 한다.

"엄마. 아이스크림 사서 12층 가면 안 될까?"

"12층?"

"대표님 만나러."

자꾸 대표님 소리를 한다. 다혜는 설마 하면서도 물었다.

"대표님이 백화점 대표님 말하는 거야?"

아이가 고개를 끄덕였다. 그러다 다시 고개를 가로젓는다.

"몰라. 그냥 대표님이야 그냥. 큰 아저씨."

"엄마는 같이 못 가. 그냥 아이스크림 먹자. 다음에 그 아저씨 만나면 엄마도 소개해주고."

그렇게 동화의 손을 잡고 아이스크림 집으로 가려고 할 때였다.

"다혜야."

준오였다. 아이 손을 잡고 있는 것을 보더니 준오가 동화에게 인사를
했다.

"안녕, 꼬마야."

"저 꼬마 아니라 형안데요."

"그래? 그럼 멋있는 형아, 이름이 뭐야?"

"동화요."

"동화. 참 예쁘게 생겼네."

동화가 고개를 끄덕인다. 자기가 잘생겼다는 걸 인정한다는 거다. 하는
짓이 너무 귀여워 웃고 있는데 다혜가 인사를 했다.

"저희는 그만 가볼게요."

"잠깐 시간 좀 내주면 안 되겠니?"

"보시다시피 아이하고 있어서요."

"내가 동화 뭐라도 사주고 싶은데……."

"괜찮아요."

그러자 동화가 다혜의 손을 잡아당기며 말했다.

"엄마, 가자. 아이스크림 먹으러 가자."

그러자 준오가 바로 끼어들었다.

"내가 아이스크림 사줄게. 다혜야, 내가 너하고 아이스크림도 못 먹을 정
도는 아니잖아."

틀린 말은 아니다. 단지 마음에 부담이 있다. 단순한 선배가 아니라 첫사
랑이었던 남자다. 아이도 있고 이제 다른 남자를 만나는 다혜에게 첫사랑
의 기억은 부담스러울 뿐이었다.

"내가 불편해서 그래요."

"다혜야."

준오가 자꾸 다혜를 잡으려고 하자 동화가 앞으로 나섰다.

"아저씨. 우리 엄마 불편하게 하지 마세요."

"뭐?"

"우리 엄마 불편하면 내 마음이 아파요!"

작은 손바닥을 활짝 펴서 제 가슴을 탕탕 치면서 말하는 모습에 준오는 할 말이 없었다. 어리지만 제대로 된 보호자가 분명하다.

"그래. 네 마음이 아프면 안 되지. 너희 엄마도 불편하게 하고 싶지 않아. 그런데 다음에 너희 엄마가 불편하지 않다고 하면 나하고 아이스크림 먹어 줄래?"

그러자 동화가 고개를 갸웃했다.

"생각해 볼게요."

"뭐?"

어이없고 귀여워서 웃자 다혜도 따라 웃었다.

"네. 다음에 그렇게 되면 그때요. 지금은 아닌 거 같아요."

"그래. 나 여기에서 강의하기로 했어. 그러니까 언제든지 찾고 싶을 땐 나 찾아."

"그럴 일 없을 거예요."

"너 여기서 일한다고 들었어. 그럼 내가 찾아갈게."

다혜는 대답하지 않고 돌아섰다.

"불필요하게는 찾아오지 않아 주셨으면 좋겠어요."

다혜가 동화의 손을 잡고 가자 뒤에서 준오가 인사를 했다.

"동화야, 안녕!"

그러나 동화를 뒤돌아보지 않았다. 엄마의 손을 꼭 잡고 앞으로 걸어갔다.

동화는 소프트 아이스크림을 좋아한다. 콘에 잔뜩 올린 소프트아이스크림을 보고만 있어도 눈이 초롱초롱 빛나는 게 옆에서 보고 있으면 어릴 때는 나도 저렇게 아이스크림 하나에 세상을 다 가진 것처럼 행복했었나 하는 생각이 든다.

동화가 침을 꿀떡 삼키며 두 손으로 아이스크림을 들더니 갑자기 다혜의 앞으로 내밀었다.

"엄마 먼저 한 입 먹어."

"동화야, 너 먹어. 엄마 괜찮아."

그러자 동화가 고개를 젓는다.

"엄마는 맨날 하나만 사잖아. 그러니까 엄마, 한 입만 먹어!"

"그럴까? 아…….."

그러자 활짝 웃는 동화가 고개를 끄덕였다. 고사리같이 작은 손에 들린 아이스크림을 입으로 가져와 한 입 먹는데 차가운 아이스크림이 따뜻하게 느껴진다.

날 살려준 아이. 그때 한강 다리에서 뛰어내리려고 했을 때 입덧을 하지 않았다면…… 그랬다면 정말 그대로 강물에 뛰어들었을 거다.

너무 심하게 올라오는 입덧에 한참 구역질을 하는데 빗방울이 한두 방울 떨어졌었다.

입덧일 수 있다는 생각이 왜 들었을까?

아마 동화가 살고 싶어서, 엄마 죽으면 안 된다고, 그때 그렇게 몸부림을 쳤던 것 같다. 나 여기 있다고 너무 강한 신호를 보냈기 때문에 입덧한 거라는 생각까지 했던 거다.

죽음에서 건져준 보이지도 않던 작은 생명이 태어나 이렇게 예쁘게 커서 엄마 한 입 먹으라며 아이스크림을 내민다. 이 작은 아이가 저의 생명줄을 꽉 쥔 채 웃고 있다.

"맛있네."

"엄마, 내가 커서 아이스크림 많이, 많이 사줄게."

동화가 웃으며 작은 입을 크게 벌려 아이스크림을 먹는다. 코끝에 묻은 아이스크림을 티슈로 닦아주고 있는데 옆에서 소리가 들려왔다.

비서실 직원들이 아이스크림을 먹고 있었다. 옆얼굴을 보니 안면이 있었지만, 굳이 나서서 인사하진 않았다. 여직원 둘이 아이스크림을 먹으면 한쪽에서 소곤거렸다.

"어우, 웬일이야. 그렇게 무시무시한 일이 대표실에서 일어나다니."

"나 그거 보고 죽을 뻔한 거 알아?"

"그러니까 말이야. 정말 대표님한테 원한 같은 게 있나 봐. 무시무시한 사건에 연루되는 건 아닌지 몰라."

"그러니까 오늘도 대표님이 출근 안 하셨지."

그 말을 듣자 어제 그와 침대에서 나눴던 대화가 떠올랐다.

아프다고 해서 간 문병이었는데 연이은 섹스는 집요하면서도 뜨거웠다. 둘 다 온몸이 땀에 젖어 숨을 헐떡이면서도 끝낼 줄을 모르고 몸을 섞었다.

"몸이 그렇게 안 좋아 보이진 않는데 내일은 출근해요?"

"내일까지 못 갈 거 같아요. 나 진짜 아프다니까?"

"소도 잡게 생겼어요. 힘이 너무 넘쳐서 나 잡고 있는 거 몰라요? 아프긴 어디가 아프다고."

"진짜 아픈데. 몰라요? 나 지금도 여기가 아프다고."

그가 다혜의 손을 잡아다가 성기를 쥐여주었다. 그렇게 사정을 하고도 모자라 손안에 쥐기가 무섭게 부풀며 단단하게 서는 페니스를 다혜가 아프도록 꽉 쥐며 말했다.

"이게 아픈 거예요?"

"그럼 이게 정상으로 보여요?"

"아니요."

"그러니까. 비정상인 게 아픈 거예요. 그러니 어서 낫게 해줘요."

"아앗……."

낫게 해달라며 다시 삽입을 하던 그의 모습이 고스란히 떠올랐다.

결국 오늘 출근하지 못한 거다. 그렇게 힘이 넘치는 남자가 아프다는 건 말이 되지 않는다.

원한 관계? 그럼 위험한 걸까?

"엄마. 이 아이스크림 먹고 12층에 올라가도 돼요?"

"안 돼. 12층에는 가지 않는다고 약속해, 동화야."

"힝."

동화의 입술이 삐죽 튀어나왔는데 아이스크림을 먹은 탓에 빨갛게 반들거리는 게 말할 수 없이 귀엽다.

"동화야, 앞으로는 말 안 하고 12층 가진 않기다?"

그러자 동화가 약간 서운한 표정을 하면서 고개를 끄덕였다.

"괜찮아요. 11층에서도 볼 수 있어."

"그래. 11층에서 보는 건 뭐라고 하지 않을게."

동화는 그 후에 며칠간 12층에 가지 않았다. 엉뚱한 구석이 있기는 하지만 의사소통이 잘 되는 편이었다.

크리스마스가 다가오면서 백화점은 완전히 크리스마스 시즌이었다. 덩달아 다혜네 매장도 매출이 늘고 있었다.

"선물이라……."

주아랑 주아 어머니께 드릴 선물, 우리 동화 선물…… 그런데 문득 강현이 떠올랐다.

섹스 파트너한테도 선물 같은 걸 하나?

요즘 넥타이나 셔츠. 그리고 향수 등 남성 용품들이 자꾸 눈에 들어왔다. 그동안 한 번도 의식하지 않았던 물건들이었다.

"백화점 주인인데, 뭐. 제일 좋은 걸로 하고 있을 거야."

애써 눈을 돌리고 에스컬레이터를 타고 올라가는데 강현에게 전화가 왔다.

-지금 뭐 해요?

"퇴근 준비해요."

-지금 통화하기 바빠요?

"네. 지금은 좀 곤란해요."

-그럼 이따 자기 전에 나하고 통화할래요?

"그럴게요."

-그런데 왜 맨날 나만 전화해야 해요? 잘 받지도 않는 전화를.

"억울해요?"

-그럼 억울하지 않겠어요? 내가 누구에게 막 먼저 전화하고 살아온 사람이 아니라고. 그런데 요즘 내가 나 같지 않다고.

"그럼 전화하지 말든가요."

-이 봐. 꼭 이래. 어떻게 그렇게 매번 갑질을 해요? 지금 내 마음 쥐고 있다고 마구 흔드는 거 알아요?

다혜는 에스컬레이터에서 내려 한쪽 모퉁이로 갔다. 바로 문화센터로 가기에는 통화가 길어질 거 같다. 지금도 서운하다고 하는 남자의 전화를 이대로 끊으면 원망이 하늘을 찌를 거 같다.

"지금 누가 누구보고 갑이라고 하는 거예요? 백화점 대표와 점주 중에 누가 갑이에요?"

-그러니까 분명 내가 갑인데 우리 둘의 관계에서는 왜 연다혜가 갑이

냐고?

그의 항의에 다혜는 한숨을 섞어가며 웃었다. 갑질한다고 하는 항의가 어쩐지 웃기면서도 가슴을 간질간질 건드린다.

"대표님 원하는 게 뭐예요?"

―이따가 다혜 씨가 먼저 전화 주면 안 돼요?

그녀가 먼저 전화해본 적이 없는 거, 그걸로 꼭 이렇게 뒤끝이 길다. 대체 동화와 차이가 있기는 한 건지. 결국은 전화 한 번 먼저 달라는 말이 이렇게 길었다니!

"알았어요. 내가 전화할게요. 전화 받지 마세요, 그럼 한꺼번에 한 다섯 번쯤 해드릴 수도 있는데."

―비꼬는 거죠, 지금?

"아니에요. 내가 먼저 전화하지 않아서 한 맺힌 거 같아 보여서요. 튕길 기회도 주려고요, 아예."

―됐으니까 전화 꼭 해요.

그러나 그에게 전화하는 데는 시간이 좀 걸렸다. 그날따라 동화가 동화책을 두 번씩이나 읽으며 잘 생각을 하지 않았다.

"동화야. 이제 자야지."

"응. 엄마. 그런데 이 책 뒤에서부터 읽으면 어떨까?"

"뭐?"

"맨 뒤에서부터 읽어주세요."

이럴 때는 진짜 엉뚱하다. 너 천재여서 그러니?

다혜가 물끄러미 동화를 보다 고개를 끄덕이고 맨 뒷장부터 책을 읽어주기 시작했다. 그러자 동화가 듣다가 스르르 잠이 든다.

동그란 머리를 쓰다듬으며 이마에 난 잔머리까지 넘겨주었다.

"잠잘 때는 왜 이렇게 천사 같은지 몰라, 진짜."

양 볼에 입을 맞추고 제 침대로 가서야 강현에게 전화를 했다. 전화벨이 울리기가 무섭게 그가 받았다.

-와. 튕기려고 했는데 전화 기다리다 목 빠지게 생겨서 한 번 울리기도 전에 받았다고, 내가. 이 정도면 내가 대놓고 매달리는 거 맞죠?

"매달리고 말고 할 게 뭐 있어요. 우리 사이에."

-내가 지금 매달리고 있잖아요.

"왜 전화 달라고 했어요? 무슨 얘기 하고 싶은 거 있어요?"

-나 오늘 하루 종일 심심했어요.

"요즘 같은 세상에 심심할 틈이 어디 있어요. 대표님이라 사업 구상할 것도 너무 많을 테고."

-그래도 연다혜를 볼 수 없어서 심심했는데? 계속 외부 스케줄이 있었다고요.

이렇게 한 번씩 훅 치고 들어오는 이 남자가 미울 지경이다.

"그래서 전화 붙잡고 저하고 뭘 하고 싶은데요? 얘기하고 싶은 거 있으면 해요. 내가 다 들어줄게요."

다혜가 침대에 누우며 휴대폰을 위로 올렸다.

-잠깐 내가 전화 좀 끊을게요. 영상 통화해요. 우리.

그러더니 대답도 듣기 전에 전화를 끊는다. 그리고 영상 통화가 걸려왔다. 맨얼굴에 잠옷 바람인데…… 다혜는 조금 망설이다가 전화를 받았다.

-왜 이렇게 늦게 받아요? 휴대폰 들고 있어 놓고.

"화장도 안 하고 잠옷 바람이라……."

-지금 우리 사이에 그런 게 뭐가 문제돼요? 우리 서로 볼 거 다 봤는데. 나는 그때 다혜 씨 가슴 아래 점 있는 것도 봤고. 다리 사이에 아주 작은 점까지 봤다고.

다혜는 얼굴이 빨개졌다.

"그만 좀 해요. 얼굴이 보고 싶었어요?"

-아니요. 가슴이 보고 싶어요.

"지금 전화로 변태 행각이라도 하자는 거예요?"

-이게 무슨 변태 행각입니까? 가슴이 보고 싶다고. 그래서 난 내 가슴도 보여주고 싶은데.

그가 휴대폰을 아래쪽으로 내렸다. 그러자 그의 탄탄한 가슴 근육이 보인다. 발달한 대흉근은 볼 때마다 탄성이 자동으로 일어난다. 운동을 얼마나 해야 저런 몸이 나오나?

"운동 많이 하나 봐요?"

-골고루 다 하죠. 어릴 때부터 살아남기 위해 별 운동을 다 했는데.

"백화점 대표님 아니고 무슨 조직 보스 어린 시절 얘기를 듣는 것 같네요."

-우리 할아버지가 보스였거든요.

다혜가 무슨 농담이냐는 듯이 웃자 그가 눈에 힘을 주며 말했다.

-아주 무서운 보스였어요, 우리 할아버지. 난 가슴 보여줬는데 다혜 씨는 안 보여줄 거예요?

음란해서 더 심장이 쫄깃해지는 느낌. 이미 그와 여러 번 섹스를 했기 때문일까? 다혜가 잠옷을 옆으로 젖히자 뽀얀 가슴 한쪽이 드러난다.

"됐어요?"

-다른 한쪽도 마저 보여줘야지. 가슴 예쁘단 소리 많이 들었죠? 늘 생각하지만, 너무 예뻐. 내가 남긴 자국이 선명하네.

유륜 근처에 진하게 남아 있는 멍 자국을 보며 그가 말했다.

-그거 보니까 못 견디겠는데. 나 밑에도 보여줄게요.

"그만해요. 전화 끊을게요."

-그렇게 보기 싫어요? 봐줘요, 좀. 그립지 않아요?

다혜가 아무 말 안 하는 사이에 화면이 그의 배를 지나 검은 음모와 그 아래 단단하고 커다랗게 발기한 기둥을 비췄다. 굳건한 기둥에는 핏줄이 불거져 있고 기어이 버섯 삿갓 모양을 한 귀두와 구멍에 맺힌 쿠퍼액까지 보고 말았다.

"아! 진짜. 못 볼 거 보게 했으니까 피해 보상해요!"

"피해 보상이라니? 이거 보고 싶어 하는 사람들 많을 거 같지 않아요?"

"참, 그렇게 자랑하고 싶어요?"

빵빵하게 부풀어 있는 고환은 총알이라도 장전한 것처럼 당장이라도 정액을 쏠 것 같았다. 심장이 쿵쾅거리며 아래가 젖어들었다.

유강현의 변태 성향이 지금 화상을 통해 전염되고 있는 게 분명했다.

-자랑할 만하지 않나? 누군가는 엄청 크다고 부러워했는데. 이걸 부러워하는 꼬맹이도 있다고. 팬이라고 할 수 있지.

"남자들 참 유치한 거 같아요. 그런 게 부러울까요?"

-자긍심 가질 만하다고 생각하지 않아요? 어찌 됐든 난 다 보여줬는데 피해 보상 하라고 하니 할게요. 그럼 이제 보상 차원에서 연다혜 씨 거 내가 봐줄게요. 그러니 휴대폰 좀 다리 사이에 가져다 대요.

결국 이 남자는 이렇게 음란한 통화를 하고 싶었던 거다.

"싫어요."

-너무하네. 그럼 진짜 피해 보상 하면 됩니까? 합의금으로?

다혜가 눈썹을 모으며 화면을 응시했다.

"네, 눈 버렸으니까 피해 보상 합의금 내놔요."

-그럼 봐줍니까? 얼마씩 주면 나 봐줄 건데요? 달라는 대로 다 줄 테니 더 봐줘요. 자위하는 것도 봐주고…….

그의 목소리가 오히려 들떠 있다.

"그렇게 돈을 주고서라도 보여주고 싶어요?"

-물론이죠. 돈 주고 보여주고서라도 그쪽 흥분하게 만들고 싶은데? 손가락 아래 한 번 넣어 봐요. 젖었나.

다혜는 아닌 척하면서 이불 속에서 손가락을 다리 사이에 넣었다. 홍건하게 젖어서 손가락이 미끌미끌한 액체가 느껴진다.

-왜 말이 없어요? 젖었구나? 지금 나한테 올래요? 아니, 내가 갈까?

"잘 자요."

더 있다가는 진짜 달려올 거 같아 전화를 끊으려는데 강현이 소리쳤다.

-잠깐. 끊지 말아요. 더티 토크, 그런 거 안 좋아해요?

"네, 안 좋아요. 난 바른말 예쁜 말 좋아해요."

-그럼 재미없잖아요.

"나 재미없어요?"

다혜가 빤히 화면을 보며 물었다. 강현이 잠시 인상을 쓰다가 진지한 표정으로 화면을 응시했다.

-그렇게 말하면 또 할 말 없고. 사람 환장하게 예쁘고 재밌어요. 가만히 있어도 자꾸 생각나는 거. 아무래도 누군가 우리 사이 이어주려고 막 마법 같은 거 부리는 거 아닐까? 혹시 주변에 그런 능력 있는 사람 있어요?

"아니, 없어요."

-내가 연다혜 씨를 내 머릿속에서 쫓아내려고 별짓을 다 했는데 안 되는 거 보면 누군가 내 머릿속에 연다혜를 심어놓은 것 같아. 내일은 얼굴 봅시다. 출근하니까. 오후 3시 1701호.

"알았어요."

*　*　*

"대표님 오늘 무슨 일 있으십니까? 2시 반에 퇴근하신다고 들었습니다."

강현은 일찍 출근해 3시 이후의 모든 일정을 취소했다. 다혜는 길어도 2시간 이상은 같이 있을 수 없다고 했었다. 하지만 조금이라도 더 같이 있었으면 하는 마음에 오후 일정을 모두 다 날려버리고 오전부터 일을 몰아서 하고 있었다.

하다 하다 점심시간도 쪼개 쓰고 있었다. 샌드위치를 입에 물고 사인을 하고 있는 강현을 보며 구순호가 말했다.

"그래도 식사는 제대로 하시는 게……"

"이 정도면 충분해. 다음 사인 할 거 가져와."

강현은 사인을 하는 와중에도 신이 났다.

"오늘 어디 좋은 데 가십니까?"

"됐어."

말은 그렇게 하면서 강현은 계속 시간을 확인했다. 12시 반, 일이 어느 정도 마무리되고 있었다. 목이 답답해 넥타이를 느슨히 했다.

일을 하면서도 자꾸 그녀 생각이 나서 몸에 불끈불끈 힘이 들어갔다. 에너지가 한데로 뭉쳐 아래가 뻐근하다. 그리고 다시 시간을 보자 벌써 1시 반이다. 서둘러 일을 마무리하고 창문을 열었다.

열기 가득했던 사무실에 찬바람이 들어온다. 이제 누가 뭐라고 해도 한겨울이다. 크리스마스가 며칠 남지 않았으니까.

2시 반, 강현이 거울을 보았다. 완벽한 슈트와 넥타이, 커프스 버튼과 잘 빠진 팬츠 핏. 그는 가벼운 스킨을 손에 한 번 더 바르고 사무실을 나섰다.

"제가 따라 나가겠습니다."

"됐어."

"하지만, 회장님께서 계속 옆에 있으라고……"

"네가 신경 쓸 일 아니야. 지극히 사적인 거야. 그러니 그냥 퇴근해."

호텔에 도착했으나 그녀는 와 있지 않았다. 늘 애가 닳아서 먼저 와 있는 건 저였다. 그런데도 가슴이 뛰었다.

다혜는 5분이 지난 3시 5분에 도착했다. 인사도 하기 전에 둘의 입술이 먼저 맞붙었다.

"말해요. 보고 싶었다고."

다혜가 고개를 끄덕였다.

"보고 싶었어요."

"못 참겠다고도 말해요. 나는 못 참으니까."

그가 다혜의 스커트부터 위로 밀어 올렸다. 그러자 다혜가 그의 바지 버클을 풀었다.

심장이 쪼그라들 것만 같기도 하고, 반대로 가슴이 부풀어 폐가 터져버릴 것 같았다.

키스가 이어지며 어느 틈에 다혜의 풀어 헤쳐진 블라우스와 위로 말려 올라간 스커트 아래로 그녀는 나신이 되었다.

강현이 팬츠만 내린 채 그녀를 잡아당겼다. 둘 다 흥분할 대로 흥분해 있었다. 이미 오전 내내 다혜를 생각할 때부터 발기된 성기가 그녀의 안으로 파고들겠다고 난리를 치고 있었다.

다혜 역시 엘리베이터를 타고 올라올 때부터 흠뻑 젖어 있었다. 음란한 여자가 된 것 같은 이 느낌을 뭐라 말할 수 없지만, 간절히 원하고 뜨겁게 열망하며 그의 목에 팔을 걸었다.

소파에 앉은 채 강현이 다혜의 몸을 제 위에 내려 앉혔다. 젖어든 질구 사이로 파고든 페니스가 너무 선명해 진저리를 쳤다.

둘이 이렇게 하나로 합쳐질 때는 섹스 그 이상의 무엇인가가 느껴졌다. 그렇지 않고서는 이렇게까지 좋을 수는 없었다.

매일 이럴 수 있다면…….

* * *

-오늘은 안 돼요.

다혜에게 만날 수 없다는 대답을 이틀 연달아 받고 나니 다른 무엇으로라도 이 기분을 발산해야 했다.

강현은 개인 유도실에서 한참 땀을 흘리고 있었다. 그때 문이 빼꼼 열렸다가 닫히더니 꼬맹이가 들어섰다. 오랜만에 보는 꼬맹이였다.

매트 위에서 일어나 보니 꼬맹이가 활짝 웃으며 쪼르르 달려온다. 그 모습이 귀여워 번쩍 안아 올렸더니 '꺄꺄' 소리를 지른다.

"아저씨가 제일 커! 제일 높아!"

"엿차. 너 오랜만이다? 그동안 왜 놀러 안 왔어?"

그러자 그의 팔에 안긴 꼬맹이가 시무룩한 얼굴을 하고 작은 입술로 종알거렸다.

"이제 12층에 못 가요. 엄마하고 약속했어요."

"그래서 여기만 올 수 있어?"

고개를 끄덕끄덕하는 놈이 참 귀엽다. 아이에게서 풍기는 딸기 냄새에 강현이 슬쩍 물었다.

"너, 딸기 캐러멜 또 있어?"

그러자 동화가 씩 웃으며 고개를 끄덕였다. 주머니에서 캐러멜 두 알을 꺼내 하나는 강현에게 주고 하나는 작은 손으로 꼬물거리며 껍질을 벗긴다.

"아저씨 주려고 아껴뒀어요. 원래는 반 알도 엄청 달라고 해야 먹을 수 있는 거예요."

웃음이 절로 났다.

"반 알도 사정해서 먹는다고?"

"엄마가 하루에 3개 이상은 절대로 먹으면 안 된다고 했어요."

"매일 3개?"

그가 묻는 말에 동화가 고개를 끄덕이며 씩 웃는다. 그러면 이건 거의 하루 치를 아껴서 하나를 주는 거다. 이게 얼마나 황송한 일인가 싶다.

씩 웃으며 강현도 입에 하나를 넣었다. 구순호한테 얘기해서 몇 봉지 사다 놓을까 하는 생각을 하는데 금세 벌떡 일어난 아이가 말했다.

"나 이제 가야 해요."

"왜? 전에는 오래 놀더니."

"전에는 다 시시했는데 지금은 재밌는 게 생겼어요."

"뭔데. 비밀이야?"

"아니에요. 바이올린이에요."

"뭐?"

"바이올린! 재밌어서 좋아해요. 조금 일찍 끝나서 잠깐 온 거예요. 이제 가야 해요."

"그래? 내가 데려다줄게."

강현이 일어서서 손을 내밀자 동화가 양팔을 벌렸다. 구순호가 안아주겠다고 할 때는 절대 안 된다고 하더니 냉큼 안기는 게 퍽 귀여웠다.

동화를 안은 채 강현이 그대로 문화센터 쪽으로 걸어갈 때였다.

"어? 엄마다! 엄마! 아저씨 우리 엄마예요."

"그래?"

"엄마! 내가 엄마보다 키 더 커! 아저씨가 안아주니까 내가 제일 높아!"

흥분해서 소리 내는 동화의 목소리를 들으며 동화가 엄마라고 부르는 여자를 바라보는 순간, 강현의 몸은 그대로 얼어붙어 버리고 말았다.

연다혜!

얼어붙어 있는 다혜와 강현의 사이로 소음이 파고들고 있었다.

크리스마스를 앞두고 11층에서는 한국에서 좀처럼 볼 수 없는 명품 테이블웨어 특별전을 열었다.

다혜는 테이블웨어 매장을 지나 문화센터로 가는 입구에서 반대 방향에서 오고 있는 동화를 바라보며 굳어 있었다. 유도복을 입은 커다란 남자의 품에 안겨 신나서 저를 부르는 동화의 모습보다 그 유도복을 입고 있는 남자가 더 눈에 들어왔다.

대표님!

다혜의 입술이 놀라 벌어졌다.

'엄마! 난 대표님 될 거야! 대표님은 다 커. 큰 아저씨는 키도 크고 고추도 크고!'

동화가 말했던 모든 것이 하나의 실에 꿰어지듯 줄줄이 떠올랐다. 동화가 말하는 대표님이 백화점 대표님이 맞느냐고 물어봤을 때 그냥 대표님이라고 했던 건 동화도 잘 몰랐기 때문이었다.

놀란 채 서 있는데 다가오고 있는 강현과 동화보다 먼저 다혜를 부르는 소리가 있었다.

"연 실장이 여기 웬일이에요? 11층에도 볼 일이 있어요?"

"네?"

고개를 돌려 보니 소은과 소영이 함께 서 있었다. 하필 이럴 때!

너무 놀라 제대로 인사도 하지 못하고 강현과 동화 그리고 소은을 보는 다혜의 눈동자가 불안정했다. 다혜가 멍한 틈을 주소영이 바로 파고들었다.

"역시 명품 테이블웨어 특별전이라 많이 싸네. 연 실장도 이거 보러 왔어요?"

"엄마!"

동화가 다혜를 부르는 소리가 한 번 더 들리고 나서야 그들이 동화와 강현을 발견했다.

"아니, 쟤 강현이 아니야?"

다혜보다 소은이 먼저 앞으로 다가서고 소영도 그 뒤를 바짝 따라서 강현의 앞쪽으로 갔다.

"걘 누구니?"

"어머, 둘이 닮았어! 어머니, 둘이 닮은 거 같지 않나요? 너무 닮았다."

아무 생각 없이 내뱉는 소영의 말에 소은이 날카로운 눈으로 동화를 훑어보았다.

"아!"

톡 튀어나온 이마와 아이치고 오뚝한 콧날, 반질반질하게 윤이 나는 정확한 입술선. 어린 시절의 강현과 똑같아 놀랄 지경이었다. 그냥 보고만 있는데도 소은은 순간 가슴이 철렁했다.

"쟨 누구니?"

강현은 차마 대답하지 못했다. 지금 막 알게 된 사실에 자신도 정신이 없었다. 그러자 강현의 팔에 안겨 있던 동화가 내려달라며 엄마 쪽으로 손을 뻗었다.

"엄마!"

강현이 동화를 바닥에 내려놓기 무섭게 동화가 쪼르르 다혜에게 달려가 두 팔을 뻗었다. 다혜가 동화를 안아들자 동화가 엄마의 목을 꼭 끌어안았다. 그 모습을 바라보던 소은이 다혜를 응시하며 눈에 힘을 주었다.

"뭐야. 연 실장, 애 엄마였어?"

소은의 말에 옆에서 주소영이 더 큰 소리로 말을 이었다.

"사람 참 여러 가지로 놀라게 하는 재주가 있네요. 정말 놀랐어요. 이렇게 큰 아이가 있을 거라고 누가 생각이나 했겠어요? 연 실장님 깜찍한 데가 있으시다."

그러자 동화가 획 주소영을 보며 큰 눈을 더 크게 떴다.

"예쁘게 말하지 않는 사람은 나쁜 사람이야."

"뭐?"

"안 예쁜 말하는 사람 미워. 우리 엄마야."

으르렁거리는 새끼 사자처럼 콧구멍이 커지고 바짝 힘이 들어간 눈은 왕방울만 하다. 현실성 없을 만큼 귀여운 아이의 말에 주소영은 당황했다.

"아니, 이 꼬맹이가!"

"봐! 눈도 안 예쁘게 뜨잖아!"

동화가 엄마를 꼭 끌어안자 주소영이 입을 꾹 다물었다. 어린애에게 안 예쁜 말한다는 소리도 모자라 눈도 안 예쁘게 뜬다는 말을 강현의 앞에서 들으니 멋쩍었다.

다혜는 저를 꼭 끌어안은 동화의 등을 쓰다듬으며 말했다.

"사모님, 제가 아이를 좀 일찍 낳았어요. 굳이 말씀드려야 할 일이 아니라서 말씀드리지 않았고요."

당연한 말이었다. 일 관계로 만나는 사람들에게 자신의 사생활을 알릴 필요는 없다.

"우리 아들이에요. 동화야, 인사해."

그러나 동화는 기분이 상했는지 눈을 크게 뜬 채로 멀뚱히 바라보다 고개를 돌려버렸다. 그런 모습이 영락없이 자기 마음에 들지 않으면 상대도 하지 않겠다는 거 같이 보인다. 보통내기가 아닌 게 분명하다.

"저는 먼저 가겠습니다. 문화센터에 들어가 봐야 해서요. 동화야, 수업 끝나도 선생님한테 인사하고 가야 하는 거 알지? 가방도 거기 있지?"

시선을 돌려 동화를 보며 떨리는 목소리를 일부러 밝게 내려니 심장이 진동을 했다. 그러나 다혜는 다부지게 말하고는 강현이 있는 쪽은 바라보지도 않았다. 그리고 소은에게 고개를 숙여 인사를 하고 동화를 안은 채 문화센터 안으로 들어가 버렸다.

강현은 다혜가 사라지는 뒷모습을 보며 어떤 액션도 취할 수 없었다.

"어머. 오빠 알고 있었어? 와, 놀랐다. 완전 쇼킹 아니야? 저렇게 청순하게 생겨서 저렇게 큰 애가 있어? 도대체 몇 살에 낳은 거래? 남편은 누구래?"

"시끄러워. 너 원래 다른 사람한테 그렇게 관심이 많아?"

나무라는 강현의 기세에 압도된 주소영이 입술을 딱 붙였다. 강현은 지금 머리가 핑 돌게 생겼는데 쨍쨍거리는 목소리를 내는 주소영을 눈앞에서 치우고 싶을 뿐이었다. 그런 강현을 보며 소은이 물었다.

"넌 알고 있었니?"

"뭘 말입니까?"

"연 실장이 애 엄마인 거."

강현이 기막히다는 듯이 헛웃음을 냈다.

"이 백화점에 입점해 있는 점주들이 몇 명인지 알고는 계세요, 어머니? 그 많은 점주와 직원의 사생활까지 제가 알아야 합니까? 이게 제가 알아야 할 일이냐 말입니다."

유독 뾰족하고 날카로운 강현의 말투에 소은은 입을 다물었다. 하지만 연 실장의 아이를 안고 있어서 혹시 어떤 사인가 했다. 아니, 강현의 어린 시절을 너무 똑 닮은 아이여서 아무도 모르게 자식을 낳아 키운 건 아닌가 할 정도로 놀랐다.

"그런데 왜 그 아이는 그렇게 안고 있었니? 남들이 볼 때 부자지간이라고 하겠다."

"그냥 귀여워서 한번 안아 줬어요. 기획전에 오신 겁니까?"

강현은 바로 말머리를 돌렸다. 지금은 다혜도 동화도 다른 사람과 대화의 주제로 삼고 싶지 않았다. 그러기에는 마음이 파도를 치고 있었다. 먼저 연다혜와 이야기를 해야 했다.

마음 같아서는 지금 당장 문화센터로 들어가 그녀를 끌어내 오고 싶었다. 정말 아이 엄마였는지 다시 묻고 싶다.

그녀가 하는 말을 직접 들었는데도 믿을 수가 없다. 믿고 싶지 않다.

강현이 온통 다혜와 동화의 생각에 휩싸여 있는데 소은은 강현이 던진 질문에 답을 하며 말을 이었다.

"그래. 기획전이 꽤 괜찮네. 외국에 나가야 살 수 있는 명품들을 이렇게 싸게 팔고. 뭐 남는 게 있어?"

"그런 건 어머니가 걱정하실 일이 아니죠. 기획 단계에서부터 얼마나 꼼꼼하게 알아서 처리했을까요? 마음에 드는 거 있으면 사서 가시든가요."

"오빠. 내가 어머니 모시고 아주 최고로 괜찮은 것들만 골랐어요."

그러나 주소영의 말이 다 끝나기도 전에 강현이 소은에게만 인사를 하고 12층으로 올라갔다. 냉정한 강현의 뒷모습을 보며 입술을 삐죽이던 주소영이 소은의 팔짱을 꼈다.

"어머니, 우리도 올라갈까요?"

"됐어. 쟤 따라 올라가 봐야 얼굴 구경 못해. 회의 있다고 하고 비서가 들여보내 주지도 않아."

"어머니, 우리 오빠 유도복 입은 거 너무 멋있어요. 전 처음 보는 것 같은데 원래 유도 잘해요?"

"운동이라면 못 하는 게 없지. 할아버지 밑에서 제대로 배웠으니까."

"너무 멋있다, 우리 오빠."

소은은 조금 전 보았던 어린아이의 얼굴이 너무 생생했다.

어쩌면 저렇게 강현의 어렸을 때와 똑같을 수가 있을까?

참 세상에 닮은 사람도 많다고 하지만 여태껏 살아오면서 저렇게 강현의 어릴 때와 판박이는 처음 보는 것 같다.

"어머니, 우리 가서 그릇 더 골라요!"

주소영이 재촉했으나 소은의 마음은 문화센터로 들어간 다혜의 뒤를 따라 들어가고 있었다. 한 번만 더 그 애를 보고 싶었다. 깜찍한 놈이 말도 어쩌면 그렇게 잘하는지.

어린 시절 강현이 떠올랐다. 강현의 이모가 와서 네 살 된 강현에게 못생겼다고 한 적이 있었다.

[우리 강현이 못생겼네.]

[이모, 거울 안 봐?]

[어머. 언니, 내가 한 방 먹은 거지? 이게 꼬맹이가 할 말이야?]

[말을 예쁘게 해야지. 이모 말 예쁘게 해요.]

어떻게 어린 시절의 강현을 이렇게 떠올리게 하는 꼬마가 있을 수가 있을까?

"어머니, 저 그릇 다 팔리겠어요."

"어…… 그래."

내가 무슨 생각을 하는 거야. 아무리 닮았으면 뭐해. 전혀 상관도 없는 사람 아이인걸. 소은은 고개를 저으며 정신을 차리려고 애썼다.

* * *

샤워기 아래서 강현은 꼼짝도 하지 않았다. 찬물을 뒤집어쓰며 샤워를 해도 현실감이 돌아오질 않았다. 대충 씻고 나와 의자에 앉았다가도 얼마 못 가 벌떡 일어났다. 부산을 떨며 왔다 갔다 하고 있는데 노크 소리가 들렸다.

"대표님, 기획회의실에서 모두 기다리고 계십니다."

"5분만 늦는다고 해요."

"네."

지금 하고 있는 생각들을 머릿속에서 잠시라도 눌러놔야 했다. 연다혜를 보며 엄마라고 부르던 동화. 유일한 남자라고 했던 동화는 그녀의 아들이었다.

유일한 남자가 어린 아들을 말했나? 그럼 아이 아빠는?

다시 만날 수는 있는 걸까? 만일 유부녀였다면!

그런데 우습게도 그녀가 유부녀일까 하는 게 문제가 아니라 유부녀인 게 드러나서 이제 저를 만나주지 않을까 그게 더 미칠 거 같다. 못 보게 될까 봐.

"씨발, 좆같네. 진짜."

사람 우스워지는 건 한순간이다.

밤에는 나올 수 없다고 했던 이유.

동거하자고 했을 때 씨알도 먹히지 않았던 이유.

갑자기 보고 싶어서 만나자고 할 때마다 안 된다고 했던 이유.

모든 게 꿰어 맞춰지고 있었다.

모든 게 어린 아들 때문이었을 거다. 아이의 시간에 맞춰야 했기 때문에 오후 시간에만 만나는 게 가능했던 거다.

아이 엄마였다니!

본능적인 질투가 소용돌이쳤다. 그러다 그 질투를 감당할 수 없어 저도 모르게 자조하기 시작했다.

워킹 맘이 저를 만났다. 그것도 한두 번이 아니었다. 그 말은 역설적으로 말하면 힘든 시간을 쪼개서 저를 만났다는 말이기도 하다.

"그렇지. 나한테 빠진 거지. 내가 워킹 맘도 녹일 매력의 소유자지. 그래. 그렇지만……."

하지만 아무리 덮으려고 해도 치미는 분노를 자제할 수 없었다.

"왜? 어째서?"

아기 엄마라는 사실에 분노했다기보다 그 정도로 저를 연다혜의 생활에서 철저하게 밀어냈다는 사실에 화가 났다. 마음이 널을 뛰었다.

"그게 왜? 맞아. 서로 사생활은 궁금해하지 않기로 했잖아."

그런데도 또 혼자 속은 거 같다.

"대체 그 여자에게 뭘 원했던 거야?"

하지만 이건 아니었다. 그녀가 아이의 엄마라니.

"어떻게 그럴 수가 있지?"

처녀라고 해도 믿을 정도로 쫀쫀하게 제 성기를 얽어매던 그 속살은 결코 아이를 낳은 엄마라고 할 수는 없었다. 물론 말이 안 되는 건 아니지만…… 하나부터 열까지 뒤죽박죽이었다.

5분이라는 시간은 그 많은 생각을 정리하기엔 턱없이 짧았다.

"대표님, 5분이 훨씬 지났습니다."

"알았어요."

회의실에 앉아서도 강현은 집중할 수 없었다. 웬만한 일에는 끄떡도 하지 않았는데 저를 홀린 다혜와 동화 모자가 머릿속에서 나가질 않았다.

저를 보며 두 팔을 벌리고 달려들던 천사 같은 꼬맹이. 그리고 만난 이후로 지금까지 제 머릿속에서 한시도 떠나지 않고 저를 홀렸던 연다혜.

모자였다는 거지? 아주 모자가 세트로 여우야!

"대표님, 이번 기획에 대해서 어떻게 생각하십니까?"

하나도 머릿속에 들어오지 않았다.

"한 번 더 생각해볼 테니 파일 저한테 넣어주세요."

"예. 알겠습니다."

"오늘 회의는 이쯤 하죠. 제가 집중이 잘 안 돼서요."

"네."

강현의 말에 회의실 안에 있던 사람들은 대놓고 좋아했다. 유강현이 한

번 작정하고 캐묻기 시작하면 보통 힘든 일이 아니었다. 그러니 차라리 천천히 보자고 하는 편이 훨씬 더 나았다.

* * *

사무실에서 강현은 한 번 더 다혜에게 연락을 했다. 설마 이대로 넘어갈 생각은 아니겠지. 이미 몇 번 연락했으나 답이 없었다.

[맨날 만나던 그곳에서 퇴근 후에 봐요.]

안 된다고 해도 계속 연락할 생각이었다. 그런데 이번에는 안 된다는 말이 아니라 바로 긍정의 답장이 왔다.

[시간 약속은 못 해요. 퇴근하는 대로 갈게요.]

들키지 않으려고 했던 사생활이 들켰으니 적어도 만나서 해명이든 변명이든 무슨 말이라도 하려고 하겠지. 오히려 안심이 됐다.

강현은 일찍 나가 스위트룸에서 그녀를 기다렸다. 머릿속이 뫼비우스의 띠처럼 같은 생각을 반복하고 있었다.

그녀가 아이의 엄마였다.

그럼 그때 만났던 그놈은 아이 아빠일까? 아이 아빠가 누구일까?

알 수 없는 질투심이 피어올랐다.

얼마나 좋아했으면 아이까지 가졌을까?

아이가 그렇게 예쁜 걸 보면 남자도 잘생겼을 거다.

꼬리에 꼬리를 물고 일어나는 질투심은 그를 활활 태우고 있었다. 제 밑에서 그렇게 몸부림쳤던 연다혜, 속살 깊은 곳을 찔러주면 눈가에 눈물이 고였다. 동그랗고 풍만한 유방은 누구의 손길도 닿지 않은 것처럼 새하얗고 아름다웠으며 연분홍색 정점의 열매는 그 무엇보다 달콤했다.

누군가 그녀의 그런 모습을 알고 그녀를 손안에 넣었다는 거다.

그것도 열 달 배불러서 아이를 낳아 키울 만큼 그를 사랑했던 거겠지?

사생활은 알려고도 하지 말라고 선을 그었던 저와는 비교도 되지 않을 만큼 그녀의 마음을 차지했던 놈이겠지.

혹시 지금도 유부녀일까?

생각이 거기에 미치자 온몸이 화르르 타들어 가는 것 같았다. 저를 기만 하고 저를 순간순간 놀려먹은 거라면…….

"아니야. 그럴 리는 없어."

유일한 남자는 동화라고 말했었다. 남자의 냄새조차 나지 않는 여자였 다. 휴대폰 통화 내역까지 다 보지 않았던가.

이렇게 저를 엉망으로 만들어 놓은 여자가 퇴근 시간이 지나서도 오지 않고 있었다. 다혜가 들어오면 무슨 말부터 먼저 해야 할지 모르겠다.

기다리는 시간이 이렇게 지루할 수가 있나?

아무것도 눈에 들어오지 않았다. 오로지 연다혜, 그녀만이 필요했다.

* * *

소은은 주소영의 손에 끌려서 명품 도자기들을 잔뜩 샀다.

"어머니, 이 정도면 되겠어요? 저것도 흔히 볼 수 있는 거 아니에요. 오히 려 미국에서 사는 거보다 이 가격이 더 싸요."

"그래? 그런데 저런 그릇은 잘 사용 안 하는 거 같아서……."

세일이라면 환장하고 덤벼드는 주소영에게 두 손 두 발 다 들었다. 소은 도 쇼핑을 좋아하기는 하지만 이런 그릇들은 잘 몰랐다.

"아이, 어머니, 저렇게 커다란 그릇이 손님 접대할 때 괜찮아요. 과일 같 은 거 담아놔도 되고요."

"그래?"

"저건 제가 선물해 드릴게요."

주소영은 포장만 해도 한가득 될 정도로 많은 명품 그릇을 골랐다. 기사 몇을 불러 들려 보내고 둘은 가볍게 내려오는 길이었다.

"어머니, 여성복 매장에 한번 가보시겠어요? 요즘 밍크 가격도 많이 싸졌던데."

"밍크 여러 개 있어."

"아이…… 없어서 그러나요? 디자인이 다 다르잖아요."

하지만 점점 아이를 안고 있던 강현의 모습이 머릿속에서 떠나지 않아 쇼핑할 기분이 나지 않았다.

"나 오늘은 그냥 가야겠어. 쇼핑할 기분이 영 안 나네."

"어머, 어머니 저하고 똑같으시네? 연 실장 때문에 놀라서 그런 거 아니에요? 너무 앙큼하잖아요. 그렇게 순진한 얼굴을 하고서 애 엄마라니."

사실 그런 마음도 없지 않아 있었다. 그런데 그것보다 그 아이가 어린 시절의 강현을 너무 닮아서 그게 더 기분이 묘했다. 물론 아무 상관없다는 건 잘 알고 있지만, 닮아도 너무 닮았다.

"나 같아도 기분 나쁠 거 같아요. 어머니, 차라리 확 잘라버릴까요? 적어도 쇼룸 조경은 다른 사람한테 맡겨요. 얄밉잖아요."

"그게 무슨 상관이야?"

소은이 딱 잘라 말했다.

"네?"

"쇼룸 조경 좋다고 아버님도 칭찬하셨어. 그리고 그건 사생활이잖아. 계약에 미혼 아니면 안 된다고 했던 것도 아니고 자기 입으로 자기 미혼이라고 말한 적도 없잖아."

"그렇긴 하지만……."

뭔가 보기만 해도 심사가 뒤틀리고 괜히 주는 거 없이 미운 그런 사람이 있는데 주소영에게는 그게 딱 연다혜였다.

그런데 왜 하필 그 여자의 아이를 강현이 안고 있었을까?

"오빠가 그 꼬마 애 예뻐하는 것 같아서 기분이 이상해서 그랬어요."

"이상할 게 뭐가 있어. 잘 모르는 아이라고 하잖아. 누가 봐도 귀엽게 생겨서 안아줄 만하지, 뭐. 오늘은 이만 헤어지자. 나 집에 가야 할 거 같아."

주소영은 소은의 눈치를 봤다. 이 정도면 충분히 오래 같이 있었고 강현의 얼굴도 보았다. 무엇보다 연다혜가 애 엄마인 것을 알아서 더 기분 좋다. 신경 쓸 가치조차 없는 애 엄마다.

"네. 좋은 물건 세일할 때 또 연락드릴게요."

"그런데 참, 우리 백화점인데 세일하는 건 소영이가 더 잘 아네, 나보다."

"그럼요. 저야 늘 어머니께 최상의 정보를 드리려고 애쓰잖아요."

"그래. 고마워."

소은은 집으로 돌아오는 차 안에서 길게 한숨을 쉬었다. 절대로 강현과 상관이 있을 수 없는 애다. 그런데도 신경이 쓰이는 걸 보면 이제 할머니가 되고 싶은가 보다. 가능성 없는 바람이었다.

집에 돌아온 소은은 유 회장이 마시는 녹즙을 챙겨 가져다주었다.

"아버님. 녹즙 드세요."

"그래."

유 회장이 녹즙을 천천히 마시는 동안 소은이 말을 꺼냈다.

"아버님, 저 오늘 백화점에 갔다가 좀 놀랄 만한 꼬마 애를 봤어요."

꼬마라는 말에 녹즙을 들던 유 회장이 고개를 들었다.

"놀랄 만한 꼬마라니?"

"강현이 어릴 때랑 너무 똑같아서 깜짝 놀란 거 있죠? 세상에 닮은 사람들이 많다고 하지만 어쩌면 그렇게 강현이 어릴 때랑 똑 닮았는지……."

유 회장의 눈에 힘이 들어갔다.

　　　　　　　　　　* * *

　다혜는 주아에게 동화를 데려다주고 바싹 탄 입술을 축이느라 생수를 천천히 마셨다. 큰 충격이라도 받은 것처럼 자꾸 심장이 툭툭 떨어지는 것 같다.

　"주아야. 내가 오늘 좀 늦을 것 같아."

　"어디 가는데?"

　"그냥…… 묻지 마."

　주아가 모르는 건 하나도 없었다. 그러니 주아에게 어설프게 거짓말을 하는 것보다는 차라리 묻지 말라고 하는 게 낫다.

　"너 요즘 왜 이래? 너 진짜 혼자서 그런 바에 가서 남자 만나는 거면…… 괜찮긴 한데 조심해야 한다? 나쁜 놈도 많아."

　"걱정하지 마. 그런 거 아니야."

　"그래, 안 물을게. 지금 너한테 꼬치꼬치 캐물어서 뭐하겠어. 네가 애도 아니고. 동화 걱정은 하지 마. 나하고 잘 지내는 거 알지?"

　"응. 걱정 안 해."

　다혜는 차가운 어둠이 내려앉은 거리를 지나 호텔 스위트룸으로 향했다. 며칠 전만 해도 그를 만날 생각에 한없이 설레며 관능에 젖어들었지만, 이제 그를 만날 시간이 다가올수록 입만 바짝바짝 마른다.

　잘못한 건 하나도 없어, 내가 잘못한 건 없어.

　다혜는 마음속으로 되뇌며 단단히 마음을 먹었다.

　다혜가 스위트룸 문을 열고 안으로 들어왔을 땐 위스키 향이 룸에 가득했다. 이미 꽤 마신 듯한 강현이 소파에 앉은 채 그녀를 보고 있었다. 다른 때와는 몹시 다른 분위기였다.

　보통은 다혜가 룸 안으로 들어오면 소파까지 걸어갈 틈을 주지 않고 강현은 그대로 입술을 맞추며 그녀를 안아들었다.

하지만 지금은 들어오는 그녀를 빤히 쳐다보고 앉아 있다. 다혜 역시 단정한 옷차림으로 그가 앉아 있는 테이블 맞은편에 가서 앉았다.

"많이 마셨어요?"

"······한 잔 줘요?"

다혜는 고개를 저었다. 그의 눈길이 그대로 따라붙었다. 새카만 눈동자는 그 속에 무슨 생각이 들어 있는지 알 수가 없어 더 무겁게만 느껴지고 있었다.

"한잔 먹는 게 나을 텐데. 그렇게 어마어마한 일이 있었는데, 맨정신으로 얘기할 수 있겠어요?"

다혜가 정면으로 그를 응시하며 턱을 들었다.

10. 그 애가 보고 싶다!

"난 맨정신으로 얼마든지 얘기할 수 있어요. 얘기 못 할 것도 없고요."

"그렇지. 그래야 연다혜지. 사생활 서로 터치하지 않기로 했으니 밝혀졌다고 해서 뭐가 달라지나. 지금 나한테 그렇게 말하고 있는 거예요?"

다혜는 입을 꾹 다물었다. 자기가 하려고 했던 말이었지만 그렇다고 해서 그가 받았을 충격이나 당황스러운 마음을 모른다고 할 수는 없는 일이었다.

"알고 있으면서 굳이 같은 말 반복할 필요 없잖아요."

강현이 위스키 잔을 다혜에게 내밀었다.

"그럼 우리 건배할까요? 조금씩 밝혀지고 있는 사생활에 대해서. 아니다, 나에 관한 얘기를 먼저 해야 하겠네. 내 사생활 궁금하지 않아요?"

"……"

그가 어떤 사람인지 생각해본 적이 있다. 차마 그에게 묻지 못했지만 혼자 묻고 답하면서 밀회가 아니라면 결코 가까이할 수 없는 사람이라고 단정 지었다.

"나는 유강현. 34살이고 여자는 연다혜밖에 없고 할아버지와 어머니가 계시고…… 섹스 성향은 잘 알 테고."

"그만해요."

"일밖에 모르는 놈이고 연다혜한테 미친놈이고."

"왜 이러는 거예요? 이 관계에 만족한다고 한 건 당신이잖아요. 여자가 달라붙는 거 딱 질색이라면서요."

강현이 다혜의 말에 잠시 침묵했다. 다혜를 빤히 바라보던 강현이 천천히 입을 열었다.

"그때는 그랬지. 그런데 그건 내가 연다혜 씨에게 빠지기 전이지. 모자가 사람 홀려놓고 관심 두지 말라고 하는 건 도의적으로 할 말이 아니지. 우리가 어차피 계약서에 도장 찍은 관계는 아니잖아?"

"그래서 뭘 어쩌자고요? 미혼인 줄 알았는데 애 엄마여서 분해서 못 살겠다는 거예요?"

"아니, 그동안 내가 너무 여유가 있었지. 여자들에게 순위 밀린 적이 없어서. 그런데 연다혜 씨에게 절대로 1순위 되지 못할 테니 이제 매달려보려고. 그래서 지금 내 소개하고 있는 거잖아요."

생각지 못한 말에 말문이 막혔다. 매달린다는 말이 어쩐지 가슴을 잡아당기고 흔들었다.

"이러지 말아요. 지금까지가 우리의 최선이었어요. 이쯤에서 끝내요."

역시 연다혜는 이 말을 하겠다고 작정하고 온 거였다. 상상만으로도 싫었던 말을 직접 들으니 끔찍했다.

"누구 마음대로?"

강현이 일어나 그녀 옆으로 와 앉았다. 그의 무게만큼 내려간 소파 때문에 그쪽으로 몸이 기울어졌다. 그런 그녀의 얼굴을 잡은 채 강현이 그녀의 정수리에 키스했다.

"난, 당신 못 놔. 애가 아니라 남편이 있다고 해도 못 놔!"

심장이 쿵쿵 울리고 있었다. 놀란 얼굴을 하고 고개를 들자 까만 눈동자가 얽혀들었다. 장난기라고는 하나 없는 진지한 눈동자는 비장하게까지 보였다.

"난 더 얘기할 거 없어요. 동화는 내 아들이에요. 난 아이 있는 여자고. 미혼모예요."

"다행이네. 난 전에 문화센터 앞에서 만났던 놈이 아이 아빠는 아닐까 했는데."

"아니에요. 동화 아빠는 없어요. 더 말해야 해요?"

"그만. 내가 알고 싶은 건 다 알았어요."

"오늘로 끝내요. 우리."

강현이 다혜의 손목을 잡았다.

"자꾸 사람 오기를 부추기네. 누구 맘대로 끝내. 당신 말대로 안기만 하는데 아이가 있든 없든 내가 무슨 상관이야? 조금 전 남편이 있어도 못 보낸다는 말 허투루 들었어요?"

"……."

주아에게 늦을 거라고 할 때부터 단단히 각오하고 왔다. 끝내겠다고 하면서도 그에게 한 번 더 안기고 싶었는지도 모른다.

그의 목소리가 귓가에 다시 울렸다. 욕망과 인내와 각오가 한데 서린 음성이 진동했다.

"절대로 그냥 못 보내."

남편이 없다는 말만 귀에 들어왔다. 남자가 없다는 그 한마디에 지옥이 천국으로 변하고 있었다. 그 귀여운 꼬맹이의 엄마라는 게 오히려 나았다. 동화 외에 다른 남자가 없다는데 다른 게 대체 무슨 상관인가?

강현은 가정이라는 걸 꾸미지 않겠다고 했던 그 모든 생각을 깡그리 날려 버린 채 이 여자가, 그리고 그 예쁜 동화가 내 여자, 내 아이가 되었으면 하는 생각에 속절없이 휘말리고 있었다.

젖어 있는 여자의 눈가에 입술을 대었다. 보드라운 볼을 따라 입술이 내려왔다. 입술과 입술이 겹쳐지는 순간은 빠르고도 격정적이었다. 함께 밤을 보낸 이후 늘 그랬듯이 몸이 겹쳐지는 순간은 결코 다른 무엇도 생각할 수 없었다.

마지막 정사라고 생각한 다혜였던 만큼 그의 키스에 적극적으로 반응했다. 그의 단단한 어깨도 넓은 가슴도 밀착되는 남자의 힘에 눌리는 이 느낌도 모든 것이 생생하게 그녀를 뒤흔들었다.

"윽! 이러면서 마지막이라고?"

강현은 소용돌이에 빨려 들어가듯 그녀의 안으로 빨려 들어갔다. 미칠 것 같은 마음이, 바짝 타오른 욕망의 열기가 지지직 소리를 내며 산화하듯 몸이 달아올랐다.

몸이 움직일 때마다 마음과 영혼이 한꺼번에 빨려 들어갔다. 밀고 밀리는 단순한 동작에서도 미칠 것 같은 전율이 온몸에 퍼졌다.

강현은 견딜 수 없는 희열에 그녀의 엉덩이를 꽉 잡은 채 깊게 성기를 밀어 넣었다. 연한 속살이 주름까지 하나하나 그의 페니스에 감겨들었다. 온몸의 피가 빠르게 돌아가며 품 안의 여자를 완전히 잠식하고 싶은 충동에 몸이 떨렸다.

"아하, 아……."

지금 두 사람은 오직 서로만이 존재할 뿐이었다. 서로의 성기 안에 완전하게 맞물려 있는 하나의 상태.

설명할 수조차 없이 타오르는 자극 속에 아찔한 전율이 척추를 타고 뇌수를 쳤다.

"악!"

"윽!"

억누르지 못한 날것의 신음이 동시에 터지면서 하체가 더 깊게 맞물렸다. 서로의 전율을 함께 느끼면서 연결 부위가 그의 정액으로 질척하게 젖어들었다.

색색거리며 숨을 몰아쉬는 다혜가 강현의 품에 얼굴을 댄 채 흐느꼈다. 슬픈 것도 없는데…… 잘못된 것도 하나도 없는데…… 그런데도 눈물이 흘렀다.

강현이 그녀의 여린 어깨를 감싸 안고 등을 쓰다듬어 내렸다.

가슴이 아렸다. 울리고 싶지 않았는데 울린 건가?

"좋아요. 나름 최상이라고 생각해요. 연다혜가 유부녀 아닌 것만으로도 다행이지."

강현이 다시 그녀를 안은 채 침대에 흐트러졌다.

하나는 확실해졌다. 그냥 섹스 파트너로만 지내는 건 이제 물 건너갔다는 거다. 아이 엄마라고 해도, 이제 끝내자고 해도 절대 그럴 수 없었다.

제 입으로 남편이 있다고 해도 못 끝낸다고 하지 않았는가. 그러면 이제 방향이 바뀐다는 거다.

제대로 가져야겠다.

"앗."

신음과 함께 다혜의 허리가 활처럼 뒤로 휘었다. 강현이 그녀의 두 다리를 제 허리에 감은 채 더할 수 없이 깊게 허리를 올려쳤다.

스스로 인식한 연다혜를 향한 소유욕이 제대로 담긴 몸짓이었다.

* * *

몇 번의 절정 뒤에 기절하듯 잠깐 잠이 든 것 같다. 눈을 떴을 때는 남자의 팔에 안겨 있었다. 맞닿은 살결에서 따뜻한 온기가 느껴져 푹 자고 난 것만 같다.

폭발하듯 휘몰아친 섹스와 격정적인 모든 감정이 한꺼번에 타올랐던 탓에 오히려 몸도 마음도 가벼워진 것 같다.

"이제 가야 해요."

뒤에서 그녀를 꽉 끌어안고 목덜미에 얼굴을 묻고 있던 강현을 밀어내려고 몸을 움직였다. 하지만 그의 커다란 다리가 그녀의 몸을 확 감싸며 완전히 밀착했다. 그의 한 손은 그녀의 가슴을 꽉 쥐고 있었다.

"5분만."

"……그래요. 5분만."

까짓거 5분 인심 쓰지 못할 것도 없다. 그러나 5분이 지났지만, 그는 여전히 자신을 놓아줄 생각을 하지 않은 채 말했다.

"10분만. 아니, 오늘 나하고 있어요."

"이러지 말아요."

애원하는 그의 소리에 그녀가 고개를 저었다.

그가 그녀에게 몸을 돌렸다. 물기가 담긴 눈동자며 하도 키스해서 부푼 입술이며 너무 예뻐 다시 꽉 끌어안았다. 그리고 그녀의 귓가에 대고 속삭였다.

"달라진 건 하나도 없어. 당신이 아이 엄마든 누구든. 그리고 그 꼬맹이는 나도 귀여워서 점 찍은 놈이라고. 앞으로 계속 만나려고."

다혜는 아무 말도 하지 않았다. 이 남자가 그냥 이대로 저를 받아준다는 게 가슴 떨렸다.

새벽 1시가 넘었다.

자고 가라는 강현의 말에 그녀가 대답하지 않자 그가 먼저 일어났다.

"동화가 기다릴 테니까 더 잡지 않을게요. 친구가 집에 있나요?"

"네."

주아가 동화를 데리고 다혜의 집에서 잘 거라고 연락을 해왔다. 다혜가 농장에서 늦게 들어오거나 아예 새벽같이 나가야 할 일이 있을 때면 주아가 다혜의 집에서 동화와 함께 잠을 자곤 했다.

"어차피 달라진 거 없으니까 밀어낼 생각하지 마요. 내가 애 엄마인 거까지 알았으니 적당한 선에서 서로 헤어지기 좋겠다, 그런 생각도 하지 마요. 나 연다혜 씨한테 질리려면 한참 남은 거 같으니까."

"……."

작정하고 다가오는 이 남자를 이길 수는 없다. 세상 어느 여자도 유강현이 작정하고 달라붙는데 뿌리칠 수는 없을 것이다.

다혜는 아무 말 하지 않고 혼자 침대에서 내려와 옷을 입었다.

강현은 가슴이 시렸다. 결코 그 예쁜 꼬마 놈을 이기고 저 여자에게 1순위가 되는 일은 없을 거다. 그렇다면 2등이라도 되어야겠다.

강현은 벌거벗은 채 침대 위에서 다혜를 빤히 보고만 있었다. 밤새도록 봤는데도 다혜의 모습이 너무 예뻐서 심장이 지랄 맞게 뛰어대고 있다.

완전히 졌다. 이제 연다혜에게 평생을 끌려다닌다고 해도 버리지만 말아달라고 애원해야 할 판이었다.

* * *

다혜가 들어간 아파트 입구를 한동안 지켜보던 강현이 차에서 내렸다.

저 안에 다혜와 동화가 함께 있을 거다. 요즘 같은 세상에 잠금 문도 없이 누구라도 들어갈 수 있게 된 현관을 보니 마음이 무거웠다.

"당장 집이라도 사서 이사를 시킬까?"

차근차근하지 않으면 역효과가 날 거다. 잘해주고 싶어도 마음대로 건드릴 수 없는 조심스러운 여자가 연다혜다. 그래서 더 안달이 나는지도 모른다.

강현은 한참을 아파트 주위에서 서성이다 호텔로 들어갔다. 호텔 룸은 둘의 정사 후에 흐트러진 모습 그대로였다. 베개에 얼굴을 묻고 다혜의 향을 깊이 들이마셨다.

"그러니까 나는 막 버려도 되는 남자고, 동화만 끼고 살겠다는 거지? 내가 얼마나 찰거머리처럼 붙어 있을지 보라고."

강현이 다혜가 베고 있던 베개를 다혜라도 되는 듯이 꽉 끌어안았다. 그런데 마음 한쪽에서 동화와 다혜가 모자인 것이 나쁜 거 같지는 않다. 무엇보다 유일한 남자 동화가 아들이라고 하는 게 마음에 들었다.

"2등이면 어때? 유일한 성인 남자면 되는 거지."

그러다 잠에 빠져들었다. 오후 일까지 모두 몰아쳐 오전에 한 탓에 피곤하기도 했고 마음에 구멍이 난 듯이 추웠다.

자고 일어났을 때는 아침 해가 뜨기 전이었다. 강현은 그대로 일어나 창문을 열었다. 찬 겨울바람이 살갗을 스치는데도 추운 줄 몰랐다.

어제 다혜가 마지막이라고 말할 때 마음에 몰아치던 시린 바람에 비하면 지금 불어닥치는 겨울바람은 그야말로 봄바람이다.

"이대로는 안 되겠어. 제대로 음지에서 벗어나 양지로 나가야지. 역시 뭐든지 합법적인 게 가장 옳지."

할아버지의 불법적인 사업체를 모두 정리하고 모든 사업을 합법적으로 돌린 것처럼 인간관계도 같다. 연애도 섹스도, 역시 정면 돌파가 답이다.

당당하고 합법적인 게 좋다.

"대놓고 사귀고 연애해야지."

언제 이렇게 생각이 바뀐 건지 모르겠지만, 지금 자신이 연다혜를 잡을 수 있는 유일한 길은 그것뿐이라는 생각이 들었다.

* * *

한남동 강현의 본가에 기침 소리가 울렸다. 기침 소리에 이어 구역질이 나는 소리까지 들리자 소은이 도우미 아주머니와 유 회장을 부축하여 일으켰다.

"아버님, 약 드세요. 갑자기 왜 이렇게 심해지셨는지 모르겠어요. 정 박사 곧 올 거예요."

"괜찮아. 날이 추워지니까 그러는 거지."

워낙 건강한 유 회장이었지만 오늘따라 수척해 보였다. 나이는 속일 수 없다고 하루가 다르게 힘이 빠지고 있었다.

며느리가 주는 약을 먹고 잠시 숨을 돌린 유 회장이 소은을 보며 뭔가 말을 하려다 말기를 반복했다. 소은은 그런 시아버지에게 걱정스러운 얼굴로 물었다.

"아버님, 하실 말씀 있으세요?"

"저기 말이다. 사실 나도 얼마 전에 백화점 앞에서 딱 강현이 어릴 때같이 생긴 아이를 봤다."

그 예쁜 아이가 우리 손자였으면 하는 생각을 얼마나 했는지 모른다. 어제 소은이 그런 애를 봤다는 말만 들었는데도 잠이 다 오지 않을 만큼 탐나는 아이였다.

"아버님도 보셨어요?"

"백화점 근처에서 봤는데 너무 닮아서 헛것을 본 줄 알았다. 어떤 할머니하고 같이 가던데…… 너무 놀라서 눈을 의심했다."

"그렇게 닮은 사람도 있긴 하나 봐요."

"그래? 아이가 몇 살쯤 돼 보이더냐?"

"글쎄요. 한 5, 6살 된 거 같던데."

그러자 잠시 입을 다물고 있던 유 회장이 묵직한 아쉬움을 토해냈다.

"그때 그 아가씨가 죽지만 않았어도……."

"아버님."

둘은 그때 그 일을 기억한다. 특히 그 일을 하려고 했을 때 소은이 반대했던 기억이 선명하다.

5년 전 그날 유 회장이 소은을 불렀다. 강현이 정관 수술을 하고 왔다며 진단서를 보여주고 나서 한 달 정도 지났을 때였다.

"아버님 어떻게 돈을 주고 임신을…… 그것보다는 강현이 보고 정관 수술 풀고 결혼하라고 하는 게 낫겠어요."

"무슨 소리야. 저놈이 그렇게 할 거 같았으면 정관 수술을 했겠어?"

스무 살에 냉동해 놓았던 정자로 적당한 아가씨를 찾아 인공 수정을 하겠다고 말한 건 유 회장이었다. 하지만 소은은 반대했다.

"어떻게 우리 유씨 집안의 핏줄을 아무한테나 줄 수 있어요? 게다가 돈 받고 그런 일을 할 정도의 여자라면 보통이 아니잖아요. 인성도 나쁘고 돈만 아는 그런 여자가 분명할 거예요."

아이는 남자 쪽의 유전자만 받는 게 아니다. 엄마도 제대로 교육도 받고 인성이나 외모가 모두 훌륭하지 않으면 집안의 골칫거리만 되는 게 자식이다.

"아무나가 아니다."

"네?"

"내가 꼼꼼히 봤어. 사진도 보고…… 인물도 좋더라. 대학도 나왔고 우리 저축은행에서 근무한다고 하더라. 더 자세한 건 너나 나나 모르는 게 나을 것 같다. 그쪽에서도 어머니가 많이 아프신지 사정이 급하다고 오케이 하더구나."

물론 집안이 어려우니까 이런 일을 하겠지만 나중에 계속 돈만 뜯어내려고 할 수도 있다.

"그쪽에서는 상대가 우리 집안인 거 아니요?"

"자세하게는 말하지 않았지. 단지 신체 건강한 남자라는 것만 말했다."

"아무리 돈이 중요해도 어떻게 아가씨가 그런 계약을 했을까요?"

소은은 싫었다. 그렇게 낳아 온 아이를 집안에서 잘 키울 수 있을 거 같지도 않았다.

아무리 강현의 씨라고 해도 그런 아이를 손자로 인정할 수 있을까?

아버님이 무리수를 두는 것 같아 마음이 불편했지만 정관 수술까지 한 아들 때문에 더 반대할 수도 없었다.

시간이 지나가고 유 회장은 약속한 날짜에 아가씨가 인공 수정을 했다는 것까지 보고를 받았다.

"제발 수정이 잘 돼야 할 텐데……."

인공 수정을 했다는 보고를 받고 매일 밤 간절히 기도했다. 그런데 며칠 지나지 않아 그 아가씨가 교통사고로 죽었다.

인공 수정하고 바로 사고가 나서 죽었으니 더 이상의 가망은 없었다. 놀라서 며느리를 불러 인공 수정한 아가씨가 죽었다는 말을 하며 다른 사람을 찾아보아야겠다는 말을 할 때 강현이 들이닥쳤다.

강현은 냉동 정자와 인공 수정 이야기만 들었는데도 길길이 뛰었다.

다음 날 바로 냉동 정자를 폐기 처분하고 한동안 얼굴도 보여주지 않았다. 냉동 정자까지 강현에게 모두 털리고 말았으니 다시 인공 수정을 한다는 것조차 불가능했다. 이제 어디에서도 유강현의 핏줄을 볼 수는 없는 거다.

그때의 기억이 선명해서 다시 기침이 쏟아져 나왔다.

"쿨럭! 집안이 대가 끊기려고 하니 그런 일이 생겼던 거지. 그때 그 아가씨가 죽지만 않았어도 어쩌면 그런 꼬맹이가 이 세상에 있을 수도 있겠지."

"기분이 이상했어요. 강현이를 그렇게 쏙 빼닮은 남자애를 보니까. 정말 손주 생겼으면 하는 마음도 들고요."

소은도 솔직한 마음을 털어놓았다. 그런 며느리를 보며 유 회장이 고개를 끄덕였다.

"그래. 네 마음이 내 마음보다 덜할 리가 있겠냐."

참 아쉽고도 아쉬운 일이었다.

"그래도 그리 닮고 똘똘한 놈이 있다니 그냥 보기만이라도 하고 싶구나. 내가 볼 수 있겠니?"

"일단 몸이나 좀 나으세요. 아버님 외출하실 만하면 제가 연 실장에게 말해볼게요."

"그래. 그럼 벌떡 일어나야지."

* * *

"대표님, 갑자기 문화센터 관련 자료는 왜 가져 오라는 겁니까?"

구순호는 경호원 겸 비서로 일하면서 자신이 이해할 수 없는 일을 한 적이 여러 번 있었다. 확실히 강현은 보통 사람보다 뛰어난 데가 있었다. 사물을 바라보는 시각도 그렇고 일 처리를 하는 데도 처리 방식이나 순서 등이 일반 사람들과는 달랐다.

게다가 성인반이 아니라 유아반 관련 자료를 가져오라는 건 도저히 이해할 수 없었다.

대표가 이런 데 관심이 있었던 적은 단 한 번도 없었다. 문화센터를 관리하는 팀은 따로 있었다. 섭외부터 수업까지 모두 다 알아서 했기 때문에 최종 대표의 사인은 그저 형식적일 뿐이었다.

그런데 자신에게 직접 시간표를 조사해 오라고 하니 이상할 수밖에 없다.

"언제는 내가 하는 거 다 알고 일했어?"

"아닙니다."

"보고서는 거기다 두고 딸기 캐러멜 좀 사와. 큰 걸로 한 박스."

"딸기 캐러멜이요?"

구순호는 뒷머리를 긁었다. 이건 더 모르겠다.

먹지도 않았던 딸기 캐러멜을? 딸기 좋아하는 건 알았지만 단것도 좋아했었나?

"혹시 그 꼬마 아이가 먹던 캐러멜 같은 거 맞습니까?"

"잘 아네. 그 브랜드로 아예 큰 걸로 한 박스 사오라고."

"알겠습니다."

구순호가 나가자 강현은 바로 그가 두고 간 보고서를 들어 자세히 살펴보았다. 사실 문화센터가 있기는 했지만, 문화센터에서 강의하는 수준이 어느 정도 되는지는 정확하게 몰랐다.

저도 어릴 적에 음악 꽤나 좋아했었다. 바이올린은 열일곱 살 때까지 죽어라 했었고. 아버지가 돌아가시는 그 사건이 있었던 뒤로 딱 끊기는 했지만, 지금도 가끔 바이올린 생각이 드는 것도 사실이었다.

아이가 바이올린을 배운다고 했을 때 더 솔깃했던 것도 이 때문일 거다.

동화가 무슨 수업을 하나 확인해보니 피아노와 바이올린, 그리고 최고급반의 레고 수업을 하고 있었다.

"천재가 맞긴 하군. 일본어, 영어도 다 잘할 거고……."

아마도 그 꼬맹이는 자기가 아는 걸 다 표현하지 않으려고 할 거다. 사람들이 더 많이 관심 두고 놀랄 테니. 그런 면에 있어서 저는 동화를 이해했다.

어릴 적 저 역시 그랬으니까.

"짜식. 나하고 닮은 구석도 있네."

연다혜의 마음을 얻으려면 그 꼬맹이를 제 편으로 만들어야 했다. 동화한테 잘 보이지 않고는 연다혜의 얼굴도 보기 힘들 거다.

마지막 정사니 뭐니 하면서 눈물 빼가며 제 아래서 흐트러지던 여자는 떠올리기만 해도 가슴이 저리다.

다시는 울지 않게 해주고 싶다. 다시는 마지막이니 뭐니 하는 말 같은 건 입에 올리지도 못하게 품에 안고 지내고 싶었다.

강현은 온리유 커피 앤 플라워 매장으로 전화했다. 전화를 받은 사람은 파트타임 직원 유진이었다.

"여기 대표실입니다. 연다혜 실장님 바꿔주세요."

대표라는 말에 바로 직원이 다혜를 바꿨다.

-여보세요?

"나 대푭니다."

갑자기 무슨 생각인 걸까? 휴대폰으로 연락하는 것도 모자라서 아예 사내 직통 전화를 이용하다니. 다혜는 옆에 있는 유진을 의식하며 인사했다.

-네, 대표님. 안녕하세요.

"지금 당장 올라오세요."

-네?

"할 얘기가 있으니까요. 원래 개점하고 한 달 이상 지나면 대표하고 면담해요. 몰랐습니까?"

-네. 몰랐어요.

사실 믿어지지도 않는다. 그런 걸 기획실이나 총무과를 거치지 않고 대표가 이렇게 직접 전화를 한다고?

"음. 비서실에 전화라고 지시했는데 안 한 거 보니까 전부 다 잘라버려야겠네."

-네?

갑자기 저 때문에 비서실 직원들을 다 잘라버린다는 말에 다혜가 펄쩍 뛰었다.

-당장 올라가겠습니다. 실수겠죠.

역시 착한 여자다. 이런 말 한마디면 두말없이 올라올 줄 알았다. 사실 좀 전까지 문자를 열 통쯤 보낸 것 같은데 답장은 한 통도 오지 않았다.

그 이전에는 짧게라도 답장은 하더니 마지막이니 뭐니 하고 사람 홀려 놓고 간 뒤로는 아예 답장도 하지 않고 있었다.

"누구 마음대로?"

하여간, 이 여자는 남자 오기 나게 하는 데는 뭐 있었다.

"점심시간 맞춰서 올라와요."

-네, 알겠습니다.

다혜는 은근 걱정됐다. 오는 문자를 모조리 씹어버리고 전화 오는 것도 받지 않았더니 혹시 이 남자가 앙심을 품고 매장에 불이익을 주려고 하는 걸까?

그 정도로 찌질한 남자라고 생각하지는 않았는데…… 하지만 사람 속을 누가 알 수가 있을까. 하지만 이 매장은 혜순과 제가 온 힘을 다해 기울인 매장이었다.

개업하느라고 지원도 많이 받았지만, 가지고 있는 돈도 많이 들어갔다.

손익분기점까지는 최소한 2년 이상은 걸릴 것이다. 지금같이 팔린다면 물론 앞당겨질 수는 있지만, 겨우 개점한 지 한 달 남짓이다. 무슨 일이 있어도 다른 일로 손해 보는 일은 막아야 했다.

강현은 바로 비서실에 연락했다.

"오늘 점심은 모두 나가서 먹어요. 내가 부를 때까지 오지 말고."

-네. 알겠습니다.

한 시간 후 구순호가 커다란 박스를 들고 와 쿵 소리가 나게 내려놓았다.

"뭐가 그렇게 커?"

"그러니까, 제일 큰 걸로 사오라고 하셔서 도매상에 가서 사왔습니다."

"뭐?"

"한 박스에 100개 들어 있습니다."

"마음에 드네. 한쪽에 가져다 놔."

잠시 후 비서실 직원이 한정식집에서 포장해온 도시락을 가지고 들어왔다.

"거기 세팅해 놔요."

"네. 알겠습니다."

한정식집 상차림을 그대로 옮겨놓은 것 같은 도시락이 회의용 테이블가득 차려졌다.

"다 나가 있고."

"알겠습니다."

강현은 다혜가 오기만을 기다렸다. 점심시간이 되기 전에 직원들을 다내보내고 기다리고 있자 잠시 후 노크 소리가 들렸다.

다혜는 비서실에 들어서서 텅 빈 사무실에 눈을 깜빡였다.

아무래도 잘못 왔나? 모두 회식이라도 있나?

바로 대표실로 들어가야 하나 망설이는데 강현이 문을 열고 말했다.

"들어와요."

안으로 들어서자 고소한 냄새가 사무실을 꽉 채우고 있었다. 다혜는 평소보다 더 멋지게 차려입고 서 있는 강현과 그의 옆에 과하다 싶을 만큼 음식이 차려져 있는 식탁을 번갈아 보며 고개를 갸웃했다.

"혹시 손님이 올 예정인가요?"

"그 손님이 연다혜 씨죠. 여기 앉아요."

다혜가 앞에 서자 강현이 의자를 빼주었다. 그녀가 앉자 그가 맞은편으로 가 앉았다. 다혜는 강현을 보며 그가 전화했던 내용을 먼저 꺼냈다.

"대표님, 한 달간 매출 관련해서 말씀하실 게 있다고 해서 올라왔습니다."

"맞아요. 그런데 내가 지금 허기가 져서 아사 직전이에요. 밥 먹고 말하면 안 될까요?"

"네."

"뭐 좋아해요?"

"다 잘 먹습니다."

"그럼 한번 먹어봐요."

다혜는 부추를 넣어 새우와 반죽해 구운 새우전과 잡채를 골고루 먹었다.

주는 건데 못 먹을까 봐?

어차피 먹어야 협상도 잘하고 힘도 나서 저 남자와 싸우든 제대로 선을 긋든 해야 할 거 아닌가?

"생각보다 잘 먹네요."

"못 먹을 일도 없죠."

이 여자는 여러모로 사람을 들었다 놨다 한다. 그런 일이 있고 마지막 정사니 뭐니 눈물과 콧물로 범벅돼서 혼자 울다가 가 놓고 이렇게 씩씩하니 말이다. 그런 점에서 연다혜를 더 사랑할 수밖에 없다.

"……."

사랑? 미친 거 아니야?

저도 모르게 머릿속에 떠오른 사랑이란 단어에 밥을 먹다 말고 젓가락을 탕 내려놨다. 머릿속에서 충격파가 울렸다.

사랑? 죽으려고 환장을 한 거지.

그 사랑 때문에 아버지가 돌아가셨다. 약점이 되는 사랑 따위 하지 않겠다고 한 것도 저였고 여자에게 마음 같은 거 줘본 적도 없다. 그런데 왜 이 여자한테 사랑이라는 단어를 사용한 거지?

입으로 내뱉은 것도 아닌데도 가히 충격적이었다.

여우인 거야. 여우한테 홀린 거야.

그것도 어미와 새끼가 세트로 홀리는데 어떤 사람이 안 넘어가?

젓가락을 내려놓고 빤히 얼굴만 쳐다보는 강현을 보고 다혜가 눈을 크게 떴다.

"뭐가 잘못됐나요? 돌이라도 씹으셨어요?"

"아니…… 그런 게 아니라…… 연다혜 씨는 내 생각 얼마나 합니까?"

"갑자기 그건 왜 물으세요?"

"난 연다혜 씨를 많이 생각하는데. 몹시도 손해를 보는 거 같은 기분이 들어요."

"그건 상황에 따라 사람마다 다를 수 있겠죠. 객관적으로 저울질할 수 있는 것도 아니잖아요. 일단 저는 대표님이 저를 얼마나 생각하는지 모르니까요."

내 머릿속에 연다혜가 얼마나 들어 있는지 알면 도망갈 거다.

강현이 새우전 하나를 집어 그녀의 앞 접시에 올려놓았다.

"뭐하시는 거예요?"

"이거 좋아하는 거 같아서, 먹으라고 챙겨주는 겁니다."

"감사합니다."

"그게 다예요?"

"네?"

"나 같은 사람이 막 챙겨주는데 감동되지 않느냐고. 나는 이만큼 연다혜 씨 생각하고 있다고 지금 행동으로 보여주는 거잖아요."

"감동까지는 아니고요. 제가 좋아하는 건 맞아요. 여기 있는 음식 중에 제일 입에 잘 맞네요. 그런 걸로 생각하는 정도를 측정하는 거라면 여기 있어요. 드세요."

다혜가 커다란 갈비 하나를 들어 강현의 앞 접시에 놓았다. 강현의 입꼬리가 죽 늘어나며 바로 갈비를 한입 물었다.

"새우전보다 갈비가 더 크니까 연다혜 씨가 날 더 많이 생각한다는 말로 알아들으면 되는 거죠?"

"……그냥 많이 드세요."

강현은 갈비를 크게 베어 먹고 다혜를 보며 물었다.

"근데 내가 동화랑 친한 건 어떻게 생각해요?"

"글쎄요. 하지만 전 대표님이 동화하고도 깊이 정들지는 말았으면 좋겠어요. 우리는……."

"뒷말은 안 해도 압니다. 그냥 딱 섹스 파트너, 서로 사생활에 관심 두지 않기로 했는데 당신한테 제일 소중한 동화가 나하고 친하니까 그게 부담스러운 거잖아. 아니면 엄마보다 날 더 좋아할까 봐 샘내는 건가?"

심술 난 목소리였다. 유강현 대표가 이런 유치한 멘트를 날린다고 하면 사람들은 믿지도 않을 거다.

"단순히 그것만은 아니에요. 어차피 우리 관계가 얼마나 오래간다고…… 동화한테 상처될까 봐 그래요. 아버지 정 모르고 자랐고 어른 남자에게 이렇게 마음 주는 것도 처음이고요. 나중에 상처받을까 봐……."

그건 내가 상처받는 것보다 더 무서우니까. 다혜는 뒷말을 꿀꺽 삼켰다.

"그런 일 없어요. 내가 연다혜 씨하고 잘못되는 일은 있어도 동화하고 잘못될 일은 없으니까. 내가 동화하고 계속 친하게 지내면서 동화가 아이 낳아서 아버지 되는 것까지 다 볼 생각입니다. 나와 동화의 관계는 우리보다 훨씬 더 가변성이 적다고 생각하지 않습니까?"

"대체 어떤 의미에서 말인가요?"

"남녀 좋아하는 거야 변할 수도 있지만, 원래 사나이끼리의 그 진한 우정은 더 오래가는 법이거든요."

하지만 다혜의 우려의 눈길에 강현은 자신 있게 말했다.

"두고 봐요. 우리가 얼마나 대단한 우정을 쌓아갈지."

다혜는 대답하지 않았다. 마음이 납덩이를 얹은 것처럼 무거웠다. 이 남자가 좋다. 아이 엄마인데도 이렇게 속절없이 빠져들어 간 것도 사실이다. 하지만 이건 다른 얘기였다.

엄마도 모자라 아이까지 이 남자에게 빠진다고 생각하자 끔찍했다. 이 남자가 가지고 있는 것, 그의 모든 것이 동화에게 얼마나 멋있게 보일지 너무나 잘 알았다.

동화가 소파에서 팡팡 뛰며 했던 말이 떠올랐다.

'아주 큰 아저씨! 고추도 큰 아저씨! 대표님처럼 될 거야.'

동화의 눈에 유강현은 더할 수 없이 멋있는 남자였다. 그러니 동화가 속절없이 빠져든다면 그리고 외면당한다면 얼마나 속상할까? 그런 생각에서 자유로울 수는 없었다.

"그럼 저와 상관없이 동화한테 한결같이 대해 주실 수 있다는 말인가요?"

"당연한 거 아닌가? 내가 왜 그러지 못할 거 같아요?"

남자들의 진한 우정은 쉽게 변하지 않지. 하지만 지금 같아선 연다혜를 향한 제 마음도 죽었다 깨어나도 변하지 않을 것 같았다.

식사가 끝났을 때 다혜가 후식을 앞으로 내밀었다.

"후식 좀 드세요."

"기왕이면 먹여주면 안 되나?"

다혜가 어이없다는 듯이 보며 씩 웃었다.

"제가 먹여주는 거 먹고 싶어요?"

"지금 여기엔 우리 둘뿐인데 뭐 문제됩니까?"

"아니요."

다혜가 잘 잘라놓은 떡을 포크로 찍어 그의 입에 대주었다. 그가 입을 벌려 다혜가 넣어주는 떡을 입에 넣고 씹었다. 고소한 견과류가 들어간 달짝지근한 떡이 씹을수록 단맛과 고소함이 퍼지며 가슴까지 찌르르했다.

"나도 하나 먹여주면 안 돼요?"

"됐습니다. 전 제가……."

그가 옆에 있는 과일을 하나 찍어 다혜의 입 앞에 가져다 댔다.

"나도 처음 해보는 짓인데, 주면 좀 먹으면 안 돼요?"

다혜가 입을 벌리고 과일을 받아먹자 강현은 기분이 묘했다. 후식까지 다 먹은 다혜가 소파가 있는 옆 테이블로 갔다.

"그럼 이제 하실 말씀 하세요."

그러자 강현이 그녀의 옆에 앉았다. 다혜가 눈을 번쩍 뜨자 그가 말했다.

"그러니까 섹스까지는 안 간다고. 여기선 안 하기로 했으니까."

그리고 그가 바로 입술을 겹쳤다. 뜨거운 입술이 겹치며 혀가 밀려 들어왔다. 그의 손이 바로 가슴을 움켜쥐었다. 키스가 조금 더 진해지자 그가 스커트 안으로 손을 넣었다.

스타킹을 신은 매끄러운 허벅지 위로 팬티 둔덕을 더듬는 손에는 아쉬움이 가득했다.

"한 번만 빨자고 하면 어떻게 되나?"

"하아. 그냥 살짝 만지기만 해요."

"그게 더 고문이네."

말은 그렇게 하면서 그의 손이 팬티 안으로 파고들었다. 속살을 건드리며 그의 입에서 긴 한숨이 새어 나왔다. 그러나 다혜는 그 한숨을 못 본 척하고 기어이 손을 빼냈다.

"여기까지요. 전 가볼게요."

다혜가 바로 인사를 하고 나갔다. 남아 있는 건 욕망으로 부푼 그의 성기뿐이었다.

"난 어떡하라고? 하아……."

* * *

강현은 문화센터 유아반 수업 시간표를 꼼꼼히 지켜보다 오늘 레슨 명단에 동화가 있는 걸 발견했다.

"오늘은 피아노 레슨?"

피아노, 바이올린. 어릴 때 참 좋아했던 것들인데 그 꼬맹이가 제대로 치긴 할까? 수업 시간에 맞춰서 문화센터에 갈 생각을 하고 있는데 반갑지 않은 손님이 찾아왔다. 주소영이었다.

"오빠, 전에 어머니가 말씀하셨던 그림 생각나? 청보리!"

"청보리든 쌀보리든 난 관심 없어."

"지금 1층 메인 로비에 걸고 있단 말이야. 대표 이사씩이나 돼서 그렇게 비싼 그림이 백화점에 걸리는데 내려가 보지도 않을 거야?"

"그게 왜 내 소관이야? 기획실, 총무팀 다 있는데, 일도 많은데 대표가 그림 보러 내려가야겠냐고."

"오빠, 별로 바빠 보이지도 않는데?"

"내가 바쁜 걸 네가 어떻게 알아. 지금 중국이랑 네고 하느라고 밤잠도 못 자가면서 고민하는 걸 네가 알아?"

강현이 이렇게 나오면 주소영은 할 말이 없었다. 다른 건 몰라도 백화점 사업이 잘돼야 자신도 백화점 사모님으로서 기를 펴고 다닐 게 아닌가.

"오빠, 그럼 바쁜 거 끝나고 1층에 같이 내려가 보면 안 돼?"

"안 돼. 그리고 너 대표실에 이렇게 불쑥불쑥 들어오지 말랬지."

"하지만 어머님이 대표실에 자주 가보라고 했단 말이야."

하여간 어머니 때문에 미치겠다. 왜 골라도 주소영 같은 여자를 골랐는지. 지금은 누가 됐든 눈에 들어올 거 같지가 않았다.

이미 연다혜에게 단단히 홀려버렸으니까.

'아저씨, 캐러멜!'

두 손을 벌리며 달려오는 동화의 모습이 머릿속에 떠올랐다. 동시에 차려놓은 정찬을 먹으며 꼿꼿하게 저를 쏘아보던 다혜의 얼굴이 떠올랐다.

참 괜찮은 세트란 말이지.

"바쁘니까 내려가. 너야말로 그림 잘 보고 가라고."

"정말 바빠?"

소심하게 물어보는 주소영을 째려보자 소영이 나갔다. 강현은 소영이 나간 뒤에 바로 11층으로 내려갔다.

복도에서부터 피아노 소리가 들려오고 있었다. 내려오기 전 미리 선생님께 특별히 신경 써서 보는 아이인데 수업을 지켜보고 싶다고 양해를 구했다.

백화점 대표가 직접 하는 부탁인데 거절할 강사가 어디 있을까. 강현이 교실 안으로 들어섰을 때는 학생은 동화 한 명만 있었다. 레벨이 맞지 않아서 따로 레슨을 받는다는 얘기도 이미 알고 있었다.

"어? 아저씨!"

피아노를 치던 동화가 두 손을 올리며 손을 흔들었다.

볼수록 귀엽단 말이지.

"동화, 피아노 잘 치고 있었어?"

고개를 끄덕이며 동화가 활짝 웃는다. 뜻밖의 손님이 아주 마음에 들었는지 웃고 있는 동화를 보며 옆에 있던 선생님이 말했다.

"우리 동화는 음감이 아주 뛰어납니다. 작곡도 잘하고요. 동화가 작곡한 걸 제가 악보로 만들기도 합니다."

"제법이네. 진짜 음감이 그렇게 뛰어납니까?"

그때 옆에 작은 바이올린이 보였다. 일반 바이올린보다 훨씬 작은 거지만, 음을 내는 데는 전혀 문제가 없었다. 강현이 조그마한 바이올린을 들고 동화를 보며 말했다.

"아저씨가 지금 하는 거, 똑같이 칠 수 있어?"

강현은 어릴 적 자신이 좋아했던 곡을 연주했다. 그러자 동화가 가만히 듣고 있더니 피아노 건반을 누르기 시작했다. 건반이 움직일 때마다 피아노 선율과 바이올린 선율이 같이 어우러졌다.

화음이 어울리며 가슴이 뭉클해졌다.

어린 시절부터 그렇게 좋아했던 바이올린을 끊었던 그 시간이 떠올랐고 트라우마 때문에 이마에 땀이 나기 시작했다.

그런데 그 순간에 "아저씨 최고!" 하는 소리와 함께 다섯 살 아이가 내는 소리라고는 생각할 수 없는 피아노 소리가 울려 퍼졌다. 변주곡이었다.

부드럽고 쉬운 음률이 갑자기 빨라지며 힘차졌다. 동시에 강현도 빠르게 바이올린을 연주했다.

음률 자체에 집중하자 아버지가 죽던 그 순간에서 빠져나올 수 있었다. 잠깐이었지만 믿을 수 없는 시간이었다.

마지막 멜로디가 끝나고 동화가 피아노 건반 위에 손을 얹은 채 활짝 웃었다. 천사같이 귀여운 웃음에 강현은 핸드폰으로 바로 사진을 찍었다.

진짜 귀여운 꼬마 여우다. 저를 홀리고 웃게 하더니 그것도 모자라 바이올린에 손까지 대게 했다.

"대표님, 진짜 대단하십니다. 이렇게 작은 바이올린으로 어떻게 그런 소리를 내셨어요. 제가 동영상을 찍었는데 보내드리겠습니다."

"아! 그런가요. 감사합니다. 우리 동화 제가 데리고 가도 될까요?"

"글쎄요. 동화야, 오늘 누가 데리러 오기로 했니?"

선생님이 동화를 보며 묻자 동화가 씩 웃었다.

"이모가 올 거예요."

"그래?"

다혜가 오는 거라면 바로 전화를 하려고 했는데 이모가 온다면 친구를 말하는 걸 거다.

"딱 이모 올 시간이네. 나 이모한테 말하고 아저씨 따라갈래. 사무실 가고 싶어요."

목이 꺾어지도록 고개를 한껏 위로 올리고 강현을 바라보는 꼬맹이가 예뻐서 강현이 그대로 들어 안아 올렸다.

"아저씨가 제일 커."

"그렇지. 그럼 우리 나가자. 이모에게 말하고 나하고 사무실로 가자. 선물도 있어."

강현은 동화가 그 큰 캐러멜 박스를 보고 얼마나 놀라며 좋아할지를 상상하며 싱글벙글 웃으며 나왔다.

"어! 동화야!"

"이모!"

강현이 동화를 안은 채 돌아서자 주아가 강현을 보고 경악했다. 바에서 다혜에게 추천했던 업소 남자가 동화를 안고 있다. 이 초저녁에 호빠 오빠가 대체 여기를 왜?

"당신은 그때 그 호빠 삐끼!"

설마 다혜를 벗겨먹겠다고 동화를?

"당장 애 내려놓지 못해!"

주아의 목소리가 복도를 울렸다.

기차 화통을 삶아 먹은 것 같은 목소리.

나를 호빠 삐끼라며 연다혜에게 잘해보라고 계속 찔러대던 그 여자.

연다혜의 친구이자 동화가 이모라고 부르는 이 여자 덕에 결국 연다혜에게 빠진 거다.

음…… 늪에 빠지게 했으니 책임을 지라고 할까? 아니면 고맙다고 해야 하나?

"거, 목소리 낮추지 못합니까?"

강현은 동화를 안은 채 주아에게 다가갔다. 그러자 주아가 팔을 뻗어 마구 동화를 잡아당기려고 했다. 하지만 건장한 남자가 안고 있는 아이를 빼앗는다는 게 쉬운 일은 아니었다.

"애, 내놓지 못해요?"

"쉿! 이모. 엄마가 허락한 거야."

"뭐?"

동화의 말 한마디에 주아는 완전히 머리가 하얗게 되고 말았다.

다혜가 호빠 삐끼에게 미쳐서 동화까지 맡겼다고?

이게 진짜 미쳤나?

"우리 아저씨는 대표님이야!"

"뭐? 호빠 대표래?"

무심결에 말을 뱉고는 바로 고개를 강현에게 돌렸다. 강현이 입을 딱 벌리며 말했다.

"원래 친구들은 그렇게 닮아요? 머리 돌아가는 게 같은 루틴이네. 대표가 꼭 그런 불건전한 대표밖에 없냐고."

"이모 우리 아저씨는 12층에 대따 큰 사무실 있어. 같이 가."

강현이 동화의 말에 웃으며 고개를 끄덕였다.

"나도 그쪽하고 할 말이 있는데 가죠. 대표실로."

강현이 동화를 안은 채 성큼성큼 걸어가자 주아가 바로 따라붙었다.

"애는 주고 가요. 내가 안고 갈게요."

그러나 강현은 들은 척도 하지 않고 에스컬레이터에 올랐다. 주아가 따라붙자 높은 곳에서 주아를 내려다보는 동화가 활짝 웃었다.

"이모, 내가 이모보다 커. 그치?"

아이의 웃음이 주는 화사함에 주아의 불안이 잦아들었다. 동화가 좋아하는 걸 보니 호빠 삐끼든 호빠 대표든 그렇게 나쁜 놈은 아닐 것 같았다.

"들어가죠."

강현이 대표 이사실의 문을 열자 주아의 눈이 커졌다. 안으로 들어가자 바로 일어선 비서들의 인사에 더 놀라고 말았다.

진짜 대표였네. 이 남자가 드림백화점 대표였어. 그럼 다혜는?

이쯤 되자 바로 머리가 정리되었다. 미혼모와 백화점 대표!

대표실에 들어가기 무섭게 동화가 소파로 기어 올라갔다. 강현이 캐러멜 박스를 꺼내 테이블 위에 놓자 동화가 소리쳤다.

"아저씨!"

맙소사. 다혜가 봤으면 저 남자 죽었다.

"그러니까 드림백화점 대표셨네요."

"그렇지요. 그쪽이 나를 호빠에 취업을 시키고 연다혜 씨에게 밀어붙인 거죠."

"……."

"덕분에 연다혜 씨와 친해지게 됐으니 고맙다고 해야 하나? 아니면 책임을 지라고 해야 하나?"

동화는 신나서 캐러멜 박스를 뜯고 있었고 강현과 주아는 그대로 마주하고 있었다. 주아는 '책임'이라는 단어 하나에 모든 상황을 제대로 인지했다.

"이런 분을 호빠에 취업시키고 예쁜 연다혜를 붙여줬으니 당연히 책임을 져야지요."

호탕하게 말하는 주아의 말에 강현이 고개를 끄덕였다.

"역시 말이 통할 줄 알았습니다. 사람 보는 안목은 없지만 일 처리 능력은 있는 것 같네요."

"무슨 말씀을. 원래 에이스는 딱 대표님처럼 그렇거든요."

다혜 이 기집애. 진짜 내가 목숨 걸고 밀어준다.

"그러면 대표님은 다혜가 동화 엄마인 거 알고도 좋은 거지요?"

"그런 거지요."

"그럼 둘 사이에서 줄 잘 타야 하는 거 아시겠네요."

"무슨 줄 말입니까?"

강현의 말에 주아가 동화를 가리키며 말했다.

"저 캐러멜 박스 다혜가 보면 그 순간에 잘리는 거 몰라요? 우리 엄마도 동화에게 캐러멜 한 통 주었다가 사표 내겠다고 하는 거 말리느라 애먹었다고요. 저 큰 박스 보면……."

"구순호! 들어와!"

강현이 바로 인터폰을 누르고는 구순호를 불렀다.

"네. 대표님."

바로 들어온 구순호를 보며 강현이 박스를 가리켰다.

"저거 바로 11층 문화센터로 보내. 알아서 쓰라고."

강현이 하는 행동을 보며 주아가 활짝 웃었다. 동화는 캐러멜 박스를 꼭 끌어안고 행복에 겨워 웃고 있었다.

드림백화점 대표 이사실 풍경이 점점 이상해지고 있었다.

* * *

오늘은 쇼룸 비긴에 출장 가는 날이었다. 그동안 차곡차곡 준비해왔던 것들을 한꺼번에 싣고 가야 해서 대형 트럭을 불렀다.

강현의 어머니 이소은 대표는 이번 인테리어를 보고 계약을 계속할지 말지 생각해본다고 했었다.

1년 치 계약을 하면 얼마나 좋을까? 그렇게 되면 혜순은 특별 인센티브도 더 주겠다고 했다.

"어차피 네가 하는 일인데 급여에 인센티브 주는 건 당연하지."

"감사합니다, 어머니."

"감사하긴. 너도 돈 잘 챙겨야 해. 동화 키우려면 앞으로 돈이 얼마나 들어가겠니. 더군다나 애가 저렇게 재능이 많은데."

그 말에 다혜는 작게 한숨을 쉬었다. 레슨비가 보통 비싼 게 아니었다.

앞으로 어떻게 이 아이를 키울 수 있을까? 아니야, 괜찮아. 사람은 돈으로 키우는 게 아니야. 마음을 다해서 정성을 다해서 키우면 돼.

동화는 뭐든 잘하니까 꼭 예술 계통이 아니더라도 공부도 잘할 거야.

이런저런 생각을 하며 조금 일찍 농장으로 출발했다. 그런데 농장주가 얼마나 부지런한지 이미 트럭에 다 실어놓았다.

"감사합니다. 요번에 잘 되면 꾸준히 거래가 있을 거예요."

나이 지긋한 농장주가 고개를 끄덕이며 말했다.

"그동안 거래해 온 것만 해도 얼만데. 내가 다른 건 몰라도 연 실장이 제때제때 결제해주는 건 잘 알지."

"네. 감사해요. 생각보다 일찍 출발하겠네요."

"그래도 막히는 거보다 일찍 출발하는 게 낫지."

서울 끝자락에 있는 농원에서 강남까지 잘못해서 차가 막히면 시간이 길어지게 된다. 다행히 차가 막히지 않아 평소보다도 더 일찍 도착했다.

다혜는 일단 트럭을 세우고 말했다.

"제가 먼저 들어가 볼게요. 이거 제가 준비한 음료수인데 마시고 계세요."

인부 둘과 운전사에게 음료를 내밀자 좋다고 고개를 끄덕였다. 다혜는 먼저 들어가 양해를 구하고 30분 정도 일찍 공사를 시작해도 되는지 물어보려고 했다. 그런데 쇼룸 안으로 들어가자 조용했다. 늘 있던 안내원도 보이지 않았다.

모두 어디로 갔지? 대표님은 계시려나?

아무래도 강현의 어머니다 보니 다른 업체의 대표를 만나는 것보다는 신경이 쓰였고 조심스러웠다. 다혜는 강현을 떠올리며 무거운 마음으로 대표실 쪽으로 다가갔다.

대표실로 가는 동안 직원이 아무도 없어 이 세계에 떨어진 것처럼 기분이 이상했다.

대표실은 이중 구조로 되어 있었다. 대표실 문을 열고 들어가면 그 안쪽에 한 번 더 문을 열고 들어가는 구조였다. 다혜가 문 쪽으로 다가가자 문이 살짝 열려 있었다. 저도 모르게 문을 열고 들어가자 신음이 들리기 시작했다.

"아, 거기. 거기야. 으음. 자기 너무 좋아."

"누나. 여기? 여기?"

"응."

자지러지는 소리와 함께 탁탁 살이 부딪히는 소리가 들려온다. 이 소리가 어떤 소린지 너무 잘 알고 있었다. 자지러지는 신음과 함께 덜그럭거리는 소리가 연거푸 이어졌다.

"누나는 살결이 왜 이렇게 하얘? 나 애태우느라고 이러지. 으윽."

"조용히 해."

"누나 진짜 끝내주는 거 알아? 밖에 나가면 누가 이런 점잖은 대표라고 할까?"

"아아⋯⋯."

저질스러운 말이 들려오자 다혜는 숨을 죽였다. 듣고 싶지 않은 소리였다. 막 몸을 돌리려는데 다시 소리가 들려왔다.

"하아. 거기. 으응⋯⋯ 더. 조금 더 세게."

그와 동시에 더 거친 소리가 들려왔다. 그리고 남자의 목소리가 애교스럽게 울렸다.

"누나. 나 말이야. 좀 생각 좀 해주라. 진짜 갖고 싶은 게 있거든?"

"차야? 시계야? 말만 해."

신음과 함께 들리는 목소리의 주인공은 놀랍게도 소은이었다.

하지만 어떻게 이럴 수가.

놀라 밖으로 나오려다 테이블 위에 있는 볼펜을 쳤다. 툭 하고 볼펜이 떨어지자 몸이 얼어붙었다. 빨리 나가지 않으면 안 될 것 같아 겨우 대표실 문을 열고 나왔는데 몇 발자국을 떼기도 전에 빠르게 쫓아 나온 이소은이 다혜를 불렀다.

심장이 다 철렁했다.

"뭐야, 연 실장?"

11. 죄가 많아서 그래

"……네. 안녕하세요, 대표님. 다른 게 아니라 물건이 좀 일찍 도착해서요."

"밖에 안내 직원 없어?"

분명히 경호원 한 명과 안내데스크에 직원을 세워두었다. 절대로 대표실 쪽으로 사람들 들이지 말라는 당부도 해두었다. 그런데 연다혜가 버젓이 대표실 앞에 와있으니 어이없는 일이었다.

소은의 눈이 곱게 떠지지 않았다. 그 날카로운 시선에도 다혜는 일부러 웃으며 말했다.

"그러게 오늘 아무도 안 계셔서 대표실로 왔는데 마침 대표님이 나오셨네요."

다혜는 지금 막 온 것처럼 가장해서 말했다. 하지만 입술이 파르르 떨렸고 저도 모르게 자꾸 주먹을 쥐었다 폈다 했다. 소은의 시선이 다혜의 손으로 갔다. 재킷 아래로 나온 블라우스 단추가 떨어졌는지 벌어져 있는 게 보인다.

"근데 연 실장. 어째 오늘 상태가 별로 안 좋은 거 같아?"

"아. 농원에 다녀오느라고 조금 멀미가 있나 봐요. 긴장하기도 하고……

오늘 가지고 온 화분들이 마음에 드셔야 할 텐데요.”

소은이 의심하는 눈초리로 그녀를 바라보았다. 다혜도 조심스러운 눈길로 소은을 보았다. 소은은 옷이 흐트러져 있고 스타킹도 신지 않은 맨발에 슬리퍼를 신고 있었다. 평소에 한 번도 본 적 없는 흐트러진 모습이었다.

조금 전 들었던 소리를 생각하면 무엇을 하다 나왔을지 너무 훤했다. 그때 웬 멀끔한 남자가 밖으로 나왔다.

“전 이제 그만 가보겠습니다.”

깍듯한 인사와 반듯하게 차려입은 옷차림이 영락없이 거래처 직원처럼 보인다. 그런 남자를 보며 소은이 물었다.

“왜. 벌써 가려고?”

“타이밍을 잘못 맞춘 것 같아서요. 안녕히 계십시오.”

인사를 하고 나가는 남자는 언뜻 보기에도 미남에 아주 젊은 남자였다. 강현의 또래밖에 되어 보이지 않는다.

설마, 저 남자하고? 아니야. 난 아무것도 못 들은 거야. 아무것도 못 본 거야.

다혜는 속으로 그렇게 말하며 소은에게 말을 걸었다.

“대표님. 조금 일찍 작업 시작해도 될까요? 아니면 밖에서 좀 더 기다리다가 시간 맞춰서 들어올까요?”

“아니. 상관없어. 지금 먼저 해도 돼요.”

“네. 그럼 가서 준비하겠습니다.”

돌아서서 나오려고 하는 다혜를 소은이 다시 불렀다.

“연 실장.”

“네?”

놀라서 뒤를 돌자 소은이 물었다.

“혹시 대표실 안까지 들어왔었어?”

"아니요."

"무슨 소리 같은 거…… 들었어?"

다혜는 등 뒤로 식은땀이 흐르는 걸 느꼈다.

"아뇨 못 들었는데…… 무슨 일 있으신가요?"

그제야 소은이 고개를 저었다.

"아니야. 무슨 소리가 난 거 같아서."

"저는 못 들었어요."

"그래, 그럼. 작업해."

소은이 고개를 끄덕이자 다혜가 그녀에게 인사를 하고 나왔다. 다혜가 나가자 소은은 다시 대표실로 들어섰다. 그런데 바닥에 뭔가 밟혔다. 주워 보니 여자 블라우스에나 달릴 단추였다. 조금 전 다혜의 블라우스 손목에 단추가 없었던 것이 떠올랐다. 단추를 쥔 소은의 손이 떨렸다.

소은은 쥐고 있던 단추를 들고 대표실로 들어가 테이블 위에 놓았다. 타이트한 스커트 안은 아무것도 입고 있지 않았다.

"대체 어디까지 들은 걸까? 보기도 했을까?"

옷매무새를 바로잡고 밖으로 나갔다.

다혜가 작업하는 내내 소은은 그녀의 곁에서 떨어지지 않았다. 그러다 보니 더욱 긴장된다.

조금 전 대표실에서 들려왔던 그녀의 신음과 돈을 요구하던 남자의 음성.

다혜가 강현을 호빠 삐끼로 알고 만났던 거하고는 차원이 달라 보였다. 혹시라도 제가 눈치채진 않았을까 경계하고 있는 게 그대로 느껴져 다혜는 마른입을 축이려 계속 생수를 들이켰다.

"연 실장, 목마른 것 같은데 따뜻한 차라도 한 잔 줄까요?"

"아니에요. 그보다 대표님, 크리스마스에 딱 어울리는 나무도 있어서 가지고 왔어요. 저쪽에 트리 장식을 하면 좋을 것 같아요."

"트리는 이미 해놓은 거 있긴 한데…… 그래도 작게 하나 더 하는 것도 나쁘진 않겠네."

"네."

"이건 뭐예요? 예쁘네."

정중앙에 쭉 심어놓은 붉은색 구즈마니아가 겨울을 잊게 한다.

"이건 뭐야?"

나무 이름을 다 외우려고 작정했는지 소은은 하나하나 다혜에게 물었다.

"네, 이건 뱅갈고무나무예요. 대형 관엽 식물 중 하나인데 보기도 좋고 공기정화 능력도 뛰어나요."

"내 마음에 쏙 드네. 빛깔도 그렇고."

초록색과 노란색이 적절히 섞인 뱅갈고무나무는 요즘 한창 인기가 많은 식물 중 하나였다.

"배양토가 워낙 좋아서 잘 자랄 거예요. 제가 자주 와서 관리하면 되니까 대표님은 신경 쓰지 않으셔도 되고요."

"그러네."

그리고 저쪽으로 가는가 싶더니 또 다혜 옆으로 다가와서는 이름을 물어본다.

미칠 것 같았다. 이렇게 집요하게 쫓아다니는 건 조금 전 안에서 무엇을 보았는지 대놓고 물어보는 거보다 더 힘들었다.

분명 눈치를 챈 거다. 다혜는 오히려 당당하게 나서기로 했다.

"대표님, 이리 와 보세요. 여기 있는 건 금전수라고 돈나무라고도 해요. 주로 사업이 잘되기를 바라면서 개업할 때 많이 선물해요. 이건 제가 선물로 드리는 거예요."

"금전수?"

"네. 잎이 꼭 돈처럼 생겼잖아요."

오히려 친근하게 말을 하자 그제야 조금 경계심이 풀린 것 같았다.

그래. 난 아무것도 못 들은 거야. 아무것도 못 봤어.

다혜는 속으로 되뇌고 또 되뇌었다.

* * *

강현은 저녁 회의를 마치고 사무실로 돌아왔다. 다혜가 있는 1층으로 내
려가 볼까 하는데 전화가 왔다.

"어머니 웬일이세요?"

-넌 할아버지가 병원에 입원하셨는데 와보지도 않니?

"네?"

-내가 말했잖아. 기침이 심해지셔서 오늘 입원하셨다.

"아. 알겠어요. 정 박사가 전화하지 않은 거 보면 심하진 않으신가 봐요."

어머니의 잔소리가 어째 심상치 않다. 심기가 많이 불편한 것같이 느껴
졌다.

-할아버지 연세에 심하고 안 심하고가 어딨어. 노인들이야 별거 아닌 것
에도 중병이 되기도 하지. 그런데 할아버지가 연 실장 아이 보고 싶어 하
더라.

"연 실장 아이? 동화 말이에요?"

-그 애 이름이 동화니?

"네. 그런데 동화 이야기를 왜 할아버지한테 하셨어요?"

할아버지가 동화를 보고 싶어 한다는 말이 신경 쓰였다.

-그냥 얘기가 나왔어. 너 어릴 때랑 닮아서.

"그렇게 미련을 못 버리세요? 저 어릴 때 닮은 애들을 문화센터에서만

찾아도 열 명은 넘을 겁니다. 왜요? 전부 다 입양하게요?"

-야! 이 미친놈아!

어머니 입에서 욕이 나올 때는 히스테리가 극에 달했다는 거다.

"네네. 죄송해요. 할아버지 병원에 갈 테니까 어머니는 그냥 따로 행동하세요. 어머니도 젊은 나이 아니잖아요. 괜히 할아버지 병수발 든다고 과로하지 마시고요."

-이럴 때는 엄마를 챙겨주는구나.

"그럼요."

말은 하지 않아도 어머니에 대해서 늘 안쓰럽게 생각했다. 아버지가 돌아가셨을 때 어머니는 40대 초반밖에 되지 않았다. 충분히 아름다웠고 재혼하려면 얼마든지 할 수 있었을 나이다.

그런데도 어머니는 재혼을 하지 않았다. 늙은 시아버지와 아들을 키우며 혼자 살아온 어머니에 대해서 강현은 안쓰러운 마음을 가지고 있었다.

하지만 그렇다고 해서 어머니한테 제 인생을 잡힐 수는 없었다. 그런 생각은 요만큼도 없었다.

가정이라는 것이 얼마나 비합리적인지 강현은 이미 17살에 알게 되었다.

그런데 지금 나는 뭘 하려는 걸까?

다혜를 생각할 때마다 같이 있고 싶고 같이 살고 싶다.

그렇다면 가정을 만들겠다는 건가? 미친 짓이다. 마음을 정할 수 없는 건 자신이 없어서다. 다른 것에서는 자신이 있었지만, 가정이라는 것은 떠올릴 때마다 자신이 없었다.

그 많은 경호원이 아버지를 지키고 있었지만, 아버지는 목숨을 잃고 말았다.

만약 내가 죽는다면…… 그 생각을 하고 연다혜를 떠올렸다.

"말도 안 되지."

하지만 이 끝엔 뭐가 있을까? 강현은 구순호를 불렀다.

"경호팀 새로 더 짜."

"네?"

"너 하나 가지고 안 되겠다고. 할아버지가 너보고 순두부라고 하잖아."

"하지만 경호팀 많은 거 싫어하지 않으셨습니까?"

"준비시켜놔. 필요할 때 가동할 수 있도록."

경호팀이 더 필요하다. 다혜도 동화도 자신의 눈길과 마음이 갈수록 위험해질 수도 있다. 마음을 자를 수 없다면 그럴 일이 생기지 않게 차단해야 했다.

가습기에서 흰 기체가 연신 품어져 나오고 있었다. 소은은 가습기 강도를 조절하고 돌아서며 유 회장을 보았다.

"아버님 좀 어떠세요?"

"괜찮다."

쿨럭쿨럭.

"의사 말이 내일만 돼도 숨 쉬기 훨씬 편하실 거래요. 약 잘 드시고 찬바람 맞지 않으면 괜찮을 거예요."

"나이가 들긴 들었나 보다. 뭐 얼마나 추웠다고."

"추워서 그런가요. 천식이 가끔 그렇게 도지는걸요. 아버님 아직도 정정하세요."

소은의 말에 유 회장이 며느리를 보며 손을 내밀었다.

"가져왔냐?"

"네."

유 회장이 가지고 오라고 한 것은 강현의 어린 시절 사진이었다. 그때만 해도 아들도 살아 있어서 아들, 며느리와 손자가 함께 찍은 사진도 꽤 있었다. 죽은 아들을 사진으로 이렇게 다시 보니 마음이 아팠다.

"아버님, 옛날 사진은 왜 보시겠다고 하셔요. 그냥 두시지."

"아니다. 이리 와 봐라. 네 남편 참 잘생기지 않았냐? 조직 보스인 아비 탓에 그렇게 가버린 거야. 미안하다."

"그런 말씀 하지 마세요, 아버님."

그런데도 소은은 사진첩 속에 웃고 있는 제 남편 얼굴을 제대로 보지 못했다. 대표실에서 그러는 게 아니었다. 하지만 갑자기 찾아온 그 남자가 반가웠던 탓에 어쩔 수가 없었다.

호스트바에 다니기 시작한 지는 꽤 되었다. 대놓고 남자를 만날 배짱도 없고 재혼할 만한 성격도 되지 못했다.

처음에는 단순한 호기심이었다. 호스트바에 다니면서 남자들을 만나다 관계가 깊어지려고 하면 그대로 끊어냈다.

이번에 만나고 있는 남자는 한참 달아오르기 시작한 관계라 남자가 서비스가 좋았다. 적당한 선물과 돈을 주면 세상에 더할 수 없이 살갑게 구는 남자였다.

아들이라고 있는 건 얼굴 보기도 힘들고 대화 같은 건 할 엄두도 못 내다보니 그런 남자들하고 시간을 보내는 게 좋았다. 하지만 복도에서 얼굴이 하얗게 질려 있던 연다혜를 보고 나니 등골이 다 오싹했다.

혹시라도 보지는 않았는지 마음이 꺼림칙하다.

"무슨 생각을 그렇게 하냐? 이때만 해도 세상에 이렇게 예쁜 놈은 없었지?"

강현의 얼굴을 보니 얼마 전 보았던 연 실장의 아들이 떠올랐다. 커다란 눈과 새침한 입매며 웃을 때 표정까지 닮았던 아이였다.

"제 아들이지만 예쁘네요. 이렇게 예쁘던 놈이 어떻게 저렇게 컸는지. 냉정하고 무뚝뚝하고."

"사내들이 다 그렇지, 뭐. 남자 녀석이 커서도 엄마 치마폭에서 놀면 좋겠냐."

"그렇지는 않죠."

"듬직하게 자기 일 잘하는 아들 됐으면 감사해야지."

"네."

더 말해서 뭐할까. 너무 듬직해서 가까이 갈 수도 없는 아들인데.

"나 내일 괜찮아지면 퇴원한다. 병원에 나가면 백화점부터 들러야겠어."

"퇴원하면 며칠 쉬셔야죠."

"잠깐 들르면 되는데? 그 애 좀 불러 봐."

유 회장은 마음이 급했다. 어서 보고 싶었다. 우리 핏줄이 아니라고 해도 강현이를 꼭 닮은 아이가 보고 싶었다.

"그런데 아버님, 엄마 쪽에서 좋아하려나 모르겠어요."

"싫을 게 뭐 있어. 애 얼굴 한번 본다고 닳기를 해? 내가 아무렴 뭘 해줘도 해주지 뺏어갈까."

"그래도 요즘 젊은 사람들이 어디 그러겠어요. 물어는 볼게요."

"묻고 말고 할 게 뭐 있어. 퇴원하면서 잠깐 들른다고 그 시간에 애 좀 데려다 놓으라고 해."

"아버님, 그러지 마시고 그 애가 문화센터 다닌다니까 요일을 맞춰서 자연스럽게 보는 게 어떨까요?"

"허참. 쪼그만 놈 얼굴 한 번 보기가 그렇게 힘드나?"

유 회장은 못마땅한지 강현의 어린 시절 모습을 보기만 했다. 유 회장의 그런 모습을 보며 소은은 밖으로 나왔다.

겨울비가 내리고 있었다. 겨울비를 바라보고 있으면 마음이 좋지 않았다. 남편의 장례식 날도 이렇게 비가 내렸다.

연다혜가 보지 않았으면 좋았겠지만, 봤으면 절대 그 입을 열게 해서는 안 된다. 그렇다고 확인할 수도 없었다. 마음이 꺼림칙하면서도 소은은 다혜에게 전화했다. 다혜는 바로 전화를 받았다.

-네, 대표님. 무슨 일이세요?

"아, 연 실장. 우리 강현이 알지?"

-네. 백화점 대표님 말씀이세요?

소은의 입에서 강현의 이름만 나와도 왠지 머리카락이 쭈뼛 선다. 혹시라도 관계를 알았을까? 마른침을 삼키는데 소은이 말을 이었다.

"우리 강현이가 저래 봬도 어렸을 때 꽤 예뻤어."

-네, 지금도 잘생기셨잖아요. 어렸을 때 예뻤을 거 같아요.

"그렇지? 그런데 우리 강현이 어렸을 때랑 연 실장 아들하고 정말 똑 닮았거든."

-네?

닮은 구석이 있다고 생각해 본 적은 없었다. 사람이 어떻게 생각하고 보느냐에 따라 다른 거 아닐까?

"아버님이 강현이 어렸을 때와 똑 닮은 아이가 있다고 하니까 한번 봤으면 하시던데……."

-아, 그럴 일까지 있을까요?

좀 어이없는 일이었다. 하지만 저쪽은 진짜 동화를 보러올 작정인가 보다.

"문화센터에 무슨 요일에 나오나?"

-네. 월, 화, 목 그렇게 나가요.

"그러면 목요일이 좋겠네. 아버님이 잠깐 아이 얼굴 봐도 될까?"

-그건 상관없지만, 굳이 그렇게까지…….

"우리 집안에 사정이 좀 있어서…… 우리 아버님이 아이 얼굴을 꼭 보고 싶다 그러시네."

난감한 얘기였다. 어떤 엄마가 뜬금없이 아이 얼굴을 보자고 하는데 좋아할 수가 있을까?

-그러면 문화센터 끝날 때 잠깐 보세요. 그 시간에 저는 그냥 매장에 있을게요.

"그래, 그런데 연 실장……."

-네?

"아니야."

뒷말이 어떤 건지 짐작이 간다. 다혜는 전화를 끊고 나서 불편한 마음을 어쩌지 못했다.

오전에는 주문 넣고, 매장을 정리하다 보면 시간이 금방 지나간다. 다혜는 연달아 오는 강현의 문자를 보며 손으로 턱을 고였다.

"이 남자, 오전에 한가한가?"

그 시간 강현은 발표 영상을 보다 다시 한번 핸드폰으로 눈을 돌렸다.

"답이 없군."

저도 모르게 중얼거린 소리가 마이크를 타고 회의실을 울렸다. 그러자 발표자가 바짝 얼어서 고개를 숙였다.

"시정하겠습니다. 다음에는 조금 더 관리하겠습니다."

"그래요. 그럼. 다음 발표 전에 좀 쉽시다."

강현은 연말 보고를 대충 듣다가 핸드폰을 들고 밖으로 나왔다. 통화 버튼을 누르자 바로 다혜가 받았다.

"연다혜 씨 바빠요?"

-네. 대표님은 안 바쁘신가 봐요. 계속 문자 하시게요.

"그러니까. 코딱지만 한 매장을 해도 바쁜데 백화점 대표면 얼마나 바쁠지 생각 안 해봤어요? 그렇게 바쁘신 분이 문자까지 하는데 빨리 답장해야겠다는 생각은 안 들어요?"

-바쁘신 거 같아서 나중에 하려고 했지요.

그때 출근한 유진이 다혜를 보고는 다가왔다. 다혜를 부르는 유진의 목소리가 전화기로 들려왔다.

-실장님.

"직원이 이제 출근했나?"

-저 지금 바빠서 나중에 전화 드릴게요.

"점심시간에 올라와요. 전에 하던 매출 이야기 다 못했잖아요."

전화가 끊어지기 전에 강현이 빠르게 말하자 다혜가 알았다는 대답을 하고 끊었다.

보고 싶다. 정확하게 말하면 그녀를 안고 싶다.

* * *

다혜는 배에 힘을 주고 대표실로 올라갔다. 오늘도 다혜가 대표실을 찾았을 때 강현 혼자 다혜를 맞아 주었다.

"되게 빨리 올라왔네요."

"네. 사과 받으려고요."

강현이 눈썹에 힘을 주었다.

"또 내가 뭘 잘못했는데 사과를 해야 하나?"

"조금 전에 우리 매장 코딱지만 하다고 한 거 사과해요. 불결하게 먹는 매장에 코딱지 운운한 것도 사과하라고요."

자꾸 이 남자를 보면 더 이렇게 나가게 된다. 어차피 상대도 안 되는 남자 앞에서 자꾸 움츠러드는 마음을 차라리 이렇게 되바라지게 나가면서 접을 수 있다면 좋겠다.

다혜의 말을 듣던 강현이 고개를 끄덕였다.

"할게요. 사과. 하라는 대로 사과하면 나하고 섹스하나요?"

"그 말 하려고 부르신 거예요?"

"그럼 무슨 말 들으려고 그렇게 빨리 왔는데요?"

"전 매출에 대해서 말씀하신다고 해서…… 섹스 이야기만 할 거면 그냥 가겠습니다. 안녕히……."

"아! 매출!"

강현이 입가를 죽 늘리며 빙긋 웃었다.

"맞아요. 매출. 중요한 이야기지. 매출이 나쁘면 매장 계약에 차질이 생길 수 있지요. 그럼 우리 식사나 하면서 이야기할까요?"

어제 한정식이 차려져 있던 회의용 테이블에는 스테이크 접시가 놓여 있었다. 다혜는 포크를 들기 전에 말했다.

"우리 매장 매출이 절대 나쁜 편이 아니지 않나요? 본점보다 훨씬 좋거든요."

"식사 중에는 일 이야기는 하지 않는 게 내 원칙이라서. 그냥 얼굴 보며 밥 먹지요."

강현은 눈을 맞추며 다혜가 스테이크 한 접시를 다 비우는 걸 보고 있었다.

"원래 그렇게 먹을 때도 사람 유혹해요?"

"네?"

무슨 말이냐는 눈으로 보는 다혜에게 강현이 포크를 내려놓으며 말했다.

"으흠. 의도하지 않은 유혹이라는 건가?"

"지금 식사하지 말라는 건가요?"

"많이 먹으라는 겁니다. 내가 보는 앞에서. 잘 먹으라고."

하지만 욕망 가득한 눈으로 온몸을 훑어보는 그의 눈길을 받으며 잘 먹기란 쉬운 일이 아니었다. 그냥 그의 눈길만 받는데도 온몸을 애무 당하는 기분이었다. 도무지 쉬운 구석이라고는 없는 남자였다.

"잘 먹었습니다. 대표님. 하지만 자꾸 이러시면 소문 날 거예요."

"소문 날 일 없어요. 비서실 다 비워놨으니까."

둘만 있는 것은 좋지만 꼬리가 길면 밟히기 마련이다.

"설마 계속 이럴 생각이세요?"

"그러면 만날 기회를 좀 줘봐요. 아니면 우리 집으로 와요. 동화 때문에 곤란하면 내가 갈까? 동화네 집으로?"

"싫어요."

"거 참. 섭섭하네. 1초라도 좀 생각해 보고 싫다고 하면 안 되나?"

"……."

다혜의 앞으로 강현의 얼굴이 가깝게 다가왔다.

"난 당신 못 놔줘. 왜 연다혜는 우리 관계를 그만하자는 건지 생각해 봤어요. 한마디로 내가 그만큼 중요하지 않은 거지."

"대표님……."

"내가 이러는 거 배알도 없고 쓸개도 없다는 거 알지만, 그래도 내가 그런데 어떡해? 그런데 연다혜는 체면도 차리고 싶고 남의 가십거리도 되고 싶지 않은 거잖아."

그의 말이 맞다. 그에 비해 저는 이런저런 이유를 대며 그를 밀어내고 있다. 그렇다고 완전히 밀어내지도 못하면서.

"맞아요. 나 그래요."

다혜는 순순히 인정했다. 그에게 마음이 있다고 해도 사업도, 동화도 모두 중요했다. 소문이라도 나서 매장 영업에 차질이 생기는 것도 겁났다.

"그런데 어쩌지? 난 연다혜와 연동화에게 정신 나간 놈이니 당신이 생각 바꿔요. 난 동화랑도 잘 지내고 당신하고도 잘 지낼 수 있어. 나 못 믿어요?"

다혜가 아무 대답도 하지 못하고 그를 빤히 바라보았다. 그가 그럴 수 있는 사람인지 잘 모르겠다. 아니, 어쩌면 믿지 못하는 건 저 자신일지도 모른다.

하지만 이렇게 동화하고도 친해지고 제 마음도 몸도 모두 가져간 남자가 나중에 저를 떠나게 되면 어떻게 될까?

유강현이 지금은 독신주의라고 해도 나중에는 또 모를 일이다.

나이가 들고 언젠가는 누군가의 남자가 되어 떠나갈 남자를, 끝이 훤히 보이는 이런 관계를 얼마나 계속할 수 있을까?

처음엔 원나잇이었고 그다음엔 설렘으로 이어온 관계였다. 하지만 이게 얼마나 갈 수 있을까?

"끝이 보이는 관계는 계속하는 게 아니라고 생각해요."

"나도 모르는 끝을 연다혜 씨는 어떻게 그렇게 잘 아나? 우리 끝이 뭐예요, 대체?"

"둘 중에 한 사람은 떠나겠죠."

"왜 나 떠날 생각 합니까? 지금 딴 놈이 있는 것도 아니고 동화하고 셋이서 잘 지낼 수 있는데 왜 그 결말을 미리 써요?"

"지금 대표님 억지 부리는 거 알아요? 어머님도 계시고, 주소영 씨도 옆에 있잖아요."

주소영 이야기는 괜히 꺼냈다. 마음 한쪽에 걸렸던 이야기를 뱉어놓고는 바로 후회했다.

"허참, 기가 막혀서. 주소영이 왜. 혹시 지금 질투하나?"

"질투는 무슨. 아니에요."

"좀 질투한다고 해주지. 그런데 열 받네. 내가 눈곱만큼도 여자로 보지 않는 주소영 때문에 날 밀어낸다니. 그건 말이 되지 않잖아. 처음부터 그런 거 저런 거 따지고 시작한 관계도 아닌데 이제 와서 왜 그러는 겁니까?"

말을 꺼내고 보니 더 우습다. 정말 아무것도 따지지 않고 만나 섹스부터 한 사인데.

"맞아요. 하지만 따지고 시작한 관계가 아닌데 따지게 됐잖아요. 사업도 있고 동화도 있으니까요. 게다가 우리 백화점 대표님이시니까요."

"아! 대표. 동화. 온리유 매장."

강현이 다혜의 말을 하나하나 짚으면서 그녀를 응시했다. 날카로운 눈길이 목을 조르는 것처럼 달려들었다.

"연다혜 씨. 이런저런 변명 대지 말고 한 가지만 말해요. 나 싫어요?"

다혜는 입술을 깨물었다.

"나하고 섹스하는 거 좋아하잖아."

그녀가 이번엔 눈을 감았다. 그러자 그의 얼굴이 목덜미에 와 붙었다. 뜨거운 혀가 가는 목덜미의 살결을 타고 내려왔다. 저도 모르게 흥분된 어깨가 바짝 올라붙자 그의 손이 그녀의 가슴을 어루만졌다.

"지금도 흥분하고 있잖아. 나한테 이렇게 반응하면서 아닌 척하는 거 그만하면 안 되나? 누구나 계획하고 시작해도 변수는 생기는 법이잖아. 지금 우리 둘이 그렇고."

뜨거운 입김과 함께 말과 키스가 범벅이 되었다. 다혜는 그의 키스에 대답하지 못하고 그의 팔에 안겨들었다.

"앞으로 무슨 일이 생길지는 나도 모르는데. 중요한 건 우리 의지와 결정 아닐까? 이제 그만 손들어요. 나한테서 마지막이니 뭐니 하고 빠져나가는 거 못 할 테니까. 그리고 꼬마 천재님은 어떡할 건데."

다시 키스가 이어졌다. 질척한 소리와 혀가 얽히는 감각에 눈을 감고 있던 다혜가 동화의 이야기에 겨우 입술을 떼고 그를 보았다.

"내가 잘 키울 거예요. 우리 동화."

"피아노고 바이올린이고 레고는 최상위 클래스고. 그런 천재를 어떻게 감당할 건데? 내가 후원자 돼 줄게. 후원자 시켜줘요."

사실 할 수만 있으면 아빠가 되겠다고 소리치고 싶었다. 하지만 가정 같은 건 절대 갖지 않겠다고 큰소리쳤던 제 마음이 아직 정리되지 못했다.

"몸 팔아서 동화 가르치고 싶은 생각 없어요."

"무슨 말을 그렇게 해요. 몸은 내가 팔았지. 여기 이 금팔찌 안 보여요?"

정말 할 말 없게 만드는 남자였다.

"동화는 꼬마 천재고 난 후원할 마음 있어요. 그건 연다혜와 무관한 거고. 기억 안 나요? 내가 동화하고 따로 친해진 거?"

"……."

"아무것도 물어보지 못하는 섹스 파트너는 이제 끝내고 나랑 사귀자는 거예요. 물론 섹스도 하면서."

얼굴이 너무 가까웠다. 가까워진 만큼 심장 소리가 쿵쿵 울렸다. 누구의 심장 소리인지 분간할 수 없이 숨이 가빴다.

"대신 약속해 줘요."

"또 뭘? 연다혜가 뭐 약속해 달라고 하면 겁나는 거 알아요? 안 되는 거 빼고 다 해줄게요."

"회사 안에서는 조심해 줘요. 동화 앞에서 나한테 애정 표현 하지 말아 줘요."

"그 약속 들어주면 나고 섹스하는 겁니까? 내가 원할 때 만나 주는 거냐고."

바로 대답하지 못하고 얼굴이 붉어져 동공을 굴리는 이 여자가 왜 이렇게 예쁜지. 그래도 마음이 풀어진 거 같기는 하다.

"시간 서로 맞추면요."

"사실 객관적으로 봐도 주관적으로 봐도 내가 더 바쁘지 않나? 그러니

다혜 씨가 나한테 조금 더 맞춰줘요. 내가 보고 싶을 때 볼 수 있게."

"고려해 볼게요."

그러자 그가 갑자기 손을 뻗어 그녀를 제 무릎 위에 올려 앉혔다. 밀착된 신체의 모든 세포가 폭발이라도 할 것처럼 달아올랐다.

"그냥 고려만 하지 말고 대답해요."

"그럼 대표님도 내 시간에 맞춰 줄 수 있어요?"

"당신이 먼저 나 보고 싶다고 말한 적, 아직 한 번도 없거든? 제발 기회 나 좀 주고 말해요. 샤워하다 말고 비누 거품 뒤집어쓴 채로도 뛰어나갈 테 니까."

그 말에 웃음이 났다. 이렇게 사춘기 아이 같은 대답을 하다니.

"이제 내려가 볼게요."

"잠깐만. 우리 새롭게 시작하는 의미에서 한 번만."

그가 그녀의 셔츠를 위로 올리더니 가슴을 입에 물었다. 어린아이가 빨 듯 쪽쪽 빨아 땅기자 허리가 휘었다.

"한쪽만 하면 섭섭하니까."

염치도 좋게 그는 다른 쪽 가슴까지 쪽쪽 빨아 당기며 그녀가 오르가슴 에 떨 때까지 가슴에서 얼굴을 떼지 않았다. 그리고 다혜가 흥분으로 몸을 떨 때쯤 입술을 떼고 옷을 잘 정돈해 주었다.

"약속의 증표."

당황한 다혜의 까만 눈동자가 그를 향해 힘이 들어갔다. 원망이 섞인 눈 동자를 보고 강현이 웃으며 이마에 입을 맞췄다.

이 여자는 얼굴이 빨개지면 더 예쁘다. 당돌한 것 같으면서도 한없이 순 진한 여자 때문에 머리가 돌 거 같다.

* * *

"엄마 나 캐러멜!"

손을 벌리는 동화를 보고 다혜는 선반에서 캐러멜 세 개를 꺼냈다.

"저기 저렇게 많은데? 더 줘요."

"다 먹으면 이 다 썩어. 그리고 저거 다 주는 사람은 나쁜 사람이야."

"그럼 아저씨 나쁜 사람이야?"

"그러게. 생각을 좀 해봐야겠네. 네가 하루에 세 개씩만 먹으면 그 아저씨 나쁜 사람 안 돼."

"그럼 내가 다 먹으면?"

동화의 커다란 눈동자에 고민이 가득했다.

"그럼 그 아저씬 아주 나쁜 사람이지."

더 먹고 싶지만 그러면 아저씨가 나쁜 사람이 된다. 동화가 시무룩하게 입을 삐죽였다.

"아저씬 나쁜 사람 아니야. 나는 하루에 세 개만 먹을 거야."

그 모습이 너무 귀여워서 다혜가 동화를 꼭 끌어안고 이마에 쪽쪽 소리가 나도록 뽀뽀했다.

"우리 동화가 아저씨 나쁜 사람 안 만들려고 하루에 세 개만 먹는 거야?"

그러자 동화가 고개를 끄덕였다. 어느덧 입 안에 들어간 캐러멜이 달콤한 딸기 향을 풍기고 있었다. 입가에도 침이 고이는 걸 티슈로 닦아주고 내려놓자 얼른 가서 엄마 휴대폰부터 만진다.

"너 또 게임 하려고 그러지?"

"오늘 한 번도 안 했으니까 해도 돼요."

"그래. 너 계속 1등이야?"

휴대폰을 들고 고개를 끄덕이며 손가락을 움직이는 동화를 보고 있으니 다른 생각은 하나도 들지 않는다. 그런데 휴대폰을 만지작거리던 동화가 갑자기 말을 한다.

"아저씨예요? 나 동화예요!"

맙소사. 강현의 전환가 보다. 휴대폰을 달라고 손을 내미는데 동화는 휴대폰을 든 채 고개를 흔든다. 자기가 통화하고 싶은가 보다.

"아저씨, 우리 집에 놀러 올래요?"

"안 돼. 동화야."

다혜가 놀라서 소리쳤으나 바로 강현이 목소리가 들려왔다.

-와, 동화야. 아저씨 정말 감동받았어. 드디어 초대를 해주는구나. 그럼. 아저씨가 가야지. 언제 갈까? 지금 갈까?

갑자기 휴대폰의 목소리가 바뀌더니 다혜의 목소리가 들렸다.

"오기는 어딜 와요?"

-아니, 나는 집주인이 초대해서 가겠다는 건데요?

"무슨 말이에요, 이 시간에."

-시간이 무슨 상관인가. 집주인이 초대하면 가는 거지.

"왜 우리 집주인이 동화예요? 내가 있는데?"

-아, 그럼 동화가 거기 더불어 사는 건가? 더부살이야?

"그런 건 아니지만……."

-그러니까. 동화가 오라고 해서 가는데 왜 연다혜 씨가 못 가게 하느냐고. 아이들도 엄연히 생각이 있는데.

이건 정말 억지였다. 하필 이때 전화를 해서 못마땅한 시선으로 동화를 보자 동화가 활짝 웃으며 고개를 갸웃했다.

"엄마. 아저씨 오라고 해. 네?"

두 손까지 모아가며 애교를 떨며 쳐다보고 있는 동화를 보니 마음이 약해졌다. 이 늦은 밤에 말만 그렇겠지 설마 진짜 오겠어?

"그래서 지금 오겠다는 거예요?"

-벌써 아파트 입구인데.

맙소사. 다혜가 이마를 짚었다. 뭐가 이렇게 일사천리야? 말만 하면 뚝딱이야?

-몇 호에 사는지도 아니까 벨 누르면 문 열어줘요.

그리고 전화가 그냥 끊어졌다.

"여보세요? 여보세요?"

다혜는 갑자기 집 안을 둘러보았다. 늘 깔끔하게 해놓고 살지만, 백화점 대표가 온다는데 어떻게 신경을 안 쓸 수가 있을까? 사실 백화점 대표가 온다는 것보다 남자가 온다는 게 더 큰 의미긴 했지만.

동화는 소파 위에서 쿵쿵 뛰면서 좋아했다.

"아저씨 온대! 아저씨 온대애!"

"동화야."

아이한테 뭐라고 해서 뭐 할까. 좋아하는 사람이니까 놀러 오라고 한 거고, 강현은 이미 집 근처까지 와서 전화한 거였다. 오지 말라고 해도 막무가내로 와서 벨을 눌렀을 테니까. 그런데 이 남자가 여기 와서 대체 뭘 하려고?

딩동.

벨 소리가 울림과 동시에 다혜가 문을 열었다. 늘 동화하고 둘만 살다가 현관 앞에 문짝만 한 남자가 있자 사무실에서 볼 때보다 더 크게 느껴졌다.

"들어오세요."

"동화야."

그의 손에는 쇼핑백이 하나 들려 있었다.

"아저씨, 아저씨!"

동화가 두 팔을 벌리며 달려들었다. 아빠가 있었으면 동화가 매일 저렇게 아빠를 불렀을까?

강현에게 달려드는 동화를 보자 다혜는 마음이 이상했다. 성인 남자가 이 집에 들어온 것도 처음이고 동화가 저렇게 열광하며 누군가에게 안아달라고 하는 것도 처음이다.

그러고 보니 저와 주아, 그리고 주아 어머니. 여자들 틈에서만 자란 동화였다.

강현이 들고 있던 쇼핑백을 내려놓으며 동화를 번쩍 들어 안았다. 긴 팔로 들어 올리자 아이 머리가 천장에 닿을 정도로 높아졌다.

"높다아!"

"우리 동화는 높은 거 되게 좋아하네."

"엄마보다 키가 더 크고 아저씨보다 키가 더 크니까!"

"우리 동화 큰 게 그렇게 좋아?"

"응, 좋아."

강현이 한 바퀴를 돌려서 내려놓자 동화가 강현의 손바닥 위에 조금 전 다혜가 준 캐러멜 하나를 올려놓았다.

"아저씨 먹어요."

"동화 캐러멜 주는 거야?"

고개를 끄덕이자 강현이 동화를 소파에 앉히고 그 앞에 무릎을 꿇고 앉았다.

"이거 아저씨가 나중에 먹을게?"

동화가 고개를 끄덕이며 강현의 볼을 만졌다.

"차갑다. 아저씨 볼 차가워. 추워요?"

"그래. 밖에서 좀 떨었거든."

다혜가 그 말에 끼어들었다.

"여기 도착해서 바로 전화하신 거 아니었어요?"

"나름 고민했죠. 전화하면 들어오라고 할지 그냥 가라고 할지. 퇴짜 맞기는 싫고, 늦기도 해서 갈까 말까 망설이다가 들어온 거예요."

그가 추운 데서 망설이며 서 있었다는 말에 괜히 마음이 안 좋았다. 뭐 하느라고 그렇게까지 이 집에 들어오려고 고생을 하나.

"왜 추운데 그렇게 서 있고 그래요. 드림백화점 대표씩이나 돼서."

"드림백화점 대표도 여자 앞에서 이렇게 추위에 떨고 그래야 로맨틱하지 않아요?"

강현이 그렇게 말하며 다혜에게 쇼핑백을 건넸다.

"이건 뭔가요?"

"줘도 되나 물어보려고요. 주고 싶은 것도 내 마음대로 주면 막 나쁜 사람 되고 그러니까. 꺼내 봐요."

다혜가 꺼내 보자 그 안에는 최신형 태블릿PC가 들어 있었다. 이런 최신 기기는 다혜와는 거리가 먼 물건이었다.

"아니, 이거…… 이거 지금 나 쓰라고 가져온 거예요?"

"아니요. 연다혜 씨 거 아닌데?"

"동화 거란 말이에요, 그럼?"

"동화야, 이거 게임 할 수 있는 건데."

"우아와!"

동화가 손뼉을 치는 걸 보던 강현이 다혜를 쳐다보았다. 손뼉을 치며 고개가 꺾어지도록 엄마를 쳐다보는 동화나 그 옆에서 선물로 줘도 되냐고 쳐다보는 강현이나 어쩌면 이렇게 똑같아 보이는지. 다혜가 인상을 썼다.

"이거 애한테 해로운 거 아닐까요?"

"조금만 하면 해롭지 않죠. 아마 동화는 조금씩만 하라고 그래도 금방 늘걸요?"

"아저씨 최고야!"

태블릿PC를 열어 보여주자 동화가 바로 휴대폰을 조작하듯 태블릿PC를 움직이기 시작했다. 거기에는 동화가 좋아하는 게임도 다 깔려 있었다.

"조금만 놀아야 해."

"알았어요."

동화가 대답하고 소파에 앉아 태블릿PC를 가지고 놀기 시작했다.

다혜는 강현이 뿌듯한 얼굴로 동화를 쳐다보고 있는 게 낯설었다. 마치 자기가 동화를 바라보는 것처럼 저 남자도 그렇게 동화를 보고 있었다. 그게 고맙기도 하고 또 동화를 향한 그의 애정이 느껴지자 마음의 경계심이 많이 풀어진다.

다혜는 누군가 동화를 어떻게 할까 봐 긴장하고 털을 곤두세우고 살았다.

"차 드실래요?"

"무슨 차 있는데요?"

"저는 집에서는 커피 잘 안 마셔서요. 과일 차랑 녹차 있어요."

"과일 차라면……."

"녹차 관련 블렌딩한 건데 전 좋아해요."

"그걸로 할게요."

다혜가 적당한 온도에 차를 우렸다. 상큼한 과일 향과 은은한 꽃 향이 어우러져서 그윽한 향이 작은 주방에 퍼졌다.

"작은 데 신경 많이 쓰나 봐요? 찻잔이 예쁘네요."

"고마워요. 일일이 신경 쓰진 못하지만 그래도 나름 커피 앤 플라워에서 감각도 키웠고…… 문화를 공유하는 사람이잖아요?"

"문화를 공유한다……."

"난 차와 꽃이 문화적인 거라고 생각해요. 차를 마시면서 이야기하고 꽃을 보면서 여백의 미를 느끼는 거. 그런 게 문화 아닌가요?"

"딱 맞네. 그럼 나도 연다혜 씨의 문화 생활 속에 들어온 건가?"

다혜는 대답하지 않고 싱긋 웃었다. 속에서부터 우러나오는 환한 웃음에 고른 치아가 싱그럽게 보인다. 강현은 눈앞에서 웃는 다혜를 보고 있는 것만으로 가슴에 따뜻한 물이 차오르는 기분이었다.

이렇게 예쁘게 웃으면 무장해제 되는 기분이 든다.

강현은 찻잔을 들어 향기를 맡고 한 모금 마셨다. 은은한 향기가 연다혜에게서 나는 많은 향기 중 하나인 것 같다. 아마도 꽃향기 때문에 이런 거겠지?

"아이한테 너무 비싼 선물해 준 거 아니에요?"

"내 마음에 드는 사람한테는 해줄 수 있는 선물이라고 생각하는데."

"언제나 그래요? 적정선을 넘고? 저기 딸기 캐러멜을 박스째 선물했더라고요?"

"더 많이 사왔는데 연다혜 씨 생각해서 문화센터에 기증했어요."

다혜의 눈이 커졌다. 단 한 번도 박스째 사본 적 없었다.

"와, 무섭네. 대표님한테 애정받는 거 어마어마한 거네요."

"나란 사람이 원래 좀 그렇지. 누군가 좋아한다고 하면 그 사람이 생각하는 거보다 언제나 통 크게……."

"그러지 마세요."

다혜가 단호하게 잘라 말했다.

"연다혜 씨만 왜 그걸 하지 말라는 건데요? 내가 연다혜 씨 좋아서 명품백으로 쫙, 원한다면 차도 깔별로 쫙! 내가 그럴 수 있는 남자라고."

"그러니까. 그런 거 하지 말라고요. 그런 건 그냥 쉽게 만나고 헤어질 수 있는 사람에게 할 수 있는 게 아니에요. 아니, 나같이 아무것도 아닌 사람한테는 더더군다나 안 되고요."

"뭐가 그렇게 어렵나, 연다혜 씨는."

"대표님은 뭐가 그렇게 쉬워요?"

그때 동화가 게임 한판이 끝이 났는지 고개를 들어 강현을 보며 말했다.

"아저씨, 자고 가요. 우리 집에서 자고 가요."

"동화야!"

경악한 다혜가 소리를 치며 일어나려고 하자 강현이 다혜의 어깨를 눌러 앉혔다.

"왜 애한테 소리는 치고 그래요? 딱 자기 마음을 표현하고 있는 거잖아요. 솔직하게. 누구하고 다르게 솔. 직. 하. 게 말이에요."

강현이 동화를 돌아보며 말했다.

"동화야, 아저씨 금방 안 갈 거야. 그러니까 게임하고 있어. 엄마가 허락하면 자고 갈게."

"와! 엄마. 엄마. 허락해 주세요."

"동화야, 게임 그만할래?"

"아니요. 더 할래."

"그럼 조용히 게임해. 아니면 아저씨도 보내고 그냥 재울 거야."

동화가 대답도 없이 게임으로 눈을 돌렸다. 역시 이 꼬맹이도 자신에게 당장 필요한 게 뭔지 잘 알고 행동하는 거 같다.

웃고 있는데 다혜의 진지한 목소리가 작게 들렸다.

"대표님은 상처받아본 적 없어요?"

상처. 받아봤다. 아버지 죽음을 눈앞에서 보았다. 그것도 저 때문에. 제가 약하고 어리석어서 아버지를 사지로 몰아넣었다.

대답을 하지 않는 강현의 앞에서 다혜가 바로 말을 이었다.

"상처라는 거 너무 많이 좋아해서 받는 거잖아요. 난 우리 엄마랑 언니가 나보다 먼저 죽을 때 따라 죽고 싶었어요. 죽음보다 더한 배신이 어딨어요? 엄마도 언니도 날 배신했어요. 그러고 난 뒤에 생각했죠. 다시 마음 주지 말자고. 그런데 동화가 생겼고 동화한테 내 마음 다 줬어요. 그래서 동화 잘 키워야 해요. 그러니까 대표님이 내 마음 마구 흔들고 동화한테도 너무 깊이 파고들어서 상처 줄까 봐 겁나요."

"뭐가 그렇게 겁나요? 나도 겁나지만, 적어도 겁난다고 다가오는 사람들 다 밀어내고 살고 싶진 않아요."

그거야말로 말도 되지 않는 말이었다. 여태껏 강현이 살아온 삶이 그랬다. 그런데 지금 누가 누구에게 훈계한단 말인가. 말도 되지 않는 소리라는 거 알면서도 또 한편으로 억지를 부리게 된다.

"차 마시고 가세요. 애 재워야 해요."

"애가 혼자 안 자나?"

"그럼요. 애들은 책도 읽어줘야 하고 옆에서 토닥토닥해 줘야 잘 자요."

"책이라. 내가 이런 것도 있는데."

강현이 걸어가더니 동화에 옆에 앉았다.

"동화야. 게임 이제 그만해야 하는데?"

그 말에 아쉬운 얼굴을 하면서도 동화는 고개를 끄덕였다.

"이거 봐요. 나 1등. 저장해야지."

"동화야, 너 자기 전에 책 읽어야 해?"

"네."

"이걸로 읽으면 어떨까?"

그리고 바탕화면에 있는 어플을 켜자 동화책이 주르륵 보인다.

"어? 이거 내가 있는 건데."

동화가 늑대가 그려져 있는 동화책을 선택하자 강현이 플레이를 눌렀다. 그러자 한국어, 영어, 불어, 일어, 중국어까지 5개 국어로 들을 수 있는 창이 떴다.

"어느 나라 말로 들을까?"

"영어!"

플레이를 누르자 차근차근 화면과 함께 동화책을 읽어준다.

"이거 듣고 있을래?"

"좋아요."

강현이 다혜의 앞에 가서 앉자 다혜의 표정이 썩 좋지가 않다.

"왜요. 엄마 자리 뺏긴 것 같아요?"

"그렇게까지 생각하진 않지만…… 저녁에는 내가 읽어줘서 재웠거든요."

"그건 어릴 때고. 동화 영어, 일어 다 잘하는 거 알아요? 인터넷에서 듣고?"

다혜가 고개를 끄덕였다.

"연다혜 씨는 몇 개 국어 해요?"

"네?"

당황스러웠다. 영어는 좀 했지만…….

"그러니까 저렇게 5개 국어를 읽어주는 유능한 소프트웨어가 있는데 연다혜 씨가 그걸 다 어떻게 하냐고. 연다혜 씨는 지금 나하고 차 마시면서 내 얼굴 봐요."

식탁 등불을 반사하는 눈동자가 유독 새카맣다.

다혜는 뭔가 이야기를 꺼내야 할 거 같아서 공통의 주제인 사업 이야기를 꺼냈다. 누가 뭐라고 해도 그는 유능한 백화점 대표였다.

"백화점은 다 잘돼 가나요?"

"경영에 관심 있어요? 난 연다혜 씨 얼굴 보면서 일 얘기하고 싶은 생각 없는데."

그러면서 또 이렇게 빤히 쳐다본다. 이런 눈길을 마주하고 있으니 갈증이 났다. 다혜는 빠르게 차를 마시고 배에 힘을 주었다.

"하지만 나도 경영하고 있잖아요. 사실 온리유는 거의 다 제가 하고 있거든요. 기획 마케팅 판매 모두 다요."

"그 친구는요. 성격도 괄괄하니 힘도 세 보이던데. 그 친구는 뭘 하는
데요?"

지금 말하고 있는 친구라면 주아를 말하는 거다.

"아, 주아요? 주아가 그래도 굉장히 여성스러워요. 주아가 하는 게 전통
매듭이거든요."

"매듭? 그 실 같은 거로 하는⋯⋯."

"네. 매듭이 얼마나 아름다운지 잘 모르시죠?"

"제대로 본 적도 없는 것 같은데."

강현의 말에 다혜가 웃으며 그의 찻잔에 차를 한 잔 더 따랐다.

"주아는 직접 염색도 하고 실도 만들어서 매듭을 해요. 전통 매듭 이수자
예요."

"참 생긴 거랑⋯⋯ 아니, 목소리랑 다르네."

"그렇게 선입견 갖지 마세요. 주아는⋯⋯."

"알지. 그날 바에서 날 호빠에 취업시키고 연다혜에게 밀어준 친구. 우리
오작교라고 할 수 있나? 그런데 이제 그 친구 이야기도 그만해요."

"네?"

"다른 사람 얘기하고 싶지도 않고 일 얘기하고 싶지도 않아요. 지금은 그
냥 연다혜가 보고 싶으니까."

다혜는 그가 이렇게 진한 눈동자로 바라볼 때면 가슴이 따끔따끔했다.
그가 테이블 위에 있는 다혜의 손을 잡았다. 뜨끈한 손바닥이 작은 손을 쥐
자 다혜는 당황해서 고개를 돌렸다.

본능적으로 동화가 있는 소파를 보자 어느 틈에 아이는 꾸벅꾸벅 졸고
있었다. 강현이 다혜의 손을 꽉 잡았다가 내려놓고 일어나 동화의 옆으로
갔다.

"동화야, 아저씨가 안아줄까?"

동화가 고개를 끄덕였다. 눈에 졸음이 가득해서 더 귀여웠다. 강현이 웃으며 안아주자 동화가 그의 품에서 흘러나오는 동화책 소리에 귀를 기울였다. 그러다 아주 진한 속눈썹이 내려 감기면서 새근새근 잠이 들었다.

이렇게 작은 생물이 품 안에서 기대고 잠든 적은 처음이었다. 작고 따뜻하고 한없이 귀여운. 천사가 있다면 딱 이런 모습일 거 같다.

"아이들은 원래 이렇게 빨리 잠이 드나?"

제 품에서 이렇게 무방비한 상태로 기대어 잠드는 생명체가 있다니. 뭐라 말할 수 없는 요상한 기분이었다.

"이리 주세요. 내가 데려다 재우게."

"아니. 내가 안고 있는 김에 데려다 눕힐게요. 동화 방 어디예요?"

"저쪽이에요."

다혜가 가리키는 방문을 열자 전혀 다른 세상이 나왔다. 작은 방에 작은 침대 그리고 아이의 장난감과 동화책이 가득했다. 그리고 달콤한 딸기 향기가 풍겨왔다.

"여기가 동화 방이구나."

동화를 침대에 내려놓자 꼬물꼬물 이불 속으로 들어간다. 자는 아이가 이렇게 예쁜지 처음 알았다. 강현이 밖으로 나오자 옆에서 보고 있던 다혜가 방문을 닫아 주었다.

밖으로 나온 강현이 물었다.

"엄마하고 같이 자자고 안 해요?"

"무지개반 올라가면서 형아 됐다고 혼자 자겠대요. 그런데 비가 많이 오고 천둥이 치면 나한테 와요."

"역시 아기는 아기네. 비 오면 무섭다는 거지."

"아니요. 비 오면 내가 무서워하거든요."

강현은 천둥 번개가 치자 제 품으로 파고들었던 다혜를 기억해냈다.

"트라우마 있나요?"

"트라우마라고 생각하진 않지만, 천둥 번개 칠 때 잘 놀라기는 해요. 엄마 마지막 돌아가신 날 밤에 천둥번개가 무섭게 쳤거든요. 그래서 그럴 수도 있고…… 그냥, 천둥 번개 칠 때는 온 세상에 나 혼자인 거 같아요."

"서른도 안 된 여자가 참 별소리를 다 하네. 아니지. 지은 죄가 많아서 그런가? 예를 들면 남자 애를 너무 많이 태웠다든가."

"이제 그만 가세요."

다혜가 더 들을 필요도 없다는 듯이 쏘아보자 강현이 그녀의 앞으로 한 걸음 더 다가섰다.

"나 이대로 보내고 싶어요?"

호텔에서 만난 지도 벌써 일주일이 넘었다.

"연다혜 아니면 안 되게 사람 길들여 놓고 이렇게 자꾸 뒤로 빼고 도망가면 난 어떡하나."

견딜 수 없을 만큼 참았다. 이런 예쁜 여자를 두고 그냥 가면 그건 남자도 아니다.

강현이 다혜의 손을 끌어 바지 앞쪽에 가져다 댔다. 굵게 발기한 성기가 손에 느껴지자 다혜가 고개를 옆으로 돌렸다. 그러자 강현이 그녀의 입술 가까이에 입술을 대고 말했다.

"키스해 줘요."

"네?"

순간 그의 입술이 겹쳐지며 뜨거운 혀가 그녀의 혀를 강하게 빨아들이기 시작했다. 발기한 그의 성기가 다혜의 아랫배를 찔렀다. 달아오른 다혜가 그의 목에 팔을 둘렀다.

"여기서 이러면 안 돼요."

"왜요."

"여기서 이러면 생활하는 내내 당신 생각날 거니까."

"그러라고. 제발 연다혜도 내가 그런 것처럼 24시간 내내 내 생각하란 말이지."

그가 다시 입술을 겹치고 혀를 얽었다. 반사적인 관능이 그녀에게 휘몰아치자 키스 중에 신음이 터져 나왔다. 강현이 그녀를 안아들었다.

"동화 방이 저쪽이면 연다혜 방은 이쪽이겠네."

그가 그대로 문을 열고 들어가자 그녀의 향기가 가득한 방이 나타났다. 소박하고 단정하면서 깔끔한 침실. 이 여자의 공간 안에 제가 들어왔던 생각만으로도 가슴이 벅차다. 그의 진한 눈동자가 그녀를 향했다.

"겁나도 도망가지 말고 눈 맞추면서 이겨내 보자고 했잖아요. 내가 그렇게 좋아요?"

"무슨 소리예요. 나한테 매달린 건 유강현 씨거든요?"

"그런데 왜 그렇게 나보다 겁을 먹고 그래요. 내가 좋아하는 거보다 날 더 좋아하는 거 아니고?"

"그런 거 아니에요. 애 키우는 미혼모의 일탈일 뿐이에요."

"우리는 지금 한 달이 훨씬 넘었다고. 그러면 일탈이 아니라 규칙적인 생활이 되는 거지. 그리고 나 챙겨주잖아요."

"난 챙겨준 적 없어요. 그쪽이 날 훨씬 더 많이 챙겨줬지."

왠지 아니라고 부정하고 싶었다. 나한테는 동화밖에 없다고, 당신은 섹스 파트너로 괜찮은 사람이어서 만나는 것뿐이라고 자신에게도 그에게도 그렇게 말하고 싶었다. 그런데 그가 피식 웃는다.

"내가 목매는 것도 맞고 매달리는 것도 맞고. 이렇게 집까지 찾아온 것도 나지만, 연다혜도 아니라고 앙큼하게 잡아뗄 순 없을걸? 봐, 이렇게 날 원하잖아."

그의 손가락이 다리 사이에 촉촉하게 젖은 살을 비비며 말했다. 아찔한 자극에 숨을 훅 들이켜자 바로 따라와 볼에 입술을 붙인다.

"그렇게 숨도 안 쉬면 곤란한데. 좀 지나면 정말 숨 쉴 수 없을 거거든."

그의 말대로 잠시 후 숨을 쉴 수 없을 만큼 둘은 맹렬하게 헐떡이고 있었다. 지금 여기가 자신의 침실이고 저 옆방에 동화가 누워 있다는 것도 다 생각나지 않았다. 그의 품에서 다른 어떤 생각도 못 하고 다혜는 흔들리고 있었다.

강현이 다혜의 엉덩이를 두 손으로 꽉 잡으며 더욱 몸을 밀착시키자 다혜의 입에서 억눌린 신음이 흘렀다. 그가 입술을 겹치며 말했다.

"아이 들을까 봐 그렇게 겁나요? 그럼 그 신음까지 내가 다 먹어줄게."

다혜의 신음이 그의 입 안으로 빨려 들어갔다. 조용한 침실에 둘의 몸짓은 더 뜨거워지고 있었다.

* * *

그는 새벽이 다 되어 조용히 나갔다. 다혜가 잠들기 전 한 말 때문이었다.

"아침에 눈 떴을 때 당신 없었으면 좋겠어요. 동화가 눈떴을 때 아저씨 우리 집에서 잤다고 말하지 않게요."

"그렇게 할게요."

"나 이중적이죠?"

"이중적이지만 예쁘죠. 이중적이지 않은 여자였다면 내가 파고들 틈도 없었을 테니까 계속 이중적이어야지. 그래줄 거죠?"

그녀가 고개를 끄덕이며 웃었다. 그가 다혜의 어깨를 감싸 안으며 이마를 겹쳤다.

"난 이중적인 연다혜가 좋다니까."

338

그가 그녀를 품에 안고 등을 쓰다듬었다. 이 사람이 가는 걸 보고 싶지 않았다. 차라리 이렇게 잠드는 게 나을 것 같았다.

나쁜 여자가 된 것 같았다. 그리고 또 한편으로 쇼룸 비긴에서 들려왔던 신음이 떠올랐다.

과연 강현의 어머니를 비난할 수 있을까?

눈 뜨자마자 동화가 찾은 건 강현이었다.

"아저씨는? 아저씨는 갔어? 자고 가라고 그러지."

"동화야. 아저씨는 잠깐 들른 거니까 금방 가셨지. 어린이집 갈 준비해야지."

동화가 혼자서 세수를 한다고 옷을 잔뜩 적시는데도 다혜는 얼마 전부터 동화가 혼자 해보겠다고 해서 옆에서 지켜보기만 했다.

언제 저렇게 커서 뭐든 혼자 하겠다고 한다.

세수하고 돌아보고 웃는데 뽀얀 얼굴에 물기가 어려 얼굴이 빤닥빤닥했다.

옷을 갈아입히고 준비를 거의 마쳐갈 때쯤 주아가 들어왔다.

"다혜야, 이거 봐. 이번에 너희 화분에 걸라고 새로 만들었어."

"와, 색깔 너무 예쁘다."

색색 가지의 작은 매듭 리본이 한가득하다.

"너 이번에 새로 염색했구나."

"어. 진짜 마음에 들지? 동화 태워다 주고 나하고 잠깐 얘기 좀 하자."

"어. 그래."

"난 빼고? 어른들끼리만 하는 말이에요?"

동화가 끼어들자 주아가 웃었다.

"응. 동화야. 어른들끼리만 하는 말이야. 다 알고 싶어?"

"아니요."

"왜? 다 알고 싶지 않고?"

"엄마가 어른들 얘기는 다 알려고 하지 말라고 했어요."

"정말? 다혜야, 너 정말 그랬어?"

"응. 그랬어. 어머님이 동화 데리고 친구들 만나시면서 하는 말들을 다 집에 와서 묻잖아. 하늘을 봐야 별을 따지 그런 말도 무슨 말이냐고 묻고. 그러니 내가 뭐라고 하겠니?"

주아가 배를 잡고 웃었다. 혜순의 친구 숙경은 아들 내외가 둘째를 가졌으면 하는데 둘 다 일이 바빠서 둘째를 갖지 못하고 있었다. 그걸 이야기하는 소리를 듣고 동화가 돌아와 물었다니.

"그래서 그 뒤부터는 어른들끼리 하는 얘기는 알려고 하지 않아?"

"응. 예전보다는 훨씬 물어보는 게 줄었어."

다혜의 말에 주아가 동화를 보며 눈을 크게 떴다.

"그러니, 동화야?"

"네."

고개를 끄덕이면서 맞는다고 하는 동화가 귀여워 볼을 꼬집어주었다. 그런데 생각해보니 주아의 핸드폰으로 검색을 가장 많이 하는 게 동화다. 검색 기록을 보니 별걸 다 검색한 기록이 있었다.

"동화야, 그런데 너 이모 핸드폰으로 검색 어떻게 하니?"

그러자 동화가 주아가 들고 있는 핸드폰을 가져다 포털 사이트 앱을 열더니 음성 인식을 켜고 말했다.

"오늘 날씨."

또박또박 말하자 바로 소리가 들려왔다.

-오늘 연남동 기온은 2도이며 오후에 눈이 내리겠습니다.

다혜도 주아도 입을 딱 벌렸다. 하루가 다르게 똘똘해지는 동화에게는 주아의 핸드폰이 큰 역할을 하고 있었다. 그야말로 스스로 업그레이드가 되는 꼬마였다.

"동화, 너 이걸로 다른 것들도 다 물어봤어?"

"네."

주아는 바로 포털사이트에 입력했던 검색어를 훑어보았다.

모두가 동화가 관심 있는 것들이었다. 그러나 그 아래 있는 검색어에 주아는 입을 다물 수밖에 없었다.

아빠.

동화의 검색 기록에 아빠가 있었다. 주아는 핸드폰을 가방 안에 넣고는 다혜를 바라보았다. 그리고 동화를 안고 있던 백화점 대표의 얼굴도 떠올랐다.

동화를 어린이집에 데려다주고 다시 차에 탄 다혜가 운전석에 앉았다. 주아가 다니는 전통 매듭연구원은 주차할 공간이 없어서 다혜가 태워다 주고는 했다.

"너 오늘 매듭 연구회 가는 날이지? 바로 태워다 줄게."

"어. 그래. 나 너희 대표 만났다?"

차가 출발도 하기 전에 시작된 말에 다혜가 핸들을 돌리다 말고 주아를 바라보았다.

"알았구나."

"그래. 그때 그 호빠 오빠, 백화점 대표더라? 그 뒤에도 만났지?"

"응."

"나도 봤어. 처음에는 업소 남자인 줄 알고 진짜 반 죽이려고 했어. 동화를 안고 있더라고."

"말하지 못한 건, 말하기 애매해서 그랬어."

끝이 보이는 관계였기에 강현과 둘은 사귀기로 했다고 하지만 남에게 말할 수 있는 관계는 아니었다.

"상관없어. 말할 필요도 없고. 중요한 건 그 드림백화점 대표가 너 좋아 한다는 거야. 동화 엄마인지도 다 알고도 좋다는 거잖아."

"그래. 우리 만나. 가끔."

다혜는 차를 출발하면서 순순히 인정했다. 가능하면 주아가 쿨하게 받아 들였으면 했다. 별거 아닌 것처럼.

"가끔만 만나지 말고 대놓고 만나지 왜."

"그런 말을 왜 해. 네가 생각할 때는 가당키나 하니? 드림백화점 대표랑 아무것도 없는 미혼모랑? 참, 그 할아버지는 보스였대. 무시무시하지 않니? 그 대표 잘못 만나다가 나 오늘 갑자기 죽을지도 몰라."

겁을 잔뜩 주는 말에 주아가 코웃음을 쳤다.

"말 같은 소리를 해. 할아버지가 보스여서 뭐? 손주가 좋아하는 여자 쥐 도 새도 모르게 데려다가 죽인다고 누가 그래?"

"주아야, 넌 어디까지 생각하는지 몰라도 난 그냥, 말한 대로 딱 그만큼 만 그 사람 만나. 기분 전환, 딱 거기까지야."

"백화점 대표는 그렇게 만날 사람은 아니지. 일터도 같고."

그게 문제였다. 그렇게 만나고 끝나기에 둘 다 이미 적정선을 넘어선 건 지도 모른다. 다혜는 신호등 앞에서 멈춰 서서 주아를 돌아보며 물었다.

"그래서, 넌 날 보고 뭘 어떻게 하라고?"

"제대로 사귀어 보라고. 미래를 같이할 남자로."

"말도 안 돼. 너 같으면 아들이 미혼모하고 결혼한다고 하면 하라고 하 겠어?"

"아니."

"주아야! 진짜. 그럴 거면서 뭘 나한테 미래를 생각해보라고 해?"

"야, 물론 내가 엄마라면 반대하겠지만 내가 유강현이라면 그건 또 다른 얘기야. 넌 그만큼 매력 있어."

342

다혜는 고개를 저었다.

"난, 자신 없어."

"자신도 없으면서 남자를 그렇게 홀렸어? 아주 너 없으면 죽을 거 같은 분위기던데? 가봐. 끝이 어디든 일단 가보는 거지, 뭐. 데이트하고 싶으면 언제든지 말해. 내가 동화는 책임지고 봐 줄 테니."

12. 결혼하고 싶어

"쓸데없는 소리 하지 마."

"너 이게 뭔지 알아? 동화가 검색한 거야. 좀 보라고."

다른 검색어들 밑에 있는 '아빠'라는 단어에 다혜가 마른침을 삼켰다.

"다혜야, 그래도 골치 아프면 생각을 접자. 그냥 오늘을 즐겁게 살자고."

"그래. 지금까지 그러고 살아왔잖아. 일해야지. 돈도 벌고, 동화 레슨도 시키지."

다혜는 정면을 응시하며 주아에게 말했다.

"그런데 주아야, 세상에 누구나 다 갖고 싶은 걸 가질 수는 없잖아. 너도 나도 마찬가지야. 자기가 짊어져야 할 인생의 짐, 이런 거 있잖아."

"기집애. 모질기는. 넌 다섯 살짜리 동화가 그래야 한다고 생각하니?"

다혜가 고개를 끄덕였다.

"그래. 난 그렇게 생각해. 5살이라도 자기가 짊어져야 할 짐은 져야지. 나한테 그렇게 태어난 이상 아버지 없이 잘 커야지."

"동화 아빠 찾고 싶지는 않고? 아니면 만들어주거나."

"그만해. 아빠를 만들어줘도 유강현 씨는 아니야. 나 그 사람 좋아서 만나는 거 맞아. 그런데 쳐다볼 수도 없이 너무 높은 곳에 있어서 우리 동화 아빠까지는 정말 생각도 못 하겠어."

차가 매듭연구회 앞에 정차하자 주아가 내리며 말했다.

"하여간 연다혜 고집은 알아줘야지. 그런데 내가 볼 땐 네 고집보다 유강현 씨 고집이 더 센 것 같다. 네 말대로 너무 높은 사람이 너를 딱 찍어서 네 맘대로 어쩌지도 못하고 끌려갈 것 같다고. 그리고 제발 끌려가라!"

차문을 탁 닫으며 주아가 활짝 웃었다.

오늘은 쇼룸 비긴에 허브 식물이 들어가는 날이다. 그곳에 다시 가자니 마음이 묵직했다.

비긴에 도착했을 때 다행히 소은은 자리에 없었다. 식물을 재빨리 들여놓고 나머지 화분들 상태도 살피고 나오려고 할 때쯤 외출했던 소은이 왔다.

"연 실장. 왔네?"

"네. 오늘 허브 식물이 들어와서요. 완전히 세팅됐습니다. 이제 주기적으로 한 번씩 와서 돌봐주면 될 거 같아요."

아무리 자연스럽게 웃으려고 해도 자꾸 얼굴이 경직되었다. 그날 흐트러졌던 이소은 대표의 모습이 떠올랐다.

"수고했어요, 연 실장. 그리고 우리 아버님이 동화 한번 볼 수도 있다는 거 너무 부담 가질 필요 없어요."

"네. 될 수 있으면 그냥 한번 쓱 보시는 걸로 해주셨으면 좋겠어요. 특별히 애한테 말을 걸거나 그러진 말아 주셨으면 해서요."

"그런 일은 없을 거예요. 그냥, 하도 보고 싶다고 그러시니까."

"그것도 좀 그렇긴 해요. 닮았다고 그렇게 보고 싶을 수가 있을까요?"

일반적으로 생각할 수 있는 일은 아니었기에 다혜는 솔직한 심정으로 물었다. 소은이 그럴 만하다는 듯이 고개를 끄덕였다.

"우리 집이 좀 특별해서 그래요. 부담 갖지 않았으면 좋겠어요, 연 실장."

"네. 그럼 그냥 그렇게 알고 있겠습니다."

말은 그렇게 했지만, 도대체 남의 애를 왜 보겠다는 건지 불편했다. 그것도 다른 집이 아니라 하필이면 강현의 집이라서 더 그랬다. 강현에게 이야기를 할까 하다가 그냥 말았다. 아이만 슬쩍 보겠다는 건데 나이 드신 할아버지여서 그런 거겠지 싶었다.

오늘도 동화가 바이올린 수업이 있어 센터에 오는 날이었지만, 슬쩍 보고 간다고 했으니 신경 쓰지 말기로 했다. 하지만 마음 한쪽에서 무언가가 잡아당기는 것 같은 기분은 떨칠 수가 없었다.

* * *

"네가 앞장서라."

"아버님."

"내가 외출 허가 다 받아 놨다."

병실에 들어선 소은은 외출복으로 갈아입고 기다리고 있던 유 회장을 보고 고개를 저었다.

"아버님 퇴원하신 뒤에 가도 되는데."

"네가 말하지 않았냐. 오늘도 문화센터 오는 날이라고. 그러니 내가 가서 잠깐만 보고 오겠다니까."

"아버님…… 그럼 그냥 보기만 하세요. 애한테 말 걸거나 그러지 말아 달라고 하던데……."

"알았다니까."

소은은 불편한 마음으로 유 회장을 모시고 문화센터로 향했다. 그리고 올라가면서 강현에게 전화했다.

"조금 있다가 할아버지 모시고 대표실에 들를 거다."

-백화점에 오셨어요?

"그래."

-그럼 바로 올라오시지 왜요?

"어. 뭐…… 잠깐 보고 올라갈게."

-알겠습니다.

강현은 소은이 잠깐 보고 온다는 게 동화일 거라고는 상상도 하지 못했다. 구순호가 올라와 이야기하지 않았다면 계속 몰랐을 거다.

구순호는 대표실에 들어와서 다른 일을 보고하고 나가다 돌아섰다.

"그런데 회장님이 문화센터에 계십니다."

"뭐? 할아버지가?"

"네."

문화센터에 갔다는 게 이상했다. 아무 말도 듣지 못했는데…… 그러다 '너 어릴 때 닮은 아이가 있다고 했더니 할아버지가 보고 싶다고 하셨다.' 하는 말이 떠올랐다.

"설마…… 하여튼 이분들이 진짜!"

강현은 벌떡 일어났다. 할아버지나 어머니 때문에 다혜를 언짢게 하고 싶지도 않았고 동화에게 괜한 손을 뻗칠까 그것도 마음에 들지 않았다.

"정말 애 예쁘다고 할아버지가 양자 삼는 거 아니야? 그럼 완전 족보 개족보 되는데."

동화가 삼촌이……? 아니면 어머니가 입양한다면 내 동생이……?

"말도 안 돼."

머릿속에서 불쾌한 상상을 하며 강현이 11층으로 내려갈 때였다. 에스컬레이터에서 실랑이하는 소리가 그대로 들렸다.

"아니, 왜 남의 애한테 말을 시키고 그래요? 다 늙은 노인네가."

"말씀이 지나치시네요."

옆에서 소은이 나섰다. 하필이면 오늘 동화를 데리러 온 사람이 혜순이었다. 혜순은 동화가 나오는 걸 보고 걸음을 빨리하려다 웬 노인이 동화를 보며 머리를 쓰다듬고 말을 시키는 걸 봤다.

요즘 같은 세상에 모르는 애를 함부로 그렇게 만지면 쓰나. 혜순는 바로 동화를 안고는 유 회장을 보며 쏘아붙였다.

소은은 나름 말린다고 점잖게 말했지만, 혜순은 어림도 없다는 듯이 말했다.

"아니. 댁의 아버님이 내 손자를 왜 만지느냐고. 애 예쁘다고 함부로 그렇게 만지는 거 아니에요."

혜순의 말에 소은이 고개를 숙였다.

"죄송합니다. 아이가 너무 예뻐서요. 우리 아버님이 한번 보고 싶다고……."

유 회장은 동화의 얼굴을 보는 순간 전에 백화점 앞에서 보았던 그 아이라는 걸 단박에 알 수 있었다. 혜순도 그때 보았던 그 할머니가 분명했다.

"이 애 할머니 되십니까?"

"네. 내가 이 애 할머니예요. 우리 손자는 왜 만지고 그러세요."

"애가 하도 예뻐서……."

"예뻐도 그렇게 손대는 거 아니죠."

유 회장은 동화를 보며 웃었다. 동화가 유 회장을 빤히 바라보았다. 커다란 눈망울에 까만 동공이 유 회장의 마음을 끌어당긴다.

"참 예쁘게 생겼습니다. 손주가 너무 예쁘게 생겨서 봐도 봐도 보고 싶네요."

조용히 아이만 보고 가겠다고 한 일이 커져서 이렇게 소란스러워지자 소은은 어쩔 줄 몰랐다.

"누구 허락을 받고 애를 만져요. 봤으면 이제 가세요."

"잠깐만…… 내가 아이한테 뭐 맛있는 거라도 사주고 싶은데……."

"우리 애가 뭐 거지예요? 맛있는 거 얼마든지 먹고 잘 크고 있는 앱니다. 그러니까 신경 쓰지 마세요."

혜순은 동화를 꼭 끌어안은 채 그냥 지나가려고 했지만, 유 회장이 자꾸 아쉬운 내색을 하자 소은이 끼어들었다.

"저희 아버님이 아이가 너무 예뻐서, 좀 보고 싶어서 그러는데 같이 차라도 한잔 마시면 어떨까요?"

"아이구, 싫어요. 남의 손자는 왜 자꾸 예쁘다, 예쁘다 하면서 차를 마시자고 그래."

그러는 동안 강현이 내려왔다. 강현이 동화의 앞으로 다가가자 동화가 두 팔을 뻗었다.

"아저씨!"

"동화야, 누구냐?"

혜순은 멀끔하게 생긴 큰 남자에게 아는 척하며 두 팔을 뻗는 동화를 보며 뒤돌아섰다.

"누군데 그래, 동화야."

"아저씨야. 큰 아저씨."

강현이 손을 내밀었으나 혜순이 절대 안 된다고 돌아섰다.

"다들 누구신데…… 우리 동화랑 어떻게 아세요?"

동화를 꽉 끌어안은 혜순이 의심스러운 눈으로 보자 강현이 정중하게 말했다.

"아. 저는 이 백화점 대표입니다."

"대표님?"

"연다혜 실장님하고는 안면 있고요. 동화하고도 잘 압니다."

"아. 그러세요."

혜순은 그제야 경계심을 풀며 인사했다. 백화점 대표를 이렇게 직접 만날 일이 있을 줄은 몰랐다.

"온리유 커피 앤 플라워 대표님이시죠."

그제야 혜순이 고개를 끄덕였다.

"네. 내가 대표로 돼 있지만, 우리 다혜가 전부 다 일하고 있어요."

"알고 있습니다."

유 회장이 강현을 보며 고개를 갸웃했다.

"너 아시는 분이냐?"

"네."

강현이 중간에서 양쪽을 소개했다.

"실례가 되었나 봅니다. 저희 어머님이시고 회장님이십니다."

"아, 그러세요?"

참으로 어색한 인사였다. 특히 혜순에게는 더 불편한 순간이었다. 혜순이 어쩔 줄 몰라 하며 고개를 숙여 인사를 했다.

"그런데 회장님이 왜 우리 동화를 보자고 하시는 건가요?"

혜순의 질문에 강현이 자연스럽게 청했다.

"제 사무실에 가셔서 잠깐 차라도 한잔하시죠."

다른 것도 아니고 드림백화점 대표가 차를 마시자는데 거절할 수는 없는 일이었다. 그런데도 혜순은 동화를 놓지 않았다.

"제가 동화 안고 갈까요? 힘드실 텐데."

"괜찮아요."

혜순이 동화를 한 번 더 안고 추스르는데 동화가 강현을 불렀다.

"아저씨, 아저씨."

동화가 두 팔을 벌리며 강현에게 가겠다고 하자 그제야 혜순이 동화를 강현에게 안겨주었다. 이상한 일이었다. 다른 사람들에게 이렇게 잘 안기는 동화가 아니었다.

강현이 동화를 받아 안자 동화가 활짝 웃었다.

"아저씨 우리 집에 또 올 거예요?"

천진한 동화의 말에 강현은 주위 사람들을 의식하며 돌아보았다.

다행히 주위에 있는 사람들은 제대로 듣지 못했다. 할아버지와 할머니 둘이 은근한 신경전을 벌이고 있었기 때문이었다.

혜순은 아무리 백화점 오너 가족이라고는 해도 동화에게 눈길 주는 게 못마땅해서 표정이 잘 관리되지 않고 있었다. 유 회장은 동화에게 넋이 나 갔고 소은은 이런 상황 자체가 자존심 상하고 못마땅했다.

혜순이 다가오자 강현이 동화의 귀에 대고 속삭였다.

"동화야. 아저씨가 집에 간 거 비밀하자. 우리 셋만 아는 비밀."

"비밀."

동화도 목소리를 작게 하며 눈을 크게 떴다. 마치 아주 신나는 비밀을 만 드는 것처럼. 그리고 고개를 끄덕이며 씩 웃었다.

"좋아요. 비. 밀."

멋진 아저씨와 비밀을 만든 것이 뿌듯해서 웃는 얼굴이 반짝거린다.

사무실에 들어서서 강현이 동화를 내려놓고 물었다.

"동화, 바이올린 잘했어?"

"네."

"좀 있다가 아저씨한테도 들려줄래?"

그러자 동화가 그 정도는 아주 자신 있다는 듯이 고개를 끄덕끄덕한다.

"아저씨 바이올린 잘하잖아요!"

그 말에 소은이 눈을 크게 떴다. 이 아이가 강현이 바이올린 소리를 들었다고? 소은이 몸을 낮추어 동화에게 물었다.

"너 아저씨가 바이올린 켜는 소리 들었어?"

그 말에 강현이 어색하게 표정을 굳혔지만, 금세 표정을 지웠다. 동화는 소은의 말에 엄지손가락을 앞으로 내면서 흔들렸다.

"아저씨 바이올린 최고예요, 최고!"

그렇게 오랫동안 바이올린이라면 손에 잡지도 않던 애가 이 꼬맹이에게 바이올린을 켜줬다고? 소은은 어쩐지 기분이 이상했다. 생각하는 것보다 연 실장 모자와 가까운 관계 아닐까 하는 우려가 마음 한쪽에 엉기기 시작했다.

"아버님, 이쪽에 앉으세요."

소파에 유 회장이 자리를 잡자 그 앞쪽으로 혜순이 앉았고 소은도 조금 떨어진 유 회장의 옆쪽에 앉았다.

동화가 사무실을 동동거리며 빠르게 한 바퀴 돌더니 얼마 전 캐러멜 박스가 있던 곳을 갸웃갸웃했다.

"아저씨 여기 있던 캐러멜 다 어디 갔어요?"

"어. 다른 친구들이랑 나눠 먹어야지, 그치?"

동화가 고개를 끄덕였다.

"우리 집에도 많이 있어요!"

강현이 동화를 보고 활짝 웃는 모습을 옆에서 유 회장이 보았다.

제자식이면 얼마나 더 예쁠지 저놈이 몰라서 저렇지. 애를 왜 안 낳겠다고. 이게 다 내 업보지. 주먹세계에서 이 나이까지 살아남아서 그 업보를 이렇게 치르지.

그러고 보니 아이는 더할 수 없이 예쁘다. 처음 본 그대로 참 남의 핏줄이 강현이를 많이도 닮았다.

"그러게 집에는 애가 있어야지. 애가 있으면 저렇게 웃기도 할 텐데.

쿨럭."

유 회장의 묵직한 목소리 뒤에 기침 소리가 났다. 강현이 유 회장을 보며 단칼에 못 박았다.

"할아버지는. 남의 집 애 넘보지 마세요."

"넘보기는 이놈아. 아니, 애가 참 예쁘네요. 몇 살입니까? "

혜순은 유 회장이 동화에게 관심 갖는 게 별로 기분 좋지 않았다.

"5살이에요."

"외할머니이신지 친할머니이신지……."

"외할머니예요. 외할머니."

"네."

마땅치 않게 대답하는 혜순을 보며 소은이 나섰다.

"아버님, 그런 거 자꾸 물어보는 건 실례인 거 같아요."

"허허. 그렇기도 하겠네. 그냥 차나 한잔하면서 애 얼굴이나 보려고 했습니다. 그런데 저기 있는 내 손주 놈하고 아주 많이 닮은 것 같지 않습니까?"

유 회장이 그렇게 말하자 혜순이 동화와 강현을 번갈아 보았다. 그러고 보니 닮았다. 모르는 사람은 부자간이라고 해도 믿을 것 같았다.

"그러고 보니 정말 닮았네요."

"그래서 내가 보러 왔습니다. 우리 강현이 저놈 어릴 때 저렇게 생겼거든요."

"아. 신기하네요."

"세상에 신기한 일이 참 많습니다."

혜순이 알기로 동화는 강현하고 전혀 상관이 없는 아이였다. 그러니 그냥 세상에 신기한 경험도 하는구나 하는 정도였다. 5년 전 다혜가 임신한 걸 알았을 때는 다혜의 엄마도 언니도 죽고 난 후 얼마 되지 않았을 때였다.

딸 친구라고는 해도 어릴 때부터 아는 탓에 혈혈단신이 된 다혜를 혜순이 많이 돌보았었다. 그때 애 아빠가 누구냐고 물어봤을 때 다혜는 분명 잠깐 만난 선배라고 말했다.

잠깐 만난 사람이지만, 이제 아무도 없는 저는 이 아이는 꼭 낳겠다고 했던 다혜였다. 그러나 이렇게 닮았다면 혹시 그때 잠깐 만난 선배가 대표일까?

"대표님은 대학 어디 나오셨어요?"

혜순은 머릿속 궁금증을 못 참고 물었다.

"네. 저는 미국 뉴욕대 나왔습니다."

"아! 아메리카! 역시 그러셨군요."

그렇지 그럴 리가 없지. 미국에서 대학 나온 남자가 어떻게 다혜 대학 선배야. 그야말로 우연히 닮았다는 이야기다.

옆에서 유 회장이 부러운 목소리를 냈다.

"손주가 예뻐서 살맛이 나시겠습니다."

"그렇죠. 아무래도. 자손이 예쁜 건 좋은 일이지요."

혜순은 당당하게 말했다. 누가 뭐래도 저는 동화의 외할머니였다.

하지만 혜순은 이해가 되지 않았다. 저렇게 멋지고 젊은 대표를 손자로 둔 사람이 왜 동화를 보고 저렇게 좋아하는지.

젊은 남자가 얼마든지 결혼할 수 있고 손자를 낳을 수 있을 텐데 왜 남의 집 손자를 보고 저렇게 껄떡대는 눈빛을 하는 건지 모르겠다.

"앞으로 대표님도 결혼해서 우리 동화같이 예쁜 아이 낳으면 되겠네요. 그러면 증조할아버지, 할머니한테 예쁨도 많이 받겠어요."

혜순의 말에 유 회장도 소은도 별말 없이 고개만 끄덕였다. 하지만 속은 말이 아니었다. 정말 강현이 정관 수술한 걸 풀고 결혼해서 아이만 낳아준다면 소원이 없겠다.

소은은 강현이 주소영과 결혼해서 아이 낳고 잘 살아만 주면 얼마나 좋을까 하는 생각뿐이었다. 그러자 강현이 대답했다.

"제가 비혼주의입니다. 결혼할 생각이 없어요. 그래서 여기 계신 두 분이 이렇게 아이들만 보면 예뻐하고 그러시죠."

"예끼, 이놈. 그게 뭐 자랑이라고."

"할아버지. 여기는 대표실입니다."

"허허."

"저는 동화 데리고 그만 가보겠습니다. 가족분들끼리 이야기 나누세요. 동화야, 이리 와라."

그러나 동화는 가기 싫은지 소파 뒤에서 강현을 올려다보며 두 팔을 뻗었다. 강현이 동화를 안아 올려 창가 쪽으로 가더니 옆에 있는 옷장 문을 바라보다 몸을 돌렸다.

사실 동화를 주려고 사놓은 바이올린이었다. 하지만 지금 줬다가는 어른들이 헛된 생각을 할 것 같아 그대로 데려가 혜순의 앞에 내려놓았다.

"네, 안녕히 가세요. 실례가 많았습니다."

"아닙니다."

혜순은 동화를 반짝 들어 안고 대표실을 나왔다. 유 회장은 동화가 나가고 난 뒤에 강현을 불러 앉혔다.

"너 좀 여기 와 앉아봐라."

"저 시간 없습니다, 할아버지. 일본에 있는 바이어 만나기로 했어요."

"바이어를 왜 네가 직접 만나?"

"영업부장하고 같이 만나기로 한 겁니다. 최종 결정은 제가 해야 해서 가봐야 해요."

"10분도 안 되나? 대표가 10분 늦는 것도 안 돼?"

노한 음성을 내는 유 회장에게 강현은 그대로 선 채 말했다.

"10분 동안 잔소리하실 거면 그냥 내려가세요. 어서 결혼해서 저런 아이 아빠가 돼라, 뭐 이런 말 하실 거면요."

"너는 저렇게 예쁜 애를 봐도 아무렇지도 않냐?"

"네. 아무렇지도 않습니다. 애들은 다 애들이죠. 저만큼 안 예쁜 애가 어디 있습니까? 저도 저랬다면서요. 아이들이 보고 싶으시면 문화센터 문 앞에 자주 나와 앉아 계세요. 예쁜 애들 많습니다."

강현의 말에 소은이 유 회장을 보며 말했다.

"아버님, 그냥 가시죠. 애 봤잖아요. 강현이 일하게 우리는 가요."

"보고 나니까 더 보고 싶다. 나도 증손주가 갖고 싶어."

할아버지 넋두리라면 이제 신물이 난다. 이런 집착 때문에 더 결혼하고 싶지 않다.

"증손주가 무슨 물건입니까? 갖고 싶다고 갖게. 정 그러면 두 분 다 입양이라도 하든가요."

"예끼, 이놈. 그놈의 입양 소리 하지도 마라. 손자 있는데 뭐 하러 입양을 해? 나는 내 할 바를 다 했어. 네 아버지 낳았잖아. 네 아버지도 일찍 죽기는 했지만, 너를 낳았고. 근데 너는 씨 없는 수박이 뭐냐? 이놈……."

"또 시작이시네."

강현은 말을 더 잇지 않고 고개만 까딱 숙이더니 대표실을 떠났다.

빈 대표실에서 분해서 씩씩거리던 유 회장은 다시 병원으로 향했다. 차 안에서 유 회장의 머릿속에 똘망똘망한 눈으로 유 회장을 바라보던 동화의 얼굴이 떠올랐다.

세상에 닮아도 그렇게 닮을 수가 있나!

그런 생각을 하고 있는데 소은이 조심스럽게 말을 꺼냈다.

"아버님, 그 애 이름이 동화예요. 동화가 강현이 닮기는 했지만 아버님 다시 그 아이 보겠다고 하지 마세요. 연 실장이 괜히 애를 빌미로 우리 강현이한테 달라붙지는 않을까, 저 많이 걱정돼요."

그 말에 유 회장이 눈살을 찌푸렸다.

"누가? 애 엄마가 우리 강현이한테 달라붙는다고? 애 엄만데 남편도 있을 거 아니야."

"그게, 남편이 없더라고요. 미혼모라고 했어요. 요즘 괜찮은 남자 하나 잡으려는 여자들 많잖아요."

"미혼모? 그럼 결혼도 안 하고 처녀가 애를 낳았다는 말이냐? 당돌한 데가 있는 아가씨군. 하긴 또 어떻게 생각하면 인생사 사연 없는 사람이 또 어디 있을까."

오래 살고 보면 안다. 남의 인생 함부로 말할 수 없다는 걸.

내 업보로 아들까지 먼저 보낸 놈이 누구 인생을 함부로 말할 수 있을까.

입을 꾹 다물고 아무 말이 없는 유 회장의 기색을 살피며 소은이 다시 말을 이었다.

"아버님. 소영이가 강현이랑 결혼하고 싶어 해요. 신지은행 주명성 총장님 따님 말이에요."

"그놈 씨 없는 수박인 것도 말했냐."

"네. 말했어요. 그런데도 주 총장이 허락했다고 하더라고요. 소영이는 아무래도 괜찮대요. 요즘 그런 아가씨가 어디 있겠어요?"

유 회장은 아무 말이 없었다. 그저 창밖을 응시하며 기침을 두어 번 더 했다.

"아버님, 저는 소영이와 빨리 결혼을 시키면 어떨까 싶어요. 일단 결혼을 하면 생각도 달라지지 않겠어요?"

"주소영이라……. 그러게. 어쨌든 그놈이 마음에 들어 해야지. 마음에 드는 여자를 데려놔도 정관 수술한 걸 풀까 말깐데 마음에 없는 여자 데려다 놓으면 그거 풀겠냐?"

"그러게요……. 저도 그래서 고민하고 있어요. 그래도 소영이가 가장 나은 것 같아요."

"그래?"

돌아보며 그런 거 확실하냐는 듯이 묻는 유 회장의 안광이 예리했다. 소은은 그런 시아버지의 안광에 눌려 대답을 하지 못했다. 유 회장은 아무 말도 하지 않고 고개를 돌렸다.

차는 그대로 병원으로 향했고 유 회장은 다시 병실로 올라갔다.

* * *

혜순은 동화를 데리고 1층 매장으로 내려왔다.

"어머니. 동화 오늘 바이올린 잘했대요?"

"쟤야 뭐 늘 잘하지. 쟤 마실 것 좀 줘라."

다혜가 딸기 주스를 꺼내 동화에게 주자 동화가 활짝 웃으며 두 손으로 딸기 주스 컵을 받았다. 다혜가 늘 그렇듯이 동화에게 칭찬해주었다.

"우리 동화 오늘 잘했어? 진짜 멋진 형아가 되네. 우리 동화."

"응. 잘했어. 아저씨도 봤어."

아저씨라는 말에 바로 다혜가 강현을 떠올렸다.

"또 12층에 갔어?"

그러다 옆에 있는 혜순을 의식했다. 괜히 오해를 살까 두렵다. 혼자 아이를 키우며 가장 조심하는 게 남자였다. 오해받을 짓을 하지 않으려고 애썼다. 그건 혜순에게도 마찬가지였다.

"어머니."

"그러니까. 너도 대표하고 잘 아니?"

역시 혜순도 같이 강현을 만났나 보다.

"잘 아는 건 아니에요."

"그 대표가 동화를 예뻐하는 거 같더라? 동화도 엄청 따르고. 몇 번 봤다던데?"

"네, 어쩌다가 둘이 친해졌대요. 저도 나중에 알았어요."

"다섯 살짜리 꼬맹이가 백화점 대표하고 친해졌다고? 참 재밌네. 게다가 그 집안 어른들은 동화를 보겠다고 오지를 않나."

"왔어요?"

"너도 알고 있었니?"

혜순이 눈을 크게 뜨며 물었다. 그 표정을 보니 제대로 해명해야 한다는 생각이 들어 다혜가 차분하게 말했다.

"아아. 동화가 대표님 어릴 때랑 닮았다면서 잠깐 보고 가겠다고 말을 했는데 오늘일 줄은 몰랐어요."

"아니, 왜 남의 아이를 닮았다고 맘대로 봐?"

"그러게요. 그래도 회장님이시니 안 된다고 하기도 뭐해서요. 그냥 나이 드신 분이니까 이해해야죠."

"멀쩡한 대표 이사를 놔두고 왜 남의 손자를 넘봐? 키도 크니 인물도 훤칠하니 잘생겼더라. 그런 사람이 결혼해서 애 낳으면 동화 같은 애 낳겠던데."

"네. 알아서 하겠죠. 우리 동화 딸기 주스 맛있어?"

쪽쪽 스트로를 빠는 동화가 고개를 끄덕였다. 그런 동화를 보며 혜순이 머리를 쓰다듬으며 다혜에게 말했다.

"우리 동화가 그 아저씨가 키가 커서 좋단다."

"아저씨 키도 크고 고추도 커!"

"뭐?"

맙소사! 다혜는 눈을 질끈 감았다.

동화는 자기가 한 말이 어떤 파장을 불러올 줄은 모르는지 딸기 주스를 쪽쪽 빨아먹으며 혜순을 빤히 쳐다보았다.

"동화가 화장실에서 처음 만났대요. 저도 저 말 듣고 깜짝 놀랐어요."

혜순이 떡 벌렸던 입을 다물고 바로 앞에 있는 얼음물을 들이켰다.

"어머니, 차 한잔 드릴까요?"

"됐어. 아이들이라 참 기막힌 말을 아무렇지도 않게 하네. 그렇게 크면 그 대표 나중에 애도 잘 낳겠네. 대체 얼마나 크길래……."

다혜는 웃음이 터지는 걸 참고 동화를 쓰다듬었다. 혜순도 기막힌지 웃다가 다혜를 보며 말했다.

"다혜야. 동화처럼 예쁘고 똑똑한 애는 엄마가 단단히 잡고 잘 키워야 해. 하긴 우리 셋이서 동화 하나 잘 못 키우겠냐."

입덧을 할 때부터 지금까지 동화는 혜순과 주아와 다혜, 세 사람이 함께 키웠다. 혜순에게 동화는 친손자나 다름없었다. 그러니 그런 노인의 눈길이 영 마땅치 않았다.

"네. 잘 키울게요."

혜순이 동화를 데리고 돌아가자 다혜는 매장 마무리를 하기 시작했다. 폐점 시간이 될 즈음에 강현에게 연락이 왔다.

[오늘 약속 잊지 않았죠?]

오늘은 함께 저녁 식사를 하기로 한 날이었다. 강현은 문자를 보내고 바로 온 답장에 입가를 쭉 늘렸다. 바로 답장을 주는 건 처음인 거 같다.

[끝나고 연락드릴게요.]

그녀의 문자를 보고 바로 전화를 했다.

"하아……아!"

-대표님?

당황한 그녀의 목소리가 귀여워 넉살 좋게 보챘다.

"나, 오늘 같이 밥만 먹으면 굶어 죽을지도 몰라요."

-밥을 먹는데 왜 굶어 죽어요?

"연다혜 못 먹어서요. 한 번만 잡아먹게 해줘요."

대답 없는 그녀의 표정이 어떨지 상상하는 것만으로도 성기가 벌떡 일어났다. 그녀의 향기가 가득한 그녀의 방에서 흔들리던 예쁜 유방이 떠올랐다. 두 다리를 제 허리에 감고 목을 뒤로 꺾으며 신음하던 연다혜.

그 아름다운 여체가 머릿속에서 한시도 떠나지 않았다. 지금이라도 당장 불러서 이 소파에서 그녀의 다리를 벌리고 파고들고 싶은 마음이 간절했다.

"하아. 진짜 시간 되게 안 가네. 내가 얼마나 달아올랐는지 보여주고 싶어요."

-전 바빠서 시간이 어떻게 가는 줄 모르겠어요. 끝나고 연락드릴게요.

단정한 목소리로 남자의 신음을 듣고도 아무 동요도 없이 전화를 끊는다. 탱탱하게 발기해 직립한 성기를 의식하며 강현은 끊어진 전화기 쳐다보고는 바로 인터폰을 했다.

"지금부터 딱 30분간 보고 받겠습니다. 중요한 걸로 간추려 와요."

＊　＊　＊

귀가 간지러웠다. 귀만 간지러운 게 아니라 귓가에 들었던 음란한 신음과 그의 목소리에 온몸이 다 간지럽다. 다혜는 전화를 끊고 고개를 흔들었다. 정신 차려서 마무리해야지 하고 돌아서는데 익숙한 남자가 들어섰다.

"선배."

"아메리카노 지금 되니?"

"네. 잠시만요."

다혜는 아메리카노를 내려 그에게 주었다.

"잠깐 얘기할 수 있니?"

"네."

예전에는 이 남자를 바라보면 가슴이 뛰었다. 하지만 엄마의 투병 생활, 언니 사고 그리고 연이은 초상과 동화의 임신까지 한꺼번에 휘몰아치는 사건들 앞에서 둘 사이는 단절되었다.

이제는 기억만이 남고 감정은 희미해진 남자였다. 하지만 그의 눈에는 아직도 애정이 남아 있다. 다혜는 그걸 감지할 수 있었다. 그래서 더 아무렇지도 않게 물었다.

"일은 잘돼 가요, 선배는?"

"응. 다음 학기부터는 대학 강의하기로 했고…… 겨울에 문화센터에서 원예와 조경에 대해서 단기 특강 하기로 했어. 다혜야. 네가 바쁘게 잘 지내는 거 보니까 너무 좋다."

"고마워요."

"아이도 참 예쁘더라."

"네, 아주 예뻐요. 어쩌면 그렇게 나한테 예쁘고 똑똑한 애가 나왔는지 모르겠어요."

편안한 마음으로 한 말인데 준오가 활짝 웃으며 말했다.

"그래, 나는 너도 동화도 좋아. 5년 전에 나한테 제대로 말했으면 우리 사이가 달라질 수도 있었을 것 같아. 임신했어도……."

"지나간 일인데요."

다혜가 그의 말을 자르며 웃었다.

"나한텐 지나간 일이 아니야, 다혜야."

"선배."

눈에 힘을 주고 얼굴을 들자 준오가 작은 목소리로 말했다.

"그때 난 널 접어둔 거지 잊을 수는 없었어. 그리고 다시 만나니까 그 접어두었던 마음이 다시 피더라."

"누구 맘대로요. 나는 그때 끝났어요."

"내 마음 접었다 펴는 것도 너한테 허락받아야 하는 건 아니잖아. 난 다시 시작했으면 좋겠어, 다혜야. 난 네가 아이가 있는 건 신경 쓰지 않아."

"선배가 신경 쓰지 않아도 내가 신경 써요."

"그때 동화 보고 난 뒤로 간절히 저 아이가 내 아이였으면, 나와 너의 아이였으면 하는 생각을 했어. 진심이야."

"그건 그냥 선배님 생각이고요. 동화는 선배 아이 아니에요."

"이렇게까지 나한테 해야 하겠니? 다른 남자 만나는 사람 없으면…… 나하고 다시 시작하자."

"있어요."

"뭐?"

"있어요, 선배. 나 다른 남자 있어요. 잘못된 거 없잖아요? 나 싱글이고 만나고 싶은 사람 있으면 만나도 되는 사람이잖아요. 지금도 난 선배는 아니라고요."

"냉정하구나."

"미안해요."

그가 다시 여유를 찾고 차분하게 말했다.

"미안하면 나한테 너무 철벽 치지 마. 지금 당장 어쩌자는 거 아니니까. 만날 사람 있으면 만나봐. 당연히 너도 기회가 있어야지. 기다릴 테니 나한테 와. 난 동화의 엄마인 너 그대로 너와 결혼하고 싶어."

김준오 선배. 후배들의 선망 대상이었고 이 남자가 다가왔을 때 믿을 수 없이 행복한 순간도 있었다. 하지만 지금은…….

지금은 더 이상 순수하고 데이트에 설레던 철모르는 아가씨가 아니다.

아이 엄마이고 사회생활도 하면서 나름 뱃심도 생겼다.

"되게 여유 있네요. 선배."

"응. 시간이 지나니 여유가 좀 생기네. 너도 알다시피 너나 나나 다른 가족이 있는 것도 아니잖아. 우린 서로에게 최선이야. 난 그렇게 생각해. 그래서 기다릴 수 있어."

딱 김준오다운 말이다. 이렇게 저를 생각하고 말하는 것에 고마워해야 할지도 모르겠다.

그러나 다혜는 다시 냉정해질 수밖에 없었다. 손을 내민다고 넙죽 받을 마음 같은 건 누구에게도 없다.

"그런 게 돼요? 누구를 좋아한다는 게 그렇게 여유 있게 할 수 있는 거예요?"

"난 그냥 좋아하고 연애하자는 게 아니야. 우리 이제 나이도 들었잖아. 너도 아이가 있고…… 그러니까 그냥 좋다고 만나다가 끝내는 그런 사람 만나서는 안 될 때잖아."

그 말이 묵직하게 마음을 울렸다. 맞다. 그냥 좋다고 만나다가 그만두는 사람을 만날 나이는 아니다. 동화도 있고.

동화가 검색창에 아빠를 검색했다는 말을 듣고 난 이후에는 더 마음이 무거웠다.

그때 전화가 울리기 시작했다. 강현일 거다. 마무리 짓고 연락한다고 하고 시간이 꽤 지체됐다. 그런데도 바로 강현의 전화를 받을 수가 없었다.

"나 마무리해야 하는데. 선배 이야기할 거 다 했으면 그만 가요."

"그래. 다음에 또 보자. 알았지? 꽃 필요한 거 있으면 조언 구해도 되지? 다음에 농장에 갈 때 같이 가자. 서로에게 도움 될 테니까."

"봐서요."

준오가 나가고 난 후에 다혜는 강현의 부재중 전화를 바라보며 한숨을 쉬었다.

* * *

"무슨 일 있어요?"

"아니요."

"그런데 밥 먹으면서 왜 웃지를 않아요."

"대표님도 밥 먹으면서 웃지 않고 있거든요?"

"연다혜 씨가 웃질 않으니까 나도 웃지 않는 건데? 이렇게 내가 활짝 웃었으니 연다혜 씨도 좀 웃어 보지?"

다혜를 보며 억지로 웃고 있는 그를 보자 웃음이 나왔다.

"오늘 회장님께서 동화 보러 오셨다는 얘기 들었어요."

다혜의 말에 강현이 조금 미안한 표정으로 말했다.

"나이 드시니까 이제 치매가 드셨나. 예쁘다고 그렇게 남의 애를 찾아오는 경우가 어디 있는지. 안 그래요? 우리 어머니도 문제고."

"난 그렇게까지 닮았다는 생각은 못 했는데 하도 닮았다, 닮았다 하니까 닮은 거 같기도 해요."

"닮긴 닮았지. 날 닮은 구석이 꽤 있는 것 같은데 우리 잘 어울리는 것 같지 않아요?"

다혜는 대답을 아꼈다. 마냥 그렇다고 맞장구를 치기에는 조금 무거운 주제였다.

"여기 스테이크 맛있네요. 스테이크 좋아하시나 봐요. 대표님은."

"나 스테이크 좋아해요. 동화는 뭐 좋아해요?"

"동화도 고기 좋아해요."

"많이 크겠네. 어릴 때 고기 잘 먹는 애가 확실히 많이 크거든요. 우유도 잘 먹어요?"

"우유 좋아해요. 젖병 떼느라고 좀 애먹었죠."

다혜는 식사만 마치고 집에 갈 생각이었다. 그래서 시간을 확인하느라 핸드폰을 보는데 문자가 왔다.

[다혜야. 저녁 약속 있다고 했지? 늦게까지 저녁 먹고 2차도 갔다 와. 나 동화 데리고 엄마하고 찜질방 갈 거야.]

가끔 혜순은 동화를 데리고 찜질방을 간다. 주아까지 함께 가게 되면 얼굴이 발그레해져서 거기서 맥반석 계란도 먹고 놀다 오곤 했는데 동화도 그걸 꽤 좋아했다.

[응. 알았어.]

어쩌면 이런 대답을 하는 건 앞에 있는 이 남자 때문일지도 모른다.

"무슨 문자예요?"

"아. 동화요. 주아가 동화 데리고 찜질방 간다고."

"찜질방?"

"그런데 가본 적 있어요?"

"난 찜질방 같은 덴 가본 적 없어요. 찜질하는 거 별로 안 좋아하거든요."

강현의 말에 다혜는 자몽 조림을 포크로 찍으며 물었다.

"사우나 안 좋아해요?"

"사우나도 별로 안 좋아해요. 뜨거운 데서 괜히 땀 빼는 거 별로여서."

"아아. 전 찜질방 가끔 가요."

"그럼 우리도 찜질방 갈까요? 동화가 가는 찜질방 가면 되겠네."

"설마. 말도 안 돼요. 우리 둘이 찜질방에 나타나면 동화는 좋다고 펄쩍 펄쩍 뛰겠지만…… 우리 어머니 기절하세요."

"아. 그분도 참 강단 있으시던데."

"그렇죠?"

혜순이 동화를 감싸 안고 누가 어떻게 할까 봐 얼마나 눈에 힘을 주었을지 안 봐도 훤했다.

"그럼 다혜 씨 오늘 내 차지네."

가슴이 두근두근했다. 애써 아니라고 부정하고 싶지는 않았다.

결국, 스위트룸에 다시 들어갔다. 여전히 아름다운 최고급 룸을 둘러보며 다혜는 걱정스러운 표정을 지었다.

"여기 늘 이렇게 빌려 놓으면 돈 너무 많이 들어가는 거 같아요. 우린 자주 오지도 않는데."

"앞으로 자주 와요. 그럼."

그가 입술을 겹치며 그녀를 꽉 끌어안았다.

"같이 씻어요."

그가 그녀의 목덜미에 입술을 대고 속삭이는데 전화벨이 울렸다. 강현이 휴대폰을 쳐다보고는 다혜를 보며 말했다.

"먼저 씻어요. 전화가 와서."

다혜가 욕실로 들어간 후에 강현이 휴대폰을 들었다. 어머니 전화였다.

"여보세요."

-너 지금 누구랑 있니?

"중요한 사람이랑 있어요."

-일 때문에 그러니? 그럼 내가 간단히 말할게. 너 동화 때문에 연 실장하고 가까워지면 안 된다.

듣기 싫은 말만 골라서 하신다. 동화를 보러 간 건 어른들이면서 왜 연다혜에게 책임을 돌리는 건지.

"그게 무슨 말씀이에요? 말이 되는 소리를 하세요."

-그렇지? 나도 말 안 되는 소린 줄 알지만, 그래도 사람 일은 모르는 거니까. 연 실장 곁으로 보면 누가 애 엄마라고 하겠어. 괜히 동화 빌미로 너

한테 들러붙을까 봐 걱정돼서 그렇지.

지금 무슨 소릴 하는지 모르겠다. 동화와 연다혜에게 미쳐서 틈만 나면 들이대고 달라붙는 건 저였다.

"아들만 귀하죠, 어머닌? 세상에 다른 사람 그렇게 폄하해도 되는 겁니까?"

-뭐?

"그렇지 않습니까. 멀쩡한 사람을 왜 그런 사람으로 갖다 붙여요. 그런 얘기하실 거면 전화하지 마시고요. 저 지금 바빠요."

-그래. 미안하다. 그냥…… 노파심에.

"에너지 남으면 다른 데 힘쓰세요."

전화가 끊어졌다. 소은은 입술을 깨물었다. 제 이야기를 제대로 들어주는 사람은 없다. 이제 초저녁일 뿐인데 누구 하나 마주 앉아 눈을 맞출 사람이 없었다.

소은은 이러면 안 되는 줄 알면서도 다시 휴대폰을 들었다.

"여보세요? 자기야. 지금 시간 돼?"

-누님이 부르시면 저야 언제든 달려가죠. 우리 한잔할까요?

아무래도 제 말을 들어줄 사람은 이 사람밖에 없는 것 같다. 죄를 짓는 것 같은 마음이 들면서도 소은은 외투를 입었다.

* * *

다혜는 화장대 앞에 앉아 남자를 기다리고 있는 자신이 믿어지지 않으면서도 행복했다.

잠시 후 샤워를 마친 강현이 나왔다.

수건 하나를 허리에 두르고 있는 이 남자는 영화 속에서 막 뛰쳐나온 것 같았다. 단단한 근육이 오늘따라 더 두드러져 보인다.

감탄의 눈으로 남자를 보자 강현이 그녀의 앞에 우뚝 선 채 두르고 있던 수건을 치웠다. 민망할 정도로 발기한 성기가 하늘로 치솟듯 굳건하게 서 있는 걸 빤히 보고 있자 그가 손으로 제 성기를 탕하고 손가락으로 튕겼다.

"마음에 드나 봐?"

대답 없이 그를 보며 다혜가 고개를 끄덕였다.

"하여간 솔직해서 마음에 든다니까."

그가 다가와 그녀를 번쩍 위로 들어 올렸다.

"기분이 어때요."

"너무 높아요."

"동화는 아주 좋아하던데."

동화의 기분을 알 것 같았다. 이렇게 높은 곳에서 내려다보는 기분 말이다.

"나도 좋아요."

그러자 그가 한 바퀴를 빙 돌려서 내려주었다. 그리고 땅에 발이 닿기 무섭게 입술을 겹쳤다. 밀려드는 혀와 아랫배를 찌르는 페니스의 뜨겁고 단단한 감각에 가슴이 터질 것만 같다.

"예쁘네, 연다혜. 내 애기."

그가 다혜의 가는 허리를 단단한 팔로 감싸며 당겨 안았다.

"지금 기분이 어때요."

"아이가 되어 아빠와 노는 것 같아요."

작게 중얼거리듯 하는 말을 그가 용케도 알아들었나 보다.

"예전에 아빠가 그랬어요?"

"아니요. 아빠에 대한 기억은 별로 없어요. 어릴 때 돌아가셔서."

그의 입술이 그녀의 목덜미를 타고 내려왔다. 길고 말캉한 혀가 간질이는 느낌에 어깨가 귀에 붙을 정도로 움츠러들었다. 간지러움과 관능이 얼버무려지며 유두가 꼿꼿하게 섰다.

"앞으로는 내가 자주 해줄게요."

그가 그녀를 안은 채 침대에 흐트러졌다. 그녀의 다리 사이를 손으로 부드럽게 비비며 한숨을 내쉬는 그녀의 입술을 집어삼켰다.

그의 단단한 성기로 젖어든 속살을 문지르며 구멍에 귀두를 맞추었다. 꽉 막힌 질구가 쉽게 풀리질 않는다. 그가 허리에 힘을 주자 그녀의 신음과 함께 못처럼 푹 박혀 들어가 깊은 곳에 닿았다.

"흣."

연한 곳을 깊게 파고드는 감각에 자동으로 신음이 터졌다. 지난번 집에서 할 때와는 다른 것이었다. 억눌리지 않은 신음이 뜨겁게 울리자 강현은 만족스러운 웃음을 지었다.

그런 그의 얼굴을 보니 조금 얄미웠다.

"아이처럼 안아주고 예뻐해 주고, 그다음엔 이렇게 바로 들어와요?"

"그렇지. 내가 들어가면 좋아하잖아요. 앞으로 전부 다 해줄게요. 그러니까 나만 보고 나만 의지해 줬으면 좋겠어."

말만 들어도 든든하다. 그의 목에 팔을 걸고 다리를 벌려 그의 허리에 감았다. 둘 사이엔 설명할 수 없는 감각이 있었다. 바로 섹스 중에 서로 타오르는 완벽한 절정이었다.

그것만은 다른 어떤 것으로도 설명할 수 없는 화학 작용이었다. 몸이 달아오르고 결정적인 순간에 함께 몸부림치다 힘이 빠지는 것, 온 세상이 다 꽉 찬 것 같은 충만함과 황홀함은 그 무엇과도 비교할 수가 없었다.

꽉 맞물린 성기가 두 사람 모두에게 포만감을 주고 있었다.

순간 동화가 떠올랐다.

동화 같은 자식이라면……. 하지만 내가 과연 아버지처럼 자식을 두고 죽지 않으리라는 보장이 있을까? 지금 김철주가 외출만 해도 감금당하다시 피 하며 피해 있으면서.

"무슨 생각 해요?"

다혜가 그의 귓가에 대고 물었다.

"연다혜 생각. 이렇게 안고 있어도 어쩔 줄 모르겠어요. 더 가까이 있고 싶어서."

"이보다 어떻게 더 가까워요?"

그녀의 말에 그가 다시 입술을 겹치며 말했다.

"그러니까 생각을 해봐야지. 어떻게 더 가까이 있을 수 있는지."

* * *

인적이 드문 어두운 골목 끝에 커다란 세단이 흔들리고 있었다.

"하아…… 아아……."

"누님, 정말 시간이 그렇게 없어요? 차 안에서 괜찮아요?"

몸을 겹친 채 허리를 올려치는 남자가 하는 말에 소은이 헐떡이며 말했다.

"빨리 들어가 봐야 해. 으……. 늦으면 안 돼."

"하여간 할 거 다 하면서 요조숙녀인 척은 더럽게 해."

"뭐?"

놀라서 눈을 크게 뜬 소은의 엉덩이를 꽉 잡은 남자가 더 깊게 힘을 주 어 허리를 올려쳤다.

"힘 좀 더 줘봐. 늙어서 그런가? 영 조이는 맛이 없어."

갑자기 엉덩이를 후려치는 손에 소은이 놀라 비명을 질렀다.

"돈 좀 있다고 남자가 만만하지, 아줌마? 그런데 어쩌나 난 아줌마가 던져주는 것만으로는 배가 안 불러서."

"이 나쁜……."

몸을 빼려고 했지만 콱 박힌 성기가 빠지질 않고 오히려 더 박혀들었다. 동시에 다시 엉덩이에 불이 일 듯이 화끈하며 철썩 소리가 울렸다.

"이러니 좀 조이네. 조금 더 조여 봐."

"아얏."

엉덩이가 불이 나는 것 같았다. 깊게 박힌 성기가 무섭게 쑤셔대며 날뛰고 있었다. 대체 무슨 일이 일어나는 건지 몰랐다. 그리고 거친 숨을 내뱉은 남자가 말했다.

"우리 붙어먹은 동영상 다 가지고 있어. 이걸 아줌마가 좀 사줘야겠어. 내가 이 바닥 은퇴하고도 먹고살 만큼 말이지."

소은은 머리가 하얘져서 아무 말도 할 수 없었다.

"미…… 미쳤어? 너?"

"미치긴? 말짱하니 똑똑하니까 이러는 거겠지? 아들이 백화점 사장에 아줌마 이름으로 된 재산이 이 정도면 나 하나 평생 먹고살 만큼 주는 건 어려운 것도 아니잖아?"

"뇌!"

소은이 남자를 훅 밀어냈다. 성기가 빠지면서 옆 좌석에 처박히듯이 넘어진 그녀는 덜덜 떨리는 손으로 팬티도 입지 못한 채 백을 들고 차에서 내렸다. 찬바람이 아랫도리로 불어 닥쳤다.

도망가려고 뛰는 소은이 몇 발짝 가지 못하고 잡혔다.

"계산은 제대로 하고 가야지."

"아."

머리를 잡혀 뒤로 목이 꺾이는 찰나에 남자의 손이 풀리며 비명이 울렸다.

"으윽! 악!"

소은은 남자를 때려눕히고 발길질하는 남자의 얼굴을 보고 경악했다. 아버님의 경호팀의 우두머리인 고수동이었다.

아버님이…… 알고 계셨다는 건가?

"사모님. 저기 차 대기시켜놨습니다. 이놈은 저희가 처리하겠습니다. 걱정하지 말고 들어가시지요."

소은은 입술을 깨물고 눈을 감았다.

이 순간 지구상에서 사라져버릴 수만 있다면 얼마나 좋을까?

휘몰아치는 겨울바람보다 더 차가운 현실에 심장이 얼어붙고 있었다.

* * *

호텔에서 실랑이하다가 겨우 몸을 떼고 강현이 다혜의 집까지 데려다주었다. 동화가 이미 잠들어 있을 만큼 늦은 시각이었다. 강현은 낡고 오래된 소형 아파트 앞에서 그녀를 들여보내기 싫은 마음을 누르며 말했다.

"오늘은 주아 씨가 자고 갑니까?"

"아마 그럴 거예요. 내가 늦게 들어가면 동화 재우고 같이 자요."

"정말 부럽군."

"뭐가요?"

"연다혜 옆에서 자고 가는 주아 씨가."

그런 말을 하는 얼굴이 진지해서 더 웃겼다. 정말 부러워하고 있는 이 남자가 사랑스럽다는 생각이 들었다.

"왜 그런 말은 안 해요? 내 잠옷이 되고 싶다든가. 매일 쳐다보는 거울이 되고 싶다든가."

"기왕이면 팬티가 되고 싶어요."

"하여간……."

이럴 때는 나이 든 성인이라기보다는 초등학생 남자애 같다.

"유치해서 못 들어주겠어요."

"솔직한 거죠. 나 다음엔 동화랑 같이 여행 가고 싶은데."

의외의 말인지 눈을 동그랗게 뜨며 되묻는 여자가 예뻐 한입에 집어삼

킬 뻔했다.

"동화랑요?"

"동화가 나 꽤 좋아하거든요? 우리 둘이 같이 바이올린 켜보면 재밌

을 거 같은데. 사실 전에 우리 둘이 연주한 적이 있었는데 동화가 말 안 합

니까?"

"했어요. 큰 아저씨는 다 잘한다고. 바이올린도 잘 켠다는 얘기했어요."

다혜가 순순히 고개를 끄덕이며 대답하자 강현이 고개를 갸웃했다.

"동화가 내가 다 잘하는 거 어떻게 알았을까? 연다혜가 더 잘 알 텐데.

내가 얼마나 섹스를 잘하는지. 대답해 봐요."

그의 말에 갑자기 동화가 고추도 큰 아저씨라고 한 말이 생각나서 웃음

이 터졌다. 그가 다혜의 손을 잡았다.

"내 바이올린 연주 듣고 싶지 않아요?"

"나한테도 들려줄래요?"

"동화하고 같이하면 할 만할 것 같은데."

"동화하고 셋이 추억 쌓는 건 아직 두려워요."

"내가 떠나갈까 봐? 버림받을까 봐?"

"동화가 상처받을까 봐."

"그렇게 엄마가 겁이 많아서 어떻게 애를 키우나. 나같이 괜찮은 남자 옆

에 동화를 좀 두고 싶은 생각은 없어요? 나 남자 친구로 꽤 괜찮을 텐데. 옆

에서 배울 수 있는 것도 많을 거고."

맞는 말이었다. 동화가 이 남자처럼 그렇게 멋지게 자라준다면 얼마나 좋을까?

* * *

유 회장은 창가에 서서 밖을 보고 있었다. 조명등이 켜진 정원은 나무 그림자가 길게 늘어져 있어서 명암이 분명했다.

울리는 전화를 받아든 그의 귀에 고수동의 목소리가 울렸다.

-회장님, 지금 사모님 들어가십니다.

"알았다. 수고했다. 입 다물고 머리에서 다 지워야 하는 거 알지."

-물론입니다. 회장님.

잠시 후 대문 열리는 소리가 나더니 며느리의 모습이 드러났다. 흐트러진 머리에 코트를 여미고 걷는데 추운 겨울인데도 맨다리였다.

길게 한숨을 쉰 유 회장이 한쪽 콘솔에 나란히 놓인 작은 액자들을 바라보았다.

그중 강현의 어릴 때 사진을 골라 손에 들었다.

문화센터에서 보았던 동화라고 했던 꼬맹이의 얼굴이 겹쳐 떠오르자 유 회장 이마에 주름이 깊어졌다. 골똘히 생각하던 유 회장이 다시 전화기를 들었다.

"수동아, 5년 전에 인공 수정했던 그 일 말이야."

-네, 회장님.

"그때 딱 한 번 인공 수정하고 그 아가씨가 죽었다고 했지?"

-네. 분명히 그랬습니다.

"그거 확실한 거 맞아?"

-네. 정 박사 말 듣고 제가 봉안당에도 가보았습니다.

"그래. 그렇게 끝났다고 했지."

-단 한 번 수정으로 임신이 될 확률은 매우 적다고 했습니다. 생각할 것도 없다고 유 박사님께서…….

"나도 알아. 그런데…… 내가 궁금한 게 있어서 그래. 정 박사한테 그때 일 다시 보고하라고 해."

* * *

추운 날씨 때문에 따뜻한 커피를 찾는 사람들이 많아졌다.

청담동 온리유 매장도 식사 시간을 챙기지 못할 정도로 바빴다. 주아는 창고에서 물품을 가지고 들어오면서 몸을 부르르 떨었다.

"어우, 지독히 춥다 추워. 엄마, 오늘 몸은 괜찮아?"

카운터에서 주아를 보며 혜순이 고개를 저었다.

"아우, 괜찮긴 뭐가 괜찮아. 온 데가 다 쑤신다. 이제 진짜 나이 드나 봐."

"엄마도 내년이면 육십이니까."

"그래, 육십이다. 마음은 아직도 이십 대에서 달라진 게 없는 것 같은데."

"그러니까 그런 게 노망이라잖아. 몸하고 마음하고 따로 노는 거."

"이건 말을 해도. 엄마가 노망이면 좋아? 아직 시집도 안 간 딸을 두고 노망이라니!"

혜순과 주아가 말을 주고받는데 딸랑하는 소리와 함께 문이 열리더니 훤칠한 남자가 들어섰다.

"어? 준오 선배."

주아가 들어선 준오를 보며 눈을 크게 떴다. 한국에 들어왔다는 소식은 들었지만 이렇게 보는 건 5년 만이었다.

"왜. 누군데?"

"아, 엄마. 우리 대학 때 선배야."

"그래?"

혜순은 훤칠한 외모의 준오를 보고 혹시 주아의 남자는 아닐까 싶어서 얼굴이 활짝 펴졌다. 혜선이 가까이 다가와 작게 물었다.

"네 남자야?"

"아니. 다혜 옛날 남자야."

그 말에 혜순이 순간 시무룩해지며 어색하게 반겼다.

"어서 오세요. 우리 주아 선배라고요?"

"네, 안녕하십니까."

"앉으세요. 커피는 제가 서비스해 드릴게요. 그래도 주아 선배라고 오신 분 중에 제일 잘생겼으니까요."

"네. 감사합니다."

매장에는 주아의 매듭 작품이 전시되어 있었다. 준오가 실내를 돌아보며 말을 꺼냈다.

"주아 너 매듭 한다고 하더니 멋있다. 전공 안 살리고 이쪽으로 돌아섰구나."

"네. 꽃가지 치는 것보다 이게 더 좋더라고요."

혜순이 커피와 함께 따끈한 와플도 내놓았다.

"드세요. 이 커피 우리 다혜가 로스팅한 거예요."

"네, 다혜 잘 알죠. 감사합니다."

"주아야, 엄마 동화한테 가볼 테니까 네가 여기 알아서 해."

"네, 엄마."

혜순이 나가고 난 뒤에 주아가 준오를 보며 말했다.

"여긴 어쩐 일이에요, 선배? 백화점에서 다혜 만났다는 얘기는 들었어요."

"응. 그래. 맞아. 나 물어보고 싶은 거 있어서. 너한테 전에도 물어봤지만, 다혜 남자도 없이 아이 낳았잖아? 너, 아이 아빠, 너 정말 모르니?"

"몰라요."

"그럼 내가 동화 아빠 한다고 하면 나 밀어줄 수 있니?"

주아는 대답할 수가 없었다. 드림백화점 대표가 얼마나 다혜를 좋아하는지, 그리고 그 둘이 지금 한창 좋을 때라는 걸 알고 있다. 대답 없는 주아에게 준오는 천천히 말했다.

"주아야. 다혜가 만나고 있는 남자 있다고 하더라. 그런데 난 다혜를 잘 알잖아. 다혜도 나를 잘 알고."

"그렇죠."

주아는 고개를 끄덕였다. 참 잘 맞는 사람이라고 생각했었다.

"난 다혜 잊으려고 애 많이 썼어. 다른 여자도 만나봤고, 그런데 잊지 못하겠더라고. 그래서 난…… 다혜하고 결혼하고 싶어."

"결혼이요?"

"응. 너도 알다시피 난 특별히 결혼을 반대할 만한 가족도 없어. 동화도 다혜도 다 좋아. 동화의 엄마인 다혜 그대로 결혼할 생각이야."

다른 사람도 아니고 김준오다. 다혜가 좋아했던 사람이었다. 주아는 조용히 듣고 있었다. 조금 어색한지 준오는 앞에 있는 커피를 한 모금 마시고 다시 이야기를 시작했다.

"그래서 조금 기다리려고. 아이 있는 여자가 결혼하는 거 쉬운 일은 아니잖아. 만난다는 남자하고 얼마나 됐는지, 모르겠지만 다혜가 나한테 돌아올 거라고 생각해. 그러니까 도와주면 고맙겠다."

"그건 장담 못 하겠어요. 선배가 어떤 사람인지 알고 다혜하고 선배가 결혼한다면 동화도 다혜도 안정될 거라고는 생각해요. 하지만 가정이라는 건 필요 때문에 그냥 만들어지는 게 아니잖아요. 다혜가 사랑하는 사람하고 하는 게 맞는다고 생각해요."

준오가 입꼬리에 힘을 주며 꾹 다물었다.

"넌 다혜가 그 남자를 사랑하고 있다고 생각하는 거야?"

"제가 볼 땐 그래요."

"그렇구나. 그럼 나는 더 기다려야겠구나."

"5년 전보다 앞으로 더 쉽지 않을 수도 있어요, 선배."

"그래. 하지만 사람 일이란 어떻게 될지 모르는 거니까."

그가 뜨거운 커피를 빠르게 마셨다. 주아는 그런 준오를 보는 게 마음이 무거웠다.

성품이 온유하고 자상한 준오 선배라면 충분히 다혜한테도 동화한테도 좋은 아빠가 되어줄 것이다.

게다가 그는 다혜의 꿈을 펼치는 데 큰 도움이 될 수 있다. 같은 원예학과를 졸업했고 유학까지 다녀와서 대학에서 안정적으로 자리를 잡았으니까. 주아의 고민이 깊어졌다.

* * *

[곧 비서실에서 연락 갈 거예요. 대표실에 둘 만한 꽃 좀 가지고 올라오라고.]

강현에게서 온 문자를 보며 다혜는 빙긋 웃었다. 꽃이 필요한 게 아니라 저를 보겠다는 의도를 모를 리 없었다. 하지만 한 번 장난을 치고 싶다.

[네. 직원에게 들려 보낼게요.]

그러자 바로 전화가 왔다.

-내가 연다혜 보자고 꽃도 사고 그러는 거 정말 모르는 거예요? 그럼 내

가 내려갈까? 내려가서 온리유에 진 치고 앉아서 연다혜 씨 얼굴만 보고 있어 볼까요?

"아니, 무슨 그런 말씀을요, 알면서 그냥 한번 해본 말이에요. 절대 내려오지 마세요. 당장 올라갈게요."

-진작 그렇게 나와야지. 기다릴게요.

다혜는 터져 나오는 웃음을 억지로 갈무리하며 포인세티아와 장미로 꾸며진 바구니를 골랐다. 은은한 바이올렛 핑크와 황금 볼이 어우러져 크리스마스 분위기를 잘 살리는 꽃바구니였다.

다혜가 서둘러 대표실로 올라가 노크하자 들어오라는 소리보다 문이 먼저 열렸다.

"아! 내 꽃이 왔군요."

그는 꽃이 아니라 다혜를 보며 말하고 있었다. 이렇게 진한 눈길로 빤히 쳐다보면 저도 모르게 볼이 달아오른다.

"이리 와요."

강현이 다혜 옆에 앉아 어깨부터 감싸 안았다.

"우리 새해는 여행지에서 맞아요. 1일은 백화점도 쉬니까."

지난번에 했던 여행 가자는 말이 그냥 한 말이 아니었나 보다.

"어디 데려가고 싶어요?"

"스키장."

"그런데 대표님 알아보는 사람들도 많을 거잖아요. 나하고 동화하고 그렇게 막 다녀도 되겠어요?"

"그러게. 다른 사람 눈길은 상관없는데. 내가 신경 쓰는 건 따로 있죠."

신경 쓰는 건 다혜와 동화의 안전뿐, 저에 대해서 나오는 다른 말은 상관하지 않는다. 하지만 그런 말들이 이 여자나 동화에게 어떤 영향을 미칠지, 그게 신경 쓰였다.

"백화점에서 말 나오면 아무래도 연다혜 씨는 일하기 힘들겠죠?"

그녀가 고개를 끄덕였다.

"내 일자리 잘라놓으면 가만 안 둬요. 나 일해야 한단 말이에요. 우리 동화도 잘 키우고 주아랑 주아 어머니도 내가 일 잘해야 잘 산다고요."

"예쁜 여자가 일도 잘하고. 아이도 잘 키우고."

"칭찬이 과하네요."

"과하지 않아요. 다 너무 잘해."

그의 입술이 다시 다가왔다. 그의 따뜻한 품과 따뜻한 칭찬에 하루의 고된 일과가 스르르 녹는 것 같다.

이런 것들을 언제까지 누릴 수 있는 것일까?

아니, 앞일은 생각하지 말자. 지금 이 순간 행복하자.

다혜는 눈을 감고 그의 키스를 받아들였다. 노을이 빗겨 드는 창가에 놓은 꽃바구니의 황금 볼이 찬란하게 빛을 반사하고 있었다.

* * *

어린이집도 크리스마스와 방학을 앞두고 분주해졌다. 방학이라 봐야 일주일밖에 되지 않지만, 방학 전에 크리스마스와 연말 행사를 다 함께하기 때문이다.

"이번 주 토요일은 아빠와 함께 만두 만들기 있는 날인 거 알죠? 아빠들한테 다들 물어봤어요?"

그러자 애들이 '네' 하고 대답을 한다. 동화는 선생님을 빤히 바라봤다.

"토요일 날 아빠하고 만두 만들기 많이들 참석해요. 다들 아빠한테 같이 가자고 말하고요."

동화가 고개를 갸웃하며 선생님의 말을 귀담아들었다.

13. 당신 이제 안 만날 거예요

다혜는 어린이집에서 날아온 단체 문자를 보며 작게 한숨을 쉬었다. 지금까지 이런 일은 없었는데 앞으로 갈수록 이런 일이 많아지겠구나, 싶었다.

[아빠와 만두 만들기]

사실 이런 일을 예견하지 못한 건 아니었다. 아이를 어린이집에 입학시키면서 가정 환경에 대해 간단히 체크하는데도 아버지란에 공란을 적었다. 그때 아이 아빠의 부재를 가장 크게 느꼈던 것 같다. 원장에게 동화가 아빠 없다는 걸로 상처받지 않게 해달라고 부탁은 했지만 늘 마음을 좋여왔다.

동화를 임신했을 때 다혜가 막연히 생각했던 것보다 세상은 더 차갑고 모질다.

누가 대놓고 콕 찍어서 말하지 않아도 모든 체제가 그렇고 일반적인 인식이 다혜의 마음에 채찍을 휘두른다.

물론 동화는 밝고 씩씩하게 잘 크고 어린이집도 잘 다니고 있다.

그래도 아빠와 함께 만두 만들기라니!

어린이집에서 아버지들이 아이들 교육에 참여할 기회를 만들기 위해서 그랬겠지만 동화만 참석하지 못하게 되겠구나 싶었다.

복잡한 마음으로 있는데 동화가 "엄마" 하며 달려와 뒤에서 꽉 끌어안았다.

"우리 동화, 치카치카 했어?"

고개를 끄덕끄덕하며 하얀 이를 보여준다. 고르게 난 젖니가 귀엽다.

"동화 좋은 냄새 나네? 너 엄마 로션 발랐구나."

베이비로션을 바르라고 주었지만, 가끔 엄마 로션이 냄새가 좋다며 얼굴에 바를 때가 있었다.

딸기 향과 묘하게 버무려진 제 로션 냄새에 다혜는 아이를 꽉 끌어안았다. 이렇게 작고 연약한 아이가 세상을 다 이기고도 남을 힘을 준다. 동화를 위해서라면 세상의 어떤 벽에도 덤빌 수 있을 거 같다.

아빠하고 만두 만드는데 엄마가 대신 가서 만들면 안 될까?

동화의 등을 토닥이는데 얼마 전 강현이 사다 준 태블릿PC를 동화가 손으로 가리켰다.

"이거 들을 거야?"

"응. 아저씨가 사준 거. 오늘은 중국어로 들을래."

"동화야, 너는 이게 다 들려?"

고개를 끄덕끄덕하더니 중국어로 못 알아들을 말을 한다.

"그게 무슨 말이야?"

"엄마가 세상에서 제일 예쁘다고. 그리고 워 아이니."

"엄마 사랑한다고? 어쩌다 너 같은 천재가 나한테 왔니!"

다혜는 동화에게 동화책 어플을 틀어주고 일어섰다.

동화가 어플을 보고 듣는 동안 다혜는 내일 필요한 준비를 분주하게 했다. 그러고 나서 보니 동화가 잠이 들어 있었다.

다혜는 다가가 동화의 머리를 쓰다듬으며 넘겼다. 이마에 난 잔머리가

너무 귀여워 쪽 소리가 나게 뽀뽀를 하고 아이를 안아들었다. 언제 이렇게
커졌는지, 요즘은 안으면 묵직하다. 품에서 떼지 않고 키웠는데도 아이는
쑥쑥 큰다. 동화 방에 가서 아이를 눕히고 옆에 가만히 앉아 있다가 괜히
눈물이 났다.

"동화야, 미안해. 그냥 만두 만들기는 가지 말자. 어차피 감기 걸려도 못
나가니까…… 그치 동화야?"

동화하고 단둘이만 산다면 아무 문제 없을 거 같은데. 점점 동화는 세상
을 향해 나가야 한다. 그때마다 아빠의 부재가 얼마나 큰 상처를 줄까?

동화의 아빠가 되어 주겠다는 준오의 말이 떠올랐다.

하지만 그와 동시에 강현이 떠올랐다.

집에 들어선 강현을 보고 동화가 좋아서 그에게 안아달라고 두 팔을 뻗
던 모습도 선명하다. 하지만 그 사람은 비혼주의에다 나하고는 어울리지
않는 남자다.

"내가 지금 무슨 생각을 하는 거야. 됐어, 난 동화만 키우기로 했잖아."

동화가 있어서 이 작은 아파트의 밤은 언제나 따뜻하고 아늑하다. 다
혜는 이 순간의 행복감을 감사하며 잠든 동화의 작은 손가락을 만지작거
렸다.

하지만 잠드는 순간까지 아빠와 만두 만들기가 머리에서 떠나질 않는다.

* * *

다혜는 늦게까지 야근을 하고 있었다. 크리스마스를 앞두고 선물용으로
나갈 커피와 머그잔 선물 세트를 한 번 더 점검하고 있었다.

청담동에서 한꺼번에 만들어 왔지만, 포장 작업은 유진과 둘이 하고 있
었다.

"저 죄송한데…… 약속이 있어서 조금 일찍 먼저 가면 안 될까요?"

작업이 아직 남아 있기는 했지만 어렵게 말하는 유진을 보며 다혜가 웃었다.

"그렇게 해. 유진 씨."

"죄송합니다. 제가 마무리하고 가야 하는데……"

"아니야. 어차피 마무리는 내가 하는 거고 포장 거의 다 했으니까 가. 여기 있는 포장한 상품만 저쪽으로 옮겨놓고."

"네."

유진을 먼저 보내고 혼자 포장을 하고 있을 때였다. 똑똑 소리가 나서 고개를 드니 강현이 테이블 두드리고 있었다.

"연 실장님, 왜 퇴근 안 하십니까?"

아직 남아 있는 사람들이 있어서 깍듯하게 존대를 하는 그를 보자 괜히 반가웠다.

"포장이 조금 더 남아서요. 대표님은 지금 퇴근하시나요?"

"아니요. 저도 조금 더 있을 것 같습니다. 끝나면 연락 줄래요?"

강현의 말에 다혜가 볼이 발그레해져서 고개를 끄덕였다. 강현이 다녀가고 30분쯤 지나 강현에게 문자를 했다.

[저 다 마쳤어요. 지금 지하 주차장으로 내려가려고요.]

[출발하지 말고 기다려요. 나 좀 태워 줘요.]

다혜는 고개를 갸웃했다.

오늘은 차가 없나?

지하 주차장으로 내려가 운전석에 앉자마자 차 문이 열리더니 강현이 조수석으로 탔다.

"대표님 차는요?"

"연다혜 씨하고 데이트하려면 차는 좀 멀찌감치 떨어져 있어야지. 내가 연락하면 오라고 했어요."

다혜가 강현을 보고 싱긋 웃으며 차를 출발했다.

그런데 조금 지나서 강현은 뭔가 기분이 이상하다. 백미러를 통해 보니 어떤 차가 계속 따라오고 있는 게 분명했다. 구순호는 아니다.

그럼 대체 누구지?

강현이 순호에게 전화를 했다.

"지금 어디야?"

-멀찌감치 떨어져서 대표님 차 따라가고 있습니다.

"그럼 조금 가까이 와봐. 지금 타고 있는 차 뒤에 뭐 따라붙은 거 같은데 어떤 놈인지 좀 봐."

-알겠습니다, 대표님.

구순호가 그대로 속력을 내서 다혜의 차 쪽으로 다가갔다. 다혜의 하얀 차 뒤쪽에 검은 세단이 바짝 붙어 가고 있는 것이 보였다. 그냥 차선을 따라가는 건지 미행인지 아직 정확하게 알 수 없었다. 구순호가 다가가 차창을 내리고 건너편을 보았으나 어둠 때문에 얼굴이 정확히 보이지는 않았다.

차 번호는 이미 저장해 뒀고 조금 더 집요하게 따라붙기 시작했다.

다혜는 조금 전 강현의 통화를 듣고 눈이 커졌다.

"지금 이 차를 누가 미행하는 건가요?"

살면서 누군가의 미행을 받을 수 있다는 생각 같은 건 해본 적이 없었다. 그냥 짐작만으로도 겁이 났다. 강현이 그런 다혜를 보며 웃었다.

"아니에요. 그런데 집으로 바로 들어가지 말고 잠깐 나 드라이브 좀 해주면 어때요?"

"이 시각에요? 드라이브? 이 조그만 경차 타고 드라이브하고 싶어요?"

의심하는 눈으로 보자 강현이 다혜의 볼을 손가락으로 천천히 쓸며 말했다.

"차 크기가 무슨 상관입니까. 옆에 연다혜가 있다는 게 중요하지."

"좋아요. 그러면 강변도로 따라서 한 바퀴 돌게요."

한강을 따라 올림픽대로로 접어들어 역방향으로 운전했다.

한강을 따라 달리고 있을 때 뒤에서 따라오던 대형 세단이 다혜 차의 뒤 범퍼를 쿵 하고 받았다. 작은 차의 핸들이 흔들리는 순간 강현이 핸들을 꽉 잡았다.

고의적인 사고가 분명했다. 뒤에서 차를 받은 세단이 다시 뒤에서 달려들었다. 미친 짓이었다. 이런 시각에 올림픽대로에서 차를 들이받고 세우기는커녕 달려들다니 말이다.

강현이 소리쳤다.

"더 밟아요."

"알았어요."

놀란 다혜의 목소리가 떨렸다. 속력을 더 내는 동안 구순호가 운전하는 강현의 차가 바로 옆에서 차선을 바꾸라고 신호했다.

"연다혜, 잠깐만."

"아아……."

구순호가 틈을 벌려주는 사이 강현이 차 핸들을 꺾었다. 한강변 위의 위험한 질주에 다혜는 정신이 반쯤 나가는 것만 같았다.

구순호의 차가 미행하던 차를 추격하며 앞으로 나가고 있었다. 두 대의 차가 시야에서 사라지자 강현이 갓길에 차를 세우도록 했다.

하얗게 질린 다혜를 보며 강현이 조수석에서 내려 운전석으로 다가가 문을 열었다.

"여기부터는 내가 할게요."

"괜찮아요. 할 수 있어요."

"내가 더 잘하니까. 지금 놀란 얼굴이니 옆에서 쉬어요."

다시 달리기 시작한 차는 곧 다혜의 집 앞에 다다랐다. 강현은 운전석에 그대로 앉은 채 다혜의 손을 잡았다.

"놀랐지요, 괜찮아요."

그러나 다혜가 강현의 손을 뿌리치며 하얗게 질린 얼굴로 말했다.

"무슨 일인가요? 대표님 누구한테 미행당할 일 있는 분이에요? 난 아프면 안 돼요. 사고 나도 안 되고요. 난 무슨 일이 있어도 계속 건강하게 일하고 동화 옆에 있어야 해요. 그래서 난 위험한 사람은 안 만날 거예요."

30분 사이에 생전 겪어보지 못한 두려움을 겪었다. 여전히 놀란 얼굴로 고개를 돌리는데 강현이 다혜의 얼굴을 다시 제 앞으로 돌렸다.

"정말 너무하네."

"……."

"어차피 1등은 바라지도 않아요. 동화가 연다혜에게 1등이니까. 그래도 꼴찌는 너무한 거 아니에요?"

갑자기 1등이니 꼴찌니 하는 말에 다혜가 무슨 말인가 싶어 강현을 쳐다보았다. 강현은 그 틈을 놓치지 않고 말했다.

"난 죽어라 노력하면 연다혜 마음에 2등은 될 줄 알았다고요. 그런데 조금만 위험할 거 같으면 손절 치겠다고 하는 거 보니까. 내가 연다혜 주변 사람 중에 꼴찌 맞네. 참. 내가 어디 가서 인간관계 서열로 꼴찌나 하는 그런 사람 아닌데."

그 말에 어이없어서 웃음이 나왔다. 이 남자는 정말 이런 순간에 이런 말이 나올까?

"지금 농담이 나와요?"

"이게 지금 농담 같아요? 안 보여요? 가슴이 피 나는 거?"

강현이 코트를 벌리며 말했다.

"미안해요. 그런데 미행이라고 단정할 수 있는 거 아니에요. 내일이면 다 밝혀지겠지. 그러니 걱정하지 말아요. 그리고 꼴찌라고 막 자르겠다고 하지 말고."

그러나 다혜는 아직도 풀리지 않은 싸늘한 표정으로 차에서 내려 운전석으로 돌아가 문을 열었다.

"내리세요. 알아서 갈 수 있는 거죠?"

강현이 고개를 끄덕였다. 강현이 차에서 내리자 바로 다혜가 다시 운전석에 탔다. 그리고 차창으로 강현을 보고 말했다.

"잘 가요, 대표님. 당분간 백화점에서 오다가다 스치지도 말아요."

"냉정하네."

"네. 나 원래 냉정해요."

"정말?"

"네. 정말이요. 잘 가세요."

다혜가 그대로 차를 몰아 주차장으로 들어갔다. 그녀가 차를 세우고 아파트 현관으로 들어가는 걸 멀리서 보고 있는데 구순호가 강현에게 다가왔다.

"알아봤어? 혹시 칠정파 놈이야?"

"아직 잘 모르겠습니다."

무섭다며 저를 버리고 간 다혜가 신경 쓰였다. 그녀는 동화 때문에 다치지도 아프지도 않고 살아야 한다고 절규하고 있었다. 그녀의 화난 얼굴보다 그 속마음의 간절함이 더 마음 아프다.

이러다가 이 마음이 어디까지 가게 될까?

오늘 뒤를 밟던 자는 누구였을까?

"차량 번호로 조회해 봤더니 딱히 아는 놈은 아닙니다. 하지만 내일 관계된 사람까지 조회해 보면 혹시라도 칠정파 놈은 아닌지 알아볼 수 있을 것 같습니다."

"그래. 그렇게 하자."

"가시죠."

강현이 구순호가 운전하는 차에 몸을 싣고 자기 집으로 향했다. 집에 들어오자 썰렁하게 넓은 거실이 왠지 눈에 거슬렸다. 다혜와 동화가 있는 집은 20평도 채 안 되는 작은 아파트인데도 그렇게 아늑하고 따뜻했는데.

"갈수록 맛이 가는 거지. 꼴찌 주제에 언제 또 가까이 가나?"

* * *

늦은 밤 카페 안에서 주아가 매듭에 들어가는 실을 나르고 있을 때였다. 갑자기 쾅 소리와 함께 혜순의 목소리가 들렸다.

"너 이렇게 늦게까지 뭐해?"

"아이, 깜짝이야. 엄마는 왜 연락도 없이 갑자기 오고 그래?"

"하여간. 이 늦은 밤에 혼자 카페에서 이게 뭐 하는 짓이야?"

"보면 몰라? 실 나르고 있잖아. 지금 말 시키지 마."

혜순이 옆에서 기다리며 밤참으로 먹으려고 했던 따뜻한 만두를 앞으로 밀었다.

"하여간 청승은. 먹어."

"그래도 나 생각하는 사람은 엄마밖에 없네. 엄마 고마워."

만두를 하나 입에 넣고 있는데 혜순이 말했다.

"너 말이야. 내가 그동안 한 번도 물어보지 않았지만, 지금이라도 솔직하게 좀 말해봐. 오늘 왔던 그 준오인가 뭔가 하는 너희 선배 말이야."

"준오 선배가 왜요."

"혹시 동화 아빠 아니야?"

"엥? 아니라니까."

"왜 아닌데? 다혜가 남자를 많이 만나고 다니던 애도 아니고 다혜가 좋아했던 사람이 그 준오라는 사람 아니냐고."

"다혜가 아니라고 했어."

"아니라고는 했어도 진짜 아닌 건 아닐 수도 있어."

"엄마. 아니라니까 왜 그래. 다혜가 말 못 할 일이 있겠지. 아무려면 아빠를 버젓이 두고 아니라고 하겠어?"

"알 수 없지. 그 준오 선밴가 뭔가 허우대도 멀쩡하더구먼, 혹시 여자 문제 때문에 다혜 속상하게 해서 다혜가 아이 갖고도 아예 잘라버린 거 아니야?"

"그런 거 아니야. 준오 선배 여자관계 진짜 깔끔해. 선배를 좋아했던 사람들도 많은데 여자는 별로 관심 없는 것 같았어. 그래서 다혜랑 사귄다고 했을 때 다들 난리였거든?"

"사람 일은 모르는 거다. 애 똑똑한 것도 그렇고."

"엄마. 그렇게 따지자면 차라리 백화점 대표를 더 닮지 않았어?"

"닮기는 닮았지. 겉으로 봐서는 영락없이 너희 대표 아들이라고 해도 되겠다. 하지만 만나본 적도 없는 사람 애를 어떻게 가져."

"그건 그렇지."

"그러니까 넌 가만 있어."

"왜. 엄마 뭔 짓을 하게?"

"내가 무슨 짓을 하겠어? 그냥 동화가 요즘은 아빠 얘기도 가끔씩 나한테 물어봐."

"그치? 전에 보니까 인터넷으로 아빠도 검색하더라."

"하여튼 다혜처럼 조용한 애들이 고집이 세다."

진짜 아빠라면 찾아줘야 할 텐데.

다혜도 제 자식이나 마찬가지다. 동화는 친손자나 마찬가지다. 아직 친
손자가 생겨 보지 않아서 모르지만, 혜순도 동화를 끔찍하게 아꼈다.

* * *

다혜는 손님이 많은 시간에 원두를 로스팅했다. 커피콩을 볶는 고소한
향기에 지나가던 손님들의 발걸음이 매장으로 이어졌다. 다혜의 로스팅은
인기가 좋았다. 온리유가 잘나가는 이유기도 했다.

혼자 중얼거리며 볶은 커피콩을 한쪽에 담고 있을 때 주아에게서 전화
가 왔다.

-다혜야. 오늘은 동화 네가 데리고 나와.

오늘은 주아가 동화를 데리고 가는 날이었다. 동화의 수업이 다혜의 퇴
근보다 훨씬 빨랐다. 아이를 매장에 둘 수도 없어서 곤란한 일이었다.

"시간이 안 맞는데? 동화는 내가 매장 정리하기 전에 끝날 것 같아."

-그래, 원래는 그렇지. 그런데 동화가 선생님께 연습을 더 하고 싶다고
그랬대.

"뭐?"

-집에 오면 바이올린 못한다고.

층간 소음 때문에 바이올린을 집에서 연습하는 데 문제가 많았다.

그리고 아직 다섯 살인데 그렇게까지 연습을 많이 해야 한다고는 생각
해보지 않았다. 그런데 동화는 연습을 더 하고 싶었나 보다.

-그래서 선생님이 레슨 끝나고 원하는 만큼 연습하라고 했대. 그러면 너
끝나는 시간이랑 큰 차이 없을 것 같은데?

"그렇게 되면 동화가 1시간이나 더 연습해야 하는데 그래도 상관없
을까?"

-내가 선생님께 물어봤더니 괜찮대. 자기가 하고 싶은 만큼씩하고 또 쉬기도 하고 그러니까.

"그래? 알았어. 그럼 내가 매장 정리하고 데리러 갈게. 연습을 너무 많이 하는 거 아닌지 모르겠다."

-야. 다른 집 애들은 더 시키지 못해서 안달인데 넌 뭐가 걱정이니.

"다섯 살 때는 한창 놀아야 하잖아."

-그 저녁 시간에 누구랑 놀아? 넌 일해야 하잖아. 차라리 하고 싶은 바이올린이나 하라고 해.

"알았어. 고마워, 주아야."

하지만 오후가 되자 생각보다 너무 분주했다. 동화 레슨이 끝날 때쯤 올라가 보려고 했는데 갑자기 주문했던 물건이 예상보다 일찍 도착하는 바람에 꼼짝할 수가 없었다. 다혜는 레슨 선생님에게 바로 전화를 했다.

"선생님. 동화요, 끝났나요?"

-네, 끝났습니다.

"제가 지금 올라갈 수 없어서요. 한 시간쯤 혼자 있어도 될까요?"

-제가 조금 더 있겠습니다. 먼저 가도 동화 혼자 연습하면서 잘 있을 것 같아요.

"동화 좀 바꿔주시겠어요?"

-엄마. 나 형아니까 바이올린 하고 있을게. 난 잘해.

"동화야, 거기 있어. 알았지?"

-응.

동화의 목소리가 신나 보이지만 그래도 아직 다섯 살짜리 아이다.

동화는 선생님이 나가고 난 뒤에 12층으로 올라갔다.

강현은 기획이사와 영업이사와 함께 회의하고 있었다. 대표실 문이 빼꼼 열리며 꼬마 애 하나가 안으로 들어왔다. 지난번 대표실에 왔던 아이다.

"웬일이야. 동화야?"

이제 비서실에서는 아이 이름을 모르는 사람이 없다.

"아저씨 없어요?"

"아저씨 지금 바쁜데. 딸기 주스 줄까?"

그러나 동화는 고개를 저었다.

"완전 새침하네. 하긴 너같이 예쁘게 생긴 애는 좀 새침해 줘야지."

동화는 잠시 서 있다가 그중 눈을 마주치고 웃는 비서에게 물었다.

"나 그냥 갈까요?"

"아니야, 회의 금방 끝나니까 동화 아저씨 보고 가."

너무 귀엽고 예쁜 아이라 비서들도 모두 동화를 예뻐했다.

"너 요즘 왜 그렇게 안 왔니?"

그러자 동화는 대답하지 않았다.

"여기 있는 사람들 다 너 보고 싶었어."

동화가 씩 웃으며 있는데 대표실 문이 열렸다. 강현이 문을 열자 동화가
두 팔을 벌리며 아저씨, 하고 강현이 자연스럽게 동화를 안았다.

강현의 눈에 지금 동화는 구세주였다. 어제 그런 일이 있고 나서 진짜 연
다혜에게 꼴찌로 매달려 있다가 싹둑 잘리겠다는 걸 절감하는 중이었다.

"여기 딸기 주스 좀 사오지."

"네. 알겠습니다."

비서가 나가자 강현이 동화를 안고 높이 올렸다 내려주기를 반복했다.

"우리 동화 아저씨가 높이 올려주니까 좋지? 아저씨 보고 싶었어?"

동화가 고개를 끄덕였다.

"그런데 아저씨는 만두 만들 줄 알아요?"

"아니! 만들 줄 몰라."

동화가 빤히 강현을 쳐다보고 있었다. 아무 말도 없이 보는 눈동자가 샛

별처럼 반짝인다.

"잘 생각해요. 만두 만들 수 있는지."

"뭐 잘 생각할 것도 없어. 만두는 한 번도 빚어본 적 없는 것 같은데? 아저씨는 만두 빚을 줄 몰라. 동화는 알아?"

그러자 동화가 고개를 저었다. 그런데 별로 힘이 없어 보인다.

"우리 동화가 오늘 별로 기분 안 좋은 거 같은데?"

"아니에요."

"오늘은 뭐 했어."

"바이올린."

"음. 잘 안 됐니?"

"난 잘해요."

"연주하는 거 좋아?"

동화가 고개를 끄덕였다.

"동화는 할 줄 아는 거 많아서 좋겠네."

"네. 재미있어요. 그런데 아저씨는 아빠 있어요?"

"어? 아니, 안 계셔."

"아저씨 아빠도 만두 만들 줄 몰라요?"

왜 자꾸 만두 얘기를 하는 건지 모르겠다. 그때 비서가 딸기 주스를 가지고 올라왔다.

"아저씨, 우리 어린이집에서 아빠하고 만두 만드는 거 해요. 토요일이에요."

"그래?"

"그런데 아저씨도 아빠 없어서 만두 만들 줄 모르는구나. 나도 아빠가 없어서 만두 못 만드는데."

갑자기 가슴이 뻑뻑해지는 느낌이었다. 어린이집에서 아빠와 함께 만두 만들기를 한다는 말이지?

"그래도 괜찮아요. 엄마하고 만들면 돼요."

"엄마하고는 만두 만들어 봤어?"

"이제 형아 돼서 만들게 해준대요."

작은 입술을 움직이며 잘도 말한다. 너무 귀여워서 절로 웃음이 나왔다.

"그래. 나하고 동화하고 똑같네. 둘 다 만두 빚지 못하니까. 그런데 동화야, 동화 어린이집 검색해 볼까?"

강현이 태블릿PC를 켜고 묻자 동화가 바로 마이크 버튼을 누르고 소리를 냈다.

"꿈나무 어린이집 연남동."

아주 야무지다. 꿈나무 어린이집이라는 이름은 많을 테니까 동네 이름까지 말하는 걸 보니 말이다.

강현은 어린이집 홈페이지에 들어가자 가장 먼저 뜨는 주말 행사 안내문으로 동화가 뭘 원하는지 알 수 있었다.

"동화야, 우리 백화점에 만둣집이 몇 개나 되는지 알아?"

동화가 고개를 저었다. 강현은 그런 동화를 번쩍 안아들고 말했다.

"나도 몰라. 우리 둘 다 모르니까 한번 가볼까?"

"와! 신난다. 만두. 만두."

강현은 바로 인터폰으로 말했다.

"지금 만두 만드는 거 볼 수 있는 식당이 어디 있는지 알아봐. 내가 볼 거야."

-네, 대표님.

* * *

다혜는 마지막 정리를 유진에게 부탁하고 바삐 11층으로 올라갔다. 연습실 문을 열자 아무도 없었다. 동화의 어린이집 가방과 바이올린은 그대로 있는데 아이만 없다. 겁이 덜컥 났다.

"애가 또 12층에 갔나?"

전화기를 꺼냈다. 강현에게서 여러 번 전화와 문자가 와 있었지만 동화를 데리고 있다는 문자는 없다. 10분 전에도 전화를 했었는데 무시했다.

계속 전화를 무시하다가 아이 찾는 전화를 하자니 좀 미안했다. 하지만 지금 그런 걸 따질 때가 아니었다.

통화 버튼을 누르고 신호가 가는데도 전화를 받지 않는다.

다혜는 망설였다. 이 남자는 백화점 대표였다. 전화를 아무 때나 하고 받을 수 있는 사람이 아니다.

늦은 회의가 있을 수도 있고 누군가와 있을 수도 있다. 점점 머리가 아파 왔다. 지금 동화가 갈 만한 곳은 대표실밖에 없는데…….

생각이 거기에 도달하자 다혜는 바로 대표실로 향했다. 비서실 직원들이 모두 퇴근을 했는지 딱 한 사람만 있었다. 덩치가 큰 남자였다.

"대표님이 기다리고 계십니다. 동화가 잠들어서요. 이만 가보겠습니다."

"아. 네."

다혜는 구순호가 허리를 굽히자 반사적으로 머리를 숙여 인사했다. 넓은 비서실이 텅 비었다. 동화가 잠들었다고?

하긴 문화센터에서 바이올린 강습을 받고 혼자 연습도 했을 테니 힘들었을 거 같다.

다혜는 조용히 대표실 문을 열었다. 강현의 품에 폭 안겨서 자고 있는 동화의 얼굴을 보는데 가슴이 뭉클했다.

"대표님."

"쉬!"

강현이 손가락을 입에 대고 조용히 하라고 하자 다혜는 조용히 강현의 앞에 앉았다. 어제 마주쳐도 아는 척하지 말자고 하고 이렇게 마주 보고 있으니 머쓱하다.

"이제 깊이 잠든 거 같아요. 잠깐만요."

강현이 소파에 동화를 반듯하게 뉘고는 재킷을 벗어 덮어주었다.

"배고프지 않아요?"

"괜찮아요."

강현이 일어나더니 다혜 앞으로 가 손을 내밀었다. 서로를 응시하는 건 아주 짧은 시간이었지만 순간적인 감정의 교류가 오가기에는 충분한 시간이었다.

다혜가 손을 잡자 바로 강현이 잡아 일으켰다. 그리고 그녀를 끌어안고 입술을 겹쳤다. 단단한 팔이 결코 놓칠 수 없다는 듯이 그녀를 안고 있었다.

밀려드는 혀의 거센 놀림에 압도되어 받아들일 수밖에 없었다. 그의 손이 그대로 허리춤으로 파고들어 엉덩이를 잡았다. 익숙한 감각에 몸이 바짝 달아올랐다.

"애가 자고 있어요. 하아……."

"알아요. 끝까지 안 가."

강현은 다시 입술을 겹치고 보드라운 맨가슴을 잡았다. 팽팽해진 유두가 손가락에 잡히자 그대로 잡아 비틀었다. 당장 눕히고 파고들어도 모자랄 판이었다.

하루 사이에 이 여자를 얼마나 그리워했는지 모른다. 무섭게 직립한 성기가 아랫배에 닿았는지 여자가 움찔한다.

"멈추고 싶으면 말해요. 다시 안 만나겠다는 말 취소하겠다고."

"너무 유치한 거 알아요?"

"알아요. 나 유치한 거. 그런데 그렇게 만든 장본인이 할 말은 아니잖아?"

그가 다시 입술을 겹쳤다.

"항복해요. 아니면 여기서……."

얽힌 혀가 더 농밀하게 파고들자 이제 아래가 젖어들기 시작했다. 더 버틸 수는 없는 일이었다. 이제 조금 지나면 저가 먼저 이 남자를 덮칠 것만 같다. 다혜가 목을 뒤로 꺾자 강현의 입술이 바로 목덜미에 따라와 붙었다.

"하아…… 항복!"

"좋네. 하나만 더!"

강현이 그녀의 귓불을 물고 혀로 핥으며 속삭였다.

"뭔데요?"

"오늘 재워줘요. 당신 침대에서."

강현의 말에 다혜가 하얗게 노려보았다.

* * *

준오는 문화센터에서 '조경과 토양 전문가반' 강의를 맡고 있었다. 강의를 마치고 나왔을 때는 백화점이 문을 닫을 시간이었다.

준오는 청담동 '온리유' 매장으로 향했다. 그곳에 혹시 다혜가 있지 않을까 하는 생각이었다. 다혜가 있으면 행운이고 아니라도 주아와 이야기를 하고 싶었다. 그러나 청담동 온리유 매장에 갔을 때는 혜순이 혼자 있었다.

"안녕하십니까?"

준오가 인사를 하자 카운터에 있던 혜순이 바로 알아보았다.

"아. 주아 선배님?"

"네."

"커피 드릴까요?"

"네."

"누구 만날 약속 있으세요?"

"아닙니다."

"그럼 자리 잡고 앉으세요. 커피 가져갈게요."

혜순은 커피를 뽑아 준오의 앞으로 가 앉았다.

준오는 커피를 받아 앞에 두고는 마시지는 않았다.

"약속 없이 온 거면 주아나 다혜 보러 온 거겠네요."

준오는 대답 없이 긍정의 표정을 지었다. 마주 앉아 있기 어색하기도 했다. 하지만 뭔가 할 이야기가 있는 것 같은 혜순의 다음 말을 기다렸다.

"내가 주아 엄마긴 한데, 지금은 다혜 엄마기도 하고 동화 외할머니기도 하고 그래요."

"네. 들었습니다. 그동안 동화랑 다혜 보살펴주셔서 감사합니다."

준오의 말에 혜순이 준오를 위아래로 여러 번 훑어보다 물었다.

"그런데 그 감사를 왜 그쪽이 하나?"

"네?"

"내가 다혜하고 동화를 보살펴준 걸 왜 그쪽이 감사하냐고요."

잠시 침묵이 흘렀다.

"아, 제가 다혜를 많이 아낍니다."

"예전에 다혜하고 사귀었던 거 맞죠?"

"네. 그렇습니다."

"혹시 동화 아빠예요?"

단도직입적으로 묻는 말에 준오가 가만히 입을 다물었다. 그리고 잠시 후 단호한 표정으로 고개를 끄덕였다.

"네. 제가 동화 아빠 맞습니다."

혜순은 준오의 대답에 입을 떡 벌렸다.

이렇게 멀쩡하고 멋진 아빠가 있는데 혼자서 그렇게 애 키우느라고 고

생했다고?

"죄송합니다. 이제부터라도 다혜하고 동화 제가 책임지고 싶습니다. 그래서 열심히 다가가는 중인데 다혜가 마음의 문을 안 여네요."

준호가 머리를 숙이며 하는 말에 혜순이 일침을 놓았다.

"다혜같이 착한 애가 그렇게 모질게 마음먹었으면 크게 속을 썩인 게 있나 보지."

준오는 아무 말도 하지 않았다. 그런 준오의 반응에 혜순은 잘못을 뉘우치는 거라 생각했다.

"사정이 뭐든 애 아빠면 책임을 져야지. 이제 조금 있으면 아빠하고 만두 만들기 대회도 있는데!"

"네?"

갑자기 무슨 말인지 알아듣지 못해 되묻자 혜순이 바로 설명했다.

"하긴 뭐 그런 걸 알겠어. 다혜한테 잘 보이려면 동화한테 잘 보여야지. 동화네 어린이집에서 이번 주 토요일에 아빠하고 만두 만들기 대회가 있어요. 다혜야 자기가 가겠다고 하지만, 동화는 어디 그런가? 멋진 아빠가 와서 같이 만두 만들고 싶겠지. 안 그렇겠어요?"

"네. 물론이죠."

준오의 얼굴이 환해졌다. 이런 정보를 알려주다니 너무 고맙다. 저를 인정해 준다고 생각하니 가슴이 벅찼다.

"감사합니다."

"그럼 고맙겠지. 이런 고급 정보를 알려주는 사람이 어디 있겠어? 그러니까 좀 잘해서 앞으로 자기 아들도 좀 챙기고 해요."

"네. 꼭 그렇게 하겠습니다."

준오는 혜순이 이런 정보를 알려주는 게 말할 수 없이 기뻤다. 그 모습에 혜순은 준오가 동화의 아빠라는 걸 의심하지 않고 있었다.

* * *

구순호는 유 회장의 앞에 앉아 있었다. 나이가 많아도 유 회장 앞에 앉아 있으면 등에 식은땀이 난다.

"순두부 너. 제대로 말해라."

"네."

"어제 사고 있었다고 들었다."

"사고까지는 아니지만…… 일이 있긴 했습니다."

"자칫 잘못했으면 큰 사고가 될 뻔했어. 조사해 본 건 어떻게 됐냐."

"도난 차량이라고 했습니다."

"그래서, 거기서 끝냈어? 그러면 순두부도 못 되는 놈이고!"

유 회장의 호통에 구순호가 고개를 숙였다.

"운전했던 놈이 누구인지 알아냈습니다."

"어떤 놈이더냐."

"김철주의 오른팔이었던 망치가 운영하는 술집에서 일하는 놈이었습니다."

"뭐 망치?"

김철주의 오른팔 망치라면 들어본 적이 있다.

"결국은 그놈들 소행이군. 기어이 나한테 피눈물 빼겠다고 손자 하나 있는 걸 건드리겠다는 거지?"

구순호는 아무 대답도 하지 못하고 가만히 있었다. 그러자 유 회장이 일어나 왔다 갔다 했다.

"그 차, 강현이 차가 아니라고 들었다. 그럼 누구 차냐?"

"그게…… 백화점 점주 차라고……."

"뭐? 그놈이 요즘 정신이 나간 거야?"

구순호는 더 이상 자세하게 보고하지는 않았다. 연다혜에 대해 이야기하기 시작하면 복잡해질 게 뻔했다.

"여자냐?"

"네."

"정신 나간 놈이 그래도 괜찮은 짓 하고 다니네."

다른 건 몰라도 유 회장은 강현이 여자를 만난다는 것에 대해서는 굉장히 유했다. 제발 마음에 드는 여자를 만나 정관 수술 좀 풀고 애나 좀 가졌으면 좋겠다.

"칠정파! 잘라내도 뿌리가 남아 있는 독한 것들. 내 이놈들을 정말 어떻게 해야 할까."

하지만 강현은 여러 번 할아버지에게 칠정파에서 어떻게 나오든 불법적으로는 대응하지 않겠다고 선언을 했다. 증거를 찾아서 법의 심판을 받게 해야 한다고.

똑같이 맞수를 놓는다면 이쪽도 여전히 조직 폭력에서 벗어나지 못한 꼴밖에 되지 않는다는 게 강현의 말이었다. 하지만 유 회장의 의견은 달랐다.

언제 법의 심판을 받는단 말인가?

나쁜 놈들을 한 대 쥐어패지도 못하고 교도소에 보내 편히 쉬게 하는 것도 영 마음에 들지 않았다.

그러나 시대는 바뀌었고 이 집안 수장은 현재로서는 강현이다. 그러니 강현이 어떻게 처리하는지 봐야 할 뿐이다.

"나가 봐라. 순두부."

"네."

구순호는 인사를 하고 밖으로 나왔다. 구순호가 나올 때 유 회장이 옆에 있는 사람에게 말했다.

"수동이 불러."

"예, 알겠습니다."

구순호는 수동을 부르라는 말을 새겨들었다.

유 회장의 움직임은 늘 수동을 통해 이루어져 왔다.

강현은 할아버지가 뭔가 엉뚱한 일을 하지 않을까 구순호에게 촉각을 곤두세우라고 했다. 아무래도 뭔가 일이 벌어질 것 같았다.

* * *

강현은 하얗게 저를 째려보는 다혜의 눈을 손으로 가렸다. 커다란 손이 눈을 가리자 작은 얼굴이 반은 가려졌다. 예쁜 콧방울 아래 고운 입술만 드러난 다혜를 보며 강현이 속삭였다.

"예쁜 사람이 그렇게 째려보면 심장에 박혀서 밤에도 떠오른다고. 그렇지 않아도 밤낮없이 내 머릿속에서 어른거리는데 이렇게 예쁘게 째려보는 얼굴까지 머릿속에 남겨야겠어요?"

다혜가 눈이 가려진 채 뭔가 말을 하려고 하는데 다시 입술을 겹쳤다. 쪽 소리가 나도록 여러 번 키스를 하고 성기에 자극이 올 만큼 꾹꾹 치골을 맞대고 비비다 겨우 강현이 손을 떼고 말했다.

"오늘은 내 차 타고 가죠. 운전도 내가 합니다."

"괜찮아요. 내일 출근할 때 차 없으면……,"

"출근하는 게 뭐가 그렇게 어려워서. 아이 자고 있는데 뒷좌석에서 편히 가라는 말이에요."

추운 날이었다. 다혜는 소파에서 새근새근 자고 있는 동화를 보다가 강현의 말이 맞다고 생각해 고개를 끄덕였다.

"그런데 동화 저녁도 먹지 않고 자서, 깨워서 뭐라도 먹여야 하는데……."

"동화 만두를 잔뜩 먹었는데."

강현이 고개를 끄덕이며 자랑스럽게 말했다.

"만두요?"

"내가 동화 데리고 같이 저녁 먹었어요."

"고마워요."

"만두 잘 먹던데."

"네. 좋아해요. 고기 좋아하니까 고기만두 잘 먹어요."

다혜의 말을 들은 강현의 시선이 동화에게 머물렀다. 함께 한식당에서 만두 빚는 걸 보러 갔을 때 눈을 반짝이며 바라보았다. 한번 해보고 싶으냐고 물으니 고개를 세게 끄덕였다.

강현도 재킷을 벗고 소매를 걷었다. 한번은 만들어 봐야 어린이집 가서도 잘 만들 수 있을 거 같아 하겠다고 하니 주방장이 바로 앞치마를 주었다.

만두피에 소를 넣고 꾹꾹 눌러서 반달로 만들어서 약간 접어주면 되는 만두는 생각보다 만들기는 어렵지는 않았다. 다만 만들어 놓은 모양이 주방장의 것과는 사뭇 달랐다.

"동화 잘 만드네. 기분 좋아?"

"네, 아저씨 우리 잘 만드는 거지요. 그죠?"

기분이 좋은지 활짝 웃으며 통통한 볼을 하고 웃는 아이가 눈에 넣어도 아프지 않을 만큼 예뻤다. 그냥 예쁜 게 아니라 가슴이 울리는 묘한 기분이었다.

"만드신 걸로 식사를 하시면 어떨까요?"

주방장의 제안에 테이블에 앉아 만두를 먹었다. 둘이 만든 건 몇 개 되지 않고 주방장이 만든 만두가 대부분이었다. 그래도 한두 개라도 직접 만든 게 나오자 동화의 눈이 더 커다래졌다.

"이건 내 거야."

우주선처럼 만든 만두를 숟가락으로 뜬 동화가 강현의 앞 접시에 놓으며 웃었다.

"아저씨, 내가 만든 거 줄게요. 먹어요."

"와. 동화가 만든 만두 멋진데."

그렇게 함께 만두를 잔뜩 먹고 사무실로 돌아오자 동화는 졸린 눈으로 강현을 올려다봤다.

강현은 조금 전까지 동화와 함께했던 시간을 떠올리며 다혜를 보며 웃었다.

"잔뜩 먹고 배부르고 고단했는지 안아주니까 바로 잠들었어요."

"귀엽죠."

"천사 같아요."

그가 웃었다. 이런 간질거리는 기분은 확실히 다혜와 동화를 만나면서 느끼는 특별한 것이었다.

"아이들은 이렇게 분위기가 다 이런가?"

"어떤데요?"

"말랑말랑하고 달콤하고, 보고 있으면 사랑이 모락모락 피어나는 것 같은 그런 분위기라고 해야 하나."

"그렇지요. 나도 동화를 보면 그래요. 그런데 대표님은 정말 좋은 아빠가 될 거 같아요, 아참, 씨 없는 수박이라고 했지."

그녀에 말에 강현이 인상을 썼다.

"할아버지한테 듣는 걸로 충분한데, 그 말은."

강현이 아이를 안자 다혜가 말렸다.

"제가 안고 갈게요. 엘리베이터에서 누구라도 마주치면……."

"전용 엘리베이터에서 마주칠 사람은 없어요."

가뿐하게 동화를 안고 있는 큰 남자 옆에 서자 마음이 묘했다. 이런 남자가 정말 동화의 아빠가 되어 준다면 얼마나 좋을까. 셋의 모습이 거울에 비치자 마음이 요동질을 쳤다. 강현은 강현대로 말없이 거울을 바라보고 있었다. 이 여자의 마음속에 나는 대체 어느 정도를 차지하고 있을까? 순간 꼴찌라는 단어와 함께 손절이라는 단어가 함께 떠올랐다.

"생각할수록 너무하지."

자기도 모르게 뱉은 말에 다혜가 옆으로 돌아보았다.

"꼴찌가 뭐냐고 꼴찌가. 아무 때나 손절해도 상관없는 꼴찌라니."

"그 말 좀 그만해요. 꼴찌가 뭐 자랑이라고."

"그러니까. 어쩌다가 인간 유강현이 여자 마음에서 꼴찌가 됐느냐고."

"스스로 그렇게 비하하면 좋아요?"

"절대 안 좋지."

다혜가 강현의 얼굴을 보며 담담한 어조로 말했다.

"꼴찌까진 아니에요."

"그럼 한번 물어봅시다. 주아 씨 손절할 수 있어요?"

"안 돼요. 절대."

"그럼 주아 씨 어머니는요."

"내 어머니나 마찬가지예요."

강현이 입을 딱 벌렸다.

"이거 봐. 그러니 나는 몇 등이냐고. 말해봐요. 나 지금도 조금만 위험할 것 같으면 손절할 거예요?"

"재고의 여지도 없어요."

"그러니 꼴찌 맞네."

그러다 둘이 함께 웃었다.

자신이 차지하는 마음의 비중이 더 커질까 봐 이 여자가 더 겁먹고 있다는 걸 안다.

* * *

그 시각 유 회장은 고수동과 함께 왔던 정 박사의 보고를 받고 있었다. 고수동이 먼저 말했다.

"저축은행에 근무하던 아가씨였습니다. 건강하고 모든 조건에 부합하는 아가씨라고 회장님도 좋아하셨고요."

"그렇게 들었다."

"이름은 알고 싶지 않다고 회장님께서 말씀하셨습니다."

"그랬지. 머릿속에 남아 봐야 좋을 게 없으니까."

유 회장의 말에 다음 부분은 정 박사가 설명했다.

"산부인과에 와서 인공 수정을 하고 가서 며칠 되지 않아서 바로 사망했습니다. 인공 수정을 했다고 임신이 된 건 아닙니다. 게다가 사망했으니 다시 생각할 어떤 여지도 없습니다."

"그래."

유 회장의 한숨이 길었다. 그런 유 회장에게 고수동이 마무리처럼 말했다.

"저축은행에서도 월급과 조의금 모두 정산해서 유족에게 주었다고 했습니다."

"그렇군."

"봉안당도 제가 가봤는데 잘 정리되어 있습니다."

"내가 한번 가보고 싶은데…… 어찌 됐든 마음에 남아서. 한번 가보자. 조만간 고수동 네가 앞장서라."

* * *

어둠이 내린 서울의 밤은 기온이 더 내려갔다. 하지만 까만 밤의 도시는 형형색색의 불빛으로 추위를 감추고 있었다.

그런 도시의 도로를 강현의 차가 달리고 있었다. 강현은 백미러로 보이는 다혜의 모습을 눈에 담으며 그녀의 집을 향하고 있었다.

잔뜩 움츠린 채 가시를 세우고 아들을 지키겠다고 하는 이 작은 여자가 왜 이렇게 안쓰럽고 예쁜지 모르겠다.

연다혜! 제게 더할 수 없는 쾌락과 그보다 더 진한 감동을 주는 유일한 여자였다.

운전하는 내내 동화를 옆에 눕힌 다혜도 꾸벅꾸벅 졸았다. 하루가 고단한 건 다혜 역시 마찬가지다. 강현은 운전을 하면서 한 번씩 뒤를 돌아봤다. 졸고 있는 다혜나 새근거리며 잠에 빠져든 동화나 사랑스러웠다.

둘 다 여우가 틀림없다. 머릿속에 불쑥불쑥 나타나서 꼬리를 흔들며 사람을 웃게 한다. 그것도 시도 때도 없이 말이다. 밀어내려는 걸 알면서도 밀려나고 싶지 않은 건 모자가 저를 놓아주지 않고 있기 때문인지도 모른다.

낡고 작은 아파트 단지 한쪽에 차를 세운 강현이 뒷문을 열고 동화를 안아 올렸다. 제법 찬바람이 휘감아 돌았는데도 동화는 깨지 않고 강현의 품에 폭 안겨 있었다.

"내려요, 다혜 씨."

"아…… 네. 졸았나 봐요."

다혜가 동화의 유치원 가방을 들고 내리자 둘은 바로 다혜의 집까지 올라갔다. 동화를 방에 눕히고 다혜가 바로 옷을 벗겼다.

"왜 그렇게 서 있어요. 나가서 좀 앉으세요."

다혜가 일어나 먼저 밖으로 나오자 강현이 따랐다. 코트와 재킷을 벗은 다혜는 흰 블라우스와 스커트 차림이었다. 단아하고 단정한 모습 안에 숨겨진 관능적인 몸을 알고 있는 건 저뿐일 거다.

강현은 그대로 선 채 다혜의 움직임을 보고 있었다. 지금 제가 서 있는 곳은 그녀의 보금자리이다. 동화와 다혜의 향기가 배어 있는 공간 안에 있다는 것만으로도 달콤했다.

"연다혜 씨는 식사 안 했을 텐데."

"그냥 두유 한 잔 마시면 돼요."

"설마 이 체격에 다이어트 해요?"

"그런 건 아니지만······."

"밥 먹어요. 내가 옆에 앉아 있을 테니까."

"밥 생각은 없어요. 그냥 두유 마실게요."

다혜는 싱크대에 있는 두유 하나를 꺼내 빨대를 꽂았다. 그리고 강현에게는 주스를 한 잔 따라주었다.

"여기는 늘 딸기 주스가 있네요."

"네. 동화가 워낙 좋아해서."

"동화 식성이 나하고 비슷한 거 알아요?"

"딸기 주스 좋아하세요?"

다혜의 물음에 강현이 빙긋 웃었다.

"딸기 종류는 다 좋아해요."

"정말 동화하고 식성이 비슷하네요."

"식성만 비슷한 게 아니라 생긴 것도 닮았잖아요, 우리. 비서실에서 난리던데 나 닮았다고."

"하긴. 얼마나 닮았으면 회장님이 다 보러오셨을까요?"

강현은 주스를 한 모금 마시고는 고개를 끄덕였다. 그리고 다혜를 보며 물었다.

"말해 봐요. 우리 처음 만난 날, 주아 씨 아니었으면 나하고 같이 안 있었을 거죠?"

"틀린 말은 아니지만 나도 당신이 마음에 들어서 같이 간 거예요."

"이건 나에게 주는 상인가?"

까만 눈동자가 다혜를 향했다. 다혜는 그 눈길을 받으며 고개를 끄덕였다.

"보통은 칭찬이라고 하지요."

"상은 이제부터 줘요."

강현이 다혜의 얼굴을 돌려 입술을 겹쳤다. 떼지 않고 길어지는 키스에 다혜의 숨이 가빠졌다.

"이러면……."

"이러면 행복해지죠."

그 역시 부풀어 오른 욕망을 가라앉히기 힘든지 다혜를 끌어안은 채 그녀의 정수리에 거친 숨을 내쉬었다.

"연다혜를 집에 들여보내고 싶지 않을 때는 어떻게 해야 하는 걸까, 내가 이렇게 밤마다 함께 있으려면 난 어떻게 해야 하는 건지. 당신은 알아요?"

"……."

쉽게 답할 수 없는 문제였다. 강현 역시 답을 말할 수 없었다. 대신 입술을 겹치며 다혜를 안았다. 둘이 침대에 흐트러지며 얽히게 된 건 정해진 수순이었는지도 모른다.

저에 비해 턱없이 작은 여자인데도 그 품에 얼굴을 묻고 뽀얀 젖가슴을 빨면 한없이 포근함을 느낀다. 따뜻한 체온이 어우러지며 이 부드러운 여체를 한없이 가지고 싶다.

키스를 하는 동안 충분히 젖어들었지만 강현은 공들여 다혜를 달구고 있었다. 손으로 음모를 비비며 그 안에 감춰진 물기 어린 살을 건드리기를 반복했다.

다혜의 입에서 눌린 신음이 연신 터져 나오다가 그녀가 다리를 활짝 벌렸다.

"넣어줘요."

"싫은데."

"미워요."

벌린 다리 사이로 그의 발기한 성기가 닿았다 떨어지기를 반복하며 몸을 달구고 있었다. 툭툭 불거진 핏줄이며 열을 내는 페니스를 봐서는 그 역시 한계일 텐데도 그는 여유 있게 말하고 있었다.

"이렇게 보챌 거면 이제 말해요. 나 없으면 안 되니까 아빠와 만두 만들기 동화랑 같이 가라고."

"아! 어떻게?"

대체 이 남자가 어떻게 알았을까?

동화가 부탁했을까? 내 아빠 해달라고? 같이 만두를 만들자고?

순간 오늘 저녁에 둘이 만두를 먹었다는 말이 떠올랐다.

"그래서 만두 먹은 거예요? 으흥……."

강현이 귀두를 질구에 비비다가 푹 박아 넣었다. 얕게 맞물린 귀두가 더 진한 자극을 퍼뜨린 탓에 다혜는 엉덩이를 들썩였다.

"둘이 같이 빚었지. 우리 둘은 잘 어울리는 팀이니까."

"말도…… 안 돼요. 한 번 가면 그다음은……."

다음 말을 할 수가 없었다. 그가 허리를 튕기며 단번에 가장 깊은 곳까지 파고들었기 때문이었다. 뜨거운 성기가 맞물려 진하게 움직였다.

"그다음은 다음에 생각해요. 지금은 우리 셋이 한 팀이니까."

"하아……."

물기 어린 살이 부딪히는 소리가 점점 빨라졌다. 그러다 깊게 성기를 꽂은 채 골반을 돌리자 여자의 안이 쫀득하게 달라붙으며 깨물 듯이 조여댔다. 그 짜릿한 감각에 강현은 눈에 힘을 주고 그녀를 보았다.

자극으로 흐려진 눈동자 아래 오뚝하면서도 귀여운 콧방울. 그 아래 벌어진 붉은 입술과 입술을 핥는 혀를 그대로 빨아들였다.

아래도 위도 그녀의 모든 곳을 저로 채우고 싶었다. 더 깊게 파고들어 연다혜의 안으로 사라지고 싶다.

연다혜를 향한 이 갈증이 가실 날이 오기는 할지 알 수 없는 일이었다.

* * *

오늘은 조금 멀리 떨어져 있는 농장에 들러야 하는 날이었다. 레슨이 일찍 끝나서 혜순이 동화를 데리고 집으로 가기로 했다.

운전을 하고 있는데 준오에게서 전화가 왔다.

-너 오늘은 매장에 없더라.

"네. 농장에 가고 있어요."

-그래? 다음에는 같이 가자. 동화랑 같이.

"어, 선배, 그냥 얼굴 보면 인사만 하면 좋겠어요. 전에도 말했듯이 만나는 남자 있어요."

-나도 말했잖아. 기다린다고. 편하게 보자. 감정 강요하는 거 아니잖아. 일단 잘 다녀와.

준오는 전화를 끊고는 문화센터 사무실에서 잠깐 일을 보고 나오다 혜순과 마주쳤다. 간단한 인사를 하고 나자 혜순이 말했다.

"나 이제 동화 데리러 가는 길이에요."

"저기…… 저도 동화 얼굴이라도 보면 안 될까요?"

"왜 안 되겠어? 아들인데."

혜순의 말에 준오는 조심스럽게 말했다.

"하지만…… 아직은 그런 말은 안 해주셨으면 합니다. 다혜가 어떻게 생각할지 몰라서……."

"알았어요. 내가 그렇게 눈치가 없나? 어디 따라와요."

혜순이 레고실 앞에 있자 잠시 후 동화가 나왔다. 웃으며 할머니 손을 잡자 혜순이 앞에 있는 준오를 보며 말했다.

"이 아저씨 알아?"

그러자 동화가 고개를 갸웃하고 돌린다.

"왜 동화야. 아저씨 본 적 없어?"

"본 적 있어요."

"그렇구나, 그럼 인사를 해야지. 어디 배꼽 인사 해보자."

그러자 동화가 두 손을 배꼽에 대고 머리를 숙여 인사를 했다.

"아저씨, 안녕하세요."

"동화, 아저씨가 안아줄까?"

그러자 동화가 고개를 돌렸다. 어색한 분위기에 혜순이 말했다.

"얘가 이래 봬도 낯을 가려요. 아무한테나 안기고 그러지 않아요."

그러다 지난번 강현에게 두 팔 벌리고 안겼던 동화를 떠올렸다.

어째 아빠는 여기 있는데 딴 아저씨를 더 좋아하는 것 같아.

혜순은 그렇게 생각하며 동화를 냉큼 안아들었다.

"아는 아저씨니까 같이 아이스크림이라도 먹자."

혜순은 준오와 동화를 데리고 아이스크림 집에 들어가 앉았다. 아이스크림을 먹으면서 준오가 동화를 보며 물었다.

"동화야. 아저씨는 동화 좋은데, 동화도 앞으로 아저씨 좀 좋아해줄래?"

그러자 동화가 그를 빤히 쳐다봤다. 반짝이는 눈동자가 빛나더니 붉고 선명한 입술이 오물거리며 되물었다.

"그게 마음대로 돼요?"

14. 친자 확인 검사

"어머, 얘 말하는 것 좀 봐."

혜순은 동화의 말에 자신이 괜한 오지랖을 부리고 있는 건 아닌가 싶어 걱정이 됐다.

하지만 친아빠라는데 도와줘야 하는 게 아닐까?

혜순은 아이스크림 집에서 나오다가 준오를 보고 말했다.

"내가 괜한 오지랖을 부리는 건 아닌가 싶어요. 앞으로는 나나 주아 찾아오지 말고 다혜하고 얘기해요."

"네. 알겠습니다. 저도 그럴 생각이에요. 그럼 오늘은 이만 가겠습니다."

혜순이 동화를 안고 사라지는 걸 보며 준오는 마음이 무거웠다.

정말 핏줄 같은 게 있을까?

동화와 잘 지내면 될 거라고 생각했는데, 아이는 분명히 자신에게 벽을 세우고 있었다. 대단한 건 아니었지만 말 한마디, 눈빛 하나에 동화가 세우고 있는 벽이 너무 단단하게 느껴졌다.

어린아이인데도 이렇게 주관이 뚜렷하다는 게 놀랍다. 준오는 어린아이와 함께 지내본 적이 없었다. 준오 역시 외아들인 데다 일찍 부모님이 돌아가셔서 주변에 아이들을 볼 일이 거의 없었기 때문이다.

동화는 예쁘고 깜찍해서 누구라도 좋아할 아이였다. 게다가 다혜의 아들이라고 하니 얼마든지 내 아들로 받아들일 수 있을 것 같았는데 예상외로 아이가 세우는 벽에 밀려나고 보니 마음이 참담했다.

원래 그렇게 넉살 좋은 성격은 아니었지만, 아이에게 다가가는 것도 이렇게 주춤거리게 된다니!

스스로 생각해도 우스운 일이었다. 하지만 그렇다고 해서 밀려날 수는 없었다. 다혜는 저에게 첫사랑이기도 했고 끝나지 않은 사랑의 연장선에 있는 여자였다.

* * *

고수동 일당이 변두리 카페 '연정'을 급습했다. 이런 일은 실로 오랜만이었다. 불법적인 일은 하지 않겠다던 유 회장도 손자가 타고 있던 차가 위험했다는 사실만은 간과할 수 없었다.

변두리 룸살롱이라고는 하지만 술을 마시던 손님들은 기겁하고 도망갔고 주인 망치는 고수동 일당 앞에 무릎이 꿇렸다.

"너 이 새끼. 말해. 그때 사고 냈던 놈 누구야?"

"변두리까지 밀려났는데 여기까지 파고들어? 우리 형님이 아무리 교도소에 있다고 해도 이렇게까지는 못하지."

"그렇지. 너희가 가만히만 있었으면 우리가 여기까지 찾아왔겠어? 왜 얼쩡거려? 회장님 주변에 얼쩡거리지 말라고 분명히 말했잖아."

"우연한 사고였어."

"우연한 사고?"

"그런 우연을 만든 게 잘못이지."

고수동이 주먹을 내리치자 망치 입에서 피가 터졌다.

"잘 들어. 변두리에서 룸살롱이라도 하게 둔 거 회장님의 자비인 줄 알고 조용히 장사만 하라고."

고수동이 망치에게 소리치며 그 앞에 사진을 떨어뜨렸다.

"잘들 봐. 니들 식구들, 주변에 중요한 사람들까지 다 손아귀에 넣고 있는 거. 서로 이러지 말자고 회장님이 말씀하셨다. 김철주가 무사히 형 마치고 나오고 난 뒤에도 서로 목숨 붙이고 살려면 가만있으라고. 경고야. 아니면 김철주 아예 못 나온다?"

그 말에 망치가 고개를 끄덕였다. 철주 형님만 나오시면 이 원수를 꼭 갚을 생각이었다.

고수동은 그대로 차를 몰아 유 회장에게 갔다. 별장에 있는 유 회장은 고수동이 들어오자 조용히 물었다.

"적당히 겁줬냐?"

"네, 회장님. 김철주가 무사히 나오려면 조용히 있으라고 했습니다."

"그렇지. 말로 해서 들을 놈들이 아니지. 꼭 매를 맞아야 말귀를 알아듣는다니까."

이 바닥이라면 신물이 난다. 저 역시 이제는 이런 짓 돌아보고 싶지도 않았다. 하지만 핏줄을 지키고 살아남으려면 어쩔 수 없다.

살아생전에 김철주가 밖으로 나오고 난 뒤 문제없게 하고 싶었다.

* * *

집으로 돌아온 혜순은 동화를 씻기고 주아에게 전화를 했다.

"그 준오라는 네 선배 말이야……."

-어. 준오 선배가 왜.

"그 준오 선배가 진짜 다혜랑 사귀던 남자잖아."

-그래서?

"너만 알고 있어. 동화 아빠 맞댄다."

-뭐? 누가 그래, 엄마. 준오 선배가 그래?

"너 잠깐 여기 와 봐. 전화로 할 얘기가 아니야."

동화가 자기 방에서 그림책을 읽고 있는 걸 보며 작게 속삭이자 잠시 후에 주아가 왔다.

"매장에 손님 많지 않아?"

"괜찮아. 알바생이 잘 하고 있어. 근데 엄마, 그거 그냥 준오 선배가 하는 말이야."

"뭐? 아무리 그래도 자기 자식이라는 말이 그렇게 쉽게 나올까?"

혜순은 아니라고 했지만 주아는 고개를 저었다.

"내가 다혜를 몰라? 준오 선배하고 다혜 그런 관계까지 가지 않았어."

"네가 남녀 관계를 뭘 알아? 그냥 잠깐 마주쳐도 그렇게 될 수 있다고."

"아니라고. 준오 선배가 다혜한테 다시 다가가고 싶어서 그러는 거야. 자기가 동화 아빠라고 하면 다 해결될 거라고 생각해서."

"아이고. 그러면 나는 어떡하나."

혜순은 울상을 지었다. 아무리 봐도 준오가 동화를 보는 건 아들을 보는 아버지의 눈이라고 할 수 없었다. 그게 걸렸는데 진짜 잘못 짚은 거 같다.

"왜, 엄마."

"아니, 그…… 만두 만들기 대회 같이 가라고 말해줬는데."

"아니, 엄마는 왜 남녀 관계에 맘대로 끼어들고 그래?"

혜순은 자기가 실수한 게 아닌가 싶었다. 그리고 준오에게 왠지 속은 것 같아 분한 마음도 들었다. 그러나 이러고저러고 나서서 따질 만한 문제도 아니었다.

주아의 말대로 남녀 관계는 끼어들 일이 아니다. 게다가 동화가 저렇게 정이 없는 걸 보면 같이 가족을 이룬다고 해도 문제였다.

사람 마음이 마음대로 되느냐 말이다. 혜순은 주아를 보며 고개를 끄덕였다.

"그래. 내가 실수한 것 같다. 하지만 다혜하고 준오가 마음이 있다면 연결되는 것도 나쁘진 않다고 본다."

"그거야 다혜가 마음이 있어야 하는 거고. 우리는 그냥 가만있자고."

사실 주아는 유강현을 더 밀어주고 싶었다.

다혜라면 가능하지 않을까?

누구보다 열심히 일하며 당당하게 살아온 미혼모였다. 여자로서 아니, 인간으로서 주아는 다혜가 존경스러웠다. 무엇보다 동화와 유 대표는 닮아도 너무 닮았다.

* * *

강현이 경기도의 물류 창고를 돌아보고 사무실로 돌아가려고 차를 탔을 때 다혜한테서 전화가 왔다.

-대표님, 내년 백화점 디스플레이 업체 선정되었나요?

"잘 모르는데, 왜요?"

-나 도전해보고 싶어서요. 어디에다가 문의해야 하는지…….

"무슨 문의씩이나. 내가 하라고 하면 하는 거지."

-하지만 그건 좀 불공정한 것 같아서.

"무슨 공정을 따져요? 그런 거 따로 테스트하고 그러지 않습니다. 그냥 적절한 선에서 괜찮은 업체한테 맡깁니다. 내년에는 연다혜한테 맡기면 되겠네."

다혜는 핸드폰을 들고 활짝 웃었다.

-정말이죠?

"어려울 거 없죠."

-감사해요.

"지금 어디예요?"

-경기도에요. 농장에 왔거든요.

"경기도 어느 쪽입니까."

-의정부예요.

"약속이라도 한 것 같군. 나도 의정부예요. 그 농원 어딘지 주소 찍어요."

다혜는 농장을 둘러보며 장미와 카네이션 그리고 튤립을 계약했다. 단가
는 예상보다 높았지만 앞으로는 좀 더 많은 꽃이 필요할 거다. 이곳에서 미
리 물량을 확보해놓지 않으면 꽃꽂이하기가 쉽지 않다.

백화점 디스플레이 꽃꽂이는 층마다 에스컬레이터 옆쪽, 중앙에 자리하
고 있었다. 그러니까 꽃꽂이만 해도 엄청난 양의 꽃이 필요했다.

한쪽에서 막 피어난 흑장미를 보고 있을 때 강현의 목소리가 들렸다.

"이 장미는 빨갛다 못해 검게 보이네."

"오셨어요. 흑장미예요."

"그래서, 백화점 꽃꽂이를 하고 싶었으면 진작 말을 하지."

강현이 흑장미 하나를 빼 들더니 장난처럼 입에 물었다. 꽃을 문 아름다
운 수컷이 분명하다. 그를 보며 웃는데 강현이 입에 물었던 장미를 빼들고
말했다.

"나 어제도 만두 만들기 연습했는데."

다혜가 웃었다. 그녀가 함께 유치원에 가자고 한 뒤로 강현은 훨씬 마음
이 놓였다.

"짐이 잔뜩 있을 줄 알았는데 꽃은 이게 답니까?"

"네. 다 배달해 주시기로 하고 지금 필요한 것만 가져가는 거예요."

소재와 꽃이 골고루 묶인 큰 다발 두 개였다. 강현이 두 개를 한꺼번에 들었다.

"하나는 제가 들게요."

"됐어요. 이 정도는 굳이 그럴 필요 없어요."

"옷 버릴까 봐."

"뭐…… 그닥 신경 쓰이는 일도 아니고."

강현이 다발의 꽃을 들고 농원을 나오자 구순호가 뛰어왔다.

"제가 들겠습니다."

"됐어. 트렁크."

다혜가 트렁크 문을 열자 강현이 꽃다발을 안으로 집어넣었다. 다혜의 손에는 작은 꽃다발 하나가 더 들려 있었다.

"이건 뭔가요?"

"가다가 언니 있는 데 잠깐 들르려고요."

"언니?"

"네."

차가 봉안당 앞에 서자 강현은 입을 다물었다. 언니를 만나러 간다고 해서 따라왔더니 죽은 언니를 말하는 걸 줄은 몰랐다. 다혜가 익숙한 걸음으로 봉안당 안으로 들어갔다.

강현도 다혜의 곁을 따라 걸었다. 그리고 한 곳에 다다랐을 때 두 사람은 그대로 발걸음을 멈추고 말았다.

유 회장이었다. 유 회장이 강현과 다혜를 보고 우뚝 멈춰 섰다. 이런 곳에서 할아버지를 만나게 될 거라고는 전혀 생각하지 못했다.

강현은 유 회장 앞으로 다가가며 고개를 갸웃했다.

"할아버지."

"네가 여기 어쩐 일이냐?"

유 회장은 강현에게 물으며 옆에 있는 다혜를 훑어보았다.

다혜는 유 회장 앞으로 다가가며 머리를 숙여 인사했다.

"회장님, 안녕하세요? 백화점에 입점한 온리유 연다혜 실장입니다."

그렇게 말하고 나자 바로 알아봤다. 꽃집 아가씨, 그리고 동화의 엄마.

청순한 외모며 늘씬한 몸매며 유 회장의 눈에 아무리 보아도 다혜는 아이 엄마 같지 않았다.

"동화 엄마군요."

"네, 회장님. 동화 예뻐해 주셔서 감사합니다."

"둘이 같이 어쩐 일인지……."

예상했던 질문이기에 다혜는 망설이지 않고 대답했다.

"제가 일이 있어서 오는 길에 대표님 만나서 같이 왔어요."

유 회장은 아무 말 없이 강현을 바라보았다.

미루어 짐작하건대 얼마 전 사고가 났다고 한 것도 연다혜의 차가 분명했다.

여자관계에서는 관대하고 너그러운 유 회장이지만 여자가 아이 엄마라면 그건 또 다른 이야기였다.

그건 며느리 소은이 했던 말과는 다른 의미에서다. 이미 다른 남자의 아이를 낳았던 여자에게서 손자를 본다는 게 꺼림칙했다.

유 회장에게 강현의 여자는 무조건 증손자를 낳아줄 여자여야 했다.

"할아버지는 여기 웬일이세요? 제가 알기로는 할아버지 지인 중에 이곳에 묻힌 분은 없는 것 같은데."

"그런 사람이 있다. 네가 내 주변 사람을 다 아는 것도 아니고."

"할아버지는 일 다 보셨나요?"

"그래, 나는 다 봤다. 너는 이제 오는 거냐?"

"네, 할아버지."

"그럼 일 보고 가거라. 나는 일 다 보았으니 그냥 가겠다."

"안녕히 가세요. 회장님."

다혜가 머리 숙여 다시 인사했다. 유 회장은 덤덤한 얼굴로 고개를 끄덕였다.

"그래요. 다음에 또 봐요."

유 회장이 나온 뒤에 다혜는 조금 무거운 마음으로 강현을 보았다. 굳이 이런저런 말을 하지 않아도 표정만으로도 강현은 이 여자가 지금 무엇을 걱정하는지 바로 알 수 있을 것 같다.

"무슨 걱정을 그렇게 해요?"

"걱정이 안 되겠어요? 이렇게 둘이 이런 곳에서 회장님을 뵈었는데."

"섹스하다가 걸린 것도 아닌데 뭐요."

말을 해도 꼭 이렇게 한다. 하지만 섹스하다 걸린 것보다 더 큰 문제인지도 모른다. 섹스는 원나잇으로 끝날 수도 있지만 이런 곳에 함께 오는 건 인간적인 교류가 오고 갔다는 증거다.

다혜는 그런 말을 다 밖으로 꺼내지는 않았지만, 그렇게 생각했다.

반면 강현은 할아버지를 만난 것에 대해서는 무덤덤했다. 손주를 낳아달라고 할 수는 있겠지만 그런 소리야 한두 번 들은 것도 아니다.

상대가 있으니 좀 덜 보채시려나?

아니면 아이 엄마기 때문에 그런 생각 같은 건 처음부터 차단하고 계실지도 모른다. 어차피 이렇든 저렇든 상관없었다.

다혜는 유골함 앞으로 걸어갔다. 바로 옆에는 엄마가 잠들어 계시다.

"언니, 엄마랑 같이 있어서 외롭지 않지? 난 두 사람이 같이 있어서 외롭지 않을 거 같아서 좋아."

다혜는 가져온 생화를 앞에 넣었다.

엄마와 언니가 죽고 나서 따라 죽으려고까지 할 만큼 상실감이 컸는데 지금은 그 상실감이 기억으로만 존재할 뿐이다.

동화를 돌보느라고 외로울 틈도 없었고 동화의 모습에 홀려서 하루하루가 행복하다. 게다가 강현까지 함께 있지 않은가?

부담스럽고 어려운 남자지만 더할 수 없이 든든하고 한없이 설레는 남자다.

'내가 이렇게 행복한 거 다 언니하고 엄마가 지켜주고 도와줘서 그런 것같아. 고마워.'

속으로 말하며 물끄러미 보고 있자 강현도 옆에서 조용히 쳐다보고 있었다.

"이제 가요."

"하고 싶은 얘기 다 했어요?"

강현의 말에 다혜가 고개를 끄덕였다.

"그냥 가끔 이렇게 와서 엄마 언니 얼굴 보고 그러면 돼요. 딱히 하고 싶은 얘기 없어요."

"무슨 말 했어요?"

"나 지금 행복하다고, 고맙다고 했어요."

"요즘 행복해요?"

그 말에 다혜가 강현을 돌아보았다. 고개를 한 번 끄덕이자 강현이 그녀의 손을 잡았다.

봉안당 바깥쪽으로 나오자 늦은 오후의 햇살이 환했다.

* * *

유 회장은 차를 타고 가다가 갑자기 어떤 생각이 들어 눈썹을 꿈틀했다. 인공 수정을 할 때 아가씨의 이름을 일부러 알지 않으려고 했다. 봉안당에 와서야 그 이름이 연다미라는 걸 알았다.

그런데 조금 전 만났던 동화 엄마 연 실장 이름이 연다혜라고 했다.

혹시!

"김 기사. 차 돌려. 다시 봉안당으로 가자."

"네. 회장님."

차는 다시 봉안당으로 향했다. 유 회장은 조금 전 찾았던 연다미의 유골함 앞으로 갔다. 조금 전에 없던 생화가 안에 들어 있었다. 아까 연다혜가 들고 있던 꽃이 분명하다.

연 실장이 찾아온 사람이 연다미라면 같은 연 씨라면…….

알 수 없이 뒷골이 서늘해졌다. 유 회장이 가슴을 움켜쥐었다.

"회장님."

"괜찮아. 어서 돌아가자. 어서 가서…….."

유 회장이 기사의 부축을 받으며 다시 차에 올랐다. 심장이 무섭게 뛰고 있었다. 마치 처음 동화를 백화점 앞에서 보고 놀란 것처럼 말이다.

유 회장이 주먹을 움켜쥐었다.

* * *

"연다혜가 행복한 이유 중에 나도 들어 있습니까?"

강현의 물음에 다혜는 대답하지 않았지만 앞을 보고 고개를 끄덕였다.

그런 다혜의 모습이 마음에 들어 강현이 쥐고 있던 손에 힘을 주었다.

"오늘은 동화 누가 데리고 갑니까."

"어머니요."

"동화는 참 좋겠네. 엄마에 이모에 외할머니까지."

"맞아요, 참 고마운 사람들이에요."

"동화한테 '아빠와 만두 만들기' 행사에 나랑 간다고 말했어요?"

"아니요, 아직이요."

"왜요? 빨리 말해주면 좋아할 텐데."

강현의 말에 다혜가 조용한 눈길로 강현을 바라보았다.

"직접 말해주는 것도 좋을 것 같아요. 동화에게 직접 말해줄래요?"

"나야 좋지. 허락해 줘서 감사합니다."

마치 어린아이처럼 하는 그의 말에 다혜가 화사하게 웃었다.

"동화도 똑같이 말할 것 같아요. 대표님께 감사하다고요."

"그럼 내일은 동화 내가 데리고 있을게요. 끝나고 대표실로 올라와요."

"대표님 바쁘실 수도 있는데…… 회의가 있을 수도 있고."

"내일 회의 없어요. 데리고 있다가 배고프다고 하면 밥도 먹일게요."

"아니에요. 제가 간식 싸서 보낼게요."

"아이를 너무 독립적으로 키우는 거 아니에요? 혼자서 간식 까먹고 그런 거 쓸쓸하잖아요."

"누구나 쓸쓸할 수 있어요."

"하지만 아직 어리잖아요. 내일은 아무 걱정하지 말아요. 끝나는 시간에 내가 데리고 올 테니까."

"고마워요."

다혜의 손을 잡고 걸으면서 강현은 알 수 없는 갈증을 느꼈다. 분명히 좋은 관계를 유지하고 있으며 동화하고도 잘 지내고 있다.

그런데 이런 상태로 계속 가는 게 과연 내가 원하는 걸까?

이렇게 지내다가 연다혜가 다른 남자를 만난다고 한다면? 아니, 동화에게 제대로 된 아빠를 찾아주고 싶다고 한다면 나는 어떻게 할까?

왜 자꾸 이런 생각을 하게 되는 걸까?

결국 연다혜도 연동화도 놓치고 싶지 않은 거다.

"무슨 생각을 그렇게 하세요?"

말없이 있는 강현을 보며 다혜가 물었다.

"연다혜 생각. 보고 싶어서요."

"지금 옆에 있는 사람 연다혜 맞거든요."

"보고 있어도 보고 싶다는 게 무슨 말인지 실감하는 중이에요."

쉽게 나오는 말이었지만 내용은 무거웠다. 이렇게 훅 치고 들어오는 건 반칙이다.

"자꾸 그렇게 선 넘지 말아요."

"우리 사귀는 중이잖아요. 섹스 파트너일 때하고는 상황이 다르다고. 그러니까 넘어야 할 선 같은 거 없어요. 계속 쭉 가는 거죠."

계속 앞으로 어디까지 갈 수 있을까?

그 생각을 하자 다혜도 마음이 무거웠다. 하지만 앞날을 두려워하면서 지금 좋아하는 이 사람의 손을 놓고 싶지는 않았다. 이미 이 사람을 향한 마음이 너무 커져 있었으니까.

조용한 차 안에서 둘은 말없이 눈길만 교차했다. 생생하고 따뜻한 감정이 눈길에 섞여 오가고 있었다.

* * *

다음 날 강현은 동화의 레슨 시간이 끝나는 시각에 맞춰 문화센터로 갔다.

"동화야, 다 끝났지?"

그런데 강현을 쳐다보고 고개를 끄덕이는 동화가 다른 때하고 많이 달랐다.

"우리 동화 왜 기운이 없어?"

아이의 눈에 눈물방울이 가득 고여 있었다. 강현이 가까이 다가가 안고 다른 손으로 동화의 가방을 손에 들었다. 대표실에 올라가 소파에 내려놓자 동화의 눈에서 눈물이 뚝 떨어졌다.

강현이 당황해서 아이를 무릎에 놓고 보자 열 기운이 느껴졌다.

손으로 머리를 짚어보니 불덩이 같다.

"동화 아프구나."

소리 내서 울지 않는 아이가 참느라 끅끅 소리를 내고 있었다. 아파서 눈물방울이 뚝뚝 떨어지는 동화를 보고 있자니 가슴이 탔다. 강현이 저도 모르게 동화를 꽉 끌어안고 비서실에 연락했다.

"정 박사에게 연락해 봐. 지금 잠깐 들러줄 수 있는지."

정박사는 20분 뒤에 도착한다는데 그사이 입을 삐죽이며 눈물을 뚝뚝 흘리고 있는 동화를 보니 속이 탔다. 그렇다고 지금 연다혜에게 연락해 보았자 그녀도 같이 속상할 뿐이다.

강현은 동화를 안고 사무실에서 서성였다.

"동화야, 아프면 울어도 돼."

동화가 고개를 저었다. 입술이 부들부들 떨리며 삐죽거리면서도 소리를 내지도 않고 아프다고 하지도 않는다.

"왜? 아가는 우는 거야. 아프다고 울어도 돼."

"그럼 엄마 울어요."

목이 콱 막혔다. 이 아이는 다혜가 울까 봐 울지 않는다. 이 작은 아이가 연다혜의 보호자 노릇을 하고 있었다.

정 박사가 와서 강현에게 안겨 있는 동아의 체온을 재고 목을 살펴보았다.

"편도가 부었네요. 대표님 어릴 때 앓던 증상과 똑같네요. 주사 한 대 맞으면 나을 거 같은데 많이 울까요?"

정 박사가 주삿바늘을 꺼내자 동화가 소리 내어 울기 시작했다.

"주사 무서. 흐음. 아앙……."

"동화야, 주사 잘 맞으면 아저씨가 만두 만들기 하러 동화랑 같이 갈 건데."

눈물이 그렁그렁한 동화의 눈이 왕방울만 해졌다.

"정말이요?"

"약속."

강현이 손가락을 꺼내자 동화가 새끼손가락을 걸었다.

"저번에 아저씨랑 만두 만들어 봤잖아. 좋았지?"

"네."

"이번에는 어린이집에서 같이 만들자. 친구들하고. 그럼, 이제 주사 맞을래?"

눈물이 뚝 떨어지며 동화가 고개를 끄덕였다.

"흑흑."

주삿바늘을 찔러 넣자 흐느끼는 소리가 사무실 안에 가득했다. 울지 않으려고 해도 서럽고 아프고 힘든지 커다란 눈동자에서 눈물이 뚝뚝 떨어지며 동화가 흐느꼈다.

강현은 아이를 꽉 끌어안은 채 토닥였다. 이 작은 팔에 주삿바늘을 꽂는 거 자체가 보기 안쓰러웠다.

"뭘 그렇게 안타깝게 보십니까?"

"네?"

"그냥 근육 주산데. 꾹 눌러주세요."

동그란 테이프를 붙여주며 누르라는 말에 강현이 팔을 누르자 기어이 울음이 터졌다.

"주사를 맞는데도 참았는데 그렇게 누르니까 울죠."

힘 조절을 못 했던 것 같다.

"살짝만 눌러주세요. 그런데 대표님 어릴 때랑 증상이 정말 똑같네요. 생긴 것까지 닮고. 누가 봐도 아들이라고 하겠습니다."

정 박사는 속사정을 가장 잘 알고 있었다. 유 회장이 인공 수정까지 몰래 시도했다가 실패한 정황까지 가장 잘 알고 있는 정 박사로서는 그런 말을 하면서도 멋쩍어 웃었다.

"그런데 정말 닮았네요."

"그렇죠? 이놈이 나 닮아서 아주 귀여워요."

동화의 등을 쓸어주며 하는 말에 정 박사가 고개를 끄덕였다.

"네. 정말 닮았네요. 대표님도 지금이라도 정관 수술한 거 푸시면 이런 아이 가지실 수 있습니다."

"그런가요."

"시간이 지날수록 확률이 낮아지니 해보시는 것도 좋을 것 같습니다. 유 회장님 소원도 풀어 드리고……."

"할아버지 소원이야 제가 제일 잘 알죠. 애는 그냥 이렇게 두면 되나요?"

"약 기운 돌 때까지 한 20분 더 걸릴 거예요."

"감사합니다, 정 박사님. 갑자기 연락 드렸는데 이렇게 와주셔서."

"부르시면 와야죠. 덕분에 이렇게 예쁜 아기도 보네요."

정 박사가 돌아간 후 강현은 동화의 뺨을 만지작거리며 말했다.

"동화 많이 아파?"

흐느낌은 잦아들었으나 여전히 눈물이 그렁그렁하다.

"아저씨랑 만두 만들기 대회 갈 거 생각하면 기분 좋지?"

동화가 고개를 끄덕였다.

"그런데 아저씨는 아빠는 아니에요."

그것만은 어떻게 해줄 수 없는 부분이기도 하다.

"친구 중에도 아빠 대신 다른 사람 오는 사람들 많잖아. 그래도 아저씨면 멋있지 않아?"

그러자 동화가 또 고개를 끄덕인다.

"아저씨 멋있어요. 아저씨랑 만두 만드는 거 좋아요."

동화가 눈을 한 번 감았다가 뜨자 한결 편안해 보였다. 약효가 도나 보다.

"우리 동화 아저씨가 안아줄게, 잘까?"

"네."

아이가 강현의 어깨에 머리를 기댄 채 숨소리가 잦아들고 있었다.

동화가 완전히 잠에 빠지고 강현은 동화를 소파 위에 내려놓고 코트를 덮어주었다. 그리고 다혜에게 연락했다.

-여보세요?

"동화 오늘 아픈 거 알았어요?"

-동화가 아파요?!

놀란 다혜의 목소리에 강현이 바로 설명했다.

"주치의를 불러서 주사도 한 대 맞았고. 편도가 부었다던데."

-맞아요. 우리 동화는 아프면 편도가 붓는데……. 오늘은 아픈 것 같지 않았는데, 바로 올라갈게요.

"아이 잠들었으니까 마무리하고 와요."

-마무리 다 했어요. 그렇지 않아도 지금 올라가려던 참이었어요.

"그럼 와요."

다혜는 놀라서 허둥지둥 가방을 찾았다.

"실장님, 무슨 일 있어요?"

"어. 애가 아프다고……."

"동화가요? 제가 마무리할게요. 얼른 올라가세요."

"고마워요. 유진 씨. 좀 부탁해."

다혜는 엘리베이터를 타고 올라가면서 울컥울컥 눈물이 날 것 같은 걸 참느라 애먹었다. 다른 때는 다 괜찮은데 아이가 아플 때만은 정말 어쩔 수가 없었다.

마음을 굳게 먹어야 한다. 동화가 열나는 게 처음도 아니고…….

하지만 문화센터에서 혼자 열이 올라서 쩔쩔맸을 걸 생각하면 자꾸 가슴이 먹먹했다. 목에 돌덩이가 걸린 것 같은 걸 꾹 누르고 대표실에 올라가자 자는 동화가 보였다.

강현에게 인사도 하기 전에 다가가 아이의 머리를 짚어보았다. 열 기운이 남아 있긴 하지만 주사를 맞았다고 하니 다행이었다.

"고마워요. 대표님. 주사 맞았으면 열이 빨리 내려갈 거예요."

다혜는 잠들어 있는 동화의 머리를 쓰다듬어 주고 겨우 한숨을 돌렸다. 그리고 옆을 보는데 입술이 바짝 말라있는 강현이 보인다.

"물이라도 좀 드세요. 입술이 바짝 말라 있어요."

"아……. 내가 그랬나? 그런데 아이 아픈 건 정말 못 봐주겠네요."

"네?"

"동화가 아파하는데 옆에서 못 봐주겠더라고요. 이렇게 조그만 애가 아픈데도 소리 내서 울지도 않고 그렇게 참더라고. 목 이렇게 붓는 일 자주 있어요?"

"자주 있지는 않아요. 그런데 체질적으로 편도가 잘 붓나 봐요."

"하여간…… 애 아플 때는 누가 옆에 있어야지."

"그렇죠? 그런데 어쩔 수 없을 때도 있어요. 오늘처럼 아이 아플 때 바로 챙겨주지 못할 때가 있어요. 그래도 둘 다 잘 이겨내면서 지금까지 왔어요. 이렇게 많이 컸잖아요?"

"지금 동화가 몇 살인 줄 알아요?"

"5살이나 되는 형아죠."

그가 기가 막힌다는 듯이 웃었다.

"아이를 너무 어른같이 대하는 거 아니에요?"

"어릴 때부터 키워봐요. 이만큼만 키워놔도 살 것 같아요. 이제 자기 의사 표시는 다 하잖아요. 그런데 우리 동화 때문에 그렇게 입술이 다 마른 거예요?"

"그러게. 애 아픈 건 진짜 못 보겠네요. 그래서 내가 가정을 못 가지나?"

"좋은 아빠가 될 수 있을 거예요."

지나가는 말처럼 하고 일어서는데 옆에 다가온 강현이 그녀의 손을 잡았다.

"그 말, 무슨 뜻으로 한 말이에요?"

그의 눈길이 그녀를 향하자 다혜가 시선을 돌렸다. 강현이 그녀의 얼굴을 잡아 다시 눈을 맞췄다.

"무슨 뜻으로 한 말이냐고."

"그냥요. 언젠가 가정도 가지고 아이도 생기지 않겠어요?"

그가 그녀의 허리를 당겨 꽉 끌어안았다.

"연다혜가 내 아이 낳아줄 건가?"

가슴이 무섭게 뛰기 시작했다.

"대표님은 씨 없는 수박이잖아요."

"맞는 말이긴 한데……."

그의 입술이 다혜의 입술에 겹쳤다. 아파서 잠든 아이를 옆에 놓고 이건 아니었다. 그를 밀어내자 강현이 서운한 얼굴로 보았다. 다시 입술을 겹치려고 하는데 전화가 왔다.

할아버지였다.

무시한다면 계속 울릴 거다. 다른 사람은 몰라도 할아버지는 포기를 모른다.

"네. 할아버지 제가 조금 있다가……."

-할 말이 있다.

"지금 말고요."

-그래. 그러니까 그냥 들어. 내가 너 스무 살 때 네 정자 훔쳐서 냉동시켰던 거 네가 5년 전에 다 폐기에 버렸지?

"그 얘기는 또 왜 하세요? 다시 생각해도 너무 분해서 야단치려고요?"

-인공 수정을 한 적이 있었다.

전화기를 들고 있는 강현의 눈썹이 놀라서 꿈틀했다.

강현은 옆에 있는 다혜와 동화를 바라보고는 전화기에 대고 말했다.

"무슨 말 하고 싶으신 건지 몰라도 지금은 하늘이 두 쪽 나도 못 들어요. 내일 이야기해요. 할아버지."

-얼마나 중요한 이야기인지 알아?

"그럼 전화기는 도청될 수도 있다는 것도 아시겠네요. 얼마 전 비서실이 쥐 죽은 걸로 도배된 것도 기억하시지요?"

-음. 괘씸한 놈.

할아버지는 웬만한 일이 아니고서는 멈추지 않으신다. 그리고 지금 이런 간단한 위협에 말을 멈추신 걸 보면 진짜 중요한 일이라는 거다. 할아버지 말대로 정말 인공 수정이 있었다는 말이다.

-내일 사무실로 가겠다.

"네. 그게 제일 좋겠지요. 내일 봬요. 할아버지."

-괘씸한 놈.

전화가 끊어졌다. 이런 일은 미리 마음을 준비를 해두어야 할아버지 말에 휘둘리지 않는다.

"인공 수정."

무심코 중얼거린 강현의 말에 옆에 있던 다혜의 눈이 커졌다.

"네? 갑자기 무슨 말이에요?"

"별거 아니에요. 임신의 한 방법이기도 하죠. 인공 수정이요."

다혜는 얼굴이 굳어졌다. 인공 수정이라는 말만 나와도 가슴이 벌렁거렸다. 아무도 모르는 저의 비밀이었다.

갑자기 왜 유강현의 입에서 인공 수정이라는 단어가 나왔을까?

"대표님 정말 아이라도 낳고 싶으신가 봐요."

"동화 같은 아들이라면 가지고 싶지요. 조금 전에 정 박사가 와서 복원 수술하면 동화 같은 아이 낳을 수 있을 거라고 하던데. 우리 동화 동생 만들어볼까요?"

그러자 그녀의 몸이 딱딱하게 굳었다.

"비혼주의인 걸로 알고 있어요."

"지금도 비혼주의인 건 맞는데 당신하고 살고 싶고, 아이도 낳고 싶어요."

듣기 힘든 말에 다혜가 시선을 돌려 동화를 보았다.

"난 동화만 키울 거예요."

"그렇죠. 당신은 동화만 키우고 난 비혼주의자고. 그러니까 우리 사이에서 동화 같은 아이가 나올 확률은 전혀 없네요."

다혜는 대답하지 않았고 강현도 다시 말을 잇지 않았다. 주차장에 내려온 강현은 다혜에게 차키를 달라고 했다.

"구순호에게 당신 차 가지고 오라고 할게요. 내 차 타요."

"아니에요. 내가……."

"내 차 타요."

그는 물러나지 않을 눈빛이었다. 강현은 다혜의 집에 들어서더니 익숙하게 동화를 침대에 뉘었다. 다혜가 침대에 누운 동화를 챙기고 일어서며 말했다.

"조금 있다가 깨워서 뭘 좀 먹이고 약도 먹여야 해요."

"약은 여기 있어요. 정 박사 처방으로 사다 놨어요."

"고마워요."

다혜는 냉동실 새우를 꺼내 죽을 쒔다. 고소한 냄새가 퍼지자 강현이 뒤에서 다혜를 안았다.

"좋은 냄새네."

"새우죽 괜찮아요? 동화 죽 먹을 때 같이 먹어요."

"음. 평소에 죽으로 식사한 적은 없지만 좋아요. 특히 연다혜가 만든 죽이라면."

"많이 먹어요. 많이 쑤고 있으니까요."

아이가 아픈 집에 와서 이렇게 맛있는 저녁을 먹어도 되느냐는 다혜의 말에도 기죽지 않고 한 그릇을 싹 비웠다.

잠깐 자고 일어난 동화는 다혜가 주는 죽을 먹고 다시 누웠다. 동화는 잠들기 전까지 강현의 손을 잡고 웃었다.

"아저씨, 가지 마요."

"응."

"정말요?"

"응."

머리를 쓰다듬어 주자 진한 속눈썹을 내리감고 잠드는 모습이 천사 같다. 동화가 잠들고 나서 방에서 나온 강현이 막 설거지를 끝낸 다혜의 손을 잡아당겼다.

"오늘은 푹 자요. 내가 동화 간병할 테니까."

다혜가 어이없다는 듯이 웃자 그가 다혜를 번쩍 들어 안았다.

"어어……."

"자. 이렇게 누워요."

그가 다혜를 눕히고는 옆에 누워 아이를 재우듯이 꼭 끌어안았다. 다혜의 움직임이 잦아들었다.

"지금 나 재우는 거예요?"

"맞아요. 나한테는 연다혜도 아기니까. 우리 애기 자자."

단단한 허벅지로 다혜의 허벅지를 감싸고 재우려 드는 남자의 중심은 무섭게 발기해 다혜의 치골을 찌르고 있었다.

"재우기만 할 자신 있어요?"

"음. 그래야겠죠? 그런데 재우는 방법은 내가 정하는 거로 하면 어떨까요?"

"예를 들면?"

"그냥 늘어져 잘 수밖에 없게 만든다거나. 이렇게……."

그가 키스하며 다혜의 팬티 속으로 손을 넣었다. 바로 갈라진 틈으로 파고든 손가락이 음핵을 꾹 누르자 다혜의 허리가 휘었다. 그리고 살살 젖어든 음부를 비비며 조금 더 대범하게 파고들었다.

"하아…… 반칙이에요."

"아니지. 이건 봉사라고. 재우는 거라니까요."

그의 손이 팬티 속에서 바쁘게 움직였다. 할딱거리는 다혜의 음핵을 쉬지 않고 비비는 통에 다혜가 절정에 떨었다.

"이렇게 몇 번만 하면 잠들걸요?"

"나쁜…… 으응……."

하지만 그의 말이 맞았다. 결국 그의 품에서 절정에 떨던 다혜는 잠이 들고 말았다. 다음 날 일어났을 때는 동화는 깨끗하게 열이 내려 있었고, 모든 것을 가지런하게 정리한 남자는 보이지 않았다.

* * *

다음 날 오후 유 회장이 회사로 찾아왔다. 할아버지가 대표실에 들러서 기분 좋았던 일은 한 번도 없었지만 오늘은 더할 거라 강현은 각오하고 있었다. 인공 수정에 대한 어떤 이야기가 나올지 모른다.

"나하고 같이 퇴근하자."

"싫어요. 말씀만 하고 가세요."

"오늘도 문화센터에 그 애 오는 날이냐?"

"그 애가 그렇게 보고 싶으세요?"

"널 많이 닮아서 자꾸 생각나더라."

대놓고 하는 말이 어째 본론에서 한참 벗어난 거 같아 더 못마땅했다.

"할아버지 이제 진짜 나이 드신 거 맞아요."

"그래. 나 나이 들었다. 언제 죽어도 이상하지 않을 나이지."

죽음에 관한 이야기는 원하는 화제가 아니었다. 강현은 어머니 이야기로 화제를 돌렸다.

"요즘 어머니 저한테 연락도 없으시던데 어디 가셨어요?"

"내가 여행이라도 다녀오라고 했다."

유 회장은 소은과 얼굴을 마주하기 껄끄러울 것 같아 며칠 제주도에 다녀오라고 했다.

잘 도착했다는 말만 듣고는 내버려 두었다. 바람이라도 쐬고 돌아오면 둘 다 머릿속에서 깨끗하게 잊을 일이었다.

"제주도 갔다. 너한테 굳이 연락 안 한 거 보면…… 뭐 별일 없어서 그러겠지."

"하긴. 제주도야 1시간 거린데요."

"그래."

"할아버지, 자꾸 변죽만 두드리지 말고 본론으로 들어가죠. 인공 수정 말입니다. 정말 했다는 건가요?"

"맞다. 했다. 네가 냉동 정자를 폐기하기 전에."

인공 수정을 했었다는 말에 강현은 머리가 핑 도는 것 같았다. 냉동해 놓았던 정자를 모두 폐기 처분한 건 지금부터 5년 전, 29살 때였다.

그때 이미 인공 수정을 시도했다고? 대체 몇 번이나 어떻게?

강현은 인내심을 가지려고 주먹을 꽉 쥐었다.

"할아버지."

"그래. 네놈이 할 말 많을 거 안다."

"제 정자를 가지고 나도 모르는 인공 수정을 했다는 말이 지금 할 말입니까?"

"분해도 어쩔 수 없다. 내 새끼로 태어난 이상, 네 운명이야."

"말 같은 소리를 하세요. 도대체 무슨 짓을 하신 겁니까? 그래, 얼마나 많은 여자한테 제 정자를 붙였습니까? 그래서 애가 태어나기라도 했습니까?"

29살 때 냉동 정자를 모두 폐기했을 때 인공 수정을 한 적이 있느냐고 여러 번 물어봤었다. 하지만 할아버지도 어머니도 그런 적 없었다고 말했다.

그리고 벌써 5년이나 지났으니 그사이에 아무 일이 없었으니 별일 없을 거라고 생각했다.

그런데 새삼스럽게 지금에 와서 왜 이런 말을 하는 건지 이해할 수가 없었다.

"하실 말씀 있으면 하세요. 저 어린애도 아니고 뭐든지 책임지겠습니다."

"그래. 그렇게 나와야지. 사실 나도 긴가민가했는데 어제야 확신이 들었다."

답답함에 강현이 격한 한숨을 뱉었다.

"딱 한 번 인공 수정을 했는데 그 여자가 죽었다."

죽었다니. 임신 성공 여부는 말도 하지 않고 대뜸 죽었다는 건 임신한 채로 죽었다는 건가? 아이를 낳고 죽었다는 건가?

"죽은 여자 얘기는 왜 하시는데요. 그래서 아이를 가진 채로 죽었단 말입니까, 아이를 낳고 죽었단 말입니까."

"그것도 잘 모른다. 인공 수정을 하고 며칠 안 돼서 죽었다."

"그러면 어차피 그 아이는 임신이 됐다고 해도 세상에 나올 수도 없었겠네요. 임신 확률이 얼마나 적은지 아시죠?"

"그래. 겨우 30%라고 들었다. 여러 번 하려고 했었는데 단 한 번밖에 못 하고 죽었지."

"그거 보세요, 할아버지는 자손 퍼트릴 분이 아니신 겁니다. 내가 이렇게 비혼주의인 것을 봐도 알지 않습니까?"

"내 말 끝까지 들어! 그런데 인공 수정을 했다는 그 죽은 여자가 연 실장 언니였다. 연다미."

연 실장 언니라면 그때 봉안당에 갔던…… 생각이 거기 미치자 강현의 눈이 감전이라도 된 듯이 커졌다.

"할아버지 그때 봉안당에 가셨던 게 그럼……."

"그래. 연다미를 보러 갔다 너희를 만난 거야. 돌아오다 생각해보니 연다미, 연다혜…… 너무 이상하지 않냐?"

발가락까지 차갑게 식어가는 느낌에 강현이 주먹을 꽉 쥐었다. 인공 수정을 한 여자가 죽어서 원치 않는 아이가 세상에 나오지는 않은 게 다행이라고 생각했다.

그런데 연다혜 언니라니!

"지금 말씀하시고 싶은 게 뭡니까, 할아버지."

"동화가 왜 그렇게 너를 닮았는지 그게 궁금할 뿐이다."

이렇게 휘말린다면 할아버지가 원하는 방향으로 결론짓게 될 수밖에 없다는 걸 강현은 잘 알고 있었다.

그러니까 더 여유를 가져야 한다. 설사 지금 동화가 내 아들이라는 게 드러난다고 해도 무작정 흥분해서 될 일이 아니었다.

강현은 고개를 한 번 끄덕이고는 차근차근 따져나갔다.

"조금 전에 할아버지가 인공 수정을 한 여잔 연다미라고 하시지 않았습니까?"

"그래. 인공 수정을 한 사람은 분명 연다미였지. 하지만 5년 뒤에 그 동생이 너를 판박이로 닮은 아이를 데리고 나타났잖니. 이 모든 게 그냥 우연일 것 같으냐?"

다혜를 만났던 모든 순간이 머릿속에 영상처럼 흘러갔다.

그럼 하나부터 열까지 모든 것이 계획된 걸까?

강현은 머리카락 하나하나가 바늘처럼 솟는 걸 느끼면서도 침착했다. 또 하나 간과해서는 안 되는 게 있다. 지금 유씨 집안은 안전하지 않다는 거 말이다.

아무리 그럴싸하고 돈 많은 집안처럼 보여도 유씨 집안의 근원은 깡패였고 그 원한 관계에서 아직도 자유롭지 못하다.

얼마 전까지만 해도 다혜의 차를 들이받은 놈이 있었다. 구순호를 통해 알아봤을 때 칠정파 조무래기라고 했었다. 그런데 그 뒤에 잠잠한 걸 보면 할아버지가 손을 썼다는 얘기였다.

바윗덩어리처럼 꿈쩍도 하지 않고 있는 손자에게 조바심을 느끼는 쪽은 오히려 유 회장이었다.

유 회장은 옆에 있던 물을 한 모금 마셨다.

"약 드려요?"

가슴이 아픈지 한 손으로 가슴을 쥐고 있는 게 딱 몸이 안 좋아 보여 말했다.

"그러게 마음을 비우세요. 아직까지 인공 수정 이야기를 하느라고 그렇게 심장을 붙잡고 계시냐고요."

강현은 유 회장의 주머니에서 약통을 꺼냈다.

"어서 드세요."

"이놈. 나를 영 못마땅해하면서도 죽는 건 싫으냐?"

"그걸 말씀이라고 하세요? 삼대 거짓말 중 하나가 노인이 빨리 죽어야지, 하는 말이라는데요."

"무슨 소리야? 난 빈말로도 빨리 죽겠다고 말한 적 없다. 이 좋은 세상 건강하게 살아야지. 이제 잃어버린 핏줄을 찾을 거 같은데. 오래 살아야지. 핏줄도 찾고 또 네놈 것도 기어이 풀어서 손자도 보고. 내 꿈이다."

"꿈 깨세요."

할아버지의 눈이 강현의 다리 사이에 가 있는 걸 보고 강현이 두 손으로 사타구니를 가렸다.

"그렇게 보지 마세요. 다 큰 성인을."

"네놈 어렸을 때 내가 네 고추를 얼마나 많이 만져 봤는지 알아?"

"진짜. 언제까지 저 말씀을 하시나. 치매 검사부터 해요, 다음 주에."

유 회장이 입가를 쭉 늘렸다.

"친자 확인 검사, 내가 하랴?"

역시 핵심은 친자 확인 검사였다. 할아버지가 이렇게 나온 이상 그냥 넘어갈 문제가 아니었다. 강현은 고개를 저었다.

"할아버지. 뭘 해도 제가 합니다. 이만큼 말씀해 주셨으면 됐습니다."

"그래. 네가 하라고 내가 불렀다. 아무리 내가 내 자손을 원한다지만, 네 씨 아니냐?"

마음으로는 이미 유전자 검사를 마쳤다. 틀림없다. 동화가 강현의 자식이 아닐 수가 없다. 어떻게 닮아도 그렇게 닮을 수가 있단 말인가.

콜록! 콜록!

"또 흥분하신 거군요. 또 기침이 나오잖아요. 그리고 아직 정확한 건 없습니다. 죽은 여자가 애를 낳았을 리도 없고, 연다혜는 그런 여자가 아닙니다."

돈 때문에 인공 수정을 하는 그런 여자일 리가 없다. 동화가 내 아이였으면 하는 생각은 수없이 많이 해봤지만 이런 경우는 결코 상상해본 적이 없었다.

"뭐가 그런 여자가 아니라는 거냐? 연다미가 그때 죽었다면 아이를 낳고 죽었을 리 없지. 한밑천 잡아보겠다고 동생이 나섰을 수도 있지 않겠니? 키워서 오면 더 받을 수 있을 거라 생각했을 수도 있다."

"그만하세요."

강현의 신경이 가닥가닥 갈라져 흩어졌다. 이럴수록 정신을 모아야 하는데 눈앞에 앉은 할아버지가 던지는 한마디 한마디가 그에게 폭격처럼 다가왔다.

* * *

오전까지만 해도 여러 번 문자를 보내던 남자가 오후 들어서 전화도 문자도 없다. 이런 게 문제다.

연락이 오지 않으면 자꾸 휴대폰을 보게 되고 이 사람이 많이 바쁜가, 아니면 뭐에 삐쳤나? 하는 생각을 하게 된다.

유강현, 이 남자와 너무 갑작스럽게 가까워졌다.

그러다 보니 저 역시 이 남자한테 내성이라는 게 생길 틈이 없었다. 그러면서 동화는 동화대로 아저씨를 좋아하고 따르고, 저는 얼떨결에 이 남자와 사귀는 사이까지 되어버렸다.

하지만 겨우 반나절 연락 없는 남자에게 문자를 하자니 좀 어색했다.

이래서 사람은 연애도 해봐야 하는 거다. 물론 그럴 틈이 없었다. 동화 엄마로 사는 동안 남자하고 연애 같은 걸 꿈이라도 꿀 수가 있었던가.

생각에 잠겨 있는데 진동음과 함께 문자가 왔다. 당연히 강현일 거라고 생각하고 확인했으나 준오였다.

[잠깐 할 얘기가 있어서 카페에 들를게.]

누구라도 오는 카페다. 김준오라고 해서 특별히 다를 것도, 거북할 것도 없다. 이미 지나간 이야기고 동화를 낳기 전과 지금은 정말 전생과 이생 정도의 큰 갭이 있으니까. 그러나 준오가 와서 한 말에 다혜는 어이가 없었다.

"뭐라고요? 선배가 왜 동화 아빠예요?"

"내 마음으로 그렇게 정했어."

"하지만 그건 준오 선배 혼자 생각할 때죠. 어떻게 주아 어머니한테도 아빠라고 말할 수가 있어요?"

준오는 조용히 있다가 엉뚱한 말을 꺼냈다.

"어린이집에서 만두 만들기 행사가 있다고 들었어."

혜순이 그 얘기를 했다는 건 준오가 동화 아빠라고 믿었기 때문일 거라는 생각이 들자 화가 났다.

"거짓말이잖아요."

"너하고 나하고 결혼하게 되면 어차피 내가 동화 아빠 노릇 해야 하잖아. 그리고 아빠 노릇이 아니라 진짜 동화 아빠라고 생각하고 살 거야."

"선배. 나는 선배하고 결혼할 생각 해본 적 없어요. 동화 아빠가 필요하다고 해도 선배는 아니에요."

"왜?"

준오의 눈은 고요히 다혜를 향하고 있었다. 침착해서 당황스러울 만큼 그는 동요 없이 다혜에게 제 마음이 진심이라고 전달하고 있었다.

"선배한테 나 나쁜 여자였잖아요. 그러니까 잊어요."

다혜는 진심으로 준오가 저를 잊어줬으면 했다. 이미 다른 남자에게 마음이 가 있으니 준오의 정성을 받아들일 수 없었다.

"다른 사람 가기로 되어 있니? 그렇지 않으면 내가…….."

"네. 다른 사람한테 부탁했어요."

"믿을 수 없어."

충격받은 얼굴이 분명했지만 다혜는 무시했다.

"믿든 안 믿든 자유예요. 하지만 동화 만두 만들기 행사는 다른 사람이 갈 거예요."

"아쉽다."

준오는 정말 아쉬운 얼굴을 하고 있었다.

"다혜야, 내가 마음만 먼저 앞서갔나 보다. 도움이 필요하면 언제든지 말해. 너 도와주고 싶어."

"고마워요. 도움 필요하면 말할게요. 마음 써줬는데 거절해서 미안해요."

"아니야. 동화가 좋아하는 사람이니, 그 사람은?"

"네."

"그렇구나. 좀 부럽긴 하다. 동화가 나한테는 마음을 열어주지 않더라고."

"동화가 잘 웃긴 해도 사람들한테 마음을 금방금방 여는 성격은 아니에요."

"그런 거 같더라. 그런데 아이가 아주 영특하더라."

"네."

"그래. 나, 이만 가볼게."

너무 부담스럽지 않게 적정 거리를 유지해 주는 것이 김준오답다. 돌아서려는데 김준오가 다시 왔다.

"다혜야. 하나만 정확하게 말해둘게. 난 네가 행복했으면 좋겠어. 네가 행복해질 수 있도록 돕고 싶어."

다혜는 준오의 따뜻한 말이 고마워 고개를 끄덕였다.

* * *

한참을 대표실에서 있던 유 회장이 시간을 보더니 일어섰다.

"시간 다 됐다. 이제 동화 보러 내려가자."

"작정하고 문화센터 시간까지 다 알아 오셨군요."

유 회장은 저보다 큰 손자를 올려다보며 입가에 웃음을 걸었다.

"당연하지 않니? 내 마음속에서 이미 그 애는 내 핏줄이야."

15. 이 결과가 진실이야?

강현은 냉정한 얼굴로 할아버지를 응시했다. 할아버지 말을 어디까지 믿을 수 있는지도 모르겠다.

할아버지는 이 모든 것이 우연이라고 했지만 다른 건 몰라도 하나는 확실하다. 처음 원나잇을 제안했던 건 다혜가 아니었다. 술에 취해서 택시를 잡겠다고 나간 숙맥 같은 여자를 꼬여서 호텔로 끌고 갔던 것은 분명 저였다.

그 뒤에 백화점에서 만나서도 그녀는 저가 대표인 줄도 몰랐다. 그 모든 게 연극이라고는 생각하지 않는다. 아이 때문에 흘린 그녀의 눈물을 보았고 동화를 쳐다보는 사랑스러운 눈빛을 이미 보아버렸다.

"할아버지는 저 아니어도 하실 수 있을 게 참 많으시네요."

곱게 나오는 말이 아니라는 걸 눈치챈 유 회장이 고개를 들었다.

"그래. 너 아니어도 아이 수업 시간표 정도야 얼마든지 알 수 있지."

강현은 할아버지의 이런 행보가 싫었다. 제한선을 두지 않는다면 혼자 앞서가실 분이었다.

"꼭 봐야겠습니까? 아직 그 애가 제 아들이라는 어떤 확신도 증거도 없습니다."

강현을 보는 유 회장의 눈썹이 꿈틀거렸다.

"그래도 그 애가 보고 싶어서 난 봐야겠다."

"알겠습니다. 하지만 명심하셔야 할 게 있습니다. 모든 건 제가 합니다. 괜히 애 머리카락 한 올이라도 뽑을 생각 하지도 마십시오. 연 실장한테 동의받아서 검사할 겁니다."

유 회장은 깊게 숨을 들이마셨다가 내쉬었다. 마음대로 하지 말라는 손자가 괘씸하면서도 이렇게 제 앞에서 밀리지 않는 기세가 마음에 들기도 한다.

"이미 확증된 거나 마찬가지야."

"앞서 나가지 마십시오. 아닐 수도 있습니다. 앞뒤가 맞지 않아요. 언니가 계약했고 이미 죽었습니다."

"그래. 앞뒤가 맞지 않아. 하지만 그 아이의 존재 자체가 확증이다."

"세상에 비슷한 사람은 얼마든지 많습니다."

"그렇게 닮을 수는 없다."

"할아버지 혼자 가시게는 안 합니다. 저도 가요."

"그래. 같이 가자. 닮은 부자 얼굴 보는 게 더 좋으니까."

강현은 할아버지와 함께 에스컬레이터를 타고 한 층을 내려갔다. 오늘은 다혜가 동화를 데리러 오는 날이라서 강현은 내려가면서 다혜에게 전화했다.

"오늘은 내가 동화 1층에 데려다줄게요."

-아, 그러시겠어요? 그렇지 않아도 올라가려고 했는데.

"지금 11층이니까 굳이 올라오지 않아도 돼요."

-네, 알겠습니다.

왠지 조금은 딱딱한 느낌이었다. 옆에 누가 있는 걸까?

강현이 레슨실 문을 열자 동화가 활짝 웃으며 두 팔을 벌렸다. 어제 아파서 울던 것과는 전연 딴판이다. 동화를 번쩍 들어앉자 옆에서 유 회장이 웃으며 말을 건넸다.

"동화야, 할아버지 기억나니?"

그러자 동화가 인사를 했다.

"할아버지, 안녕하세요."

"할아버지를 기억하는구나."

"네. 같이 아저씨 대표실에 갔잖아요."

"그래. 할아버지가 동화 보고 싶어서 왔는데, 할아버지한테도 한번 오련?"

유 회장이 두 팔을 내밀었다. 그러자 동화가 강현에게 꼭 달라붙은 채 움직이지 않았다.

"동화야, 할아버지가 안아준다고 하시는데?"

그러자 동화가 물끄러미 유 회장을 보다가 고개를 끄덕였다. 강현이 유 회장에게 동화를 안겨주자 유 회장이 동화를 꼭 끌어안고 등을 토닥였다. 말할 수 없이 심장이 뛴다.

이 애는 내 핏줄이 틀림없어.

심장이 쿵쿵 뛰는 벅찬 감격에 유 회장이 작게 탄성을 냈다.

"예쁘구나, 동화."

동화가 다시 강현에게 다시 손을 내밀었다. 강현은 동화를 안은 채 유 회장에게 말했다.

"이제 그만 내려가세요."

"조금만 더 같이 있고 싶구나."

"애는 이제 가서 저녁도 먹어야 하고 할 일 많아요. 연 실장에게 데려다 줄 겁니다."

거절하는 강현이 못마땅한지 입을 굳게 다문 유 회장이 제안했다.

"같이 밥 먹는 건 어떻겠냐."

"할아버지."

단호한 목소리에 담긴 거절에 유 회장이 고개를 끄덕였다.

"그래. 알았다. 내가 너무 서두르지 않으마."

강현은 머릿속이 복잡했다. 할아버지가 이렇게 나온 이상 포기시키는 방법은 없다. 정말 유전자 검사를 하는 수밖에 없었다.

그런데 정말 동화가 내 아이일까?

연다혜가 인공 수정을 했을까? 왜?

세 사람은 전용 엘리베이터를 타고 1층 버튼을 눌렀다. 침묵 속에서도 동화는 강현을 보고 고개를 갸웃하고 웃었다. 강현은 복잡한 심경으로 동화의 등을 쓰다듬었다.

갑자기 텅하며 엘리베이터가 정지되고 불이 꺼졌다. 강현은 순간 당황했다. 동화가 무서운지 두 팔로 강현의 목에 꼭 매달렸다.

"아저씨!"

"어. 동화야, 괜찮아. 아저씨가 있잖아. 그치?"

"깜깜해요."

강현은 휴대폰을 꺼내 불을 밝혔다. 놀라서 더 커진 동화의 눈동자가 보였다. 강현이 미소지었다.

"무서워?"

동화는 씩씩하게 고개를 저었다. 아이를 안심시키고서 강현이 유 회장을 돌아보았다.

"대체 백화점 관리를 어떻게 하는 거야? 대표 엘리베이터가 이러면 다른 것들은 얼마나 허술하겠어?"

"야단치시는 거 보니 많이 놀라지는 않으셨나 보네요. 일단 가만히 계세요. 왜 이렇게 됐는지…… 일단 비상벨을."

그리고 비상벨을 눌렀다. 그러자 바로 누군가의 목소리가 들려왔다.

-유택천이. 아직도 잘 살아 있네.

사투리가 섞인 목소리였다. 비상벨 호출이 어떻게 일반인에게 넘어갈 수 있는 건지 알 수가 없었다.

"너, 김기팔이?!"

갑자기 유 회장이 눈을 부릅뜨고 소리를 질렀다.

-쨍쨍하니 귀도 말짱하네. 니는 어차피 내 손아귀에 있다. 죽을 날만 기다리라. 내 오늘은 이쯤 한다. 무고한 어린이가 타고 있어서 봐주는 줄 알아.

웃음소리가 기괴했다. 그리고 통신이 끊어졌다. 유 회장이 부르르 떨었다. 이런 험악한 분위기를 느꼈는지 동화가 소리를 냈다.

"아저씨. 나 무서워요."

"동화야. 사나이들끼리 있는데 뭐가 무서워. 그렇지?"

강현의 휴대폰 불빛으로 밝아진 실내는 그림자의 음영 때문에 서로가 기괴하게 보였다. 그러나 강현은 동화를 보며 고개를 갸웃했다.

"이러고 보니 동화가 더 멋지게 보이네. 아주 큰 형아 같아. 한번 웃어 볼까, 우리?"

강현이 동화를 보며 씩 웃자 동화도 웃었다.

"안 무섭지?"

동화가 또 고개를 끄덕였다. 강현은 속으로 입이 바짝 말랐다. 할아버지는 놀라면 심장에 해롭다.

"할아버지, 괜찮으세요?"

"나도 사나이다."

"네. 그럼 됐고요. 여기 사나이만 셋이네요."

강현이 바로 구순호에게 연락했다.

"너 지금 어디야."

-네, 대표님. 대표실에…….

"엘리베이터 상황실 가 봐. 지금 9층하고 8층 사이에 갇혀 있어."

-네? 알겠습니다.

연락을 끊은 지 얼마 되지 않아 엘리베이터 밖에서 소리가 들렸다.

"대표님! 잠시만 기다리십시오."

구순호의 목소리였다. 그리고 다시 엘리베이터에 불이 들어왔다. 엘리베이터는 천천히 8층에서 멈춰 섰다. 문이 열리자 보안실 직원들이 나와 서 있었다.

"회장님. 죄송합니다. 일단 내리시죠. 상황 점검해보고 다시 타시는 게……."

동화를 안은 강현과 유 회장이 엘리베이터에서 내렸다. 점검 기사가 엘리베이터에 타고 1층까지 내려갔다가 다시 올라오는 동안 구순호가 걱정스럽게 말했다.

"상황실은 이상이 없었습니다. 누군가 통신선을 따서 통화를 한 것 같습니다."

"멀쩡히 사람들이 상황실에 있었는데 이런 일이 있단 말이야? 그러면 엘리베이터 CCTV 보고 있던 사람은 없었어?"

그러자 젊은 기사가 앞으로 나섰다. 겁을 잔뜩 먹은 얼굴이었다.

"네. 접니다. 하지만 매 순간 다 보게 되지는 않아서……."

강현은 그나마 다행이라고 생각하며 가슴을 쓸어내렸다. 그러나 강현보다 더 크게 놀란 건 유 회장이었다.

"김기팔이…… 죽지 않았다고?"

멍하니 중얼거리는데 강현이 다가와 말했다.

"할아버지. 저한테 하실 말 있으시죠? 김기팔이라면 칠정파 김철주의 아버지않습니까? 분명히 그때 사고로 죽었다고 했습니다. 사망신고까지 되었고요."

"그래. 그렇지. 진짜 살아 있는 건지 모르겠다."

김기팔은 유천택 회장과는 악연이었다. 친구였으나 적이 되었고 한 여자를 사랑한 연적이기도 했다. 이미 십여 년 전에 죽은 놈의 목소리가 어째서 이 엘리베이터에서 들린 걸까?

유 회장의 눈에 살기가 돌았다. 강현은 그런 유 회장의 팔을 잡았다 놓았다.

"나중에 얘기하죠. 일단 동화나 연 실장에게 데려다주겠습니다. 먼저 가세요."

"아니다. 나도 같이 가자."

전혀 반갑지 않은 말이었다. 괜히 앞서 나가다가 다혜를 놀라게 하지는 않을까 싶어서 강현은 반대했다.

"할아버지 오지랖이에요. 아직 애 엄마까지 볼 정도는 아니지 않습니까?"

"이미 봤잖아. 난 볼 거다."

유 회장이 먼저 엘리베이터에 탔다. 강현은 동화를 안은 채 뒤따랐다. 그리고 두 사람은 다혜의 커피숍까지 말없이 걸었다.

"엄마!"

동화의 목소리에 다혜가 매장에서 나왔다. 아직 퇴근하지 않은 주변 매장에서 강현과 유 회장을 힐끔힐끔 바라보고 있었다.

"안녕하세요, 회장님."

"또 보네. 내가 동화가 보고 싶어서 왔네."

당당한 유 회장의 말에 다혜는 어쩔 줄 몰라 했다.

"앞으로 자네도 또 볼일이 있을 것 같아."

"네? 무슨……."

유 회장은 뭔가 단단히 결심이라도 한 듯이 힘을 주어 다혜를 쳐다보고 있었다. 그런 유 회장을 보고 있는데 괜히 등줄기가 서늘해지는 것 같았다.

속까지 꿰뚫어 볼 것 같은 눈이었다.

"자네 언니가 연다미 맞나?"

날카로운 눈빛이 가져다주는 불길한 예감은 틀리지 않았다.

갑자기 언니의 이름이 나오자 다혜는 깜짝 놀랐다.

유 회장님이 언니 이름을 어떻게 알지?

아무리 내색하지 않으려고 해도 입가에 경련이 일었다. 놀란 기색조차 숨기지 못하고 있는 다혜의 앞을 강현이 막아섰다.

"할아버지. 제가 알아서 한다고 말씀드렸잖아요. 사람 놀라게 그런 얘기는 왜 하십니까."

"너 감히 내 앞을 막아서냐?"

노기를 띤 유 회장의 눈썹이 높이 올랐다 내려왔다. 그러나 강현은 전혀 물러날 기미를 보이지 않고 버티고 선 채 말했다.

"네. 여기는 제 백화점이고 연다혜 실장은 제 백화점에 입점한 업체 실장님입니다. 저 말고 다른 사람이 함부로 하는 거 못 봅니다."

"아저씨, 싸워요?"

동화가 다가와 강현의 손을 잡고 위로 올려다보았다. 작은 아이가 위를 올려다보느라 고개가 완전히 꺾어졌다. 그 귀여운 모습에 어른들의 시선이 다 아래로 향했다. 강현이 반사적으로 동화를 들어 안고 다시 유 회장을 응시했다.

묵직하게 말하는 강현의 기세에 유 회장은 입을 다물었다. 무엇보다 지금 옆에는 또랑또랑한 눈망울로 쳐다보고 있는 동화가 있었다.

여기서 섣부르게 행동해서는 안 된다는 건 본능적으로 알 수 있었다. 유 회장이 동화를 보고 어색한 미소를 지었다. 그리고 다시 강현을 보고 근엄한 얼굴로 말했다.

"그래. 알았다. 난 먼저 가겠다. 검사하는 데 한나절이면 된다는구나. 내일 끝내자."

내일 친자 검사를 끝내자는 말이었다. 강현은 지지 않고 말했다.

"저도 질질 끌 생각 없습니다. 기사 있으니까 나가지 않겠습니다. 조심히 들어가세요."

"언제는 네놈이 배웅했냐?"

유 회장이 나가자 다혜는 놀란 얼굴을 하고 강현의 품에서 동화를 받아 끌어안았다. 온몸의 피가 싸늘하게 식어가는 느낌이었다.

언니 이름은 어떻게 알았을까?

"엄마. 내릴래."

답답했는지 동화가 버둥거렸다. 다혜는 정신을 차리고 천천히 동화를 내려주었다.

"무슨 일이에요? 무슨 일인데 유 회장님이 언니 이름을 알아요?"

"그럴 만한 일이 있어요."

"말해주세요. 지금."

다혜가 가까이 다가서서 강현을 쳐다보았다.

"지금 여기서 이러면 좀 곤란할 텐데. 주위의 사람들도 좀 생각하죠."

그렇지 않아도 회장과 대표가 나타나자 다른 매장 사람들이 다 관심을 두고 있었다.

"죄송해요. 다른 생각은 안 들어서."

"동화야, 아저씨하고 저녁 먹을까?"

동화가 고개를 끄덕였다. 늦은 저녁이다.

"동화는 늘 이렇게 저녁을 늦게 먹습니까?"

"간식 먹으니까요."

"우리 동화 배고프겠다, 가자."

다혜는 다른 말을 할 수가 없었다. 강현이 동화와 다혜를 데리고 간 곳은 백화점 바로 앞에 있는 최고급 레스토랑이었다. 서울 시내가 한눈에 내려다보이는 레스토랑은 대형 크리스마스트리로 중앙을 장식해서 동화가 무척이나 좋아했다.

반짝이는 전구에서 눈을 떼지 못하는 동화에게 강현이 속삭였다.

"가 봐도 돼. 대신 바로 여기로 와야 한다."

강현은 동화를 바라보며 웃었지만 다혜는 여전히 경직된 표정을 풀지 않았다.

"동화, 고기 좋아한다면서요. 여기서 고기 먹여요."

"네."

하지만 다혜는 유 회장의 입에서 언니의 이름이 나온 뒤로 아무 생각도 할 수가 없어 혼란스러웠다.

"언니 이름이 연다미 맞죠?"

"네. 대표님이 말씀하셨어요? 그때 봉안당에 갔다 와서 말했나요?"

"아니요. 할아버지가 언니를 알고 계세요."

"어떻게요?"

"일단 식사부터 해요. 다 지나간 일이잖아요. 아닌가요?"

"맞아요. 지나간 일이에요. 언니는 이미 죽었으니까요."

하지만 불길한 마음이 자꾸 들었다. 어떤 검사를 말하는 걸까?

"동화야, 이리 와."

강현의 손짓에 동화가 쪼르르 다가왔다. 강현은 능숙하게 물수건으로 동화의 손을 닦아주고는 냅킨도 둘러주었다. 강현이 고기를 잘게 썰어주자 동화가 오물오물 입에 넣고 오래 씹어서 꿀떡 삼켰다.

"맛있어. 엄마, 맛있어. 먹어봐."

포크로 찍어서 다혜의 입가에 가져다주는 걸 보니 기특했다.

"동화 다른 때도 엄마 이렇게 먹여줘?"

동화가 고개를 끄덕했다.

"엄마는 맨날 나 먹여주니까 나도 엄마 먹여줘요."

동화가 내미는 고기를 보고도 다혜가 입을 열지 않자 동화가 자꾸 입가로 가져갔다.

"그 입 좀 벌려줘요. 동화가 엄마 먹이려고 애쓰는데. 연다혜 씨가 동화 먹이는데 그렇게 입 안 벌리면 어떻게 해요?"

"입 안 벌려? 하고 야단쳐."

옆에서 동화가 다혜 흉내를 내며 말했다. 눈썹까지 모으며 야단치는 시늉을 하는 모습에 다혜가 웃으며 입을 벌렸다. 최상급 소고기가 알맞게 익어 입 안에서 사르르 녹는다.

"동화 맛있어?"

동화가 기분이 좋아서 활짝 웃으며 고기를 오물오물 씹었다. 그러더니 동화가 포크에 고기를 찍어서 강현 쪽으로 내밀었다.

"아저씨도 줄까요?"

이런 걸 감동이라고 하는 건가 보다. 강현이 입을 아- 벌리자 동화가 포크를 입 안으로 대주었다.

"동화가 주니까 더 맛있네?"

강현의 말에 동화는 더 신이 나는지 고기를 콕 찍어 입에 넣고 머리까지 흔들면서 맛있게 먹었다.

"동화가 이렇게 좋아하는데 우리 다음에 또 오죠."

강현이 기분 좋은 얼굴로 말했지만 다혜의 머릿속은 온통 언니와 유 회장의 관계뿐이었다.

"그것보다 회장님이 언니를 어떻게 아시는지⋯⋯."

"음. 그건 이야기가 긴데, 동화도 있고. 생각보다 동화가 머리 좋잖아. 여기서 말해요?"

강현의 말에 다혜가 고개를 저었다.

"아니에요. 나중에, 이따요."

식사를 마치고 다시 강현의 차에 올라탔다. 배부르게 먹고 기분이 좋아졌는지 동화는 차를 타고 가면서도 흥얼흥얼 노래까지 불렀다.

"동화 오늘 기분 좋구나."

이 작고 아늑한 집에 다시 돌아왔다.

마침 집에 들어왔을 때부터 눈이 내리기 시작했다.

"와, 눈이다!"

동화가 폴짝폴짝 뛰며 창가로 갔다. 작은 평수의 집은 베란다를 터서 바로 문만 열면 손을 밖으로 내어 볼 수도 있었다.

"동화야, 위험해. 창가 쪽으로 가지 말라고 했잖아."

"안 가. 안 가. 그냥 보기만 하는 거야."

동화가 창가에 달라붙자 강현이 동화를 안고 창문을 조금 열었다.

"내가 있으니까 괜찮죠? 동화야, 팔 뻗어봐."

동화가 팔을 뻗자 눈송이가 동화의 볼록볼록한 손가락 위에 떨어졌다.

"차가워!"

"기분 좋아?"

동화가 고개를 끄덕이더니 차가운 눈이 담긴 손바닥을 가져다 강현의 볼에 댔다. 차갑고 작은 손바닥이 볼에 닿자 강현이 조금 과장해서 아 차가워! 하고 소리를 쳤다. 그러자 까르르 동화의 웃음소리가 들린다.

강현이 동화를 꽉 끌어안고 높이 올렸다가 내리며 두어 바퀴를 돌아주었다.

"동화 이제 씻어야지."

"동화, 내가 씻길까요?"

"네?"

"나도 동화 목욕시킬 수 있는데. 동화야, 아저씨하고 같이 목욕할까?"

이 남자가 대체 무슨 생각으로 목욕까지 같이한다고 하는 걸까?

강현은 멍해서 보는 여자의 얼굴이 사랑스러워 당장 입을 맞추고 싶지만 동화 때문에 참았다.

"목욕. 좋아요. 같이 목욕."

좋아하는 동화의 모습에 다혜가 고개를 끄덕이며 강현에게 뭔가를 내밀었다.

"이거 갈아입어요."

집에서 입기 좋은 실내복이었다.

"동화랑 목욕 하고 입으면 되겠네."

강현이 동화를 안고 욕실로 들어갔다. 거품 비누를 잔뜩 풀면서 동화가 욕조에 선 채로 물었다.

"아저씨. 나 밥도 잘 먹었는데, 많이 컸지요?"

"멋있는데? 어디 보자. 고추도 컸네. 우리 동화."

"아저씨만큼 크려면 이만큼 커야 하는데!"

동화가 팔을 높이 벌리며 쳐다보았다. 하필이면 동화의 시선이 다혜 때문에 우뚝 솟은 강현의 페니스에서 멈췄다.

동화의 큰 눈이 더 커지더니 동화가 입까지 딱 벌렸다.

"자, 거품 많아졌네. 들어가자."

강현은 바로 동화를 안고 아이의 시선을 옮겼다.

욕조에 가득한 거품 안으로 아이를 안고 들어가 앉으니 동화가 거품을 한 손에 떠서 강현의 코에 묻혔다.

단 한 번도 생각해 보지 못한 일을 지금 하고 있다. 이렇게 사랑스러운 아기를 왜 상상조차 하지 못했던 걸까?

욕조에서 강현의 무릎에 앉은 동화가 욕조에 오리를 둥둥 띄웠다.

"이것 봐요."

노란 오리 세 마리가 비누 거품 위에 떴다.

"아빠 오리, 엄마 오리, 애기 오리!"

"이건 아저씨 오리."

"그래, 동화야."

어쩐지 눈물이 날 것만 같았다. 이 아이가 내 아이일지도 모른다는 생각은 회오리처럼 강현을 휘몰아치고 있었다. 할아버지 말을 들은 이후로 계속되는 생각에 현기증이 날 정도였다.

강현이 갑자기 꽉 끌어안자 동화가 버둥거렸다.

"아, 답답해. 내 오리, 오리 다 뒤집히네."

"자, 그만 놀고 씻자."

혼자 씻는 것의 세 배도 넘는 시간이 걸려서 겨우 욕실에서 나왔다. 아이는 욕실에 오래 있어서 온통 몸이 발그스름하다.

강현은 다혜가 준 실내복을 입고 동화의 머리에 커다란 수건을 씌우고 소파에 앉았다. 마치 이 아이가, 이 집이 모두 내 것인 것 같다. 아니, 내 것이었으면. 내 것이길…….

다혜는 인공 수정이 이어 오늘 유 회장에게 언니의 이름까지 들은 이후 마음이 계속 불안했다.

이렇게 속이 타는데도 쉽게 말하지 않는 강현이 야속하기만 하다. 언니가 유 회장하고 어떻게 알고 있을까?

동화가 자기 전까지 강현은 절대 말하지 않을 거다. 남자 둘이 게임 하느라고 정신없는 통에 다혜는 잠시 누웠다. 동화가 잠들면 강현에게 물어볼 생각이었다.

눈을 잠깐 감았다 뜬 것 같은데 몇 시인지 모르겠다.

강현 씨?

동화는 잠이 들었나?

어이없게도 잠이 들었나 보다. 사위가 멍하니 의식이 정리되지 않았다. 눈을 깜빡이고 바로 나가 보려고 일어나려는데 뒤에서 억센 팔이 허리를 잡아당겼다.

"아!"

"쉿, 동화 잠든 지 좀 됐어요. 무슨 엄마가 애보다 먼저 잠이 들어요?"

강현의 목소리였다. 그의 목소리를 들으니 안심이 되었다. 동화 잠들기를 기다린다고 하다 고단해서 잠깐 잠이 들었나 보다.

동화가 잠들기 전에 먼저 잠든 적은 단 한 번도 없었는데, 이 남자가 와 있다고 그새 마음이 풀어진 건가?

다혜가 웃었다.

"그러게요. 나 순 엉터리네요. 엄마가 먼저 잠들고."

"덕분에 내가 동화 독차지하고 재우기까지 했지. 그런데 선물 받은 이 옷 참 좋네요. 촉감이 연다혜하고 비슷하다고 할까? 부드럽고 보송보송하고."

강현은 뒤에서 끌어안은 채 다혜의 목덜미에 얼굴을 비볐다. 커다란 그의 손안에서 젖가슴이 일그러졌다. 그의 뜨거운 숨결에 소름이 오소소 돋았으나 다혜는 고개를 저으며 그를 돌아보려고 했다.

"나 궁금해 죽겠어요."

그러나 강현이 꼼짝하지 못하게 안고는 귓가에 대고 말했다.

"말해봐요. 대답할 테니."

"유 회장님이 어떻게 언니 이름을 아는지. 왜 나를 찾아오셔서 언니 이름을 물었는지 대표님은 아세요?"

강현은 묻는 말에 순순히 대답했다.

"언니하고 계약을 했다고 하시던데."

"네?"

계약이라는 말에 다혜는 온몸의 근육이 수축하는 걸 느꼈다.

"언니가 회장님하고 했다는 계약이 뭔지 말해 줘요."

"인공 수정."

강현이 다혜의 귓가에 대고 딱 한마디를 내뱉었다. 그 순간 다혜는 무너질 것 같은 제 몸을 어떻게든 지탱하려 반사적으로 강현의 팔을 꽉 잡았다.

올 것이 온 건가? 빠져나갈 수 없는 건가?

입술이 바짝 마르고 저도 모르게 눈을 감았다 떴다.

다혜를 꽉 안고 있는 강현에게 다혜의 이런 반응이 고스란히 전해졌다.

"인공 수정이라니요?"

"참 흔하지 않은 계약이죠. 알다시피 내가 정관 수술했잖아요. 할아버지께서 14년 전에 나 모르게 정자를 냉동해놨어요."

5년 전에도 이미 9년이나 냉동되어 있던 정자였다는 말이다.

"나는 비혼주의인데 하도 결혼해라, 애를 낳아라, 귀찮게 해서 29살에 정관 수술을 했죠. 그런데 그 말을 듣자마자 할아버지가 위기의식을 느꼈는지 인공 수정을 할 사람을 찾아봤던 거 같아요. 마침 저축은행에 근무하는 연다미 씨가 조건에 맞았던 거 같아요. 다혜 씨 언니였으니까 예쁘고 똑똑했겠죠. 무슨 사정인지 몰라도 돈이 필요해서 계약했겠죠."

그 힘들었던 시간이 갑자기 떠올랐다. 엄마가 중환자실에서 꼼짝하지 못하고 종일 보호자 대기실에서 지냈던 시간들. 언니도 다혜도 참 힘겨웠다.

"그때 연다미 씨 엄마가 중환자실에 6개월 이상 입원하면서 병원비도 많이 들었죠."

강현의 손등으로 다혜의 눈물이 떨어졌다. 강현은 다혜의 볼을 커다란 손으로 닦아주었다.

"그래서 연다미 씨가 그런 계약을 했을까요?"

"……."

다혜는 말하지 않았다. 거짓말을 하고 싶지도 않았고 인공 수정에 관한 어떤 이야기도 알았다는 내색을 하고 싶지도 않았다. 이 현실이 무섭고 믿어지지 않고 있었다.

"할아버지가 했다고 하면 한 걸 겁니다. 계약서를 가지고 계실 테니까."

다혜는 창백한 얼굴로 눈을 감았다. 이런 상황에도 강현이 뒤에서 안아주는 것이 참 다행이다 싶다. 그런데 그 순간 강현이 다혜를 돌려 뉘었다.

눈앞에 있는 그의 눈동자가 심연처럼 깊게 느껴졌다.

강현은 다혜의 창백한 얼굴을 쓰다듬다가 입술을 검지로 쓸었다. 핏기가 없는 입술은 파랗게 질려 있었다.

"얼굴이 많이 창백해요."

그가 입술을 겹치고 빨아들였다. 뜨거운 입술이 닿으며 세차게 입술을 빨자 바로 입술에 붉게 피가 몰렸다.

다시 눈이 마주치고 커다랗고 따뜻한 손의 감촉은 여전한데도 다혜는 그의 손을 뿌리쳤다.

"계속 얘기해 봐요. 그래서요? 인공 수정을 계약한 언니가 뭐요?"

목소리가 격해졌다. 그러나 강현은 덤덤하게 말을 이었다.

"그런데 동화가 날 닮았다는 거지."

"그래서요. 언니는 이미 죽었어요. 날짜도 맞지 않고…… 갑자기 동화는 왜?"

당장이라도 동화를 데리고 어디로 숨고 싶은 마음이었다. 어떻게 이런 일이…….

"그러니까. 나도 그렇게 얘기했는데 할아버지는 동화가 내 아들이라고 확신하시는 것 같아요."

"그래서 어떻게 하시겠다는 거예요?"

발작적으로 소리를 내며 그를 밀어냈지만 강현은 더 당겨 안았다. 그것도 모자라 단단한 허벅지로 그녀의 골반을 꽉 동였다.

"핏줄을 찾으시겠다는 거겠지."

"말려줘요. 아니에요. 동화 아빠는 따로 있어요."

그 말에 강현이 눈썹을 꿈틀했다.

그렇게 해서라도 숨기고 싶어 하는 건 알겠지만 생각만으로도 질투심이 불타올랐다. 그의 손가락이 팬티 안으로 파고들었다. 손가락이 깊숙이 속살을 찌르며 파고들었다.

질구 안으로 깊이 파고든 손가락이 내벽을 찌름과 동시에 나머지 손이 음부 전체를 움켜쥐었다.

"아무 말이나 막 던지지는 말지. 그럼 나도 평정심을 유지하기 힘들어요."

"이거 놔요. 동화는 내 애야. 난 동화 없이는……."

"쉿! 맞아. 동화는 연다혜 아들이야."

그가 등을 쓰다듬어 주었다. 그 손길이 너무 침착해서 오히려 그의 가슴에 얼굴을 묻고 말았다.

기대고 싶은데 도망가야 한다. 이율배반적인 감정이 동시에 울리고 올라왔다. 하지만 지금이 어떤 상황인지 자각하고 바로 정신을 차렸다. 다혜는 얼굴을 들고 야무지게 말했다.

"언니가 어떤 계약을 했는지 몰라도 나하고 상관없는 이야기야. 회장님이 뭐라고 해도, 어떻게 생각해도 아녜요. 아이 아빠는 따로…… 흡…….."

강현은 다혜의 입술을 막았다. 거침없이 혀가 파고들었다. 그의 손에 찢어진 팬티가 침대 멀리 날아갔다. 강현이 그대로 다혜의 다리를 벌려 제 골반에 감고 그대로 파고들었다.

이미 젖어든 질구가 빠듯하게 벌어지며 강현의 성기를 받아들였다. 신음이 절로 터져 나왔다. 미칠 것 같은 마음에 다혜가 더 그에게 달려들며 몸을 겹쳤다.

"천천히 해요. 이러다 찢어져."

강현이 다혜의 엉덩이를 큰 손으로 주무르며 허리를 꾹 밀었다. 그러자 깊게 물린 성기가 자궁경부에 닿으며 둘이 동시에 신음했다.

"하아. 하아……."

"연다혜, 다혜야."

둘의 몸이 완전히 겹쳐졌다. 일단 성기가 맞물리자 다음에는 어떤 생각도 들지 않았다. 시작과 동시에 절정을 향한 움직임이 정신없이 이어지고 있었다.

오늘이 지나면 어떤 내일이 올지 모른다.

당장 동화를 데리고 도망가야 할 일이 생길지도 모른다. 다혜는 그런 마음으로 강현에게 더 적극적으로 달라붙었다.

절박한 마음만큼 세게 조여대는 질구의 아찔한 수축에 강현이 다혜를 완전히 눕히고 올라탔다.

머리가 돌 것같이 저릿한 섹스에 강현의 움직임이 커졌다. 탁탁 살 부딪히는 소리가 거세게 울렸다. 다혜의 목이 뒤로 꺾이며 길고 가는 목선이 드러나자 강현의 입술이 득달같이 따라붙었다.

그녀의 안 깊은 곳까지 들어가 완전히 점령하고 싶다.

뜨거운 욕망이 불안정한 상황에 맞부딪혀 절박하게 타올랐다. 빠른 움직임만큼이나 절정도 빠르게 따라붙었다.

"아항…… 아……."

스러지듯 힘이 빠지는 다혜를 끌어안고 강현이 그녀의 엉덩이를 쓰다듬었다.

"나한테 얘기할 거 없어요?"

"없어요. 내가 미혼모인 거 알고 시작했잖아요. 뭘 원해요? 동화 아빠는 따로 있어요. 나 이대로 사랑한다고, 이대로 사귀자고 하는 거 아니면 그만 만나요. 더 이상 복잡해지는 거 싫어요."

역시 이 여자는 도망가고 싶은 거다. 겁먹고 도망가 봐야 할아버지를 따돌릴 수는 없을 텐데.

"유전자 검사는 해야 할 거야."

"막아줘요."

다혜는 히스테리를 일으키듯이 벌떡 일어나 앉았다.

"아니요. 막지 않을 생각이야."

"당신! 이 나쁜……."

"쉿."

손을 들어 그를 때리려는 다혜를 그가 꽉 끌어안았다. 다혜는 속수무책으로 다시 강현의 품으로 빨려 들어갔다.

"왜 그렇게 가시를 세우고 그래. 나한테 가시 세우지 마요."

"내 애야. 동화는 내 애라고!"

눈물이 그대로 떨어졌다. 강현이 그런 그녀를 끌어안은 채 손으로 눈물을 닦아줬다.

"안 뺏어가. 아무도 연다혜한테서 동화 못 뺏어가. 내가 막을 거니까. 그런데 유전자 검사는 해야 해요."

만일 했다가 정말 동화가 유강현의 아들이어서 언니의 계약서대로 이행하라고 한다면 어떻게 해야 할까?

"만일 내가 하지 않으면……."

고집이라도 부리듯이 다혜는 고개를 저었다. 하지만 강현이 그녀의 턱을 들어 눈을 맞췄다.

"아마도 유 회장님이 직접 하겠죠. 할아버지는 성질이 나쁘거든. 하지만 연다혜는 겁날 거 없잖아요? 애 아빠는 따로 있다며."

마치 안심시키듯이 위로하듯이 하는 그의 말이 저를 놀리는 것 같다. 아니면 정말 다른 남자 아이라고 확신이라도 하는 걸까?

"싫어요, 싫어요."

그녀는 이제 어린아이처럼 싫다며 울고 있었다. 강현은 그런 다혜의 등을 쓰다듬었다.

"동화가 내 아일지도 모른다는 게 그렇게 싫어요?"

"다 싫어요. 동화는 그냥 내 아들이에요. 내가 키웠고 앞으로도 내 아들이에요."

"알았어요. 알았으니까 그만 울어."

그의 손이 그녀를 쓰다듬으며 눈물을 닦아주었다.

"여기서 자고 갈 거예요."

"싫어요."

"싫어요 병에 걸렸나? 다 싫다고 그러네. 오늘은 꼭 자야 하겠어요. 당신 꼭 끌어안고 자야지. 나 못 믿어요?"

"당신을 믿을 수는 있어도 당신 할아버지는 믿을 수 없어요. 그리고 지금은 당신도 잘 모르겠어요. 난 동화가 제일 중요하고 동화는 내 아이예요. 동화 아빠 따로 있어요."

"앵무새처럼 같은 말만 반복하고 있는 거 알아요? 알았으니까 자요."

그의 손길은 조심스러웠다.

"하지만 벌은 좀 주고 싶네. 나 말고 어떤 놈하고 떡을 쳐서 동화를 만들었다는 거예요? 마음에 안 들어."

그의 키스가 이어졌다. 눈을 감은 다혜는 이제 지쳐서 눈도 못 뜰 거 같왔다. 신경이 갈가리 흩어지고 있다.

"내일은 친자 확인하고 모레는 동화랑 만두 만들고 올게요."

친자 확인이라니!

"내일 당장 한다고요?"

다혜의 눈이 커졌다. 한 대 맞은 것처럼 멍한 얼굴을 보며 강현이 쉽게 말했다.

"반나절이면 결과 나와요."

"그렇게 빨리요?"

"뭐든 빠른 게 좋지. 한국 사람은 빨리빨리."

그가 웃는다. 이 남자는 정말 아무렇지도 않은 건가?

"걱정하지 말아요. 연다혜가 인공 수정하지 않았으면 동화는 내 아이일 리가 없잖아요."

속이 타들어 가는 거 같은데 뭐라 할 말이 없었다.

"나 만두 잘 못 만드는데. 그래도 괜찮죠?"

대체 만두 만들기가 뭐라고. 친자 확인이라는 엄청난 일 앞에서 만두 만들기 같은 건 아무래도 상관없다. 다혜는 중얼거리듯이 내뱉었다.

"가기 싫으면 안 가도 돼요."

"가고 싶어요. 꼭."

"어차피 아빠도 아니잖아요."

강현은 다혜의 말이 마음에 들지 않아 다혜를 째려보았다. 다혜는 실눈을 떴다가 강현이 째려보는 걸 보고는 손으로 눈을 가렸다. 그런 다혜의 손을 치우고 강현이 다시 눈을 맞췄다.

"어린이집 사이트에 다시 안 들어가 봤어요?"

"네?"

"내가 어린이집에 찾아갔는데."

"정말요? 거길 왜 찾아갔어요?"

예상치 못한 말에 다혜의 관심사가 순간 옮겨졌다. 강현은 여전히 덤덤하게 말했다.

"행사 이름을 '아빠와 함께 만두 만들기'로 하지 말고 '가족과 함께 만두 만들기'로 바꿔 달라고 했어요. 그래서 '남자 대 남자, 가족과 만두 만들기'로 바꿨는데?"

"정말요?"

"이렇게."

강현이 핸드폰을 들어 어린이집 사이트를 보여줬다.

"어차피 동화뿐만 아니라 다른 애들도 아빠가 오지 못할 상황은 많으니까. 엄마 혼자 키우는 아이도 있고."

"고마워요."

이 남자가 동화의 아빠일 확률이 높다는 게 어쩌면 다행이다 싶으면서도 겁이 났다. 다혜는 강현이 머리카락을 쓰다듬으며 말했다.

"난 모르겠어요. 지금 내 마음은……."

"울지 말아요. 내일 내가 직접 친자 확인할 겁니다. 그리고 다음 날 만두 만들면 돼. 오전에 신청하면 오후에는 결과 나올 거예요."

* * *

강현은 아침에 유 회장에게 화상 통화를 했다.

"여기 동화 있는 거 보이시죠? 아침에 바로 검사 의뢰하면 오후에 결과 나오니 할아버지 사무실로 오세요. 검사 결과 눈으로 확인해야 직성이 풀리시지요."

-알았다. 우리 동화 오늘도 잘생겼구나.

유 회장의 말에 동화가 전화기를 보며 손을 흔들었다. 다혜는 시리얼과 우유를 식탁에 차리며 안절부절못했다.

강현은 동화의 머리카락을 가져갔다. 걱정하지 말라고 다혜를 안심시켰지만 다혜는 거의 체념했다.

매장을 오픈하고 한바탕 손님들이 몰려왔다가 가고 점심시간이 지나서 오후가 되었다.

다혜는 종일 일이 손에 잡히지 않았다.

어떻게 결과가 나올지. 그리고 그 뒤에 어떤 파장이 휘몰아칠지 모르겠다. 저녁 시간쯤 됐을 때 강현에게 전화가 왔다.

-대표실로 올라올래요?

"네."

다혜는 빠르게 대표실로 갔다. 손끝이 덜덜 떨렸다. 대표실에 들어가니 이미 유 회장이 나와 있었다.

"여기 앉아요."

"네. 회장님."

다혜는 유 회장 앞에 앉아서 시선을 빗겨 내렸다. 이제 조금 후면 날벼락이 떨어질 거다. 결국 도망도 가지 못하고 이렇게 꼼짝하지 못하고 씨도둑질한 여자가 되고 말 거다.

온갖 생각이 지나가고 있는데 유 회장의 목소리가 울렸다.

"내가 연다미 씨하고 계약했다는 소리는 들었죠?"

"네. 대표님께 들었습니다."

최소한 말을 아꼈다. 이분이 언니에게 그런 계약을 제시했구나.

그때 언니는 겨우 26살밖에 안 되었다. 지금 생각하면 언니도 저도 달리 선택할 수 있는 일은 없었다. 언니가 그 계약을 어떤 마음으로 받아들였는지를 생각하면 안쓰러울 뿐이었다.

잠시 침묵이 흘렀다. 유 회장이 다시 뭔가 말을 꺼내려고 할 때 강현이 문서를 들고 왔다.

"검사 결과 나왔습니다. 두 분 다 보시죠."

강현이 검사 결과지를 두 사람 앞에 내놓았다.

"이게…… 이럴 수가 있냐?"

유 회장이 벌떡 일어났다. 유전자 검사 결과 친자 관계는 성립될 수 없다고 나와 있었다. 다혜는 결과지를 보고 가슴을 쓸어내렸다.

"……."

아무 생각도 들지 않았다. 달라진 게 없다. 동화는 그냥 연다혜의 아들일 뿐이다. 입을 꼭 다문 다혜의 옆에서 유 회장이 벌떡 일어났다.

"말도 안 돼. 뭐가 잘못된 거 아니냐?"

"그런 거 없습니다. 거기에 나와 있지 않습니까. 전들 이런 결과가 좋겠어요? 동화같이 예쁜 천재 아들이 생길 뻔하다 말았는데?"

강현은 침착하게 말하면서도 아쉽다는 감정을 내비쳤다.

"그래. 그렇지. 그런 아들이 생기려다 놓쳤는데…… 아니, 어떻게 이렇게 나올 수가 있어."

"할아버지가 생각하신 게 억측이죠. 전 할아버지가 그런 계약을 진짜 했는지도 의심스럽습니다."

"고얀 놈."

유 회장이 계약서를 테이블에 내려놨다. 다혜도 본 적이 있는 계약서였다. 하지만 아무 말도 하지 않았다.

"어찌 됐든 그 계약서는 이미 계약한 당사자가 없으니까 폐기해야 합니다."

강현은 유 회장이 보고 있는 앞에서 계약서를 찢었다.

"어떻게 이럴 수가."

유 회장이 어쩔 줄 몰라 하는 것을 보고 다혜가 일어서 인사했다.

"회장님. 동화 예뻐해 주셔서 감사합니다. 대표님과 많이 닮았다고 또 보러 오시는 것도 괜찮습니다. 하지만 더 이상 친자 검사 같은 건 하지 않으셨으면 좋겠습니다."

다혜의 말에 유 회장은 부들부들 떨었다.

"미안하군, 미안해. 하지만 너무 닮아서……."

"네. 이해합니다. 저는 그만 내려가 볼게요."

다혜는 후들후들 떨리는 다리를 간신히 꿋꿋하게 디뎌가며 나갔고 강현은 그런 그녀의 뒷모습을 보면서 아무 말도 하지 않았다.

"틀림없이 내 핏줄이 맞는데…… 내 새끼가 맞는데!"

"할아버지. 제가 그랬죠? 문화센터에서 나 닮은 애로 줄 세워도 10명은 된다고. 할아버지는 코만 조금 오뚝해도 나 닮았다고 하잖아요. 길 가는 애는 다 예쁘시죠?"

"그만해라."

유 회장이 눈을 감았다. 숨을 고르는 유 회장은 이 사실을 받아들이느라 애쓰고 있는 게 그대로 보였다.

"할아버지 충격이 크시겠어요."

"넌 아무렇지도 않냐?"

"아깝고 아쉽지요. 동화가 워낙 예쁘고 재능도 많으니까요. 그렇게 예쁜 애를 거저 얻을 뻔했는데. 아쉽네요. 그래도 전 기대를 안 해서 할아버지 같지는 않습니다."

"그렇게 예쁜 애가 네 아이였으면 하는 생각 안 하냐?"

날카로운 눈빛이 강현을 쏘아보았다.

"할아버지. 말이 됩니까? 전 씨 없는 수박이잖아요. 퍼트리지도 않은 씨를 어떻게 열매를 맺게 합니까. 그냥 한 번의 해프닝이었어요. 언니가 계약했다고 해서 동생의 아이를 거저 데리고 오려고 하면 안 되죠."

"이럴 수가 없다……."

"검사 더 해드려요?"

"됐다."

기운이 빠진 유 회장이 소파에 등을 기대고 뒤로 몸을 젖혔다.

"다시는 동화한테 내 핏줄이니 그런 말 하지 마세요. 보고 싶으면 보러 오시든가요."

"그것도 됐다. 내 핏줄이라고 생각하니까 그렇게 보고 싶었던 거지. 가 겠다."

너무나 바라고 바라던 일이 수포로 돌아가자 긴장이 풀어진 유 회장이 주저앉았다. 강현은 별말 없이 그를 부축했다.

* * *

유전자 검사를 해서 강현의 아이로 나온다면 동화를 뺏어가려고 했을 거다. 다혜는 그런 생각만 해도 겁이 났다.

아니면 이 남자가 날 사랑해서 뭔가를…… 아니다. 그럴 리가 없다.

머릿속이 마구 엉켜 들었다. 강현이 저를 사랑한다고 해도 할아버지나 어머님이나 만만한 사람이 결코 아니었다. 반대할 게 뻔했다. 아니, 그런 대 상조차 되지 못할 거다.

복잡한 마음 때문에 어쩌지 못하는 그녀의 머릿속에 강현이 했던 말이 떠올랐다.

"날 좀 믿어 봐요. 당신이 원치 않는 일은 나도 하지 않아요."

강현이 말한 대로 되었다. 그는 알고 있었던 걸까?

그럼 언니의 계약은 대체 어떻게 된 걸까?

놀란 가슴이 진정되지 않고 계속 떨리고 있었다.

그날 밤에도 강현은 다혜의 집으로 퇴근했다. 이제 익숙하게 다혜가 사다놓은 실내복으로 갈아입고 동화와 소파에 앉아 게임을 한다. 딱 봐도 부자지간처럼 보이는 두 남자. 하지만 그렇지 않아서 정말 다행이다.

"아저씨. 집중."

"응?"

"딴생각하니까 우리가 졌잖아요. 집중해야 하는데."

눈썹까지 모으며 걱정하는 얼굴을 하고 집중하라는 동화의 말에 강현은 어이 상실로 쇼크가 올 지경이었다.

"지금 내가 5살짜리한테 집중력 떨어진다고 야단맞고 있는 거 맞아요?"

"네. 맞아요. 동화는 딴생각하고 딴짓하는 어른 싫어해요. 나도 그러면 야단맞고요."

다혜는 당연하다는 듯이 고개까지 끄덕이며 사과 접시를 내왔다. 강현은 가지런히 깎은 사과를 하나 입에 넣었다.

그런데 동화가 사과를 다혜에게 먼저 건네주는 게 아닌가?

강현은 한입 먹은 사과라도 다혜에게 줘야 하나 망설이다가 기운 빠진 얼굴로 다혜를 보았다.

"난 안 되겠네."

강현이 던진 말에 다혜가 시선을 돌렸다.

"뭐가요?"

"죽었다 깨어나야 1등이 가능하려나? 난 동화처럼 살아보지를 못해서요. 허참 왜 남의 입에 먼저 넣어주는 걸 못해봤을까? 이번에는 내 거 먹어요."

강현이 남은 반쪽을 제 입에 넣고는 다시 사과를 포크로 찍어서 다혜의 앞에 내밀었다. 두 남자가 다 사과를 포크에 들고 먹으라고 하는 이 장면이 너무 행복해서 다혜의 입가가 길게 늘어났다.

"그럼 나는 이거."

다혜가 강현이 주는 포크를 들고 동화를 보며 말했다.

"동화야, 먼저 먹어. 아저씨는 입에 있으니까 엄마도 먹으면 우리 셋이 똑같이 먹는 거잖아."

동화가 고개를 끄덕였다. 진짜 누가 가르치지도 않았는데 숟가락 들기 시작하면서부터 뭘 먹을 때는 엄마부터 챙긴다.

다혜가 동화를 보며 웃는 걸 보며 강현이 두 모자를 끌어안았다. 긴 팔은 넉넉하게 다혜와 동화를 안고도 남았다.

"우리 동화 어떻게 이렇게 예쁜 짓만 하나?"

"나 아저씨 닮았어요."

아무렇지 않게 던진 동화의 한 마디에 가슴이 젤리처럼 말랑말랑해진다.

다혜가 동화를 재우겠다고 방으로 들어가고 나서 강현은 어제 갑자기 멈춰 선 엘리베이터 안에서 들었던 목소리가 떠올랐다.

어제 일은 다혜에게 말할 수 없는 부분이었지만 반드시 짚고 해결해야 할 부분이다.

다혜와 동화를 가장 안전하게 보호하면서 함께할 수 있으려면 어떻게 해야 할까?

그러다 아침에 출근하자마자 구순호를 부른 게 떠올라 웃음이 났다.

강현은 무방비하게 다가온 구순호의 머리카락을 뭉텅 뽑았다.

"악! 따가……. 제가 뭐 잘못했습니까?"

"너야 매일 잘못하지."

"그래도 이건 좀 아니지 않습니까?"

머리를 밑을 문지르며 항의하는 눈빛으로 쳐다보며 구순호가 볼멘소리를 했다.

"뭐가 아닌데. 머리카락 몇 개 뽑은 게 뭐가 그렇게 억울한데? 유도 시합

해서 내쳐지는 거보다 낫지 않나?"

"차라리 그게 낫습니다. 머리카락 뽑으니까 기분이 이상합니다."

"됐어. 머리카락은 좀 뽑아도 돼. 그래야 또 나지."

못마땅하게 입이 튀어나왔던 구순호의 얼굴을 떠올리며 헛웃음을 짓다
가 다시 할아버지를 생각하니 한숨이 나왔다.

할아버지가 제게 숨기고 있는 게 뭘까?

죽은 줄 알았던 김기팔이 대체 왜 튀어나온 걸까?

작고 아담한 동화네 거실에서 강현의 고민이 깊었다.

* * *

"연 실장님, 출근 안 해요?"

"정말 나 먼저 가도 되겠어요?"

다음 날 아침 다혜는 출근 준비를 모두 마치고서도 머뭇거리고 있었다.

"뭐가 문젠데? 1시간 있다가 내가 동화 데리고 어린이집으로 가면 되는
건데, 출근 시간에 출근하는 게 불안해요?"

"동화는 주아가 데리고 가도 되는데……."

"어차피 가서 만날 건데 뭐하러 주아 씨한테 오라고 해요? 오지 말라고
했죠?"

"네. 내가 데리고 가겠다고 했어요."

"잘 다녀와요."

강현이 다혜의 이마에 뽀뽀하자 옆에서 동화가 박수를 쳤다.

"아저씨, 엄마 사랑해요?"

"그런 거 같은데?"

번쩍 들어 안자 동화가 까르르 웃었다.

"엄마, 나도 뽀뽀!"

동화가 다혜의 볼에 뽀뽀하자 다혜도 동화의 양 볼에 쪽쪽 소리가 나도록 뽀뽀를 했다. 그러자 강현이 다혜와 동화를 두 팔로 감싸고 다혜와 동화에게 한 차례 버드 키스를 날렸다.

다혜는 두 남자의 키스 세례를 받고 대문을 나섰다. 기분이 묘했다.

그가 동화의 친아빠일 거라고 생각했는데 아니었다. 다혜는 차에 타서 핸드백에 있는 비닐 팩을 꺼냈다.

머리카락이 들어 있는 비닐팩을 한참 들여다보다가 콘솔 박스 깊숙이 넣어두었다. 지금 이 상태로 족하다.

16. 원수의 아들

어린이집에서 준비한 만두 만들기는 확실히 다섯, 여섯 살짜리 꼬마들이 할 수 있을 만큼 쉬웠다. 어린이집에서 반죽을 가져다주며 만두를 빚으라고 했기 때문이다.

강현은 동화와 함께 반죽을 밀어서 동그란 컵으로 찍어냈다. 둘 다 혼신의 힘을 다해 열심히 만들었다.

"아저씨. 이게 일곱 개째예요. 일곱 개 다 되게 못생겼어요."

"어?"

그리고 옆을 보자 다른 팀들이 만든 만두보다 둘이 만든 게 진짜 못생겼다.

"분명히 만두 장인한테 배워왔는데."

"우리 만두는 못생겼어도 맛은 좋을 거예요. 그죠?"

동화는 일렬로 세워놓은 만두를 크기대로 줄을 세우고 있었다.

선생님 완성된 만두를 쪄가지고 왔다. 못생긴 만두가 올망졸망했다. 딱 봐도 상 타기는 글렀다.

"못생긴 게 맛도 없어요."

"똑같은 만두소로 만들었으니 우리 게 맛없으면 다 맛없는 거야."

그렇게 말하고 하나를 입에 넣었는데 씹히는 밀가루가 두꺼워서 먹어보지 못한 맛이다.

"이것 좀 드셔 보세요."

옆 팀의 아빠가 주는 만두를 동화와 강현이 하나씩 먹어봤다. 같은 만두 소로 만들었는데 어떻게 이런 맛의 차이가 나는 걸까?

강현은 눈앞에 있는 만두를 모두 봉지에 넣었다.

"이건 아저씨가 가져갈게."

"어? 가져가서 엄마 주려고요. 약속했어요. 주세요."

강현은 포장한 만두를 동화에게 주었다. 어차피 만두 빚는 걸로 성공할 인생 아니라고 생각하며 동화를 보며 함께 웃었다. 바로 시상식이 있었다.

"동화야, 저기 있는 상품 중에 뭐 갖고 싶었어?"

동화는 2등 상품을 가리키며 말했다.

"저게 제일 갖고 싶었는데…… 선생님이 찍는 거 봤어요."

폴라로이드 카메라였다.

"아저씨가 사줄게."

귓가에 대고 하는 말에 동화가 활짝 웃었다. 역시 만두보다는 선물로 점수 따는 게 나을 거 같다. 강현이 동화를 데리고 나오는데 번잡스러운 어린이집 입구에서 갑자기 동화가 두 손을 배꼽에 대고 누군가에게 인사를 했다.

"안녕하세요? 엄마 선배님 아저씨."

엄마 선배님이면…… 김준오. 이미 강현이 알고 있는 인물이었다. 다혜의 팔을 잡았던 걸 본 적 있다. 아직 미혼인데 여길 온 걸 보면 동화 때문일 가능성이 크다.

"안녕, 동화야?"

준오는 몸을 숙이며 선물이 든 쇼핑백을 동화에게 주었다.

"안녕하세요? 대표님?"

준오 뒤쪽에서 나온 건 혜순이었다. 혜순은 준오에게 만두 만들기 하는 날이라는 걸 알려주었기에 정말 왔나 싶어서 지금 막 와본 거였다. 그런데 준오와 강현이 모두 있어서 당황했다.

더구나 강현이 동화 손을 잡은 걸 보고 일이 뭔가 잘못되었다고 생각했다. 이런 데 오는 걸 보면 강현이 동화와 아니, 정확하게 말해서 다혜와 보통 사이가 아니라는 말이었다.

"할머니!"

"아이. 내 새끼. 우리 요 앞에 먼저 나가자."

혜순이 동화를 안고 먼저 밖으로 나갔다. 강현은 준오를 보며 바로 명함을 내밀었다.

"안녕하십니까? 다혜 씨 선배님?"

"저를 아십니까?"

준오는 강현이 내민 명함을 보고 눈에 힘을 주었다. 드림백화점 대표가 왜 여기에 왔을까?

"네. 제가 좀 모든 정보에 능한 편이어서요."

준오는 순간 다혜와 동화가 걱정되었다. 일찍 와서 동화가 강현과 만두 만드는 걸 지켜보았다. 동화는 이 남자를 따르고 좋아한다.

저에게는 보여준 적 없는 친밀함을 이 남자에게 보여주었다. 하지만 이런 남자라면 절대로 다혜를 행복하게 해줄 수 없다.

"백화점 대표님이 이런 곳까지 오셨네요. 그것도 미혼의 대표님께서요. 다혜 때문에 이러는 건가요?"

준오가 드러내는 적의를 감지하지 못할 강현이 아니었다.

"뭐 그것도 맞지만 동화와는 남들이 상상하지 못할 관계로 엮여 있어서요. 애 엄마 선배님께서 아무리 애써도 파고들 수 없는 관계라고 해야 할까요?"

여유 있게 말하면서도 눈빛은 찔러 죽일 것 같다. 그 눈빛에서 내 영역에 경계를 치는 강한 수컷의 경고가 들어 있었다.

준오는 강현을 보며 응수했다.

"그렇군요. 그럼 상처주지 마세요. 다혜도 동화도. 끝까지 책임질 수 없으면서 사랑하는 거 무책임한 겁니다."

"그건 그쪽이 상관할 일은 아닌 거 같은데. 드림백화점 강의는 이번 학기로 끝입니다. 어차피 다음 학기부터는 연서대학 강의로 바쁘시겠지만."

강현이 차갑게 말하고 지나갔다. 남아 있는 준오는 길게 한숨을 쉬었다. 이렇게 되면 다혜 옆에서 더 떠날 수가 없다. 준오는 진심으로 다혜가 걱정되었다.

"하필이면 이런 가능성 없는 남자와…… 다혜야, 지금 무슨 생각을 하는 거니……."

* * *

유 회장은 정원을 한참 응시하며 천천히 서성였다. 아무리 생각해도 뭔가 이상했다. 한쪽 벽에 걸려있는 죽은 아내 은희와 함께 있는 사진을 뚫어지게 보던 유 회장이 고수동을 불렀다.

"너. 수동이. 말해봐라. 그때 분명히 김기팔이 죽었다고 하지 않았나?"

"네. 김기팔은 죽은 걸로 알고 있습니다."

"시체 확인해봤나?"

"폭발이 있었기 때문에 시체는 정확하게 확인할 수 없었습니다."

"그놈아가 아직도 살아 있었다. 그런데 왜 인제 튀어나왔을꼬? 십여 년이나 지나서 왜."

"아마도 김철주가 풀려날 때가 다 돼서 그런 게 아닐까요? 다음 특별 사면에 포함됐다고 들었습니다."

"그러면 칠정파가 다시 뭉치게 되는 거 아이가?"

급할 때면 사투리가 다시 튀어나오는 유 회장이었다. 어제 김기팔의 목소릴 들은 이후로 놀란 마음에 흥분을 가라앉힐 수가 없었다. 심장이 제멋대로 뛰고 있었다.

"김기팔…… 이번에는 내가 네놈의 명줄을 끊어주고야 말겠다."

유 회장은 골치가 아파졌다. 3대에 걸쳐 얽힌 원한의 시발점은 김기팔과 저였다. 고된 서울 생활에서 함께 의지하던 젊은 시절이 떠오르자 격세지감과 함께 은희와 아들을 잃은 분노가 함께 떠올라 주먹을 부들부들 떨었다.

* * *

다혜는 어린이집 행사가 궁금해서 무슨 연락이라도 없나 하고 핸드폰을 바라보았다. 바로 그때 혜순에게서 전화가 왔다.

"다혜야, 지금 어린이집에 동화 보러온 남자가 둘이다."

강현 말고 또 다른 남자가 왔다면 준오일 거다. 다혜는 난감해서 말을 못 했다.

"두 남자가 지금 아주 심각하게 으르렁거리고 있다. 동화 아빠가 니 선배 아니야?"

"……"

"난 그런 줄 알고. 어찌 됐든 백화점 대표는 아니잖아. 너무 힘든 상대다."

"그런 거 아니에요. 동화가 같이 가자고 해서 간 거예요."

"그러니 더 문제지. 애가 저렇게 좋아하니."

혜순의 말이 마음 아팠지만 다혜는 대수롭지 않게 답했다.

"사람 많이 와서 동화 좋았겠네요. 대표님께서 저한테 동화 데려다주신다고 했어요. 어머니는 그냥 들어가세요."

"그래. 알았다. 그런데 다혜야, 사람이 제일 무서운 거야. 정만큼 무서운 게 없어. 조심해."

"네. 그럼요."

강현과 준오가 만났다면 어떻게든 둘이 관계를 정리했을 거다. 저로서는 입장을 분명히 했으니 나머지 모든 관계에 끼어들어 교통정리를 할 생각은 없었다.

그래도…… 역시 마음은 무거웠다.

일이나 잘 하자며 다혜는 마음을 가다듬었다.

"유진 씨. 오늘 원두 로스팅한 거 모자라지 않겠지?"

"네. 다 잘되고 있어요. 실장님."

"그럼 내가 창고에 가서 미니 화분 좀 더 가지고 올게."

다혜가 모자라는 미니 화분을 가지러 창고에 갔을 때 강현에게서 전화가 왔다.

"여보세요?"

─등수 안에 들지는 못해도 만두 잘 만들었어요. 인증샷 지금 보낼게요. 그리고 파트타임 직원 있으니까 일찍 퇴근해도 돼요? 하루만.

[정만큼 무서운 게 없다.]

조금 전 혜순이 했던 말이 바늘처럼 콕콕 신경을 찌르는 것 같다.

당장에라도 동화와 강현을 떼어놔야 하는 걸까?

하지만 동화가 저렇게 좋아하는데 억지로 떼어놓을 수는 없다. 그리고 동화와 강현만의 문제는 아니었다. 저 역시 강현이 좋다. 게다가 둘이 저렇게 추억을 쌓고 있으니 이제는 둘의 관계이기도 하다.

해결의 실마리가 보이지 않을 때는 그냥 생각하지 않는 게 낫다.

그래, 될 대로 돼 보자. 갈 데까지 가보는 거지, 뭐.

"네. 할 수 있어요."

-그럼 데리러 갈게요. 백화점 후문으로 갈게요. 내가 후문에 차 세우고 기다리고 이런 사람 아닌데. 연다혜랑 연동화 때문에 계속 후문으로 다니는 거 알죠?

"싫으면 지금이라도 관둬요."

-후문에 세우는 것도 해보니 좋다고 얘기하는 거잖아요. 왜 자꾸 곡해해서 들어요? 갈수록 후문에 정이 가네.

강현의 말에 다혜는 작게 웃었다. 알겠다고 대답을 하고 전화를 끊는데 유진이 의미 있는 눈으로 쳐다본다.

"실장님 웃게 하는 사람 누구예요? 동화는 아닌 거 같은데."

"내가 좀 다르게 웃었나?"

"네. 뭔가 다르게요. 실장님 행복하게 하는 사람하고 통화하셨나 봐요."

"그래?"

다혜는 한 번 더 웃었다.

"유진 씨 오늘 마무리하고 갈 수 있지?"

"그럼요. 오늘 농장 가세요?"

다혜가 농장을 갈 때는 늘 유진이 마감을 했었다.

"아니, 일이 좀 있어서…… 그런데 농장 아직 갈 때 되지 않았잖아."

"네. 원래대로면 그렇지요. 그런데 연말이라 그런지 우리가 예상한 것보다 꽃이 너무 많이 나갔어요. 지금처럼 나가면 미리 확보해 놓은 걸로도 충분하지 않은 거 같아서요."

"지금 가서 추가 확보가 가능하려나 모르겠네. 일단 알겠어."

후문 쪽으로 나오자 강현의 차가 주차돼 있었다. 동화가 주차장에서 뛰어다니고 있는 걸 보고 있는데 가슴이 두근두근했다. 의식을 하고 봐서 그런지 볼수록 닮았다.

특히 동화를 쳐다보는 강현의 눈길이 뭐라 설명할 수 없이 따뜻하다. 정이 담뿍 담긴 눈길에 이렇게 가슴이 뛰는 것 같다.

"동화야, 이쪽으로 와. 위험해."

강현이 말하자 동화가 두 팔을 벌리고는 강현에게 뛰어간다. 붕어빵 같이 닮아서 어쩌면 저렇게 둘 다 여자 홀리게 생긴 건지. 강현이 동화를 높이 들어 올리고 있을 때 동화가 다혜를 발견하고 외쳤다.

"엄마!"

"생각보다 늦게 나왔네. 날 이렇게 기다리게 하면 안 되는 거 아니에요?"

그의 말에 다혜는 대답 대신 한마디했다.

"농장에 들러야 하는데 괜찮아요?"

"시간 많으니까 상관없는데."

"그런데 왜 일찍 나오라고 했어요?"

"오늘 밤에 좋은 데 가자고요."

"좋은 데요?"

"우리가 혼신의 힘으로 만두까지 만들었는데, 하루 정도는 상을 좀 줘야 되지 않나? 타요. 좋은 데로 데리고 갈 테니까."

강현이 운전석에 앉아 다혜를 보며 물었다.

"전에 가던 그 농장으로 가면 돼요? 의정부?"

"네."

"잘됐네. 그쪽에서 멀지 않은 데 있으니까."

"뭐가요?"

"내가 예약한 리조트 풀 빌라."

"우리 어디 가요?"

"좀 쉬자고요. 맛있는 것도 먹고 동화하고 같이 수영도 하고. 동화야, 좋지?"

"와! 수영 좋아요!"

두 팔까지 올려가며 좋다고 하는 동화를 보니 부정적인 말을 할 수도 없다.

"동화야, 수영해본 적 있어?"

"아니요."

옆에서 다혜가 설명했다.

"아직 수영은 가르치지 않았어요. 너무 어리잖아요."

"안 어려요. 더 어린애도 수영해요. 동화야, 아저씨가 가르쳐 줄까?"

"좋아요!"

"정말 놀려고요?"

"연동화 데리고 주말 좀 보내고 싶어서 그래요. 연 실장님도 하루는 가능하죠?"

이 남자는 무슨 생각을 하는 걸까?

바로 답이 없자 강현이 눈썹을 축 늘어뜨리며 말했다.

"그래도 명색이 실장인데 하루도 휴가 못 써요?"

"좋아요. 그렇게 해요. 대신 다음부터는 미리 말해요. 갑자기 이러지 말고요."

"다음에 또 같이 가자는 말이지요? 잘됐네요. 이제 백화점 쉬는 날 맞춰서 같이 여행 가요."

말이 왜 그렇게 튀었을까 하는 얼굴로 쳐다보는 여자가 너무 사랑스럽다. 그러면서도 안 된다는 말을 하지 않아서 더 예쁘다.

         *   *   *

농장에 들러 꽃을 추가로 주문하고 바로 강현이 예약한 리조트로 왔다.

아무 준비도 필요 없다고 한 강현의 말은 빈말이 아니었다. 강현은 다혜가 입을 만한 원피스와 속옷에 이루 말할 수 없이 야한 비키니까지 준비했다. 동화의 수영복과 사이즈에 맞는 아동복까지 여유 있게 준비해 와서 다혜를 놀라게 했다.

수영복을 입고 오리 튜브를 낀 동화의 모습이 말할 수 없이 귀여웠다. 이런 곳에 데리고 올 생각은 한 번도 하지 못했다. 동화를 보며 서 있는데 강현이 수영복을 입고 풀장으로 들어가 동화와 물장구를 치기 시작했다.

"뭐해요? 수영복 안 갈아입고."

"어! 난, 그러니까 저런 야한 비키니는 좀……."

"무슨 소리예요? 사온 사람 성의가 있지. 입혀줘요?"

"알았어요. 여기 다른 사람들 안 오는 거 맞죠?"

"당연하지. 나하고 동화뿐이라고. 어서 갈아입고 와요."

다혜는 말없이 수영복을 입고 나왔다.

오리 튜브를 타고 동동 떠서 까르르 웃는 동화를 강현이 밀고 다니고 있었다.

"엄마. 수영. 나 수영 잘해요."

손을 뻗는 동화의 옆에 선 강현의 눈이 다혜의 온몸에 닿았다. 눈빛이 닿는 곳마다 화끈거리는 것 같아 바로 물속으로 들어섰다.

강현이 웃으며 다혜의 팔을 잡아당겼다.

"수영할 줄 알아요?"

"물론이에요."

"어디 해봐요. 자유형? 배영?"

그런데 이 수영복은 엎드리면 엉덩이가 다 드러나게 생겨서 차마 이 남자 앞에서 엎드리질 못하겠다.

"대충 다 해요. 지금은 그냥 동화랑 놀래요."

"엄마. 나 봐."

동화가 그새 발장구치는 걸 배웠는지 튜브를 낀 채 발장구를 치며 앞으로 나가고 있었다. 동화가 조금 앞으로 나가기 무섭게 강현이 다혜의 허리를 당겨 안았다.

"생각한 것보다 더 예뻐요. 비키니가 잘 어울릴 줄 알았어요."

"너무 야해요."

"우린 더 야한 것도 다 했는데. 오늘도 할 거고요."

강현의 손이 허리선을 따라 내려가 엉덩이를 감쌌다.

그의 발기한 성기가 물속에서 다혜의 엉덩이에 닿았다. 천진하게 튜브를 타고 물장구를 치는 아들을 보며 이래도 되는 걸까?

"여기서 이렇게 선 채 한 번 하고 싶어요."

"안 돼요. 동화 자고 나서……."

그가 다혜의 엉덩이에 성기를 비비며 손으로 음부를 쓰다듬었다. 늦은 오후의 햇살이 비쳐드는 풀장에서 그의 손이 다리 사이를 어루만지는 게 그대로 보여서 더 자극적이었다.

"동화 저렇게 물장구치고 밥 먹으면 금방 자겠지요?"

강현이 다혜의 목덜미에 입술을 비볐다. 정말 지능적이라고 해야 할까? 하지만 동화가 저렇게 좋아하고 있지 않은가?

장소가 바뀌어서인지 다혜도 요 며칠간 마음 졸이던 것에서 빠져나와 이대로 강현에게 안기고 싶었다.

한동안 물장구를 치던 동화는 저녁을 먹고 얼마 지나지 않아 잠에 빠져들었다. 아이를 침대에 뉘고 온 강현이 바로 다혜를 당겨 무릎 위에 앉혔다.

마주한 시선이 은근하고 뜨거웠다.

강현의 손이 원피스 안으로 파고들어 팬티를 끌어 내렸다. 자유로워진 손이 그녀의 음핵을 찾아 바로 꾹 눌렀다.

"하아……."

"내가 오늘 좀 많이 참아서…… 이대로 괜찮을 거 같은데. 그렇죠?"

질척하게 젖어든 아래를 비비는 손길이 애가 닳아 바쁘다. 강현이 팬츠를 내리고 툭 불거진 성기를 꺼냈다. 원피스 안의 젖어든 질구에 성기를 대기 무섭게 밀고 들어오는 힘과 빨아들이는 힘이 함께 작용하며 둘의 성기가 하나로 맞물려 들었다.

"아!"

신음이 터져 나오느라 벌어진 입 안으로 그의 혀가 들이닥쳤다. 매끄러운 액체가 서로의 움직임에 속도를 더해주었다. 서로를 원하는 마음에 조금이라도 더 깊이 서로를 품고 싶다.

강현이 다혜의 허리를 잡은 채 올렸다 내리기를 반복했다. 내리꽂는 힘과 올려치는 힘이 더해져 자극은 점점 더 거세지고 있었다.

달빛이 거실에서 이어진 풀장 물에 반사되어 몽환적인 아름다움을 선사하는 밤이었다. 세상에서 동떨어진 이런 시간을 이 남자와 공유한다는 게 믿어지지 않는다.

탁탁.

살이 부딪히며 점점 더 자극이 거세지고 절정이 눈앞에서 흔들리고 있었다. 물에 비친 달이 흔들리는 것처럼 시야에서 아른거리는 오르가슴의 유혹. 다혜는 강현의 목에 팔을 감고 더 깊이 그를 품었다.

둘의 밤은 쉬 잦아들 거 같지 않다.

"연다혜!"

마지막 절정의 순간에 그는 다혜의 이름을 부르며 그녀를 꽉 끌어안았다. 절대 놓치지 않을 듯이.

* * *

집으로 돌아온 다혜는 화장대 서랍 깊숙이 넣어둔 오래된 옛 휴대폰을 꺼냈다. 5년 전 것이긴 하지만 충전을 하면 다시 불이 들어온다. 언니 연다미의 휴대폰이었다.

5년 전에 켜본 이후로 단 한 번도 켜본 적이 없었다. 아이를 키우는 동안 정신이 없어 다시 볼 여력이 없었다.

무엇보다도 인공 수정으로 가진 아기라는 사실을 스스로에게도 숨기고 싶은 게 솔직한 마음이었다.

하늘에서 보내준 천사 같은 동화. 이런 아이가 인공 수정으로 나왔다는 걸 인정하고 싶지 않았다. 그러나 처음으로 언니가 계약했던 사람이 누구였는지 그게 궁금했다.

이런 이상한 계약을 할 수 있는 집안이 몇이나 될까?

이런 이상한 계약을 언니가 2개나 했을 리는 없다. 그러니 분명 유강현의 아들이어야 할 텐데 검사 결과는 아닌 걸로 나왔다.

그러면 도대체 언니가 계약한 사람은 누구지?

다시 휴대폰에 있는 사진을 보았다. 계약서는 강현이 유 회장에게서 받아 찢은 것과 같았다. 계약자를 확대해서 보니 유 회장의 이름은 아니었다.

정말 강현 씨 아이가 아닐까? 유전자 검사를 내가 다시 해볼까?

유전자 검사를 다시 하지 않는 게 좋겠다는 생각과 진실을 알고 싶다는 생각이 교차했다. 다행히 검사 결과가 아닌 것으로 나왔으니 유 회장이 다시 동화가 유씨 가문의 핏줄이라며 나설 일도 없다.

그리고 결과가 잘못 나올 리도 없지 않은가?

내가 유강현이라는 남자가 욕심나서 별생각을 다 하는구나. 진짜 동화 아빠였으면 하는 생각이 들었나 봐.

다혜는 헛웃음을 지으며 휴대폰을 다시 서랍 깊은 곳으로 밀어넣었다. 이제 다시 꺼낼 일은 없을 거다.

* * *

"실장님 요즘 무슨 일 있으세요?"

"어?"

유진의 말에 다혜가 고개를 들었다.

"주스라도 한잔 드세요."

"어."

"실장님은 단 거 너무 안 드시는 거 아니에요? 동화는 딸기 캐러멜 그렇게 좋아하는데."

"응. 동화하고 나하고는 식성이 조금 달라. 난 딸기보다 오렌지가 더 좋아."

차가운 주스를 한 모금 마시니 정신이 든다. 언제까지 이렇게 넋을 놓고 있을 수는 없다. 모든 일이 다 풀어졌다. 그런데도 마음 한쪽에 무거움이 남아 있다.

"아메리카노 한 잔 주세요."

매장에 들어와 주문을 한 사람은 준오였다.

"네."

유진이 아메리카노를 내리는 동안 준오가 다혜의 앞으로 와서 앉았다.

"웬일로 손님이 없네."

"이 시간대는 그래요. 선배도 원래 이 시간대에는 백화점에 오지 않잖아요."

"응. 너 보려고 일부러 일찍 왔어."

유진이 아메리카노를 가져다주자 준오가 한 모금을 마시며 다혜를 보고 걱정스럽게 물었다.

"너 요즘 무슨 일 있니? 얼굴도 수척한 것 같고 혈색도 없네."

준오는 유강현의 존재가 다혜에게 부담스러울 거라고 단정했다. 그런 사람이 자기 의지대로 다혜를 움직일 수 있는 방법은 수도 없이 많다. 강현의 명함을 받아든 이후로 준오는 진심으로 다혜를 걱정했다.

"아니요. 별일 없어요. 그런데 선배. 나 드라이브 좀 시켜줄래요?"

그의 눈이 기대감으로 커졌다. 그런 준오의 표정을 보고 다혜가 손가락을 저었다.

"오버하지 말고요. 그냥 딱 바람만 쐬줘요."

"좋아. 가자."

둘은 준오의 차를 타고 한강변으로 나섰다.

"웬일이야? 네가 나한테 드라이브를 다 시켜달라고 하고."

"왜요. 막 기대감에 가슴이 부풀어요?"

"야, 너 내 순정을 너무 농담같이 받아들이는 거 아니야? 그런데 그러네. 진짜 가슴이 막 부푼다. 혹시라도 내가 기대해도 되나 하고."

"나 바늘도 갖고 다녀요. 팡 터트려줄 수도 있는데."

그녀의 말에 준오가 웃었다. 차가운 겨울바람이 불고 있었지만, 한낮의 햇볕은 따뜻했다.

"나 할 얘기 있어요."

"그럴 것 같더라니. 너 무슨 얘기를 해서 이 부푼 마음을 찌르려고."

"선배, 나 선배한테 나쁜 여자잖아요."

처음부터 던지는 말이 예사롭지 않다. 준오는 그런 다혜의 말에 고개를 저으며 부정했다.

"아니야, 너 나한테 나쁜 여자 아니야. 내가 좋아했던 여자고 앞으로도 좋아하고 싶은 여자야. 지금 현재도 물론 좋아하고 있고."

"좋아하지 말아요. 나 나쁜 여자 맞아요."

"뭘 그렇게 살벌하게 나빴다고. 네 말대로 남자 여자 사귀다 헤어질 수도 있는 거라며."

다혜는 그의 말에 더 자신이 나빠지는 것만 같았다. 왜 계속 이 사람에게는 나쁘게만 대하게 되는 걸까?

"그래서 나 나쁜 여자 된 김에 선배한테 나쁜 여자 계속하려고요."

준오가 무슨 말인가 싶어 그녀를 돌아보자 다혜가 준오를 보며 말했다.

"우리 동화, 선배 아들인 걸로 해요."

"뭐? ……그 말은 앞으로 내가 동화 아빠 해도 된다는 거니?"

"아니요. 그게 아니라…… 앞으로도 선배하고 다시 엮일 일은 없어요. 그냥…… 친아빠인 걸로 해줘요."

"다혜야, 너……."

준오는 입을 다문 채 한동안 다혜를 응시했다.

"미안해요. 나 왜 선배한테만 이렇게 나쁜 여자 하는 건지 모르겠어. 그런데 그렇게 해줘요."

"그 말은, 너 정말로 동화 아빠가 누군지 모르는 거야?"

"묻지 말아요."

준오가 다혜의 팔을 잡았다.

"다혜야."

그때였다. 누군가 다가왔다.

"그 손 놓으시죠."

엄청난 덩치의 구순호였다. 다혜는 순호를 보고 인상을 썼다. 구순호가 여기 있다는 건 유강현이 안다는 말이다.

"순호 씨."

"안녕하십니까."

"여기는 어떻게 알고 오신 거예요?"

"그게……."

"저 미행해요?"

날카롭게 힐난하는 목소리에 구순호가 난감한 표정을 지었다.

"아닙니다. 경호합니다."

다혜가 놀란 얼굴을 했다. 나도 모르게 나를 경호하는 사람들이 있다고?

"정말입니다, 정말 경호 중입니다. 두 분이서 무슨 얘기를 하셨는지 전하나도 모릅니다. 단지 그 손은 좀……."

여전히 다혜의 팔을 잡고 있는 준오의 손을 가리키며 구순호가 말했다.

"절대로 몸에 손대는 건 안 됩니다. 그럴 때는 뛰어나가라고 말씀하셨거든요."

누가 말했는지 다혜는 알고 있다. 하지만 준오는 인상을 쓰며 물었다.

"도대체 누가…… 누가 그렇게 말했다는 겁니까?"

준오의 말에 다혜가 나섰다.

"선배, 이 손부터 좀 놓고…… 내가 만나는 사람이에요. 내가 만나는 사람이 경호하라고 한 거예요."

구순호의 큰 덩치를 보며 준오는 예사롭지 않은 느낌을 받았다.

"너 도대체…… 어떤 남자를 만나고 있는 건데. 너 빠져나올 수 없는 그런 사람을 만나는 거야?"

"그런 거 아니에요. 선배가 생각하는 것같이 그렇게 위험한 사람 아니에요."

"그런데 저런 사람을 밑에 두고 쓴다고? 경호를 붙이고? 일반 사람은 아니라는 얘기잖아."

일반 사람은 아닌 게 맞다. 특히 회장 주변에 있던 경호원들은 분명 위화
감을 조성할 정도로 무서운 분위기를 풍겼다. 하지만 그래도 백화점 대표
가족이었다.

로열패밀리가 그렇게 위험한 사람들이라고 생각하지 않는다. 동화에게
눈독만 들이지 않는다면 다혜는 그 누구도 무섭지 않았다.

"그런 거 아니니까 그냥 내가 말한 대로 해줄래요?"

"내가 생물학적인 동화 아버지라고 사람들에게 말이라도 하고 다녀야
해? 아니면 네가 부르면 나가야 해?"

"아니요. 그럴 일은 없을 거예요. 그냥…… 그래도 만에 하나라도 내가
와달라고 하면 와줄 수 있어요?"

"야속하다."

준오는 다혜를 물끄러미 바라보았다. 이렇게 가련한 눈망울을 하고 어떻
게 지금까지 동화를 혼자서 키웠는지 이제라도 제가 옆에 서 있고 싶었다.
그런데 그런 제 마음은 다 마다하면서 잔인하게도 원한다는 게 현실이 아
닌 일만 도와달라고 한다.

동화가 자신의 아이였으면 하고 얼마나 간절히 바랐던가.

"할 수 있어. 네가 부르면 갈 수 있어. 네 주변에서 기다리면서 동정처럼
네 눈길 던져준다고 해도 기쁘게 받을 수 있어."

"그러지 말아요. 그런 걸 원하는 게 아니에요."

다혜는 차마 준오의 눈을 볼 수 없어 한강으로 시선을 돌렸다.

강물에 빠져 죽으려고 했던 적도 있었는데, 지금은 이렇게 살겠다고 발
버둥을 친다.

살아야 한다. 오래오래 동화 옆에서 건강하게 살 거다.

"앞으로 여자도 만나고 결혼도 해요. 그냥…… 내 말뜻 알잖아요."

"네 말뜻은 아는데 네가 하란 대로 살 생각은 없어. 네 말대로 그런 날이 오면 그렇게 할게. 너 들어가야지? 손이 얼지 않았어?"

준오가 다혜 손을 다시 잡으려고 하자 다혜가 구순호를 바라보았다.

"너 정말 잔인하다. 경호원까지 따라다니게 하면서 날 만날 생각을 하다니. 가자. 태워다 줄게."

다혜가 매장으로 돌아왔을 때는 강현이 딸기 주스를 마시고 있었다. 이게 도대체 무슨 상황인 거지. 대표가 왜 여기 와서 딸기 주스를…… 이러다 정말 큰일 나겠다. 다혜는 들어오면서 부러 고개를 숙였다.

"안녕하세요, 대표님."

"여기 생과일 주스는 언제 마셔도 맛있네요, 연 실장님."

뭔가 꼬여 있는 것 같은 말투였다. 다혜는 모른 척하고 계산대 쪽으로 향했다. 그런데 강현이 들으라는 듯이 혼잣말을 했다.

"이 추운 겨울에 바람은 왜 쐐? 진짜 제대로 바람 맞게 해줄 수 있는데. 바람. 바람……."

대체 무슨 말을 하려고 저러는 건지.

다혜는 자꾸 '바람, 바람' 하는 강현이 신경 쓰여서 카운터 앞에서 쿠키를 정리하며 신경은 온통 강현에게 두고 있었다.

"대표님, 혹시 무슨 하실 말씀이라도 있으신가요?"

다혜가 다가가 꼿꼿이 서서 묻자 강현이 고개를 끄덕이며 일어났다.

"같이 어디 좀 가야겠는데."

"지금 근무 시간이어서요."

"누구하고 드라이브는 가면서 나하고 잠깐 나가는 건 안 되나?"

다혜가 난감한 얼굴을 하는데 유진이 옆에서 눈치를 줬다.

"어서 다녀오세요. 실장님. 이 시간대에는 괜찮잖아요."

"어디 가시는데요."

지하 주차장으로 내려가면서 다혜가 묻자 강현이 대답하지 않고 돌아보았다.

"드라이브하니까 좋았어요?"

이미 알고 있는데 굳이 아니라고 변명할 것도 없었다.

"네. 좋았어요. 바람도 쐬고."

"지금도 바람 쐬게 해줄게요. 아예 오픈카니까 한겨울 바람 시원하게 맞는 것도 나쁘지 않겠네요. 차 지붕 젖히고 가지, 뭐."

지금 어린애도 아니고…… 이 남자가 그걸 말이라고. 그런데 그의 말은 사실이었다.

"춥다고요!"

지붕을 열어젖힌 채 달리느라 겨울바람이 그냥 얼굴을 때렸다. 할퀴듯 얼굴을 때리고 날아가는 바람이 강현의 질투처럼 매섭다.

"바람 쐬고 싶다면서요? 실컷 쐬요."

"너무 추워요! 지금은 바람 쐬고 싶지 않아요! 지붕 뚜껑 닫아줘요!"

"싫은데요?"

어이없어서 말도 나오지 않는데 콧물이 흘렀다. 다혜는 바로 티슈로 코를 훔치며 다시 소리쳤다.

"감기 걸린다고요, 나!"

"다 왔어요."

백화점에서 그리 멀지 않은 아파트 단지였다. 이 고급스러운 아파트에는 대체 무슨 볼일이 있는 걸까?

강현은 엘리베이터를 타고 28층을 눌렀다. 강현이 2801호 앞에서 현관 비밀번호를 누르고 문을 열었다.

"들어가요."

"여기 어딘데요?"

"집 보러 온 거예요."

대체 누구 집인데…….

다혜가 살고 있던 20평짜리 아파트와 비교하면 너무 넓었다.

"이 집은 도대체 누구 집이에요? 대표님은 집 있잖아요."

"여기도 내 집이에요."

탁 트인 창밖에 시선을 두던 다혜가 인상을 썼다.

"와, 있는 사람이 더하다고…… 투자하는 거예요?"

"네. 투자하는 겁니다. 동화한테."

"동화요?"

의외의 이름이 나왔다. 투자라는 단어와 동화라는 이름은 같은 선상에 놓일 수 없는 조합이었다.

무슨 말이냐는 다혜의 표정에 강현은 아주 쉽게 다음 말을 했다.

"여기 와서 살아요. 내가 동화한테 해주는 거예요."

"그럴 순 없어요. 이렇게 부담 가는 거 받을 수 없어요. 사귀는 사이에 무슨 이런 선물을…….."

강현이 다혜에게 몸을 돌려 그녀의 두 팔을 잡았다.

"나 같은 남자하고 사귀면 이런 선물 받아도 돼요."

다혜는 혼란스러운 마음으로 그를 보았다. 강현이 다혜에게 다가와 꽉 끌어안았다.

"뭐가 그렇게 세상이 복잡하고 어려워요?"

"그럼 당신은 뭐가 그렇게 세상이 쉬워요?"

"돈 있으면 조금 더 쉬워요."

강현의 말에 다혜는 달리 항변할 수가 없었다. 강현이 차분하게 말했다.

"동화 바이올린 바꿔줘야 해요. 그런 천재성을 가진 아이는 귀가 더 발달해야 하는데 좋은 바이올린은 더 좋은 소리를 내거든요."

그렇지 않아도 바이올린 선생님께 바이올린을 바꿔줘야 한다는 말을 들었지만, 좋은 바이올린은 알아보니 너무 비쌌다.

"대표님도 바이올린 잘 켜신다면서요. 동화가 그랬어요."

"어렸을 때 바이올린 했어요. 연주회도 하고."

"그런데 왜……."

연주하는 걸 들어본 적도 없을뿐더러 지금은 음악하고 담쌓고 사는 것처럼 보였다.

"앞으로는 동화하고 같이 나도 조금씩 해보려고요. 연다혜 앞에서 연주도 하고…… 그래야 더 사랑해 주지. 나 맨날 연다혜 사랑에 목마른 거 알아요?"

강현의 입술이 다혜의 입술을 찾았다. 맞닿았다 떨어지기를 몇 번 반복하다 깊은 키스가 이어졌다. 밀려드는 혀가 그녀의 혀를 옭아매고 쭉쭉 빨아댔다. 움찔거리는 몸을 꽉 잡은 손이 그녀의 엉덩이를 꽉 쥐고 놓아줄 생각을 하지 않았다.

"여기는 안전해요. 아이한테도 훨씬 더 좋을 거고. 어린이집도 바꿔야 해요. 동화에게는 좀 더 다른 수업이 필요하니까."

다혜가 고개를 끄덕였다. 맞는 말이었다. 그렇다고 강현의 말대로 그냥 들어와 사는 건 싫었다.

"지금 사는 아파트 전세 보증금 빼서 드릴 테니 받아줘요."

"좋을 대로."

강현이 다혜를 번쩍 들어앉더니 침실로 갔다. 웬만한 가구가 이미 갖춰져 있다는 데 한 번 더 놀랐다.

"필요한 것들은 적당히 내가 골랐어요."

그녀를 침대 위에 눕히고 그가 그녀의 위로 올라타 내려다보았다. 한번 안고 싶은데 왜 이렇게 걸리는 게 많은지. 그가 다혜의 가슴에 얼굴을 묻었다.

폭신폭신하고 말랑한 가슴이 얼굴에 닿자 미칠 것 같은 욕망이 부풀어 오른다. 그의 손이 다혜의 허벅지를 쓰다듬었다.

"볼 때마다 더 갖고 싶은 거 알아요? 볼 때마다 하고 싶다고. 이런 내 기분 모를걸."

그러자 그녀가 뜨거운 눈동자로 강현을 응시하면서 말했다.

"왜 모를 거라고 생각해요? 나도 그래요."

이 여자는 정말 너무 솔직해서 사람을 이렇게 한 방씩 먹일 때가 있다. 정신 차릴 수 없게 말이다.

강현이 팬츠를 아래로 내리자 그녀의 손이 그의 단단하게 발기한 성기를 어루만졌다.

"으응…… 미치겠어요."

강현의 신음에 다혜가 구멍 가까이에 그의 성기를 비비자 벌써 젖어든 살이 그의 젖은 귀두와 단번에 뒤엉켜 질척한 소리를 냈다.

"난……"

그러나 그다음 어떤 말도 할 수가 없었다. 강현의 입술이 그녀의 입술을 점령한 채 아래로 깊숙하게 허리를 밀어 넣었다. 신음과 쾌감이 한데 어우러지며 절묘한 소리를 울려냈다.

다혜는 있는 힘껏 그의 허리에 다리를 감았다.

"앞으로 해줄 수 있는 거 다 해줄 거예요. 동화한테, 그리고 당신한테."

"나중에 감당 못할까 봐 두려워요."

"두려워해요. 그 두려움까지 너무 좋아서 아무것도 두렵지 않을 때까지 그렇게 해주고 싶으니까."

"아하……"

더 깊게 골반을 밀어 넣자 다혜의 입술이 벌어졌다. 강현이 벌어진 입 안에서 아롱거리는 혀를 빨아들였다.

"연다혜."

그의 감미로운 목소리가 다혜를 흔들었다.

조금 전 짓궂게 자동차 지붕을 열어놓고 사람 떨게 한 남자가 맞나?

가장 깊은 안쪽의 경부를 뭉툭한 귀두가 때릴 때마다 다혜는 자지러지는 신음을 흘렸다.

절정의 순간은 벼락처럼 다가왔고 경련하는 다혜를 강현이 꽉 끌어안으며 사정했다.

강현은 다혜를 안은 채 지나가는 말처럼 한마디했다.

"괜히 동화 아빠 찾겠다고 할 필요 없어요. 연다혜 머리 좋잖아. 눈치로 때려도 대충 알 만도 하잖아요. 동화도 알겠네."

"……."

놀라서 몸이 다 굳었다. 강현이 그런 그녀의 눈두덩에 키스했다. 반사적으로 감긴 눈꺼풀이 파르르 떨렸으나 다른 말을 꺼낼 수가 없었다. 심장만 두근두근했다.

저 입에서 다른 어떤 말이 나올까 두렵다. 두려우면서도 또 알고 싶기도 했다.

복잡한 다혜의 마음을 읽기라도 한 듯이 강현이 말머리를 돌렸다.

"집은 이미 비어 있으니까 언제라도 들어오고 싶을 때 들어와요. 난 될 수 있으면 빨리 왔으면 좋겠는데."

조금 전 강현의 말은 분명 동화의 아버지가 저라는 뜻이었다. 하지만 분명히 친자 확인 결과는…….

"지금 무슨 생각하는지 모르겠지만 다른 생각하지 말고 날 믿어요."

강현의 키스가 다시 눈두덩으로 날아왔다.

눈을 감고 있으니 아래 맞물린 성기가 더 민감하게 느껴진다. 그는 힘 있게 허리를 움직이고 있었다.

자극으로 부푼 유두가 그의 입으로 빨려 들어갈 때마다 다혜는 자지러지며 그를 끌어안았다.

몸 전체가 땀으로 범벅이 되어서 결국 온몸이 서로의 체액으로 젖어들고 나서야 멈출 수 있었다.

"나 이러다 온리유에서 잘리겠어요."

"그럼 드림백화점 디스플레이어로 스카우트할 거예요."

"사양할 거예요."

"대체 왜?"

"회사에서 일 안 시키고 섹스하자고 할까 봐요."

망설임도 없이 나오는 다혜의 말에 강현이 입꼬리를 늘리며 다혜의 볼을 어루만졌다.

"가능성 있는 일이긴 해."

2권에서 계속

대표님의 아이 1

초판 1쇄 인쇄 2022년 9월 15일
초판 1쇄 발행 2022년 9월 27일

지은이 최연
펴낸이 이범상
펴낸곳 (주)비전비엔피 · 로맨티카

기획 편집 이경원 차재호 김승희 김연희 고연경 박성아 최유진 김태은 박승연
디자인 최원영 한우리
마케팅 이성호 이병준
전자책 김성화 김희정
관리 이다정

주소 우)04034 서울시 마포구 잔다리로7길 12 (서교동)
전화 02)338-2411 | **팩스** 02)338-2413
홈페이지 www.visionbp.co.kr
인스타그램 www.instagram.com/visioncorea
포스트 post.naver.com/visioncorea
이메일 visioncorea@naver.com
원고투고 romantica@visionbp.co.kr

등록번호 제2016-000153호

ISBN 979-11-6829-225-3 04810
       979-11-6829-224-6 (SET)

· 값은 뒤표지에 있습니다.
· 잘못된 책은 구입하신 서점에서 바꿔드립니다.